비정규직
temporary positioned queen

황후

한민트 장편소설

I

Queen's
Selection

비정규직 황후 1

2017년 4월 25일 초판 1쇄 인쇄
2017년 4월 28일 초판 1쇄 발행

지은이 한민트
발행인 이종주

기획 편집 정시연 주종숙 주수지
경영 지원 배진경 이미현
마 케 팅 김정수 김슬기

발행처 (주)로크미디어
출판 등록 2003년 3월 24일
주소 서울특별시 마포구 성암로 330(상암동) DMC첨단산업센터 3층 14호
Tel (02)3273-5135 **Fax** (02)3273-5134
홈페이지 rokmedia.blog.me
E-mail queens@rokmedia.com

ⓒ 한민트, 2017

값 12,500원

ISBN 979-11-6130-606-3 04810(1권)
ISBN 979-11-6130-605-6 04810(세트)

비정규직
황후

temporary positioned queen

한민트 장편소설

I

Queen's
Selection

CONTENTS

프롤로그

본래 그 숲은 그렇게 어두운 숲이 아니다.

그러나 지금은 어둡고 캄캄했다. 한낮의 햇빛이 들어와 봄의 초록빛 새싹들을 반짝이게 하고, 온화한 바람이 해그늘을 흔드는데도 그렇게 느껴졌다.

"왜 그러세요?"

"……."

"대체 왜 그러세요? 제가 뭘 잘못했나요?"

길을 벗어난 깊은 숲으로 클레오르는 망설임 없이 들어갔다. 가야 할 위치는 이미 확인해 두었다.

"제가 무슨 큰 실수라도 저질렀나요? 제발 용서해 주세요."

그의 손에 붙잡힌 이나스 메이나드는 울면서 애원했다. 그러나 그녀의 팔을 힘껏 움켜잡은 클레오르의 손아귀는 미동조차 하지 않았다. 그는 확신과 비탄에 사로잡혀 있었다. 흐느껴 우는 여인의 모습이 거짓이라 생각했기 때문이다.

끌려가지 않으려고 이나스는 발버둥 쳤다. 자주색 수국이 수놓인 고급스러운 브로케이드로 만든 드레스가 바닥에 질질 끌리며 흙투성이가 되었다. 같은 천으로 만들어진 양산도 가지고 있었지만 진작 잃어버렸다. 비단 꽃으로 장식한 모자도 날아가고 없었다. 진주 핀으로 곱게 틀어 올렸던 머리는 헝클어졌고, 눈물이 번진 눈가는 화장품으로 새카맣게 물들었다.

"꺄, 악!"

다리에 힘을 주어 버티려다가 발이 돌부리에 걸리면서 구두가 벗겨졌다. 실크 스타킹이 찢어지며 종아리에 길게 긁힌 상처가 생겼다. 피가 방울방울 솟아났다.

부풀린 치맛자락이 나뭇가지에 걸려 찢겼다. 커다란 파니에가 뼈를 드러냈다.

"제발요, 제발요, 제발. 왜 이러는지라도 말씀해 주세요."

"……."

"저한테 이러지 마세요. 제가 뭘 잘못했나요?"

이나스가 엉엉 소리 내서 울기 시작했다. 클레오르는 입을 더 꾹 다물었다. 수려한 용모가 차갑게 굳어지자 오히려 섬뜩함이 더해졌다. 그녀는 마침내 더 애원하지도 못하고 꺽꺽거리며 힘없이 끌려갔다.

마침내 숲 깊은 곳에 이르러 클레오르는 걸음을 멈췄다. 이나스는 헐떡거리고 울면서 그의 팔에 매달렸다. 그리고 그가 가리키는 곳을 바라보았다.

시선이 닿는 곳에 있는 것은 세 그루의 검은 나무였다. 가운데의 가지를 활짝 펼친 나무는 수령 수백 년은 되어 보이는 커다란 것이고, 좌우의 두 그루는 그것보다 조금 작았다.

이나스는 놀라서 숨을 들이켰다.

"저 아래로 가."

클레오르가 명령했다.

"사, 살려 주세요."

"저 아래로 가. 위험해지면 구해 줄 거야."

"제발, 제발 저한테 이러지 마세요."

이나스가 더듬거리며 말했다. 클레오르는 입술을 잠시간 한일자로 다물었다.

평상시 같으면 부드럽게 달래고, 말로 설득했을 것이다. 위험하면 구해 줄 것이다, 확인할 것이 있어서 그런다, 날 믿어라, 지켜 주겠다. 그녀는 그를 사랑했고, 미소를 띠며 달래어 설득하면 반드시 말을 들을 것이었다. 적어도 그러는 척이라도 할 것이다.

그러나 지금은 그럴 생각이 들지 않았다. 그는 이나스의 팔을 다시 움켜잡아 나무 밑으로 내던졌다.

"꺄악!"

이나스는 죽음을 각오하고 눈을 질끈 감았다.

그러나 생각하고 있던 고통도, 죽음도 닥쳐오지 않았다. 그녀는 벌벌 떨며 천천히 눈을 떴다.

세 그루의 나무가 마치 인사를 하듯이 그녀를 향해 공손하게 가지를 구부리고 있었다. 그녀는 두려움에 가득 찬 얼굴로 클레오르를 돌아보았다.

그는 웃고 있었다. 온통 얼굴을 일그러뜨린 채로.

이나스는 새파랗게 질렸다.

"아니에요! 전 아니에요!"

"이 나무의 이름은 케알랄칸이야."

"저는, 저는…….."

"그게 무슨 의미인지 그대가 더 잘 알고 있겠지?"

"저는, 아니에요…….."

이나스는 그저 흐느껴 울었다. 이제는 더 이상 변명도, 설득도 통하지 않을 것임을 이해했기 때문이다.

"나도 믿고 싶어."

클레오르가 갈라진 목소리로 말했다.

"정말로, 믿고 싶었지."

비탄하는 목소리와 달리 입꼬리가 비죽 올라가 차가운 미소가 그 얼굴에 맺힌다. 그녀는 주저앉은 채로 멍하게 그 얼굴을 올려다보았다.

철컥.

클레오르의 허리춤에서 검이 뽑혔다. 이나스는 눈을 질끈 감았다.

그러나 이번에도 기다리는 죽음은 다가오지 않았다. 까앙 하고 쇳소리가 울렸다.

내려치려는 칼날을 검은 나뭇가지가 가로막았다.

클레오르는 민첩하게 몸을 날렸다. 세 개의 나무에 달린 수백 개의 나뭇가지들이 길게 늘어나 일제히 그를 향해 휘둘러졌다.

이나스는 주저앉은 채 눈물로 범벅된 눈으로 그가 검을 휘두르며 나무와 싸우는 모습을 바라보았다. 나무는 사람 셋도 품에 안아 보호할 만큼 크고 긴 가지를 가지고 있었다.

나무는 이제 완전히 깨어나, 검은 둥치에 하얀 눈이 두 개 생겨 있었다.

이 안에서 안전하다. 그녀를 지켜 주고 있다.

그 깨달음이 그녀를 절망하게 했다.

"아아, 아아아아!"

클레오르는 오른손에 쥔 검으로 나뭇가지를 쳐 내고 몸을 날리며 바닥을 뒹굴었다. 그녀를 향해 짧은 비도가 날아왔다. 나무는 순식간에 그를 공격하려던 가지 절반을 거두어 방패처럼 이나스를 가렸다. 두 개의 부드러운 덩굴이 그녀의 팔목과 허리에 감겼다. 가까이, 더 안전하도록. 나무 쪽으로 다가오라며 끌어당기는 덩굴은 사람의 손보다도 부드럽고 따뜻했다.

톱니처럼 날카로운 뿌리가 꿈틀거리며 땅을 뒤집어엎었다. 사방에서 튀어나오는 뿌리 때문에 클레오르는 바닥을 몇 바퀴나 굴렀으나 자리를 확보하지 못했다.

그는 다른 나무의 가지를 잡으며 몸을 허공에 띄웠다. 대롱대롱 매달린 그를 향해 뾰족한 침 같은 이파리가 대량으로 쏘아졌다. 그는 나뭇가지를 쥔 채 몸을 흔들어 그것을 피하며 왼손으로 패링대거를 뽑았다. 대거의 칼날에 푸른빛이 맺혔다.

그대로 클레오르는 나뭇가지를 놓고 뛰어내렸다. 위협적으로 꿀렁대며 바닥을 뚫고 허공을 후려치던 뿌리들이 대거를 피해 산산이 흩어진다. 이파리들은 푸른빛과 만나자 마치 바위에 부딪친 듯이 비산했다.

클레오르는 바닥에 발이 닿자마자 땅을 박찼다. 순식간에 나무와의 거리를 좁힌다. 푸른빛이 사라지자마자 나무는 온 팔을 다 뻗어 그를 사방에서 후려쳤다. 검고 뾰족한 가지들이 수백 개의 창날처럼 가시를 세우고 그를 향해 내질러졌다. 클레오르는 두 번째 비도를 이나스에게 날렸다. 가지 일부가 또다시 주춤하며 그녀를 지키기 위해 뒤로 물러났다.

재킷이 잎에 걸려 찢기고 안에 덧댄 쇠가 스치며 끼리릭 소름 끼치는 소리를 냈다. 나뭇가지는 하나하나가 날카로운 창이나 칼과 같았으므로 비유가 아니라 문자 그대로 도검의 숲과도 비슷했다.

이나스는 덩굴에 감싸인 채로도 나무 쪽으로 가지 않기 위해 버텼다. 클레오르에게 끌려가면 죽는다. 그러나 나무가 자기를 지킨다는 사실을 인정할 수도 없었다. 나무는 몇 번이나 설득하듯이 그녀를 당기고, 반짝거리는 잎으로 귓가에 부드러운 소리를 냈다.

그녀는 그걸 알아들을 수 있었다.

—지켜 줄게, 저리 가자.
—저쪽은 안전해.
—내가 재가 되더라도 지킬 거야.
—염려 마.

이나스는 소리 내서 울부짖었다. 그리고 클레오르를 향해 손을 내뻗었다.

마침내 클레오르가 그녀의 팔목을 잡았다. 그러나 그녀를 되찾기 위해서 그런 것은 아니었다. 허리를 부여잡은 덩굴이 그녀를 빼앗기지 않으려고 단단하게 힘을 주었다. 그리고 클레오르를 어떻게든 죽여 버리기 위해 전력을 다해 가지 끝을 쏘아 보냈다.

"꺄아, 아악!"

클레오르의 검이 푸르게 빛나며 그녀의 눈앞에서 검광을 번득였다.

퍽.

목이 떨어졌다.

그러자 나무는 한순간에 움직임을 멈췄다. 지켜야 할 것을 잃어버렸기 때문에 행동을 정지하고 본래의 나무로 되돌아간 것이다.

공격을 위해 길게 뻗어 난 날카로운 가지가 중간에서 툭 끊기고, 화살촉처럼 예리한 이파리들도 스르륵 바닥에 떨어지며 시들었다. 시든 가지들은 흰빛으로 변해서 땅속으로 스몄다. 공격을 위해 쓰인 마주력들이 비산하며 허공에 은빛을 뿌렸다.

클레오르는 가만히 그 모습을 지켜보다가 검을 한 번 높이 들었다. 그의 검에는 여전히 푸른빛이 맺혀 있었다. 이대로 찔러 넣는다면 나무는 재가 되어 사라질 것이다.

그는 그렇게 하지 않았다. 잠시 망설였지만, 결국 검을 내려뜨렸다. 위치가 확보된 케알랄칸 나무는 많지 않다. 놔두는 쪽이 쓸모가 있을 게 당연했다.

그러나 나무조차 죽일 수 없다면, 대체 이 울분은 어디에 풀어야 하는가. 이 비탄은 어디로 가야 하는가.

그는 아무 말 없이 이나스의 목을 걷어찼다. 구르는 목을 내려다보며 팔을 내려뜨린다. 입가가 몇 번 실룩였다. 냉소도, 미약한 비탄조차도 곧 가라앉아 사라졌다.

타다닥 달려오는 소리가 들렸다. 클레오르는 달아나지 않았다. 대신 가만히 그 자리에 선 채 눈을 감고 고개를 숙였다. 그것은 짧은 묵도다. 자기 때문에 죽은 가련한 여자에 대한. 그것조차 하지 않고 자리를 뜨기에는 의미 있는 상대였다.

발소리와 함께 나타난 것은 치안대 제복을 입은 곱상한 외모의 기사였다.

짧은 금발이 바람에 흩어졌다. 놀란 듯 둥그레진 눈동자가 새파

13

란 물색이었다.

"아, 이런."

클레오르는 태연하게 중얼거리며 뺨에 묻은 피를 닦았다. 비탄 위에 덮었던 무표정이 미소 아래로 가라앉았다.

증인은, 없애는 쪽이 낫지.

이 손은 어차피 처음부터 피로 시뻘갰다. 무고한 기사의 피 하나 둘쯤 더 묻힌다고 하여 이제 와 달라질 건 아무것도 없었다. 여자의 피도 마찬가지이다.

그가 죽인 자, 죽게 만든 자를 모두 합치면 이미 정수리까지 피에 잠겨 있을 것이다. 새삼스럽게 증인 한둘을 죽여 입을 다물게 하는 것을 꺼릴 이유가 없었다.

그는 순식간에 기사에게 달려들었다.

까앙!

기사가 들고 있는 검을 세워 첫 번째 일격을 막아 냈다. 클레오르는 힘으로 상대를 밀어내려 했으나 그 힘은 대부분 검과 검 사이에서 흘려져 없어졌다.

단호한 입매에는 분노가 서렸고, 찔러 오는 검에는 냉정함이 머물렀다. 훌륭한 실력이었다.

클레오르는 빙긋 웃었다.

"이름이?"

"알아서 뭣하게."

"죽든 죽이든, 기억해 둘 이유는 충분하지."

그러자 기사가 이를 악문 채 내뱉었다.

"에스틴."

"아하, 에스틴. 좋아. 내 이름은 묻지 않나?"

"살인범의 이름 따위에는 관심 없어!"

그가 고함을 지르고, 클레오르의 손바닥을 갈아 버리려는 듯이 검을 비틀었다.

1.
에스틴이 되다

알펜슈타인 제국의 황후, 에스텔라 아르투르 알펜슈타인에 대해서 이야기하기 위해서는 우선 그녀의 친정인 아르투르 가문에 대해 설명할 필요가 있다.

아르투르 가문은 알펜슈타인 제국의 건국과 함께 시작한 공신가였으므로 역사로 따진다면 틀림없는 명문이었으나, 현재의 성세를 기준으로 따진다면 도저히 그렇게 말할 수는 없다.

몇 백 년 전에는 알펜슈타인의 국방을 담당하며 몇 개나 되는 거대한 영지와 막강한 권세를 가진 후작이었다. 그러나 가문은 차차 쇠퇴했고, 에스텔라의 증조부에 이르러서는 영지와 재산은커녕 작위조차 유지하지 못하고 일개 준남작가로 떨어지고 말았다. 빚더미에 앉은 상태에서 증조부가 지켜 낸 것은 오로지 가문의 검술 하나뿐이었다.

다행히도 아르투르 검술만큼은 제국 제일의 무가를 만들어 낸 초일류의 것이었다.

에스텔라의 조부는 대단한 재능의 소유자가 아니었으나 근위대장이 되었다. 그는 그 명예를 가지고 가문의 영광을 되찾기 위해 사교계에 나섰다. 불행히도 결과는 신통치 않았다.

그는 인맥을 만들고 친구를 얻었으며, 사교계에서도 나쁘지 않은 성공을 거두었다. 그러나 돈을 버는 데에는 재능이 조금도 없었다. 좋은 정보를 들어도 투자 시기를 놓치고, 운이 좋아 제때 들어갔다 싶으면 동업자가 투자금을 들고 날랐다. 친구가 알려 준 새 사업 아이템은 한때 성공할 것 같았지만, 사업을 확장하는 단계에서 곤두박질쳤다.

잘나가던 시절에는 선대가 만든 빚을 거의 다 갚았던 때도 있었고, 아르투르 가문이 이제 부활할 수 있지 않겠는가 기대하는 사람도 있었다. 그러나 조부가 돌아가시고 에스텔라의 부친이 상속받을 때에 남은 것은 결국 조부가 상속받았을 때와 별반 다를 바가 없이 빚뿐이었다.

에스텔라의 부친 리스칸 역시 아르투르 검술을 배웠고, 놀라운 실력자가 되었다. 그는 제국 기사단의 기사단장까지 역임했다. 그러나 선대와 같은 길을 걷지 않았다. 그는 자기가 사교술에 재주가 없으며, 인맥을 넓히고 사업을 벌여 봐야 망하리라는 사실을 분명히 알고 있었다.

그는 일평생 성실하게 일하며 살았고, 수당을 받을 수 있는 어려운 일은 모조리 도맡아 했다. 그렇게 하여 조금씩 모은 돈으로 빚을 갚아 나갔다. 그 성품으로 인해 주위로부터 큰 신뢰를 받았으나 신뢰에 기대는 일은 하지 않았다.

사람들은 그를 고지식하여 출세하지 못했다고 평했지만, 딸과 단둘이 있는 집 안에서 그는 기사의 고지식함과는 약간 다른 방식으로 말했다.

"남을 믿지 마라, 에스텔라. 남과 신뢰를 주고받고 사교와 친목으로 성공하는 사람도 있지만, 우리 같은 사람은 그러기가 쉽지 않단다. 세상에 완전한 신뢰는 없어. 사람들이 이 아버지를 믿을 만한 사람이라고 말하고, 또 크게 신뢰하지만, 정작 어려운 처지에 놓였을 때 진실로 운명을 함께해 줄 사람은 없을 것이다."

그것은 아마 그가 당신의 아버지의 삶을 지켜보면서 낸 결론이었을 것이다. 에스텔라의 조부가 추락하는 동안 그 많은 친구들 중에 그를 도와준 사람은 하나도 없었다.

남을 잘 믿지 않았으므로 에스텔라의 부친은 남의 사업에 투자하거나 동업하거나 남이 소개해 주는 사람을 믿지 않았고, 자신 역시 누군가를 남에게 소개시켜 주는 일도 없었다. 묵묵히 소처럼 일하고 빚을 갚고 저축을 했으며, 그 덕분으로 에스텔라가 열일곱 살이 되었을 때에는 빚을 모두 갚고 수도에 방 두 칸짜리 작은 집도 샀다.

부친이 돌아가신 것은 그녀가 열여덟 살이 되던 해였다. 빚을 다 갚고 나자 할 일이 끝나기라도 한 것처럼 그는 편안하게 잠들었다가 그대로 영영 눈을 뜨지 못했다.

에스텔라에게 남은 것은 방 두 개짜리 작은 집과 가문의 검술뿐이었다.

집은 있었으나 지참금이 될 만큼의 저축은 없었다. 혼기가 꽉 찬 나이이니 결혼을 하는 것이 보통의 경우이겠지만, 아버지를 잃고 혈혈단신 상속받은 재산도 없는 준남작가의 아가씨가 좋은 혼처를 찾을 확률은 에스텔라의 저축만큼 적었다.

그녀는 고민했다. 이전까지 그녀는 아버지의 수입을 바탕으로 집안을 돌보고, 남는 시간에는 가문의 검술을 수련해 온 것이 전부였다. 무가의 딸이라 해도 여자가 검술을 수련하는 일은 흔치 않으나, 에스텔라의 부친은 그녀가 그것을 배우기를 원했다.

"아르투르 가문에 남은 것이라고는 검술뿐이다. 다행히도 이것 하나만은 제국에서도 최고로 손꼽히는 훌륭한 것이니까 배워 두어 쓸모가 없지는 않을 거야."

그렇게 말했지만, 아마도 부친에게도 조부처럼 아르투르 가문에 대한 향수나 긍지가 있었으리라고 에스텔라는 생각했다.

그녀는 꽤 잘하는 편이었던 것 같다. 부친이 "넌 재능이 있구나." 라고 말했으니까. 그러나 언제나 부친에게는 패할 뿐이고, 검술을 배운 또래와는 한 번도 맞싸워 본 적이 없으므로 실제로 자신의 실력이 얼마나 되는지 에스텔라로서는 알 수 없었다. 부친이 말한 재능도 여자애치고는 잘하는구나 정도의 이야기였을지도 모른다.

어쨌든, 기댈 것이라고는 그나마 그것뿐이었다.

알펜슈타인에서 결혼하지 않은 여자가 유산도 없이 혼자 살아가기 위해서는 요리사가 되든가, 재봉사가 되든가, 아니면 메이드가 되어야 하는데, 앞의 둘은 전문직이라서 이제 곧 열아홉이 되는 에스텔라가 지금에 와서 배울 수 있는 일이 아니었다. 열아홉 살을 도제로 받아 주는 요리사나 재봉사도 없겠지만 설령 받아 주더라도 길드원이 될 때까지 먹고살 길이 막막했다.

메이드가 되려고 해도 그것 역시 열네댓 살 때부터 꾸준히 소개장을 받으며 일해 온 소녀들이 할 수 있는 일이지, 열아홉 살짜리 초보 메이드를 고용해 주는 집은 없었다. 있다면 심각한 문제가 있는 집일 테니 미혼 처녀가 갈 곳이 못 된다.

그래서 그녀는 먹고살기 위해 기사단 입단 시험을 치르기로 했다.

이런 결정엔, 부친의 사망신고를 하다가 호적에서 같은 해에 태어난 것으로 되어 있는 낯선 이름을 발견한 덕분도 있었다.

에스텔라 아르투르.
에스틴 아르투르.

물론 그녀는 쌍둥이가 아니다. 그러나 부친은 마치 그녀가 이런 상황에 처할 것을 알기라도 한 것처럼 남자의 이름도 하나 올려놓은 것이다.

그에게 자식이라고는 에스텔라 하나밖에 없었고, 여자는 가문을 이어받을 수 없다. 아르투르 가문은 부친의 대에서 사실상 끝이었다.

부친은 그녀를 사내아이로 만들어서 가문을 이어 가고자 하는 뜻이라도 있었던 것일까. 그러나 새삼 가문이라고 할 만한 것이 남아 있지도 않았다. 작위라고는 옛 공신의 가문이 평민으로 몰락하지 않도록 형식적으로 주어지는 준남작 위 하나뿐인데, 그것은 그냥 궁내부에서 증명서 한 장을 발송받는 것으로 끝난다. 에스텔라가 열아홉이 될 때까지 사교계에 데뷔시키기는커녕 다른 귀족가와의 교제도 전혀 하지 않았으니 아르투르 가문을 귀족 사회에 남아 있게 하려는 어떠한 노력도 하지 않았다고 볼 수 있었다.

지금에 와서 부친의 뜻은 알 수 없다. 에스텔라는 그리고 그것에 크게 신경 쓰지도 않았다. 부친이 그녀에게 남자 옷을 입힌 적은 한 번도 없었다.

만약에 정말로 가문을 지키고 싶었다면 그는 딸에게 남자 이름을 하나 더 주는 대신에 재혼하여 아들을 얻었을 것이다. 그게 아니라면 데릴사위를 들일 수도 있었다. 그러나 그는 둘 다 하지 않고 그녀와 단둘이 좁은 집에서 빚을 갚으며 살아가기를 선택했다.

그러니 아마도 그 이름은 에스텔라가 아르투르 가문을 뜻대로 할수 있도록 올린 이름일 것이다. 에스텔라는 이게 그냥 자기 좋을 대로 생각하고 있는 것이라고 여겼지만, 그건 사실 정확히 부친의 뜻이기도 했다.

어쨌든 남자로서 살더라도 어려울 건 없을 것 같았다. 남자 옷을 걸치고 검을 차면 그만이다. 부친의 가치관이 그렇고, 그녀도 그다지 사교적인 성품은 아니라서 이웃과의 교제도 거의 없다시피 했다. 알아볼 만한 사람도 없을 것 같았다.

어차피 밑져야 본전이었다. 안 되면 그만이라고 생각하고 에스텔라는 머리를 잘랐다. 광채가 있는 금발은 그녀의 몸에서 유일하게 아름다운 부분이었으므로 아까워서 잠시 그녀는 잘라 낸 머리를 내려다보았다. 그러나 금세 포기했다. 머리는 어차피 또 자란다. 지금으로서는 성공하는 게 우선이었다.

대륙의 모든 나라가 그렇지만, 알펜슈타인에서도 검술을 비롯하여 모든 무예가 여자의 일이 아니다. 귀부인들 중에서도 아주 활달한 성격을 가진 사람이나 말 타는 법을 배워 매 사냥을 하는 정도의 취미를 가진다. 간혹 에스텔라처럼 가전 무술을 배우는 여자가 있기는 하지만, 자랑할 만한 일은 아니다.

기사단 입단 시험을 치기 위해 머리를 자른 것도 그 때문이었다. 다행히도 그녀는 보통 여자들보다 키가 크고, 판판하고 마른 몸이었다. 특히 가슴이.

'운이 좋다고 해야 할지, 나쁘다고 해야 할지.'

예쁜 얼굴은 동경했지만 굳이 큰 가슴과 잘록한 허리를 갖고 싶었던 것은 아니었으므로 에스텔라는 그럭저럭 자기 몸에 만족하고 있었다. 남성적인 아르투르 가문의 검술을 배우기에도 그쪽이 수천 배 나았다.

어쨌거나 호적이 그랬던 덕분에 그녀는 순조롭게 입단 시험에 원서 접수를 할 수 있었다.

봄이 되자 기사단 입단 시험이 치러졌다.

알펜슈타인 제국의 기사단 입단 시험은 행정구획을 나누어 각 도시별로 치러진다. 문관 시험과 같은 방식이다. 시험 성적이 높으면 수도에서 치는 2차, 3차 시험을 거쳐 황궁 기사단까지도 올라가지만, 낮으면 해당 도시의 치안대나 방위대로 배속된다. 국경부대는 누구나 가기 싫어하지만, 성적이 높은 순서대로 의무적으로 채워야 하는 기간이 있다.

에스텔라는 수도에서 1차 시험을 치렀다. 입단 시험을 치를 수 있는 자격 조건은 열여덟에서 서른여덟까지의 남자로, 대개가 건장한 체구에 실력에 자신 있는 자들이다.

시험장에서 에스텔라가 가장 키가 작은 건 아니었지만, 가장 좁은 어깨와 가장 빈약한 체구를 하고 있는 것만은 틀림없었다. 1차 시험 실기의 예선 상대로 나선 수도 방위 기사단 소속의 겔런드 경은 에스텔라를 마주하고 나서 한숨을 내쉬었을 정도였다.

그러나 에스텔라의 실력은 겔런드 경의 예상은 물론이고, 에스텔라 자신의 상상마저 아득히 초월했다.

겔런드 경의 검을 박살 내 버리고 나서야 에스텔라는 당혹했다. 겔런드 경에게 허점이 너무 많아 그게 진짜 시험이라고 생각하지 않았기 때문이다.

젤런드 경은 사심 없는 사람이었기에 입단 희망자인 열아홉 살 소년에게 단칼에 패하고서도 대단한 인재가 들어왔다며 크게 박수를 치고 기뻐했다. 지켜보고 있던 두 사람의 심사관 중 한 사람은 긴장한 얼굴을 하고, 다른 한 사람은 함박웃음을 지었다.

에스텔라는 결심했다.

'중간만 가자.'

눈에 띄어서 좋을 것이라고는 하나도 없었다. 그녀의 목표는 호구지책을 마련하는 것이지, 기사로서 성공하는 것이 아니었다. 상위권에 들어 국경부대에 의무 발령되거나 황궁 기사단 소속이라도 되었다가는 큰일이었다. 단체 생활은 어찌어찌 해결한다 하더라도 중매인들이 눈독 들이는 신랑감이라도 되었다가는 순식간에 성별을 속인 것을 들키고 사칭죄와 기만죄로 잡혀 들어갈 것이다.

이상적인 것은 하위권의 성적으로 아슬아슬하게 합격하여 기사의 무덤이라는 치안대에 처박히는 것이다. 황궁 기사단이든 치안대이든 평기사의 기본급은 똑같이 나왔다.(물론 장비와 각종 수당을 생각한다면 아득한 차이가 있긴 했다.)

아르투르 가문이 몰락하다 못해 이제 고작해야 그저 그런 하급 기사를 배출했다는 오명을 쓰게 되겠지만, 실질적으로 가문은 끝난 셈인데 아무렴 어떤가. 에스텔라가 안전하고 안정된 철밥통 같은 직장에서 다달이 월급을 받으며 자택에서 통근할 수 있다면 부친도 만족해할 것이 틀림없었다. 애당초 제자를 만들지 않고 딸에게 가전 검술을 가르친 것부터가 가문의 영광보다는 자식의 안위에 더 신경을 쓰셨다는 말이 아닌가.

이어진 순위전에서 그녀는 검을 쥔 손에 완전히 힘을 뺐다. 중간만, 중간만을 외치며 숫자를 세어 절반은 쓰러뜨리고 절반에게는 패배했다. 그녀에게는 그것을 마음대로 조절할 수 있을 정도의 실력이 있었다.

"날 모욕하는 건가!"

3회전에서 붙은 티소엔 크렐리디안이 그녀가 일부러 살살 하고 있다는 것을 깨닫고는 분노에 차 살기 어린 검으로 덤볐다.

"모욕하려는 의도는 전혀 없어."

에스텔라는 답답한 마음으로 그렇게 말했다. 그녀라고 해서 시원스럽게 자신의 힘을 시험해 보는 것을 바라지 않을 리가 없었다. 그러나 눈에 띄는 일을 하는 모험을 할 수는 없는 일이다.

목숨이 달린 일도 아닌데 억지로 에스텔라에게 전력을 다하게 할 방법이 없는지라 그 싸움은 싱겁게 티소엔의 승리로 끝났다. 티소엔은 원한이라도 품은 것처럼 어금니를 물고 에스텔라를 노려보았다. 별수 없었다며 에스텔라는 딴청을 부렸다.

다행히도 티소엔을 제외하고 에스텔라가 대충 하고 있다는 것을 눈치챈 사람은 없었다. 젤런드 경만이 고개를 갸웃거렸으나, 그의 검을 부순 것은 운이었다고 웃는 에스텔라에게 딱히 할 말은 없었다.

군사학 필기시험에서도 그리 높은 성적이 아니었고, 기마술은 진짜로 잘하지 못했다. 결과적으로 그녀의 성적은 하위권 합격자 중에서도 중간 정도로, 바라던 대로 딱 눈에 띄지 않고 치안대에 배속되었다.

서훈식은 약식으로 치러졌다. 황제의 대리인으로 그녀에게 기사 훈장을 달아 준 치안대장 프리스든 남작은 그녀의 이름을 듣고 놀라며 물었다.

"아르투르라…… 리스칸 경과는 어떤 사이인가?"

"선친 되십니다."

그는 몹시 기뻐했다.

"리스칸 경에게 이런 장성한 아들이 있었다니."

"선친과 면식이 있으셨습니까?"

"물론이지. 내 또래에 수도에서 직무를 맡았거나 국경부대에 있었던 기사라면, 자네 아버지를 모르는 사람을 세는 쪽이 훨씬 쉬울 걸세. 나도 자네 아버지에게 많은 도움을 받고, 또 그분을 목표로 삼던 사람 중 하나이지. 아버지만 한 재능은 없는 것 같지만, 그래도 실망하지 말게. 치안대 기사가 황궁 기사단이나 수도 방위 기사단보다 서열이 낮다고는 하지만, 그래도 모두 30대 1의 경쟁률을 뚫고 입단 시험에 통과한 훌륭한 기사들이니까."

"실망하지 않습니다. 어느 부대보다도 시민들의 삶과 밀착된 기사대가 아닙니까?"

에스텔라가 실망할 리 있겠는가.

치안대라면 굳이 단체 생활을 할 필요 없이 집에서 출퇴근할 수 있다. 대우는 어차피 평기사라면 어느 부대나 똑같다. 남이 인생을 도와주는 일은 없다고 말한 부친이 쌓은 인덕 덕에 쉽게 갈 수 있겠구나 싶어서 아이러니하면서도 무척 기뻤을 뿐이다.

그렇게 에스텔라는 에스틴 아르투르라는 이름으로 치안대 소속의 평기사가 되었으며, 같은 해에 준남작 위도 받았다.

★

기사는 고급 인력이다.

1대에 한하지만 엄연히 귀족이었다. 남작 가문 이상의 귀족이라 해도 제국 아카데미를 졸업해야만이 기사의 작위를 받을 수 있다. 평민이라면 끔찍한 경쟁률을 뚫고 기사단 입단 시험에 합격해야 기사가 된다. 독, 서, 산의 기본적인 학력에 더하여 예법과 군사학에 관한 소양이 있어야 하고, 검술과 마술에 수준 이상의 실력이 있어야 함은 당연한 일이다.

기사는 그 지위의 고하를 떠나 대단히 명예로운 직책이다. 기사이기도 한 귀족이 자신의 작위 대신에 기사라고 스스로를 소개하는 일도 종종 있으며, 평민이 출세할 수 있는 거의 유일한 방법이기도 했다.(제국 관료 시험도 어렵기는 마찬가지이며 대우 역시 비슷하지만, 이 시험에 통과해도 작위는 따라오지 않는다.)

그러나 말이 평민에게도 열린 시험이지, 진짜 평민이 그런 실력을 갖추기란 거의 불가능했다. 말은 돈이 있어야 한 번 타 보기라도 할 수 있는 것이고, 좋은 검술을 구하기란 더욱 어렵다. 준남작이나 기사, 혹은 부유한 상인들의 자식들쯤이나 되어야 시도라도 해 볼 수 있는 일이다. 기본 학력은 둘째 치고 예법이나 군사학을 가르치는 선생은 드물기까지 하다. 그런데도 경쟁률이 30대 1인 것이다.

그런 인재를 고작 도시를 정돈하라고 치안대에 배속하는 것은 아니었다. 치안대에 기사가 있는 것은 귀족을 상대하기 위해서였다.

귀족의 집에도 도둑은 든다. 가끔 길거리에서 싸움을 하기도 하고, 그보다 더 높은 확률로 평민에게 폭행을 가하거나 했다. 평민인 치안대원들은 이런 경우에 대응하는 것이 거의 불가능했다.

하지만 기사들은 치안대를 아주 싫어했다. 예로부터 고급 인재가 잡무를 좋아하는 경우는 거의 없는 데다, 어려운 시험을 통과해서 하는 일이 험한 소리를 들어 가며 귀족들을 달래는 것이기 때문이기도 했다. 게다가 정작 귀족들끼리 분쟁이 일어나거나 정말 중대한 범죄가 발생했을 때에는 황제의 직속 기사단이 개입하기 때문에 큰일을 맡을 수 있는 확률은 거의 없었다. 대귀족에게 눈도장을 찍을 일도 없고, 출세할 기회도 거의 없으며, 심지어 장비조차 수수했다.

애초부터 하는 일이 시시하므로 치안대에 배속되는 기사의 숫자는 적었다. 갓 배속되는 햇병아리 기사도 치안대원 스무 명으로 구성된 소대 하나를 거느리고, 3년 차만 되면 1백 명도 넘는 대대를 이끈다.

5년 차는 희귀했다. 의무 배속 기간이 끝나면 치안대 소속의 기사들은 대부분 탈단해 버리기 때문이었다. 한 번 입단 시험에 통과하여 작위를 받고 의무 기간을 끝내면 죄를 지어 작위가 회수되지 않는 한 죽을 때까지 기사다. 그러니 차라리 빨리 탈단하고 귀족 가문에 고용되거나 사교계로 들어가 다른 일을 하는 쪽이 낫다고들 여겼다.

그러나 눈에 띄고 싶지 않은 에스텔라에게는 이런 꿀보직도 없었다.

우선 할 일이 거의 없었다. 수도는 어지럽고 매일처럼 분쟁과 범죄가 일어나지만, 평민들 사이에서 일어나는 중범죄를 처리하기 위해 발품을 팔며 탐문하거나 잠복하거나 하는 일은 기사의 일이 아니었다. 치안대로 들어오는 대부분의 일은 평민 출신의 치안대원들이 처리했다.

사실 그들이야말로 진짜 치안대의 중심인물들이었다. 에스텔라 같은 초짜가 지휘권을 쥔다고 어떻게 될 일이 아니었다. 프리스든 남작이 에스텔라에게 치안대의 중요함에 대해서 역설하기는 했지만, 그것과 별개로 그녀가 할 일의 범위에 대해서도 명확하게 알려 주었다.

쉰넷의 베테랑 권이 그녀의 부관으로 배속되어 실무를 하고, 그녀는 간혹 귀족을 응대해야 할 일이 있을 때에만 얼굴을 내밀면 됐다. 그 외에 간혹 무력 지원이 필요할 때에 나가면 되는데, 우다르드 숲에서 마주력(魔呪力)이 팽창하며 몬스터가 나타나는 봄철을 제외하면 한 달에 한두 번도 없는 일이었다.

한가했다. 세상에 이런 팔자가 다 있나. 에스텔라로서는 치안대를 기사의 무덤이라고 말하는 이유를 이해할 수가 없었다.

알펜슈타인의 주력 기사단인 제국 기사단 소속이었던 부친은 아침 7시에 식사를 마치자마자 출사하여 일주일에 세 번은 한밤중에 귀가했고, 한 달에 대여섯 번은 아예 집에 오지 못했다. 그 와중에 실력을 유지하기 위해 잘 시간을 쪼개 새벽 시간에 수련까지 했다. 부친이 물론 빚 때문에 평균보다 많은 일을 떠안고 있다는 사실은 알았지만, 기본적으로 출사와 퇴사 시간은 다른 기사들도 비슷할 것이었다.

황궁 기사단도 그랬다. 심지어 근무시간 내내 갑옷을 입고 바른 자세로 지정된 장소를 지키고 서 있어야 했다. 의자라도 놓고 앉아 있으면 모르겠는데, 황제가 오가는 곳에서 편하게 있으면 안 된다고 날마다 8시간씩 세워 놓다니 거의 학대가 아닌가.

반면 치안대는 편했다. 에스텔라는 9시까지 자다가 일어나 오전 중에는 검술을 수련하고 점심이 거의 다 되어 출사했다. 바쁘게 돌아다니는 부하들을 보다가 아무나 붙잡아 점심이나 같이 먹고, 오후에는 말을 타고 좀 돌아다니다가 저녁밥 시간이 되기 전에 퇴사했다. 그래도 따박따박 월급이 나왔다.

그래도 한 번도 빼먹지 않고 귄의 호출에 응하는 그녀는 성실한 편이었다. 아예 출사하지 않는 기사도 제법 있었다. 치안대에서 시간을 낭비하는 대신 그 시간에 자기 실력을 더 쌓아 다른 곳으로 이직하기 위해서였다.

이런 상황에도 프리스든 남작은 허허 웃으며 무력 지원이 필요할 때에 실력 있는 사람이 나와 줘서 나쁠 것이 없다고 말했다. 죽는 사람도 없을 테고 말이다. 에스텔라는 이해하기 어렵다고 생각했지만, 그건 그녀의 사정이 좀 특수한 탓이었다.

에스텔라는 아버지에게 검을 배우고 아버지의 말을 타 보았으며, 역시 아버지가 가르치는 군사학을 배웠으며, 독서산과 예법도 대개의 가난한 귀족가에서 그러하듯이 아버지에게서 배웠다. 그녀는 자기가 여자라는 것만 제외한다면 기사가 되기에 제법 괜찮은 환경에서 자랐다는 것을 알았지만, 비슷한 수준의 다른 입단 기사들이 어떤 상황에 놓여 있는지 정확히 알지 못했다.

대체로 치안대 기사들은 입단 시험 성적이 낮았다. 그렇다는 것은 집안이 그리 부유하지 않거나 신분이 낮은 경우가 많다는 뜻이다. 부유하지 않다면 군사학 교습과 기마술을 배우기 위해 쓴 비용이 부담이 될 테고, 신분이 낮다면 좋은 검술을 구하고 예법을 배우는 데에 큰돈을 들였을 것이다. 신분과 재산이 둘 다 부족하다면 말할 것도 없었다.

큰 투자를 했으니 큰 보상을 거두어야 한다. 그래야 수지가 맞는다. 치안대의 한가함에 만족하는 사람은 드물었다. 치안대 기사들은 대부분 별도로 또다시 교습을 받거나 검술 수련에 박차를 가했다. 조금이라도 실력을 쌓아야 의무 배속 기간이 끝난 후에 더 좋은 곳으로 옮겨 갈 수 있기 때문이었다.

그녀는 그런 기사들과 상황이 전혀 달랐다. 만일에 그녀가 진짜로 에스틴 아르투르라는 이름의 청년이었더라면 아마 다른 꿈을 가졌을 수도 있었다. 아버지의 족적에 대한 동경도 없지 않았고, 검을 잡은 사람으로서 올라갈 수 있는 끝이 궁금하지 않다면 그것도 거짓말이다. 경쟁도 하고 싶었다. 그러나 그녀는 어차피 높은 곳으로 올라갈 처지가 아니었다. 그녀는 현실을 빨리 납득하는 성격이었다.

지금도 팔자는 충분히 좋았다. 아버지가 그립기는 했지만, 살아 계신 동안에 의지하며 안주해 온 시간들보다 몸이 훨씬 편했다.

그녀는 이제 아침 일찍 일어나 집을 환기하고 요리할 필요도, 아버지를 출사시킨 후에 청소를 할 필요도 없었다. 두 사람 분량의 옷을 빨고 말리고 다리고 바느질할 필요도 없었다. 날마다 긴 머리를 감고 말리는 수고도 하지 않아도 되었고, 외출하기 전에 거울을 볼 필요도 없었고, 겨울에 스커트 밑에서 추위에 어는 다리를 손으로 쓰다듬지 않아도 되었다.

아침은 나오면서 대강 샌드위치 같은 것을 사서 때우고, 저녁도 사 먹고, 청소와 빨래는 메이드에게 맡겼다. 아버지의 수입으로도 할 수 있지만 다 자란 딸이 있기 때문에 하지 않았던 소비를 시작하자 에스텔라의 생활은 매우 쾌적하고 풍요로워졌다.

"아아, 이래서 결혼을 하나 봐."

치안대 제2대대 사무실에 놓인 소파에 반쯤 드러누운 채 에스텔라는 졸음에 겨운 목소리로 흥얼거렸다. 퀸이 웃으며 대꾸했다.

"에스틴 경이 올해 생일에 스물셋이시죠? 이제 혼기가 꽉 찼군요."

"응……."

31

대답이라기보다는 게으른 소리를 내며 에스텔라는 손을 뻗었다. 델핀이 재빨리 그녀의 손이 닿는 곳까지 쿠키 상자를 밀어 주었다.

그녀는 여러모로 부하들의 신뢰와 사랑을 얻었는데, 그 이유 중 가장 큰 것이 떨어지지 않게 사다 놓는 이 쿠키였다. 자기가 먹으려고 사는 것이지만, 그녀는 쪼잔하게 먹을 것에 부하들이 손을 못 대게 하지 않았다. 자식이 있는 치안대원들이 슬쩍슬쩍 한 줌씩 가져가는 것도 웃으며 보았다.

베이커리에 돈을 쓰는 것은 그녀가 자신을 위해 부리기 시작한 작은 사치 중 하나였다. 부양가족이 있고 자식이 있어 훗날 그 자식을 또다시 기사로 키워야 한다면 치안대 월급만 가지고는 모자라겠지만, 그녀는 어차피 홀몸이었다. 에스틴으로 살든 에스텔라로 살든 그녀는 일가족의 가계를 책임질 가장의 입장이 되지는 못할 터였다.

"아직 약혼조차 못하신 거 보면 뭐 문제 있으신 거 아닙니까?"

"무슨 문제?"

"빚이라든가, 얼굴이라든가, 몸매라든가."

"빚 없어. 역시 얼굴이 문제인가?"

"에스틴 경 얼굴이 어디가 어때서요? 요즘 여자들은 곱상한 거 좋아합니다. 에스틴 경 정도면 충분히 중간은 가죠. 머리도 작고."

"머리요?"

"우리 딸 말이, 요즘 여자애들은 남자 머리 크기를 그렇게 중요하게 본다고 그러더라고."

"단순히 머리 크기가 아니라 비율이겠지."

에스텔라는 혼잣말로 중얼거렸다.

"우리가 보기엔 솔직히 빈약해 보이긴 하는데, 또 그런 것도 좋다고 그러더라고요. 근육 덩어리보다 훨씬 멋지고 섬세해 보인다나 어쩐다나."

"단, 잘생겼을 경우에 한해서."

"대대장님 정도면 괜찮죠, 뭐. 저기 행정 관리소 가면 에스틴 경만도 못한 멸치도 드글거리는데."

"나'만도 못하다'는 게 무슨 뜻이야?"

에스텔라는 분명히 들어 먹지 않을 거라고 생각하면서도 반박했다. 역시나 듣는 사람은 아무도 없었다. 안 들어도 관계없었다. 이 아저씨들이 말하는 '남자다운' 용모라는 건 어깨를 부딪치면 겁을 집어먹을 듯한 얼굴을 말하고, '믿음직한' 체구라는 건 곰을 가리켰다.

권이 쓴웃음 지으며 말했다.

"델핀네 딸내미 수준에서 그런 이야기가 다 무슨 소용이야? 에스틴 경도 기사인데, 너네 딸이 얼굴을 따질 급은 아니지."

"어디 돈 많은 부잣집 따님이나 준남작가 같은 데에서 중매 안 들어옵니까?"

"치안대 기사한테 무슨."

"하긴, 그것도 그렇네요."

에스텔라의 대답에 잭이 재빨리 말했다.

"빨리 장가가려면 노력을 하셔야지."

"아서라. 우리 대장님은 글렀어."

"내가 왜?"

"얼굴은 타고난 거라 어차피 못 고치잖습니까? 중매가 안 들어온다면 대장님 쪽에서 믿을 만한 중매쟁이를 찾아 부탁하거나 열심히 사교계를 쫓아다니면서 귀한 집 영애들에게 눈도장을 찍거나, 그것도 아니면 스펙 업을 위해 출세를 하셔야 할 텐데, 게으른 에스틴 경이 과연……?"

모두가 "그렇네." 하고 납득해 버렸다. 에스텔라만 나른하게 늘어진 채로 집에 돌아가면 오늘은 옷장을 정리해야 할 텐데 하기 싫어 죽겠고 내일부터는 망할 놈의 피 흘리는 기간이구나, 하는 생각을 하면서 중얼거렸다.

"인연이 있으면 어떻게든 되겠지."

에스텔라의 그 말에 다른 이들이 푸하하 웃었다.

게으름뱅이 에스틴 경.

그게 기사가 된 이후로 그녀에게 따라붙은 별명이었다.

일을 하지 않고 치안대 사무실 소파에 들러붙어 있다고 해서 생긴 별명은 아니다. 오히려 날마다 사무실에 나오기 때문에 생긴 별명이었다. 다른 기사들이 실력을 키우고 고위 귀족에게 눈도장을 찍으러 다니느라 사무실에 나올 시간이 없다는 걸 생각하자면 매우 적절한 평가라고 할 수 있었다.

모처럼 기사가 되어 놓고 출세할 생각이 없는 모양이라고 치안대원들은 수군거렸다.

에스틴 경이 몰락한 명문 출신의 가난한 준남작이라는 것은 모두가 알고 있다. 그렇다면, 가문을 재건하는 다음 수순은 당연히 부족한 재력을 채워 줄 수 있는 부자, 이왕이면 상속녀와 결혼하는 것이다. 그러려면 눈을 낮추어 기사 작위조차 아쉬운, 신분이 좀 낮은 집안과 결혼하든가, 아니면 본인이 출세하여 제국 기사단이나 황궁 기사단 같은 상위 기사단으로 가든가, 높은 귀족에게 눈도장을 찍고 인맥을 만들든가 해야 한다.

실력이 있으니 노력만 한다면 금방 출세할 수 있을 텐데. 퀸은 소파에서 고롱대고 있는 에스텔라를 아쉬운 눈으로 바라보았다. 저래서야 치안대를 벗어나 상위 기사단으로 가기는커녕 사교계에 나가 귀족 영애 상대로 춤이라도 한 번 출 수 있을지 참으로 걱정이 크다.

이제까지 수많은 미덥지 못한 치안대 기사들을 모셔 온 그로서는 일에 충실하고 사람도 다감하여 그들 같은 평민 치안대원들과도 허물없이 지내는 에스텔라가 참으로 아까웠다.

정작 그 에스텔라의 '이래서 결혼을 하나 봐.'라는 말은 집안일 해 주는 사람이 있으니 너무 좋더라는 뜻의 발언이며, 고뇌에 찬 얼굴은 외로우니 강아지나 고양이를 기를까, 아니면 저녁에 크림이 발라진 보드라운 카스텔라나 사 가지고 갈까 하는 고민에 의한 것이었지만 말이다.

팔자 편한 에스틴 경에게도 고민이 없지는 않았다.

가장 큰 고민은 비교적 최근에 생긴 것이다. 티소엔 크렐리디안 경이 3년의 국경부대 의무 배속 기간을 끝내고 귀경한 지 6개월째였다.

"이봐, 에스틴 경."

'용의 날'마다, 출사하면 그 얼굴을 보게 되었다.

알펜슈타인의 한 주일은 다음과 같이 구성된다.

빛의 날, 하늘의 날, 땅의 날, 기둥의 날, 용의 날, 숨결의 날, 생명의 날, 어둠의 날.

이는 신화에 따른 것이다. 알펜슈타인의 국교에 따르면 세상에 빛을 채워 문을 연 것은 여신 세베르이나였다. 그녀가 잠들면 동생 아르펜디아가 어둠을 이끌어 문을 닫는다.

하늘이 먼저 환해지고, 그 뒤에 땅이 생겼다. 세베르이나와 아르펜디아가 함께 있으면 혼돈의 소용돌이가 생겨나기에 그녀들은 땅과 하늘 사이에 기둥을 세워 서로의 영역을 갈랐다. 용이 그 기둥을 타고 날며 숨결을 세상 곳곳에 뿜었다. 그렇게 하여 세상이 따뜻해지고 생명이 태어났으며, 죽으면 다시 어둠 속으로 가라앉는다.

에스텔라는 용의 날을 좋아했었다. 용의 날에는 그녀가 사랑해 마지않는 베이커리 레오폴드에서 다섯 개 한정 디저트를 판매한다. 수도를 몽땅 다 뒤져도 레오폴드처럼 보통 사람이 크림이나 초콜릿 디저트를 제대로 맛볼 수 있게 해 주는 가게는 없다. 그녀가 한가한 치안대 기사라서 다행이라고 생각하는 날이기도 했다.

그러나 이제는 아니었다. 티소엔의 정기 휴일이 용의 날이었기 때문이다.

티소엔 크렐리디안은 에스텔라와 같은 해의 입단 시험 수석 합격자였다. 시험을 보러 갈 때까지 집순이였던 에스텔라는 몰랐지만, 그는 사실 카이덴 후작가의 셋째 아들로 어릴 때부터 검술 천재로 이름이 높았던 몸이다. 크렐리디안이라는 것은 모친의 미들네임으로, 신분을 숨기기 위해 사용하던 것이었다. 지금은 카이덴이라는 성 대신 기사명으로 쓰이고 있었다.

셋째 아들이라도 카이덴 후작가쯤 되면 물려받을 작위가 하나쯤은 있게 마련이지만, 티소엔은 그 길을 택하지 않았다. 제국 아카데미를 졸업한다는 선택지도 안이하다고 거부했다. 아카데미를 졸업

하고 기사 작위를 받아 가문에 머무르는 것이 자신의 재능을 충분히 살릴 수 있는 길이 아니라고 생각했던 것이다. 대신에 그는 제국 군부에서 자신의 능력을 떨칠 수 있기를 바랐고, 소망하는 바를 이루고자 가족의 반대를 무릅쓰고 집에서 뛰쳐나와 입단 시험을 치렀다.

그리고 기사가 되었으나, 모두가 예상하던 바와 같이 그는 바라던 대로 제국 기사단으로 들어가 몬스터 산맥으로부터 나라를 지키는 최전방에 나서지는 못했다. 눈에 넣어도 아프지 않을 정도로 셋째를 귀여워하는 카이덴 후작이 그를 그대로 내버려 둘 리 없었던 것이다.

그는 아들이 의무 배속 기간을 끝내자마자 황궁 기사단에 꽂아넣었다. 티소엔은 몹시 불만스러워했지만, 제국 군부는 티소엔보다 카이덴 후작 쪽에 아쉬운 게 훨씬 많았다.

어쨌든 티소엔은 귀경했다. 그리고 에스텔라는 귀찮아졌다. 3년이 지났어도 그가 에스텔라를 잊지 않고 있었기 때문이다. 그는 돌아오자마자 에스텔라의 소속을 알아내서 치안대로 찾아왔다. 그리고 문짝을 걷어차며 버럭 소리부터 질렀다.

「치안대라니, 말이 돼!?」

안 될 건 대체 뭐람. 에스텔라의 성적은 딱 치안대에 배속될 수준이었고, 그 생활이 무척 만족스러웠다. 에스텔라는 짜증이 나서 반문했다.

「말이 되든 말든, 네가 뭔 상관인데?」

그는 분기탱천하여 장갑을 던졌다. 어차피 대련을 신청하러 온 참이었다. 똑같은 싸움에 증인과 각서가 추가되었을 뿐이었다.

에스텔라가 기막혀한 것은 당연한 일이다.

이제는 티소엔이 누구인지 그녀도 알고 있었다. 마음 같아서야 이번에야말로 시원하게 싸워 보고 싶었으나 증인까지 있는 결투에서 이겨 버릴 수는 없었다.

이래저래 그녀는 부상을 감수하고 패했지만, 티소엔은 이번에도 납득하지 않았다. 그 이후로 계속해서 휴일만 되면 찾아오게 된 것이다.

그게 벌써 반년째였다.

"하아."

에스텔라는 티소엔의 얼굴을 보자마자 일부러 과장된 태도로 한숨을 내쉬었다.

일찍이 티소엔의 관심을 이런 식으로 취급한 사람은 없었다. 그게 더 좋지 않았던 것일지도 모른다. 에스텔라가 다른 사람들과 마찬가지로 그의 신분을 알고 교제를 깊이 하고자 애쓰거나 조금이라도 태도가 달라졌더라면 티소엔의 관심도 틀림없이 식었을 것이다. 그러나 에스텔라는 티소엔이 아무리 찾아와도 귀찮아하는 표정 이외의 것을 한 일이 없고, 거리를 좁히려는 어떠한 시도도 하지 않았다.

그녀가 티소엔을 경원하는 것은 결코 고결해서가 아니었다. 친해짐으로써 얻을 것이 조금도 없었다. 사교계의 총아, 미래의 요직 인사와 친해져 봐야 남의 눈에 띄고 정체를 들킬 우려나 생길 것이었다.

그녀가 온 힘을 다해 고개까지 절레절레 젓자 티소엔이 무안함에

38

얼굴을 벌겋게 만들었다.

"경은 나를 볼 때마다 한숨부터 쉬는군. 그나저나 지금이 몇 시인 줄은 아는 건가? 이제 곧 점심시간이야. 기사 된 이가 이렇게 불성실해서야 되겠나."

"프리스든 각하께서도 아무 말씀 안 하시는데 네가 왜 간섭이야?"

"나는 기사로서의 기본적인 자세를 말하는 거야. 에스틴 경, 경은 너무 게을러!"

"치안대 기사가 매일 출사하고, 필요한 자리에는 언제든지 가고, 호출당할 때 꼬박꼬박 잘 나서면 됐지. 프리스든 각하께서는 늘 나에게 최고 등급의 근무 평점을 주시는데 대체 왜 다들 나에게 이렇게 게으르다고 난리들인지 모르겠어."

"경에게는 향상심이 없는 건가?"

"어."

"에스틴 경."

티소엔이 흰 이마를 구겼다. 에스텔라는 장갑을 맞을 준비를 하고 있다가 그것을 보고 불현듯 울화를 느꼈다. 어째서 여자인 자기보다 티소엔의 이마가 더 희단 말인가. 심지어 티소엔은 하루 종일 실외의 연무장에서 사는 종류의 인간이었다.

"없다니까, 향상심. 있어 봐야 너 같은 사람만 늘어서 귀찮아질 뿐이잖아."

"더 실력을 쌓고 싶다는 생각은커녕 있는 실력조차 깎아 먹고 싶어 안달인 것 같아, 경은! 아르투르 가문을 일으켜 세울 마음이 있긴 한 건가!"

"없대도."

일으켜 봐야 물려줄 자식도 없었다. 훗날은 모르는 것이니 어디서 좋은 남자를 만나 결혼해서 자식을 낳을지는 모르겠지만 그 아이가 아르투르 가문을 물려받을 가능성은 확실히 제로였다.

티소엔이 버럭거리며 에스텔라의 손목을 붙잡았다. 확실히 장갑이 날아오는 것보다는 나았지만, 악력으로나 신체적인 내구도로나 도무지 남자들을 따라갈 수 없는 에스텔라는 아픔에 얼굴을 찡그렸다.

"티소엔!"

"엄살 부리지 마. 가서 일단 나랑 대련을 한판 하지. 그간 실력이 얼마나 늘었나 봐야겠어."

"실력이 늘긴 무슨. 지난주 내내 슬라드 백작가에서 없어진 조각품 문제로 실랑이하는 것밖에 아무것도 안 했는데."

"경 말고 나."

"어?"

"경 말고 내 실력이 얼마나 늘었는지 봐야겠어."

"티소엔, 나는 네 실력 측정기가 아니야. 대련을 하려면 황궁으로 가라고! 황궁 기사단에 향상심이 넘치는 훌륭하고 재능 있는 청년 기사가 얼마든지 있잖아! 누구라도 네가 같이 수련하자고 하면 좋아할 텐데."

"······나는."

티소엔이 잠깐 침묵했다가 미간에 깊은 주름이 팰 정도로 심각한 얼굴을 했다. 그리고 쥐어짜 내듯이 말했다.

"나는, 경이 좋아. 경이 아니면 누구를 상대로도 부족함을 느껴."

그는 지극히 진심이었다. 이렇게까지 솔직하게 내심을 털어놓은 경험이 처음인 나머지 심지어 말꼬리가 떨리기까지 했다.

미남에게 고백받았다.

물론 에스텔라는 전혀 기쁘지 않았다. 이게 발목까지 내려오는 스커트를 입은 에스텔라 아르투르에게 꽃과 함께 바쳐진 고백이라면 조금은 두근거렸을지도 모르지만, 늘상 장갑으로 얻어맞던 에스틴 아르투르에게는 황당할 뿐이었다. 애초부터 그 고백과 그 고백은 다르기도 하지만 말이다.

그녀는 시큰둥한 얼굴로 티소엔을 쳐다보았다.

"미안. 연하남은 취향이 아니라서."

"뭐?"

티소엔이 발끈했다. 에스텔라는 다시 한 글자씩 똑바로 발음해 주었다.

"연하남은 취향이 아니라고."

"그것과 내가 경에게 수련을 같이하자고 청하는 게 무슨 상관인가! 나는 경의 검에 반한 거고 절대로 경이, 그러니까……."

말하면서 티소엔의 얼굴이 점점 발갛게 물들더니 끝에 가서는 새빨갛게 변해 목소리가 쥐구멍으로 기어들어 가기라도 할 듯이 작아졌다.

에스텔라는 그 얼굴을 쳐다보다가 티소엔과 마찬가지로 얼빠진 기분이 되었다. 네 그 진심을 다한 라이벌 의식은 농담으로 받아 주겠다는 취지에서 한 말이었는데, 아무래도 열혈 청년 기사를 그릇된 방향으로 자각시킨 것 같았다.

"티소엔 경이……?"

깜짝 놀란 목소리가 새되게 울려 퍼졌다. 주책없는 델핀이 이쪽의 이야기를 들으며 수군대다가 실수로 목소리를 높인 것이다.

로위가 재빨리 두 손으로 그의 입을 틀어막고는 어색하게 웃으며

"아무것도 아닙니다. 아무것도 아니에요."라고 말하면서 고개를 숙이고 끌고 나갔다.

티소엔은 목까지 새빨갛게 물든 채로도 화가 난 얼굴로 반박하려고 들었다.

"내가 경을 좋아한다는 게 뭐 안 될 일인가!"

안 되지, 그럼. 카이덴 후작이 칼도 아니라 기사단을 들고 쫓아올 텐데.

에스텔라는 그가 자신이 여자라는 것을 깨닫고 좋아하리라고는 조금도 생각하지 않았다. 티소엔은 명민하고 재능이 넘치는 기사였으나 워낙 집에서 둥개둥개 키워진 탓인지 인간관계적인 측면에선 눈치가 없었다.

사실 티소엔을 트집 잡을 것은 없었다. 머리를 자르고 바지를 입은 지 4년, 슬프게도 에스텔라가 여자라는 것을 알아챈 사람은 아직 한 명도 없었다. 치안대 사람들은 그렇다 치더라도 제법 얼굴을 맞댔던 옆집의 스트롱 부인조차 눈치채는 기색이 없어서 그녀는 조금 서러웠다. 누나와 똑 닮았다고 놀라긴 했지만 말이다.

그래, 곡선이라고는 없는 몸매이긴 했다. 곱상한 남자처럼은 보여도, 여자처럼은 조금도 보이지 않는 것 같았다. 그녀가 보기에도 치안대 제복이 드레스보다 백배는 어울렸다. 운명의 패션을 발견한 것이라고 해도 과언이 아니었다.

에스텔라의 얼굴이 점점 썩어 가는 것을 보고 티소엔은 크게 분개했다.

"왜 나를 그런 식으로 몰고 가는 건가! 난 그냥 경과 친구가 되고 싶은 것뿐이라고!"

그리 설득력이 있진 않았지만, 불행히도 에스텔라에게는 친구가 없었고 남자의 우정은 더더욱 몰랐으므로 휴일마다 찾아오며 얼굴을 붉히는 게 비정상이라고 단호하게 말하지는 못했다.

마침 그때였다. 쿵쾅쾅 사무실 문을 열고 로위가 뛰어 들어왔다.

"에스틴 경, 무력 지원 요청입니다."

"무력 지원?"

"우다르드 숲에 곰이 나타났다고 합니다."

"아, 벌써?"

에스텔라는 게으른 태도로 되물었다. 내일 가지 뭐, 라고 생각하려는 참에 로위가 다시 말했다.

"아카데미 2학년 의술부 학생들이 숲에 갔다고 합니다. 약초학인가 뭔가의 수업으로."

"곰이 나타날 시기에 우다르드에?"

그녀는 기가 막혀 되물었다.

"벌써, 라고 말하신 건 에스틴 경이시잖습니까? 올해 날씨가 따뜻해서 그런지 예년보다 이르군요. 마주력도 일찍부터 팽창하고 있었으니까요."

퀸이 대답했다. 에스텔라는 한숨을 내쉬고 몸을 일으켰다. 그리고 구겨진 제복을 툭툭 손바닥으로 두드려 폈다.

"지금 갈 건가?"

"빨리 가야지. 학생들이 있다고 하잖아."

캐비닛을 열어 평소에는 처박아 두는 강철 건틀렛을 꺼내 끼면서 에스텔라는 그렇게 대답했다. 흉갑이나 정강이 보호대는 내버려 두었다. 우다르드 곰은 뻔한 상대였다. 쓸데없이 금속을 붙여 몸을 무겁게 할 필요가 없었다.

"여하튼 티소엔, 난 가 볼게. 퀸, 잘 대접해서 보내. 보리차라도 한 잔 주고."

본인에게 이만 가라고 말해 봐야 소용이 없을 것 같아서 그녀는 그렇게 말했다. 그리고 예상대로 티소엔은 귀찮게 나왔다.

"같이 가겠어."

"됐어. 휴일이잖아."

"어차피 오늘은 할 일도 없고, 우다르드 곰이라면 상대해 본 적은 없지만 허수아비를 베는 것보다는 수련이 되겠지."

"……."

에스텔라는 떨떠름한 기분이 되었다. 네 머릿속엔 수련뿐이냐, 라는 말이 혀끝까지 나왔는데 티소엔이 또다시 얼굴을 조금 붉혔다.

"경이 다른 자와 싸우는 것을 보고 싶어."

자신에게 로맨틱한 의미의 흥미가 있는 것은 역시 아닐 것이라고 에스텔라는 이 말로 확신했다.

우다르드 곰은 오로지 우다르드 숲에만 서식하는 식물계 몬스터이다. 곰인형과 곰의 중간 정도 되는 애매한 모습으로, 상당히 공격적이고 무리를 이루어 움직인다.

어떻게 엘첸 같은 대도시 주위의 숲에 이런 몬스터의 집단 서식지가 있을 수 있는가, 어떻게 식물계 몬스터가 우다르드 곰처럼 민첩하고 개별적으로 움직이는가, 왜 하필 곰이라고는 찾아볼 수 없는 중부지방에 서식하는 몬스터가 곰의 형상을 하고 있는가에 대해서 엘첸 신화, 혹은 우다르드 설화군이라고 불리는 일련의 마녀 이야기가 설명하고 있다.

그중 하나의 이야기에 따르면, 알펜슈타인이 우다르드 지역 일대를 정복하던 마지막 시기에 우다르드 숲에 남은 마지막 마녀는 아홉 살이었다. 마녀는 어렸지만 마지막 남은 영역의 지배자로서 우다르드를 지켜야겠다고 생각했다. 그리고 막대한 마주력을 동원하여 숲을 지키는 몬스터를 창조해 냈다.

그 아홉 살짜리 마녀의 마음속에 있었던 가장 무서운 모습이 동화책에서 읽었던 불곰의 모습이었다고 한다. 어린 마녀는 천 년을 거쳐 내려오는 하나의 종을 창조할 정도의 마주력을 가지고 있었지만, 잔인성과 흉악함에 대한 개념을 구체적으로 그려 내지 못했기 때문에 여러모로 우다르드 곰은 어중간한 몬스터가 되고 말았다.

물론 기사들처럼 전문적으로 무기를 다루는 사람의 기준으로서 어중간하다는 것이다. 일반인에게는 우다르드 곰 한 마리만 있어도 감당 못 할 큰 위협이었다. 치안대원이나 자경대원처럼 제법 싸움을 할 줄 안다 하는 사람에게도 마찬가지였다.

하나하나의 개체는 진짜 곰보다 공격력이 약하지만, 사냥꾼을 모아 우다르드 곰을 잡게 하는 것은 어려웠다. 왜냐하면 우다르드 곰은 동물이 아니라 식물이기 때문에, 활로 급소를 쏘아 맞춰 잡는다거나 하는 것이 불가능한 데다가 집단행동을 하기 때문이다. 곰 한 송이를 보았다고 생각한 순간 사방이 수십 송이의 곰으로 둘러싸이는 사태가 되기 십상이다. 별수 없이 우다르드 곰의 개체 수를 줄이는 데에 기사가 동원되곤 했다.

그리고 만만한 게 치안대 기사라서 이 시기에 지원을 요청받는 것은 연례행사였다. 상대적으로 치안대에서 유일하게 바쁘다고 할 수 있을 만한 시기이고, 수련이 되기에 다른 기사들이 그나마 싫어하지 않는 임무이기도 했다.

티소엔과 말 머리를 나란히 한 채 우다르드 숲으로 향하면서 에스텔라가 물었다.

"우다르드 곰을 잡아 본 적 있어?"

"아직."

"표현이 이상하네. 네 수준이라면 우다르드 곰쯤이야 쓸어다 잡을 수도 있을 텐데, '아직'이라니."

"나는 알펜슈타인에 있는 모든 몬스터를 상대할 수 있는 기사가 되는 것이 목표야. 우다르드 숲은 가까워서 미뤄 뒀는데 마침 좋은 기회로군."

"아하, 손쉬운 상대라고 해서 방심하지 않고 '아직' 상대해 보지 않은 몬스터로 치겠다는 건가?"

"그래. 방심하는 기사는 최악이니까."

"그럼 고블린과도 싸워 봤어?"

"입단 시험을 치기 전에 2년 정도 수련 여행을 했는데 그때 마주쳤었지."

"수련 여행을 집에서 순순히 보내 줘?"

"공식적으로 성년은 열여덟이지만, 남자 나이 열여섯이면 한 사람 몫을 할 수 있다고 생각한다."

가출했다는 뜻인 모양이었다. 카이덴 후작이 겪었을 괴로움이 충분히 짐작 가서 에스텔라는 쓴웃음을 짓고 말았다.

"넌?"

티소엔이 그녀를 바라보고 고개를 갸웃했다.

"실전 경험은 입단 전까지는 전혀."

에스텔라는 사실 우다르드 곰과 싸우기 위해 숲에 진입할 때까지 한 번도 몬스터를 실제로 목격한 적조차 없었다. 처음 이 임무를 받아 참전했을 때에는 벌벌 떠느라 검을 손에서 미끄러뜨렸다. 아버지의 수련용 검보다 무섭지 않다는 걸 알고 나서부터는 날아다녔지만 말이다. 그 뒤로도 우다르드 숲의 몬스터밖에 상대해 본 적이 없었다.

굳이 돈 나오는 일도 아닌데 찾아가 싸움을 할 정도로 그녀는 적극적인 성미가 아니었다. 그리고 정년이 될 때까지 치안대에 눌어붙어 있을 작정이었으므로 그 외의 몬스터와 싸우는 일이 생길 거라는 생각도 하지 않았다.

티소엔이 의외라는 듯이 말했다.

"그래? 응용력이 뛰어나기에 틀림없이 오랫동안 수련 여행을 했을 거라고 생각했는데."

"아버지에게 15년쯤 수련용 검으로 맞다 보면 그렇게 돼."

"리스칸 아르투르 경 이야기인가?"

"어."

"강직하고 엄격한 분이라는 이야기는 들었었지. 아들 교육에도 봐주는 법이 없는 분이셨는가 보군."

티소엔이 부럽다는 투로 말했다. 에스텔라는 이번에도 쓴웃음을 지었다. 카이덴 후작이 티소엔에게 캐러멜 시럽 같은 남자라는 것은 귀 어두운 에스텔라조차 알았다.

"경은……."

티소엔이 망설이는 투로 말했다.

"휴일에는 대부분 무얼 하나?"

"휴일에?"

에스텔라는 잠시 고개를 기울이고 생각해 보았다. 아버지가 살아 계시던 시절에 휴일이란 아버지의 휴일이었고, 삼시 세끼 밥을 차리는 것만으로도 혼자 있을 때보다 월등히 할 일이 많은 날이었다.

지금은, 역시 딱히 하는 일이 없었다.

"책을 읽거나, 사러 가고 싶었던 게 있으면 외출을 하거나."

"수련은?"

"음. 수련도 하긴 해. 그렇지만 주로 먹어."

벽난로 앞에 드러누워 발을 데우면서 쿠키를 아작거리는 시간이 야말로 에스텔라의 행복의 궁극이었다. 티소엔은 그 말을 전혀 다르게 받아들였다.

"하긴, 경은 체형이 좋지는 않지. 체중도 적어도 지금의 1.5배 정도는 늘려야 할 테고."

"아니, 별로 그러고 싶지 않아⋯⋯."

1.5배라니, 끔찍했다.

"설마 체중을 늘린답시고 과자 같은 걸로 때우는 건 아니겠지?"

"⋯⋯."

"근육을 불리려면 당분이 아니라 제대로 단백질을 먹어야지. 혹시 다음 용의 날에⋯⋯."

"에스틴 경!"

티소엔이 머뭇머뭇하면서 새로운 제안을 꺼내려던 참이었다. 멀리에서 그들을 본 경비대원 하나가 손을 크게 흔들며 외쳤다. 말이 잘린 티소엔이 얼굴을 구겼다.

"실례."

에스텔라가 그에게 미소를 지어 보이고는 말에서 가볍게 뛰어내렸다.

경비대원들이 우르르 달려와 그녀를 둘러쌌다.

"오늘도 에스틴 경이 일착입니다."

여기저기에서 은화를 주고받는 모습이 보였다. 티소엔은 눈살을 찌푸렸고, 에스텔라는 손을 내밀었다.

"나 가지고 내기했지?"

"헤헤."

"수수료."

경비대원 중의 하나가 당연하다는 듯이 그녀에게 1골드를 건넸다. 그녀는 그것을 품에 챙겼다. 티소엔이 퉁명스레 말했다.

"기사를 내기의 대상으로 삼다니, 불경하군."

"이까짓 걸로 무슨 불경씩이나. 넌 부하들하고 내기한 적 없어?"

"없어."

"하긴, 없을 것 같다. 네가 가까이 오면 부하들이 갑자기 딱 입을 다물거나 하지 않아?"

티소엔이 진짜로 입을 다물었다. 에스텔라는 웃어 버렸다.

"좀 더 편하게 대해 주라고. 긴 시간 동안 동고동락하는 사이인데 끊임없이 긴장하고 있으라는 것도 가혹한 이야기잖아. 기사들끼리라면 또 모르겠지만, 일반 병사나 치안대원들한테 그러면 안 되지."

"경처럼 간단히 되는 게 아니야."

그가 조금 울적하게 말했다. 에스텔라는 가까이 다가온 경비대장에게 물었다.

"상황은 어떤가?"

"일단 진입로는 모두 막았습니다. 우다르드 곰이 피는 시기라고 하면 다들 출입 금지는 잘 지키니까요. 아카데미 의술부 학생 서른두 명과 인솔 교사 두 명, 그리고 버섯 채집을 하러 들어간 여자가 몇 명 있다고 합니다만, 우다르드 숲에 자주 다니던 여자들이라면 곰을 피하는 법도 알고 있겠죠."

"알았어. 아카데미부터 염두에 두고 찾아보지. 지원 요청은 또 어디어디에 했나?"

"평소랑 똑같습니다. 치안대와 방위대요. 하지만 방위대는 올지 안 올지 모르고, 치안대 기사들도 아마 6시간은 걸려야 도착할 겁니다."

"평소처럼 말이지."

"그렇지요."

은화를 벌어들인 경비대원이 말했다.

"지원 요청을 받고 출동하는 데 6시간이나 걸린다고?"

"보통 그래."

티소엔이 또다시 미간을 찡그렸다. 여전히 찡그려도 고운 이마였다.

"우다르드 숲에는 걸어 들어가야 해."

그는 에스텔라의 말에 두말없이 말에서 내렸다. 대련을 생각하고 왔으므로 그의 장비도 에스텔라만큼 가벼웠다. 검 한 자루, 버클러, 금속 건틀렛과 미늘부츠뿐이다. 그가 버클러를 팔에 장착하고 검의 위치를 재조정하는 동안에 경비대원이 의아하게 물었다.

"그런데 저분은 누구십니까?"

"티소엔 크렐리디안."

경비대원들이 고개를 갸웃했다. 에스텔라는 성씨를 덧붙여 주었다.

"카이덴."

"아!"

"그, 천재라는?"

"황궁 기사 아닙니까?!"

"우와!"

함성이 터졌다.

"에스틴 경에게 친구가 있었어요?!"

에스텔라는 잠시 지금이야말로 명예를 위해 칼을 뽑아야 할 때가 아닌가 생각해 보았다.

둘은 나란히 걸어서 우다르드 숲 안으로 들어갔다.

"우다르드 곰을 상대하는 방법은 알고 있어?"

"마력핵이 하복부, 진짜 곰이라면 배꼽에 해당하는 자리 정중앙에 있다지?"

"맞아. 곰이라고 생각해서 목을 베거나 심장을 찌르려는 놈들이 간혹 있는데, 그러다가 낭패를 보지."

식물계 몬스터는 마력핵을 파괴하지 않으면 죽지 않는다.

에스텔라는 평이하게 말하며 앞장서서 걸음을 옮겼다. 신록이 올라오는 봄철의 우다르드 숲은 아름답다. 마녀가 살았던 숲이라면 사람들이 으레 떠올리기 쉬운 음산함이라거나 축축함과는 거리가 멀었다. 새로 자라는 풀이 포근하게 밟히고, 연녹색 이파리들 사이로 햇살이 내리쬐었다.

보통 숲이나 산과 달리 우다르드 숲의 낙엽들은 겨울이 되면 마주력으로 변해 땅속으로 스며 버리기 때문에 땅을 덮은 채 긴 시간에 걸쳐 썩거나 하지 않았다. 때문에 어느 지역에서도 볼 수 없는 독특한 식물이나 버섯이 자라는데, 그 대부분이 특별한 식재료로 쓰이거나 귀한 약초가 된다. 이것은 수도의 번성에도, 가난한 사람들의 살림살이에도 상당 부분 기여하고 있었다.

"방향은 알고 가고 있는 건가?"

"아니."

티소엔의 물음에 에스텔라가 대꾸했다.

"하지만 나가는 길을 찾는 법은 알고 있어. 아카데미 학생들이 어느 쪽으로 갔는지 알 방법이 없으니까 그냥 적당히 가 보는 수밖에."

"그런가."

티소엔은 별 불만 없이 그녀를 따라왔다. 처음에는 적절한 긴장을 유지하려는 듯했으나 반 시간 가까이 걸어도 아무것도 나타나지 않았고, 온화한 숲의 분위기와 에스텔라의 태평함이 어우러지자 그러기 쉽지 않았다.

"경은 매년 우다르드 곰을 상대하러 오나?"

"그렇지. 올해가 4년째야."

"경비대원들과도 친해 보이던데."

"자주 지원 요청을 받으니까. 무력 지원을 요청받았을 때에 자리를 지키고 있는 게 대개 나뿐이라서."

에스텔라는 그렇게 말하며 하하 웃었다. 티소엔이 딱딱하게 물었다.

"그렇게 불성실한 자가 많단 말인가?"

"말했잖아. 나는 성실하다니까?"

"……경은 충분히 게을러."

"그야 네 수련 시간에 비한다면 누구라도 게으를걸. 평일에는 일을 하니까, 휴일에는 쉬고 싶다고."

양심 없는 소리라는 것을 에스텔라 스스로도 잘 알고 있었다. 일 없는 보직에 앉아 매일매일 월급 도둑질을 하며 세월아 네월아 시간을 보내고 있으니까.

사실 기사라면 남는 시간에는 수련을 하여 실력을 향상시키는 것이 옳다는 것을 그녀도 알았다. 그러나 치안대 기사가 아닌가. 중간만 가자는 그녀의 신념에 따르면, 적어도 앞으로 10년 정도는 아무 수련도 하지 않고 조금씩 보따리만 풀어도 충분히 버틸 수 있을 것 같았다.

"하지만 휴일이 아닌 용의 날에도 늘 사무실에 있지 않나. 나랑 대련해 줄 여유도 있고."

"그러니까, 그게 폐라니까."

티소엔이 입을 꾹 다물었다.

"······미안하다. 언제든 최선의 상태로 대기해야 하는 게 의무일 텐데."

"맞아, 맞아. 치안대 기사라고 해서 우습게 보고 그냥 나가서 체력 다 소모하고 연무장에서 뒹굴자고 하면 안 된다니까? 갑자기 특급의 실력을 가진 괴한이라도 나타나면 어쩔 거야."

"그렇다면 점심은 어떤가?"

"점심은 왜?"

"체력을 소모하기는 뭐하지만, 시간적인 여유가 있다면, 다음 용의 날에 점심이라도······."

티소엔이 말을 마치기 전에 그의 뒤에서 불쑥 검은 그림자가 솟구쳤다.

에스텔라는 섣불리 소리치거나 하지 않았다. 비록 4년 차 기사라고는 하지만, 둘 다 검술 실력만은 손꼽히는 이들이다. 티소엔도 이미 알고 있었다.

큰 결심을 하고 말을 꺼내는 찰나에 잘리는 게 두 번째였다. 그는 울분을 가득 담아 뒤돌아서며 검을 뽑아 올려쳤다. 뒤에서부터 그를 덮치려던 우다르드 곰이 아랫도리부터 세로로 반쪽 나서 양옆으로 털썩 쓰러졌다.

대단한 힘이다. 에스텔라는 저도 모르게 짝짝 두 손으로 박수를 쳤다. 티소엔이 시뻘게진 얼굴을 손으로 문질렀다.

한 송이의 우다르드 곰이 보이면 사방팔방에 3백 송이쯤이 있다고 보면 된다. 왜냐하면 한 뿌리에서 약 3백 송이가 자라기 때문이다. 그리고 봄철의 우다르드 숲에는 2백 뿌리 정도의 우다르드 곰이 자란다.

그 지식을 티소엔은 싸움을 하면서 에스텔라에게 들었다. 그리고 불합리함도 느꼈다.

그는 몬스터 산맥에서 식물계 몬스터와 여러 차례 싸워 본 경험이 있었으나, 이렇게까지 활동성이 강한 식물계 몬스터는 처음이었다. 과연 이게 정말로 식물이긴 한 건가 하는 의심이 들었다. 순식간에 덮쳐드는 민첩성은 불곰에 비견할 만했고, 움직이는 범위는 티소엔이 전력으로 3분간 달려도 뒤따라올 만큼 넓었다.

대개의 식물계 몬스터는 독이나 포자를 퍼뜨려 공격하거나 뿌리 내린 자리에서 긴 덩굴만 뻗쳐 공격하는데, 이 곰은 생긴 것이 진짜 곰보다 귀엽긴 하지만 동작이 곰 그 자체였다. 심지어 포효와 발톱, 털까지도 그럴듯했다. 베는 손맛이 장작을 베는 것과 똑같지 않았다면 도무지 식물이라고는 생각할 수 없을 정도였다. 놀라웠다.

빠각!

티소엔이 휘두르는 검에 얻어맞은 우다르드 곰이 반토막 났다. 마력핵이 부서지며 곰이 귀 달린 나무가 되어 바닥을 나뒹굴었다.

제법 수련이 되었다. 한 송이라면 티소엔에게는 장작을 베는 것과 큰 차이가 나지 않았겠지만, 압도적인 숫자가 제법 연계성까지 갖추어 습격해 오니 근력적인 의미에서도, 체력적인 의미에서도 힘이 들었다. 투실투실한 아랫배 깊은 곳을 절단해야지만 마력핵을 파괴할 수 있기 때문에 가장 굵은 부분을 토막 내든가, 때리는 순간에 충격파가 배 속까지 전달되어 핵을 파괴하게끔 하지 않으면 안 되었다. 이렇게 쉬지 않고 단독으로 움직일 수 있는 기회도 그렇게 흔치 않았다.

연달아 세 송이를 힘으로 때려 부수다가 그는 문득 에스텔라를 바라보았다. 우다르드 곰을 베는 에스텔라의 검은 자신과 맞설 때보다도 월등히 예리했다. 만월을 그리는 검격이 쉽사리 우다르드 곰의 복부를 파고들어 정확히 절반만 벤다. 마력핵이 있는 딱 그 위치까지였다.

핵이 파괴되면서 검 끝에서 튀어 오른 푸른빛이 칼날을 잠깐 희게 물들이고, 다음 순간 곰이 나무와 풀로 변해 바닥에 무너진다. 에스텔라는 이미 그 자리에 없다. 능숙한 농부가 볏단이라도 베는 것처럼 거침이 없었다. 자기 검이 무엇을 할지 이미 알고 있는 것이다.

자기 능력을 자기가 파악하는 것은 기본 중의 기본이라고 하지만, 그녀만큼 자기 검에 확신을 가지고 있는 사람도 드물 것이다. 티소엔 자신도 스스로의 힘을 정확하게 파악하고 있기는 했으나, 그 확신은 늘 눈으로 확인되는 것이었다. 그러나 에스텔라는 자기가 검을 휘두른 뒤에 일어날 일에 대해 이미 알고 있는 것처럼 보였다.

그녀의 움직임에는 군더더기가 없고 민첩하며 정교하다. 그 정교함은 명성 높은 아르투르 검술의 특징일까? 티소엔은 울렁이는 가슴으로 생각했다.

그 칼끝에 맞서고 싶다. 에스텔라는 그가 대련을 청하면 늘 귀찮다는 듯한 얼굴로 검을 뽑았지만, 정작 마주하면 불이라도 품은 바다처럼 새파란 눈을 했다. 실력을 감추는 것에 스스로도 울화를 느낀다는 것을 티소엔은 이미 알고 있었다. 어째서 그런 얼굴로도 정작 둔한 칼놀림만 하는지는 알 수 없는 일이었다.

"티소엔!"

에스텔라가 경고성을 냈다. 티소엔은 자신이 넋을 놓고 그녀를 쳐다보고 있었다는 사실을 깨달았다. 우다르드 곰 네 마리가 동시에 그를 향해 앞발을 휘둘러 왔다.

"윽!"

왼팔에 낀 버클러 밑에 오른팔을 대고 곰 한 마리의 돌격을 막았으나 제아무리 기술이 좋아도 곰이 들이받는 힘을 완전히 상쇄할 수는 없었다. 티소엔은 통째로 허공을 날아 바닥을 세 바퀴나 굴렀다.

"진짜 게으른 게 어느 쪽인지 모르겠군."

티소엔을 추격하려는 세 마리 곰을 모두 베어 장작으로 만들면서 에스텔라가 불만 가득한 목소리로 말했다.

"신세를 졌다."

그는 벌떡 몸을 일으켰다. 벌써 2백여 송이의 곰이 모두 나무토막의 파편으로 변했으나 아직도 남은 곰이 많았다.

"다음에는 반드시……."

"꺄아아악!"

내가 도와주겠다고 말하기 직전에 여자의 비명 소리가 들려왔다.

에스텔라가 기민하게 반응했다.

“여기를 맡아.”

“에스틴 경!”

“우다르드 숲에는 내가 더 익숙하니까!”

말이 채 끝나기도 전에 그녀가 땅을 박찼다. 티소엔은 “젠장.” 하고 내뱉으며 그녀가 가로질러 가는 길의 뒤를 막았다. 다음 용의 날에 점심 식사를 같이하자는 말을 할 날은 요원해 보였다.

에스텔라는 서둘러 달렸다. 티소엔의 인품도, 실력도 믿었으므로 뒤는 조금도 신경 쓰지 않았다. 그보다는 비명 소리 쪽이 중했다.

분명히 젊은 여자의 외침이었다. 숲에 버섯을 채집하러 간 여자들이 있다고 했으니 그 여자들 중 하나이거나 아카데미의 인솔 교사일 것이다.

비명을 지른 여자는 이미 죽었을 것이다. 그러나 만일에 그 여자가 아카데미 사람이라면, 아직 생존자가 주위에 있을 가능성이 있다. 에스텔라는 필사적으로 달렸다.

그녀는 게을렀고, 기사도 때문이 아니라 돈을 벌기 위해 기사가 되었다. 만일에 자신의 목숨과 타인의 목숨 중 하나를 택해야 한다면 반드시 자신의 목숨을 택할 테고, 티소엔처럼 나서서 몬스터로부터 나라를 지키겠다거나 하는 갸륵한 마음은 갖고 있지 않았다. 그녀는 스스로가 적당히 이기적인 사람이라는 것을 알았다.

그러나 기사도이니 뭐니 하는 것을 전부 떠나서 살릴 수 있는 사람이 팔 닿는 곳에 있는데 외면할 만큼 나쁜 사람도 못 되었다.

그리고 적어도 이 우다르드 숲에서 그녀의 팔은 꽤 길다.

비명은 단 한 번으로 그쳤기에 그녀는 초조해졌다. 비명 소리가 들릴 거리라면 근처에 우다르드 곰이 우글대야 하는데 그렇지가 않았다.

그녀는 소리가 났던 방향을 향해 달려갔다. 발밑에서 봄의 마주력이 담긴 풀들이 빛을 내며 흩어졌다.

그리고 마침내 살인 현장과 맞닥뜨렸다.

에스텔라는 급정지했다. 한참 온 힘을 다해 달렸기 때문에 발소리를 죽일 수는 없었다. 남자가 피에 젖은 검을 들고 그녀를 돌아보았다. 에스텔라는 반사적으로 반걸음을 물러서며 들고 있는 검으로 방어 자세를 취했다.

남자 앞에는 여자의 시체가 있었다. 머리가 목으로부터 두 자 건너 바닥에 구르고 있으니 확실히 죽었다. 에스텔라는 크게 숨을 들이켰다.

"아, 이런."

남자가 뺨에 튄 피를 닦으며 평온하게 중얼거렸다. 에스텔라는 미소하는 태연한 얼굴에 잠시 시선을 빼앗기고 말았다.

중범이지만 아주, 아주 잘생긴 얼굴이었다. 강조를 두 번이 아니라 네 번쯤 해 줘도 좋다. 여태까지 에스텔라가 본 가장 잘생긴 남자는 티소엔이었는데, 그 티소엔도 저기다 갖다 대면 만 명에 한 명쯤 있을 법한 훈남에 불과했다.

여명처럼도, 노을처럼도 보이는 붉은 머리가 마치 환상 같았다. 에스텔라는 저도 모르게 눈을 몇 차례 깜박였다. 그 몇 번 사이에 남자가 그녀의 앞에까지 쇄도해 왔다.

까앙!

근력이 약한 에스텔라는 언제나 직접 검을 마주 대는 것은 극력 꺼렸다. 그러나 이번에는 방심했기 때문에 제때 피하지 못했다. 겨우 상대의 검을 막아 냈으나 힘이 모자라 튕겨 내지도 못하고, 타이밍을 빼앗겨 뒷걸음질만 쳤다.

"그 제복은 치안대 기사로군. 살인자를 앞에 두고 눈이나 깜박거리고 있다니, 소속 부대에 먹칠을 할 셈인가?"

"으, 윽."

두 손으로 검을 잡은 에스텔라를 피할 수도 없을 정도로 짓누르면서도 남자는 하나도 힘을 들이지 않는 듯한 태도로 태연하게 말했다.

"아니, 참. 치안대 기사이니 실력도, 마음가짐도 그것밖에 안 되는 건가?"

"닥, 치시지!"

검에서 힘을 빼며 에스텔라는 내리쳐지는 남자의 검을 피해 바닥을 한 바퀴 굴렀다. 그리고 몸을 발딱 일으키며 횡으로 베어 갔다. 남자가 뒤로 훌쩍 물러났다. 하하 웃는 입술이 즐거운 듯한 붉은색이었다.

"손목 힘이 약하군."

방심할 수 없다고 생각하여 그녀는 입을 다문 채로 그를 공격해 갔다. 남자는 한 번은 여유롭게 에스텔라의 검을 맞받았다. 그러나 튕겨 나가자마자 예리하게 어깨를 찔러 오는 검첨에 다급하게 물러서다가 연달아 급소를 노리는 서슬 푸른 공격에 조금 전의 에스텔라만큼이나 당혹하여 바닥을 굴렀다.

상호 방어구라고는 아무것도 없는 처지였다. 먼저 맞는 쪽이 패배하고, 십중팔구 죽는다.

에스텔라는 아직 이 정도의 강자는 만나 본 적이 없었다. 죽겠다, 라는 예감은 둘째 치고 질 것 같다는 생각조차 들어 본 적이 없었다.

목숨을 걸고 싸울 만큼 기사답게 살아갈 생각은 없었다. 그러나 그것이 가슴 안에 있다. 호승심이 불타올랐다. 에스텔라의 움직임은 조금씩 더 빨라졌다.

그녀는 이제까지 한 번도 진심으로 전력을 다한 적이 없었다. 기사가 된 이후에는 늘 절반의 힘만 사용했고, 부친과 대련할 때에는 절박한 적이 없었기 때문이다.

검 놀림이 그림을 그리듯이 허공을 어지럽게 수놓았다. 남자는 이내 검을 두 손으로 쥐었다. 에스텔라의 약점을 처음부터 깨달은 듯 힘으로 맞부딪치려 했지만, 그녀의 검은 결코 남자를 맞상대하는 법이 없었다. 끼긱거리고 검첨이 칼몸을 훑으며 올라가 옆구리를 노렸다.

남자가 칼과 칼을 맞부딪치는 대신에 왼손을 뻗어 에스텔라의 검을 움켜쥐었다. 장갑 안에 쇠판이 붙어 있었다.

"이름이?"

"알아서 뭣하게."

"죽든 죽이든, 기억해 둘 이유는 충분하지."

지독하게 강한 악력이었다. 좀처럼 검을 움직이기 쉽지 않았다.

"에스틴."

"아하, 에스틴. 좋아. 내 이름은 묻지 않나?"

"살인범의 이름 따위에는 관심 없어!"

에스텔라는 외치는 동시에 검을 비틀어 남자의 손바닥 안을 갈아 버리려 했다.

그때 우다르드 곰이 피 냄새와 싸움 소리에 이끌려 나타났다. 남자를 붙잡는 것이 급했지만, 에스텔라는 등 뒤에서 내리쳐 오는 곰의 앞발을 무시하지 못했다.

남자는 그대로 에스텔라의 검을 붙잡아 손을 잃는 대신 그녀를 죽일 수도 있었을 테지만 그러지 않았다.

남자가 놓아준 검을 들고 그에게 등을 보이며 에스텔라는 뒤의 곰을 베었다. 두 개의 굵은 나무토막이 바닥을 굴렀다. 남자가 낮게 웃는 소리가 들렸다.

"그대는 경계심이 부족한 것 같군. 내가 이렇게 하면 어쩔 텐가?"

어깨에 묵직한 금속이 얹어졌다.

"우다르드 곰의 앞발에 맞으나, 살인범의 칼에 맞으나 어차피 결과는 비슷할 것 같은데."

"몬스터보다는 사람이 말이 통하겠지."

에스텔라는 무뚝뚝하게 그렇게 말했다. 그리고 실은 그것보다도 희망적인 관측을 하는 다른 이유가 더 있었다.

우다르드 곰 말이다.

금세 도로 습격이 시작되었다. 남자의 검은 에스텔라의 어깨를 넘어 그 앞으로 쏘아져 나갔다. 에스텔라는 그의 가슴을 타고 반 바퀴를 돌아 남자의 등 뒤에 섰다. 혼자라면 3백 송이의 우다르드 곰도 너끈했으나 그 속에서 적과 대치하고 있다면 문제가 달랐다.

약속한 것처럼 둘은 계속해서 손이 닿지 않는 거리에서 등을 마주한 채로 최소한의 동작으로 앞에 있는 곰을 쓰러뜨렸다. 곰과 싸우는 것에 심취하여 적을 잊어서는 안 되고, 그렇다고 적에게 시선을 둔 채로 곰과 싸울 수도 없기 때문이었다.

"에스틴 경!"

뒤에 남겨 놓았던 1백 송이의 우다르드 곰을 해치운 티소엔이 그제야 나타났다.

이제 안심하고 남자를 붙잡을 수 있다. 그렇게 생각하고 에스텔라가 뒤돌아본 순간에 남자는 이미 달아날 준비가 끝나 있었다. 에스텔라와 마찬가지로 티소엔이 다가오는 인기척을 느낀 것이다.

"지원군이 온 모양이니 먼저 실례하지. 오랜만에 아르투르 검술의 정화를 볼 수 있어서 기뻤네. 그럼 이만."

남자는 얄미울 정도로 즐겁게 웃으며 정중하게 예법대로 인사까지 하고 훌쩍 사라졌다. 나무 위로 뛰어 올라가 달아나는 민첩함을 보니 몸을 빼려고 했다면 진즉에 가능했을 것을, 에스텔라를 재미 삼아 상대하느라고 그러지 않은 것 같았다.

"에스틴 경?"

남자의 뒷모습밖에 보지 못한 티소엔이 놀라서 물었다. 에스텔라는 새빨갛게 화가 난 얼굴로 고개만 저어 보이고 우다르드 곰 사이로 다시 뛰어들었다.

'오랜만에 아르투르 검술을 봤다고?'

의구심이 마음속에 스몄다.

★

에스텔라와 티소엔은 도합 일곱 무리의 우다르드 곰을 해치웠다. 도중에 다른 치안대 기사가 지원을 왔고, 아카데미 학생들을 비롯하여 숲에 진입한 사람은 모두 무사히 구출되었다. 에스텔라는 그것을 확인하고 나서 티소엔이 붙잡는 것을 뿌리치고 부하들과 함께 남자와 마주쳤던 곳으로 되돌아갔다.

장작화되어 버린 우다르드 곰의 잔해로 가득한 속에서 그녀는 기어이 여자의 시체를 찾아냈다. 목이 잘린 시체는 싸움의 와중에 우다르드 곰에게 짓밟히고 잔해에 깔려 참혹한 꼴이 되어 있었다.

여자는 귀족이었다. 엉망진창으로 짓밟힌 드레스는 평민이라면 구경조차 하기 힘든 진귀한 브로케이드 직물이었고, 부러진 파니에는 고래 뼈로 만든 것이었다. 잘린 목은 전혀 엉뚱한 곳까지 굴러가 있었지만 무사했다. 그 얼굴에는 경악과 공포가 남아 있었다.

에스텔라는 책임감을 느꼈다. 물론 객관적으로 생각해서 그것이 그녀의 책임은 아니다. 그러나 조금만 더 빨리 당도했더라면, 하는 아쉬움이 남았다. 실제로 최선을 다해서 할 수 있는 한 빠르게 달렸으니 후회할 여지는 없었다. 알면서도 역시 그랬다.

범인을 목격했을 뿐만 아니라 얼굴을 똑바로 마주 보고 싸움까지 했다. 에스텔라는 얼마든지 그 남자를 찾아낼 자신이 있었다. 그 남자도 옷차림새나 태도를 보아 분명히 귀족이었고, 아마 기사나 준남작 같은 하급 귀족도 아닐 것이다. 게다가 그렇게 눈에 띄는 외모였다.

엘첸에 젊은 귀족 남자가 몇 명이 있는지는 모르지만, 1만 명은 되지 않을 것이다. 찾으려고만 한다면 단숨에 찾을 수 있을 줄 알았다.

"자네는 이 일에서 손을 떼게."

그러나 그녀가 자신의 증언을 정리하여 보고서로 제출하자 프리스든 남작은 그렇게 말했다. 에스텔라가 쓴 내용은 읽어 보지도 고 말이다.

"각하, 저는 살해 장면을 목격했습니다. 비록 제가 정의감이나 충실한 기사도를 가진 사람은 아니지만, 범인의 얼굴과 목소리를 알고 검까지 맞닥뜨려 보았는데도 모르는 척할 만큼 나쁜 놈은 아닙니다."

"자네 마음을 이해하지 못하는 건 아닐세. 그러나 죽은 사람이 누구인지는 아는가?"

에스텔라는 고개를 저었다. 이 사건은 귀족이 살해당한 큰 범죄였기에 곧바로 황궁 기사단으로 이관되어 갔다. 그에 관한 사무를 담당했던 권도 여자의 신분까지는 알지 못했다.

"죽은 여자는 메이나드 자작 영애라네."

"예."

에스텔라가 무덤덤하게 여자의 정보를 머릿속에 집어넣자 프리스든이 어이없다는 듯이 웃었다.

"자네가 출세에 관심이 없다는 건 나도 아네만, 그래도 제국 기사로서 이 정도는 알고 있는 게 좋지 않겠는가? 영애는 황태자 전하의 약혼녀였네."

"예……. 예?"

"다시 말해, 이건 정치적인 문제일세. 자네, 그런 문제에 관여하고 싶은가?"

그럴 의사와 각오가 있다면 알려 주겠노라고 프리스든이 말했다. 물론 그 말을 듣는 순간부터 프리스든 쪽의 줄을 잡고 정치판에 들어가야 할 것이다.

말단 기사 따위에게 무슨 힘이 있겠는가. 기껏해야 체스판의 병졸이 될 터이다. 잘되면 큰 보상이 떨어질 수도 있지만, 잘못되면 평온하게 영유했던 삶이 하루아침에 밑바닥까지 곤두박질칠 것이다. 그리고 일이 잘되고 잘못되는 것에 자신이 관여할 수 있는 부분이 거의 없으리라는 것도 명백했다.

에스텔라는 재빨리 고개를 저었다. 프리스든은 아쉽다는 듯이, 그러나 그럴 줄 알았다며 쓴웃음을 지었다.

난처한 일에 머리를 들이밀 뻔했다.

죽은 여자에 대한 미안함은 느꼈으나 에스텔라는 이런 일에 머리를 들이밀 주제도 안 되고, 그럴 능력도 없었다. 그녀가 황태자의 약혼녀였다는 것은 곧 알펜슈타인의 제위 계승에서 매우 중대한 역할을 하고 있었다는 의미였기 때문이다.

알펜슈타인의 황제는 반드시 기혼이어야 한다. 설령 두 살 난 아이가 계승하게 되는 경우에라도 예외는 없다. 실제로 젖먹이 황제와 황후가 부모의 품에 안긴 채 결혼식과 대관식을 함께 치른 예도 있다.

이것은 결혼하여 일가를 이루고 나서야 비로소 한 사람 몫을 할 수 있다는 시황제 엘첸의 유조 때문에 생긴 관습법인데, 에스텔라 세대의 청년들에게는 영 고리타분하게 들리는 소리였다.

유조의 원인을 찾아보면 더 웃기는 것으로, 엘첸의 자녀는 아홉이었는데 모두 난봉꾼이 아니면 이성 혐오자라, 자식들 중 하나도 정상적인 가정을 꾸린 놈이 없는 것이 한이 되었기 때문이다.

그리고 현재의 통치권자인 황태자 클레오르 반겔 알펜슈타인은 아직 미혼이었다.

그는 올해 스물여덟이었다. 아직까지도 결혼하지 못한 사연인즉슨 이러하다.

클레오르는 선황 베르텐의 장남으로 태어났으나 매우 어린 시절 행방불명되었다. 하나뿐인 아이를 잃고 비탄에 빠진 황후는 자살하고 말았다.(물론 아이의 행방불명에 대해서도, 황후의 자살에 대해서도 수많은 억측과 의문이 가을철 낙엽만큼이나 많이 굴러다녔다.) 베르텐 황제는 온 힘을 다해 아이를 찾았으나 결국 발견되지 않았고, 클레오르 반겔이라는 이름은 요절한 황자로 기록되었다. 베르텐 황제는 재혼하고 새로운 황후와의 사이에서 아들딸을 네 명 더 낳았다.

그러는 사이에 20년 넘는 세월이 흘렀다.

저 멀리 남부 일타 왕국에 있는 레오라고 하는 이름의 용병이 실은 잃어버린 클레오르 황자라는 소문이 들려오기 시작했다. 일타에 사신으로 다녀온 알펜슈타인의 귀족들 중에 레오를 만난 사람이, 그 용모가 전 황후 엘라리사를 빼다 박은 듯 닮았더라며 소곤대기 시작한 것이다. 병석에 누워 있던 베르텐 황제는 황급히 사람을 시켜 그를 불러오게 했다. 그때가 그의 나이 스물둘일 때였다.

클레오르에게는 어린 시절의 기억이 없었다. 일타에서 그를 주운 사람이 이름을 물었을 때에 잘 발음하지 못하는 나이였기 때문에 '끄레오'라고 대답했다고 했다. 양부모는 그의 이름을 레오라고 지었다. 그를 보자마자 베르텐 황제가 눈물을 흘릴 정도로 얼굴이 엘라리사 황후를 닮아 있었다.

물론 황위 계승권이 걸린 일이 그렇게 간단히 결착 나지는 않았다. 그의 몸에 있는 몇 가지 증거들—특정 위치의 점이나 발바닥의 형태 같은 것—에도 불구하고 현 황후 알비나를 비롯하여 여러 귀족들이 인정하지 못하겠다고 발버둥 쳤다.

알펜슈타인 황실에는 혈통을 증명할 수 있는 몇 가지 방법이 있었다. 여신 세베르이나가 시황제 엘첸을 총애하여 그에게 신성성을 나누어 주었고, 그것은 직계 자손들에게 물려졌다. 신전은 용병 레오의 피에 머무르는 신성성과 정화의 힘을 확인함으로써 그가 알펜슈타인 황실의 직계 혈통이라고 판정했다.

그러고 나서야 그는 의심 없이 클레오르로 인정되었다.

알비나와 그녀의 지지자들은 어떻게든 클레오르가 차기 황제가 될 자질이 없음을 증명하려고 애썼다. 그러나 그는 마치 알펜슈타인의 황실에서 수십 년간 살아오기라도 한 사람처럼 금세 황궁 생활에 익숙해졌고, 타고난 기품과 능력으로 정계를 휘어잡았다. 베르텐 황제는 채 1년도 지나지 않아 그를 황태자로 삼고는 그로부터 얼마 후에 세상을 떴다.

클레오르의 즉위를 막기 위해 알비나 황후가 할 수 있는 일은 딱 하나, 그가 결혼하는 것을 막는 일이었다.

그가 제국 군부를 손아귀에 넣고 황제 없는 황태자로서 제1의 권력자가 되었다지만, 귀부인들이 지배하는 사교계에만은 별로 영향력이 없었다. 덕분에 혼처를 찾지 못하고 어영부영 5년도 넘는 세월이 흐르고 말았다. 결혼만 하면 바로 즉위할 수 있을 텐데 말이다.

고 한다.

이 정도는 귀족이나 기사가 아니라 엘첸에 귀 달린 사람은 모두 아는 이야기였다. 에스텔라가 아무리 신선놀음에 도낏자루 썩는 줄 모른다 해도 알았다. 여태까지 관심을 가진 적은 없지만 말이다.

지난 5년 사이에 황태자의 약혼녀는 여섯 번 바뀌었다. 메이나드 자작 영애는 일곱 번째 황후 후보였다.

"암살, 추문, 병사."

이 중 병사는 십중팔구 독살일 테니, 암살이 세 명, 추문이 세 명이었다. 추문으로 명예를 잃은 약혼녀 셋 중 하나는 자살했고, 하나는 유학이라는 이름으로 국외로 쫓겨났으며, 다른 하나는 유폐되었다. 이번의 죽음까지 합치면 죽은 것만 넷이 되는 셈이다.

자기 딸을 황후로 내세우려는 고위 귀족들이 적었을 리 없다. 첫 약혼녀는 오필드 공작의 고명딸이었고, 두 번째 약혼녀는 아말리네 공작의 차녀였다. 그것이 이제는 중앙에 나선 적이 없는 시골 자작의 딸에게까지 내려간 모양이었다.

연이은 스캔들이 알비나 황후 측의 공작인 것은 누구나 알았다. 흠 없는 자기 딸이라면 괜찮을 것이라고 생각한 귀족들도 있었지만, 황궁 한복판에서 세 명이 암살당한 이후로는 클레오르에게 충성은 바치더라도 딸은 주려고 하지 않았다. 애초부터 귀족의 충성이란 절대적인 것이 아니라 상호 이해관계를 일치시키고 서로에게 충실하기로 계약하는 것에 가까웠다.

'그러고 보니 미남이라고 했었지.'

황궁 쪽으로는 머리를 두고 자는 일도 피했으므로 까먹고 있었지만, 황태자는 엘첸 제일의 미남으로 명성이 드높았다. 죽은 엘라리사 황후부터가 국경 너머까지 이름을 떨친 경국지색이었다. 일타에서 명성이 높아진 것도 용병으로서의 실력만이 아니라 미모 때문이라는 이야기가 있었다. 못 알아본 자신이 장님이었다.

그와 약혼하면 저주 때문에 죽게 된다는 소문이 엘첸의 소녀들 사이에 파다했다. 황태자의 아름다움에 반한 마녀가 결코 그의 사랑이 이루어지지 않도록 저주를 했다는 것이다.

실제로는 권력 쟁투가 그의 약혼녀들을 죽음에 몰아넣고 있음이 명백한데도 어린 귀족 영애부터 평민 소녀들까지도 클레오르 황태자를 몹시도 낭만적인 이야기 속의 주인공처럼 생각했다.

'약혼만 하면 약혼녀가 죽는데 로맨스는 무슨 개가 풀 뜯어 먹는 소리를.'

에스텔라는 머릿속으로 자음이 두 개 들어가는 험한 소리를 생각해 냈으나, 아무리 아르투르가 끝장났다고 해도 품위가 있지 싶어 애써 기억에서 지워 냈다. 마음이 고운 편은 아니라지만 그래도 기사의 딸로서 최소한의 교양은 갖추고 있었는데, 치안대원들과 함께 구르다 보니 시시때때로 써서는 안 될 말이 튀어 나가려 하곤 했다.

어쨌든 자신이 관여할 일은 아니다. 그녀는 자작 영애에 대한 미안한 마음과 재수가 없었다는 마음이 반반 뒤섞인 채로 스트레스를 풀기 위해 베이커리 레오폴드에 들렀다.

설탕과 크림은 근육을 늘리는 데에는 보탬이 안 되고 배만 나오게 한다. 그나마 에스텔라가 가지고 있는 유일한 장점인 날렵한 균형을 무너뜨릴 뿐이다.

정년이 될 때까지 치안대에서 뭉갤 작정인 그녀에게는 조심하지 않으면 안 될 일이었다. 제아무리 치안대가 한직이라고 해도, 기사인 이상 최소한의 실력은 유지하지 않으면 안 된다. 무력 지원을 나갔다가 개판으로 깨져 목숨이 왔다 갔다 하는 상황에 놓여서는 안 될 게 아닌가.

그러나 오늘 같은 날은 먹어 주지 않을 수 없었다.

"카스텔라랑 머랭 쿠키 주세요. 여기 마카롱도 주시고요. 시폰 케이크가 남았어요?!"

그녀는 충격에 휩쓸렸다. 생명의 날 퇴근하면서 들렀는데 케이크가 남아 있다니! 지난 보름 동안의 재수 없음은 오늘의 이 행운을 위해서 있었던 것이 틀림없었다.

"초콜릿을 쌓아 올린 밀푀유는 어떤가?"

에스텔라의 뒤에 선 남자가 귀가 녹아내릴 정도로 부드러운 목소리로 말했다.

그녀는 흠칫 놀라며 경계했다. 반사적으로 허리춤에 매인 검에 손을 가져갔다가 천천히 숨을 들이쉬며 긴장을 풀었다. 이곳에서 싸움이 될 리도 없지만, 적도 아니었다. 한번 전력을 다해 싸운 기억이 몸에 남아 저도 모르게 전의가 치솟았지만, 에스텔라는 애써 눈을 깜박거리며 손을 편안하게 내렸다.

"실례지만."

"레오폴드가 만드는 것 중에는 초콜릿 밀푀유가 으뜸이야. 난 단 걸 별로 좋아하지 않지만 그게 일품이라는 것은 알겠더군."

"실례지만, 황태자 전하."

정말정말 알은척하고 싶지 않았지만, 에스텔라는 그렇게 부를 수밖에 없었다. 남자—클레오르 알펜슈타인이 싱긋 웃으면서 비밀이라는 듯이 "쉿." 하고 입술에 손가락을 가져다 대었다.

"암행을 나와 있는데 그렇게 대놓고 부르면 안 되지, 아르투르 경."

암행? 정직하게 얼굴을 다 까놓고 말인가?

양심적으로 암행이라고 하려면 최소한의 변장은 해야 하는 게 아닐까 하고 에스텔라는 시큰둥하게 생각했다. 심지어 평범한 얼굴도 아니고 먼발치에서 한 번 보기라도 한 사람은 잊지 못할 얼굴이었다. 낭만을 사랑하는 엘첸의 소녀라면 저 흐르는 불길 같은 머리칼만 보더라도 쓰러질 판이었다.

하긴, 에스텔라야말로 저 미모를 정면으로 마주 대하고도 알아보지 못한 등신이었다. 그런 곳에서 황태자가 혼자 사람을 죽이고 있을 거라고 생각이나 했겠는가. 죽은 것이 메이나드 자작 영애라는 것을 몰랐더라면 지금도 그가 황태자라는 것을 몰랐을 것이다. 그가 노을처럼 붉은 머리에 녹색 눈동자를 가진 미남이라는 소문을 익히 듣고서도 말이다.

아아, 역시 안 하던 짓은 하는 게 아니었다. 그녀의 인생에 높으신 분은 아버지를 제외하면 피치 못하게 만날 수밖에 없는 프리스든 하나로 족했다. 윗분과 한 번 만날 때마다 평균 수명이 3개월씩 줄어드는 느낌이었다. 주목을 사고 있다면 1년씩 사라질 테고.

부친 슬하의 에스텔라라면 속 편하게 "꺄악, 황태자 전하다!"라고 외칠 수 있겠지만, 지금 그녀는 황태자가 약혼녀를 살해하는 현장을 목격한 증인이었다.

"알아보는 사람은 없습니까, 전하?"

"전하는 무슨. 레오라고 불러. 그래서, 밀푀유는? 생각 없어?"

"밀푀유가 뭔가요?"

말을 적게 섞을수록 좋을 거라는 생각은 들었지만 에스텔라는 호기심과 유혹을 이기지 못했다. 이름은 처음 들어 보았지만, 문맥으로 미루어 보아 그녀가 먹어 보지 못한 새로운 디저트인 것이 틀림없었다.

"포크를 대기만 해도 부서질 정도로 얇은 파이 사이사이에 혀에 대면 바로 녹아 버리게끔 얇게 채 친 초콜릿과 크림을 넣은 거지. 레오폴드가 손이 많이 가는 일을 하는 걸 별로 안 좋아하니까 아마 가게에 나온 적은 없을 거야."

"가게에 나오지 않는 건데, 제가 생각이 있든 없든 관계있습니까?"

"권력이라는 건 없는 것도 만들어 내는 거야. 안 그런가, 레나 부인?"

그가 친밀하게 여주인에게 웃어 보였다. 접객 담당인 부인이 쓴 웃음을 지었다.

"친분도 권력이라면 권력이지요. 오전 내내 이거 만들면서 남편이 전하의 험담을 하던걸요. 손이 많이 가니까요. 레몬푸딩도 가져가실 거지요?"

"부탁해."

"잠깐만 기다리세요."

에스텔라는 눈을 휘둥그레 떴다. 레몬푸딩이라고? 그것도 먹어 본 적이 없는 디저트였다. 어쩌다 한 번, 가끔, 겨울에 한정 메뉴로 나온다는 이야기를 듣긴 했지만 그녀는 아직 영접한 적이 없다.

클레오르가 여전히 싱글거리는 얼굴로 그녀에게 말했다.

"어때? 어디 가서 나와 3시간쯤 조용히 밀담할 생각 없나?"

"……어쩐지 전하께서 한 10년쯤 전부터 저를 알고 계셨을 것 같 은 느낌이 듭니다."

"사흘간 뒷조사한 것치곤 솜씨가 좋지?"

뒷조사했다는 말이 너무 당당해서 트집도 잡을 수 없었다.

에스텔라가 어이없는 얼굴로 쳐다보는 동안에 클레오르는 바로 눈앞에서 필설로 형용할 수 없는 똥색 가발을 뒤집어썼다. 색깔만 똥색인 것이 아니라 푸석푸석하게 들뜬 결이 닳아 버린 늙은 당나 귀 꼬랑지 같았다. 이것이 그의 '변장'인 거라고 에스텔라는 바로 이 해했다.

패션의 완성은 얼굴이라고들 하지만, 그걸로도 커버되지 않는 부 분이 있었다. 가발을 쓰자 분명히 조형이 좋긴 한데 미남이라고 인 지하기 쉽지 않은 형상이 되었다. 노골적으로 말해서 거지꼴보다도 조금 더 못했다.

이래서야 클레오르라는 사실이 들통은 나지 않겠다 싶었다. 그 아름다운 석양빛 머리로 유명한 엘첸 제일의 미모가 저 꼬라지로 돌아다닐 거라고는 누구도 상상하지 못할 것이다.

모든 사람들이 그렇듯이 에스텔라도 미인을 좋아했다. 미녀보다 는 미남이 조금 더 좋았다. 눈에 차는 미남이 자기 몫이 될 거라고 는 조금도 생각하지 않으므로 두근거리거나 하지는 않았지만 눈 요기는 좋았다. 솔직히 티소엔이 훈남이 아니었더라면 그녀는 조금 더 일찍 인내심을 상실했을 것이었다.

그러므로 그 미모에 범죄적인 가발을 뒤집어씌우는 것에 에스텔라는 거의 본능적인 분노를 느꼈다.

클레오르는 에스텔라가 사려던 것까지 계산을 마친 후 커다란 종이봉투를 들고 앞장서서 가게를 나오며 눈을 찡긋했다.

"자네는 혼자 살고 있는 걸로 아는데."

"그래서, 저희 집에 오시겠다고요?"

"아니면 내 안가로 가도 돼. 장소를 마련하는 건 어려운 일이 아니지. 하지만 신중한 아르투르 경은 내가 마련하는 은밀한 장소로 가는 건 내키지 않아 할 거라고 생각하는데."

"명령이시라면 가겠습니다."

"명령하기 싫으니까 자네가 편한 장소로 가자는 거 아닌가. 사적인 장소로 가는 게 싫다면 프리스든 경에게 이야기해서 치안대 건물 회의실을 하나 빌려도 되고."

언뜻 합리적으로 들리지만, 이건 협박이었다. 에스텔라가 황태자와 밀담을 나누었다는 사실을 동네방네 알리겠다는 의미였다. 결단코 사양하고 싶었다.

"밀담을 하지 않고, 그냥 제가 목격한 사실에 대해 영원히 입을 다무는 대가로 그 봉투를 저에게 주시면 어떻겠습니까?"

"자네 정말 의욕이 없군. 디저트 한 접시를 받고 황태자와 독대할 기회를 포기하려는 건가?"

에스텔라는 울컥할 뻔했다. 클레오르가 하하 웃었다. 에스텔라는 부글거리는 기분을 애써 꾹꾹 억누르며 반박했다.

"고작해야 디저트 한 접시로 침묵을 약속했으니 기사답다고 해 주셔야 하는 거 아닙니까?"

"기사답다고 하려면 자네 아버지처럼 디저트 한 접시도 얻어먹지 말고 침묵을 약속해야지."

그것도 맞는 말이었다.

"게다가 자네가 목격한 내용이 모두 프리스든 경에게 전해진 시점에서 침묵은 이미 그 효용을 잃었어."

에스텔라는 그를 잠시 바라본 채로 생각에 잠겼다.

치정 싸움으로 욱하여 죽인 것이라면 굳이 단둘이 숲으로 갈 필요는 없었을 것이다. 우다르드 곰이 일찍 피었다는 것을 알고 그가 자작 영애를 숲으로 데려갔는지, 아니면 모르고 갔는지는 알 수 없었다. 그러나 전자라면, 시신이 훼손되기를 기대하고 그랬을 가능성이 있었다. 우연히 그녀와 티소엔이 함께 비명이 들리는 거리에 있지 않았더라면 자작 영애는 누구인지도 모를 만큼 곰에게 짓밟혀 형체를 잃어버렸을 것이다.

아마 죽은 것이 메이나드 자작 영애라는 것이 이렇게 빨리 밝혀진 것만으로도 클레오르의 의도는 무산되었을 것이다. 게다가 프리스든이라면 에스텔라의 증언만 듣고도 칼을 휘두른 것이 누구인지 알았으리라. 프리스든이 황태자파인지 아닌지 에스텔라는 정확히 몰랐으나 어느 쪽이든 클레오르로서는 원치 않던 일이었을 것이다.

그녀는 한숨을 내쉬었다.

"가시죠."

모처럼 부지런을 떨었더니 그거 봐라. 좋지 못한 일로 돌아오는 거.

집에 사람을 들이는 것이 내키지는 않았다. 하지만 클레오르가 준비한 장소까지 따라가는 것은 더욱 싫었다. 그야 그가 자신을 제거하려 든다면 한낮 길거리라고 할지라도 저항할 방법은 없었다.

혈혈단신인 일개 치안대 기사가 제국을 상대로 무엇을 할 수 있겠는가. 그러니까 이건 단순히 기분 문제였다.

클레오르는 그녀가 인도하는 대로 순순히 걸었다. 에스텔라는 슬그머니 주위의 기척을 살폈다. 호위라고 생각되는 사람이 하나도 없었다.

"걸어 다니나?"

"설마 혼자 나오셨습니까?"

둘은 거의 동시에 물었다. 클레오르가 고개를 비스듬히 기울이며 미소한 얼굴로 에스텔라를 내려다보았다.

"그게 편해서."

"편하다고 해서 그러셔도 되는 건 아니죠."

"그래도 돼. 어지간한 암살자로는 날 잡지 못하고, 엘첸 안에서는 그걸 보충할 만큼 많은 병력을 동원할 수 없거든. 게다가 난 도망을 아주 잘 쳐."

"맨 뒤의 것은 확실하군요."

클레오르가 피식 웃었다.

"일대일로 나를 도망치게 할 만큼의 실력을 가지고 있다고 자부하는가?"

"실제로 도망치시는 것을 목격했을 뿐입니다."

"그런데 자네는 진짜 걸어 다니나? 집이 로프칸 거리에 있는 것 아니었어? 걸어서 1시간은 걸릴 텐데."

"운동이 됩니다."

집 주소는 뒷조사의 기본이겠지, 하고 생각하며 에스텔라는 떨떠름하게 대답했다.

"말은?"

"마장에 보냈습니다."

아버지의 말이었던 벨라는 열아홉 살이나 먹은 늙은 암말이었다. 에스텔라와 거의 함께 자란 것이나 다름없었다.

말이 큰 재산이라는 것은 팔 수 있을 때의 이야기였다. 팔지 않는다면, 유지비로 허리가 휘청이는 게 마치 빚의 이자가 늘어나는 것이나 매한가지였다.

그러나 에스텔라는 차마 벨라를 도축장에 팔아 버릴 수 없었다. 그렇다고 파트타임 메이드만 두고 있는 상황에서는 보살피기가 어려웠다. 치안대 마구간은 아버지가 근무하던 제국 기사단의 마구간과 달리 너무 형편없었고, 집에 딸린 손바닥만 한 마구간에서 온종일 혼자 서 있으라고 하기도 미안해 마장으로 보냈다.

그 마장에 들이는 돈이 에스텔라가 정기적으로 소비하는 비용 중에 제일 큰 것이다. 4천2백 골드나 되는 연봉을 혼자 쓰고 살면서 저축이 도통 늘어나지 않는 이유이기도 했다.

"그러면 마차라도 타지."

클레오르가 휘파람을 불었다. 에스텔라는 "어차피 일찍 집에 가 봐야 할 일도 없는데요."라고 중얼거렸다.

"전하께서 내시겠다면야."

"레오라니까."

"전 간이 작아서요."

"믿기질 않는군. 그렇게 대담하게 휘둘러 대더니."

"칼을 휘둘러도 되는 상대인 줄 알았으니까요."

반역으로 몰아넣겠다고 작정하면 에스텔라 혼자만이 아니라 집 안일을 봐 주는 파트타임 메이드 델린과 그 일가족은 물론이고, 수하인 치안대원들까지 근위대에 끌려갈 수도 있는 일이다. 되는대로 내뱉고는 있지만, 약점을 잡힌 셈이라 에스텔라는 울적해졌다.

레오폴드가 있는 노브가는 번화했으므로 빈 마차는 20까지 세기도 전에 잡을 수 있었다. 좁은 이륜마차 안에서 클레오르와 무릎을 마주 대고 앉아 있기 껄끄러웠지만, 상대는 황태자였고 그녀는 말단 기사였다. 까라면 까는 거다.

소박한 집 앞에서 내려서 에스텔라는 온몸으로 껄끄러워하며 빈 화분 밑에서 열쇠를 꺼내 문을 열었다.

동향인 집은 오후에는 어두웠다. 창문을 열어 적게나마 빛을 받아들이고 그녀는 우선 벽난로 앞에서 서성거렸다. 어쨌든 손님이 있고 디저트가 있으니 차라도 내야 할 터였다.

부싯깃에 불을 붙여 벽난로에 던지자 미리 깔아 놓은 마른 짚에 확 옮겨 붙었다. 에스텔라는 잠시 고민했다. 보통 손님이 오면 집에 있는 것 중 제일 예쁜 찻잔을 꺼내고, 멋진 디저트를 어울리는 접시에 세팅하고 아끼던 식탁보를 펴야겠지만……. 그건 혼자 사는 게 으른 스물세 살짜리 남자에게는 어울리지 않는 일이다.

에스텔라는 슬픈 기분으로 제일 꺼내기 쉬운 찻잔과 손 닿는 데에 있는 접시를 챙겼다. 거실 겸 식당으로 나가 보자 클레오르가 어디에서 찾아왔는지 쇠 주전자에 물을 담아 불 위에 걸고 있었다.

"집안일에 능숙하시군요."

"딱 이만 한 집에서 키워졌지. 형제는 일곱이었지만."

클레오르는 태연하게 그렇게 말하고 촛대도 마음대로 가져다가 불을 붙였다. 그리고 털썩 식탁 의자에 앉아 에스텔라에게도 "앉지."라고 권했다.

에스텔라는 조심스럽게 종이봉투를 개봉하여 접시에 밀푀유를 꺼내 담았다. 레몬푸딩에는 아직도 서늘함이 남아 있다.

"우우."

그녀는 고기를 눈앞에 둔 육식동물처럼 헉헉거리다가 클레오르가 레몬푸딩을 손으로 가리는 바람에 정신이 들었다. 클레오르가 강아지라도 보는 것처럼 빙긋 웃고 있었다.

"차가 끓을 때까지는 기다려야지."

"실례했습니다."

에스텔라는 볼을 붉히고 말았다. 클레오르가 느긋하게 말했다.

"실례는 무슨. 자네를 꾈 때 어떻게 하면 되는지 서슴없이 알려 줘서 기쁘네."

"이미 알고 오신 것 같던데요."

"추측 정도의 수준에서 말이야. 한 주에 두 번은 레오폴드에 들른 다기에 좋아하겠거니 생각은 했지."

물이 금세 끓었다.

티포트는 있지만 부친이 돌아가신 후에 이런 식으로 집에서 누군 가와 티타임을 가진 적이 없다. 찻잎도 3년은 된 것이었다. 불편했 지만, 클레오르는 차를 받을 때까지 용건을 말하지 않을 것 같았다.

상하지만 않았으면 됐다고 생각하고 그녀는 향기도 없는 찻잎을 티포트에 쏟았다. 아무런 맛도 안 나는 차를 받고 나서 클레오르가 그걸 마실 생각도 없이 에스텔라에게 레몬푸딩을 밀어 주었다.

"들게."

"안 드십니까?"

"난 돌아가서도 먹을 수 있어."

그럼 대체 차는 왜 기다렸는가 하고 원망하는 기분으로 그녀는 푹 푸딩을 한 스푼 떴다.

입안에서 서늘함과 상큼함이 파도처럼 퍼졌다. 게다가 시원하기까지 했다. 바짝바짝 마르던 입속이 순식간에 젖어 들었다. 에스텔라는 황홀경에 빠진 채 혀와 입천장 사이에서 푸딩을 녹여 먹었다.

"이것도 먹어 봐."

클레오르가 초콜릿 밀푀유를 내밀었다. 그가 말한 것처럼 파이는 포크를 대자마자 부서졌다. 에스텔라는 조심스럽게 숟가락에 그것을 쓸어 담아 입에 넣었다. 푸딩만이 아니라 이것도 입안에서 녹아서 사라졌다. 맛없는 찻물로 입안을 씻을 필요조차 없었다.

천국 같은 시간이 단 10분 만에 끝나는 게 유일한 불만이었다.

에스텔라가 싹싹 접시를 바닥까지 비우고도 애가 타 숟가락으로 녹아서 접시에 묻은 초콜릿을 긁고 있자 클레오르가 싱글거리며 물었다.

"어때? 날 여기까지 초대한 것에 대한 대가 정도는 되었나?"

"예. 불행히도."

"그러면 용건 이야기를 해 볼까?"

그가 티포트를 열어 입도 안 댄 찻물을 버리고 뜨거운 물을 따랐다. "맛이 없어서가 아니라 원래 물을 더 좋아해서."라는 쓸데없는 변명도 덧붙였다.

"쌍둥이 누나가 있다지?"

에스텔라가 끝내주는 디저트를 먹고 일부러 몽롱해지기를 기다리기라도 한 듯이 대뜸 급소로 참격이 들어왔다. 그녀는 태연한 얼굴을 유지하기 위해 애썼다.

"예."

"자네와 똑같이 닮았다며?"

"예."

"지금 어디 있나?"

뭘 알고 묻는 건지, 아니면 단순히 호구조사인지 불분명했다. 에스텔라는 지난 3년하고도 몇 개월 동안 끊임없이 연습했던 내용을 말했다.

"라올리의 상인과 야반도주했습니다."

"……야반도주?"

"아버지가 반대하셨거든요."

"하하."

클레오르가 시원스럽게 웃음을 터뜨렸다. 에스텔라는 눈살을 찌푸리고 그를 바라보았다. 지금 그게 웃을 일이던가?

"리스칸 경이 붙잡지는 않고?"

"화는 많이 내셨죠."

"야반도주를 했다면 누구와 결혼했는지, 어디로 갔는지는 아는 사람이 없겠군?"

"남에게 내놓을 만한 이야기는 아니지 않습니까?"

"자네랑 연락은 안 되나?"

"편지를 쓰면 도착하긴 할 겁니다. 그런 건 왜 물으십니까?"

에스텔라는 경계하며 물었다. 클레오르는 여유 있게 등받이에 몸을 기대며 에스텔라를 바라보았다. 금빛이 도는 녹안에 웃음이 깃들었다.

"자네의 누나가 가까이에 살고 주위 사람과 교류가 많다면, 내가 가져온 용건은 꺼낼 필요도 없으니까. 결혼을 했다기엔 호적에서 빠지지 않았고, 근 몇 년간 보이지 않는다는 것 같은데 그다지 주위에 소문이 난 것도 아니고."

"……."

"마침 모든 게 좋아. 안심해도 되겠군."

"무슨 용건이십니까?"

에스텔라의 얼어붙은 듯 긴장한 물음에 클레오르가 평온하게 물었다.

"자네, 한 5년쯤 에스텔라로 살아 볼 마음은 없나?"

황당 그 자체였다.

에스텔라는 머리를 후려 맞기라도 한 듯이 멍해졌다. 클레오르는 미소한 얼굴로 여유롭게 말했다.

"자네도 알다시피 나는 이번에 약혼녀를 잃었네."

"직접 살해하셨죠."

"그것에 관한 이야기는 나중에 하겠네. 이게 일곱 번째인 줄은 알지?"

"예."

"솔직하게 말하지. 나는 기반이 약해. 정직하게 말해서, 귀족 영애의 암살과 추문을 막기가 어렵네."

클레오르가 그렇게 말했다. 에스텔라는 일단 떠오르는 의문들을 뒤로 미뤄 놓고 물었다.

"황태자 전하께서 말입니까? 제가 듣기로는 전하께서는 단기간에 정권을 장악하고 군부의 충성을 받으셨다고 그러던데요."

"겉보기에는 그렇지. 정부 요인들도, 군 장성들도 내게 충성을 맹세하고 있고, 그것을 의심하는 것은 아니야. 하지만, 가문의 일이 된다면 또 다르다네. 사교계의 문제라서."

에스텔라는 고개를 갸웃했다. 클레오르가 웃었다.

"이해가 안 되지?"

"안 됩니다."

"나도 참 이해가 안 되더라고. 자네가 잘 아는 프리스든 경을 예로 들자고. 프리스든 경은 내게 충성을 맹세하고 있는 기사 중 하나로 아주 믿을 만한 사람인데, 스물세 살짜리 딸이 있지."

"예. 지금은 스콘느 남작부인이시죠."

"잘 알고 있군. 5년 전에는 열여덟 살이었으니 혼인 적령기였어. 프리스든 남작 영애는 그때 당시에 아말리네 공작 영애—내 두 번째 약혼녀였던 그 아말리네 공작 영애 말이야.—의 파벌에 속해 있었는데, 아말리네 공작 영애는 오필드 공작 영애—첫 번째 약혼녀—와 아주 사이가 나빴다네. 오필드 공작부인과 아말리네 공작부인의 파벌은 지금도 사교계에서 아주 적대적이야. 그러니 오필드 공작 영애가 만약 황후가 된다면 어떻게 되겠나?"

"아말리네 공작 영애가 사교계에서 크게 위세를 잃게 되겠군요."

"그래. 그러면 그녀의 혼사가 엉망진창이 될 테지. 그러면 아말리네 공작 영애의 벗인 프리스든 남작 영애의 혼처 역시 자연스럽게 수준이 떨어진단 말이야. 프리스든 경으로서는 신경 쓰이는 이야기가 아닐 수 없지 않겠나? 물론 프리스든 경은 고결한 기사이니 그러지 않겠지만, 그런 식으로 얽혀 있는 귀족들 중 어떤 사람은 암살 계획에 대한 정보를 듣고서도 눈을 감는 정도의 일은 충분히 해."

"어차피 결혼은 가문 대 가문의 결합이지 않습니까? 부인들이나 영애들끼리 사이가 좀 나쁜 것 정도로는 그렇게 되지 않을 것 같은데요."

"혼인 동맹을 해야 하는 필연적인 상황이 있는 경우가 아니라면 딸의 혼사는 어머니의 몫이 아닌가. 생각보다 평판이란 중요한 것이더군. 가문의 사업 때문에 정략결혼을 하는 경우에도 사교계에서 등급이 떨어진다는 평판을 듣는 딸을 시집보내려면 상대에게 더 많은 것을 내줘야 한다지. 미모와 평판만으로 남작 영애가 공작부인이 되는 것도 불가능한 일은 아니고."

그는 한숨을 내쉬고 말했다.

"오필드 공작 영애의 추문을 터뜨린 건 알비나 황후 측이 아니었어. 밀란 백작부인이 한 일이었네."

오필드 공작과 밀란 백작은 둘 다 클레오르 파벌의 중신이었다.

"퀘시 후작 영애가 암살당할 때에는 스베보르크 경이 황궁에 독이 들어오는 것을 알면서도 눈을 감았지. 실행범이 누구인지가 중요한 게 아니야.—어차피 알비나 황후일 테니.— 문제는 대부분 나에게 충성을 맹세하고 정치적 견해를 같이하는 이들조차도 처와 딸의 운명이 걸린 문제에서는 쉽게 내 뜻을 따르지 않는다는 거라네."

"황후가 누가 되든 곧바로 나라가 망하는 건 아니니까요."

"그렇지. 그러니까 이걸 가문과 가족의 문제로 받아들여 내부에서도 경쟁을 하고 있어. 이런 일은 누구도 물 위로 꺼내어 직접 말하지 않기 때문에 그 배후를 전부 팔 때까지 짐작도 하지 못했어. 태어나서부터 사교계를 접하며 성장했더라면 숨 쉬듯 자연스럽게 이해하게 된다는데, 나는, 뭐."

그가 으쓱했다.

"그러면 어느 파벌에도 속하지 않은 지방 귀족의 딸을 황후로 하면 어떨까 싶었지만, 결국은 수도 사교계에 짓눌리거나 그 정도 가문으로는 딸을 지켜 낼 수 없는 모양이라서."

"그런 자리에, 저더러 여자 옷을 입고 들어가라고 말씀하시는 겁니까?"

에스텔라는 기가 막혀서 물었다. 심지어 그녀에게는 무리를 이루어 자신을 지킬 가문조차 없는데 말이다.

클레오르가 팔짱을 끼면서 그녀를 바라보고 웃었다.

"아예 가문이 없으니까 오히려 싸움이 단순해지지 않겠나? 일단 대관식을 해 버리고 나면 노골적인 암살 시도도 줄어들 테고. 약혼 기간까지 합쳐서 한 1년이면 충분하지 않을까? 자네 실력이면 그 기간 동안에 자기 몸을 지키는 것쯤은 거뜬할 것 같은데."

"으음."

"주위에 사람이 아예 없으니 누굴 믿고 맡겼다가 뒤통수를 맞는 일도 없을 거고, 영애들처럼 시녀와 하녀가 구름처럼 많이 필요한 것도 아니니까 고용인을 주의할 필요도 없을 것 아닌가? 독살 쪽은 걱정 말게. 멋모르고 황실에 들어온 나를 6년이나 멀쩡하게 살게 만든 비법을 전수할 테니. 할 수 있는 한 최대로 서포트를 할 거야."

터무니없는 소리에 그녀는 한숨을 내쉬었다.

"전하."

"자네는 기사치고는 몸이 가늘어. 키도 작고 얼굴도 곱상한 편인 데다가 목소리도 중성적이지. 놀라운 미인까지는 못 되겠지만, 적당히 다듬어 주면 충분히 영애로도 통할 수 있을 것 같은데."

에스텔라는 자존심 상하는 게 우선이어야 할지, 경계심부터 느껴야 좋을지 헷갈렸다. 그녀는 얼굴을 찌푸린 채 말했다.

"명령이십니까?"

"명령이라면 어떻게 하려고?"

"사직해야겠네요."

이런 일로 사직을 하게 되다니. 연금이 나오려면 최소 20년은 근속해야 한다. 그거만 믿고 모아 놓은 돈도 별로 없었으므로 진짜 절망적이었다.

에스텔라는 천재지변을 바라보듯이 클레오르를 바라보았다. 클레오르는 빙글빙글 웃으며 그 시선을 맞받았다.

"5년 후에 그게 무엇이든 자네 꿈을 이뤄 주겠네."

"죄송하지만 제 꿈은 치안대 기사로 월급 도둑질을 하면서 20년 근속하다가 퇴직해서 연금을 받으며 여유롭게 노후를 보내는 겁니다. 궁극적인 목표는 장애물 없이 편안하고 건강하게 살다가 천수를 다하는 거고요."

"……."

클레오르가 잠시 말을 잃었다.

출세, 작위, 명성, 보물을 바란다면 얼마든지 내줄 수 있었다. 그러나 무사안일한 월급 도둑질과 장수라면 클레오르가 줄 수 있는 것과는 정확히 대척점에 있는 것이었다.

"……자네에게는 향상심이 없나? 가문을 재건하고 싶다든가."

"없습니다. 안전제일주의라서요."

"게으름뱅이로군."

에스텔라는 불만스러운 얼굴을 했다. 출셋길을 욕망하게 하고 싶으면 진짜 남자로 만들어 주든가.

클레오르는 길고 긴 한숨을 내쉬었다.

"숙식 제공 매월 3백만 골드. 피복비는 빠지겠지만, 드레스와 보석을 되팔면 꽤 다시 건질 수 있을 거야. 어때?"

에스텔라는 조금 혹했지만, 고개를 저었다.

"그거 월급이 아니라 판공비 아닙니까? 어차피 제 돈이 되는 것도 아닌데요."

"이월시키지 않고 매달 현금으로 전액 지급하고, 사용처는 전혀 묻지 않겠네."

"……."

"5년 계약으로 어떤가? 50만 골드씩만 저축해도 연 6백만이야. 5년이면 3천만이군. 거기에 보석이 고스란히 자네 손에 남겠지. 이혼할 때에 퇴직금 조로 위자료를 지급하지. 모나한 성은 어때?"

모나한 성은 옛 아르투르 후작령에 있는 아름다운 휴양지로, 에스텔라도 이름을 기억하고 있었다.

"아르투르는 공식적으로 황후의 가문이 될 테니 당연히 작위도 따라갈 거야. 5년 후에 에스텔라를 다시 야반도주한 것으로 하든가, 죽은 것으로 한 후에 자네 인생을 구가해도 좋지. 어때? 5년 후에 모나한 성에서 3천만 골드를 가지고 보내는 여생은?"

평민으로 성장해서 용병을 하다가 황실로 돌아왔다더니, 소시민 꾀는 법을 알았다. 혹하지 않을 수 없었다.

명예나 출세를 조건으로 내세웠다면 에스텔라는 전혀 동요하지 않았을 것이다. 그러나 3천만 골드와 작위를 가지고 알펜슈타인에서 가장 이름난 휴양지에서 보내는 여생이라니 진짜 끝내줬다. 5년 후에도 에스텔라는 겨우 스물여덟 살이고, 그 나이에라면 인생을 새로 시작할 수도 있었다. 에스틴으로서도, 에스텔라로서도 살아갈 수 있다.

"제게 그럴 만한 가치가 있습니까?"

"위험수당이 포함된 거지. 내가 5년째 즉위하지 못하고 있다는 사실을 잊지 말도록 해. 황제가 되는 데 까짓 3천만 골드에 작은 성 하나쯤이야."

클레오르는 느긋하게 말하면서 다리를 꼬았다.

"게다가 내 약혼녀가 되는 순간부터 알비나 황후의 대적이 되는 건데."

"사교계에서 황후 폐하를 쫓아내야 합니까?"

에스텔라의 질문이 다분히 긍정 쪽으로 기울었다.

"거기까지는 기대 안 해. 그렇지만 맞서서 버텨 내기는 해야겠지."

버티기만 하는 거라면 괜찮았다. 에스틴이 되기 전까지는 미처 몰랐으나 그녀는 신경줄이 굵은 편이었다. 클레오르가 고민하는 그녀에게 추격타를 날렸다.

"그거 알고 있나?"

"뭘 말입니까?"

"레오폴드는 황태자궁의 보조 요리사였다네."

에스텔라는 평범한 정도로 똑똑했다. 그 말이 곧바로 무슨 말인지 알아들었다는 뜻이다.

"황궁 요리장은 훨씬 솜씨가 훌륭하다는 말씀입니까?"

"그렇게 말하면 레오폴드한테 좀 미안하지. 그만큼 솜씨 있는 요리장이 있으니 자네의 전속으로 만들어 주겠다는 뜻이야."

그녀는 흠칫 굳었다. 클레오르가 하하 웃었다.

"어때, 아직도 안 흔들리나?"

"……생각할 시간을 주십시오."

"그래. 단번에 결정하기는 어렵겠지. 충분히 생각해 보도록 해. 단, 여기에서 나눈 이야기를 어디 가서도 말하지 않겠다고 약속해 줘야겠네."

말해 봐야 에스텔라 자신만 복잡한 일에 얽힐 뿐이다. 그녀는 한숨을 내쉬며 대답했다.

"약속하겠습니다. 여기에서 전하와 나눈 이야기는 전하가 허락하지 않는 한 어디에서도 누설하지 않겠습니다."

클레오르가 이제 가겠다며 일어섰다. 답변을 받는 날에도 직접 올 것이다.

그를 배웅하러 일어섰다가 에스텔라는 비로소 물을 수 있었다.

"하나만 여쭙겠습니다."

"응?"

"메이나드 자작 영애는 왜 죽이신 겁니까?"

클레오르가 잠깐 시선을 내리깔았다. 씁쓸한 웃음이 입가에 번졌다.

"마녀였어."

"예?"

"메이나드 자작 영애는 마녀였다네. 확인하기 위해서 우다르드 숲까지 데려갔었지. 답변이 되었나?"

"……예."

에스텔라는 낮게 대답했다. 클레오르가 처음으로 어두운 표정을 보였다. 그녀는 예법을 갖추어 절을 했지만, 그는 얼굴을 숨기듯이 고개를 돌린 채 완전히 해가 진 로프칸 거리로 떠났다.

★

에스텔라는 사람을 죽인 적이 없었다.

기사는 기본적으로 군인이지만, 그녀는 치안대 기사였기 때문이다. 살생 경험의 대부분은 우다르드 숲의 몬스터였고(몬스터를 죽이는 것이 살생이냐 아니냐 자체도 꽤 논란거리다.), 그 외에 검을 사람에게 겨누는 경우는 대개가 흉악범죄자를 잡을 때였다. 경험 많은 치안대원들의 말로는 그러다가 죽이게 되는 일도 빈번하다고 하지만, 아직까지 에스텔라의 실력으로 제압하지 못하고 죽인 경우는 없었다.

클레오르는 그렇지 않을 것이다. 그는 용병이었기 때문이다. 1백여 년 동안 여러 곳에서 영지전이 계속되고 내란도 심심치 않게 일어나는 일타의 용병은 알펜슈타인에서 기사로 수십 년을 근속한 자보다도 사람을 죽인 일이 많을 것이 틀림없었다.

'마녀라.'

물론, 마녀는 인간이 아니다. 아무리 인간과 유사한 용모를 하고 대륙공용어를 사용하며 독자적인 사회와 문화를 꾸리고 있다고 해도 하피나 세이렌과 같은 인간형 몬스터의 일종이다. 사회와 문화, 언어와 문자는 오크나 인어도 가지고 있다. 인간이냐 몬스터냐를 구별하는 것은 그 근원이 세베르이나의 힘에 기원하는 것이냐 아르펜디아의 힘에 기원하느냐 하는 것이다. 마녀는 후자 중에서도 매우 강력한 아르펜디아의 피조물이다.

그러나 자작 영애가 설령 마녀가 아니라 인간이었다 해도 필요하다면 클레오르는 그녀를 죽이는 것을 망설이지 않았을 것이다. 에스텔라가 사람을 겪어 본 일이 그렇게 많지 않다 해도 그 정도는 알아볼 수 있었다.

애초, 진짜 마녀인지조차 의심스러웠다. 숲의 몬스터인 마녀가 인간을, 그것도 귀족 여인을 흉내 낼 수 있을까?

"음……."

메이나드 자작가와 클레오르의 관계는 대체 어땠을까. 영애가 마녀가 아니라 해도 클레오르를 살인범이라고 비난하기는 어려웠다. 황제가(그는 아직 황태자이지만) 사람을 죽이는 것은 살인이 아니라 처형이다. 실질이 어쨌든 간에 그는 제국법상 죄가 없었다.

그렇다고 해도 역시 에스텔라의 마음에는 껄끄러움이 남았다.

믿어도 될까, 안 될까?

그는 본래 용병이었다. 직접 손을 더럽히는 것을 망설이지 않을 것이다. 메이나드 자작 영애만이 아니라, 아마 에스텔라를 상대로도.

상대에 대한 정보가 모자란 상태에서 생각해 봐야 소용없는 일이었으나 에스텔라는 고민하며 뒹굴거렸다.

"무슨 문제라도 생기셨습니까?"

귄이 물었다.

"위험수당을 받고서 잠깐 화끈하게 일하고 떼부자가 될까, 남은 평생 안정된 직장에서 소소하게 월급 도둑질하는 소시민이 될까?"

"그 떼부자가 어느 정도의 떼부자인데요?"

"3천만 골드+α."

"헉."

사무실 여기저기에서 헛바람 들이켜는 소리가 났다.

"그거 무슨 일입니까? 목숨만 걸면 됩니까?"

"미친, 그게 왜 고민할 일이에요? 오크 부락에 가서 족장의 똥꼬를 빨고 오래도 해야지."

"목숨은 귀중한 거잖아."

"목숨 건질 확률이 반만 되면 저 같으면 하겠습니다."

"세상에, 3천만 골드라니. 그 돈이면 작위 하나 사고 윈첸가에 저택 하나 짓고 지방에 별장도 하나 가지고도 제 자식까지 놀고먹겠는데요?"

치안대원의 평균 연봉은 3천 골드였다. 모든 수당과 경력 40년 된 베테랑까지 포함해서 하는 말이다. 에스텔라의 연봉도 4천2백 골드였다. 혼자 먹고살기에는 넉넉한 편이었다. 그러나 자식을 기

90

사나 문관으로 키우고 싶은 가장에게는 턱없이 부족한 액수였다.

"우선 사직서부터 제출하시죠."

권이 그렇게 말하면서 종이를 내밀었다.

"그리고 성공하시면 절 하인으로 불러 주십시오. 집사까지는 능력이 안 돼도 직속하인 정도라면 뼈가 부서지도록 일하겠습니다."

에스텔라는 웃었다.

★

클레오르가 다시 찾아온 것은 그다음 땅의 날이었다. 노란색과 파란색이 섞인 광대모자 같은 기상천외한 가발을 쓰고 있었는데, 차라리 똥색 가발이 나을 지경이었다.

"결정은 되었나?"

에스텔라는 미묘한 기분으로 그를 바라보았다. 클레오르는 한 번씩 웃고는 가발을 벗었다.

"전하께서 두 가지 의문에 답해 주시고, 또 한 가지 조건을 들어 주시면 하겠습니다."

"조건부터 말해 보는 게 좋겠군."

"면책권을 발급해 주십시오."

클레오르가 고개를 갸웃했다.

"신분을 속이는 문제에 관해서 말인가? 그거라면야 내가 주도하는 일에 자네가 돕기만 하는 건데, 설마 전부 뒤집어씌워서 죄인으로 만들까 봐 그러나?"

"그게 아닙니다."

에스텔라는 잠시 머뭇거렸다.

그녀의 고민은 두 종류였다. 하나는 클레오르의 제안을 받아들일 것인가 말 것인가 그 자체에 대해서였고, 다른 하나는 받아들인다고 한다면 과연 에스틴으로서 받아들일 것인가 에스텔라로서 받아들일 것인가 하는 문제였다.

어차피 눈도장이 찍힌 이상 이전처럼 월급 도둑질이나 하면서 세월을 보내는 것은 어려울 것이다. 다른 이유도 있었다. 그래서 그녀는 결국 제안을 받아들이기로 했다. 첫 번째 고민은 끝났다.

그렇다면 두 번째 고민이 남는다.

클레오르가 원하는 것은 궁극적으로 에스틴의 검술 실력을 가진 단기 계약 황후다. (황후를 단기 계약이라고 말해도 좋을지에 대해서 애매한 기분이긴 했다.) 그렇다면 남장을 하고 에스틴 행세를 하며 또다시 거기에서 여장을 한다는 복잡하고 괴상한 짓거리를 할 게 아니라, 아예 에스텔라임을 미리 밝히고 황후가 된다면 여러모로 모든 일이 매끄럽고 정당하게 진행되지 않겠는가.

그러나 지금 사실을 밝히면 클레오르에게 한 가지 약점을 더 잡히는 셈이 되지 않을까? 갈 곳이 없다는 측면에서 에스텔라 쪽이 월등히 입장이 약하다. 게다가 여자는 계약의 주체로서 인정받기 어려웠다.

거래를 성사시키기도 전부터 약점을 보여서는 안 되지 않겠는가. 5년 후에 무사히 이혼하여 굵고 길게 살기 위해서도 지금의 상황이 낫다.

그래서 최종적으로 그녀는 에스틴이기로 결정했다.

에스틴이 되었을 때에 에스텔라로서의 인생을 포기하자고 굳게 마음먹었던 것은 아니다. 적당히 지참금이 될 만한 돈을 모은 후에 결혼하여 에스텔라로 살아가고 싶은 마음도 있었다.

결과적으로 지참금을 모으지 않은 것은 특별히 마음에 차는 사람도 없는데 억지로 결혼하여 남편에게 인생을 맡기고 싶지 않았기 때문이었다. 그리고 혼자 살려면 남자로 사는 쪽이 백배 천배 나았다.

무엇보다도 일단 에스텔라로 돌아가면 다시 에스틴이 되기 어렵다.

하지만 행여 들통나는 경우의 일도 생각하지 않을 수 없다. 이제 성별을 속이고 입단 시험을 치렀다는 문제가 아니라 자칫하면 황제 기만죄까지 쓰게 될 것이다. 그래서 생각해 낸 것이 면책권이었다.

"저 한 사람에서 끝나는 죄에 한해서, 사형에 이르는 중죄라도 한 번은 용서해 준다는 면책권을 주십시오."

클레오르가 잠시 침묵했다.

"엄청난 이야기를 하는군. 뭐, 살인죄라도 저질렀나? 반역 예정이라든가."

"반역이라면 어차피 친족까지 모두 연루되지 않습니까? 그런 큰 죄의 면책을 바라는 건 아닙니다."

"반역이 아니라면 됐어. 좋아. 문서로 작성해 줄까?"

"그렇게 쉽게 결정하셔도 됩니까?"

"어차피 운명 공동체로 묶이는 거야. 내가 끝장나면 자네는 당연히 끝장나는 거고, 자네가 들통나면 나도 끝장나는 거지. 시황제의 유조를 기만한 일이니까."

"그러니 더더욱 의문입니다. 저를 어떻게 믿으시겠다는 건지."

에스텔라가 한숨과 더불어 말하자 클레오르가 빙긋 웃었다.

"이유가 몇 가지 있긴 해. 우선은 보름이 지나도록 자네가 비밀을 지켰다는 것이 인상적이었다네."

"괜한 일에 머리를 들이밀어 봐야 본전도 못 건지니까요."

"정중한 어법으로 말하자면, 신중하고 헛된 욕심이 없다는 뜻이지. 사실 난 자네가 내게 침묵의 대가를 요구하거나, 아니면 알비나에게 정보를 팔아넘기기가 쉽다고 봤거든."

"전자도, 후자도 모두 위험부담이 너무 큽니다. 게다가 전 전하를 알아보지도 못했는데……."

"그랬다고 듣고 엄청나게 웃었지. 이래 봬도 얼굴에는 자신이 있는데 말이야."

클레오르가 웃음을 숨길 수 없다는 듯이 소리를 내고는 아랫입술을 쓰다듬었다.

자신 있게 웃는 것이 얄밉기보다는 매력이 철철 넘쳐서 에스텔라는 떨떠름해졌다. 그녀도 물론 미남을 좋아했다. 하지만 자기를 철저하게 남자 취급하고 있으니 두근거리려야 두근거릴 수가 없었다.

"전하를 한 번이라도 본 사람은 반드시 다시 알아볼 수 있을 거라는 생각은 들긴 합니다만, 저는 한 번도 뵌 적이 없었으니까요."

"하하. 어쨌거나 그만큼 지금까지 권력에 관심이 없었다는 의미가 되지 않나. 그걸 프리스든 경이 보증까지 해 주던데. 자네 별명이 게으름뱅이 에스틴 경이라고."

"……."

"게다가 리스칸 경이라면 나도 좀 알지. 그 사람도 권세 욕심은 정말이지 없었어. 작위를 주려고 했었는데 보너스를 달라더군."

아버지와 저는 다른 사람입니다, 라는 말이 턱밑에서 탁 걸렸다. 양심이 있지, 보너스 달라고 했다는 말을 듣고 그렇게 말할 수가 없었다.

클레오르가 피식피식 웃으며 말을 이었다.

"자네 외의 적임은 없어. 자네만큼의 실력을 가진 사람도 없지만, 실력자를 찾아다가 신분을 위장시키려고 해도 의외로 '적절한 신분'을 가진 자리가 그렇게 많지 않다네. 귀족 영애가 아무리 폐쇄적으로 살았어도 친척이라든가 지역 사교계에 얼굴 아는 사람이 있게 마련이라 사람을 바꿔 치는 것은 불가능에 가까운 일이지."

"아르투르는 사교계에서는 조금의 교제도 없지만 전통은 있고, 에스텔라 누나……는 호적상으로 아무 문제도 없으니 나름대로 제가 적임이군요. 실력이 있는 여자를 데려다가 누나로 위장시키시는 것은 어떻습니까? 용병 중에 찾아보면 있을 텐데요. 신분이 낮은 여자와 실제로 결혼하게 되는 것이 싫으십니까?"

"그건 상관없어. 하지만 약점을 잡히는 건 사양하고 싶군. 가짜를 내세웠다가 들킨다면 그야말로 치명타야. 그때가 되면 즉위 못 하는 황태자가 아니라 폐태자가 되겠지."

그러니까 상대방에게도 절대 드러나서는 안 되는 약점이 필요하다고 클레오르가 덧붙였다. 에스텔라는 계약을 받아들이더라도 이혼하는 순간까지 자신이 진짜 여자라는 것을 밝히지 않아야겠다고 마음먹었다. 그런 이유로 자신을 선택했다가 실은 자기가 잡고 있는 것이 약점이 아니라는 것을 알았을 때에 클레오르가 어떻게 나올지 판단이 되지 않았다.

"메이나드 자작 영애가 마녀라는 것을 알았을 때에는 눈앞이 캄캄했는데, 그 직후에 자네와 마주쳤을 때에는 마치 서광이라도 비친 듯한 느낌이었다네. 드레스를 입어도 자연스러울 것 같은 미소년 기사가 명성도 없이 치안대에 소속되어 있는데 아르투르 가문의 직계라니."

"미소년이라니. 말씀만이라도 고맙습니다."

립서비스라는 것을 숨기지도 않은 얼굴로 클레오르가 웃었다.

"요즘 화장은 얼굴을 아예 바꿔 놓더라고. 너무 걱정 말게."

에스텔라는 부루퉁해졌다. 그래, 뭐, 그녀가 미인이 아니기는 했다. 남장을 해도 의심하는 사람 하나 없는 걸로 봐서 여성성도 전무하다는 게 증명되고 말았다.

"전하와 마주치는 바람에 제 인생이 확 꼬였네요."

"3천만 골드."

"하이 리스크 하이 리턴은 제 인생관에서 완전히 어긋나는 일인데."

그렇지만 3천만 골드의 리턴이 크긴 컸다.

"180도를 꼬면 인생 역전인 게 아닌가? 자아, 그럼 조건에 대해서는 이야기를 마쳤군. 그러면 나머지 하나의 질문을 해 보게."

"사소한 일이긴 합니다만, 후계자는 어떻게 하실 생각이십니까?"

"음."

클레오르가 고민스러운 얼굴로 그녀를 바라보았다. 그의 나이 올해로 스물여덟. 이미 너무 많이 늦었다. 5년이나 계약 결혼에 묶여 있다면 후계자를 얻을 일은 요원했다.

"사생아라도 만들어야 하나?"

"왜 제게 의견을 구하십니까?"

에스텔라가 반문했다.

결국 그 문제는 유야무야 넘어가게 되었다. 에스텔라로서는 클레오르가 혼외자를 떠넘기지만 않는다면 크게 관여할 바가 아니었다. 진짜 결혼이 아니니 인정하겠다, 하지 않겠다도 자신이 결정할 일이 아니다.

둘은 그것을 제쳐 두고 몇 가지 실질적인 문제에 합의를 보았다.

"우선, 사전 작업을 해 두는 게 좋겠군."

"에스텔라 누나……의 옷을 입고 며칠 다니겠습니다."

"그래. 자네와 에스텔라 영애가 동시에 이곳에 살고 있다는 인상을 주는 게 좋아. 어차피 치안대에 매일 출퇴근을 할 필요는 없으니 적당히 시간을 나누어 그녀가 돌아와 있다는 것으로 만들어. 야반도주가 아니라 먼 친척집에라도 가 있었던 것으로 해. 뒷공작은 내가 해 두지."

"예."

"약혼이 이루어지기 전에, 자네에게 백작 위를 내릴 거야."

"……예."

"그 뒤에는 수도를 떠나는 것으로 하지. 안전을 위해 엘첸을 떠나 한적한 시골 영지에 가 있다는 것으로 하는 게 좋겠어. 자네…… 그러니까 내 약혼녀가, 결혼하는 조건으로 가문의 재건과 동생의 안전을 걸었다고 말하면 의심하는 사람은 없을 걸세."

"알겠습니다."

클레오르가 짝 하고 손뼉을 쳤다.

"그럼 오늘 할 이야기는 여기에서 끝이로군. 거래는 성립된 건가?"

"제게 면책권을 문서로 남겨 주신 다음에요."

"우리는 이미 운명 공동체라니까."

"앞으로 5년 동안만 말입니다."

에스텔라는 그렇게 말하면서 한숨을 내쉬었다. 막말로 5년이 지난 후에 클레오르의 마음이 변해서 살인멸구를 하려 들지 누가 알겠는가.

하이 리스크 하이 리턴. 그녀는 살아 있는 동안에 열심히 횡령해서 도피처를 만들어 두기로 마음먹었다.

그런 생각으로 빙글빙글 머릿속이 바빴지만, 한순간에 그 모든 것이 날아갔다. 클레오르가 봉투를 식탁 위로 올렸기 때문이다.

에스텔라는 흠칫 놀랐다. 사실 그가 커다란 봉투를 들고 방문했을 때에 혹시나 하는 기대를 품었다가, 그냥 식탁 밑에 내려놓기에 다른 곳으로 가져갈 용건이었으려니 하고 포기했었다. 그러나 이것은, 설마.

"살구 좋아하나?"

"미치게 좋아합니다."

그 어느 때보다도 기사다운 태도로 그녀는 각 잡고 대답했다. 살구 타르트를 세 개 꺼내 놓으며 클레오르가 말했다.

"이건 황태자궁, 이건 본궁, 이건 피엘라궁이라고 하는 별궁 요리사의 솜씨야. 제철 과일로 뭘 좀 만들어 보라고 했더니 셋 다 이걸 주더군."

"예."

날듯이 포크를 가지러 가는 에스텔라의 엉덩이가 실룩였다. 꼬리가 있었으면 흔들고 있었을 게 틀림없었다.

포크를 가지고 돌아와 자리에 앉아서 그녀는 형식적으로 물었다.

"전하께서도?"

"난 됐네. 오기 전에 이미 맛을 봤어. 피엘라궁 것이 제일 맛있더군."

그가 살구를 썰어 손바닥만 한 판 위에 가득 올리고 슈가 파우더를 뿌려 만든 소박해 보이는 타르트를 가리켜 보였다. 에스텔라는 그것을 쪼개어 한 입 머금었다. 상큼한 맛이 입안에 확 뿌려지는 것 같았다.

에스텔라가 말없이 몸부림치자 클레오르가 픽 웃었다.

"다 먹어. 제일 마음에 드는 사람을 자네 전속으로 해 줄 테니."

그 옆에 있는 것은 타르트 위에 흰 살구꽃을 얹어 설탕물로 코팅한 것이었다. 크기는 딱 한입짜리였다. 입안에 넣고 씹자 아삭 부서지는 순간 아까의 상큼함이 온통 달콤한 세상으로 변했다.

마지막 하나는 아몬드 크림으로 데커레이션되어 있었다. 농후함과 산뜻함이 교차하는 짙은 크림 속에서 에스텔라는 허우적거렸다.

그러나 역시 마지막을 장식할 만한 것은 피엘라궁의 것이다. 향기로운 새콤함으로 입을 씻어 내고 나자 마치 잘 차린 만찬이라도 먹은 듯이 만복감이 세포 단위로 가득한데, 동시에 기갈도 났다.

"전하."

에스텔라는 매우 진지하게 말했다.

"충성을 다하겠습니다."

클레오르가 폭소를 터뜨렸다.

2.
에스텔라가 되다

　에스텔라가 아르투르가로 돌아왔다는 사실을 주변에 각인시키기 위해 그녀는 옷장 깊숙한 곳에서 몇 년 전에 입었던 옷들을 꺼냈다. 유행을 탈 것도 없는 발목까지 오는 긴 갈색 스커트와 보풀이 일어난 무명 블라우스, 스커트와 같은 색의 재킷, 코르셋, 앞코가 둥근 굽 낮은 구두.

　그녀는 옷이 많지 않았다. 어릴 때에는 빚 때문에 여유가 없었기 때문이고, 나중에는 습관이 되었기 때문이다.

　어쩌면 아버지는 졸랐더라면 흔쾌히 옷 정도는 사 주었을지도 모른다. 그러나 그녀는 어머니를 잃은 어린 시절부터 누군가에게 좀처럼 조른다는 것을 해 본 적이 없었고, 아버지가 눈을 감은 그 전날까지도 마음속으로 '새 구두가 갖고 싶어요. 요새 외출용으로 신는 구두는 다들 굽이 높고 뾰족하거든요.'라고 말하는 것을 그려 보고 있었다.

고작해야 4년 정도 남자의 옷을 입고 살았을 뿐인데, 평생 입어 온 일상복들이 벌써 어색했다. 그녀는 오래된 슈미즈를 걸치고 코르셋을 입었다. 앞쪽에서 끈을 당기는 것이 좀처럼 잘되지 않아서 그녀는 불현듯 눈물을 한 방울 떨어뜨렸다.

"옷 사러 갈까."

습관이 된 혼잣말을 하고, 한숨을 내쉬다가 그녀는 블라우스와 스커트를 마저 입고 짧은 재킷을 걸쳤다. 그것은 에스텔라의 두 벌밖에 안 되는 외출복 중 하나였다. 열여덟 살 때 산 것인데, 서른여덟 살 부인의 것처럼 차분한 색이다. 실용성을 중시하여 무조건 오래 입을 수 있을 것을 골랐기 때문이기도 하고, 어머니가 없으므로 안주인 노릇을 해야 했기 때문이기도 하다. 세상 사람들은 분홍색 옷을 입은 소녀를 귀여워하기도 하지만, 우습게 보기도 했다.

약혼을 하기 전에도 사람은 만나야 할 테고 옷도 필요했다. 그리고 지금이라면 입어 보고 싶었던 옷들, 갖고 싶었던 장신구들을 마음대로 살 수 있었다.

은하수처럼 빛나는 수만 골드짜리 드레스에 대한 동경도 있지만, 손에 닿을 만큼 가까웠는데도 사지 못했던 것들도 여전히 마음에 박혔다. 집에 있지도 않은 쌍둥이 누나에게 선물을 사는 기특한 청년 기사 따위는 있을 리가 없어서 여태 가게도 쳐다보지 않았지만 말이다.

머리를 빗어서 그물로 싸고 큰 모자를 쓴다. 목덜미까지도 오지 못할 정도로 짧다는 것을 숨겨야 하기 때문이다. 가발도 준비해야 할 것 같았다.

"에스틴 경!"

그때 외치는 소리가 들려왔다.

"일어나세요, 에스틴 경! 기사가 아직까지 자면 어떻게 해요!"

쾅쾅 문을 두드리는 것은 델린이었다. 그녀는 에스텔라가 고용하고 있는 파트타임 메이드로, 아무리 작은 집이라고 해도 아직 혼자서 한 집을 모두 책임질 수 있는 경력은 아니었다. 보통 같아서는 큰 집의 말단으로 일해야 할 터이나 일자리를 잡지 못하고 있던 참에, 같은 거리에 사는 에스텔라가 몇 시간만 일하게 하겠다는 조건으로 고용했다. 돈이 더 들더라도 풀타임 메이드를 쓴다면 생활은 더 윤택해지겠지만, 에스텔라의 입장에서는 집안일을 모조리 총괄할 사람을 들였다가 정체를 들키는 것을 염려하지 않을 수 없었다.

그녀는 얼굴만 겨우 비춰 볼 수 있는 작은 손거울을 들여다보며 표정을 바꿨다. 오래된 화장품으로 옅게나마 얼굴색도 다듬었다. 제멋대로인, 그래도 되는, 게으른 얼굴을 그만두고 표정을 다듬는다. 반듯한 자세, 차분한 표정, 기품 있고 단호하면서도 온정적인 옅은 미소는 양갓집 딸의 기본적인 조건이다.

사람들은 남자야말로 용감하고 단단하며 바를 수 있다고 말하면서도 여자에게 그것을 더 많이 요구했다. 에스틴은 눈곱도 떼지 않은 얼굴로 머리를 긁적이며 건들거리고 나가도 되지만, 에스텔라는 언제나 깔끔하게 가꾸고 올바른 몸가짐을 하지 않으면 안 되었다. 사실 그것이 그녀가 외출과 이웃 교제를 싫어했던 이유 중의 하나이기도 했다.

모자를 손에 들고 그녀는 종종걸음으로 계단을 내려왔다. 스커트 자락은 넓지만 페티코트가 겹겹이라 보폭이 좁아질 수밖에 없었다.

"지금 나가요."

그녀는 목소리도 조금 가다듬었다. 에스틴이 되었던 초반에는 의식적으로 목소리도 굵게 내고 말씨도 거칠게 썼으나 이제는 그쪽이 더 익숙해져서 고운 소리를 내기 위해서 오히려 노력이 필요했다.

델린은 지난 몇 년 동안 에스틴과 사적인 자리에서 가장 많은 접촉을 한 여자였다. 그녀가 에스텔라와 에스틴이 동일 인물임을 알아보지 못한다면 아마 거의 아무도 모를 것이다. 실제로 가장 긴 시간을 함께 보낸 것은 델핀이나 잭 등 치안대원들이지만, 치마만 둘러도 알아보지 못할 것이 틀림없는 인간들이었다.

"델린 양이지요? 에스틴은 아침 일찍……."

문을 열며 말하다가 에스텔라는 멈칫했다. 눈앞에 발그레한 뺨을 가진 소녀의 얼굴이 아니라 듬직한 남자의 가슴팍이 있었다. 문장이 새겨진 금장 단추를 달고 있었다.

그녀는 천천히 고개를 들었다. 티소엔이 얼어붙어 있다가 후다닥 뒷걸음질 쳤다. 목부터 귀까지 새빨갰다.

"에, 에, 에스틴 경?"

티소엔은 웃고 싶은 걸 참고 있는 걸까. 에스텔라는 고개를 기울이며 일그러지려는 입가에 억지로 온화한 미소를 걸었다.

치안대에 출근을 안 했으니 오늘은 이 얼굴을 안 보고 넘어갈 줄 알았는데, 어떻게 주소를 알고 찾아왔나. 하긴, 에스틴을 만나겠다고 사무실에 들락거린 횟수가 없었더라도 티소엔 크렐리디안이 알고 싶다고 말하면 치안대원들은 주소쯤이야 날름 던져 줬을 것이다. 사실 티소엔처럼 이름 있는 기사가 아니라 그냥 황궁 기사이기만 해도 그랬으리라.

"누구시죠?"

불안감이 치솟았다. 그는 과연 자신을 알아볼까. 억지로 고상한 미소를 지으려고 애쓰는데, 티소엔의 옆에 서 있는 델린이 손뼉을 딱 쳤다.

"아! 에스텔라 님이시군요!"

"아가씨는 델린 양이지요? 에스틴에게서 이야기는 많이 들었습니다."

그녀는 메이드들이 주로 입는 검은색의 긴 원피스와 무릎 아래까지 내려오는 앞치마를 하고 있었으므로 자연스럽게 알은척하기가 쉬웠다.

델린이 기쁜 듯이 대답했다.

"에스틴 경에게 쌍둥이 누나가 있으시다는 이야기는 들었어요. 먼 친척집에 가셨었다고 들었는데, 돌아오셨는가 봐요."

"네. 어제 돌아왔답니다."

델린이 슬쩍 대문 안을 기웃거렸다.

"에스틴은 일이 있어서 아침 일찍 나갔어요."

"아아, 그러셨구나. 하긴, 누나가 돌아오셨다고 해서 출근을 안 해 버리고 그러실 분은 아니죠, 에스틴 경이. 게으르시긴 해도."

"그, 저어!"

티소엔이 불쑥 끼어들며 벌게진 얼굴로 새된 소리를 내고 말았다.

"에스틴 경의 누님이시라고요?"

"네. 에스틴을 보러 오셨나요?"

그가 하도 초조해하는 얼굴이라 설마 알아본 건가 싶어 에스텔라는 조심스럽게 말했다. 티소엔이 "아, 예!" 하고 큰 소리로 말했다.

"오늘 만나기로 했는데 치안대 사무실에 나오지 않은 것 같아서 주소를 물어봐서 찾아왔습니다. 아 참, 저는 에스틴의 친구입니다. 황궁 기사로, 티소엔 크렐리디안이라고 합니다!"

하고 싶은 말이 매우 많았다. 대체 언제 만나기로 했었던가, 언제부터 친구였던가 등등.

에스텔라는 그런 사정을 낱낱이 알고 있다고는 할 수 없으므로 가식적인 미소만 지었다. 티소엔이 조심스럽게 물었다.

"에스틴 경이, 혹시 제 이야기는 안 하던가요?"

"네."

머뭇거림도 없는 대답에 티소엔의 새빨갛던 얼굴이 순식간에 어두운 색으로 변했다.

델린이 경쾌하게 물었다.

"외출하시려던 참인가 봐요."

"네. 뭘 좀 사러 갈 생각이에요. 오랜만에 집에 왔더니 부족한 게 무척 많네요."

"멀리까지 다녀오셨으니 그러시겠어요. 짐은 다 푸셨나요? 정리가 되지 않았다면, 제가 해 드릴게요. 빨래도 쌓이셨을 테고!"

"아, 고마워요."

에스틴으로서 빨랫감이며 청소를 남에게 맡기는 것에는 익숙해졌지만, 에스텔라로서는 그렇지 않았다. 그녀는 열세 살 이래로 부친의 수발을 들어 보기만 했지, 자기 스스로 남의 수발을 받아 본 적은 없다. 사소한 정리라고 하더라도 메이드가 해 준다고 하니 이상한 느낌이 들었다. 몇 년이나 델린에게 맡기고 있었음에도 그랬다.

'다 자란 여자가 메이드에게 일을 다 맡기고 있으면 남들이 욕할 텐데.'

누나라면, 결혼하지 않은 남동생의 집안일을 보살펴 줘야 마땅한 법이다.

델린이 맡겨 달라며 들어가는 경쾌한 뒷모습을 바라보며 멀거니 그런 생각을 하고 있는데, 티소엔이 말을 걸었다.

"실례가 되지 않는다면, 아르투르 영애."

"아, 네."

"번화가로 나가실 거라면 제가 에스코트를 해 드리고 싶습니다. 허락해 주시겠습니까?"

귀는 여전히 붉었다. 그러나 표정은 평소 그대로라 마치 원래부터 이런 기사인 것처럼 느껴졌다.

에스텔라는 그것에 속지 않았다. 티소엔은 그렇게 친절한 놈이 아니었다. 자기는 검에 인생을 바쳤다며 카이덴 후작부인이 며느리로 점찍은 영애를 소개하는 자리에 나가지조차 않았다. 작년 연말의 사냥대회에서는 적령기 소녀들의 손수건을 스물세 개나 거절했고, 그중에 아홉 명을 울리는 혁혁한 전과를 거두었다는 가십은 사교계 소식에 별로 관심 없는 그녀의 귀에까지 들어와 있었다.

뭔가 수상하게 보이는 건가. 얼굴은 쌍둥이라는 것으로 어떻게든 넘어갈 수 있을 것이다. 역시 머리가 문제일까. 그물을 쓰긴 했어도 귀부인의 머리가 눈에 익은 사람은 이상하게 보일 소지가 충분했다.

에스텔라는 진지하게 생각에 잠긴 채 그를 올려다보았다. 그 빤히 바라보는 시선에 티소엔이 손을 내민 채로 또다시 얼굴을 벌겋게 물들였다.

"제 손이 부끄럽습니다."

"부끄러우시면 내려 주세요. 낯선 기사님을 동반해서 쇼핑할 만한 물건이 아니거든요."

"예? 무엇을 사러 가시기에."

"속옷과 여자라면 달에 한 번씩은 필요해지는 물건이요."

이렇게 말하면 자발적으로 물러날 것이라고 생각해서 선정한 품목이긴 했지만, 티소엔은 에스텔라의 생각 이상으로 격렬한 반응을 보였다. 눈에 띄게 움찔한 다음 뻣뻣한 동작으로 내밀었던 손을 내렸던 것이다.

"실례했습니다."

"네."

에스텔라는 덤덤하게 대답했다. 실례라기보다는 귀찮았지만, 거짓말을 하지는 않았다. 확실히 새 코르셋과 속옷, 기타 다른 용품들이 필요하긴 했으니까. 누렇게 된 속옷을 입은 채 약혼식을 치를 수는 없지 않은가.

대여 마차를 잡아 오겠다며 티소엔이 끼기긱 몸을 돌려서 나갔다. 에스텔라는 고개를 갸웃했다. 당황하라고 말한 것이긴 하지만, 이렇게까지 당황하나? 싶은 생각이 들었다. 지금은 명백히 그녀가 매장당할 만큼의 무례를 저지른 것이다. 사교계에 나가 보지 않은 에스텔라도 그 정도는 알았다.

그때 위쪽에서 목소리가 들려왔다.

"인기가 좋네?"

장난이 깃들어 있는 목소리도 역시나 오싹할 만큼 좋다. 에스텔라는 이미 인기척을 들었으므로 차분하게 소리가 난 방향을 돌아보았다. 이웃집의 2층 창틀에 걸터앉은 클레오르가 가볍게 손을 흔들어 보였다. 오늘은 검은 더벅머리였다.

"……들키면 어쩌시려고."

"크렐리디안 경이 지켜보는 사람이 있는 걸 눈치채지 못했다는 것에 우유 사탕을 걸어도 좋아. 자네 얼굴 쳐다보느라 완전히 얼어붙었던데."

에스텔라는 움찔했다. 우유 사탕? 그녀는 아직 그런 걸 먹어 보지 못했다. 사탕이라면 산미가 있는 과일로 만드는 것밖에 떠올리지 못했기 때문에 우유로 만든 사탕이라는 건 상상도 가지 않았다. 가슴이 벌렁거렸다.

클레오르가 즐겁게 웃었다.

"여자 옷도 잘 어울리는데?"

"……감사합니다?"

"억양이 틀렸어. 기사의 딸답게 고상한 미소를 지으면서 정중하고 겸손하게 말해야지. 그런데, 가슴은 그대로 괜찮은가?"

에스텔라는 얼굴을 굳혔다.

"성희롱입니다."

"놀리려고 하는 말이 아니라 진지하게 위장에 관해 조언하는 거야."

없는 가슴 그대로 재단해 보디스가 딱 맞게 만들어진 옷이었다. 뽕을 넣고 싶다고 맘대로 넣어지는 줄 아나. 잘난 황태자 전하도 모르는 게 있는 모양이었다. 애초부터, 이것이야말로 위장이 아니라 그가 필요로 하는 진짜 에스텔라 아르투르가 아닌가 말이다.

"됐습니다. 억지로 형겊이라도 뭉쳐 넣었다가 잘못해서 위치가 어긋나면 더 곤란하니까요."

"……그런가."

"전하께서는 왜 거기 계십니까?"

"앞으로 내 약혼녀가 될 여자의 모습이 궁금해서 왔지. 자네가 실수하면 커버도 하고, 에스코트도 하고."

"약혼녀에게 '자네' 같은 단어를 쓰시는 것은 부적절합니다. 2층에 어떻게 올라가 계시느냐 하는 것을 여쭌 거고요."

"샀네."

"네?"

"샀다고. 좌우 집을 다 사 버렸어. 아무래도 자네 집…… 흠흠. 영애의 집을 보호하는 편이 좋을 것 같아서 그랬소."

클레오르가 목소리를 가다듬고 짐짓 엄숙하게 말했다. 얼굴을 붉히던 티소엔만큼이나 어울리지 않는 짓이라 에스텔라는 인상을 찌푸리고 말았다.

"하시던 대로 하는 편이 좋을 것 같습니다."

"이해해 줘서 고마워."

그가 2층에서 날렵한 고양이처럼 몸을 던졌다. 난간을 한 차례 잡고 벽을 톡 찬 후 무리 없이 바닥에 내려선다. 계단이라도 뛰어 내려오는 듯한 가벼운 몸짓이었다. 로프칸 거리의 소박한 집들이 높이가 낮기는 하지만, 그렇다 해도 2층에서 그렇게까지 쉽게 뛰어내리는 사람은 흔치 않을 것이었다.

"그럼 가실까요, 아르투르 영애?"

"티소엔 경이 마차를 잡아 오겠다고 갔는데요?"

"그 마차를 나랑 같이 타려고?"

에스텔라는 자신이 바보 같은 소리를 했다는 것을 깨달았다.

"갈까?"

클레오르가 살짝 손을 내밀었다. 머리는 더벅머리일지언정 자세는 흠잡을 곳 하나 없이 완벽한 신사였다.

가슴이 두근거려서 에스텔라는 패배감을 느꼈다. 클레오르가 푸훗 웃었다.

"에스코트받는 건 처음이겠군."

"그런 셈이네요."

부친의 손을 잡고 간 적이야 많았지만, 그런 것은 역시 에스코트라고 하기에 조금 부족한 감이 있다. 그녀는 클레오르의 손에 살짝 자기 손을 얹었다. 클레오르가 웃었다.

"손이 작군. 일반적인 칼자루를 쥐기에는 좀 힘들지 않나?"

"그런 점이 없지는 않습니다."

여자 손 같다는 말이 나올까 봐 내심으로 걱정을 많이 했는데, 다행히도 클레오르는 그것을 묻지는 않았다. 그러나 묻지 않는 것이 그것대로 에스텔라의 마음을 상하게 했다.

그녀의 손이 예쁘지 않기는 했다. 어릴 때부터 수련용 검을 쥐었을 뿐만이 아니라 체술 수련을 하느라고 허수아비를 정권으로 치거나 했기 때문에 크기 빼곤 어딜 봐도 마디지고 굳은살이 박인 무사의 손이었다.

장갑을 사야겠다고 생각하며 에스텔라는 손을 내리고 두 손을 서로 마주 쥐었다. 클레오르는 그것을 어떻게 생각했는지 어깨를 한 번 으쓱하고는 그녀의 몸에 손을 대지 않고 감싸듯이 팔을 뒤로 둘러 골목을 벗어났다.

골목 바로 앞에 마차가 대기하고 있었다. 어떻게 보아도 흔해 빠진 대여 마차처럼 검은 포장이었지만, 타고 있는 자가 예사롭지 않은 실력의 소유자임을 에스텔라는 알아볼 수 있었다.

"무슨 용건이신지는 몰라도, 쇼핑 먼저 하면 안 될까요?"

어디까지나 숙녀답게 클레오르의 손을 잡고 올라타며 그녀는 물었다. 어디로 가든 간에 일단 유행에 뒤떨어진 옷을 어떻게 좀 하고 싶었다.

클레오르가 명랑하게 대답했다.

"내 용건도 그거라네."

"그거요?"

"세상에서 제일 즐거운 쇼핑. 공금유용."

첫마디를 들었을 때에는 친하지 않은 사람과 하는 쇼핑이 뭐가 즐겁겠느냐고 생각했지만, 말을 끝까지 듣고 나서 에스텔라는 긍정하지 않을 수 없었다.

잠시 후 마차를 부르러 갔던 티소엔이 돌아와 텅 빈 골목을 두리번거리게 된 것은 당연한 일이었다.

마차는 란텔가로 향했다. 번화가가 아니라 부유한 중류층이 사는 주택지라 에스텔라는 조금 당황했다. 그녀가 내리는 것을 도우며 클레오르가 다시 말했다.

"목적이 쇼핑 맞아. 소개할 사람도 있고."

"전하는 상인 기질이 다분하시군요."

"밖에서는 레오라니까. 남이 들으면 곤란하다고. 그런데, 상인 기질이라니?"

"거짓말은 하지 않지만 꼭 말씀 덜 하고 남겨 놓는 부분이 있으신 것 같아서 말이죠. 특히, 문제점에 관해서요."

"정치가 기질이라고 말해 줬으면 좋겠는데."

그가 웃었다. 그것도 틀린 말은 아니라고 에스텔라는 작은 한숨을 내쉬었다.

저택은 꽤 컸다. 클레오르와 그녀는 쪽문을 통해 들어갔다. 고용인들이 드나드는 것처럼 생긴 쪽문이었지만, 일곱 걸음도 되지 않는 복도를 지나 새로 열어 주는 문으로 들어서자 점잖고 고급스럽게 꾸며진 응접실이 나타났다.

짙은 남색의 벨벳 드레스를 입은 중년의 귀부인 한 사람과 프리스든이 앉아서 기다리고 있다가 클레오르가 들어서자 일어섰다. 과장된 언사나 긴 예법은 없다. 짐작대로 이곳은 클레오르의 안가 중 하나인 듯했다.

이래서, 쇼핑을 먼저 하고 싶었던 건데.

그녀는 마음속으로 한숨을 내쉬었다.

"인사들 하지. 이쪽은 바르톨로뮤 백작부인, 앞으로 그대의 시녀장이 될 거야."

"엘린데아입니다, 아르투르 영애."

그녀가 살짝 치맛단을 들며 정중하게 인사했다. 그림 같은 예법이었다.

"프리스든 경과는 서로 알 테고."

"예, 각하."

프리스든은 말을 잃은 채 에스텔라를 쳐다보고 있었다.

"자네가, 그, 뭐냐. 허, 참."

"궁여지책이죠. 좋아서 여기 있는 건 아니랍니다, 프리스든 각하."

에스텔라는 일부러 방긋 웃으며 말을 건넸다. 프리스든이 다시 한 번 "허." 하고 한숨을 내뱉고는 클레오르를 바라보았다.

"전하의 말씀을 처음 들었을 때에는 터무니없는 일이라고 생각했는데, 이렇게 여자같이 보일 줄은 생각 못 했습니다. 에스틴이라면 실력은 확실하니 전하의 뜻에 부합할 겁니다."

"그렇지?"

"가꿔야 할 부분이 아주 많군요. 염려 마십시오. 진짜 에스텔라 영애였다고 하더라도 비슷한 정도의 관리가 필요할 테니까요."

바르톨로뮤 백작부인이 그렇게 말하며 흘끗 에스텔라의 가슴 언

113

저리를 쳐다보았다. 다른 말을 하지는 않았다. 옷을 보는 눈이 있는 그녀는 에스텔라의 옷이 잘 맞는 상태라는 것을 알아챘다.

"당분간은 백작부인이 그대를 돌봐 줄 거야. 프리스든 경을 이 자리에 부른 것은 앞으로 두 사람이 얼굴 마주칠 일이 생길 텐데 그때 당황하지 말라는 뜻에서 그런 거고. 프리스든 경, 스콘느 남작부인에게도, 자세한 내용을 말할 필요는 없지만 내 약혼녀를 도와주었으면 좋겠다고 이르게. 아무래도 나이가 비슷하면 서로 교제하기도 쉬울 테니까."

"예."

그렇게 대답하면서도 프리스든은 "거참."이라든가 "허, 허허."라는 소리를 내면서 에스텔라를 몇 번이나 쳐다보았다.

이만큼 놀라니 이제 에스텔라도 살짝 화가 나려고 했다. 내가 뭐 어때서 그러느냔 말이다. 에스틴일 때에는 계집애 같다는 소리도 늘 들었다. 에스텔라일 때에는 약간 어색한 시선과 함께 아버지를 닮았다든가 아버지를 닮았느냐든가 아버지를 많이 닮았는가 보다는 말을 주로 듣긴 했지만 말이다. 더 우스운 건 실제로 그녀의 이목구비에는 아버지를 닮은 부분이 그다지 없었다는 점이다.

바르톨로뮤 백작부인이 말했다.

"전하의 안목은 훌륭하십니다. 화장에 신경을 쓰고 몸가짐에만 유의하신다면 충분히 귀족 가문의 영애로 통하실 것 같습니다. 준비할 게 무척 많겠군요."

그녀가 날카롭게 눈을 빛내며 에스텔라를 꼼꼼하게 훑어보았다.

"머리는 우선 기르셔야 하겠지만, 그전까지는 가발을 쓰시면 됩니다. 우선은 옷부터 맞춰야겠습니다. 자아, 에스텔라 님, 이쪽으로."

백작부인은 그녀를 에스텔라라고 부르는 것에 망설임이 없었다. 에스틴의 모습을 보지 않은 탓일 수도 있다.

에스텔라는 잠깐 머뭇거리며 클레오르를 바라보았다. 클레오르가 가 보라고 그녀에게 고갯짓했다. 그녀는 살짝 다른 사람들에게 묵례를 건네고 백작부인을 따라 옆방으로 이동했다.

백작부인이 두 칸 너머의 문을 열기 전에 말했다.

"지금 이 순간 이후로 에스텔라 님이 본래 누구이신지를 완전히 잊으셔야 합니다. 레이디로서의 생활이 익숙지 않으시겠지만 제가 최선을 다해 보좌해 드리겠습니다. 그러니 스스로를 '사교계에 한 번도 나서 보지 못한, 가난한 몰락가문의 영애'라는 입장이라고 생각하는 것에만 철저하십시오. 모르는 것이 있어도, 처세에 능숙하지 못한 모습을 보이더라도 대부분은 그것으로 변명이 될 겁니다."

에스텔라의 입장이 말 그대로 바로 그것이었지만 말이다.

"가장 중요한 것은 본래 성별을 들키지 않는 것입니다. 아르투르 가문의 영애라는 위치는 황후의 자리에 오르기에 충분한 자격이 있습니다. 상황이 상황인 만큼 본래는 남자라는 소문이라도 터지지 않는 이상 파혼이 될 가능성은 없습니다. 그러니 다소 서투른 점이 드러나거나 실수로 평판이 떨어지더라도 그렇게까지 걱정하지 않으셔도 됩니다. 리디아라는 재봉사를 불러 두었습니다. 아마 에스텔라 님은 잘 모르시겠지만, 그녀는 지난 7년 동안 사교계에서 가장 명성 있는 재봉사 중 한 명입니다."

모르긴.

수도에 사는 열다섯 살 이상의 여자라면 모를 리가 없었다. 리디아의 드레스는 한 시즌에 열 벌도 나오지 않는 작품 중의 작품이지만, 한 벌이 나오면 일주일 안에 열화 카피가 부유한 중류층 부인들을 대상으로 하는 의상실에 깔리고, 한 달이 되면 1년에 한 벌쯤 겨우 옷을 사든가 직접 만들어 입어야 하는 서민층에게까지 리디아 드레스를 만드는 데 쓰이는 원단과 가장 유사한 느낌을 낼 수 있는 천이라는 광고가 성행했다.

패션을 잘 모르는 에스텔라도 당연히 그녀를 알았다. 지난 몇 년 동안 복제품이 진열된 의상실 앞을 지나다니면서 입지도 못할 옷을 사 버릴까 하는 충동을 느끼곤 했으니까.

안내된 방은 잘 꾸며진 귀부인의 거실이었다. 소파에 단정하게 앉아 있던 무명 드레스 차림의 여자가 일어섰다.

"처음 뵙겠습니다, 아르투르 영애. 리디아라고 합니다."

"만나서 반가워요. 명성은 익히 들었습니다."

에스텔라는 벅차는 가슴을 애써 진정시키며 말했다. 리디아 드레스를 공짜로 입게 되다니.

"영애께서 입으실 약혼식 드레스와 웨딩드레스는 물론이고 일상복과 실내복에 이르기까지 전반적으로 거의 모든 것을 준비해 드려야 한다고 들었어요. 일단 올 시즌의 유행에 따라 몇 가지 전반적인 아이디어는 가지고 왔지만, 우선 영애께서 어떤 스타일이나 소재, 혹은 이미지를 원하시는지 먼저 알고 싶어요."

"레이스요."

에스텔라는 망설임도 없이 곧바로 대답하고, 힘주어 강조했다.

"섬세하고 풍성한 걸로. 프릴과 러플로 잔뜩 장식해서 팔랑팔랑하게요."

그녀의 로망을 들은 바르톨로뮤 백작부인과 리디아가 동시에 미묘하게 얼굴을 일그러뜨렸다.

"아 참, 그리고 검대를 둘러야 해요. 실내복에는 필요 없겠지만,

116

외출복에는 필수예요."

로망의 다음에는 현실을 말했다. 이번에는 숨길 생각도 없이 바르톨로뮤 백작부인과 리디아가 얼굴을 찡그렸다.

"기각."

백작부인이 선언했다.

"오늘 고른 게 다 마음에 안 들었어?"

클레오르가 웃으면서 묻는 말에 에스텔라는 고개만 돌렸다. 어울리는 옷이냐, 로망의 옷이냐는 언제나 고뇌의 대상이었다. 어차피 치안대 제복보다 어울리지 않았지만 말이다.

알아서 하겠다며 리디아는 결국 더 이상 그녀의 견해를 묻지 않았다. 파스텔 톤의 핑크와 연노랑을 소망했으나 백작부인과 그녀는 에스텔라를 뭣도 모르는 남자애로 분류하고 자기들 마음대로 차분한 군청색과 자줏빛 같은 무게감 있는 원단들을 골랐다.

그가 손바닥을 내밀었다. 에스텔라는 고개를 갸웃했다.

"왜요?"

"손 줘 봐."

에스텔라는 경계심 가득한 태도로 손을 내밀었다. 그 손에는 낡은 면장갑이 끼어져 있다. 바르톨로뮤 백작부인은 그녀에게 새 장갑을 주려고 했지만, 손가락 길이가 맞지 않아서 끼지 못했다.

클레오르가 그녀의 소매를 살짝 걷었다. 에스텔라는 약간 움찔했다.

뭘 하려나 했더니 그가 주머니에서 하늘색 실크 리본을 꺼내 가볍게 그녀의 손목에 둘러 매듭짓고 소매를 도로 내려 주었다.

에스텔라는 의아하게 그를 바라보았다. 피부 접촉을 한 것도 아니고 남자끼리라고 생각하면 이쯤은 스킨십이라고 할 수도 없는 것이다. 클레오르도 아무 생각이 없을 텐데, 드레스를 입었다는 것만으로도 여자라는 자각이 생겨서 그런지 마음이 싱숭생숭해졌다. 보드라운 실크의 감촉이 설레었다.

"백작부인이 짙은 색을 고를 때마다 얼굴이 안 좋아지길래."

"아뇨."

"하늘색은 싫어해?"

"아뇨."

"무난한 걸로 집는다고 집었는데 별로였나 보네."

클레오르가 눈매를 접으며 웃었다.

"아뇨. 예쁘네요. 그다지 쓸모는 없지만."

에스텔라는 뭐라고도 대답하기가 애매해서 그렇게 대답했다. 리본은 정말 예뻤지만, 좋다고 말할 수가 없었다.

"가드에 매. 미인이 준 리본은 그렇게 쓰는 거잖아."

그녀는 미쳤느냐는 얼굴로 클레오르를 쳐다보았다. 그러나 입이 찢어져도 미인이 아니라는 말은 나오지 않아서 그녀는 이렇게 반박했다.

"미녀가 주는 리본을 그렇게 쓰는 거겠죠."

"그러면 내가 나중에 다시 받아 가도록 하지. 그대도 머리를 기를 것 아닌가? 이것도 나쁘지는 않지만. 음. 진짜 그대 머리칼과 비슷한 금발이군. 진짜 머리칼로 만든 것 같은데."

그렇게 말하면서 그가 손을 뻗어서 말아 내린 에스텔라의 머리끝을 가볍게 만졌다. 물론 그것은 가발이었다. 에스텔라는 고개를 절레절레 저었다.

"가발에 조예가 있으시니 잘 아시겠군요."

클레오르가 크게 웃었다.

"시야를 방해하는 모자보다는 편해."

"실리적이시군요. 이왕 장기간 쓰실 거면 좋은 걸로 하나 장만하시는 게 어때요?"

"좋은 걸 쓰면 정체를 숨기기 어렵잖아."

"광대 노릇을 한다고 정체가 숨겨지시는 것도 아닐 텐데요."

그런 이야기를 하는 사이에 마차가 로프칸 거리로 돌아왔다. 에스텔라가 마차 문을 열고 뛰어내리려는데 클레오르가 그녀보다 먼저 마차 문의 손잡이를 잡았다.

"숙녀가 그러면 안 되지."

곧 바깥쪽에서 마부가 문을 열어 주었다. 클레오르가 먼저 내려서 손을 내밀었다. 에스텔라는 멋쩍게 그의 에스코트를 받아 마차에서 내렸다.

"고마워요."

"천만에. 모실 수 있어서 영광이었습니다."

그가 싱긋 웃으며 그렇게 말했다.

에스텔라는 먼저 몸을 돌렸다. 그리고 문을 열다 말고 창문으로 내다보고 있는 델린과 마주쳤다. 그녀가 눈을 반짝반짝 빛내면서 바라보고 있었다.

"아, 그…… 델린 양."

"아가씨의 연인인가요? 아니면 약혼자? 엄청 멋지신데요!"

"아직 약혼자는 아니에요."

그녀는 어색하게 대답했다. 델린이 꺄아거렸다. 머리만 좀 잘 다듬도록 아가씨가 설득하면 진짜 그런 미남이 따로 없을 거다, 남자는 여자 하기 나름이라면서 신이 나서 수다를 떨었다.

에스텔라는 손목의 리본을 만지작거리다가 풀어 버렸다. 어차피 진짜도 아니다. 하지만 리본이 사랑스러운 것은 사실이었다. 그녀는 손바닥만 한 거울을 앞에 놓고 리본을 머리에 대어 보았으나 어울리지 않았다. 역시 전문가님의 안목이 옳으셨다.

★

클레오르가 에스텔라를 로프칸 거리의 집까지 배웅하고 나서 황궁으로 돌아왔을 때에 황태자궁에는 환하게 불이 밝혀져 있었다. 그는 검과 박차를 절그럭거리면서 안으로 들어갔다.

대리청정하는 황태자로서 그는 대부분의 집무를 본궁에서 보았다. 비록 신전에서 대사제의 앞에 무릎 꿇어야 하고, 또 알비나 황후에게 공경하는 자세를 취해야 했으며 제2황자 이시도르를 황제(皇弟)로서 적절한 작위를 주어 황궁 밖으로 내보내지도 못했으나, 최고 통치권자이자 제국군 통수권자로서 거의 모든 공식적인 권력을 가지고 있었다.

바로 그게 문제이긴 했다. 장자상속의 원칙으로도, 대관식을 함께 치른 첫 번째 황후의 아들이라는 점으로도, 혈관에 품은 신성력의 농도로도 클레오르의 정통성을 부정할 수 있는 사람은 아무도 없다. 그가 황제가 되는 것은 기정사실이다.

그러나 아직도 황후궁을 돌려받고 이시도르의 계승권을 박탈하지 못하고 있다는 것은 여러 사람에게 불안감을 주었다. 신전을 온전히 수중에 넣지 못했다는 점도 다소나마 위협이 되었다.

본궁이 아니라 황태자궁에 사람이 모여 있다는 것은 모인 자들이 국사를 의논하고자 하는 것이 아니라는 뜻이었다.

대강 무슨 이야기를 하러 왔는지는 짐작하고도 남았다. 클레오르는 빠른 걸음으로 회의실로 향했다. 비서관 에버니저가 그의 뒤를 따르며 말했다.

"아히발트 파와 칼렙 파의 귀족 모두가 와 있습니다. 아히발트 파는 오필드 공작을 위시하여 9인, 칼렙 파는 페도시 백작을 위시하여 7인입니다."

"스타인 경은?"

"오시긴 했습니다."

"그게 무슨 뜻인가?"

"혼자 계십니다."

스타인 경이란 메이나드 자작 스타인 메이나드를 말한다. 곧, 그를 중심으로 모여 있던 중소 귀족과 관료 파들이 발을 뺐다는 의미였다.

"스타인 경이 혼자가 되었군."

"일단 파블로스 남작이나 바하디르 경이 참석해 있습니다."

"그자들은 되어 가는 상황을 보러 온 거겠지."

그는 걸어가며 가발을 벗어서 시종에게 집어 던지고 손으로 머리를 다듬었다. 회의실 문 앞에서 시종 셋이 달라붙어 차림새를 정돈하고 수수한 외출복을 가리기 위해 황실의 문장이 박힌 화려한 망토를 입혔다.

클레오르가 눈짓하자 시종들이 회의실 문을 열었다. 두 파벌의 귀족들은 회의실의 긴 테이블에 양쪽으로 나뉘어 앉아 있었다.

클레오르 파벌의 세력은 크게 두 개의 축으로 구성되어 있다. 오필드 공작과 아말리네 공작을 비롯하여 전통 있는 명문 귀족들의 모임인 아히발트 클럽, 페도시 백작과 로버츠 경을 중심으로 하는 신흥 부가(富家)들의 연합 칼렙이다. 마지막으로 가장 숫자가 많은 중소 귀족들이 있지만, 이는 양쪽 모두에 들어가고 싶은데도 그러지 못한 자들이라고 봐도 크게 다르지 않다.

열여덟 명의 귀족들이 일제히 몸을 일으켜 그에게 경의를 표했다. 그는 손을 들어 인사에 간략하게 대답하고 상석으로 향했다. 그가 앉자마자 아말리네 공작이 제일 먼저 입을 열려 했다. 클레오르는 그전에 다시 손을 들어 발언을 막았다.

"경들이 하고 싶은 이야기는 알고 있네. 아마 내가 새로운 황후 후보를 얻었다는 이야기 때문에 이렇게 다급히 모인 거겠지."

"그보다 급한 일이 없는 줄은 압니다만, 전하, 그렇다고 해서 이렇게 소신들과 의논도 하지 않고 갑작스럽게 결정하시는 것은……."

"의논하면 뭔가 달라지는가? 경들 중에 누군가가 귀한 딸을 내게 아내로 주겠다는 뜻인가?"

클레오르의 반문에 잠시 침묵이 흘렀다. 딸을 사랑하면 사랑하는 대로, 사랑 대신 쓸모로 계산한다면 또 그런 대로 죽음과 연결되는 위태로운 자리에 밀어 넣을 수는 없다.

"작위조차 없는 가문의 여식을 황후로 삼으실 수는 없습니다. 차라리 일타나 라올리의 왕녀를 들이심이 어떻습니까?"

"왕녀를 죽여서 외교 문제를 만들라고 하지 그러나."

그가 빈정거리다시피 대답했다. 제안한 자는 아무 말도 못 하고 고개를 수그렸다.

"아르투르 가문이야. 혈통이 부족하다고는 누구도 말하지 못하겠지. 선황께서 리스칸 아르투르에게 작위를 내리려고 했던 것은 누구라도 알 터. 그가 고사하지 않았다면 에스텔라 아르투르는 지금 백작 영애일 걸세."

"그러나 실제로는 고사하지 않았습니까."

오필드 공작이 억양 없이 말했다. 그는 이미 딸을 잃었고, 클레오르의 상대가 누가 되든 상관없었다. 그러나 그의 딸이 작위도 없는 몰락한 가문의 보잘것없는 계집애와 같은 선에서 이야기되는 것은 원치 않았다.

"남동생에게 작위를 내릴 걸세. 리스칸에게 주었어야 했던 것을 그 아들에게 대신 준다고 생각하도록 해."

"훗날에는 어찌하실 생각이십니까? 길게 보고 생각하십시오. 남동생에게 작위를 준다고 해도 제 가문을 온전히 세우기 어려울 겁니다. 힘을 빌려줄 친정 하나 없는 황후가 과연 그 역할을 다해 낼 수 있으리라고 생각하십니까? 리스칸 경이 살아 있을 때라면 또 모르겠으나, 그가 죽은 지 4년이나 지났고, 젊은 아르투르 경은 조금도 눈에 띄는 인재가 아닙니다. 두각이 드러날 만한 청년이라면 벌써 이름을 알렸겠죠."

에크하르트 백작이 말했다. 클레오르는 날카로운 눈빛을 띤 채로 입꼬리만 끌어 올렸다.

"훗날의 일까지 생각하면서 여유를 가질 처지가 아니라는 것은 경들도 잘 알고 있지 않은가? 이 자리가 공식적인 자리가 아니라는 것을 확실히 하고, 경들에게만 미리 밝혀 두겠네. 이건 계약 관계야. 아르투르 영애는 가문의 재건과 안정된 생활을 원하고, 나는 두려워하지 않고 내 아내가 되어 줄 여인이 필요해. 따라서 나는 그녀에게 아르투르 가문에 백작의 작위와 영지를 하사할 것을, 그녀는 5년 후의 이혼을 약속했네."

클레오르가 이렇게 공개적으로 밝힌 것은 에스텔라를 보호하기 위해서였다. 그의 약혼녀로서 역할을 다하고 알비나의 공격으로부터 목숨을 지키는 것만 해도 가벼운 일은 아니다. 지원해 줄 가문도, 가족도, 인맥도 없는 상황인 만큼 최대한 그가 지지하겠지만, 공격 자체를 줄이는 것도 중요한 문제였다.

경직되어 있던 분위기가 조금 풀렸다. 회의실이 사람의 얼굴을 하고 있다면 아마 안도의 한숨을 내쉬었을 것이다.

클레오르는 불쾌감을 감추고 희미한 미소를 지은 채 팔걸이를 까닥까닥 검지로 두드렸다.

"그러나 설령 계약에 의해 성립되는 결혼이라 해도 5년 동안 그녀는 내 옆자리에 설 사람이자 제국의 황후가 될 여인. 훗날의 일은 확신할 수 없으나 이혼을 한다 해도 마찬가지로 나와 더불어 여신의 축복을 받은 이일 터이니, 경들 모두가 그에 합당한 예의를 갖추기를 바라네."

"여부가 있겠습니까?"

페도시 백작이 제일 먼저 말했다. 퀘시 후작과 아말리네 공작이 살짝 시선을 교차시켰다. 그들은 이미 딸을 잃었고, 더 이상은 황후로 내세울 적녀가 없었다. 신분 낮은 방계의 여식을 양녀로 들이는 것도 고려해 보았으나 아무래도 혈통에 손색이 있었다.

그렇다면 아르투르 가문도 나쁘지 않다. 본래는 후작이었던 공신의 가문이니 전통과 혈통을 중시하는 아히발트 파벌에 가깝다. 리스칸 아르투르가 살아 있었다면 또 모르지만, 남아 있는 것은 아직 스물다섯도 되지 않은 어린 남동생뿐이다. 달라붙어 일을 시끄럽게 만들 만큼의 혈족조차 없다.

백작의 작위와 황후의 친정이라는 메리트를 주어도 하등 문제가 없다. 권력에도 다가갈 수 없을 만큼 경제적 · 정치적으로 몰락해 있으니 적이 되지도 못할 것이다. 오히려 잘 구슬려 휘하로 끌어들이면 황후궁에 큰 영향력을 미칠 수 있으리라.

하지만 같은 아히발트 파벌이라도 혼기 찬 딸이 둘이나 있는 밀란 백작의 생각은 달랐다. 그는 날을 세우지 않으려고 애쓰며 물었다.

"후계자는 어떻게 하시렵니까?"

"후계자?"

"전하의 보령이 스물여덟입니다. 아르투르 영애와의 혼인 기간 중 부부생활을 전혀 하지 않겠다는 뜻은 아니실 테고, 자연히 후사도 생기시겠지요. 장자가 태어나셔도 이혼을 하실 생각이십니까?"

"밀란 백작은 전하를 추궁이라도 할 셈이오?"

퀘시 후작이 말했다.

"전하께서는 이미 우리를 신뢰하여 모든 일을 터놓고 말씀하셨소. 자식은 여신께서 내리시는 것이며, 황장자의 탄생은 모두가 기뻐하며 축하드려야 할 일인데 어째 밀란 백작은 전하께서 후사를 얻어서는 안 된다고 말하는 듯하오."

"소신이 어찌 감히."

밀란 백작이 고개를 숙였다. 클레오르는 고개를 저었다.

"경의 염려는 내가 이 나이가 되도록 자식이 하나도 없기 때문에 걱정해 주는 것으로 이해하겠네."

"황공합니다. 허나 후사의 문제는 중요한 것입니다."

"경이 중요하게 여기는 것은 누가 제위를 다툴 자격을 가진 외손자를 얻게 될 것인가에 대한 것이겠지. 내가 이제 겨우 스물여덟. 즉위조차 하지 못했는데, 차대 황제의 이야기를 하기에는 아직 이르지 않은가?"

이번에야말로 밀란 백작의 고개가 거북이처럼 움츠러들었다. 밀란 백작만이 아니라 몇 사람이 눈을 내리깔았다. 걸고넘어지자면 충분히 그럴 수 있었으나 클레오르가 미소한 채로 부드럽게 말했다.

"그에 관해 경들이 싸울 수 있을 만큼 안정된 기반을 잡는 것을 우선하자고. 더 늦어지면 그걸 가지고 논의할 기회조차 없을 테니. 내 뜻 알아들었으리라 믿네."

"전하의 말씀이 옳으십니다."

아말리네 공작과 퀘시 후작이 앞장서서 동의를 표했다. 그다음으로 페도시 백작과 로버츠 경이 한쪽 가슴에 주먹을 대며 고개를 숙였다.

"전하의 말씀이 옳으십니다."

일동이 모두 동의하며 말했다.

클레오르는 해산을 명령하고 일어섰다. 귀족들이 일제히 자리에서 일어서서 그를 전송했다.

그는 회의실을 나와서 망토를 벗으며 비서관에게 말했다.

"바르톨로뮤 백작에게 가서 잠깐 나에게 들렀다 가라고 해. 예르켈, 넌 기다려."

"예."

"우선 옷부터 갈아입으시지요."

시종장이 말했다. 클레오르는 "일이 다 끝나고."라고 말하며 자기 손으로 문을 열고 대기실 밖으로 나왔다. 오후 내내 시간을 빼냈으니 그만큼 일이 밀려 있었다.

대기실 밖에 메이나드 자작이 멍하게 서 있었다. 딱히 클레오르를 기다린 것은 아닌 듯 그와 마주치고도 시선이 복도를 떠돌다가 천천히 되돌아왔다.

"……전하."

"피곤해 보이는군, 스타인 경."

"예에……. 이 며칠 동안 잠을 설쳤더니 그렇습니다. 염려해 주셔서 감사합니다."

메이나드 자작이 말했다. 클레오르는 조심스럽게 그의 얼굴을 바라보았다.

딸을 잃은 아비의 심경을 그가 어떻게 이해한다고 말할 수 있겠는가. 열 번을 사죄해도 모자랐다. 그가 약속할 수 있었던 것은 한 가지뿐이었다.

"이나스의 복수는 반드시 해 주겠네."

그는 새삼스럽게 다시 말했다. 그러나 그 안에 의지만은 굳건하게 담았다. 메이나드 자작은 천천히 고개를 저었다.

"그 말씀만으로도 충분합니다. 그 애는 전하께서 그런 작은 일 때문에 대업을 망치시기를 원치 않을 겁니다."

"스타인 경."

"전하께서 그 애와 같은 형상을 한 마녀의 목을 베는 게 얼마나 힘드셨을지 제가 이해해 드리지 않으면 누가 이해하겠습니까? 전하께서 그 애의 명예를 지켜 주기 위해서 직접 손을 쓰신 것도 압니다."

메이나드 자작이 중얼거렸다. 그것은 혼잣말 같기도 하고, 자기 자신을 설득하려는 말처럼 들리기도 했다. 클레오르는 조심스럽게 그의 어깨를 잡고 시선을 맞추었다. 그리고 부드럽게 말했다.

"그래. 내게는 경의 이해가 필요해. 그러니까 정신을 단단히 차리고 있어야 해."

"예. 염려 마십시오. 전하께서 대관식을 치르고 성검을 쥐실 때까지 소신이 온 힘을 다할 것입니다."

클레오르는 그의 어깨를 가만히 두드렸다.

"당분간 집에서 쉬도록 해. 그대가 필요해질 때가 조만간에 또 올 거야. 내가 이나스를 잊어서 그러는 게 아니라는 것만 기억하고."

"예. 전하께 세베르이나의 축복이 함께하시길."

"그대에게도."

클레오르는 그의 손을 한 번 꽉 잡아 준 뒤에 먼저 발길을 돌렸다. 신분 높은 사람이 낮은 사람을 배웅하는 법은 없기 때문이다.

메이나드 자작은 그 자리에 선 채로 클레오르의 뒷모습이 사라질 때까지 배웅하고 있다가 천천히 밖을 향해 걸음을 옮겼다.

그가 하얀 드레스를 입은 여인과 마주친 것은 황태자궁을 벗어나 정문을 향해 정원을 가로지르던 때였다.

"안녕하세요, 메이나드 자작님."

부르는 소리에 그는 문득 고개를 들어 여인을 바라보았다.

"리쿰 공작부인."

그는 정중하게 고개를 숙여 인사했다. 여인이 아름다운 입술로 호선을 그리며 미소를 지었다.

★

에스텔라는 일이 그렇게 빠르게 진행될 것이라고 기대하지 않았다.

가문 대 가문으로서의 협약이나 지참금에 대한 조정이 필요 없는 상황이라고는 하지만, 약혼과 결혼이라는 게 그렇게 하려고 한다고 해서 바로 할 수 있는 일이 아니다.

우선 클레오르 입장에서는 메이나드 자작 영애의 애도 기간이 끝나야 했다. 제아무리 정략결혼 때문에 결정한 일이라도 약혼녀가 죽자마자 다른 여자와 약혼식을 치르는 것은 보기 좋지 않았다.

에스텔라 쪽에서 보자면 옷이 완성되어야 했다. 제아무리 몰락한 가문의 영애로 나선다 해도, 지금 있는 5년도 넘은 낡은 무명 드레스와 서민적인 원피스 차림으로 데뷔전을 치를 수는 없었다.

우선 사교계에 데뷔를 하고, 몇 차례 바깥 활동을 하여 얼굴을 알린 뒤에 약혼식을 치르게 될 것이다. 그리고 아마도 바르톨로뮤 백작부인이 그전에 자신을 가르치려 들 것이라고 에스텔라는 추측하고 있었다. 교양 있는 레이디로서의 몸가짐은 단시간에 갖추어지는 것이 아니니까. 게다가 그녀는 자신을 남자로 알고 있지 않은가.

그러니 그런 준비들이 어느 정도 이루어질 때까지는 나태하게 뒹굴어도 좋지 않겠는가. 프리스든으로부터도 바쁠 테니 당분간 긴급한 일이 아니면 출사하지 않아도 좋다는 허가가 떨어졌기 때문에, 에스텔라는 안심하고 집에서 굴렀다.

사교계 데뷔와 결혼식은 여자의 인생에서 가장 큰 행사이다. 그 둘을 최단 시간에 연달아 하게 되었으니 일단 시작되면 눈코 뜰 새 없이 바쁠 것이 틀림없다. 그 전에 할 수 있을 만큼 놀 작정이었다. 상사도 허락한 합법적인 농땡이다.

똑같이 하릴없이 침대에 반쯤 드러누워 있어도 휴가보다 농땡이가 즐거운 이유는 참으로 알 수 없었다.

"일어나세요, 에스틴 경! 기사가 아직까지 자면 어떻게 해요!"

창문을 두드리며 델린이 소리를 질렀다. 침대에 파묻힌 채로 에스텔라는 눈을 감고 "일어나 있어."라고 중얼거렸다. 그 소리는 물론 창밖에 있는 델린에게까지 들리지는 않았을 것이다.

"에스틴 경!"

"일어났어!"

어쩔 수 없이 에스텔라는 일어나서 아래층으로 내려가야만 했다. 어차피 그녀와도 한 번 이야기해야 했다.

그녀는 구겨진 튜닉 위에 두꺼운 카디건을 걸치고, 미리 준비해 둔 봉투를 집어 들었다. 아무리 판판한 상판과 발달된 어깨 근육을 가지고 있어도 얇은 잠옷 차림을 노출시키는 위험을 감수할 수는 없었다.

"델린."

그녀는 대걸레를 담은 양동이를 들고 낑낑대며 들어오다가 에스틴을 보고 얼굴을 빨갛게 만들었다. 그러면서도 꿋꿋하게 잔소리했다.

"에스틴 경, 오늘도 안 나가요? 민중의 방패가 그래도 돼요?"

"괜찮아. 그거 도와줄까?"

"됐어요. 고용주에게 일을 시키는 메이드라니, 나중에 무슨 소리를 들으려고. 평판 망해서 이직 못 한다고요."

"내가 어디 평판 망하게 소문낼 방법이 있긴 하겠어?"

"에스틴 경은 그렇지만요."

델린이 양동이를 내려놓고 흘끗 2층으로 향하는 계단을 바라보았다. 두 번밖에 보지 못한 누나를 신경 쓰는 모양이었다.

"누나가 왜?"

누나라는 말도 이제 제법 입에 붙었다.

"여자들끼리의 입소문은 진짜 말도 못 해요. 에스틴 경의 누님이면, 또 좋은 곳으로 결혼해 가실 것 아니에요? 아버지와 동생이 모

두 기사이고, 지난번에 보니까 약혼자도 엄청 품위 있어 보이시던
데."

"어마어마한 곳으로 가긴 할 거지."

황궁보다 엄청난 혼처는 이 세상에 존재하지 않으니까 말이다.

델린이 가슴 앞에서 두 손을 모아 쥐었다. 눈이 별처럼 빛났다.

"그분, 작위 높은 귀족이신가요?"

"음. 뭐, 그런 셈이야."

"그렇군요. 우와, 부럽다. 귀족에 그렇게 아름다운 분이기까지 한
남편을 맞이하다니."

"그래서 말인데."

델린에게 와서 앉아 보라고 손짓하며 에스텔라는 식탁에 앉았다.
그리고 그녀에게 봉투를 내밀었다.

"다른 곳으로 가게 되었어. 이 집은 비게 될 것 같아."

"아……. 승진하신 거예요?"

"누나 결혼 덕을 봐서."

굳이 설명할 필요까지는 없겠지만, 그래도 델린에게 미안한 기분
이 있었으므로 에스텔라는 조금 더 상세히 말했다.

요즘 같은 불경기에는 풀타임 메이드 자리가 그렇게 흔하지 않았
다. 델린도 취업을 못 해서 헤매다가 파트타임으로 에스텔라의 집
에서 일하던 중에 결국 그대로 주저앉은 경우였다. 에스텔라가 좋
은 집에 꽂아 줄 만한 소개장을 쓸 수 있는 능력이 없다는 것도 그
녀는 알고 있었다.

델린은 긴장한 얼굴로 봉투를 끌어당겼다.

"진짜로 높은 분과 결혼하시나 봐요."

"응. 엘첸을 떠나게 되었어. 그건 추천서이고, 이건 이달 월급하

고 퇴직금. 다음 주부터 안 나와도 괜찮아."

"아직 이번 달 채우려면 멀었는데요."

"괜찮아. 월급을 깎진 않았으니까 며칠 유휴 생겼다고 생각하고 푹 쉬어. 델린 덕분에 그동안 정말 쾌적하고 편안하게 잘 지냈어. 고마워."

"네……. 에스틴 경도 엄청 좋은 주인이셨는데, 너무 아쉽네요."

델린이 코를 빨갛게 물들이더니 눈물을 조롱조롱 매달았다. 그녀의 눈물이 그저 아쉽기만 해서는 아닐 것이다. 호구지책을 고민하다가 기사가 되겠다는 터무니없는 생각까지 치달은 적이 있는 에스텔라로서는 공감하지 않을 수 없는 일이다.

"휴. 일단 소개장이 있긴 한데."

"네?"

"아는 분에게 부탁해서 자리 있으면 좀 알아봐 달라고 그랬거든."

그 아는 분이란 클레오르였다. 메이드의 일자리를 알아봐 달라고 하기에는 지나치게 높으신 분이었으나, 델린은 에스틴과 오래 아는 사이였고 집 안까지 드나들었으므로 비밀을 지키려면 통제 가능한 요소로 만드는 것이 좋을 것이라고 설득했다.

클레오르는 그게 에스텔라의 사감이 들어간 핑계라는 것을 알고 있으면서도 흔쾌히 고개를 끄덕였다. 그렇게 해서 클레오르의 보좌관의 어머니의 친구 집이라는 복잡한 상대에게 보내는 소개장이 완성되었다.

"델린 양처럼 젊은 아가씨에게 그다지 맞지 않는 일일 수도 있다는 이야기를 들었어."

"아니에요! 감사해요. 에스틴 경도 난처하셨을 텐데."

"음."

델린이 눈물방울까지 매달고 고마워해서 에스텔라는 조금 멋쩍어졌다. 사실 그 자리를 선정한 이유는 근무할 집이 엘첸에서 떨어진 지역이고, 게다가 몸이 불편한 노부인을 보살피는 일이라 좀처럼 집을 떠날 시간이 없다는 것에서 비롯된 것이었다. 순수한 호의라고 하기에는 조금 미안한 감이 있었다.

뭐어, 월급은 세다. 3년쯤 잘해 낸다면 큰 저택으로 갈 만큼의 경력이 될 것이다.

델린은 작별 인사로 오늘 저녁상을 떡 벌어지게 차려 대접하겠다며 장을 보러 나섰다. 어차피 그 저녁상을 차리는 비용은 에스텔라의 주머니에서 나오지만 말이다. 그녀는 나쁘지 않다고 생각하며 도로 2층으로 올라가 카디건을 벗고 드러누웠다.

이것이 앞으로 5년 안에 받을 수 있는 마지막 휴가다 생각하면서 열렬하게 아무것도 하지 않으려고 애쓰고 있는데 닫아 놓은 창문에서 뭔가가 부딪치는 소리가 났다.

'아무것도 아니겠지.'

에스텔라는 현실을 부인하고 눈을 감았다. 그러나 그 상태가 오래가진 못했다. 딱, 딱, 하고 들리던 소리가 이내 따다닥, 하고 소리가 빨라지더니 마지막에는 '빠각' 하는 소리가 났다.

그녀는 벌떡 몸을 일으켰다. 나무로 된 덧문을 열자 건너편 집의 2층 창가에 석양빛 머리의 남자가 앉아 바깥을 향해 두 다리를 대롱대롱 흔들고 있었다.

"안녕."

"남의 집 창문에 단검을 대체 왜 던지신 겁니까?"

그녀는 덧문에 꽂힌 손가락 두 개만 한 단검을 뽑으며 물었다. 클레오르가 웃었다.

"아무리 돌을 던져도 안 나오니까 그렇지."

"방문을 원하신다면 현관문으로 오시죠."

"메이드 양과 얼굴을 마주하고 하하호호 인사라도 나눌까?"

안 된다는 말을 하려다가 에스텔라는 갑자기 자기가 입고 있는 게 튜닉 한 벌이라는 사실을 깨달았다. 그녀는 반사적으로 창문을 쾅 닫았다. 그리고 카디건을 도로 걸치고 다시 열었다.

감히 황태자를 문전박대라도 하듯이 닫았다는 사실을 뒤늦게 깨닫고 식은땀을 흘리는데, 클레오르는 여전히 웃고 있었다.

"실례라는 걸 알기는 하나 보군."

"전하께서도 실례를 저지르셨습니다."

"원래 권력자와 고용주가 하는 일은 실례가 안 돼."

"스물세 살 여인의 방문에 단검을 던지는 건 어떤 남자가 하더라도 실례죠."

"하하하."

곱다랗게 과장된 가성으로 말하자 클레오르가 큰 소리로 웃었다.

"그것도 그렇군. 실례했습니다, 레이디 에스텔라. 부디 용서해 주시길."

"하아."

마찬가지로 클레오르가 과장된 자세로 고개를 숙여 정중하게 사과해 왔다. 에스텔라는 한숨을 내쉬었다.

"바쁘지 않으십니까?"

"바빠. 그런데 혼자 바쁜 게 억울하더라고."

"네?"

"나는 그대의 집과 고용인을 고르느라 이렇게 바쁜데, 그대가 유휴를 받고도 일을 도와주러 오기는커녕 집에서 뒹구는 것 같아서."

"그래서, 제가 쉬는 걸 방해하러 여기까지 오셨다는 뜻입니까?"

"보고 싶어서 찾아왔다고 거짓말할까?"

에스텔라는 괴상한 얼굴을 하고 말았다. 클레오르가 어깨를 흔들며 또다시 큰 소리로 웃었다.

"황태자이자 장래 남편의 앞이야. 표정 관리를 좀 하는 게 어떤가?"

"예뻐 보이지 않는다고 해서 결혼 이야기를 물리실 것도 아니지 않습니까?"

"그것도 그렇군."

그렇게 말하고는 클레오르가 손을 내밀었다.

"이리 와."

"왜요?"

무심결에 대꾸하고 에스텔라는 당혹하여 입을 다물었다. 무례하다고 다그칠 수도 있는 대꾸였는데, 클레오르는 화를 내기는커녕 싱글거리고 웃으며 말했다.

"갈 곳이 있는데, 내가 그 집 메이드 양과 마주칠 위험을 감수하고 가는 건 싫을 게 아닌가?"

"그야 남의 눈에 띄는 건 좋지 않죠."

그의 신분을 생각하면 극도로 정중해져야 마땅하건만, 그녀는 자꾸만 그것을 잊었다. 첫 만남부터 지금까지 클레오르가 한 번도 황태자의 위엄을 두르고 그녀를 대한 적이 없기 때문일 것이다. 오히려 이제까지 이만큼이나 그녀에게 아무런 거리감도 없이 대한 사람은 없었다. 마치 친구라도 되는 것 같았다.

친구라니. 그녀는 잠깐 티소엔을 떠올렸다. 그가 말하는 친구라는 것은 아마도 이보다 서른 배는 엄숙한 것이리라. 귀족 간의 교류가 어떤 것인지 그녀는 나름대로 알고 있었다. 기사들 사이의 우정에 대해서도 조금은 알았다.

클레오르는 그보다는 오히려 옆집의 잘생긴 오빠처럼 굴었다.(잘생긴 오빠가 옆집에 살았던 적은 없지만.) 아마도 평민으로서 자랐기 때문일 것이다. 로프칸 거리에서 자란 그녀에게는 그쪽이 훨씬 편했다.

"제가 그쪽으로 가겠습니다."

에스텔라는 마음을 다잡으며 정중하게 말했다.

"그대가 그 집에서 나와서 이 집으로 들어오는 모습을 보이는 게 별로 좋은 선택은 아닐 것 같아. 에스틴 경이 아니라 이미 그 집에 없는 에스텔라 양이 외출할 거거든."

"이미 결정해 놓고 계시는군요."

"명령이니까. 기사는 까라면 까야지. 잡아 줄 테니 걱정 마."

클레오르가 빙글거리고 웃었다. 그는 진짜 명령이 아닐 때에만 명령이라고 말하는 좋지 않은 습관이 있었다.

길이라도 열어 주듯이 그가 창가에서 비켜났다. 창문 너머로 제대로 세팅된 드레스 한 벌이 보였다. 커다란 모란무늬를 짜 넣은 브로케이드로 만든 아름다운 애프터눈 드레스로, 그녀가 소원하던 대로 풍성한 러플로 소매를 장식하고 붉은 벨벳 리본으로 포인트를 준 것이었다.

에스텔라는 초콜릿 밀푀유와 처음 만났을 때처럼 헉헉거렸다.

"그게 벌써 만들어졌어요? 일주일도 안 됐는데 이게 가능해요?"

그녀는 자기 눈이 지나치게 빛나고 있지 않기를 빌었다. 말투를 꾸미는 것도 잊고 있을 지경이었다.

"세상에 돈으로 안 되는 일은 희귀하지."

"그래도 치수 재고 온 지 며칠 되지도 않았는데요."

"바르톨로뮤 백작부인은 유능하고, 그녀가 고용하는 사람도 언제나 그래."

'그' 리디아가 누구인지도 모를 거면서 하는 소리라 괜히 에스텔라가 울컥하는 기분이 들었다.

"와서 입어 봐야지?"

클레오르가 킥킥 웃었다. 에스텔라는 그 순간 자기가 에스틴이어야 한다는 사실을 잊고 있었다는 것을 깨달았다. 그녀는 움찔 굳었다. 상식적으로 생각했을 때, 스물세 살의 남자라면 지금 가슴이 뛰는 게 아니라 겁을 집어먹고 도망갈 준비를 해야 하는 게 맞는 거였다.

에스텔라는 짐짓 딱딱한 얼굴을 했다. 그녀의 갈등하는 마음을 알기라도 하는 양 클레오르가 적절한 핑계를 던져 주었다.

"백작부인에게 이런 곳까지 두 번 걸음하게 하지 않는 편이 좋겠어. 오늘 그녀와 맞춰 봐야 할 이야기들도 있을 거고."

"……그쪽으로 가겠습니다. 조금 비켜 주십시오."

로프칸 거리의 집들은 다닥다닥 붙어 있다. 클레오르가 걸터앉은 옆집의 창문과 에스텔라의 침실 창문도 서로 대화를 하기 위해 언성을 높일 필요도 없는 거리였다. 2층 높이도 민첩한 그녀에게 부담되는 높이가 아니다. 넘어가는 건 솔직히 아무 일도 아니었다.

클레오르가 순순히 반걸음 뒤로 물러났다. 에스텔라는 슬리퍼를 벗었다. 저쪽에 구두도 갖추어져 있을 테니 신발을 갈아 신을 필요는 없을 것이다. 맨발인 채로 창틀을 박차고 가볍게 도약해서 건너편 창으로 넘어가는 찰나,

몸이 딱딱한 마룻바닥이 아니라 클레오르의 품 안으로 떨어졌다.

긴장해서 심장이 아플 지경이었다.

에스텔라는 여태까지 아버지 외의 남자를 껴안아 보기는커녕 왈츠 한 번 제대로 춰 본 적이 없는 모쏠이었다. 갑작스럽게 외간 남자에게 안긴 셈이 되었으니 놀라지 않을 수 없다. 게다가 최대한 자신을 감춰야 하는 상대이기도 했다. 황후가 되라는 제안을 받아들였지만 현재로서는 조금도 안심할 수 없는 상대였다.

메이나드 자작 영애에 관한 것을 잊지 말자.

상대에게 긴장이 풀어지려 할 때마다 그것을 되새겼다. 상대는 약혼녀의 모습을 한 자를 자기 손으로 죽인 남자다. 죽이면서 웃고 있었던 것을 에스텔라는 잊지 않았다. 그것이 설령 황태자가 즉결 처형한 것이라 법으로 죄가 되지 않는다 하더라도, 죽어 마땅한 자였다고 하더라도, 적어도 진짜 자작 영애의 행방불명과 죽음에 대해 비탄해야 하지 않나.

클레오르의 속마음 바닥까지는 다 알 수 없다. 황궁에서 어떤 방식으로 애도하는지도 알 수 없다. 그러나 적어도 그런 상황에서까지도 냉정하고 냉혹할 수 있는 사람이라는 것은 기억해야 했다.

다시 말해 에스텔라가 비슷한 처지에 처하더라도 그는 마찬가지로 냉정하게 검을 들 것이다. 메이나드 자작 영애가 죽고 바로 며칠 후에 그녀에게 계약을 제안해 온 것과 마찬가지로 에스텔라도 수많은 대체품 중 하나에 불과하다.

그게 그르다고는 생각지 않았다. 다만 조심해야겠다고 생각했다. 그녀는 혼자였으므로, 스스로 자기 자신을 보살펴야 했다.

긴장한 것을 들키지 않으려고 그녀는 몸을 애써 풀었다. 클레오르는 그녀를 반 바퀴 돌려 관성을 해소하고 바닥에 내려놓았다.

"전하."

"레오라니까. 그대는 조금 더 몸무게를 불리는 게 좋겠군. 차지(charge)라도 당하면 날아가겠는데? 기다리게. 바르톨로뮤 백작부인을 올려 보낼 테니."

"네."

에스텔라는 고분고분하게 대답했다.

"갑자기 조용해졌군. 뭐, 그대는 향상심이 없으니까 상관없다고 생각할지도 모르지만, 검의 길을 가는 선배로서 하는 말이야."

"아뇨."

그녀는 다시 짧게 대답했다. 자신이 가진 약점은 스스로도 잘 알고 있었다. 그녀로서는 아무리 해도 단련된 남자들만큼의 근력은 낼 수 없고, 그 때문에 티소엔에게도 수련을 하지 않는다는 오해를 사고 있었다. 그러나 그렇다고 해서 무작정 살을 찌워 몸무게를 불리는 것도 여자로서 참으로 하기 싫은 일이었다.

"근육이 좀 더 붙는다고 해서 갑자기 남자다워지는 것도 아니니까."

클레오르가 한 번 그녀의 머리를 거칠게 쓰다듬고는 밖으로 나갔다. 에스텔라는 비로소 안심한 한숨을 크게 내쉬고 마음을 진정시켰다.

그리고 마네킹에 입혀져 있는 애프터눈 드레스를 황홀하게 쳐다보았다. 함께 있는 상자들을 열어 보자 슈미즈, 실크 스타킹, 페티코트, 파니에, 고래수염으로 만든 코르셋(이것만은 반갑지 않았다.), 광택 있는 비단을 씌운 구두와 꽃으로 장식한 모자까지도 빈틈없이 갖추어져 있었다.

바르톨로뮤 백작부인이 문을 두 번 노크하고 들어왔다.

"안녕하셨습니까, 에스텔라 님?"

"먼 길 오시느라 고생하셨습니다, 백작부인."

"엘린데아라고 불러 주세요. 일단 슈미즈와 속바지까지는 혼자 입으시는 편이 좋을 것 같습니다. 하실 수 있으시겠습니까? 제가 도와 드려도 괜찮지만."

"아뇨. 스스로 하겠습니다."

남자라고 말하고 있는 이상 남의 앞에서 옷을 전부 벗을 수는 없었다. 에스텔라는 백작부인에게 자리를 피해 달라고 부탁하고 스스로 속옷을 입었다. 매끈한 실크가 어색했다. 이런 실크를 입어 볼 날이 올 줄 몰랐는데 말이다.

속옷은 편한 게 최고라고만 생각했다. 어차피 볼 사람도 없으니까 말이다. 겉옷은 못 입으니 안 사더라도 조금 절약해서 예쁜 속옷을 사 볼 걸 그랬다. 슈미즈를 입고 스타킹을 신은 것만으로도 예뻐진 듯 자신감이 들었다.

그다음은 코르셋이었다.

"숨을 내쉬세요. 배를 부풀리지 말고."

"끄, 으윽……!"

"참으세요! 열세 살짜리 아가씨들도 아무 말 없이 참습니다!"

바르톨로뮤 백작부인이 거세게 꾸짖었다. 동시에 허리로 파고드는 코르셋의 조임이 더 심해졌다. 허리가 반쪽이 날 지경이었다. 중년 여자가 힘도 좋았다.

숨을 내쉬며 배를 홀쭉하게 만들라고 꾸짖음을 몇 번이나 들었지만, 에스텔라는 있는 힘껏 숨을 들이마시며 버텼다. 뱃심으로라도 견디지 않으면 대체 어떻게 버티란 말인가. 사교계에 나가는 귀한 집 딸들은 진짜로 이걸 다 견뎌 낸단 말인가. 기사들이 레이디라고 존경할 만했다.

코르셋이 난국이 되리라고는 생각지도 못했다. 그녀도 일평생 입어 온 것이다.

그러나 실질이 지금과 크게 달랐다. 그녀에게는 한 번도 시녀나 하녀가 없었고, 서로 줄을 당겨 줄 어머니나 자매도 없었으므로 언제나 앞쪽에서 당기는 코르셋을 입었다. 아무래도 자기 손으로 조이자면 힘이 덜 들어가고, 아프면 적당히 멈추게 마련이다. 게다가 지난 몇 년간 입지 않았던 덕분인지 체감상 불편함이 몇 배나 가중되었다.

조금 전에 속옷을 입고 했던 생각이 단숨에 날아갔다. 역시 남자의 삶이 편하다. 셔츠나 튜닉 한 벌 위에 프락 한 벌, 바지 한 벌이면 외출 준비가 끝이었다. 체형을 커버하기 위해 입어도 두꺼운 재킷 하나면 충분했다.

동료 기사들이 제복 안에 덧대진 가죽들과 어깨가 조이도록 각 잡힌 게 불편하다고 개소리를 하곤 했는데, 그런 놈들은 코르셋 30년 형에 처해야 마땅했다. 무슨 철학자인가 하는 어떤 놈이 여자는 존재만으로도 죄악이라고 지껄였다더니, 실제로도 여자로 태어나면 이유 불문하고 코르셋 50년 형에 처해진다. 불공평한 세상이었다.

어쨌거나 바르톨로뮤 백작부인은 용서가 없이 그녀의 허리를 두 동강 냈다.

"가슴에 패드를 댄다 하더라도 허리를 가늘게 해서 차이를 두지 않으면 남성인 것을 숨기기 어려우시니 참으세요."

"으으으응—"

에스텔라는 우는 소리를 냈다. 여자도 이런 몸인 사람이 있다고 말할 수도 없고, 말한들 무슨 소용이랴.

숨도 쉬지 못할 처지가 되어 헐떡거리는 에스텔라에게 아주 잠깐의 휴식을 주고, 그녀는 이번에는 작은 파니에를 가져왔다. 파니에 위에는 페티코트. 흰 실크로 만든 페티코트는 그것만으로도 흰 드레스처럼 보일 만큼 아주 아름다웠다.

에스텔라는 그것을 한 번 보고, 드레스를 한 번 보고, 힘을 냈다. 가난한 기사의 딸이 언제 이런 드레스를 입어 보겠나. 이왕 입는 거 예쁘게 입으리라.

백작부인이 거기까지 그녀에게 입히고 나서 한 걸음 뒤로 물러났다.

"오늘은 제가 끝까지 하겠지만, 앞으로는 치장할 때에 이 과정부터는 하녀들이 도와 드릴 겁니다."

"네."

에스텔라는 동여매진 코르셋 속에서 겨우겨우 대답했다.

"오늘 했던 것처럼 슈미즈와 스타킹, 속바지까지는 늘 혼자 입으시도록 하고, 코르셋과 파니에는 엄선한 직속하녀와 제가 함께 보살펴 드리겠습니다. 여기까지 입고 나면 티가 나지 않을 테니까요. 하녀들에게는 몸에 화상이 있어서 남에게 보이기 싫다고 설명하면 어떻겠습니까?"

"좋아요. 그래도 괜찮아요."

남에게 보일 수 없을 정도로 큰 화상 자국이 있다는 것은 숙녀로서 치명적인 결함이다. 그렇지만 좋은 혼처를 구하기 위해 애쓸 예정이 없는 에스텔라는 그렇게 말하는 것에 동의했다. 어차피 알비나 황후가 그녀를 끌어내리려고 작정한다면, 그깟 화상 흉터쯤은 문제도 안 되는 소문거리를 찾아낼 수도 있을 터였다.

"다행히 얇은 옷을 입어도 팔근육이 남자처럼 보이지는 않는군요. 다리는 스커트 아래로 들어갈 거니까 문제없습니다. 어깨도 가느다란 편이고, 피부결도 관리하지 않은 것치고는 괜찮아요. 그러니 괜찮습니다. 모든 여인들이 보정도 하지 않고 훌륭한 몸매를 가진 것은 아니니 하녀들도 의심하지 않을 겁니다."

남자로 쳤을 때에 어깨가 가느다란 편이라는 것은 크게 위안이 되지 않았다. 통뼈에 몸이 뻣뻣하고 단단한 것은 에스텔라 자신도 알고 있었다. 풍만하고 포근한 여성적인 몸매나 설탕과자처럼 날씬하고 달콤한 아가씨들과는 비교도 되지 않았다.

백작부인은 한숨을 내쉬는 에스텔라의 가슴에 스토마커를 부착하고 로브를 걸쳐 빠른 바느질 솜씨로 고정시켰다. 그러고는 한 걸음 물러서서 애매한 얼굴을 했다.

에스텔라는 그녀가 왜 그러는지 이해하지 못했다가 이내 자기 가슴을 내려다보고 "아." 하고 작은 소리를 냈다. 가슴이 깊이 파인 이런 드레스는 절벽인 그녀에게 조금도 어울리지 않았다. 코르셋으로 허리를 조여 보정한다고 없는 가슴골이 생기는 게 아니다. 옷 디자인 때문에 솜을 넣어 보강하기도 어려웠다.

"역시 안 되는군요."

"……"

"염려 마십시오. 리디아는 꼼꼼하니까요. 에스텔라 님만이 아니라도 가슴이 파인 드레스가 안 어울리는 여자는 얼마든지 있답니다."

백작부인이 닫혀 있던 상자 중 하나를 열어 숄을 꺼냈다. 에스텔라는 입을 벌렸다. 온통 섬세한 솜씨로 장미덩굴 정원을 짜 넣은 실크 레이스가 네 겹이나 풍성하게 주름이 잡힌 숄이 목부터 어깨를 감싸고 네크라인까지 커버한다.

에스텔라는 무표정을 고수하며 마음속으로만 환호했다. 역시 리디아가 최고다.

백작부인이 브로치로 숄을 고정시키며 말했다.

"하지만 아쉽게 되었군요. 스윗 다이아몬드 세트를 가져왔는데."

"네?"

보석에 무지한 에스텔라도 비싸다는 건 짐작할 수 있을 만한 이름이었다. 멈칫 되묻자 백작부인이 숄을 전부 고정시키고 나서 곧 몸을 돌려 나갔다. 돌아올 때에는 손에 벨벳으로 된 상자를 들고 있었다.

상자 안에는 엄지손가락 한 마디만 한 핑크 다이아몬드 세 개로 만들어진 목걸이와 그것보다는 작지만 역시 같은 핑크 다이아몬드 귀걸이 한 쌍이 들어 있었다. 다이아몬드를 빙 둘러 쌀알만 한 루비와 토파즈로 장식되어 있다. 보석 자체에서 빛이 나는 것도 아닌데 상자 안이 환해 보일 정도였다.

"전하의 구혼 선물입니다."

구혼 선물이라는 건 프러포즈와 함께 주는 것이다. 물론 클레오르와 로맨틱한 프러포즈를 주고받을 사이는 아니므로 에스텔라는 이렇게 덜렁 구혼 선물이 나온 것에 부정적인 감정을 갖지는 않았다.

다만, 착용할 수 없다는 사실 때문에 눈물이 앞을 가렸다. 역시 불합리하다. 똑같은 체형인데, 여자라고 하면 가슴골이 없어도 네크라인을 깊이 팔 수 있고, 남자라고 하면 그게 부자연스럽다고 팔 수 없다니. 아마도 앞으로도 써먹을 길이 없을 것이다.

"귀걸이만이라도 쓸 수 있는 곳은 많으니까요."

에스텔라는 고개를 끄덕였다. 그리고 되팔더라도 틀림없이 좋은 값을 받을 수 있을 것이다.

'꼭 되팔겠다는 것은 아니고. 응.'

그녀는 마음속으로 그렇게 생각했다. 3천만 골드의 부자가 된다면 그럴 필요는 없겠지.

보석을 수집하는 인생이라니 정말로 살아 볼 만할 것이다.

그녀가 행복한 미래 설계를 하는 동안에 바르톨로뮤 백작부인은 척척 치장을 진행시켜 나갔다. 머리에는 본래의 것과 비슷한 결의 금발 가발을 씌우고, 가발이라는 것이 티가 나지 않도록 망사를 두른 모자를 얹는다. 얼굴에는 살짝만 화장을 했다. 피부가 아주 희지는 않았으나 부드럽고 화장이 잘 먹었다.

백작부인은 얌전히 앉아 얼굴을 내맡기고 있는 에스텔라를 잠시 미묘한 눈으로 쳐다보았다. 곱상한 소년이라고 한다면 확실히 그런 느낌이지만, 열대여섯 살도 아니고 스물세 살 청년의 뺨과 턱이 이렇게 매끄러울 수 있을까? 누나의 옷도 너무 잘 맞았고.

그러나 그녀는 에스텔라의 가슴팍을 내려다보고 이내 고개를 저었다. 설마.

"휘익."

1층에서 기다리고 있던 클레오르가 휘파람을 불었다.

"호박에 줄을 그어 수박이 되었다는 게 이런 거로군."

"어딜 갈 건가요?"

에스텔라는 그의 놀림을 깔끔하게 무시했다. 그녀가 보기에도 치장의 힘이 대단했다. 에스텔라는 스스로를 미인이라고 생각해 본 일이 없었는데, 화장까지 다 마친 후의 그녀는 미인까지는 아니라도 제법 예쁜 아가씨로 보였다.

그래 봐야 클레오르의 옆에 놔두면 못난이 인형1에 불과할 것이긴 했다.

클레오르가 소파에서 일어서며 말했다.

"우선 약혼 기간 동안에 머무를 아르투르 저택에 가 보도록 하지. 오늘 시간을 내지 않으면 다음 주 어둠의 날까지도 시간이 나지 않을 것 같으니까."

"벌써 집까지 준비하셨어요?"

"가지고 있는 집 중 하나야."

에스텔라를 에스코트하려고 팔을 내밀면서 그가 말했다. 오늘은 다행히도 그 망할 가발을 쓰고 있지 않았다.

"소개할 사람도 있고. 당장 집을 옮기라는 건 아니야. 하지만 아무래도 지금 집에서 사교계 데뷔나 약혼식을 준비하기는 어려울 테니까 작업장을 하나 둔다고 생각해도 괜찮아. 5년 동안 그대의 마음대로 쓰도록 해."

"그리고 전하도 마음대로 쓰시고요?"

"레오."

질문에 부정은 하지 않고 클레오르가 호칭만 정정했다.

"우리, 별로 안 친하잖아요."

"친한 척은 해야 하잖아?"

"안 해도 될 것 같습니다. 어차피 전하께서 즉위를 위해 아무나와 결혼한다는 건 누구나 다 알 텐데요."

"냉정해. 나한테 그렇게까지 하는 여자는 잘 없다고."

"……흉내 내는 데에 참고하겠습니다."

에스텔라는 흠칫 대답했다. 그야 웬만한 여자가 이 얼굴을 보고 평정을 지키기란 쉽지 않을 것이다. 그녀는 상대가 자신을 남자라고 생각하고 있다는 것을 알기 때문에 선을 그을 수 있는 것이다. 티소엔의 경우와 마찬가지였다.

"그런 의미로 한 말은 아니야."

클레오르가 헛기침을 했다.

집 뒤에 대기하고 있는 마차는 로프칸 거리에 어떻게 들어왔는지도 모를 사륜마차였다. 화려하거나 문장이 박힌 것은 아니지만 품위 있는 마차에 마부와 제복을 입은 하인 두 명까지 딸려 있었다.

에스텔라의 손을 잡아 마차로 올려 주면서 클레오르가 말했다.

"얼굴을 기억해 둬. 그대에게 정식으로 인사를 할 짬밥까지는 아니지만, 일단 모든 하인을 다 어느 정도는 경호가 가능한 수준의 실력자로 배치했으니까."

"이전의 약혼녀들에게도 그 정도의 실력자는 붙이지 않으셨어요? 자기 한 몸 정도는 건사할 수 있는 사람들이라면 환영이긴 하지요."

"그대의 발목을 잡지 않도록 주의하라고 이르지."

클레오르는 즐거운 듯이 웃었다. 하지만 에스텔라는 그러지 못했다. 하인까지 실력자로 깔아 놓는다면 안을 향하는 칼날이 될 수도 있지 않은가.

승차감 좋은 마차는 윈첸가로 접어들었다. 윈첸가는 고급 주택지로서, 귀족들만이 거주할 수 있는 로펜데일가보다는 못하지만 대단히 고급스럽고 큰 저택들만이 즐비했다. 실제로 로펜데일가가 귀족들 중에서도 부와 신분을 동시에 가진 사람만이 저택을 가질 수 있는 곳이라는 것을 감안한다면, 윈첸은 돈만으로 갈 수 있는 곳 중에서는 엘첸 시 제일의 부촌이다.

에스텔라는 치안대의 일로 간혹 이곳에 오간 적이 있었다. 길은 사륜마차가 서로 엇갈려 지나가도 말 한두 마리가 더 지나갈 만한 공간이 있을 만큼 넓고, 담장은 높다랗고 집집마다 서로 다른 색의 유리로 장식했다. 4년 전에 그녀가 막 치안대에 부임할 무렵에만 해도 도자기로 장식한 담장이 더 많았는데, 요즘은 색유리가 유행하는 듯 바뀌었다. 화려한 색유리들을 메이드들이 아침마다 손걸레로 닦은 덕분에 길거리가 눈이 아프도록 빛났다.

"전 이 유행은 별로라고 생각해요."

마차의 창에 달린 휘장을 내리며 그녀는 말했다.

"낮에는 그래. 하지만 저녁에 등불을 들고 지나가면 아름답지."

"그건 해 본 적이 없네요."

마차는 금세 저택 앞에 도착했다. 커다란 정문이 열리고, 정원으로 마차가 직접 들어갔다. 에스텔라는 휘장을 다시 올렸다. 정원의 규모를 보니 윈첸가에서 아주 큰 편은 아니고 중간보다 조금 못한 정도의 저택인 듯했다.

클레오르가 먼저 내려서 손을 내밀었다. 에스텔라는 그 손에 자기 손을 얹으며 사뿐히 마차에서 내렸다.

정원은 그늘 하나 없이 모두 나지막한 울타리와 정원석으로 꾸며져 있었다. 환하게 햇살이 내리쬐고 분수 소리가 시원하게 울려 퍼졌다. 분수대 가까운 곳에 돌로 깎은 티 테이블과 의자를 가져다 놓고, 휘장을 쳐서 휴식처로 삼았다. 붉은 벽돌로 만들어진 저택도 작지만 아름다웠다.

에스텔라는 이 집이 마음에 들었다.

"훌륭하군요. 암살자의 침입도 힘들 것 같고."

"알아주는군. 내가 간혹 휴가를 보낼 때 쓰던 곳이야. 고용인들도 5년에 걸쳐서 검증된 사람이니 안심해도 좋아. 그대의 시중을 들 메이드들만 백작부인이 새로 고용을 했는데, 믿을 만한 사람의 추천을 받았고 감시할 사람도 많으니까 크게 염려하지 않아도 될 거야."

"네."

둘은 천천히 걸어서 저택으로 향했다. 정문 앞에 고용인들이 모두 나와 일렬로 도열해 있었다. 맨 앞에 선 남자 둘이 대표로 정중하게 고개를 숙였다. 검을 찬 반백의 중년과 고풍스러운 정장에 안경을 쓴 청년이었다.

"어서 오십시오, 전하."

"기다리고 있었습니다."

"뵙게 되어 영광입니다, 에스텔라 님."

중년 남자가 에스텔라의 손을 잡아 살짝 손등에 입을 맞추었다. 주름이 많은 눈가가 웃는 모양으로 접히며 휘어진다. 얼굴은 평범한데 눈웃음이 예사롭지 않은 게 젊은 시절에는 여자깨나 울렸을 것 같은 인상이었다.

"나이 많은 순서대로 소개할까? 한스 맥시밀리언. 제국 기사단 소속이었는데 내가 빼돌렸지. 당분간 아르투르 가문 소속의 기사로서 그대를 호위하게 될 거야."

"어차피 황가에 충성하는 것인데 빼돌렸다는 표현은 맞지 않지요, 전하. 슬슬 은퇴를 고려하고 있기도 했고요. 전하의 말씀은 원래 반으로 깎아 들어야 합니다, 에스텔라 님."

"몇 번 뵙지 않았지만 충분히 알 것 같습니다."

에스텔라는 상냥하게 말했다.

"아르투르 가문 소속이라는 것은 임시이겠지만, 당분간 제 에스코트를 책임져 주시겠군요. 감사합니다, 맥시밀리언 경. 잘 부탁드립니다."

"안정된 생활처럼 좋은 것은 없는 법이죠. 기꺼이 아가씨에게로 갈아타겠습니다."

"이봐, 한스."

말리는 척하는 클레오르의 말까지 모두 합쳐 농담이지만, 그다지 기분 나쁘지 않았다.

그러나 청년은 날카로운 인상에 눈을 살짝 찌푸리며 세 사람을 바라보았다.

"전하."

부르면서 톡톡 허리춤에 걸린 시계를 가리켜 보인다. 클레오르가 어깨를 으쓱했다.

"이 까다로운 놈은 예르켈 하인츠. 원래 내 비서관이었는데, 집사로 전직시켰어."

"기분이 별로 안 좋을 만하네요."

"기분이 별로 안 좋은 게 아니라 원래 인상이 이런 놈이야. 능력은 있으니까 잘 써먹어. 특히 기억력이 아주 좋아. 걸어 다니는 인명록이지."

"아시겠지만, 전 게으르잖아요."

에스텔라는 능력 있는 비서관을 하나 붙여 주고 부릴 생각을 해도 소용없다는 의지를 담아 말했다. 클레오르가 킬킬거렸다.

"맞아. 그대는 살아남기만 하면 되지."

"전하."

예르켈이 한숨을 내쉬었다. 그리고 흠잡을 곳 없이 바른 예법으로 에스텔라에게 절했다.

"전하의 말씀은 흘려들어 주십시오. 제가 도와 드려야 할 부분이 아주 많을 겁니다. 부디 무엇이든 말씀해 주십시오."

'아주'라는 단어에 강세가 붙어 있는 것은 착각이 아닐 것이다.

에스텔라는 쓴웃음이 아니라 온화한 미소를 지으려고 애썼다.

"잘 부탁드립니다. 하인츠 씨."

예르켈이 마주 고개를 숙였다.

"저는 집사의 입장입니다."

"그래. 잘 부탁해, 하인츠."

그러나 에스텔라가 곧바로 말을 고치자 예르켈의 얼굴이 미세하게 일그러졌다.

클레오르가 끼어들어서 에스텔라에게 다시 팔을 내밀었다. 그녀는 클레오르의 팔을 잡고 저택의 계단을 올랐다.

"비밀 통로가 두 개 있는데, 나중에 예르켈이 알려 줄 거야. 그 외에는 별다른 것은 없어."

"다녀 보면 알겠죠."

"일단 예르켈이 알아서 그대의 방을 꾸며 두었어. 자작 영애의 애도 기간은 다음 주 어둠의 날로 끝이야."

"약혼식은 그러면 다다음 주 중으로 하겠군요."

"그때까지 준비가 끝난다면 그러고 싶어."

"약혼 기간을 줄이실 건가요?"

"그러기 어려워. 결혼은 일찍 해도 상관없지만, 미혼의 황태자가 치르는 대혼례는 대관식의 일부이니까. 신전의 절차가 있어서 반년 아래로 줄이는 건 불가능하다고 하더군. 편법을 써서 먼저 황태자비가 된다고 해도 어차피 대관식까지는 반년이 걸려. 굳이 황궁으로 들어가는 위험을 감수할 필요는 없겠지."

"그렇군요."

"자세한 이야기는 항상 예르켈에게 알려 둘 테니 필요할 때마다 확인하도록 해. 그대의 입장에서는 지금 당장은 사교계 활동을 시작하는 것만 해도 쉽지 않을 테니까, 다른 일은 크게 신경 쓸 것 없어."

"네. 고맙습니다."

음악실을 둘러보다 말고 클레오르가 의아하게 돌아보았다.

"고맙다니?"

"그런 일정 문제는 군이 직접 찾아오지 않고 사람을 시켜 알려 주셔도 됐을 텐데요. 예의를 다하기 위해 시간을 빼내신 거지요?"

클레오르가 씩 웃었다.

"알아주니 기쁘군."

"바쁘실 텐데, 대외적으로 같이 있는 모습을 보여야 할 때가 아니라면 군이 그러지 않으셔도 됩니다. 이제 다리가 될 수 있는 사람도 소개해 주셨고, 진짜 약혼녀를 대하는 것도 아니니까요. 전하의 성의는 충분히 이해했습니다."

에스텔라는 배려 넘치게 말했다. 그러자 클레오르의 얼굴에 미세하게 금이 갔다.

"그대는 나와 얼굴을 마주하는 게 불편한가?"

"조금?"

"에스텔라."

너무 자연스럽게 불러서, 에스텔라는 조금 얼어붙었다. 티 내지 않기 위해서는 조금 노력이 필요했다.

"불필요한 일에 시간을 소비하실 필요가 없다고 생각할 뿐입니다."

"서운한 소리를 하는군. 그대에게 계약을 제안하기는 했지만, 이왕 5년간 서로 떨어질 수 없는 사이라면 자주 얼굴을 보고 친분을 쌓아 두는 게 좋다고 생각해. 그 이후에도 친구로 남을 수 있을 테고. 뭐니 뭐니 해도, 3천만 골드의 종잣돈을 가진 백작이 될 게 아닌가?"

"전하의 그 말씀이 절 무척 불안하게 만드는군요. 전 상인 기질을 가진 사람은 신뢰하지 않습니다."

"정치가라니까."

클레오르가 너스레를 떨었다. 에스텔라는 작게 한숨을 내쉬었다.

"지속적으로 뵈어야 한다는 것을 생각하면, 전하 말씀도 틀리지는 않네요."

"그렇지?"

에스텔라는 한 번 가볍게 고개를 내저었다. 부정의 의미가 아니라 대화를 그만하고 싶다는 의미였다.

두 사람은 음악실에서 나와서 이번에는 그녀의 공간으로 따로 꾸며진 작은 응접실로 향했다. 1층에 있는 큰 응접실과 달리 2층의 이 응접실은 그녀의 개인적인 손님, 친구라고 할 수 있는 사람들을 맞이하는 곳이다. 과연 여기 있는 동안 이용할 일이 있긴 할지 모르겠다.

문을 열기 전에 클레오르가 말했다.

"선물이 있어."

"선물이요?"

"마음에 들걸."

자신만만하게 말하는 그를 에스텔라는 의아하게 바라보았다.

진짜로 선물이 있었다.

작고 우아한 가구들로 아기자기하게 꾸며진 응접실 테이블에 초콜릿으로 두툼하게 코팅된 둥근 케이크가 놓여 있었다. 크기는 손바닥 두 개만 했다. 오늘 이 디저트를 만든 피엘라궁의 요리사가 테이블 곁에 대기하고 있다가 정중하게 인사를 했다.

에스텔라는 흐와아아 하고 물컹해진 얼굴로 입을 벌렸다.

"이거 저 주시는 거죠?"

"프러포즈 선물이라고 해 두지. 다이아몬드는 쓸모가 없었던 것 같고."

그가 힐끗 에스텔라의 목에 한 번 시선을 두었다가 돌리며 말했다. 에스텔라는 거의 그 말을 듣고 있지 않았다.

"먹고 있어. 나는 잠시 예르켈과 할 이야기가 있으니."

"감사합니다."

그녀는 날듯이 테이블로 향했다. 요리사가 부드러운 손짓으로 차를 따라 주었다. 본래대로라면 이런 일은 집사인 예르켈이 해야 하지만, 원래 집사가 아니라 멀쩡한 제국 문관인 예르켈은 차 우리는 솜씨가 그렇게 훌륭하지 않았다.

디저트 접시 옆에 포크만이 아니라 나이프가 놓여 있었다. 에스텔라는 그것을 들고 조심스럽게 케이크를 갈랐다.

그냥 케이크가 아니었다! 단단한 초콜릿을 가르자 안에서 말캉하고 따뜻한 아몬드 크림이 쏟아졌다. 에스텔라는 품위 있게 행동해야 한다는 것도 잊고 순수하게 제 목소리로 환호성을 질렀다.

"꺄아!"

솔직 담백한 반응에 요리사가 기쁜 얼굴을 숨기지 못했다.

그 순간이었다.

벽과 창문으로부터 복면을 한 네 명의 남자가 튀어나왔다.

에스텔라는 이미 그들의 기척을 알고 있었다. 다만, 그녀보다 실력이 못하지 않을 클레오르가 반응하지 않았기 때문에, 그자들이 일종의 비밀 호위 같은 것이리라고 생각하고 신경 쓰지 않았을 뿐이었다.

칼날의 예기가 향해 오는 순간 그녀는 생각하는 것보다 빠르게 몸부터 움직였다. 포크로 내리쳐 오는 칼날을 겨우 막고 재빨리 그것을 내던지며 몸을 빼내 나이프로 상대의 엄지를 후려쳤다. 그 정확도는 도저히 디저트용의 나이프로 갑작스럽게 해낸 것이라고 믿을 수 없을 정도였다.

날이 날카롭게 서지 않아 손가락 자체를 베어 낼 수는 없었으나 피가 튈 정도의 상처를 냈다. 복면 남자는 검을 놓치고 말았다. 에스텔라는 미끄러지듯이 그자의 품 아래쪽으로 들어서며 떨어뜨린 검을 낚아채어 칼등으로 배를 후려쳤다.

근력이 모자라 그것만으로 충분한 타격이 되진 않았다. 그러나 에스텔라가 다시 품에서 빠져나올 만한 시간적 여유는 만들 수 있었다. 그녀는 미끄러지듯이 뒤로 돌아서며 횡으로 검을 휘둘렀다.

상대는 셋이지만, 제대로 된 검을 쥐고 있는 이상 이 정도의 실력을 가진 자들은 그녀를 전혀 위협할 수가 없었다. 요리사를 걷어차 물러나게 하고 그 앞을 가로막으며 두 명의 칼을 날려 버리고 한 명의 종아리를 베어 바닥에 쓰러뜨렸다. 그리고 마지막 한 명의 목에 칼을 들이댔다. 거기까지 걸린 시간은 약 30초에 불과했다.

"이제 그만!"

클레오르의 외침이 그녀의 동작을 멈췄다.

"실례지만……."

에스텔라는 호흡조차 흐트러뜨리지 않고 말했다. 그러나 몰골은 볼썽사나웠다. 모자는 날아가고 가발이 틀어져 얼굴을 가렸기 때문에 그녀는 왼손으로 짜증스럽게 그것을 벗어서 바닥에 팽개쳤다. 끼고 있던 레이스 장갑은 찢어지고 아름답던 드레스는 엉망으로 구겨졌다. 그 단시간에 구두도 망가졌다.

칼이 들이대진 남자는 숨조차 제대로 쉬지 못했다. 검침이 피부를 가를까 말까 하는 위험한 위치까지 들어와 있었기 때문이다.

"전하, 이것을 첫 번째 암살 시도로 봐야 할까요?"

그녀가 차가운 목소리로 말했다. 클레오르가 쓴웃음을 짓고, 예르켈이 창백한 얼굴을 했다.

이 시험은 전적으로 예르켈의 생각이었다. 그는 에스텔라가 기사 에스틴 경이라는 것을 알지 못하고, 그녀를 가전 검술을 배운 아르투르 영애로만 알고 있었다.

그녀의 실력을 의심하는 사람은 예르켈만이 아니었다. 클레오르가 충분한 실력이 있다고 말했음에도 불구하고, 제아무리 아르투르 가문의 딸이라고 해도 그 실력이 진짜 자기 몸을 지키기에 충분하리라고 믿는 사람은 거의 없었다.

회의실에서 계약 결혼에 대해 들은 귀족들은 에스텔라 자체에 대해서는 무관심했으나 클레오르의 직할 심복 중에서 몇 명은 클레오르가 그녀의 실력을 극찬한 것 자체에 대해 불신과 불만을 가졌고, 예르켈이 대표로 그녀를 시험해 보겠다고 나선 것이다.

"기분 상했나?"

"아뇨. 좋은 실험이 되었습니다."

에스텔라가 짧게 대답하고 검을 내렸다.

둘의 표정을 보고 누가 이 일을 계획한 것인지 알았지만, 딱히 클레오르에게 좋은 마음이 들지도 않았다. 그가 허락하지 않았다면 예르켈은 이런 시험을 하려 들지 않았을 테니까.

어차피 대단한 신뢰가 있는 관계도 아니었다. 클레오르가 하도 소탈하게 굴어서 풀어지려던 긴장감이 한꺼번에 조여들었다. 이제부터 자신이 어떻게 처신해야 할지도 확실하게 이해했고, 코르셋을 조이고 파니에와 두꺼운 페티코트를 겹쳐 입은 상태에서 어느 정도로 움직일 수 있는지를 확인했다는 점에서도 나쁘지 않은 시험이었다.

에스텔라는 검을 바닥에 던지고 테이블 옆에 엉덩방아를 찧은 채 벌벌 떨고 있는 요리사에게 손을 내밀었다. 하지만 요리사는 그녀의 손을 잡는 대신 사방으로 눈알을 굴리다가 조심스럽게 바닥을 짚고 스스로 일어섰다.

"이런 가발로는 안 되겠어요."

"에스텔라."

클레오르는 부드러운 목소리를 냈지만, 에스텔라는 대꾸하는 대신에 돌아서서 소파에 앉았다. 치맛자락을 정돈하려고 애썼지만, 불가능했다. 리디아의 드레스를 입자마자 이렇게 망가뜨리다니. 공격을 당한 것보다 그것에 더 화가 났다.

엎질러진 찻잔을 바로 세웠지만, 티포트도 깨져서 마실 것이 없었다. 기대 가득했건만 초콜릿이 이 꼴이 되다니. 접시는 뒤집힌 채 바닥에 던져져 있었다.

그녀는 잠시 눈을 감고 호흡을 가다듬었다. 집사를 갈아 치우고 싶은 마음이 굴뚝같았지만, 클레오르는 의도가 있어서 저자를 이 자리에 배치했을 것이다. 그렇다면 자신이 나서서 교체를 요구하는 것은 계획을 어그러뜨리고 서로 불편할 일만 만드는 셈이었다.

"화났어?"

"화나지 않았습니다. 실력을 체크하는 것은 당연히 하실 만한 일이고, 하인츠도 제가 믿어지지 않으니까 그랬겠지요."

"……선물이 망가져 버렸군."

"아뇨."

사실은 울화통이 터져 돌기 직전이었으나 에스텔라는 자르는 듯한 말투로 그렇게 말했다. 그리고 예르켈을 바라보았다.

"돌아가기 전에 머리를 다듬어야 하니 손재주가 있는 메이드를 불러 줘.”

“……..”

예르켈이 말없이 정중하게 고개를 숙이고 물러갔다. 복면 남자들
도 그를 따라 나갔다. 종아리 힘줄이 잘린 자가 질질 끌려가는 동안
피가 카펫을 적셔 얼룩진 길을 만들었다.

에스텔라는 마지막으로 요리사를 바라보고 고개를 숙였다.

“모처럼 맛있는 걸 만들어 주셨는데 이런 상황을 맞닥뜨리게 해
서 미안합니다.”

“아, 아닙니다, 아가씨.”

“물러가 계세요. 적절한 보상을 받으실 수 있도록 하인츠에게 일
러두겠습니다. 정말이지 너무, 아쉽네요.”

그녀는 한탄하며 엎어진 접시를 다시 내려다보았다.

클레오르가 눈짓했기에 요리사는 더 할 말이 있다는 듯이 입을
뻐끔대다가 조용히 밖으로 나갔다. 문이 닫히자 응접실에 두 사람
이 남았다.

클레오르는 에스텔라의 건너편 자리에 앉았다. 그녀는 클레오르
를 마주 쳐다보지 않고 시선을 미끄러뜨렸다.

“애프터눈 드레스 정도라면 다소의 불편은 있지만, 결정적으로
방해가 될 것 같지는 않네요. 그렇지만 가발을 쓰고는 검을 다룰 수
는 없을 것 같습니다. 길이가 기니까요.”

“에스텔라.”

“틀어 올린다고 해도 무게 때문에 지장이 있을 것 같고, 도중에
벗겨진다면 오히려 문제가 되겠다 싶고…….”

“에스텔라.”

클레오르가 다시 불렀다. 에스텔라는 한숨을 내쉬었다. 그가 조

용하게 말했다.

"베었어야지."

"······살기가 전혀 없었는걸요. 게다가 전하도 알면서 모르는 체하고 계셨으니, 테스트라는 것쯤은 알고 있었습니다."

"테스트가 아니었다면, 죽일 수 있었을까?"

에스텔라는 대답하지 못했다. 클레오르가 부드러운 눈으로 그녀를 바라보았다.

"못 그랬겠지. 테스트라는 걸 알면서도 요리사를 지켰으니까. 상냥하군."

"부당한 일을 당할 뻔한 사람이 눈앞에 있었으니까요."

"부당한 대우를 받은 것은 그대야. 화가 났다는 건 스스로도 그것을 안다는 건데, 왜 대응하지 않았나?"

"부당한 대우를 받은 정도로 상대를 죽여야 한다면, 윈첸가와 로펜데일가의 귀족 절반 이상이 치안대원들 손에 죽었을 겁니다."

"아니, 경우가 다르지. 그대는 그들의 주인이 되어야 하며, 조만간에 황후가 될 사람이야."

"임시직이잖아요."

"임시든 아니든, 5년 동안 군림해야 해."

"죽이지 않아도 해결될 일인데 굳이 칼에 피를 묻힐 필요는 없다고 봅니다."

"나는 그대에게 살인마가 되라고 하는 것이 아니야, 에스텔라. 날 똑바로 쳐다봐."

보라면 못 볼 줄 아나. 에스텔라는 도전적인 눈으로 그를 바라보았다. 클레오르가 목소리를 한층 부드럽게 했다.

"그대는 이미 제위를 놓고 하는 전쟁에서 내 첫 번째 파트너가 된 거야. 적어도 기사로서의 마음가짐을 갖추어 주었으면 좋겠어. 사람을 죽일 용기가 없기 때문에 위험해지는 일이 있어서는 안 돼."

"⋯⋯예."

기사로서의 마음가짐을 갖추라는 데에는 더 반박할 수 없었다. 클레오르가 손을 뻗어서 헝클어져 있는 그녀의 머리를 가볍게 쓰다듬어 고쳐 주었다.

"미안해."

"전하는 일개 기사에게 사과를 하셔도 되는 분이 아니십니다."

에스텔라는 클레오르를 따라 일어섰다. 클레오르가 곧 메이드가 차를 가져올 거라며 그녀의 머리를 다시 한 번 쓰다듬고 응접실을 떠났다.

문이 닫힌 뒤에 그녀는 한숨을 내쉬고 도로 자리에 앉았다. 뜨거워졌던 머리가 식는다. 지나치게 예민하게 반응했다 싶어서 조금 후회가 되었다.

그녀는 바닥에 던져져 있는 검을 잠시 내려다보고 시선을 돌렸다. 뭉개진 초콜릿과 아몬드 크림이 보였다. 아까워서 눈물이 났다.

에스텔라는 땅에 닿지 않는 부분이라도 주워 먹으면 안 될까 하고 골똘히 생각하다가 슬쩍 가까운 자리로 옮겨 앉았다. 어차피 아무도 없지 않은가. 살짝 몸을 숙여 손가락으로 크림을 걷으려는 찰나였다.

"하녀장 카릴린입니다, 아가씨. 차를 가져왔습니다."

"들어와요."

조금 더 빨리 시도할걸. 그녀는 통한의 눈물을 흘렸다.

★

예르켈은 고개를 깊이 숙인 채 감히 들지 못했다.

"그러게 내가 뭐라고 했어?"

"감히 전하의 안목을 의심한 점, 사죄드립니다."

"그건 됐어. 너 혼자 의심한 게 아니라는 건 알고 있고, 실제로 보지 않았으면 몰랐을 테니까. 수습해."

"영애께 사죄를 드리고 물러나겠습니다. 집사는 페일 경에게 맡기시는 게 좋을 것 같습니다."

"그건 수습이 아니지. 용서를 받아."

"물론 용서는 빌어야⋯⋯."

"그게 아니야. 수단 방법을 가리지 말고 용서를 받아서 자리에 눌러앉으란 말이야."

꼬고 앉은 다리를 까닥거리며 클레오르는 그렇게 말했다.

"네가 신뢰를 얻지 못했다고 해서 페일로 교체하면, 페일은 신뢰를 받을 수 있을 것 같아? 어차피 한 번은 거쳐야 할 일이었어. 원래 사람은 낯선 사람보다는 싫은 사람을 상대할 때에 감정적이 되어서 판단력을 잃고 빠르게 허물어지고, 드러나지 않은 갈등보다는 발생한 문제가 해결되었을 때에 끝났다고 생각하고 안심하는 법이니까. 그러니 네가 책임지고 신뢰를 얻어 내. 개처럼 짖든, 바닥을 기든, 수단 방법을 가리지 말고."

"예."

"그리고 이번의 것은 실수가 아니니까 내게 용서를 빌 필요는 없다. 내가 허락한 이상 최종적인 책임은 내게 있으니까. 그러나 그녀의 신뢰를 얻으라는 것은 명령이야."

"명심하겠습니다."

"그렇게 긴장할 것 없어. 상냥한 성격이고, 허술하니까."

어금니를 물고 말하는 예르켈에게 클레오르는 부드러운 안색으로 되돌아가서 대답했다. 그리고 그에게 물러가라고 말했다.

생각에 잠긴다.

게으름뱅이 에스틴 경.

치안대원과 경비대원들이 애정을 담아 부르는 그 별명이 정말로 잘 맞았다. 그녀는 허술하고 게으르다. 탐욕을 부리지 않고 현재에 느낄 수 있는 모든 사소한 행복에 기뻐하기 때문에 움직일 필요를 느끼지 않았다.

그러나 검을 잡으면 한순간에 모든 것이 뒤바뀌었다. 시선은 갈아 놓은 칼날처럼 예리해지고 무표정해지는 얼굴 뒤에 투지가 타오른다. 곧은 몸은 검의 뒤로 사라지는 것처럼 보인다. 혹은 그 자체가 검의 일부로 변하는 것처럼 보이기도 했다.

'리스칸 경이 숨겨 놓았던 보물이라는 거지.'

클레오르는 혼자서 웃음 지었다. 어린 시절에 불운을 미리 전부 탕감했는지, 그는 늘 운이 좋은 편이었다. 손에 넣으려고 생각한 것은 놓쳐 본 일이 없었다.

★

「그대는 이미 제위를 놓고 하는 전쟁에서 내 첫 번째 파트너가 된 거야. 적어도 기사로서의 마음가짐을 갖추어 주었으면 좋겠어.」

그 말은 에스텔라의 마음을 헤집어 놓았다. 기사로서의 마음가

짐. 충성한다. 벗을 믿는다. 약자를 보호한다. 싸움에 나아가 물러남이 없어야 한다. 두려워하지 말고, 망설이지 말고, 옳다고 생각한 일에 검을 든다.

살인을 두려워하는 기사의 이야기는 들어 본 적이 없다.

'내 목숨이 달린 일에서까지 망설일 생각은 없지만, 어차피 안 죽여도 해결할 수 있다면 그쪽이 좋지 않아? 하지만 그렇게 망설이다가 돌이킬 수 없는 일이 생길 수도 있기는 하지. 게다가 권위를 지키기 위해서도 상대를 죽일 수 있어야 한다는 것도…….'

어울리지 않게 고민하다 보니 두통까지 와서 에스텔라는 문득 화가 치솟는 것을 느꼈다. 왜 밥 먹고 사는 일에 관한 것도 아닌데 이렇게 고민을 해야 하는 건가.

"모르겠다."

지내다 보면 어떻게든 되겠지. 어차피 진짜로 목숨이 오가는 상황에서라면 그런 일은 생각할 여유도 없을 것이다.

스트레스에는 역시 레오폴드였다. 일전에 클레오르와 거기에서 만난 뒤로 레오폴드에서는 그녀를 조금 특별 대접해 주었다. 신상을 남겨 준다거나, 진열대에 나와 있지 않은 디저트를 꺼내 준다거나.

그녀는 산더미처럼 디저트를 사서 치안대로 향했다. 이번 주 중에 에스틴 아르투르는 백작이 된다. 그 직후에 엘첸을 떠나 안전한 영지로 간다고 알릴 계획이었다. 그 전에 그래도 제법 오래 보아 정이 든 치안대원들과 작별 인사를 나누고 회식도 할 생각이었다.

실제로 가는 것은 에스틴으로 위장한 가짜다. 도착지에서 적당한 때에 행방을 감추기로 되어 있었다. 이쪽은 진짜로 순전히 신분 위장용이므로, 가짜의 실력은 알 수 없다. 아마 클레오르는 죽어도 관계없다고 생각하고 있을 것이다. 에스틴이 죽든 말든 그의 즉위에는 아무런 문제가 없으니까. 반대로 말하자면 그러니까 노려질 확률도 낮고, 그만큼의 대가도 제시받았을 것이다.

자기 한 사람 책임지기도 힘든 주제다. 그런 것까지 생각할 필요는 없으리라.

단순하게 생각했던 여러 일들이 마음을 어지럽게 했다.

"어, 대장님. 몸은 괜찮아요?"

"몸이라니?"

그녀의 손에서 보따리를 받아 내리면서 델핀이 물었다.

"며칠이나 안 나오시길래, 어디 아프신 줄 알았죠. 우리 대장님이 어디 불러 주는 곳이 있었을 리는 없고."

"야."

"이게 다 웬 거랍니까, 근데?"

에스텔라가 짐짓 화내는 목소리로 부르는 것은 들은 체 만 체 하고 델핀이 화제를 돌렸다. 그녀는 웃어 버리고 말았다. 마음이 편해졌다. 인생 역전도 좋지만, 이곳에 다시 오지 못할 것이라고 생각하면 서운한 마음이 들었다.

"맛있는 거."

"술?"

"그럴 리가 있나."

델핀이 짐 보따리를 풀면서 달콤한 냄새에 킁킁거렸다. 바닐라 에클레르와 초콜릿 에클레르, 소금 맛이 조금 나는 캐러멜, 장미향이 나는 도넛, 다섯 가지 색깔의 마카롱과 땅콩 쿠키, 사블레를 산더미처럼 쌓았다.

에스텔라는 사르륵 침울한 기분이 전부 풀렸다. 이곳이 바로 천국이었다.

"우와!"

"이게 다 뭡니까?"

일을 보고 들어오던 잭과 우디가 소리를 질렀다. 그 뒤를 따라오던 권이 어휴 하고 한숨을 내쉬며 둘의 뒤통수를 한 대씩 갈겼다.

"오랜만에 나오셨군요. 사직서를 제출하기로 하셨나 봅니다."

"오크 족장 똥꼬는 못 빨지만. 사정이 결국 그렇게 됐어."

"그러셨군요. 에스틴 경이 게으르시긴 해도 언제까지고 여기 있을 거라고 생각하지는 않았습니다."

"서운한 소리를 하네. 난 원래 은퇴할 때까지 여기 눌어붙어 있으려고 했는데."

"송곳은 주머니 속에 넣어 놔도 드러나는 법이죠."

"전혀! 인정을 받아서 나가는 게 아니라 누나가 시집을 잘 가서 인생 역전을 하는 건데."

"전 제 눈을 믿습니다. 잘되시면, 아시죠?"

권이 눈을 찡긋거렸다. 우디가 불만스럽게 말했다.

"그럼 이거 송별회예요?"

"어."

"으아, 이게 다 뭐야? 우리 딸 여기다 데려다 놓으면 기절하겠다, 기절."

"이왕 회식을 하려면 술이 좋은데, 술. 이거에다가는 포도 주스밖에 못 마시겠네."

"불만 있으면 먹지 마라."

냅다 마카롱을 입에 털어 넣으려는 잭의 손을 탁 쳐서 구해 내면서 에스텔라가 대꾸했다. 잭이 쩝쩝거리며 입맛을 다셨다.

"이거 엄청 비싸잖아요. 똑같이 비싼 돈 쓰려면 고기를 먹여 주시지. 맨날 이런 것만 드시니까 몸이 그렇게 빈약한 겁니다."

"귀한 거 사 주면 고마운 줄을 알아야지. 대장님, 이거 몇 개만 가져가도 되죠?"

델핀이 골고루 섞어 가며 간식거리를 챙겼다. 어차피 전부 다 먹을 수 있을 거라고 생각하고 산 것도 아니었으므로 에스텔라는 그러라고 웃는 낯으로 대답했다.

"그러고 보니, 오늘 티소엔은 오지 않았어? 용의 날인데."

"아뇨. 안 오셨습니다. 2주째 안 보이시네요. 싸우셨어요? 대장님도 2주간 오는 둥 마는 둥 하시더니."

"바쁜가 보지."

에스텔라는 아쉽게 생각했다. 클레오르가 바쁘니 그에 따라 황궁 기사단도 바쁜 건지도 몰랐다. 그런 생각을 하다가 쓴웃음을 지었다. 마치 티소엔이 자신을 매주 찾아오는 것을 당연하게 여기고 있는 것처럼 느껴지지 않는가. 그런 오해를 살 만큼 그가 열성이긴 했지만 말이다.

에스텔라가 저지른 무례에 놀라 에스틴과의 교제도 끊을 작정일까. 그녀는 고개를 절레절레 저었다. 앞으로 사교계에서 얼굴을 보게 되겠지만, 에스틴으로서는 마지막일 수도 있었다. 적어도 5년은 마주하지 못할 테니 인사를 하고 싶었는데.

그렇다고 이제 와 새삼스럽게 그녀 쪽에서 찾아가는 것도 어색했다. 뭐, 어차피 진짜 마지막도 아니고, 굳이 인사를 할 필요가 있는 사이인지도 애매했다.

그렇게 결론 내고 편안해진 기분으로 피스타치오 슈를 주워 먹고 있는데, 우디가 맥주를 꿀꺽꿀꺽 마시는 흉내를 냈다.

"이것도 감사하긴 한데요, 술 마시죠, 술. 오늘 끝나고, 바비큐에

다가."

"나 술 거의 못 마시잖아. 그리고 저녁에는 좀 바빠서 곤란해."

대신 그녀는 퀸에게 100골드가 들어 있는 주머니를 찔러주었다. 부담이 안 되는 액수는 아니지만, 4년간 같이 보낸 사람들에게 마지막으로 대접하는 거니까 그 정도는 하고 싶었다.

"다들 잘 지내라고. 인생 역전하면 불러 줄 테니까."

"집사! 집사!"

"풋맨으로 가겠습니다."

"네 얼굴로는 무리지, 어떻게 생각해도."

모두가 와하하 웃음을 터뜨렸다. 에스텔라는 고개를 끄덕였다. 만일에 에스틴으로 은퇴하게 된다면, 이들을 불러들이는 것도 나쁘지 않겠다 싶었다.

차도 아닌 물을 곁들인 디저트 파티가 끝나고, 치안대원들이 일을 하러 우르르 도로 몰려 나가고, 에스텔라가 책상과 캐비닛을 전부 정리할 때까지도 티소엔은 얼굴을 비치지 않았다.

그녀는 퀸에게 부탁하여 작은 메모를 썼다. 별 내용은 아니고, 그간 친절하게 대해 주어서 고마웠으며 후일에는 친구로 만나자는 것이었다. 티소엔이라면 문면 그대로 받아들일 테지만, 퀸에게 민망했으므로 그녀는 그것을 봉투에 넣고 반지로 봉했다. 퀸은 다 안다는 듯이 웃었다.

"제가 책임지고 크렐리디안 경에게 전하겠습니다."

"책임 같은 건 안 져도 돼. 혹시나 이리 찾아온다면 주라는 것뿐이야."

"네. 제가 책임지고 드리죠."

에스텔라는 한숨을 내쉬었다.

"잘 지내."

"에스틴 경도, 잘 지내세요. 무슨 일을 하더라도 분명히 훌륭하게 해내실 겁니다."

그녀는 권을 한 번 포옹하고 작별 인사를 했다.

성실하게 출퇴근을 했는데도 짐이라고 할 만한 것이 거의 없었다. 건틀렛 한 켤레, 가죽 장갑 몇 켤레, 제복 한 벌이 전부다. 비상시를 대비하여 흉갑과 투구도 가지고 있었지만, 애초부터 지급품이었으므로 그냥 창고에 반납해 버렸다. 그 투구는 솔직히 너무 커서 맞지도 않았다.

치안대 제복도 이제 쓸모가 없었다. 건틀렛은 4년이나 되었으니 이제 바꿀 때가 되었고, 가죽 장갑도 앞으로 당분간은 쓸 일이 없겠다.

바르톨로뮤 백작부인에게 가죽 장갑이 필요하다고 말했더니 그녀는 어린 양의 가죽으로 만들었다는 얇고 아름다운 장갑을 스무 켤레나 가져와서 "임시로 쓰세요."라고 말했다. 이렇게 얇으면 손에 밀착되어서 편리하기는 하지만, 금세 찢어져서 못 쓰게 될 거라고 염려했더니 클레오르가 "그러면 버려."라고 대꾸했다.

「어차피 흰색이면, 금방 더러워져서 못 쓰게 된다고.」

서민적인 성장 과정을 갖고 있다는 측면에서 공통점이 있다고 생각해 왔는데, 헛생각이었다는 것을 에스텔라는 깨달았다.

가방 하나를 들고 나오는데, 건물 앞에 마차가 대기하고 있었다. 포장이 아니라 고급스러운 흑단목으로 지붕까지 짜 맞추고 윤이 나도록 닦은 마차는 척 보기에도 값졌다. 특히나 중앙에 박힌 용의 문장이.

용의 날에 용의 문장이라니. 에스텔라는 멀거니 쳐다보았다.

저 문장은 카이덴 후작가의 것이다. 후작가 사람이 치안대에 무슨 볼일일까. 카이덴 후작가는 무슨 일이 생긴다 해도 자기 가문의 기사들만으로도 충분히 해결할 수 있고, 그렇게 할 가문이다.

마차에서 정장을 반듯하게 갖추어 입은 백발의 노신사와 제복을 입은 장년의 기사가 내렸다. 에스텔라는 관심을 끊으려고 했는데, 노신사가 그녀를 불러 세웠다.

"에스틴 아르투르 경 되십니까?"

"⋯⋯저요?"

"맞으시군요. 금발의 소년 같은 분이라고 들어서 금방 알 수 있었습니다."

노신사가 정중하게 고개를 숙였다.

"저는 카이덴 후작가의 집사인 어니스트입니다. 이쪽은 기사단장인 랄프입니다."

랄프라고 소개받은 기사가 말없이 고개를 숙여 인사했다. 에스텔라는 당황하면서 마주 고개를 숙였다. 백발이 성성한 집사는 그렇다 치고, 기사단장이 함께 찾아왔다는 것은 보통 일이 아니다. 유사시 제압이라도 하겠다는 것으로 여겨졌다.

"네. 제가 에스틴 아르투르입니다. 어쩐 일이신지⋯⋯."

"카이덴 후작님께서 아르투르 경을 뵙고자 하십니다. 시간을 내주실 수 있다면, 잠시 함께 가 주실 수 있으신지요, 부탁드립니다."

설마 그녀가 황태자의 예비 약혼녀라는 게 벌써 들통났을 리는 없고, 티소엔이 어디에서 칼이라도 맞아서 원한 관계를 조사하고 있나.

튼실한 허벅지가 무방비하게 드러났을 때조차도 한 번 찔러 보지 않았는데 말이다. 그러나 랄프의 눈이 부리부리 번쩍이는 것으로 보아 그 확률이 제일 높아 보였다.

카이덴 후작가는 상계의 거물이지, 무가가 아니었다. 에스텔라로 서는 후작가의 역사까지는 모르지만, 현재는 확실히 그랬다. 티소엔이 검에 정신을 팔아서 기사로서 성공을 거둔 것은 꽤 특이한 일이다.

그러나 후작을 보자 티소엔의 자질이 어디에서 왔는지 알 것 같았다.

눈앞에 있는 중년의 남자는 이미 쉰다섯이 넘었을 텐데 각 잡힌 어깨부터 늘씬한 허리, 탄탄한 허벅지와 발에 이르기까지 균형이 완벽하게 잡힌 멋진 몸매였다. 게다가 얼굴도 훈훈했다. 체구는 기사로서 훌륭했지만 얼굴은 어린아이를 울리기 딱 좋았던 에스텔라의 부친과는 큰 차이였다.

어째서 티소엔이 귀족 영애들 사이에서 그렇게까지 인기가 좋은지도 알겠다. 저렇게 나이 들 남자라면, 미리부터 침을 발라 두는 것도 나쁘지 않을 것 같았다.

"……만나서 반갑네, 아르투르 경."

목소리까지 오싹하게 멋진 중저음이었다. 에스텔라는 괜스레 화들짝 놀라며 고개를 숙였다.

"처음 뵙겠습니다, 후작님."

"갑작스럽게 초대해서 미안하게 되었군. 함부로 오라 가라 할 생각은 없었는데, 아내가 시끄러워서."

"예."

사실 후작 정도의 지위라면 하잘것없는 평기사 하나쯤은 오라 가라 해도 되었다. 집에까지 불러 놓고 몇 시간씩 기다리도록 하지 않은 것만 해도 고맙다고 해야 할 판이었다. 차도 훌륭한 맛이었다. 특히 함께 나온 티푸드가.

차를 들라는 권유에 에스텔라는 사양 없이 한 모금 마시고, 접시에 놓여 있는 손가락만 한 과자를 먹었다. 흔한 마들렌 같은 게 아니었다. 적당히 단맛을 억제했는데도 비리지 않은 콩소가 일품이었다. 한순간 긴장을 잊을 정도였다.

카이덴 후작은 눈을 가늘게 뜨고 그녀를 바라보았다.

"맛있나?"

"예. 훌륭한 주방장을 고용하고 계시는군요."

후작의 입가가 허물어졌다. 에스텔라는 따뜻한 차로 입속을 적셨다. 더 먹고 싶은 마음이 굴뚝같았으나 차마 이 자리에서 우적우적 티푸드 한 접시를 순식간에 해치울 수는 없었다.

"스물두 살이나 된 자식 놈을 두고 이런 말을 하는 것도 매우 곤란한 일이라는 건 알긴 하네만……."

"예."

"우리 티스와는 많이 친한가?"

에스텔라는 콩가루를 토할 뻔했다. 앞으로 자기는 사교계의 영애가 될 것이라는 사실을 되새기며 그녀는 혼신의 힘을 다해 그것을 참고 차를 마시는 척하면서 수습했다. 뜨거운 물이 들어가자 더 고통스러웠다.

그녀는 간신히 대답했다.

"아뇨."

"내가 들은 이야기로는 그렇지 않던데. 용의 날마다 우리 막내가 자네를 찾아간다면서?"

"대련을 신청하러 옵니다."

"그것뿐인가?"

"그것뿐입니다."

에스텔라는 단호하게 대답했다. 후작이 물끄러미 그녀를 바라보다가 느릿하게 찻잔 손잡이를 쓰다듬었다.

"우리 막내가 수줍음이 많아."

"……."

"그래서 좀처럼 친구를 못 사귄다네. 스스로는 말하지 않지만, 따돌림도 당하는 것 같고."

에스텔라는 할 말이 정말 정말 정말 많았다. 어디서부터 지적해야 좋을지 알 수가 없었다. 댁네 아드님은 수줍음이 많은 게 아니라 무뚝뚝함이 지나쳐 아슬아슬하게 무례하고, 따돌림을 당하는 게 아니라 검 휘두르느라 시간이 아까워서 세상을 따돌리는 놈이라고 말이다.

"그런데 자네를 만나고 나서부터, 제 엄마가 피크닉을 가자는데도 싫다고 하고 휴일마다 자네를 보러 가더군. 덕분에 아내가 충격을 받아서 여러 번 울었다네."

후작이 혀를 찼다. 에스텔라는 "제가 뭐라고 대답해 드릴까요?"라고 진심으로 물어보고 싶었다. 진짜로 할 말이 없었다.

"그런데 2주나 휴일에 집에 있더군. 제 방에 처박혀서, 나오지도 않고."

"예."

칼에 맞은 건 아닌 모양이었다.

"자네와 무슨 일이 있었나? 싸웠어?"

"아뇨."

예, 아니요 말고는 할 말도 없었지만, 그 예, 아니요조차도 과연 자신이 할 말인가 하는 의심이 들었다.

"흠."

후작이 가만히 그녀를 바라보았다. 에스텔라는 당당한 얼굴을 했다. 하늘을 우러러 그녀는 티소엔의 일로 후작에게 찔릴 것이 없었다. 설마하니 여자에게서 월례 행사 물품에 대한 이야기를 들었다고 충격을 받아 방에 처박히지는 않았을 것이다.

"내가 알기로는 우리 막내가 자네와 결투를 한 적도 있었을 텐데."

"사소한 오해 때문이었습니다. 티소엔 경이 제가 진지하게 대련에 임하지 않는다고 생각하고 화를 냈습니다."

다른 부분에 대해서라면 모를까, 검에 대해서라면 양보가 없는 티소엔이다. 충분히 그럴듯한 이유라고 생각했는지, 후작이 고개를 끄덕였다.

"우리 막내가 폐를 끼쳤군. 그러니까 자네와 우리 막내는 그저 친구란 말이지?"

"그렇게 말씀드리기도 애매합니다. 티소엔 경이 제 실력을 과대평가하여 대련을 하자고 자꾸 찾아오지만, 실상 그와 대련하기에는 제 실력이 많이 모자라기에 짧게 검을 맞대는 정도로 끝내는 일이 많습니다. 사적인 교류는 한 적이 많지 않습니다."

"그렇군."

후작은 그렇게 말하고는 잠시 생각에 잠겼다. 에스텔라가 티푸드 세 개를 더 먹는 동안 그는 침묵한 채로 계속 눈을 내리깔고 있었다.

설마하니 이런 용건이리라고는 상상도 하지 못했다. 랄프 기사단장이 눈에 불을 켠 것도 비슷한 이유인 걸까. 우리 도련님 마음 상하게 한 게 어느 놈이냐, 하고. 뭐 그런 거.

"내가 미리 자네에 대해서 좀 알아봤다고 해서 마음 상하지 않았으면 좋겠군. 쌍둥이 누나가 한 명 있다고 하던데……."

"예."

콰당!

그때 문이 열리고 티소엔이 눈을 형형하게 빛내며 응접실로 뛰어들어왔다. 헝클어진 머리에 구겨진 셔츠 차림이었다.

"아버지!"

"아빠."

후작이 단답으로 대답했다. 티소엔은 한탄하듯이 말했다.

"아버지, 제가 몇 번을 말씀드려야 해요. 아무 일 없다니까요."

"아빠."

후작은 아빠라고 불리지 않는 이상 대화할 의지가 없는 것이 분명했다.

"제발 이러지 마세요. 저 진짜 집 나갑니다?"

"아빠라니까. 그리고 너 이 아빠를 협박하는 거니? 아빠가 네 친구 좀 만나 보는 게 그렇게 못 할 일이야? 아빠가 너 잘못되라고 그러겠니?"

후작이 근엄한 중저음에 어울리지 않게 꿀 떨어지는 목소리를 내며 다섯 살짜리에게 말하듯이 달랬다. 좀 지나치게 집중력이 강하고 저돌적이라서 그렇지, 에스텔라가 알고 있는 그 누구보다도 단정한 기사인 티소엔이 눈치라도 보듯 에스텔라를 돌아보고는, 눈이 마주쳤다가 깜짝 놀라 고개를 돌렸다. 얼굴이 삽시간에 붉은색으로 변했다.

후작이 이채를 띠고 에스텔라를 돌아보았다. 에스텔라는 슬그머니 시선을 돌렸다. 눈이 달린 사람이라면 누구도 그가 빨개진 것이 그녀의 책임이라고 하지 못할 것이다. 그리고 여기 있는 것이 에스텔라가 아니라 그 누구라도 티소엔은 수치스러워했을 것이다.

티소엔은 쿵쿵 돌진하는 들소처럼 다가와 에스텔라의 손목을 낚아채더니 그대로 아무 말 없이 밖으로 끌고 나갔다.

"난 후작님 손님인데. 티소엔 경!"

힘으로는 도무지 이길 수 없는 에스텔라는 끌려가면서 후작을 돌아보았다. 제 잘못이 아닙니다, 라는 마음을 가득 담아서.

후작은 의외로 선뜻 그녀를 보내 주었다. "앞으로도 우리 막내를 잘 부탁하네."라는 말이 아련히 뒤로 들려왔다.

안 친하다니까요, 라든가 부탁하셔도 전 조만간 엘첸을 뜰 거라서요, 라든가 대답하고 싶었지만, 그 전에 문이 꽝 닫혔다. 티소엔은 그대로 그녀를 질질 끌고 복도를 가로질렀다.

"티소엔! 아프다니까! 티소엔!"

힘으로는 어떻게 해도 티소엔을 막을 수가 없었다. 에스텔라는 거듭 소리를 질렀다.

티소엔은 로비까지 나와서야 정신을 차렸다. 그리고 화들짝 놀라 손목을 놓아주었다. 에스텔라는 손을 털었다. 피가 통하지 않는 것 같았다.

"그, 미안해."

"아니, 그건 괜찮은데."

에스텔라는 난처한 얼굴을 했다. 티소엔이 거칠게 머리를 쓸어 넘겼다. 얼굴이 아직도 붉었다.

"웃어도 돼."

"진짜?"

"안 돼, 웃지 마."

에스텔라가 마음껏 입술을 벌리고 웃으려는 찰나에 티소엔이 말했다.

"경이 웃으면 너무 부끄러울 것 같으니까."

"이 엘첸에 티소엔 크렐리디안 경이 얼마나 사랑받는지 모르는 사람은 없을 텐데."

티소엔이 우는 것도 아니고 웃는 것도 아닌 괴상한 얼굴로 그녀를 바라보았다. 그리고 입을 뻐끔거리다가 시선을 비스듬히 피해서 에스텔라의 옆쪽 바닥을 내려다보았다.

"그게 싫었던 건데."

"그래도 결국 집으로 돌아왔잖아?"

"어머니가 머리를 싸매고 누우셔서."

그가 긴 한숨을 내쉬었다. 에스텔라는 미소를 지었다.

"그래도 좋지."

"뭐가?"

"어머니."

"아. 경은, 어머니는 돌아가셨다고 했었지?"

"얼굴을 모를 만큼 옛날에."

"그…… 미안."

티소엔이 또다시 사과했다.

"네가 사과할 일은 그쪽이 아닐 텐데. 어차피 옛날 일이고."

"아버지의 무례도 내가 대신 사과하겠어."

"아니, 후작님께서 무례를 저지르신 일은 없어. 네가 매주 날 귀찮게 하던 일을 말하는 거야."

"그건 사과할 마음 없어."

티소엔이 정색했다.

언제까지고 로비에서 이야기할 수는 없으므로 둘은 자연스럽게 발걸음을 밖으로 돌렸다. 에스텔라는 길게 이야기할 마음이 없었고, 고용인들의 시선도 신경 쓰였기 때문이다. 티소엔은 걸음을 밖으로 향하는 것만으로도 속이 편해지는 듯 얼굴도 조금 풀렸다.

후작가의 정원은 클레오르가 아르투르 저택이라고 내준 저택과는 완전히 달랐다. 숲이 우거지고 물이 흐르고 오솔길처럼 길을 이리저리 꼬아 놓아 마치 작은 동산을 그대로 옮겨 놓은 듯했다. 그 위로 석양이 내리깔렸다. 둘은 현관에 서서 그것을 바라보았다.

"어디 몸이라도 안 좋아? 얼굴이 영……."

눈매가 움푹 들어가고 뺨이 홀쭉해 보이는 것이 상태가 좋아 보이지 않았다. 티소엔이 이번에도 몇 번이나 부정했다.

"별일 없어. 조금 생각할 일이 있었을 뿐이야."

"그래……?"

"이거 놀라운데. 경은 나한테 조금도 관심이 없는 줄 알았는데."

에스텔라는 조금 미안한 기분이 되었다. 티소엔이 다소 귀찮긴 했지만, 싫다거나 했던 것은 아니다. 그 귀찮음이라는 것도 실력을 숨겨야 한다는 부분에 대한 귀찮음이 더 컸다.

만일에 그녀가 진짜 에스틴이었다거나, 혹은 오로지 에스텔라였더라면, 아마도 그를 꽤 좋아하게 되었으리라고 생각했다. 귀찮다고 생각했어도 그가 찾아오지 않으면 약간 가슴이 허전한 기분도 들었었다. 작별 인사도 하고 싶어졌고.

"네가 싫다고 생각한 적은 없어. 만나면 꼭 할 수 없는 일을 하라고 하니까 귀찮았을 뿐이지. 너도 잔소리는 귀찮잖아?"

"할 말이 없군."

티소엔이 한숨을 푹 내쉬었다.

"그리고 든 자리는 몰라도 난 자리는 안다고 하잖아? 집에 찾아오기까지 했다는 사람이 소식이 없으니까 난 또, 어디서 칼이라도 맞았나 했지."

"그게, 아니."

"그게 아니?"

"그게 아닌 게 아니라, 그때 내가, 젠장."

뭐가 아니라는 것인지도 모르게 티소엔은 부정만 하다가 입을 다물고 또다시 제 머리만 헝클었다. 에스텔라는 의아하게 그를 바라보았다.

"티소엔?"

"경의, 혹시, 경의, 누님이, 나를 만난 이야기를 하진 않았어?"

티소엔이 결국 귓불까지 새빨갛게 물들인 채로 간신히 말을 꺼냈다. 에스텔라는 의구심 가득한 얼굴로 되물었다.

"······그렇겠지?"

본인과 본인이 대화를 나눌 일은 없지만, 보통이라면 그랬을 것이다.

"아무, 아무 말씀도 안 하시고?"

"무슨 말?"

"뭐라도. 아무거나. 있을 거 아냐? 친구가 이렇다든가."

"글쎄, 너 잘생겼다고 하더라."

만일에 에스텔라에게 남동생이 있어서 그 친구가 티소엔이었다면, 분명히 "걔 훈훈하더라."고 한마디쯤 했을 거 같긴 했다.

티소엔의 얼굴이 더 빨개졌다. 찌르면 터질 만큼 잘 익은 토마토 같았다. 그가 초조를 숨기지 못하고 주먹을 쥐었다 펴며 억지로 쥐어짜 내듯이 물었다.

"이미, 결혼을 하셨겠지?"

"결혼은 안 했지만…… 약혼은 해. 조만간에."

보름 정도 남았다 어쩐다 복잡하게 말할 필요까지는 없을 것이다. 그렇게 말하자 티소엔이 탁 기운이 빠진 얼굴로 어깨를 늘어뜨리며 긴 한숨을 내쉬었다. 겨우 목소리가 정상으로 돌아왔다.

"하긴, 그렇지. 경의 누님이면 스물셋이 넘었지."

"넘진 않았어. 쌍둥이니까."

"혼기는 이미 넘긴 지 오래됐고."

"그런 셈이긴 해."

"그렇지. 약혼 정도는 한 게 당연하지."

혼잣말처럼 중얼거리면서 티소엔의 얼굴에서 붉은 기가 점점 씻겨 내려가더니 희다 못해 창백해졌다.

아까부터 품었던 의구심에 확답을 얻고 에스텔라는 멍해졌다. 그녀가 아무리 둔감해도, 이 정도로 노골적이면 모를 수가 없었다.

'이거 진짜야? 티소엔이? 나한테?'

이게 말이 되나? 에스텔라는 스스로를 객관적으로 볼 줄 알았다. 그녀는 꾸미지 않아도 주위 여자들을 모조리 쌈 싸 먹을 만한 미녀가 아니었다. 특별히 추녀도 아니라고 생각했으나 남장을 해도 오해를 사지 않을 정도의 얼굴이다. 매일매일 아름다움을 가꾸는 귀족 영애라면 어지간해서는 그녀보다 예쁠 터였다.

말이 안 됐다. 게다가 에스틴과 똑같은 얼굴이 아닌가. 새삼스러울 게 뭐가 있다고 첫눈에 반하거나 하는 일이 생길까.

그녀는 자기 안에서 에스틴과 에스텔라를 꽤 잘 분리하고 있었다. 그렇기 때문에 티소엔의 직설적인 호의를 마주 대하면서도 한 번도 여자로서 긴장한 적이 없었다. 그러나 지금은 조금 가슴이 맥동했다.

그래도 에스텔라는 크게 동요하지 않았다. 심장의 뜀박질보다는 의문이 더 강했다.

첫눈에 반한다는 건 대체 어떤 걸까?

아름다운 것은 그녀도 좋아했다. 미남을 보면 눈부터 시원했다. 그러나 그것이 그녀의 안에서 여자로서의 어떤 부분을 자극한 적은 아직 없었다. 긴 시간에 걸쳐 정과 인연을 쌓아 가고, 그것이 사랑이 되는 것까지는 어렴풋하게 이해할 수 있을 것 같았지만, 역시 첫눈에 반한다거나 불처럼 사랑에 빠진다는 것은 미지의 영역이었다.

그래서 그녀는 티소엔의 안에 있는 감정에 응대할 수가 없었다. 멀거니 진짜 남동생처럼 '에스텔라에게 반해?'라고 이상한 기분으로 되뇌었을 뿐이었다.

티소엔이 그 말을 에스텔라에게 직접 하지는 않았으므로 그 이야기가 수면 밖으로 올라오는 일은 없을 것이다. 그는 약혼을 했다는 숙녀에 대해 괜한 소리를 언급할 만한 사람은 아니다. 자기 집에서 스스로의 위치와 입장을 알고 있으므로, 행여나 부모님이 무엇이라도 행동에 나설까 봐 염려가 되어 내내 속에 담아 두고 끙끙거리기만 했던 것이다.

그는 그저 한숨만 몇 번 길게 내쉬고는, 이내 그나마 밝아진 낯으로 그녀를 돌아보았다.

"그런데, 경은 설마 내가 대련 신청을 하러 가지 않았다고 해서 2주 내내 검집에서 검 한 번 뽑아 보지도 않은 건 아니겠지?"

"유감스럽게도 그렇게 편한 상황은 아니었어. 한번 봤으면 했던 건, 작별 인사를 하려고 그랬던 거야."

"작별 인사?"

"엘첸을 떠나게 됐어."

"국경으로 발령이라도 난 건가?"

"네게는 실망스럽겠지만, 치안대 4년 차에게 그런 일은 없어. 기사를 그만둘 거야."

"뭐?!"

티소엔이 이번에는 그녀의 어깨를 잡았다. 에스텔라는 "아프다니까." 하고 그 손을 털어 냈다.

"이번에 작위를 받게 되었어. 가문의 사정이 있어서 시골의 영지로 가야 해."

티소엔은 놀라서 눈을 크게 떴다. 아까의 동요가 남아 있지 않기를 바라며 에스텔라는 최대한 가볍게 말했다.

"왜? 맨날 가문을 재건할 생각은 없느냐며 시끄럽더니, 재건한 것에 불만이라도 있어?"

"아니, 그런 것은 아니고……."

"적어도 4–5년은 못 볼 거야. 어쩌면 다시는 만날 일이 없을 수도 있고. 인사 못 하고 가나 보다 했는데, 이렇게라도 보고 가게 되어서 다행이다."

말을 하다 보니 정말로 그런 기분이었다. 처음에는 굳이 티소엔과 인사를 할 필요까지는 없고, 혹시라도 그가 찾아온다면 예의 차원에서 이야기하는 정도라면 된다고 생각했었다. 하지만 실은 찾아와서라도 인사를 하는 게 맞는 사이였던 것 같다.

티소엔은 초조한 듯이 아랫입술을 씹었다.

"그렇군. 축하해. 잘되었어."

"그런데 왜 그런 얼굴이야?"

"아니."

또다시 티소엔이 부정어를 뱉었다.

"그냥 아쉬워서."

그 말에 에스텔라는 웃어 주었다. 어떻게 생각하면 한 번도 흔쾌히 좋은 얼굴로 대한 적이 없는데 그의 한결같은 호의가 참 고마웠다.

"나중에 내가 누나 팔아서 가문 재건했다고 욕이나 하지 마. 내 뜻이 아니라 누나 뜻이니까."

내 뜻이나 누나 뜻이나.

"뭐?"

"그럴 수 있다면, 언젠가 또 만나자. 티소엔, 그때에는 최선을 다해서 싸워 볼 수 있을 거야."

5년 후라면 티소엔도 스물일곱. 그때까지 지금의 감정이 이어질 리도 없을뿐더러 카이덴 후작 부부가 그를 독신으로 놓아둘 리도 없으니, 에스텔라는 그다지 걱정하지 않았다.

다만 사실을 밝혔다가 친구를 잃는 것은 안타깝다는 생각은 들었다. 5년 후의 자신을 에스텔라와 에스틴 사이에서 결정하는 데에 있어서, 에스틴 쪽으로 아주 조금 추가 기울었다.

에스텔라가 에스틴이 될 때에는 인사할 사람이 하나도 없었다. 에스틴이 에스텔라가 될 때에는 인사할 사람도, 아쉬워해 주는 사람도 많았다. 어쩌면 진짜로 친구였는지도 모르겠다 싶은 사람도 생겼다.

지난 4년 동안 아무것도 하지 않고 살았다고 생각했는데, 이렇게 생각하니 나쁘지 않은 시간들이었던 것 같다.

그녀는 속으로만 그렇게 생각했다.

3.
콘스탄체

손님 하나 초대되지 않고 프리스든과 바르톨로뮤 백작을 비롯하여 클레오르 휘하의 귀족 몇 사람만 참석한 작위 수여식은 단출하게 끝났다.

수여식에서 작위를 받은 것은 가짜 에스틴이었다. 에스텔라는 누나라는 입장으로 참석했다. 실제로 그 자리에 에스틴 아르투르의 얼굴을 아는 사람은 프리스든 하나뿐이었으므로 아무런 문제도 없었다.

처음 클레오르와 계약할 때에 포함되어 있었던 항목은 아니나 형식이라는 게 있고, 또 '가문을 재건하기 위해 황태자와 결혼한다.'라는 에스텔라의 입장을 세우기 위해서 클레오르는 에스틴 아르투르에게 백작의 작위만이 아니라 소박하지만 제법 수입이 있는 장원도 하나 선물했다.

조세권과 재판권이 이미 황가에 넘어간 상황에서 영지라든가 장

183

원이라든가 하는 건 유명무실한 것에 가깝다. 귀족들은 자기 영지에서 예전처럼 소왕(小王)이나 다름없는 영주라기보다는 그저 지역의 대지주였다. 이제 와서 영지와 장원의 존재는 그저 그 가문이 얼마나 전통이 있으며 위세가 있었는가를 표시하는 역할을 하고 있었다.

그러니 백작의 작위를 수여하면서 장원을 준다는 것은 아르투르 가문을 단순한 신흥귀족으로 취급하는 것이 아니라 전통 있는 기존 귀족 세력으로 편입시켜 준다는 의미를 갖고 있다.

물론 에스텔라에게는 그것보다도 장원의 수입 쪽이 중요했다. 하사받은 장원에 포함된 것은 소박한 저택, 더 이상 쓰이지 않는 오래된 성과 성벽, 두 개의 마을과 한 개의 시장이었다.

연 수입은 지대로 받는 5만 골드. 저택과 성의 유지비와 관리인의 월급을 주고 나면 남는 것도 별로 없지만, 직접 관리하면 아낄 수 있는 곳도 많고 또 나중에 투자를 통해 수입 증대를 노려볼 수도 있을 것이다.

"보너스야."

홀에 놓인 티 테이블에 마주 앉은 채로 클레오르는 그렇게 말했다. 작위 수여식 때에 잠깐 마주친 것을 제외하고는, 예르켈이 시험을 하겠다고 그녀를 공격하게 한 뒤로 처음 얼굴을 마주하는 것이었다.

"너무 퍼 주셔서 걱정이 되는데요?"

"그대의 환심을 사려고 그래. 보석에는 영 반응이 없었으니까."

"굳이 환심을 사지 않으셔도 전하와 결혼할 겁니다."

"화난 거 아직 안 풀렸어?"

"화난 적 없습니다."

"화가 났잖아."

"화난 적 없다니까요."

에스텔라는 하늘빛 드레스 자락을 만지작거리며 그렇게 말했다. 리디아는 정말 몸살 나게 예쁜 드레스를 만들었다. 하루 종일 드레스만 쓰다듬고 있어도 질리지 않을 것 같았다.

그리고 그 드레스보다 장원이 백배는 더 좋았다.

"전하께서 제시하신 계약 조건에 보너스까지 붙었는데 불만이 있겠습니까?"

"내가 그대를 시험했다는 부분에서 배신감 느끼진 않고?"

"배신감을 느낄 만큼 전하를 믿고 있지 않으니까요."

에스텔라는 생긋 웃으려고 애썼다.

사실 느끼기는 했다. 믿을 만한 사람이 아니라고 생각하면서도 친밀감을 가졌고, 그만큼 울화도 느꼈다.

"냉정하게 말씀드려서, 전하야 제가 누구인지를 아시고, 또 저와 직접 싸워 보셨으니 제 실력을 아시겠지만, 세간에서 검술을 배운 여자에 대한 인식이 어느 정도인지를 생각하면 의심하는 사람이 많을 것은 당연하지요. 게다가 전하께서 자꾸 보너스를 주시니 주위에서 불만도 있을 테고."

"에스텔라."

"심복들이 원하는 대로 한 번 증명하고 나면 여러모로 편하실 텐데, 그러지 않으실 이유가 없죠. 제 입장에서도 드레스를 입었다는 이유로 실력을 계속 의심당하는 것보다는 그쪽이 낫고요."

기분과는 달리 그게 사실이었다.

무엇보다도 갑님이 까라면 까야 하는 법. 에스텔라는 대관식의 필수적인 액세서리로 채용된 몸이었다.

말하자면, 왕홀이나 보주 같은 것이다. 쓰려고 고용한 건데, 그거 쓸 만하냐는 주위의 물음에 보여 주지도 못해서야 무슨 소용이 있겠는가. 그걸 이해하지 못한다면, 그녀는 이 자리에 있을 가치가 없었다.

클레오르가 약하게 한숨을 내쉬었다. 베어 죽였어야 한다고까지 말해 놓고서 냉정하다고 불평할 수는 없는 일이었다.

"보상은 확실하게 할 거야. 하지만 그것과는 별개로, 내가 그대를 많이 아끼고 좋아한다는 건 알아줬으면 좋겠군. 언제까지고 거래 관계에 머무르고 싶다고는 생각하지 않아."

"보상이라면 충분히 받고 있어요. 보내 주시는 보석만 해도 이미 도를 넘고 있는데요."

"한 번도 착용하는 걸 보여 준 적이 없잖아. 별로 관심이 없는 줄 알았는데."

"보석에 관심이 없어서가 아니고요."

옆에 서 있는 직속하녀 아일린이 부들부들 떨었다. 할 말이 매우 많았으나 감히 황태자에게 말을 걸 수는 없어서 참았다.

"비싼 거라고 아무한테나 어울리는 건 아니라서."

그녀는 잠시 클레오르의 얼굴과 몸을 바라보고 고개를 저었다.

"이해가 안 가시겠지만요."

가발만 안 쓰면 누더기를 걸쳐도 사교계의 새로운 트렌드를 만들어 낼 남자가 그런 심경을 알 게 뭐냐?

"그래? 나는 나름대로 생각 많이 해서 고른 건데?"

"어느 부분에서요? 환금성 측면에서?"

그렇다기에는 금의 비중이 적지 않나, 하고 생각하며 되묻자 클레오르가 피식거렸다.

"가져와 봐."

"아일린."

에스텔라는 그러라는 뜻을 담아 아일린을 불렀다. 목소리가 꾀꼬리처럼 빠졌다. 지금 나 좀 귀부인처럼 우아하지 않았나? 스스로 만족하고 있는데 클레오르가 기어이 소리를 내서 웃음을 터뜨렸다.

"그렇게까지 가장하고 있을 필요 없어. 이 자리에는 그대와 나, 둘밖에 없는데."

"가장 아니거든요."

그래도 클레오르가 웃었다. 에스텔라는 한숨을 내쉬었다.

"그런데, 한가하신가 봅니다. 약혼식이 내일모레인데."

"우리가 이 비슷한 문답을 세 번째쯤 하고 있는 것 같은데. 그렇게 나하고 티타임을 갖기 싫은가?"

"앞으로 5년 동안 휴가가 없을 거라는 걸 생각하면, 솔직히 마지막 휴가를 즐기고 싶은 기분이죠."

"앞으로 5년 동안 매일 내 얼굴을 볼 생각을 하면 빨리 익숙해지는 게 좋지 않겠어?"

"솔직히 부담스럽습니다."

"너무 잘생겨서?"

아주 틀린 말도 아니라서 에스텔라를 더 떨떠름하게 했다.

아일린이 다섯 개의 벨벳 상자를 가져왔다. 모두 클레오르가 준 것이다.

에스텔라는 그 보석 선물들에 큰 의미를 부여하지는 않았다. 매번 같은 보석을 착용하고 사교계에 나갈 수는 없다. 약혼 기간 전체를 생각하면 다섯 개도 쓰기는 그렇게 넉넉하지 않았다. 물론 그 하나하나가 심장이 튀어나올 만한 가격의 대단한 물건이라는 것은 사실이었다.

클레오르가 첫 번째 상자를 열었다. 구혼 선물이라고 주었던 스윗 다이아몬드였다. 그는 도로 뚜껑을 닫아서 옆으로 치워 놓았다.

"이건 그냥 비싼 걸로 산 거야. 기선 제압에는 역시 비싼 거지."

"전하도 속물이시네요."

"우리 같은 사람은 땅에 발을 딛고 살잖아."

그가 은근슬쩍 공감대를 형성하려 들었다. 에스텔라는 미소를 지었다.

"전하께서 가난하게 살아 본 사람의 마음을 사는 법을 아시기는 하죠."

"이건 꽤 신경을 쓴 거라고. 그대의 눈동자와 같은 색을 고른 거니까."

두 번째로 클레오르가 꺼낸 것은 아쿠아마린 목걸이였다. 높이 들어 햇빛에 가져다 대면 일렁이고, 내려놓으면 바닥에 푸른빛이 비칠 정도로 얇고 넓적하게 깎았고, 주위에는 파도를 새기고 사파이어로 장식하여 형용할 수 없이 아름다웠다. 세트로 되어 있는 팔찌와 귀걸이도 어디 하나 빠지지 않았다.

"그나마 낫긴 하지만…… 길이가 짧아요."

"목이 그렇게 굵어 보이지는 않는데."

"전하, 그 말씀 그대로 가서 다른 여자한테 하시면 정강이가 남아나지 않을 거라고 말씀드리고 싶네요. 뭐, 저의 경우, 드레스 디자인이 남들과 조금 달라서요."

그녀가 사탕을 다 녹여 먹고 나서 단맛 도는 입을 차로 호르륵 입가심하면서 말했다.

"엘린데아가 어떻게든 활용할 방법을 찾아보려고 애썼지만, 돈을 새김이 너무 섬세하고 아름다워서 간단히 길이를 늘일 수가 없다더군요.”

“이미 있는 것을 사면 안 되고 새로 만들어야 한다는 뜻이군.”

“네.”

“드레스 디자인이 어떻길래 그래?”

에스텔라가 입을 다물더니, 한숨을 내쉬었다.

“마음에 안 드나 봐?”

“아뇨. 예쁘긴 하던데.”

상중이 아니면 누구라도 입는 색백 가운을 가슴 때문에 입을 수가 없다니. 그 비통한 마음을 에스텔라는 쉽게 드러낼 수가 없었다. 메소드 연기에도 정도가 있지, 여장을 하면서 유행하는 드레스를 입지 못한다고 비통해하는 남자가 어디 있겠는가.

“결국 다섯 개 다 못 쓴다는 건가?”

“목걸이는요. 귀걸이랑 팔찌 정도는 쓸 수 있지만, 아시다시피 팔찌는 활동할 때에 조금 부담스러워서요.”

“검을 쓸 때에 아무래도 그렇지. 그러고 보니 그건 어떻게 하기로 했나?”

“어떻게도 못 하고 있어요.”

에스텔라는 한숨을 내쉬었다. 무장을 해야 하건만, 리디아와 바르톨로뮤 백작부인이 그녀가 검을 잡을 때마다 마치 끔찍한 것을 쳐다보듯이 노려보았다.

검집과 칼자루를 값진 비단으로 싸는 아까운 짓을 해 봤지만, 드레스에는 도저히 맞지 않았다. 새로 장만한 사이드 소드가 매우 아름다워 에스텔라가 보기에는 충분히 드레스에도 어울리는 것 같았지만, 둘이 입을 모아 기각, 기각을 외쳐 댔다. 힘없는 에스텔라가 그 이상 무얼 할 수 있었겠는가.

"이건 내가 도로 가져가서 장인을 갈아 넣어 보도록 하지. 마음에 차지 않았다니 미안해. 하지만 오늘의 선물은 분명히 마음에 들 거야."

그가 눈짓하자 시종 하나가 잠시 물러가더니 이내 상자를 두 개 들고 왔다. 상자는 금으로 만들어져 있었고, 커다란 사파이어가 수원을 상징하는 황실의 문양에 박혀 있었다.

"보석은 아니죠?"

보석을 보석으로 만든 상자에 담았을 리는 없으니까.

에스텔라는 미리부터 부담감을 팍팍 느꼈다. 보너스는 장원으로 충분하다. 그건 단순히 재산으로서의 의미밖에 없는 부동산이니까. 그러나 의미 있고 가치 있는 물건을 선물 받으면 그만큼의 가치로 보답해야 한다. 충성이나 신의 같은 것 말이다. 과분한 선물은 어깨를 굽게 하는 주범이 될 터였다.

"귀한 거니까 이런 상자를 만들긴 했지만, 내용물은 생필품이야. 내가 그대에게 약속했던 것이기도 하고."

"무슨 약속을 하셨었죠?"

진짜로 이런 걸 받기로 한 기억이 나지 않아서 에스텔라는 의아하게 물었다. 보면 안다며 클레오르가 상자를 열었다.

첫 번째 상자 안에는 접시 두 개와 디저트용의 포크, 나이프가 들어 있었다. 두 번째 상자 안에는 티포트와 찻잔이 들어 있었다. 에스텔라가 알 수 없는 새하얀 금속 재질에 금으로 문양을 아로새기고 작은 다이아몬드를 박아 넣은 식기는 아주 특별해 보였지만, 다른 것도 아니라 굳이 식기를 선물이라고 가져온 이유가 짐작 가지 않았다.

190

"이게, 뭐죠? 은은 아닌 것 같고…….."

"레나디움."

"레나디움?"

그게 무슨 단어인지 빠르게 이해하지 못하고 에스텔라는 앵무새처럼 되풀이했다. 그리고 천천히 그 말의 의미를 이해했다.

"신성금속 레나디움?"

"잘 알고 있군."

에스텔라는 힉 하고 놀라서 벌떡 일어섰다.

레나디움은 말 그대로 신성금속이다. 시황제 엘첸이 유일신 세베르이나로부터 인간을 지키라는 신탁과 함께 전신갑주 한 벌과 창과 검을 각자 한 자루씩, 그리고 마갑을 받았다는 신화가 있다.

창과 검은 황실을 상징하는 국보가 되었으며, 갑주와 마갑 역시 보물 중의 보물로 소중히 보관되었다.

레나디움은 땅에서 캐내는 금속이 아니라 예로부터 있었던 것을 계속 물려받아 내려오는 것이 전부다. 그래서 레나디움의 총량은 줄어들기는 할지언정 늘어날 수는 없다.

그 성스러운 성질은 오로지 신성력만으로 가공이 가능하며, 모든 종류의 해악으로부터 사용자를 보호한다. '모든 종류'의 해악이라고는 해도 실질적으로는 독과 저주에 특효한 것이다. 본디부터 독과 저주는 마녀의 것이므로, 알펜슈타인이 마녀의 천적이었던 것에는 이 레나디움이 중요한 역할을 했다고 하지 않을 수 없다.

다시 말하자면, 레나디움은 독과 저주를 무효화한다.

"이거, 국보 아니에요?"

"성창과 성검을 녹인 건 아니야."

"아니, 성창과 성검만이 문제인 건 아닌 것 같은데요?"

"차기 황제의 목숨을 구하는 게 갑주만은 아니잖아? 마녀는 멸종이나 마찬가지인 상태이고, 인간이 훨씬 무서운 세상이라고."

"독살에서 6년간 안전하셨다는 비법이 이거였어요?"

"사람은 살고 봐야지."

클레오르가 태연하게 말했다. 에스텔라는 어이가 없어서 입을 벌리고 그를 쳐다보았다.

"이렇게 하라고 허락을 했어요? 선황께서?"

"내가 어릴 때 행방불명이 됐었잖아? 좀, 내 안전에 대해서 걱정이 깊으시기도 했고……."

"걱정이 깊다고 해서 레나디움 갑주를 녹여요?"

"어차피 녹여야 했어. 엘첸 시황제 폐하의 갑주로 놔두면 아무도 못 입는다고. 성스러운 갑주는 황제의 몸을 지키기 위한 보물이야. 놔둬 봐야 뭐해? 나라를 지키기 위해서라면 또 몰라도 보물을 지키자고 황제가 목숨을 걸 순 없잖아?"

"말씀은 맞는 말씀인데요."

"대마녀가 하나도 안 남은 세상에서는 오히려 이쪽이 훨씬 효용성 있지."

그가 찡긋 윙크를 했다. 에스텔라는 한숨을 내쉬며 도로 자리에 앉아 침착하게 물었다.

"미치셨나 봐요?"

"고정관념에서 벗어나 철저하게 실리를 추구하다 보면 가끔 그런 말을 듣게 되기도 하더군."

"하아."

그녀는 두 손으로 조심스럽게 찻잔을 들어 보았다. 예쁜 찻잔이었다. 레나디움은 어떻게 해도 흉내 낼 방도가 없는 색과 광택을 가지고 있으므로 위조품과 바꿔치기될 우려가 없었다. 또한 모든 독과 저주를 무효화하므로 안심하고 마실 수 있었다.

걱정하지 않아도 된다는 그 안정감이 주는 심리적 효과는 무시하지 못할 것이었다.

"실리적이긴 하네요."

"그렇지?"

"전하께서도 이걸 쓰세요?"

"내 건 스푼, 포크, 나이프만 만들었어. 그대의 것도 티 세트 말고는 그것뿐이야. 아무리 그래도 식기 전반을 만들기에는 너무 귀한 것이니까. 레나디움으로 스푼을 만드는 것의 장점은, 이것 자체가 보물이기 때문에 만찬에 초대받았을 때에 가져가도 된다는 거지."

남의 집에 은침을 가져가 음식마다 찔러 보는 것은 용납 못 할 실례가 되겠지만, 그 등급이 레나디움쯤 되면 거절할 수 없는 영광이었다. 적어도 형식적으로는 말이다.

"그런데, 말씀하신 것처럼 스푼, 포크, 나이프만 만들어도 괜찮았을 것 같은데요. 차도 한 번 저어 주면 되는 일이고."

"먹을 때 복잡한 생각을 하게 되잖아. 이리저리 찔러 보고 휘저어봐야 하니까."

"아무래도 그렇겠죠……?"

"그대의 편안한 무위도식을 해쳤으니 제일 좋아하는 시간이라도 지켜 줘야지."

"……아니, 제가 뭘 먹는 동안에 생각하는 걸 못 할 정도는 아니거든요?"

"그대가 먹으면서 행복해하는 걸 보면 보는 사람도 기분이 좋아

193

져. 이쪽은 선물이 아니고, 이제 진짜 선물을 들이도록 하지."

그 말을 듣자마자 대기하고 있던 시종 넷이 한꺼번에 밖으로 나가더니 줄줄이 카트를 밀고 들어왔다.

홀에는 테이블이 열두 개였다. 처음에 클레오르가 1층의 홀로 초대했을 때에, 그녀는 시큰둥한 기분으로 '아르투르 저택으로 빌려준다고 하고서는 초대 같은 소리 하네.'라고 생각했었다. 의자 두 개가 놓인 티 테이블을 중심으로 둥글게 배치된 테이블을 보고는 '대체 무슨 이상한 짓을 하려는 거지.' 하고 의심을 품었다.

그러나 그 열두 개의 테이블에 쌓여 가는 붉은색과 분홍색의 디저트들을 보며 노글노글해지지 않을 수가 없었다.

가장 먼저 놓인 것은 에스텔라가 손을 위로 쭉 뻗어야 꼭대기에 닿을 만큼 산처럼 쌓인 딸기였다. 그 주위로는 연유와 크림이 듬뿍 담긴 단지가 놓였다. 그 좌우로 딸기로 만들어진 각종 케이크가 진열되었다. 에스텔라는 입을 벌리고 물었다.

"이게, 다 뭐죠?"

"엎어 버린 초콜릿의 보상."

바삭한 슈는 깨물면 안에서 딸기가 박힌 크림이 흘러나왔다. 그 옆에는 크래커 위에 치즈와 딸기를 얹은 후 연유로 장식한 카나페, 달콤한 딸기 크렘블레, 딸기 무스, 마시멜로에 부어진 딸기 콩포트가 늘어섰다.

작은 산딸기가 들어 있는 퐁당 쇼콜라가 뜨거운 그릇에 담긴 채로 나왔다. 화룡점정은 아이스크림과 셔벗이었다. 이제 봄인데, 얼음이 가득 담긴 유리 보울 두 개에 담긴 작은 도자기 뚜껑을 열자 안에 각각 벚꽃색 아이스크림과 붉은 셔벗이 들어 있었다.

황태자궁과 피엘라궁의 요리사가 몽땅 동원되어 만든 디저트 러시는 테이블 열두 개가 가득 찬 후에야 멈추었다. 수도의 장난감 가게에 처음 들어온 시골 촌구석의 어린아이처럼 황홀하여 정신을 못 차리는 에스텔라를 보고 클레오르는 만족스럽게 말했다.

"이 정도면 보상이 될까?"

긍정의 대답이 돌아오리라는 확신이 있었다. 그러나 에스텔라는 흠칫 놀라더니 화들짝 긴장했던 어깨를 풀고는 절도 있게 대답했다.

"아니요."

"……이런."

"이거 다 먹을 수가 없잖아요. 남은 걸 보관할 수도 없고. 빙고에 넣는다고 해도 한계가 있을 테고. 오히려 화가 나는데요."

"남겨. 먹을 사람이 없어서 버리는 일은 없을 테니까."

"아까워요……."

에스텔라가 서글픈 목소리로 중얼거렸다. 클레오르는 웃고 말았다.

"우리가 먹고 나서, 남은 건 고용인들에게 주도록 하지. 모두 함께 즐기는 것도 나쁘지 않잖아."

"……돈이 얼만데."

"그대의 예산에서 내라고 하지는 않을 테니까. 어때? 아쉬우면 내년 봄에도 열어 주지."

그 말에 에스텔라의 얼굴이 펴졌다.

시종이 레나디움 티 세트에 두 잔의 따뜻한 홍차를 따랐다. 클레오르는 일어서서 손수 퐁당 쇼콜라를 가져다주었다. 그리고 제 몫으로는 생딸기만 몇 개 집었다.

이렇게 직접 음식을 가져오는 것은 신분이 낮은 사람들의 잔치에서나 볼 수 있는 일이었다. 그러나 에스텔라에게는 그것이 편했고, 클레오르에게도 그랬다.

"알고 있나? 일타에서 초콜릿은 옛날부터 구애의 선물로 쓰였다네."

"정말로 프러포즈 선물로 쓸 만한 거였군요. 잘 참고해서 엘린데아와 함께 각본을 만들어 보도록 하겠습니다."

클레오르가 또다시 웃음을 터뜨렸다. 뭐가 웃긴지 에스텔라는 알 수 없었다.

"그나저나 이걸 다 먹으면 열량이 엄청나겠는데요?"

"대련을 세 판 정도 하면 어때?"

"적절한 소모로군요. 마침 한스 경과 싸우는 것도 슬슬 지겨워지고 있었거든요. 이런 차림으로 움직이는 것에도 더 익숙해져야 하고."

안심한 듯 퐁당 쇼콜라를 순식간에 비우고 그녀는 레나디움 접시를 들고 기쁘게 일어섰다. 이미 자기 손에 들린 것이 국보라는 것도 잊어버린 듯했다.

"벌써 이름으로 부르기로 했어?"

"어차피 오래 볼 사이인데 빨리 친해지면 좋죠."

에스텔라는 아이스크림과 셔벗 사이에서 고민에 잠겨 든 채로 영혼 없이 대답했다.

"나는?"

"전하가 뭘요?"

"어차피 오래 볼 사이인데 언제까지 전하라고 부를 거냐고."

"대관식을 치를 때까지?"

"대관식 치르고 나면 폐하가 되고?"

196

"그렇죠."

클레오르가 노골적으로 실망한 얼굴을 했지만, 에스텔라는 모르는 척했다.

"우리는 비즈니스 파트너잖아요?"

"좀 더 진전된 관계를 바라면 안 돼?"

"전 군주에게 반해서 인생과 가족과 뼛골, 등골까지 다 뽑아 바치고 죽고 싶지 않아서요."

"꼭 그러라는 보장은 없잖아. 인생과 뼛골, 등골 다 바쳐야 하는 시기는 즉위하고 5년 정도일 텐데, 그사이에는 어차피 나랑 운명 공동체라고. 그 이후라면 충분히 가늘고 길게 살게끔 해 줄 수 있을 것 같은데."

이 인간이 설마 이혼하기 싫어서 그러나.

아직 결혼하기도 전부터 이혼을 못 할까 봐 걱정인 에스텔라는 셔벗을 국보 숟가락으로 뜨다 말고 물끄러미 그를 바라보았다. 클레오르가 미소만 지은 채 그녀를 바라보았다.

"그때쯤에는 체스 말이 더 필요하지는 않으실 것 같습니다만?"

"내 능력을 알아주어 기쁘군."

겸손을 모르는 태도에 할 말이 무척 많았지만 에스텔라는 전부 생략하고 말했다.

"전하, 남자 좋아하세요?"

"뭐?"

"저한테 관심이 과분하신 듯해서."

클레오르의 눈이 둥그레졌다. 미남은 눈도 이뻤다. 테두리가 금빛인 황록색 눈동자는 우다르드 숲에 내리비치는 황혼 같았다. 에스텔라는 감탄했으나 그건 그거고, 이건 이거였다.

그녀는 고개를 갸웃하며 물었다.

"그게 아니라면 엄청나게 신분이 낮은 애인이 있으시다든가."

그러고 보니 사생아를 만들어 올까 했던 이야기를 했었다는 사실을 떠올리고 그녀는 납득했다.

"이혼 후에까지 엄마 노릇을 시키실 거 아니라면, 제 밑으로 넣어도 괜찮습니다. 아무래도 적통이라는 게 중요하긴 하죠."

그녀는 관대하게 말했다. 후계자의 정통성은 매우 중요한 것이다. 황실에 별반 대단한 충성심은 없으나 알펜슈타인의 국민으로서, 또 나랏돈에서 3천만 골드를 빼먹을 몸으로서 그 정도쯤 해 주지 못하겠느냐 싶었다. 어차피 키우는 것은 유모와 가정교사들이 할 테고, 이혼한 전직 황후가 되는 것도 애가 있으나 없으나 마찬가지였다.

결국 클레오르가 얼굴을 일그러뜨렸다가 웃었다가 다시 일그러뜨린 괴이한 표정인 채로 대답했다.

"그대는 내가 놀라운 재능을 가진 검사를 욕심내는 게 그렇게 이상한가? 리스칸 경은 욕심나는 인재였고, 그대도 그래. 아르투르 검술에도 흥미가 있다네."

이건 비밀인데, 에스텔라는 조금 실망했다. 어린 시절에 납치당해 평민으로 길러진 미모의 황태자와 그의 비밀스러운 연인 이야기는 끝내주는 로맨스일 텐데. 애석한 일이었다.

클레오르는 화가 좀 난 것 같았다. 장갑을 바꿔 끼고 칼을 든 기세를 보면 확실히 그랬다.

"드레스를 입었다고 해서 봐주지 않을 거야."

"당연한 말씀 마세요."

그날 우다르드 숲에서 한바탕 싸운 이후로 그와 직접 검을 맞부 딪칠 기회는 없었다. 에스텔라는 간만에 마음껏 몸을 움직일 것에 대한 기대로 가슴이 두근두근했다.

아르투르 저택으로 들어온 날부터 열흘 연속 한스 맥시밀리언과 대련을 했지만, 그의 실력은 에스텔라를 만족시키지 못했다. 제국 기사단에서 혁혁한 전과를 세운 적이 있는 고위직 실력자가 별로라 고 말하려고 하는 것은 아니다. 그러나 에스텔라의 부친에 비하면 아무래도 실력이 한참 부족했다.

열흘 동안 에스텔라는 그에게 전승했고, 한스는 종아리와 허벅지 의 근육통과 더불어 좌절감을 얻었다. 호위를 하러 와서 호위를 받 게 생겼다며, 자기 수련을 해야겠다고 혼자서 처박혔다.

이야기를 전해 들은 클레오르는 그것 봐라, 내 안목이 틀릴 리 있 느냐며 콧대를 세웠다. 이럴 거라면 테스트는 필요 없었던 게 아닐 까, 하고 에스텔라는 남몰래 불만을 품었다.

그녀는 부친이 돌아가신 뒤로 마음껏 싸웠던 적이 별로 없었다. 작은 상자에 웅크리고 틀어박힌 듯이 몸이 뻐근하고 팔다리가 잘 뻗어지지 않는다고 느낄 때가 많았다. 티소엔이 대련하자고 조르는 것에 한 번씩 상대해 주기는 했지만, 매번 실력을 적절히 숨겨야 했 다.

그에 비해 클레오르를 상대로는 아무것도 사양할 필요가 없었다. 풍성한 드레스를 입고 숨 막히게 허리를 조인 상태에서는 아무래도 움직임이 자유롭지 않았으나 간만에 에스텔라는 마음껏 날뛸 수 있 었다.

가발과 숄이 한꺼번에 날아갔고, 구두는 세 걸음째에 벗어 버렸 다. 지켜보고 있는 하녀들이 그 구두가 망가지는 것에 마음속으로 비명을 질렀으나 검을 쥔 순간 에스텔라는 모든 것을 잊었다.

클레오르는 대뜸 정면으로 부딪치려 했다. 근력도, 체중도 부족한 에스텔라로서는 정면으로 부딪치면 무조건 손해다. 한 번 정면 충돌하는 것만으로도 위험한 상황이 될 것이라서, 에스텔라는 칼끼리 맞부딪치려는 순간 몸을 뒤로 뺐다.

그녀의 칼끝이 영활하게 클레오르의 검신을 타고 올라가 안쪽에서부터 잡아당겼다. 클레오르가 순간적으로 균형을 잃자 에스텔라가 안으로 파고들었고, 그는 간격 안으로 들어와 버린 에스텔라를 밀쳐 내기 위해 그녀의 옆구리에 주먹을 휘둘렀다. 그가 끼고 있는 장갑에서 징이 튀어나왔다. 에스텔라는 크게 놀라 재빨리 물러섰다. 정면으로 맞지 않았는데도 시큰할 정도로 위협적이었다.

"나는 용병이야. 대련이라고 해도 검만 써서 예의 바르게 싸우는 법은 몰라."

"알고 있습니다."

허벅지가 긴장으로 당겨졌다. 클레오르가 도발하듯이 손을 까닥거렸다.

에스텔라는 두 번째에도 선공으로 나섰다. 리치가 짧으니 거리가 멀어도 불리하고, 클레오르는 단순히 검만 쓰는 것이 아니라 주먹과 발을 자유자재로 놀렸다. 게다가 늘씬한 체형과 달리 힘이 대단히 셌다. 일단 붙잡히면 에스텔라에게 승산은 없었다.

에스텔라는 붙잡히지 않도록 클레오르의 주위를 반 바퀴 돌며 옆구리를 점하려 하고, 클레오르는 그녀를 들이받으려고 하면서 어느 쪽도 붙잡히지 않은 채로 세 바퀴쯤 돌았을 때였다. 탐색전을 끝내고 한판 제대로 붙으려는 순간 고함 소리가 들렸다.

"아가씨잇!"

200

바르톨로뮤 백작부인의 직속하녀인 앤이었다. 물론 그 옆에는 백작부인도 서 있었다. 싸늘한 얼굴이었다.

에스텔라는 기겁하여 가속하려던 몸을 멈춰 세웠다. 클레오르는 그녀보다 한발 늦었다. 그가 들고 있던 아밍소드가 홀 바닥을 후려쳤다. 석판에 금이 갔다.

"제가 뭐라고 말씀드렸지요?"

백작부인이 우아하면서도 싸늘한 태도로 물었다. 에스텔라는 소심하게 어깨를 움츠렸다.

"수련이 필요하시다는 것은 알지만, 정해진 시간에만 하시라고 말씀드리지 않았습니까? 이 땀, 전부 어떻게 하실 겁니까?"

"그, 너무 먹었으니까 어느 정도는 소비를 해 줘야……."

"4시에 네아사 자작 영애의 애프터눈 티타임에 참석하기로 한 것은 기억하고 계시지요?"

"응……."

"지금 2시 넘은 건 아시고요?"

할 말이 없어서 에스텔라는 입을 다물었다. 백작부인은 이번에는 클레오르를 돌아보았다.

"제가 허락해 드린 부분은 티타임까지였습니다, 전하."

"내가 무슨 음흉한 짓을 한 것도 아니고."

"당연한 말씀은 하지 마세요."

백작부인이 시녀라고는 하지만, 현재로서는 에스텔라의 교육 담당 겸 샤프롱에 가까웠다.

교육이라고 해도 그녀의 예상외로 배울 것이 많지는 않았다. 에스텔라에게 여성의 예법은 모르는 척하는 쪽이 더 어려웠고, 왈츠도, 카드리유도, 미뉴에트도 모두 출 줄 알았다. 부친을 상대로 음악도 없이 허밍만으로 뒤뜰에서 연습해 봤을 뿐이므로 잘 추지는 못했지만, 원래부터 몸을 쓰는 일은 무엇이든 잘하는 편이었고 박자 감각도 있었으므로 금세 능숙해졌다.

교양 측면에서도 역사와 문예, 철학 같은 부분에 대해서는 나름대로 괜찮았다. 사교계의 유행이라거나 패션, 보석, 그림, 음악 같은 부분에 대해서는 빵점이나 다름없었지만, 몰락귀족이라고 생각하면 그리 이상한 일은 아니었다.

좋은 평가를 받기까지는 기대하지도 않았다. 백작부인의 목표는 에스텔라가 약혼식 전까지 귀족 영애로서 최소한의 형태를 갖추는 것이었고, 충분히 그것을 충족시키리라고 예상되었다.

그렇다면 이제 남은 것은 약혼식 준비뿐이었다. 드레스를 만들고 보석과 소품들을 갖추고 몸매와 피부를 가다듬는 것.

에스텔라는 그것을 귀찮아했다.

그녀라고 예뻐지는 것이 싫겠는가. 피부 관리, 손 관리, 머리 관리를 비롯하여 온갖 미용에 투자하는 것은 꿈꾸던 일 중 하나다. 그러나 정작 실천할 기회가 생기자 너무 귀찮았다. 그냥 하루 3시간 수련, 3시간 식사, 나머지는 소파에 누워 뒹굴려 들었다. 덕분에 백작부인과는 신경전이 이어지고 있었다.

"어쨌든 가시죠, 아가씨. 시간이 없어요. 지금부터 시작해도 빠듯하다고요!"

2시간이나 남았는데? 이동 시간을 생각해도 1시간 30분은 있다.

클레오르는 그렇게 생각했지만, 에스텔라는 한숨을 내쉬고 검을 내려놓았다. 그리고 어깨를 늘어뜨린 채 순순히 백작부인의 뒤를 따라나섰다.

"그럼, 오늘도, 내일도, 가장 맑은 수원과 태양의 축복이 함께하시길."

그녀는 치맛자락을 펼쳐 보이며 우아하게 작별 인사를 했다. 클레오르가 잠시 멈칫하더니 이내 그림 같은 미소를 만들어 냈다. 그리고 진짜 사교계에서 귀족 영애에게 하듯이 정중하고 품위 넘치는 태도로 고개를 숙이며 에스텔라의 한쪽 손을 살짝 쥐고 손등에 입을 맞추었다.

"세베르이나의 축복이 영애의 두 어깨에 눈처럼 내리길."

"전하는 진중한 척하려고 하실 땐 참 멀쩡하신데."

"난 항상 진지하고 멀쩡해."

클레오르가 힘 있게 그녀의 손을 쥐었지만, 에스텔라는 손을 빼내고 손등을 다른 쪽 손바닥으로 문질렀다. 얼굴이 화끈거렸다.

도기 욕조에 장미 향기가 나는 뜨거운 물이 준비되어 있었다.

하녀들이 모두 물러가고 마지막으로 백작부인이 문을 닫았다. 그녀가 목욕하는 동안에 문밖은 언제나 앤이나 백작부인이 자리를 지켰다. 목욕시중은 없었다. 에스텔라가 남자라는 것이 들통나지 않게 하기 위해서였다.

'여자지만.'

에스텔라는 속옷을 벗고 흰 속바지로 갈아입은 후에 살짝 발가락부터 욕조에 담갔다.

"아아, 천국이다."

따뜻한 물에 몸을 푹 담근다는 호사는 아무나 누릴 수 있는 게 아니다. 에스텔라가 기억하기로는 대여섯 살, 어렸을 때에 아버지가 커다란 나무통에 끓인 물을 넣고 그녀를 푹 담가서 목욕시켰을 때가 전부였다.

욕조는 따끈따끈했고 물에서는 좋은 향기가 났으며 욕실은 환하다. 그야말로 귀족만이 누릴 수 있는 사치였다.

불행히도 길게 즐길 시간은 없었다. 1시간 반 안에 치장을 마치라는 건 그야말로 죽으라는 소리였으니까.

사실 2시가 넘어서 백작부인이 부르러 온 것은, 클레오르를 만나기 전에 기본적인 치장이 끝나 있었기에 그 상태에서 로브만 갈아입고 화장을 조금 고치면 되리라고 생각했기 때문이었다. 처음부터 다시 시작하게 될 줄 몰랐다.

땀을 흘리고 스커트가 다 늘어진 드레스를 입고 가게 할 수는 없었다. 설마 저택의 홀에서 칼을 휘두르고 있으리라고는 생각하지 않았다. 게다가 긴급한 상황이 생겼다. 백작부인은 10분도 되지 않아 앤에게 욕실 문을 두드리게 했다. 이제 나오라는 신호였다.

에스텔라는 이제 좀 몸에 촉촉한 기운이 돌겠다 싶은 찰나 문을 부서져라 두드리는 소리에 화들짝 놀라 벌떡 일어섰다.

그녀는 겨우 물만 닦아 내고 두툼한 무명으로 만들어진 바지로 갈아입었다. 무릎까지 내려오는 슈미즈를 걸치고 문을 열자마자 백작부인의 지시에 따라 앤이 그녀를 끌어당겨 지지대를 짚게 하고는 코르셋부터 둘렀다.

"어억!"

마음의 준비도 없이 대뜸 끈이 당겨졌다. 젊은 앤은 백작부인보다 힘이 좋았고, 더 격렬하고 더 힘차게 에스텔라를 찍어 눌렀다. 늑골을 아작 낼 듯이 코르셋이 조여들었다. 곧 부러져 죽을 것 같았다.

"엘린, 엘린, 데아."

에스텔라는 허덕거리며 백작부인을 불렀다. 오늘 왜 이러느냐고 물을 틈이 없었다. 평소에는 그래도 호흡을 다스릴 여유를 주고 달래 가며 조이더니 오늘은 가차 없이 당기고 본다. 덕분에 그녀의 허리는 다른 때보다 1인치 정도는 더 가늘어졌다.

그러는 와중에 백작부인이 직접 그녀의 머리를 말리고 얼굴에 화장수를 뿌렸다. 일일이 화장옷으로 갈아입을 시간이 없기 때문에 이대로 화장을 시킬 작정이다. 앤이 가터벨트와 스타킹을 착용시키는 동안에 백작부인은 그녀의 머리를 수건으로 닦았다.

하녀들이 우르르 쏟아져 들어왔다. 순식간에 여러 손이 머리를 매만지고 얼굴에 화장품을 들이부었다.

"눈 감으세요!"

"붓! 붓 어디 갔어?"

"눈썹 먹! 에르카산으로!"

에스텔라는 입을 닥치고 눈을 감았다. 얼굴을 여러 개의 붓이 쓸고 지나갔다.

화장이 끝나서 눈을 뜨기도 전에 머리 위에서부터 고래 뼈로 만든 거대한 파니에가 씌워졌다. 몇 번 입는 연습을 해 봤는데도 압박감이 대단하여 에스텔라는 정신이 하나도 없는 채로 외쳤다.

"무슨 일 있어요?"

"리쿰 공작부인이 오늘의 티파티에 오신다고 합니다."

백작부인이 사무적으로 말하며 두 번째 절차로 넘어갔다. 두 번째는 실크로 만들어진 페티코트이다. 여러 겹의 페티코트로 풍성함을 보충하는 색백 가운과 달리 리디아가 이번에 만든 드레스는 펼쳐지는 모양은 더할 나위 없이 아름다웠으나 스커트의 겹은 조금 덜했다. 페티코트 위에 언더드레스를 걸친다. 마지막으로 제일 밖의 로브는 어두운 톤의 붉은 벨벳으로 만들어진 것이었다.

그 드레스는 리디아가 대무도회용으로 만든 것으로, 지금까지 입었던 것처럼 유행하는 색백 가운의 노출 부위를 레이스나 실크 숄로 얼버무려 마무리한 것이 아니라 진짜 완전히 새로운 디자인이었다.

기본적으로 네크라인이 가슴까지 깊이 파이는 것은 똑같지만, 가슴을 노출시키지 않는다. 대신에 드러나는 것은 목까지 높이 올라오는 언더드레스로, 보디스부터 칼라까지 은은한 은사로 자수를 놓고 주름을 잡아 꽃받침처럼 얼굴을 감싸게 했다. 끝부분에는 금실로 마감하여 포인트를 주었다. 소매는 남성용 재킷처럼 팔에 꼭 맞게 하여 손목까지 내려오고, 고전적인 행잉 슬리브가 달려 있었지만, 슬리브 안쪽의 재질이 검게 물들인 여우모피라 더없이 화려했다.

무엇보다도 새로운 것은 리디아가 고심을 다하여 만든 새 파니에였다. 꽉 조여진 허리에서부터 완전히 둥근 동심원을 이루며 바깥으로 퍼지는 새로운 스커트 라인이 펼쳐진 동백꽃 같았다.

짧은 머리가 어느 정도 마르자 마지막으로 미리 모양을 내어놓은 가발을 씌운 후에 백작부인이 날카롭게 외쳤다.

"거울!"

에스텔라는 질질 끌려가 거울 앞에 세워졌다.

"말도 안 돼."

에스텔라는 눈을 의심했다. 거울 속에는 키가 훤칠하고 늘씬한 미인이 서 있었다. 드레스는 새롭지만 동시에 고전적이고, 노출이 없으니 비난을 받을 여지가 극히 적으면서도 눈에 띄었다.

백작부인이 그녀의 목에 직접 보석을 달아 주며 만족한 듯이 콧대를 세웠다. 클레오르가 선물한 스윗 다이아몬드 세트의 목걸이에서 가장 핵심 부분을 떼어 내어 브로치처럼 만든 것이었다.

"루신다."

백작부인이 부르는 소리에 메이드들 사이에 섞여 있던 여자 하나가 조심스럽게 앞으로 나섰다. 서른 전후로 보이는 창백한 인상의 여자로, 메이드들이 입는 검은 원피스가 아니라 어두운 바탕에 꽃무늬가 자잘하게 수놓인 드레스를 입고 있었다. 그건 그녀가 특수한 기술을 가진 전문적인 고용인이라는 의미였다.

"그녀는 이틀 전에 임시 고용한 화장 전문가입니다."

요즘 세상에는 그것도 전문이 있는 모양이었다.

"다른 하녀보다 급료는 조금 높지만, 어떠세요? 충분히 그 값어치를 하는 것 같지 않은가요? 아직 실감이 안 나시겠지만, 화장과 드레스는 여자의 갑옷과 무기랍니다."

'물론 값을 하고말고!'라고 에스텔라는 외칠 뻔했다.

약혼 기간 동안 그녀에게 주어지는 품위 유지비는 월 20만 골드. 저택 유지비는 따로 들지 않고, 중요한 보석이나 약혼식에 소요되는 비용도 전부 클레오르가 내고 있지만, 그 외에도 장만해야 할 물건이 많았다. 평상시에 입을 드레스나 구두도 사야 하고 이런 특별한 하녀들의 급료는 직접 주는 게 보통이었다. 20만 골드라고 해서 금전감각을 상실하고 마구 써 버릴 수는 없는 일이었다. 남으면 남는 만큼, 재산이 된다.

그러나 재산 모아서 결국 어디다 쓰겠나. 잘 먹고 잘 살자고 돈을 버는 것이다. 에스텔라는 요정의 지팡이가 스치고 지나간 것 같은 얼굴에 손을 대며 생각했다.

다른 게 인생 역전인가. 이게 바로 인생 역전이었다.

"콜."

루신다가 환하게 웃으며 그녀에게 절했다.

"리쿰 공작부인에 대해서 이야기해 봐."

마차에 오르면서 에스텔라는 예르켈에게 그렇게 말했다. 치장 시간이 아슬아슬하기도 했지만 그보다는 리쿰 공작부인이 온다는 것 때문에 이 난리가 났다는 것을 들었다.

귀부인의 티파티에 가는데 집사가 에스코트하는 일은 좀처럼 없지만, 예르켈은 거의 대부분의 행선지에 동행했다. 마차 안에서 버리기에는 시간이 너무 아까웠다. 사교계의 최신 유행이나 귀부인들의 관계에 대해서는 바르톨로뮤 백작부인이 알려 줄 수 있지만, 그것과 정계, 재계의 연관 관계까지 빠르게 풀어서 해설할 수 있는 것은 예르켈뿐이었다.

"리쿰 공작부인은 알비나 황후의 둘째 딸입니다. 알고 계시겠지만."

"그 정도는 나도 알아. 콘스탄체 이탈라 알펜슈타인으로 리쿰 공작과 결혼하여 8개월 만에 과부가 되었지. 미인이고."

"예. 대단한 미인입니다. 리쿰 공작과는 서른여덟 살 차이였습니다. 결혼 당시에 콘스탄체 황녀는 열여덟 살, 리쿰 공작은 쉰여섯 살로 세 번째 결혼이었습니다. 당시에 리쿰 공작의 재력과 영향력이 대단했으니 이시도르 황자의 뒤를 받쳐 주기 위해 그랬으리라고 추측됩니다만, 그렇다 해도 열여덟 살의 황녀를 쉰여섯 살의 리쿰 공작에게 시집보냈으니 구설수가 많았습니다."

"그랬겠군."

"결혼 전에 황녀는 그다지 눈에 띄지 않는, 조용하고 수수한 여성이었습니다. 그러나 지금은 알비나 황후의 뒤를 잇듯이 사교계의 여왕이 되었습니다. 공작부인이 되고 나서도 한동안 나타나지 않았습니다만, 리쿰 공작 사후 마치 물 만난 물고기처럼 활발해졌습니다. 리쿰 공작과 같이 사는 것보다는 남편이 죽는 쪽이 낫기 때문에 해방되어서 그런 것이 아니냐는 이야기도 있지만, 공작부인 자신은 그런 악소문에도 개의치 않는 듯합니다. 정략결혼치고도 혹독한 것이었기 때문에, 주위에서도 동정의 시선이 많았습니다."

"지금의 공작은?"

"없습니다. 스윈손 백작이 리쿰 공작의 사생아입니다만, 이전의 공작부인들이 끝까지 인정하지 않았기 때문에 작위를 승계받지 못했습니다. 적녀는 네 명으로 모두 현재의 공작부인보다 나이가 많습니다. 대부분 강혼(降婚)으로 결혼했고 공작가에 영향력을 행사할 만한 사람은 없습니다."

에스텔라는 곰곰이 생각에 잠겼다가 물었다.

"공작은, 자연사였나?"

"공식적으로는 그렇습니다."

"……."

"나이가 있었고, 지병도 있었습니다. 꽤 방탕한 생활을 했기 때문에 갑자기 죽었을 때에도 이상하게 여기는 사람이 없었죠. 당시에 공작부인은 조용한 숙녀였고요."

"이전의 공작부인들은?"

"바로 전의 공작부인은 사고사였습니다. 타살 의심이 있었는데, 용의자는 스윈손 백작이었고 자세한 조사를 거쳐 혐의를 벗었습니다. 리쿰 공작이 죽고도 몇 달이 지나기 전까지는 아무도 콘스탄체 황녀를 의심할 이유가 없었기 때문에 그쪽의 조사는 하지 않았습니다."

예르켈은 준비된 듯이 연이어 대답을 내놓았다. 에스텔라는 고개를 끄덕였다. 그저 리쿰 공작부인의 배경에 대해 궁금증이 생겼을 뿐이지, 그걸 안다고 해서 이제 와 무얼 할 수 있는 것은 아니었다.

여러모로 이런 티파티에 올 사람은 아니었다. 아마 에스텔라에 관한 정보를 듣고, 그녀를 확인하기 위해서 오는 것이리라.

에스틴 아르투르가 작위를 수여받기 전에 이미 클레오르가 새로운 약혼녀에 대해서 비공식적으로 발표했다. 이것은 오히려 늦은 것이라고 할 수 있었다.

어차피 언젠가 부딪쳐야 할 상대였다. 그리고 에스텔라는 그녀에게 별로 관심도 없었다. 리쿰 공작부인은 그녀에게 모욕은 줄 수 있겠지만, 위협은 하지 못하니까.

"공작부인에게 애인은?"

"없습니다. 옷차림이 너무 화려하다고 엄격한 연장자들에게 좋지 못한 말을 듣는 일은 간혹 있습니다만, 기본적으로 윤리적 흠은 없습니다. 남편이 죽었으니 애인 두엇이 있다 하더라도 크게 문제가 되지도 않을 테고요."

"그렇네. 하긴, 그런 흠이 있었으면 전하 쪽에서 그냥 두지는 않았겠지."

"그렇습니다."

이야기가 끝났는데도 도착까지는 아직 시간이 남아 있었다. 에스텔라는 휘장을 걷어 슬쩍 바깥을 한 번 내다보고는 또다시 예르켈에게 시선을 돌렸다.

"제1황녀와 제3황녀는 어때? 그다지 이야기를 들어 본 적이 없는데. 제1황녀인 마그리아 황녀가 알비나 황후의 후계자 같은 위치가 될 거라고 여겨지지 않았어?"

"스무 살 이전까지는 그렇게 여겨졌습니다. 화려하고 눈에 띄는 데다가 알비나 황후가 매우 사랑했으니까요. 결혼은 데이니올 후작의 장자인 데이니올 자작과 했습니다. 자작은 황녀보다 두 살 연상입니다. 그 후 갑작스럽게 사교계에서 사라져 시골의 별장에 칩거한 지 3년 정도 되었습니다."

"무슨 일이 있었는지는 모르고?"

"모릅니다."

"비공식적으로도?"

"예. 어느 날 갑자기 기력을 잃고 자리에 누웠다가 요양하러 갔습니다. 마음의 병이 생긴 것만은 확실합니다. 데이니올 자작도 함께 요양지에 있고요. 제3황녀 아르데나는 아시겠지만 아직 미혼입니다. 꽤 소외되어 있는 입장입니다. 알비나 황후도 크게 관심을 주지 않고요. 감시자는 붙여 놓았습니다."

"조만간에 보게 되겠지."

에스텔라는 고개를 끄덕였다.

그로부터 잠시간 불편한 침묵이 감돌았다. 네아사 자작가는 가까웠기 때문에, 그 침묵이 길어지기 전에 마차가 멈추었다.

예르켈이 먼저 내렸다. 에스텔라는 그의 손을 잡고 내렸다. 네아사 자작가의 집사가 문 앞까지 마중을 나와 있었다.

"어서 오십시오, 아르투르 백작 영애."

에스텔라는 부드럽게 고개를 끄덕였다. 고개 끄덕이는 것만 일주일을 연습했으므로 그 동작은 매우 우아했다.

"티파티의 규모가 커져서 자리를 정원에 마련했습니다. 가시지요."

집사가 안내했다. 에스텔라는 "고마워요."라고 상냥하게 말하고 예르켈의 손을 잡고 정원으로 향했다. 네아사 자작가도 리쿰 공작 부인의 갑작스러운 방문 때문에 여러모로 골치를 썩였을 것이다.

영애들이 적은 수의 사람만을 모아 주최하는 티파티나 피크닉은 장래 한 가문의 안주인이 되었을 때를 대비하는 실전 연습과 비슷한 것이다. 친분도 없는 공작부인이 출몰할 곳이 아니었다.

예르켈은 티파티가 준비되어 있는 정원까지 그녀를 수행하고 물러갔다.

"안녕하세요, 아르투르 백작 영애."

네아사 자작 영애는 쓰러지기 직전의 창백한 모습이었다. 에스텔라는 괜찮으냐고 묻지 않았다. 네아사 자작 영애와 그녀는 겨우 면식 정도나 있는 사이였다. 그녀가 스콘느 남작부인과 언니 동생 하는 사이가 아니었다면 이 티파티의 초대장을 보내지 않았을 것이다. 그리고 친하지 않은 사람이 파티의 여주인에게 괜찮으냐고 묻는 것은 실패할 것 같다고 말하는 것과 다를 바 없는 일이었다.

"안녕하세요, 네아사 자작 영애."

"안녕, 소피아. 이런 봄 날씨에 정원에서 티파티라니 멋진 생각을 해냈어."

비슷한 인사말을 에스텔라도 걸어오는 사이에 미리 준비했지만, 하하호호 인사를 나누는 것이 아직 익숙지 않아서 매끄럽게 말하지 못했다. 스콘느 남작부인이 방실거리며 끼어들어 그렇게 말했다.

"안녕하세요, 스콘느 남작부인."

"어머, 아르투르 영애. 그건 리디아의 새 디자인인가요?"

스콘느 남작부인이 인사하는 것도 잊고 깜짝 놀란 얼굴로 물었다. 시선이 살짝 그녀의 목부터 가슴 언저리까지를 훑었다.

"무척, 잘 어울려요! 게다가 그 브로치는 정말 훌륭하군요!"

그야 가슴골이 없으면 영 밋밋한 색백 가운에 비할 바는 아니었다.

"안녕하세요, 아르투르 백작 영애."

먼저 와 있는 영애들이 꽃다발처럼 함께 모여 있었다. 에스텔라는 그녀들에게 일일이 다 눈을 맞추며 인사를 했다. 까르르 웃음소리가 퍼졌다.

"기분이 무척 좋으신가 봐요. 얼굴도 화사하고."

"오늘 굉장히 예뻐요."

"새 드레스인가요? 처음 보는 모양인데……. 이번에도 리디아 드레스이지요? 아, 진짜 너무 예뻐요. 너무 부러워요, 아르투르 영애."

오키아 남작 영애가 몇 번이나 말하면서 에스텔라의 드레스를 바라보았다. 그녀도 지금까지의 에스텔라와 마찬가지로 한 번도 솔을 빼놓지 못하는 신세였다. 대지처럼 평평하다는 뜻이다.

"약혼식 드레스도 이런 디자인인가요? 새 디자인은 아껴 놓으실 줄 알았는데."

"음. 그러려고 했는데요."

바르톨로뮤 백작부인의 계획으로는 그랬다. 약혼식에서 새로운 디자인의 드레스를 짠 하고 선보여 유행을 바꾸고 황실에 기선 제압을 하고 들어가겠다는 계획이었던 것 같은데, 오늘 리쿰 공작부인이 온다는 말에 부랴부랴 먼저 선을 보이게 된 것이다.

에스텔라의 입장에서는 그렇게까지 할 것 없을 것 같은데 괜히 그런다 싶었다. 살아남으려면 화려하게 살지 않는 쪽이 좋았다. 모임에 많이 나갈수록 사고가 발생할 확률은 기하급수적으로 높아질 것이다.

그래도 예쁜 게 좋긴 했다. 이게 큰 모임이었다면 새 드레스에 대해 부정적인 평이 섞여 나왔을 것이지만, 서로 친밀한 하급 귀족 영애들이라 그럴 일이 없었다. 나이도 대부분 스무 살 이전의 어린 소녀들이다. 대부분은 리디아 드레스를 부러워하고, 에스텔라의 브로치와 화장을 칭찬했다.

"약혼식이 며칠 남지 않았지요? 아아, 정말이지. 부러워요. 황태자 전하께서도 이렇게 다정하고 아르투르 영애에게 아끼는 게 없으시니 얼마나 좋으세요?"

"정말요. 황태자 전하께서는 물론 고귀한 신분이기도 하시지만, 그것만이 아니라 상냥하기까지 하시니까요. 그렇게 아름답고 기품 있는 분과 약혼을 하시다니, 저 같으면 정말 꿈꾸는 기분일 것 같아요. 자주 만나세요?"

"언제 한번 저희들도 초대해 주세요."

"알리시아, 얘는 황태자 전하와 춤을 춰 보는 게 꿈이랍니다."

"약혼식 준비는 잘되어 가시죠?"

재잘대는 소란들에 에스텔라는 쓴웃음을 지었다. 너희가 꿈처럼 말하는 그 황태자님은 외출할 때에는 똥색 가발을 쓰고, 약혼녀의 옆구리에 용서 없이 주먹을 날리는 인간이란다, 하고 소문내고 싶었다.

물론 그가 자신을 남자로 알고 있긴 하지만, 아마 여자인 줄을 알았어도 그랬으리라는 생각이 들었다.

아직 공식석상에 함께 나가 본 적은 없지만, 그는 얼마든지 예의 바르고 기품 있게 행동할 수 있는 사람이었다. 그러나 반대로 신뢰하는 사람이라면 심지어 바르톨로뮤 백작부인에게조차도 완벽한 모습으로 대하지는 않았다. 그 남자에게 중요한 것은 아마도 상대의 신분이나 관계도가 아니라 선 안의 사람이냐, 밖의 사람이냐 하는 것이리라.

그렇다면 그녀는 선 안에서 서 있거나 아니면 경계선상에 있는 사람이다.

왜일까? 그의 말처럼 상호 약점을 잡은 채로 운명 공동체로 묶였기 때문일까? 아니면 에스텔라의 추측처럼 언제든 폐기 처분할 수 있기 때문에? 그러나 그렇다기에는 그가 주는 호의가 만만치 않았다.

솔직히 에스텔라는 이해할 수 없었다. 클레오르는 처음부터 넘치도록 호의적이었다.

'역시 에스틴한테 반했나? 진짜로 남색가……?'

아니면 아버지와 무슨 인연이라도 있었을까.

그럴 것 같지 않았다. 그녀가 아는 아버지는 남과 친밀한 관계를 맺을 만한 사람이 아니었다. 긴 세월 한곳에서 일했으니 당연히 가까이 지내는 기사들도 있었을 텐데 집에까지 데려올 만큼 친한 사람은 하나도 없었고, 더군다나 황태자 같은 위험한 위치에 놓일 사람과 신뢰를 주고받았을 것 같지는 않았다.

그런 생각을 하고 있는데, 한 명이 말했다.

"하지만 이번에는 불길한 일이 없어야 할……."

"알리시아 영애!"

"제가 일찍 와서 잠깐 산책을 했는데, 프리지어가 정말 예쁘게 피었더라고요. 같이 보러 가요."

"딸기 셔벗은 어때요? 네아사 영애가 오늘 준비를 정말 멋지게 했더라고요."

철없는 누군가가 저주와 연달은 약혼녀의 죽음에 대한 이야기를 하려는 찰나에 여러 명이 동시에 그녀를 가로막았다. 두 명은 다정한 척 팔짱을 끼고 연행해 갔다.

산전수전 다 겪은 귀부인들만큼 능숙하지는 못하지만 합심하여 나서는 모습에 에스텔라는 쓴웃음을 지었다. 네아사 자작 영애가 그녀에게 미안한 얼굴을 했다.

"죄송해요, 아르투르 백작 영애. 황태자 전하께서 워낙에 고귀하고 매력적인 분이다 보니, 괜한 이야기를 퍼뜨리는 사람들이 있어요. 사실 영애들 중에는 전하를 한 번도 사모해 보지 않은 분이 더 드물 정도죠."

"아니에요. 없는 이야기도 아니고."

"가실까요?"

스콘느 남작부인이 이야기를 마무리하자는 듯이 말하며 테이블 쪽을 손짓했다.

리쿰 공작부인 콘스탄체가 당도한 것은 그때의 일이었다. 정원이라서 문 열리는 소리나 발소리로 인기척을 내지 않는데도 시선이 저도 모르게 그쪽으로 쏠려 갈 만큼의 존재감이 있었다.

공작부인은 소문대로 아름다웠다. 키가 크고 가녀렸으며, 피부가 만지면 묻어날 듯이 새하얗다. 풍성하고 긴 검은 머리에 은구슬을 섞어 한쪽으로 땋아 내렸는데, 희고 조그만 얼굴에 대비되어 더없이 청순해 보였다. 드레스는 점잖은 짙은 남색이고 그렇게 크게 부풀리지 않았지만, 허리가 워낙 가늘고 발밑까지 주름이 질 만큼 긴 길이에 등에 단 벨벳 망토가 길게 늘어진 모습이 반대로 화려하기도 했다.

눈에 띄지 않을 수 없을 만큼 대단한 미인이었다. 한때 수수한 소녀였다는 말이 믿기지 않았다. 에스텔라는 눈을 반짝거렸다. 알비

216

나 황후의 딸이 아니었다면 친해지자고 옆에 달라붙고 싶을 지경이었다.

"어서 오세요, 리쿰 공작부인. 가장 맑은 수원과 태양의 축복이 함께하시길. 이런 소박한 티파티에 와 주신다고 해서 깜짝 놀랐어요."

"세베르이나의 축복이 영애의 맑은 얼굴에 행복이 깃들게 하길. 제가 좀 갑작스러웠지요?"

콘스탄체가 우아하게 웃었다. 네아사 자작 영애의 얼굴에 수줍은 기가 돌았다.

"아니에요. 자리를 빛내 주셔서 더할 나위 없는 영광이랍니다. 이쪽으로 오세요."

"그 전에, 다른 손님들을 소개받을 수 있을까요? 처음 뵙는 분이 있는 것 같네요."

그녀가 정중하게 말했다. 공작부인이라고 해도 나이는 스물세 살, 에스텔라와 동갑이었다.

네아사 자작 영애가 "아." 하고 에스텔라를 돌아보았다. 에스텔라는 가볍게 콘스탄체에게 고개를 숙여 묵례해 보였다.

"이쪽은 아르투르 백작가의 에스텔라 영애로, 저와는 최근에 스콘느 남작부인의 간소한 모임에서 만나서 친분을 쌓았답니다. 아르투르 영애, 이분은 리쿰 공작부인이신 콘스탄체 황녀이시랍니다."

네아사 자작 영애는 황태자의 약혼녀가 될 사람과 이복 여동생 중 어느 쪽이 더 높은 서열인지 잠시간 고민했으나, 아직 식을 치르지 않은 이상 콘스탄체가 더 높은 사람이라고 판단했다.

슬쩍 에스텔라를 바라보자 그녀도 별반 기분 나빠 하지 않는 표정이었다. 오히려 정중하게 치맛자락을 펼치며 과하지 않을 정도로 예의를 갖추었다.

"제국의 가장 아름다운 샘을 뵙게 되어 영광입니다. 에스텔라 아르투르입니다."

"만나서 반가워요. 세베르이나의 축복이 함께하시길. 꼭 한 번 만나 뵙고 싶었답니다. 네아사 자작 영애에게 폐를 끼치게 되더라도요."

"폐라니요."

네아사 자작 영애가 호들갑스럽게 그렇지 않다고 부정했다.

영애들이 차례차례 콘스탄체에게 인사를 했다. 그리고 여섯 명이 함께 천천히 다과가 준비되어 있는 테이블로 향했다. 알리시아 영애를 둘러싸고 프리지어를 보러 갔던 이들도 이쪽으로 돌아왔다.

콘스탄체는 에스텔라의 곁에 가까이 와서 다정한 얼굴로 소곤거리듯이 말했다.

"오라버니에게 약혼 전에 소개를 해 주셔야 하지 않겠느냐고 졸랐었는데, 아르투르 영애께서도 아시겠지만, 워낙에 제멋대로인 구석이 있는 분이라서요. 이러다가 정말로 약혼식이 되어서야 만날 수 있을 것 같지 뭐예요?"

"네. ……잘 알고 있죠."

제멋대로인 구석이 있다는 것에만은 공감했다.

그 외의 부분이라면 대답할 말이 없었다. 알비나 황후의 딸이니 적이다. 그러나 얼굴이 워낙에 선하고 사랑스럽게 생겨서 그런지, 그녀가 말하는 것을 듣자면 마치 괴팍한 오라비와 착한 누이동생 사이처럼 느껴질 뿐이었다.

"친하게 지내요. 우리가 곧 가족이 될 사이인데."

에스텔라는 쓴웃음을 지었다. 미혼일 때에는 황녀였고 결혼 후에는 공작부인이 된 고귀한 신분의 숙녀가 자기 같은 몰락귀족의 딸을 가족으로 받아들인다고? 너무 터무니가 없어서 속고 싶어도 속을 수가 없었다.

다섯 번째나 여섯 번째 약혼녀들은 저 말을 믿었을까. 에스텔라는 조금 궁금해졌다.

콘스탄체는 갑자기 찾아와서 미안하다며 티파티에 참석한 10여 명의 영애들에게 모두 작은 도자기통에 들어 있는 크림을 선물로 주었다.

"손에 바르는 크림이에요. 보르체 왕국의 대사가 선물로 보내 주었는데, 향기가 너무 좋아서 나누어 썼으면 하고요."

그녀가 생글거리며 말했다.

"손에 바르는 화장품이 따로 있다니 놀랐어요."

"전 오래된 화장품은 손에도 발라 보고 했어요. 이거 정말 너무 부드럽네요."

그런 이야기들을 하면서 다들 레이스 장갑을 벗고 크림을 손등에 발랐다. 에스텔라만은 뚜껑만 열어 보고 그만두었다.

아까부터 기분이 이상하게 좋지 않았다. 우선 눈이 제일 즐거웠고, 차도 맛있었으며, 삼단 접시에 나온 티푸드도 클레오르가 선물로 퍼부은 것보다는 못할지언정 충분히 먹을 만했다.

특별히 나쁠 일은 없었다. 그런데도 이상하게 무언가가 신경을 건드리는 것 같은 느낌을 받았다. 작은 뱀이 등을 타고 올라가며 뾰족한 꼬리로 깊은 곳을 쿡 찌르는 것 같았다.

"아르투르 영애께서는 제 선물이 마음에 들지 않으신가요?"

"소문을 들으셨을 거라고 생각하지만……."

에스텔라는 턱을 당기고 미소를 지으며 느릿하게 말했다. 이런 태도는 의식적으로 클레오르를 흉내 내는 것이었다. 그것이 여유로워 보일 수 있다는 것을 배웠으니까.

"그다지 좋은 집에서 자라지 못해서요. 물일을 했기 때문에 손이 무척 거칠어서, 남들에게 보여 드릴 만한 상황이 아니네요."

절대로 그녀가 우위에서 여유를 가지고 말할 만한 일은 아니었다. 보통의 귀족 영애라면 몹시 수치스러워하며 차마 말하지 못했을 것이었다. 그녀의 손을 울퉁불퉁하게 만든 것은 물일만이 아니라 검술이기도 하지만, 그래도 그녀도 손이 예쁘지 않은 것이 가끔 슬펐다.

하지만 그녀는 그것을 부끄러워하지는 않았다. 마디지고 굳은살이 박인 손에 남은 것은 그녀가 세상에서 가장 자랑스러워하는 것에 관한 기록이었다. 일이 아니라 수련이, 가난이 아니라 노력이 그녀의 손을 거칠게 했다.

일과 가난이 거칠게 하기도 했지만 말이다. 사실 굳은살은 됐고 손등은 좀 희고 부드러워지고 싶었다.

「그대가 약점을 약점으로 받아들이지 않았으면 좋겠군. 그대의 장점은 다른 귀족 영애들과 같은 곳에 있지 않아. 손이 아름답지 않다든가, 머리가 짧다든가, 설령 그대가 그밖에 여인의 아름다움이라고 부르는 모든 부분에 관해서 모자란 점이 있다 할지라도, 그대는 누구보다도 놀랍고 대단한 사람이며, 가장 고귀한 자리에 그 누구보다도 어울릴 만큼 훌륭해. 그러니 누가 뭐라고 하더라도 사소한 일에는 신경 쓰지 말고, 그대의 강점을 긍지로 여겼으면 좋겠어.」

바르톨로뮤 백작부인이 장갑을 주던 날에 클레오르가 그렇게 말했었다.

에스텔라는 그가 한 말을 그저 용기를 북돋워 주기 위한 것으로 여겼다. 거기에 겸하여 아마 남자라서 어차피 완벽한 여자가 될 수 없으니 당황하지 말고 당당하게 있으라는 뜻으로도 생각했다.

어찌 되었든, 그녀는 약점을 약점으로 받아들이지 않기로 했다. 숨기다가 들통이 나는 것보다 처음부터 내놓는 편이 타격이 덜한 법이다.

아르투르가 몰락한 것은 모르는 사람이 없었다. 새삼스럽게 손 같은 걸 숨겨서 무엇하겠는가. 고운 손을 부러워는 해도 좋으나 거친 손을 부끄러운 일로 생각할 필요는 없었다. 어차피 이런 건 황후가 되는 데 아무런 문제점이 되지 않았다.

「굳이 숨길 것까지는 없겠지만, 일부러 검술을 배웠다는 걸 알릴 필요도 없을 거야. 약자에게 최선을 다하는 자는 별로 없으니까. 적어도 한두 번, 그대의 실력이 알려질 때까지는 보탬이 되겠지. 그대가 수련을 한다는 것을 고용인들이 알긴 하지만, 그것이 정보로서 유출될 때까지는 시간이 걸릴 테니까.」

그것도 클레오르의 조언이고, 에스텔라도 동의했다.

에스텔라는 거짓 웃음을 지었다. 콘스탄체가 본다고 해서 그녀의 손에 남은 흔적들이 어떤 것인지 알아볼 수 있으리라는 생각은 들지 않았다. 그러나 일부러 드러내고 싶지도 않았다.

다른 영애들에게는 레이스가 아니라 얇긴 해도 양가죽으로 만들어진 장갑이 그제야 눈에 들어온 모양이었다. 네아사 자작 영애가

"아." 하고 입을 벌렸지만 매끄럽게 상황을 이어 가지 못했다. 콘스탄체가 생긋 웃었다.

"출신이 그러시니 어쩔 수 없지요. 전통 있는 가문에서 태어났다고 해서 모두 고귀한 삶을 살 수 있는 것은 아니니까요."

애 쌍년이구나.

하도 고와서 마음과 몸이 모두 눈을 따라 느슨해지려 하던 에스텔라는 확 정신이 깨는 듯한 기분이 들었다.

때가 덜 묻은 영애들이 어찌할 바를 모르고 머뭇거리며 에스텔라의 눈치를 보았다. 콘스탄체는 미소를 지은 채였다.

에스텔라는 조금 생각했다. 반박하거나 역으로 모욕을 주는 것은 불가능하지 않을 것이다. 그러나 굳이 서로 피곤하게 신경전을 할 필요가 있겠는가. 고용주께서는 살아남는 게 중요한 것이지, 알비나 황후와 싸워 이길 필요가 있다고는 하지 않으셨다. 자발적으로 거기까지 열심히 일할 만큼 그녀는 부지런하지 않았다.

"그러게요."

그녀는 그렇게만 대답하고 마음속으로 콘스탄체의 이름에 벌점 -1점을 매겼다. -30점이 되면 머리채를 잡기로 하자.

그녀가 대수롭지 않게 대답하자 콘스탄체가 입을 손으로 가리고 소리를 내서 웃었다. 정말로 즐거운 듯이 보였다. 황실 가족들은 다들 저렇게 이상한 포인트에서 웃는 건가, 하고 에스텔라는 떨떠름하게 생각했다.

티타임은 길지 않았는데도 에스텔라는 작지 않은 피로를 느꼈다. 콘스탄체가 이상하게 신경을 긁작거리기도 했고, 평소보다 조여진 코르셋이 숨 쉬기 어렵게 만든 데다가 낮에 클레오르와 한판 붙었던 여파가 남아서 신경이 계속해서 흥분해 있었던 것 같았다.

그래도 돌아와 거울을 보는 순간에만큼은 기분이 좋았다. 아, 역시. 예쁜 게 좋다. 예쁜 여자도 좋지만, 내가 예쁜 여자가 되는 건 더 좋다. 물론 콘스탄체 같은 타고난 미인이나 네아사 자작 영애처럼 차분하고 천생 여자 같은 어여쁜 용모나 알리시아 영애처럼 사랑스럽고 귀여운 얼굴에는 따라갈 수 없지만, 오늘의 에스텔라는 분명히 스스로의 한계를 뛰어넘어 있었다. 거울을 보면서 감탄하는 그녀의 태도를 바르톨로뮤 백작부인과 앤은 "진짜 여자처럼 보여서 놀랐다."라고 생각했지만 말이다.

"어떠셨어요, 리쿰 공작부인은?"

"얼굴만 보고 있어도 배가 부를 만큼 예쁘던데? 거기에 신분도 높고 돈도 많고 사랑도 많이 받았을 거 같은데 뭐가 아쉬워서 인성을 말아먹었는지 모르겠어."

가차 없는 평가에 바르톨로뮤 백작부인은 내심으로 안도의 한숨을 내쉬었다.

콘스탄체를 숭배하는 사람은 많다. 그녀는 청초하고 아름다운 데다가 벌레 한 마리 못 죽일 것처럼 생겼다. 게다가 목소리가 설득력 그 자체가 될 만큼 곱고, 연기력도 빼어났다. 그녀가 묻어 버린 사람이 얼마나 많은지 아는 자도 정신을 홀딱 놓고 반하고, 눈앞에서 대놓고 누굴 모욕 주는데도 설마 나쁜 마음으로 그랬을 리 없다며 역성을 들거나 그 자체를 모욕으로 듣지 못하는 일도 많았다.

특히나 젊은 남자들 중에는 그녀를 거의 여신처럼 숭배하는 사람이 적지 않았다. 한 세대 전에 알비나가 숭배받았듯이 말이다. 에스텔라를 남자로 알고 있는 백작부인으로서는, 그녀가 콘스탄체에게 첫눈에 반한다든가 하는 불상사가 일어날까 봐 내내 걱정하고 있었던 것이다.

그녀가 함박웃음을 짓는 이유를 이해하지 못하는 에스텔라는 의아하게 되물었다.

"공작부인을 싫어하나 봐? 아, 적대 세력이니까 당연한 건가?"

"개인적으로도 그다지 좋아하지 않습니다. 오늘은 목욕을 다시 하고 푹 쉬시겠어요?"

"그럴 수 있다면 나야 고맙지."

"편하게 쉬실 수 있도록 욕실만 준비해 드리고 저는 물러가겠습니다."

백작부인이 그렇게 말했다. 에스텔라는 고개를 끄덕였다. 시중받는 것 자체가 아직도 영 익숙해지지 않은 데다, 남자인 것을 들키지 않아야 하는데 여자인 것도 들키지 말아야 한다는 이중고로 인해 역시 쉴 때에는 혼자인 편이 좋았다. 사실 그걸 다 제외하고서라도 혼자 있는 게 편했다. 소파에 거꾸로 드러누울 수도 있고.

뜨거운 도기 욕조에서 세월아 네월아 시간을 보내고, 노글노글 풀어진 몸으로 헐렁한 잠옷으로 갈아입고 나와서 에스텔라는 잠시간 거울을 바라보았다. 거울 안에 있는 것은 마법이 풀린 평소의 얼굴이었다. 그녀는 혼자 웃어 보기도 하고, 찡그려 보기도 했다.

누구도 부정할 수 없는 미인으로 태어난다는 건 어떤 기분일까? 짐작도 가지 않았다.

그러다가 문득 장갑을 벗은 손을 들여다보았다. 굳은살이 사라진 손을 원하는 것은 아니지만, 손톱 주위가 희게 일어나는 것은 조금 신경 쓰였다.

콘스탄체가 준 크림이 생각났다. 돌아왔을 때에 앤이 잘 챙겨서 침실에 가져다 두겠다고 했었다. 그녀는 콘솔의 서랍을 열어서 크림이 담긴 작은 단지를 꺼냈다.

레나디움 나이프를 떠올린 것은 그때였다. 꼭 먹을 것만 위험하다고 볼 수는 없었다. 그녀는 침대 옆에 놓아둔 비단보를 열어 디저트 나이프를 꺼냈다.

우유색 크림을 아주 조금 나이프로 떠낸다. 닿은 부분이 연한 보라색이 되었다가, 도로 흰색으로 변했다.

"……진짜 실감 나네."

목숨을 걸고 황후가 되러 왔다는 게 말이다.

아마도 이렇게 대놓고 준 것으로 보아 독살이 목표는 아니었을 것이다. 단지의 모양은 모두 똑같이 생겼고, 콘스탄체에게서 네아사 자작 영애가 받아서 나누어 주었으니 그녀 한 사람을 타깃으로 한 것도 아닐 것이다.

'진짜 나쁜 년이네.'

독살용은 아니다. 크림의 양을 보아 장기간에 걸쳐 중독시키는 종류의 성분이 충분히 효력을 발휘할 때까지 사용할 수 있을 것 같지 않았다. 게다가 반년 안에 결혼 자체를 막아야 하는 알비나 황후의 입장을 생각하건대 그 정도의 장기적인 계획은 무의미했다.

그렇지만 레나디움에는 반응했으니, 해로운 성분이 들어 있을 것이다.

아마 피부가 뒤집어지거나 화상을 입는 종류의 것이리라. 화장품이 맞지 않아 피부가 엉망이 되는 일은 그렇게 드물지 않다. 그걸 노리고 일부러 살짝 어긋난 미용법을 퍼뜨리는 영애들도 있었다. 대충 8대 2, 아니면 7대 3 정도로 정상적인 크림과 해로운 성분이 들어간 크림을 섞어서 나누어 주면, 발진이 생기거나 두드러기가 올라와도 그저 피부에 맞지 않았다는 정도로 넘어갈 수 있을 것이다.

그러니까 더 나쁜 짓이다.

귀족 영애들은 손을 무척 귀하게 여겼다. 숙녀들은 미모를 겨루지만, 아름답지 않다고 해서 고귀하지 않은 것은 아니다. 그러나 손은 고귀한 생활의 지표였다. 그러므로 언제나 장갑을 끼고, 오로지 악기를 연주하거나 대단히 고귀한 사람의 시중을 들 때에만 맨손을 드러낸다. 그런 식으로 희고 고운, 사용하지 않은 손을 당신을 위해 쓰고 있다는 사실을 알렸다.

차라리 에스텔라를 죽이려고 했다면, 그것은 이해할 수 있었다. 콘스탄체는 알비나 파이고, 궁극적으로 클레오르의 즉위를 방해해야 하는 목적이 있으니까. 옳고 그름을 떠나서 그 목적에 합당하다면 무슨 짓을 했더라도 이해는 할 수 있었다.

그러나 손을 망친다고 해서 결혼이 중단되지는 않을 것이다. 장갑도 있고, 고작해야 손이 아닌가. 클레오르의 상황을 생각하면 손이 아니라 얼굴을 망친다고 해도 결혼은 진행될 것이다. 클레오르를 추락시키는 데에도 아무런 도움이 되지 않았다.

클레오르가 즉위를 위해 '아무나'와 결혼한다는 것은 누구나 알았다. 그러니 사교계에서 에스텔라의 평판은 그의 '선택'에 대한 의심으로 이어지지 않는다. 황가와 아르투르가 어떤 동맹이나 협약을 체결하여 이루어지는 결혼이 아니므로 운명 공동체로서 함께 묶이는 일도 없을 것이다.

결국 이 짓거리는 순전히 콘스탄체의 취미 생활인 것이 틀림없었다. 콘스탄체의 손은 단순히 흴 뿐만이 아니라 투명감과 혈색까지 같이 가지고 있어서 무척이나 아름다웠다. 그런 손을 가질 수 있다면, 2할 정도의 꽝이 있더라도 충분히 시도해 볼 만했다.

겸사겸사 에스텔라의 뺨에 장갑도 던지고. 아니다. 이 정도면 장갑을 던졌다기보다는 건틀렛으로 있는 힘껏 일격을 날렸다고 할 정도로 노골적인 멸시였다. 아버지가 출세하지 못했을 뿐이지, 시골에서 귀하게 자란 보통의 귀족 영애였다면 수치심으로 울거나, 분해서 열이 올라 잠을 이루지 못할 정도의 일이었다.

그러나 월 3백만 골드의 보상을 바라고 5년 후의 인생 역전을 위해 황후가 되기로 한 에스텔라에게는 그렇게 큰 사건이 아니었다. 치안대 기사만 4년이었다. 진짜 장갑이나 부채로 얻어맞은 적도 있는데 이쯤이야.

★

벽에 펼쳐진 물거울이 흔들렸다.

알비나 오르페이 알펜슈타인은 사람의 키만큼이나 깊은 욕조에서 훌쩍 솟구쳐 올라왔다. 발치까지 흘러내리고도 한참 길이가 남은 흑발이 바닥에 온통 흐드러졌다. 물방울이 눈처럼 흰 피부 위에서 굴렀다.

[어머니.]

물거울 너머에서 그녀와 쌍둥이처럼 닮은 딸이 불렀다. 알비나는 젖은 머리를 손으로 쥐어짜며 물었다.

"재미있는 일이라도 있니? 클레오르의 새 약혼녀를 보러 가겠다더니."

[네. 보고 오는 길이에요.]

"거울을 사용할 정도로 인상적이었나 보구나."

[보기에는 평범했어요. 특별히 화술이 좋은 것도 아니고, 얼굴도 평범하더군요.]

"그런데?"

[레나디움을 가지고 있었어요.]

알비나가 놀라며 물거울 너머로 흐리게 비치는 콘스탄체를 바라보았다. 거울 너머로 비치는 두 모녀는 모녀라기보다는 자매처럼 보였다.

"약혼녀에게 레나디움이라. 저주 방지용으로 쓰기에는 너무 호화로운데."

[테스트였는지도 모르지요. 이나스 메이나드의 일은 클레오르에게도 꽤 심적인 타격이었을 거예요.]

"글쎄. 그 녀석이 과연 충격이라는 걸 받기는 할지 의심이 되는데 말이다. 또? 라다페이."

알비나가 그녀의 진정한 이름을 불렀다.

[살짝 현혹해 보려고 했는데, 통하지 않았어요. 하지만 레나디움을 가지고 있었으니까 그랬을지도 모르지요.]

"그렇구나. 어쨌든 레나디움이 있다면 간단하게 처리할 수는 없겠는걸. 좀 더 생각해 보자."

[네. 재밌는 숙녀이더군요. 클레오르가 그런 아가씨를 어디에서 찾아냈는지 모르겠어요. 제가 가져도 될까요?]

"그것도 생각해 보자."

곧 물거울이 흐려졌다.

알비나는 긴 머리채를 끌고 물거울의 반대 방향으로 향했다. 불투명한 색유리문에 그림자가 어른거리자 하녀들이 일제히 고개를 숙이고 시녀 둘이 각각 수건과 가운으로 그녀의 머리와 몸을 감쌌다. 알비나는 시녀가 가운 자락을 전부 여민 후에 옆의 파우더 룸으로 옮겨 갔다.

"어머니."

이시도르가 와 있었다.

제2황자 이시도르는 올해 스물한 살로, 시황제 엘첸을 빼닮은 희고 선한 용모의 잘생긴 청년이었다. 그리고 그 용모에서 사람들이 기대하는 것에 어긋나지 않을 만큼 우아한 행동거지를 가지고 있었다.

클레오르의 분방한 성미와 성장 과정을 문제로 여기는 귀족들 중 많은 수가 이시도르를 지지했다.

적장자 상속은 누구도 부정할 수 없는 법이었으나 평민들 사이에서 용병으로 살다가 스무 살이 넘어서 갑자기 돌아온 황태자를 쉽게 받아들이지 못하는 사람이 적을 리 없었다. 15년 동안 당연히 이시도르가 상속하리라고 생각하고 헌신해 온 그들의 입장에서는 클레오르야말로 굴러온 돌이 박힌 돌을 빼려 드는 격이었다.

알비나는 다정하게 말했다.

"다급한 일이라도 있니? 내가 몸차림을 마치기를 기다리지도 않고 이렇게 파우더 룸까지 쳐들어오다니."

"급한 일이라고 할 것까지는 없습니다. 콘스탄체가 클레오르의 약혼자를 보러 갈 거라는 이야기를 들어서요."

"그래. 약혼식 전에 한 번쯤은 볼 수 있을 거라고 생각했는데, 아예 큰 모임에는 내놓지 않으니까 마주할 기회가 좀처럼 없더구나."

"어떻다고 하던가요?"

이시도르가 손수 수건을 들고 알비나의 젖은 머리를 닦았다. 눈을 감자 시녀가 얼굴과 목에 화장수를 뿌렸다. 그녀는 잠시 그 향기를 즐기고는 눈을 떴다.

"레나디움을 가지고 있다고 하더구나."

"클레오르가 단단히 작정을 했군요."

"그만큼 이번에는 자신 있다는 뜻이기도 할 테고. 콘스탄체는 그 아가씨가 굉장히 마음에 드는 모양이야. 갖고 싶다고 하더구나."

"콘스탄체는 새로운 것을 뭐든지 좋아하니까요. 저도 조금 기대가 되는데요?"

그렇게 말하면서도 이시도르의 낯빛은 찌푸려져 있다. 거울을 통해 이시도르의 얼굴을 확인한 알비나가 후후 웃었다.

"불안한가 보구나."

"결혼이 성립되면 바로 대관식 준비가 이어질 겁니다. 클레오르가 일단 즉위하여 성검과 성창을 쥐게 되면 더는 손쓸 수 없게 될지도 모릅니다."

"염려 말렴. 설령 대관식이 치러진다 해도 클레오르가 왕관을 쓰는 것은 사흘을 넘어가지 못할 거란다."

"저는 아직도 그 이전에 죽이는 게 낫다는 생각이 듭니다."

"쉽지가 않구나. 그는 진짜 알펜슈타인의 정통한 후계자인 데다가 혈통도 아주 강하게 타고났어. 대부분의 사람은 그가 만지는 것만으로도 정화가 돼. 죽이려면 결국 무력을 이용하는 수밖에 없는데……."

"너무, 강하죠."

이시도르가 찌푸렸다.

"콘스탄체의 계획은 실행 가능한 겁니까? 벌써 세 번이나 실패했잖아요."

"만일에 아르투르 영애가 안 된다면 또 죽이면 될 뿐이잖니? 결혼에 실패하는 것은 결코 작지 않은 문제야. 한 번 실패할 때마다, 동맹 세력이 떨어져 나가고 신뢰하는 사람이 없어지고 여인들로부터 불신을 얻겠지. '우리'의 힘은 그로 인해 더 쉽사리 스며들 거란다. 그것만으로도 의미가 없다고 할 수는 없지 않니."

알비나는 그렇게 말했다.

"넌 아무것도 하지 않아도 돼. 모든 일은 '우리'가 할 거야. 넌 깨끗하고 정당한 존재로 있다가, 모든 것이 텅 빈 상태가 되었을 때에 인간의 구심점이 되면 돼. 알겠니?"

그녀는 조곤조곤 속삭이듯이 말했다. 그 목소리는 마치 음악 같기도 하고, 숲에 부는 바람 같기도 했다. 이시도르는 말 잘 듣는 아이처럼 "예." 하고 대답하고 고개를 끄덕인 후에 눈을 감았다.

4.
약혼 날 밤

약혼식 전날은 그야말로 소멸하듯이 사라졌다.

에스텔라는 오전 중에는 꿀과 오렌지 오일을 섞은 따뜻한 당나귀 젖에 몸을 담갔고, 오후 내내 얼굴에는 진흙에 진주 가루를 섞었다는 것을 뒤집어쓰고 있다가 그것을 씻고 꿀과 간 오이, 그밖에도 에스텔라가 뭔지 모르는 것들을 섞은 것을 다시 발랐다. 머리는 새로 다듬은 다음 공을 들여 빗고, 두피 마사지를 받았다.

실제로 노출되지도 않을 텐데도 루신다는 그녀의 어깨와 등, 가슴까지 마사지하고 싶어 했다. 아무리 시녀 상대로라도 어깨 아래로는 노출시킬 수 없는 에스텔라는 슬프게 그것을 거절했다. 계속해서 두꺼운 속바지를 입고 있어야 하는 상황만 아니었다면, 여느 나라의 공주가 부럽지 않았을 것이다.

하긴, 알펜슈타인 황태자의 약혼녀라면 엔간한 나라의 공주보다 나았다.

"여자의 인생에서 두 번째로 중요한 날이니까요."

"가장 중요한 날은 뭔데요?"

"결혼식 날입니다."

바르톨로뮤 백작부인은 단호하게 그렇게 말했다. 앤이 손을 부지런히 움직이면서도 킬킬거렸다.

"결혼은 여자의 인생을 결정하는 날이잖아요. 남자의 성인식보다 못하지 않죠. 누구나 결혼식 날에는 최고로 아름다워 보이고 싶고. 저야 약혼식 같은 거창한 것은 생각도 못 했지만요."

"상대 있어?"

에스텔라는 의아하게 물었다. 앤은 스물두 살로 적령기를 조금 넘겼다. 이 나이가 넘으면 재혼 자리가 아니면 결혼하기 어려웠다.

전문성을 가진 메이드는 재봉사, 요리사와 더불어 여자가 독신으로 살 수 있게 하는 얼마 없는 직업 중의 하나였다. 백작부인의 직속하녀 정도 되면 그중에서도 최고라는 뜻이다. 요즘에는 에스텔라의 시중을 드는 것에 대해서도 별도로 수당을 주고 있으므로 급여는 동급 최고 수준일 터였다.

혼인 적령기를 넘기고, 또 수입도 좋은 아가씨가 굳이 재혼 자리까지 찾아서 결혼할 필요는 없다. 결혼하면 일을 그만둬야 한다. 언제든 자기 가게를 차릴 수 있는 재봉사나 요리사와 달리 메이드는 한 번 그만두면 다시 일을 구하기가 힘들고, 항상 주인의 곁에 있어야 하는 직속하녀는 자녀를 기르는 것이 사실상 불가능했다.

커리어냐, 결혼이냐의 갈림길이다. 아직까지도 결혼하지 않았다면 틀림없이 전자를 선택했을 것이라고 생각했으므로 에스텔라는 조금 놀랐다. 내일 입을 옷을 펼쳐서 마네킹에 입히고 있던 다른 하녀가 까르르거리며 말했다.

"연애결혼이래요."

"앤의 남친은 바르톨로뮤 저택의 정원사 아들인 맥이에요. 백작부인께서도 허락한 사이라서 아주 깨가 쏟아지는데 옆구리가 시려서 보고 있을 수가 없다니까요."

앤이 얼굴을 붉혔다. 백작부인은 "쓸데없는 소리들을."이라고 말하면서도 그렇게 싫어하는 얼굴은 아니었다.

재잘대는 하녀들의 말에 따르면, 맥의 아버지는 바르톨로뮤 저택의 선임 정원사로, 처음에는 주방장의 딸을 며느릿감으로 눈여겨보았다. 그러나 맥이 워낙에 앤에게 목을 매고, 결정적으로 백작부인이 앤을 3년이나 전속으로 데리고 있는 것을 보더니 마음이 바뀌었다는 것이다.

결혼을 하느냐 마느냐 하는 문제로 실랑이가 길었지만, 맥의 집이 대대로 바르톨로뮤 백작가에서 일해 온 집안인 데다가, 같은 가문의 고용인이라면 결혼 후에도 메이드로 일할 수 있기 때문에 하기로 결정되었다. 백작부인은 앤을 오래 데리고 있을 작정이고, 계속 일을 잘한다면 장차 하녀장으로 쓸 생각도 있으므로 계속 근무하되 아이가 생긴다면 한동안만 쉬고 돌아올 수 있도록 허락해 주었다고 했다.

"앤은 계산에 능하고 글도 잘 읽으니까요. 새로 솜씨 좋은 하녀를 찾는 것도 번거로운 일이죠."

백작부인은 마치 앤이 귀여워서 그런 건 아니라는 듯이 고개를 돌리고 냉랭하게 말했지만, 뺨이 조금 붉어져 있었다. 에스텔라는 재미있는 이야기에 보답할 겸, 앤에게 새틴 리본을 축하 선물로 주었다. 앤은 몹시 감격해했다.

연애결혼이라는 것이 그리 흔하지 않고, 그게 부모의 허락과 남의 축복을 받는 일은 더욱 흔하지 않았으므로 모두가 앤을 부러워했다. 심지어 에스텔라조차도 앤이 부러웠다.

"앤이 운이 좋은 편이긴 하지만, 그래도 좋은 부모님이 계시는 것만 못하죠. 아가씨의 아버님께서도 이렇게 좋은 자리를 마련해 두고 가셨잖아요."

"응?"

"아니었어요? 제가 듣기로는 황태자 전하께서 아가씨의 아버님, 그러니까 돌아가신 아르투르 경을 생각해서 아가씨에게 청혼했다고 그랬거든요. 몰락했다는 둥, 재산도 없이 로프칸 거리에 살았다는 둥 하고 입방아를 찧는 자들도 있지만, 아가씨의 아버님이 지니셨던 명예도, 황태자 전하의 목숨을 구했다는 것도 부정할 수 없는 사실이니까요."

마지막으로 드레스를 입혀 보고 마무리하면서 리디아가 말했다.

"저주이니 뭐니 하는 소문은 신경 쓰지 마세요. 황태자 전하께서 마녀의 저주를 받았다는 것은 헛소문이죠. 돌아가신 약혼녀분들도 결국 자승자박이었던 경우도 있고, 이번에야말로 전하께서 아가씨를 지키기 위해 있는 힘을 다하고 계시니까요."

그녀의 말은, 클레오르의 약혼녀들이 어떻게 되었는지는 알지만, 그 안에 얽힌 속사정은 절반밖에 알지 못하는 사교계 외부 사람들의 견해와 비슷한 것이었다.

에스텔라는 다른 것보다도 아버지가 클레오르의 목숨을 구했다는 말에 놀랐다. 그녀가 생전 처음 듣는 말이라며 놀라자 리디아야말로 깜짝 놀랐다.

"모르셨어요?"

"몰랐어."

"일타에서 황태자 전하께서 귀경하실 때에 호위를 맡으셨던 것이 아가씨의 아버님이잖아요. 리스칸 아르투르 경, 맞으시죠?"

그러고 보니 그런 일이 있었던 것 같기도 했다. 애당초 부친은 워낙에 출장을 많이 다녔다. 그중에는 기밀에 해당하는 것도 많아서, 굳이 행선지를 말하지 않고 날짜만 어림잡아 말하고 나가는 일이 대부분이었다.

철이 들고 난 뒤에는 어느 길목에서 쓰러져 죽어, 영원히 오지 못한다면 어쩌나 걱정한 날이 하루 이틀이 아니었다. 제국 기사단장이 혼자 몸으로 다니는 것도 아니고, 전멸하여 소식조차 전하지 못할 일이 그리 흔할 리 없고, 그런 일이 생긴다면 제국 단위의 수색이 있으리라는 것을 알면서도 그랬다.

부친이 침대에서 편안히 잠든 채로 눈을 감은 것을 보았을 때에는 흐려진 눈으로도 안심하는 마음이 들었던 순간이 있었다. 내 앞에서, 가신 것을 보여 주셨구나 싶어서.

드레스 마무리를 끝낸 후 저녁으로는 샐러드 한 접시밖에 주어지지 않았다. 그 직후에 내일을 위해 일찍 자라고 침실로 쫓겨났다. 에스텔라는 침대에 누웠으나 잠이 올 리 없었다. 클레오르가 부친과 인연이 있으리라는 짐작은 했으나 목숨을 구해 주었다니, 몰랐다.

그 아버지라면, 제국 기사가 황자의 목숨을 구하는 건 당연한 일이라고 넘겼을지도 모르겠다. 누구의 목숨을 구해 주었느니 은혜가 있느니 하는 이야기보다도 시간외근무에 대한 초과 수당을 더 중요하게 여기셨을 분이었다.

'잠깐. 그래도 이거 은혜를 원수로 갚은 거 아니야?'

아버지가 목숨을 구해 주었는데, 딸을 목숨이 왔다 갔다 하는 자리로 끌어넣어?

에스텔라는 벌떡 몸을 일으켰다. 그러다가 침실 한쪽에 진열되어 있는 사파이어 티아라를 보고 도로 드러누웠다. 여자로 태어나 저걸 써 볼 수 있다면 목숨도 걸 만했다.

그때였다. 톡 하는 소리가 났다.

창문에 돌을 던지는 소리였다. 그럴 사람은 하나뿐이었다. 에스텔라는 귀찮지만, 도로 몸을 일으켜서 창을 활짝 열어젖혔다. 이 저택의 창문은 나무 덧문이 아니라 유리창이라서 단검을 던지면 손쓸 수 없이 와장창 부서질 것이다.

"전하!"

창문 아래에서 클레오르가 손을 흔들었다. 에스텔라는 이마를 짚었다.

"올라가도 될까?"

"안 된다면 뭐라고 하시려고요?"

"글쎄, 세레나데라도 부르고 돌아갈까?"

에스텔라가 해괴하다는 얼굴을 하자 클레오르가 웃었다.

"나 지금 좀 상처받았어."

"하도 말도 안 되는 말씀을 하시니까 그렇죠."

"하하. 그래서 결론은, '안 돼'야?"

"안 된다고 하면 순순히 돌아가실 건가요?"

"아니. 정문으로 당당하게 방문할 거야."

그렇게 맞이하려면 도로 옷을 갈아입어야 했다. 에스텔라는 잠시 클레오르와의 입씨름에서 이기는 것과 코르셋을 다시 조이고 파니에를 입고 옅은 화장을 한 후 드레스로 갈아입고, 대화를 마친 후에 그것을 다시 벗고 화장을 지우는 과정을 견주어 보았다. 당연한 말이지만 비교 대상이 아니었다.

"올라오세요."

에스텔라는 창문에서 반걸음쯤 물러섰다. 클레오르가 날렵하게 기둥을 타고 2층까지 올라왔다.

"도둑질을 하셨어도 대성하셨겠어요."

"정적에게 밀려 쫓겨나면 고려해 보지. 귀족 집만 털고 다니는 대도도 멋질 것 같은데."

"1순위 수배범에 사형 확정일 것 같은데요. 이 밤중에 어쩐 일이세요?"

"밤이라고 하기엔 약간 이르지 않나? 일정이 비었고, 내일이 바로 약혼식이니, 오늘 밤이 차분하게 이야기할 수 있는 마지막 시간이 아닐까 해서 말이야."

"뭐 하실 말씀이라도 있으십니까?"

"그냥 잠깐 얼굴 보고 싶었다고 하면 안 돼?"

클레오르가 창틀에 걸터앉은 채로 말했다. 에스텔라가 고개를 저었다.

"안 되는 건 아닌데 이상하긴 하죠."

"그래? 오늘이 넘어가면 그대는 황태자의 약혼녀로서 일거수일투족이 남들의 눈에 노출되고, 엄청나게 바빠질 거야. 그전에 마지막 밤놀이를 하러 가자고 하려고 했는데."

그가 손을 내밀었다. 남자가 남자에게 말하는 '밤놀이'라는 단어에는 수상한 구석이 있었다. 에스텔라는 이맛살을 찌푸리고 뒷걸음질을 쳤다.

"창관에는 안 갑니다."

"……나도 안 가. 그런 놈으로 보여?"

"저를 보면 사내답지 못하다면서 꼭 데려가려는 사람이 있더라고요."

"리스트 작성해 놔. 내가 거꾸로 매달아 줄 테니까."

"농담 마세요."

농담이라는 말을 클레오르가 딱히 부정하지는 않았다. 그래도 듣기 싫은 소리는 아니었으므로 에스텔라는 미소를 지었다.

"혼자시죠?"

혹시나 자기가 모르는 호위라도 붙어 있을까 해서 에스텔라가 슬쩍 주위를 돌아보는데, 클레오르가 창틀을 마저 다 넘어 들어 방으로 쑥 들어왔다.

"걱정 마. 제국 전체를 통틀어도 그대의 기감을 피해서 은신할 수 있는 사람이 세 명은 안 될 테니까. 나도 혼자 몸이야. 그쪽이 편해서."

"뒤늦게 생각한 거지만, 저보다도 전하 쪽이 위험하신 거 아닌가 싶은데요."

"괜찮아. 결국 항상 내 몸은 내가 지켜 왔으니까. 6년 내내 전쟁을 치르는 중이라고. 나 자신 이상으로 믿을 만한 사람이 없기도 하고. 앉아."

그가 침실에 놓인 작은 티 테이블의 의자를 빼 주었다. 에스텔라는 어색하게 거기에 앉았다.

"아무도 없는데 그러실 것까진."

"그대는 내일부터 제국에서 제일 고귀한 숙녀야. 익숙해져야지."

"놀리시는 것처럼 들립니다."

"놀리는 거 아니야. 더할 나위 없이 완벽한 진심이라고."

그렇게 말하면서 그가 에스텔라의 손등에 입을 맞췄다. 에스텔라는 조금 얼굴이 붉어졌다. 클레오르의 이런 태도가 대외적인 노출을 대비한 연습이라고는 생각하지만, 그래도 사적인 자리에서 이 얼굴로 다정하게 굴면 어색했다.

"오늘은 뭘 했어?"

"피부 관리요. 전하는 안 하셨, 아니, 하실 필요가 없겠네요."

콘스탄체에게 비교해도 별로 뒤지지 않을 것 같은 뽀얀 얼굴을 보고 에스텔라는 한숨을 내쉬었다. 계열은 전혀 다르지만, 미남 미녀이기는 마찬가지였다. 이놈의 황실은 핏줄에 미모의 요소라도 가지고 있는 걸까? 아니면 여신이 얼굴을 밝히는 걸까? 신성성이 흐르는 혈통에는 미모까지 흐르게 한다거나.

"차라도 가져오게 할까요?"

"됐어. 내가 이렇게 몰래 들어온 걸 알면 백작부인이 시끄러울 테니까."

"이왕 위장을 하려면 완벽하게 해야 하는 게 맞죠."

"콘스탄체가 시비를 걸지 않았잖아. 충분히 완벽해."

에스텔라는 의아하게 그를 바라보았다. 클레오르가 어깨를 으쓱했다.

"얼마 전에 만났다고 들었어. 흠을 잡으려고 작정하고 그대를 만나러 갔을 텐데, 아무 일 없었어?"

"이미 다 들으셨을 것 같은데요?"

"그녀가 그대를 대놓고 모욕했다는 이야기는 들었지."

"뺨이라도 갈겨 줄 걸 그랬나 봐요?"

클레오르의 태도가 흥미 있는 이야기를 듣고 싶어 하는 것처럼 보여서 에스텔라는 그렇게 말해 주었다. 그러자 그가 명랑하게 웃었다.

"그걸 조금 기대하지 않았다면 거짓말이로군."

"전 평온한 게 좋아요. 걸어온 싸움을 피할 생각까지는 없지만."

"아마 정면으로 반항할 용기가 있나 없나 시험해 본 거겠지. 잘 참았어. 하지만 정 화가 나면 참지 않아도 돼. 문명은 야만을 두려워하게 마련이거든."

"그 말씀, 저와 리쿰 공작부인 양쪽에게 심한 소리입니다."

에스텔라가 남자로서는 약해 보여도 짧지 않은 시간 동안 체술을 수련한 기사였다. 작정하고 때리면 뺨이 부어터질 것이다.

'역시 그 예쁜 얼굴을 그 꼴로 만드는 것은 아깝지.'

클레오르가 그녀의 마음을 읽기라도 한 듯이 말했다.

"예쁜 얼굴이 아까워?"

"……방금까지 아깝다고 생각했는데, 제 주제를 깨달았어요."

클레오르가 입을 벌리고 웃었다. 여하간에 잘 웃는 사람이었다.

"전하의 네 번째 약혼녀까지는 짱짱한 가문의 영애들이었으니 그렇다 치고…… 다섯 번째부터 일곱 번째까지는 괜찮았어요?"

"사실 괜찮지 않았어. 나도 꽤 얼굴로는 자신이 있는 편인데, 어째서인지 내 얼굴에 반하는 것보다 콘스탄체를 더 의식하더라고. 친해지고 싶어서 정보를 가져다 바치거나, 반대로 어떻게든 그녀를 찍어 눌러 보려고 그것에만 집중하다가 정작 중요한 일을 망치기도 하고. 그냥 나한테만 집중했으면 모두가 행복했을 텐데."

"여자들한테도 사회생활이라는 게 있으니까요. 전하가 잘생긴 건 사실이지만, 그것 하나에 인생을 걸 수는 없죠."

"참고할게."

클레오르가 매우 진지한 얼굴로 끄덕였다. 에스텔라는 어색해지고 말았다.

"아뇨. 그렇게 진지하게 받아들이시라고 말씀드린 건 아니고요."

"충분히 참고가 되는 이야기인데 왜 진지하게 받아들이면 안 되나?"

"제가 뭐라고 여자의 사회생활에 관한 이야기를 하겠습니까?"

딱히 남자 행세를 하고 있기 때문이 아니라 실제로 에스텔라는 여자로서 사회생활다운 사교 활동을 거의 해 본 적이 없었다. 그녀는 씁쓸한 기분이 되었다.

"그래도 잘 지내고 있는 것 같으니 다행이야. 영애들과도 나쁘지 않게 지내고 있다고 들었어. 각오는 다 된 거겠지?"

"그게 용건이셨나요?"

"밤이 되니까 감상적인 마음이 생겨서 그런지, 갑자기 그대가 걱정이 되더라고. 오늘을 넘기면 이제 돌이킬 수 없게 되니까. 그대에게 알려 주어야 할 정보도 있고."

그렇게 말하며 클레오르가 테이블에 놓인 그녀의 손끝을 검지 끝으로 톡 건드렸다. 에스텔라는 손을 움츠려 테이블 밑으로 내렸다.

"전하의 신뢰와 호의는 과분합니다."

"의심스러워? 불안한가?"

불안하냐, 고 물으면 그건 조금 애매한 기분이었다. 남의 호의를 싫어할 만큼 에스텔라는 냉정하고 정 없는 성격은 아니었다. 오히려 친하게 지냈던 사람이 적은 만큼, 어느 정도의 거리를 두어야 옳다고 생각하면서도 마음으로부터 그러지 못하는 때가 많았다.

클레오르의 친절이 그녀가 해야 할 역할 때문이라는 것을 알면서도 저 얼굴로 미소를 지으면 완전히 무덤덤하게 있기는 어려웠다. 이해관계의 일치만으로 건넸다기에는 과하다고 할 만큼의 호의를 받고 있는 것도 사실이었다.

그것은 클레오르의 말처럼 불안하기도 하고, 또 마음을 싱숭생숭
하게 하기도 했다. 그녀는 기대를 받는 것에 익숙하지 않았고, 지나
친 고평가에 당혹감도 느꼈다. 그러나 아버지가 돌아가신 후로 그
녀를 이만큼 무조건적으로 믿는 사람은 처음이었다. 아니, 사실 아
버지조차도 그녀에게 이 정도의 믿음을 갖고 있지는 않았던 것 같
다.

"그냥 좀 의문이 들긴 합니다. 제가 전하가 요구하는 모든 조건을
마침 충족시키는 입장에 있는 것은 사실이지만, 그 이상으로 절 믿
으시는 것 같아서요. 단순히 아버지와 인연이 있으셨다기에는 저는
전하의 이야기를 들어 본 일이 없고, 전하는 장례식장에도 오시지
않았었으니까요."

"서운해?"

"오늘, 아버지께서 전하의 목숨을 구한 적이 있다는 이야기를 들
었습니다."

클레오르가 놀란 얼굴을 했다가 이내 쓰게 웃었다.

"들었군."

"일부러 숨기신 건가요?"

"일부러는 아니야. 처음에는 그대가 모를 거라고 생각하지를 못
했어. 오히려 리스칸 경이 나를 피하라고 미리 경고라도 했던 건가,
하고 생각했었으니까."

에스텔라는 고개를 저었다.

"아버지는 직장에서 있었던 일을 집에서 잘 말씀하시는 편이 아
니라서요."

"하긴, 아무리 자식을 상대로라도 자기 공적에 대해서 자랑삼아

말할 사람이 아니었지. 온갖 궂은일은 도맡아 하면서. 그야말로 기사의 귀감이었으니까."

클레오르가 아련한 목소리로 말해서, 그건 초과 수당과 위험수당 때문이었을 거라고 에스텔라는 차마 말할 수가 없었다. 그래서 그녀는 일부러 화제를 돌렸다.

"전하께서 제게 잘해 주시는 게 아버지 때문인가요?"

"그렇게 말하면, 그대는 내 신뢰를 있는 그대로 받아들일 수 있겠나?"

"받아들이는 것은 아직 모르겠습니다. 납득은 할 수 있겠죠."

"관계가 없진 않아. 리스칸 경처럼 진중하고 입이 무거운 기사를 탐내지 않는 사람이 어디 있겠는가? 만일에 내가 그의 마음을 잡는 데 성공했다면 아마 그대와도 더 빨리 인연이 되었을 테지. 하지만 작위, 재산, 영지, 심지어 미녀까지 제시해 봤는데 눈썹 하나 까닥하지 않았다네. 파벌 싸움에는 결단코 끼어들지 않겠다는 거지. 뭐어, 그런 식으로 말한 것치고는, 내 목숨을 두 번이나 구해 줬지만."

"그러면 전하께서는 아버지에게 목숨 빚을 지시고서도 결국 절 파벌 싸움에 끌어들이셨네요? 아버지가 그렇게 원하지 않으셨는데도."

"나도 그렇게 양심 없는 인간은 아니야. 처음에는 그의 뜻을 존중할 생각이었다고. 장례식장에도 찾아가지 않은 이유가 뭔데? 그대 쪽이 먼저 이 일에 뛰어들지 않았나."

"뛰어든 게 아니라 마주친 거죠. 그냥 보고도 못 본 척하셨으면 됐을걸요."

"보물이 눈앞에서 걸어 다니는데 모르는 척할 만큼 인격자가 아니라서."

에스텔라는 새침하게 시선을 돌렸다.

"마침 사정에 적당한 호구가 수중에 들어왔다고 생각하신 게 아니고요?"

"그대를 호구 취급한 적은 없는데. 항상 적절한 보상을 제시했다고 자부하는데, 부족했나?"

"후려치진 않으셨죠."

클레오르가 하하 웃었다. 그러고는 미소 지은 채 진지한 눈빛으로 에스텔라를 바라보았다.

"리스칸 경에게 자식이 있다는 건 알고 있었지만, 실력이 없어서 치안대 기사에 머물러 있는 거라고 생각했었어. 그렇다면 쓸모가 없으니까 관련되지 않도록 놔두는 게 돕는 거라고."

에스텔라는 침묵을 지켰다.

"그대의 아버지는 말이야, 그대의 인생을 자신이 결정한 형태에 묶어 두고 싶지 않다고 말했었어. 내 부하가 되었다가는, 설령 그 자신은 공신이 되더라도 자식들이 자기가 만들어 놓은 가문을 위해서 살게 될 테니 가문의 재건을 원치 않는다는 거지."

"……."

"작위를 받는다면 에스텔라 아르투르는 귀족 영애로서, 에스틴 아르투르는 그 후계자로서 신분에 맞는 수준의 적당한 지위로 살아가야만 했겠지. 그래서 포기했었어. 자식을 위해서라고 말하는데 설득할 방법이 있을 리 없으니까. 리스칸 경이 고작해야 누군가의 발목을 잡을 정도밖에 안 되는 사람이었을 리 없는데도, 그만큼 그대와 그대의 누나에게 기대가 컸을 거야."

클레오르는 조용히 말했다.

"그렇게 기대해 준 아버지가 있었으니, 그대가 체념하지 않았으면 좋겠어."

에스텔라는 묘한 얼굴로 그를 바라보았다.

"글쎄요. 그렇게 말씀하셔도, 제가 아버지 이상의 출세를 할 수 있을 리가 없는걸요. 황후가 제국 기사단장보다 높다면 높지만, 그건 저 자신의 힘으로 이루어 내는 일이 아니고, 어차피 진짜도 아니니까."

"그럼, 내 기사가 되어 주겠나?"

에스텔라는 움찔했다. 황태자의 기사라니. 그것은 단기 계약 황후보다도 그녀의 귀를 황홀하게 하는 부분이 있는 울림이었다.

"농담이야. 그런 이야기를 하기에는 너무 늦었지. 그러려면 처음부터 그렇게 제안했어야 할 테니까. 내가 하려는 이야기는 그런 것이 아니야. 작위나 출세를 기준으로 한다면 그대의 아버지는 그것을 준비해 줄 수 있었을 거고. 하지만 그대는 그런 것으로 만족하지 못할 테지. 그대는 겉으로는 먹는 것과 값진 것에 사족을 못 쓰고, 게으르면서 돈도 좋아하는 것 같은데."

그녀는 새침하게 고개를 돌렸다.

"다 아시네요."

"삶을 즐기는 게 뭐 어떤가? 그렇게 행동하는 것이 문제가 되는 건, 즐기는 일에 매몰되어 스스로의 본질을 흐트러뜨리고 향상심을 잊을 때의 일이 아닌가? 그대가 작은 일에 욕심을 부리고 좋아하는 것에 안달하는 것을 숨기지 않는 것은 그것이 스스로의 본질을 흐트러지지 않게 한다는 자각이 있기 때문이라고 생각하는데. 실제로 그대는 중심이 확실하고 흔들림이 없는 사람이야. 그런 점에서 리스칸 경을 닮았지."

클레오르가 빙그레 웃었다.

"그것도 지나친 고평가인 것 같습니다. 전 향상심이 없다고 말씀 드렸던 것 같은데."

"그대의 검술은 향상심 없는 사람이 성취할 수 있는 수준의 것이 아닌데?"

"……과찬이십니다. 아르투르 검술이 훌륭하니까요."

"그건 사실이지만, 재능도, 노력도 없이 지금의 경지에 도달했다고 하면, 그대의 가문과 부친에게 오히려 모욕이 되지 않겠는가?"

에스텔라는 입을 꾹 다물었다가 다시 열었다.

"그렇게 말씀하시면, 제가 겸손을 말할 수는 없겠군요."

"겸손해하지 않아도 돼. 그대에게 향상심도, 긍지도 있다는 것을 나는 이미 알아. 검의 길에서 끝을 보고 싶다고 생각한 적이 있겠지?"

"……."

"검을 쥐었을 때에 그대가 얼마나 열정적인 얼굴을 하고 있는지 스스로 알고 있나? 그대에게는 기사도도 있어. 출세하기를 바라지는 않지만, 죽은 메이나드 자작 영애를 위해서 투지를 불태우는 것을 망설이지는 않았지. 보상을 바라고 내 손을 잡았지만, 더 큰 돈을 준다고 해서 날 배신하지는 않을 테고."

대답 없는 에스텔라에게 클레오르는 빙긋 미소를 지었다.

"내게는 그대가 마음에 검을 세우고 있는 것처럼 느껴진다네. 향상심이 없다, 작은 일만을 바란다고 말하는 것은, 게을러서가 아니라 마치 체념한 것처럼 보여."

에스텔라는 그 말에 몹시 마음이 불편해져서 시선을 돌린 채로 부정했다. 이제까지 한 번도 들여다본 적이 없는 심장 깊은 곳에 깃털이 들어간 것 같았다.

"인생을 체념한 적은 없습니다. 편안한 삶을 바라는 게 작은 일이라고 느끼시는 건 전하가 너무 높은 곳을 바라보시는 탓이겠죠."

"그럴 리가. 내가 좋아서 이런 일을 시작했겠어? 처음에는 알펜슈타인의 황자인 것 같다는 소리를 듣고 재산이나 한몫 얻고 작위라도 받아서 꿀 빨면서 살 줄 알았지, 덜컥 황태자가 될 줄 알았나."

"장남이셨잖아요."

"일타에서는 그렇게 철저하게 장자상속을 지키지 않거든. 외갓집도 생모가 마지막 자손이라서 없어진 거나 다름없다고 하고, 평범하게 자란 것도 아니고……. 행방불명되어서 가난한 평민 집에서자라서 용병질하다가 상봉한 아들에게 국새를 맡길 거라고는 생각도 안 해 봤다고. 그만큼 선황께서도 이시도르에게 믿음이 안 가셨던 것 같지만."

"그렇군요."

"내게는 선택의 여지가 없었어. 죽느냐, 살아남아서 권력을 쥐느냐의 양자택일밖에 없었으니까."

클레오르가 그렇게 말하다가 고개를 절레절레 저었다.

"그대는 스스로 속물이라고 주장하지만, 진짜로 탐욕스러운 건나 같은 인간이야."

"목숨이 달린 일이었잖아요."

"이제는 목숨만이 아니라 권좌와 행복까지 손에 넣을 작정이거든. 그대의 인생을 제물로 바쳐서."

"주고받는 것이 확실하니 저는 불만 없습니다. 5년을 바치고 향후 50년간 놀고먹을 수 있다고 생각하면 이득이죠."

"그렇게 생각해 주면 다행이고."

클레오르가 싱긋 웃었다.

"그렇지만 내가 그대를 탐내고 있다는 사실은 잊지 마. 좀 더 자신을 소중하게 여기도록 해. 그대는 그럴 만한 가치가 있는 사람이야. 나는 이때까지 가치 없는 사람에게 호의를 보여 본 적이 없어. 콘스탄체처럼 껍데기만 어여쁜 뱀 따위보다 그대가 훨씬 아름답다고."

에스텔라는 흠칫 굳어졌다. 클레오르는 평범한 얼굴을 하고 있었으므로, 어디서부터 어디까지 반응해야 좋을지 알 수 없었다.

일단, 아름답다고 말한 것은 인간적인 의미일 것이다. 그렇게 생각하며 두 번쯤 되새겼다.

유리창을 두드리는 두 번째 방문객이 나타난 것은 그때였다. 클레오르가 일어서서 창가로 다가갔다.

푸른색의 작은 새가 창가에 앉아서 작은 부리로 톡톡 유리창을 쪼고 있었다. 클레오르가 창문을 열자 거침없이 새가 날아 들어왔다. 에스텔라는 그것이 무엇인지 알고 있었다. 신성마법으로 형성된 청조다. 부친이 가끔 그것으로 연락을 받는 것을 본 적이 있었다.

클레오르가 손을 내밀었다. 청조는 클레오르의 손바닥 위로 올라가더니 굵직한 목소리를 냈다.

[전하. 황태자궁에 불이 났습니다.]

"규모는?"

[조기에 찾아서 큰 문제가 되지는 않았습니다. 하녀 세 명이 자연 발화했습니다.]

"알았네. 곧 돌아가지."

이야기를 마치자 청조가 파삭 푸른 재가 되어 흩어졌다.

에스텔라는 긴장한 얼굴로 그 광경을 바라보았다.

"별일 아니야."

"하녀가 자연발화했다면서요."

"가끔 있는 일이지. '누군가'가 밀어 넣은 첩자가 효용을 다한 거야."

"첩자가 효용을 다하면 도망을 치는 게 아니라 발화를 한다고요?"

"저주의 일종이야. 처음에는 이렇게까지 노골적이지 않았는데, 내 세력이 강해지면서 이제는 이런 식으로밖에 사람을 쓰지 못하게 된 거지."

클레오르는 재가 날리지 않도록 주먹을 쥔 채 벽난로 가로 다가가 그것을 안에 털었다. 그리고 에스텔라에게 말했다.

"그래서 드는 의심이 있어."

에스텔라는 주먹을 쥔 채로 그를 바라보았다. 이것이 클레오르가 찾아온 '진짜' 용건이라는 사실을 직감했다.

"알비나 황후는 마녀가 아닐까, 하고."

"……마녀가, 인간의 흉내를 낼 수 있다고요? 더군다나 귀부인을?"

마녀는 숲에 사는 몬스터이다. 숲을 벗어나서 살 수 있을 리가 없었다. 코르셋으로 허리를 조이고 죽은 식물과 동물에서 자아낸 실로 만든 옷감을 몇 겹이나 몸에 두르고 구두를 신고 사는 것은 인간뿐이다.

"세이렌이나 인어와는 경우가 달라. 다리가 물고기 꼬리처럼 생긴 것도 아니고, 귀 대신 아가미가 붙은 것도 아니지. 적어도 겉모습으로는 마녀와 인간을 구별할 수 없어."

그건 그랬다. 쉽게 믿어지지는 않았지만.

"아니면, 그저 어디에서 마녀의 저주를 배워서 써먹고 있는 여자일지도 모르지. 베르나디오 사제는 그쪽의 가능성이 높다고 생각하더군. 하지만 이미 마녀가 인간을 흉내 낼 수 있다는 것을 확인했으니까. 이나스로."

"그날, 정확히 무슨 일이 있으셨던 겁니까?"

에스텔라는 숨까지 죽이고 물었다.

"별로 대단한 일은 없어. 우다르드 숲까지 끌고 가서, 케알랄칸 나무 앞에 세웠을 뿐이야."

우다르드에 있는 식물계 몬스터인 케알랄칸 나무, 문지기 나무라고도 부르는 이 나무는 과거에는 마녀의 거처 주변에 심어지는 것이었다고 한다. 지정된 자리에서 평소에는 보통 나무처럼 가지를 드리우고 가만히 있지만, 적으로 판단되는 것이 다가오면 가차 없이 공격했다. 그리고 그 대상은 주로 인간이다. 케알랄칸에 습격당한 인간은 상반신이 남아나지 않는다. 나뭇가지가 창검이 되어 인간을 후려치기 때문이다.

"습격을 당한다면 내가 구해 주면 그만이라고 생각했어. 이나스가 하도 울면서 뭔진 모르겠지만 잘못했다고 빌어서 어쩌면 내가 틀렸을지도 모른다는 생각도 잠깐씩 들긴 했지. 그러면 용서를 빌기 위해 무슨 일이라도 해야겠다고 생각했지만, 결과는…… 그대가 아는 대로야."

"케알랄칸 나무가, 가만히 있었어요?"

"아니. 가지를 구부려 절을 하더군."

클레오르의 얼굴이 씁쓰레한 기색을 띠더니 이내 무표정하게 되었다가 빙그레 즐거운 듯한 미소를 그렸다. 에스텔라는 그가 죽은 여자를 앞에 두고 웃고 있었던 것을 떠올렸다.

"웃는 표정밖에 없다니, 아주 나쁜 버릇을 가지고 계시는군요."

"어쩔 수 없지. 용병질을 하면서 살다 보면 피바다 앞에서도 웃어 버릇 해야 고객님이라도 하나 더 건지고, 죽을 목숨도 한 번 더 사는 법이거든. 이런 얼굴이라면 더더욱."

그가 미소하는 얼굴로 말했다.

"메이나드 자작 영애가 마녀라는 것은 어떻게 알아채셨어요?"

"느낌이 있었어. 그대도 운이 좋으면 오늘 알았을 것 같은데."

"리쿰 공작부인……."

에스텔라는 중얼거렸다. 신경을 갉작거리는 그 불유쾌한 감각에 대해서 말하자 클레오르가 고개를 끄덕였다.

"그대의 기감이 훌륭하긴 하군. 보통은 직접 당하는 순간까지 느끼지 못하던데."

"그렇, 군요."

"지금으로서는 알비나도, 콘스탄체도, 다른 사람들도 증거는 없어. 이나스한테 한 것처럼 우다르드 숲까지 강제로 끌고 갈 수도 없는 일이니까."

"자작 영애에 관한 이야기는 다른 사람에게는 하지 않으셨습니까?"

"그 아버지에게만. 그대의 말처럼 마녀가 귀부인의 흉내를 내고 있다는 것을 믿어 줄 사람이 좀처럼 없고, 이나스의 명예도 있으니까. 대외적으로는 사고사로 처리했어. 하녀 몇 사람을 데리고 우다르드 근처까지 피크닉을 갔다가 실수로 깊은 숲까지 들어가는 바람에 우다르드 곰에게 휩쓸렸다는 것으로."

"그건 저도 압니다. 제가 바로 그 사고사 처리에 입 다문 사람이니까. 제 말은, 신뢰할 수 있는 사람들에게 그 대외적인 발표 대신에 뭐라고 말씀하셨느냐 하는 겁니다. 자작 영애는 목이 잘렸어요. 정보가 좀 더 있는 사람은 아무도 단순 사고사로 믿지 않았을 텐데요."

"그야 그렇지. 하지만 진짜로 사고사였어도 사고라고 안 믿었을 걸. 이쪽에서는 이시도르 일파의 암살자가 살해했을 거라고 믿는 사람이 대다수야. 이시도르 일파 안에서는 서로 대체 누가 손을 쓴 거냐고 말하고 있지. 마음대로들 추론하게 내버려 둬. 그런 재미로 사교 활동들을 하고 있을 텐데."

클레오르가 질린다는 듯이 내뱉었다.

"차라리 암살을 당했다는 쪽이 나아. 마녀의 저주를 당했든, 마녀가 되었든, 마녀라는 단어가 얽히는 순간 이나스의 명예는 수직으로 추락할 테니까. 그래서 메이나드 자작 외의 다른 사람에게는 굳이 말하지 않았어. 지금, 그대에게 처음으로 이야기하는 거야."

클레오르가 그렇게 말하고 씩 웃었다.

"지금 발목 잡힌 거야. 이제 내가 알고 있는 정보 중에 제일 중요한 걸 그대에게 말해 버렸다고."

"발목은 이미 잡혀 있었는걸요. 뭘 새삼스럽게 그러세요? 미안하면 돈으로 주세요."

에스텔라는 고개를 절레절레 저었다. 말은 그렇게 했지만, 정말로 알비나 황후가 마녀라면 좌시할 수만은 없는 일이었다. 어쨌든 그녀도 기사였고, 인간이라면 모두가 동의하는 부분이라는 게 있지 않은가.

애꿎은 소녀 하나가 마녀로 바꿔치기되었다. 그게 만일 정치적 싸움의 일부였다면 아마 그녀도 예비 황후로서 그 싸움의 정상적인 참전자 중 하나였으리라.

254

그러나 한 소녀가 마녀에게 걸려 실종되고, 그 자리를 마녀가 대신했다. 결국 그 소녀의 행방은 알 수 없게 되었다. 그렇다면 정쟁에 희생된 권력자 중 하나가 아니라 몬스터에게 죽은 불행한 사람이다.

그것을 생각하면 에스텔라의 속은 한없이 답답해졌다. 언제, 어떻게 사라졌는지도 알 수 없지만, 마치 손 닿는 곳에 있었는데도 돕지 못해 죽게 만든 사람인 것 같은 기분마저 들었다.

클레오르는 돈으로 달라는 말에 하하 웃었다.

"명검은 어때?"

"보석이 더 좋긴 한데, 지금 당장은 명검이 더 필요하긴 하네요."

"기대해도 좋아. 아주 좋은 것까지는 아니지만, 쓸 만한 선물을 하려고 준비하고 있으니까."

그렇게 말하고 클레오르가 일어섰다. 에스텔라는 그를 따라 일어섰다.

들어올 때와 마찬가지로 클레오르는 창문으로 나가려는 듯 밖으로 향했다. 에스텔라는 배웅을 하기 위해 창가까지 따라갔다.

"그런데, 정말로 놀러 갈 마음은 없어?"

"없습니다. 제가 전하와 놀러 다닐 사이는 아니잖아요."

"진짜 끝내주는 사과 사탕을 만드는 집을 알고 있는데……."

에스텔라는 이번에도 움찔했다. 그러나 유혹에 굴하지 않았다. 이렇게 심각한 이야기를 해 놓고 사탕에 낚여 갈 만큼 그녀는 부끄러움을 모르지 않았다.

"그러면 그건 다음번에 선물로 가져오도록 하지."

"별로 기대 안……?!"

눈앞으로 다가온다 싶더니 입가에 따뜻한 기척이 훅 끼쳤다. 키스당한다고 생각해서 에스텔라는 경악하여 몸을 뒤로 빼려 했다. 그 직전에 클레오르의 손이 그녀의 어깨를 꽉 붙잡고 뺨에 입을 맞췄다.

"연습이야. 그래서 어디 내일 남들 앞에서 뽀뽀라도 하겠어?"

그가 싱글거리고 웃었다. 에스텔라는 경직한 채로 뻣뻣하게 굳어서 클레오르를 쳐다보았다.

클레오르가 그녀의 어깨와 뺨을 가볍게 어루만지고는 훌쩍 창밖으로 뛰어나갔다. 에스텔라는 멍청하게 선 채로 입술이 닿은 뺨을 손바닥으로 문질렀다. 아버지 외의 사람에게 뺨에 뽀뽀당하는 건 이게 처음이었다. 사실 아버지조차도 그녀가 열다섯 살이 넘은 다음에는 좀처럼 하지 않았다.

역시, 지금 이건 좀 꼬시는 것처럼 느껴지지 않나?

혹시 그는 아버지에게서 자식이 딸 하나뿐이라는 이야기를 들었을까? 그러면 자신이 여자라는 걸 알고서 저러는 걸까? 아버지는 '그녀'에 대한 이야기를 한 적이 있을까. 과묵한 분이었으니 했더라도 많이 했을 것 같지는 않다. 그것은 '딸'에 대한 이야기였을까, '자식'에 대한 이야기였을까, 혹은 '에스텔라'에 대한 이야기였을까?

에스텔라는 고개를 저었다. 설마 여자인 줄 알면서 가슴에 뽕을 넣으라는 걸 조언이랍시고 했을 리가 없었다. 신사냐 아니냐를 떠나서 인간이면 그러면 안 되지. 애초부터 잘해 주는 이유가 아버지 관련인 것 같……

"설마, 아버지를 좋아했던 거야?"

의혹이 스멀스멀 피어올랐다.

뭐, 상관은 없는 일이었다. 아버지는 이미 돌아가셨고, 어머니는 기억도 못 할 만큼 어릴 때 돌아가셨고, 그 뒤로 아버지는 줄곧 싱글이었고…….

그렇게 생각해 보니 또 의혹이 생겼다. 딸 하나 있는 홀아비가, 그것도 전통 있는 가문의 남자가 아무리 빚이 있다 한들 재혼도 하지 않고 15년을 넘게 혼자 살았다고?

"설마, 쌍방향……?"

에스텔라의 중얼거림은 공허하게 허공에 흩어졌다.

★

약혼식 당일이 되었다.

약혼 발표와 피로연은 저녁의 연회에서 한꺼번에 이루어지지만, 새벽부터 에스텔라는 신전에 가야 했다.

알펜슈타인의 황실은 시황제 엘첸 때부터 줄곧 여신의 사랑을 받아 신성력을 계승해 왔고, 대관식과 더불어 성검과 성창의 소유주가 된다. 이는 곧 황제가 여신의 대행자, 인간을 수호하는 방패이자 세베르이나의 뜻에 어긋나는 적도를 무찌르는 성기사라는 뜻이기도 했다.

제국이 안정되고 국경선이 확정된 이후로 황제가 그 명칭에 적합한 무력을 갖추고 있었던 적은 흔치 않았다. 그러나 절차는 남았다. 황태자와 황태자비는 대관식을 치르기 전에 신전에서 반년에 걸쳐 재계하여 여신의 신성한 축복을 받을 준비를 갖추어야 했다. 황태자가 미혼이라면 약혼녀와 함께 이 기간을 치르고 대혼례와 더불어 대관식을 한다. 이는 선황의 붕어 직후 결혼식을 바로 하는 것은 옳지 않고, 대관식을 치를 때가 되어서야 탈상하는 것으로 보기 때문에 생긴 관습이었다.

황제의 대혼례처럼 직접 신성이 작용하는 것은 아니지만 이 혼례 절차는 귀족들은 물론이고 평민에게까지도 영향을 미쳤다. 보통 약혼한 커플은 6개월 동안 정해진 날마다 신전을 방문하여 세례를 받고 기도하며 축복이 머무르기를 간청했다.

결혼도, 즉위도 하지 못하고 5년이나 시간을 보내 버린 클레오르에게는 해당되지 않는 이야기 같지만, 이 시기는 신전이 유일하게 제국에서 가장 높은 자리에서 권좌에 영향력을 미칠 수 있는 시기이기 때문에 절대로 절차를 앞당기려고 하지 않았다.

"앞으로 영애께서는 반년의 약혼 기간 동안에 매주 빛의 날마다 신전에 오셔서 재계를 하셔야 합니다."

클레오르의 조언자라는 베르나디오 사제가 에스텔라를 신전 깊은 곳의 성지까지 이끌며 그렇게 말했다.

"네. 대관식 때문에 어차피 시간을 단축할 수도 없다고 들었어요."

"그렇습니다. 결혼식 자체는 앞당길 수 있지만, 대관식 절차를 어차피 부부가 함께 반년 동안 치러야 합니다. 이는 황후의 몸에 신성이 깃들도록 그릇을 만드는 데 걸리는 시간입니다. 황태자비로서 반년을 보내시든, 약혼녀로 반년을 보내시든 대관식은 그 이후에 치러져야만 합니다. 그렇다면 굳이 영애를 미리 황태자비로 삼아 복잡한 상황을 만들 필요가 없지요."

에스텔라는 고개를 끄덕였다. 황태자비는 황후의 아래에 있는 데다가 황궁으로 들어가면 위험성은 증가하고, 게다가 일반적인 관습을 따르지 않았을 때에 생겨날 구설수를 생각하면 손해가 너무 컸다. 만일에 그녀가 진짜 클레오르의 아내로서 자식을 가질 거라면 하루라도 빨리 후사를 잇기 위해 결혼을 앞당겨야 하겠지만, 그것도 아닌데 서두를 이유가 없었다.

"이 과정을 그저 단순히 '절차'라고 생각하시면 안 됩니다. 고위 귀족들조차도 신심을 잃었고, 많은 사제들이 잘못을 저질러서 이제는 이 대관식 절차를 그저 신전에서 시간을 끌고 권위를 세우기 위해 하는 일이라고 생각하는 사람이 많습니다만, 대관식을 함께 치른 황후는 세베르이나로부터 진실로 축복받아 황제의 반려이자 알펜슈타인의 황족으로서 신성력과 정화의 힘을 가지게 됩니다."

"네."

"궁금한 게 있으면 말씀하십시오."

궁금증이 그렇게 티 났나 싶어 에스텔라는 멋쩍게 뺨을 쓰다듬었다.

"재혼인 경우에는 해당 안 되나 싶어서요. 알비나 폐하라든가."

그녀가 신성력을 쓸 수 있다면 의혹 자체가 무의미한 일이다 싶어서 묻자 베르나디오가 고개를 저으며 진지하게 대답했다.

"초혼이라든가 재혼이라든가 하는 건 관계가 없고, 후사 문제도 중요하지 않습니다. 오로지 대관식을 함께 치른 황후만이 세베르이나의 앞에서 정당한 황제 폐하의 반려로서 그 자격과 권한을 갖습니다."

갑작스럽게 의무감이 무거워져서 에스텔라는 움찔했다. 베르나디오가 상냥한 미소를 지으며 그녀를 바라보았다.

"그러나 그것은 신성에 관한 이야기로, 인계의 현실과는 관계없습니다. 신전은 이혼도, 재혼도 인정하고 있으니까요. 물론 고작해야 인세의 권력과 알력 다툼 때문에 세베르이나의 축복을 받은 혼인을 파기하는 것을 긍정적으로 보지는 않습니다만, 가장 중요한 것이 당사자의 행복한 삶이라는 것을 부정하지 않습니다."

"네……."

"다만, 영애께 이 말씀은 드리고 싶었습니다. 전하는 외로운 분이십니다. 여러 가지 중하고 시급한 일이 많고, 또 영애를 잡는 것이 우선이라고 생각하셔서 계약이라든가 조건 같은 말씀을 하셨겠지만, 시작은 어찌 되었든 두 분은 앞으로 적어도 5년 동안 반려로서 함께 살아가셔야 합니다. 부디 너무 냉정하게 생각하지 마시고, 전하를 믿고 의지할 수 있는 사람으로 여기고, 또 전하께서 믿고 의지할 수 있는 사람이 되겠다 마음먹고 함께하셨으면 좋겠습니다."

에스텔라는 반발심과 수줍음을 함께 느꼈다. 베르나디오는 그녀가 남장하고 살고 있다는 것을 모른다. 자세한 사정도 모르면서 그런다 싶은 마음이 들기도 하고, 또 사제님이 좋은 마음으로 좋은 말씀을 해 주시는데 그런 생각이나 하는 게 부끄럽기도 했다.

그리고 그 모든 것에 앞서서, 이것을 정말로 '결혼'이라고 여기고 말하는 사람이 베르나디오가 처음이었다.

결혼이구나. 마치 남 일처럼 생각하고 있던 것을 에스텔라는 새삼스럽게 깨달았다.

그러는 사이에 성지의 문 앞에 왔다. 베르나디오는 세베르이나가 세상에 처음으로 세웠다는 빛과 기둥이 새겨진 돌문을 열며 말했다.

"재계라고 해도 어렵게 생각하실 필요는 없습니다. 이곳의 성스러운 샘에 매주 빛의 날마다 몸을 담그시는 것뿐이니까요."

"네."

"시중 없이 혼자인 편이 편하실 거라고 하셔서 지하는 비워 두기로 했습니다. 물이 너무 차가우면 이것을 드십시오. 몸을 보호하는 효능이 있는 성수입니다. 샘 자체도 성수입니다만, 가공되지 않은 신성력의 원천이라서 그대로 섭취해도 효과를 볼 수 없습니다."

"네."

그렇게 해서 실제로 신성력이 몸에 깃드는지 어떤지 모르지만, 만약에 자기가 진짜 남자였다면 이런 절차가 아무 의미 없는 게 아닌가, 하고 에스텔라는 어렴풋이 생각했다. 다행히도 그녀는 여자였지만 말이다.

베르나디오는 그대로 문을 닫고 돌아갔다. 에스텔라는 이미 신전에서 준비해 준 기도 옷으로 갈아입고 왔으므로 그대로 샘에 발을 담갔다.

물은 뼛속까지 아릴 정도로 차가웠다. 그녀는 베르나디오가 주고 간 성수를 마셨다. 가슴 아래까지 오는 깊이의 돌샘 바닥에서 맑은 물이 퐁퐁 솟으며 수면에까지 파문을 일으켰다. 샘의 앞에는 작은 여신의 조각상이 있었다.

에스텔라는 가장 깊은 샘 중앙에까지 들어갔다. 샘물은 빛과 어둠을 의식하지 않으면 확실하게 깨달을 수 없을 정도로 미미한 빛을 머금고 있었다. 성지를 밝히는 것은 촛불 몇 개뿐인데 안이 환하게 느껴지는 것도 그 때문인 것 같았다.

그녀는 대부분의 알펜슈타인 제국인과 마찬가지로 여신 세베르이나를 믿었으나 독실하지 않았다. 신의 존재를 믿느냐 아니냐 하면 그렇게 깊이 생각해 본 적도 없다는 것에 가까웠다. 여기가 성지라고 해도 실감이 나지 않았다.

'이런 걸로 신성이 깃드나?'

신성마법도, 성수의 힘도 믿지만, 역시 본인에게 깃든다는 건 좀처럼 믿기 어려운 이야기였다.

오전 내내 성스러운 샘에 몸을 담갔다가 저택으로 돌아가자 전쟁
터가 기다리고 있었다. 엉덩이까지 내려오는 긴 금발 가발을 쓰는
것을 시작으로 해서 장장 5시간짜리 변신 마법이 시전되었다.

화장을 끝마치고 나서 에스텔라는 루신다를 요정이라고 부르기
로 했다. 루신다는 자기처럼 애까지 있는 여자한테 무슨 소리냐고
얼굴을 붉혔지만, 어떻게 생각해도 요정의 마법이 아니고서는 이런
일이 생길 리가 없었다.

리디아는 오늘의 드레스를 완성하기 위해 열흘 동안 아예 아르투
르 저택에 머물렀다. 오로지 흰색에, 지나친 장식이 들어가서는 안
되며, 스커트의 길이도, 원단도 한정되어 있는 웨딩드레스보다는
마음대로 만들 수 있는 약혼식 드레스 쪽이 재봉사의 혼을 불태울
수 있다고 했다.

그렇게 말해 놓고 그녀가 이제는 웨딩드레스와 피로연용의 드레
스에 혼신의 힘을 다하고 있다는 것을 에스텔라는 알고 있었다. 공
짜로 일을 하는 것도 아닐 것이고, 대체 클레오르가 얼마를 줬는지
궁금할 지경이었다.

약혼식 드레스는 청록색 비단으로 만들어졌다. 역시 가슴과 목의
노출은 없었다. 둥근 파니에로 스커트를 화려하게 부풀리고, 은사
와 금사로 자잘하게 수가 놓인 망사를 주름지게 하여 드리웠다. 드
러난 어깨부터 위팔 중간까지 하늘색 실로 자수가 놓인 레이스로
네 겹의 러플을 만들어 붙이고 손에는 드레스와 같은 원단의 긴 장
갑을 끼었다.

머리를 장식한 것은 침실을 며칠 장식했던 사파이어 티아라였다.

이것은 선대 엘라리사 황후, 클레오르의 어머니가 처녀 시절 썼다
는 것이다.

「대단한 의미가 있는 건 아니야. 낳아 준 어머니라고 해도 나한테
는 기억도 없고. 하지만 내가 그대를 중요시하고 있다는 표현은 되
겠지.」

「저를 집중적으로 공격하라는 표식 아니에요?」

「표식이 없어도 공격은 들어올 텐데. 중립 파벌이나 내 쪽 사람들
을 대하는 것도 중요하니까, 받아 둬.」

「이전 약혼녀들에게도 이거 주셨었죠?」

「안 믿을 것 같지만, 예의는 전부 갖췄어도 이렇게 유서 있는 물
건을 주지는 않았어.」

역시 믿기지 않았다.

어쨌든 혼을 팔 만큼 예쁘긴 했다. 침실에 모셨던 것은 성인식이
나 약혼식처럼 중요한 행사에서 착용할 것들 중에서 가장 중요한
보석을 침실에 장식해 두는 귀족 영애들의 습관에 따른 것이지만,
그게 아니라도 에스텔라는 밤낮으로 그걸 쳐다보면서 역시 클레오
르의 제안을 따르기를 잘했다고 생각했을 것이었다.

그 티아라는 에스텔라의 머리 위에서도 제법 아름다웠다. 금발에
사파이어도 나쁘지 않은 조합이었다. 새로 만든 귀걸이와 팔찌도
사파이어였다. 오늘도 목걸이만은 없었다. 대신 보디스 장식에 사
파이어가 들어가 있었다.

약혼식이 열리는 황태자궁까지 그녀를 에스코트한 것은 한스였
다. 급조된 가문의 기사에게 에스코트를 받다니, 이것을 비즈니스

라고 잘라서 생각하고 있는 에스텔라에게도 미묘한 기분이 들지 않을 수 없었다. 한스도 조심스러운 얼굴이었다. 그녀가 부친을 떠올릴 거라고 생각했던 모양이었다.

그러고 보면 아버지는 무슨 생각이었을까.

생각의 저편으로 미루어 두었던 것을 뒤늦게 끄집어낸다. 왜 에스틴이라는 이름을 호적에 올렸을까. 왜 열아홉이 되도록 약혼조차 시키지 않았을까. 클레오르나 리디아의 이야기로 미루어 생각해 보면, 그녀의 생각만큼 입지가 없는 처지도 아니었던 것 같다. 작위를 거절한 것은 그렇다 쳐도, 혼처는 구할 수 있었을 것이다. 지참금이 없어도 그럭저럭 괜찮은 젊은 기사나 부유한 준남작에게라면, 혈통과 명성만으로도 대충 수준을 맞출 수 있었으리라.

미처 적당한 사람을 고르기 전에 돌아가셨을 뿐인지도 몰랐다. 사실 이때까지 에스텔라는 그랬을 것이라고 생각해 왔다. 그녀의 미래를 한계 짓고 싶지 않아서, 라니. 그건 그녀가 여자임을 모르는 클레오르가 추측한 것에 불과하다. 결국 보라. 그녀는 치안대 기사 이상의 그 무엇도 될 수 없었다.

아르투르 가문의 문장이 박힌 백색 마차는 승차감 좋게 굴러서 황궁으로 향했다. 손님들은 모두 황궁의 정문에서 내려 걸어가야 하지만, 그녀는 오늘의 주인공이기 때문에 그렇지 않았다. 마차는 황태자궁 앞에서 멈췄다.

클레오르가 궁 앞에 나와 있었다.

"오늘 예쁘네."

마차에서 내리는 것을 돕기 위해 손을 내밀며 그가 말했다.

"감사합니다?"

"또 왜 의문형인가?"

"화장이 아니라 둔갑술을 썼다고 말씀하실 줄 알았거든요."

클레오르가 그녀를 안 듯이 해서 내려 주고 뺨에 입을 맞추었다. 에스텔라는 긴장도 하지 않고 그 키스를 받았다. 비즈니스라고 딱 잘라 생각하면 그렇게 의식할 필요가 없었다.

"티아라도 어울려. 어울릴 거라고 생각했지만."

"제 머리보다 전하의 머리에 더 어울릴 것 같네요."

"내가 미남이긴 한데, 여장이 어울리는 타입은 아니라서."

"해 보셨나 봐요."

"안 해 보진 않았지. 변장이 생명 연장에 얼마나 도움이 되는 재주인데."

툭탁거리고 응수하면서 둘은 나란히 손을 잡고 대연회장으로 향했다.

손님들은 거의 모두 이미 도착해 있었다. 평소의 모습을 되찾은 클레오르가 그녀의 등을 감싸듯이 팔로 두르며 속삭였다.

"긴장할 것 없어. 일타의 평민이었던 나도 해낸 일이야. 아르투르의 후계자인 그대가 못 해낼 리 없어. 혹시라도 피곤하거나 기분이 나빠지면 언제든지 이야기해."

에스텔라는 고개를 끄덕이고, 흡 숨을 들이켰다. 뱃속에 긴장을 불어넣기 위해 한 일이었지만, 얻은 것은 적절한 긴장과 자신감이 아니라 코르셋에 조여진 갈비뼈가 부서지는 듯한 고통이었다.

"제국의 첫 번째 수원이자 태양인 클레오르 반겔 알펜슈타인 황태자 전하와 아르투르 백작 영애 에스텔라께서 드십니다!"

호명관이 외쳤다. 그와 동시에 커다란 연회장의 문이 좌우로 크게 열리며 환한 빛을 쏟아 냈다.

그다지 긴장할 것도 없고, 긴장하지도 않았다고 생각했는데도 에스텔라는 시야가 어른거려 잘 보이지 않는 것을 느꼈다. 앤의 말처럼, 설령 이게 가짜라고 하더라도 그녀의 인생에 적어도 세 번째나 네 번째 정도로는 중요한 날이 될 것 같았다.

약혼식은 간단하게 끝났다.

보통이라면 긴 약혼 서약서를 낭독하고, 양쪽 가문의 친인척에게 이의 제기를 받고, 어른들에게 인사를 하고 축복을 받은 후 서명을 하고 반지를 나눠 껴야 끝이 난다. 그러나 에스텔라 측의 친척으로는 참석한 사람이 아예 하나도 없고, 클레오르의 친인척으로 참석한 사람은 이시도르와 그 아내, 또 콘스탄체뿐이었다. 아르데나 황녀조차 없었다.

약혼반지 교환까지 모든 식전이 아주 조용하게 이루어졌다. 클레오르의 약혼은 이것이 여덟 번째이니 여러 가지 측면에서 축하한다고 호들갑을 떨 상황이 아니기도 했다.

에스텔라가 가벼운 입맞춤을 대충 넘기고 왼손 약지에 끼워진 오팔 반지 속에 바다 위의 일출 같은 형상이 들어 있는 것을 보고 매우 기뻐하는데, 가장 먼저 두 사람이 축하하기 위해 다가왔다.

"안녕하세요, 오라버니. 안녕하세요, 아르투르 영애."

콘스탄체는 오늘도 아름다웠다. 금사로 자수가 놓인 망사를 두른 하얀 색백 가운은 화사함 그 자체였고, 잘록한 허리에는 루비를 엮어 만든 벨트를 늘어뜨리고 있었다. 틀어 올린 검은 머리에는 진주 가루라도 뿌렸는지 반짝반짝 빛이 났다. 어떻게 봐도, 연회의 주인공처럼 보였다.

대부분의 일을 대수롭지 않은 것으로 여기고 넘길 수는 있어도, 표정을 꾸며서 억지로 웃는 것은 잘 못하는 에스텔라는 무표정에 가까운 얼굴로 그녀에게 고개를 숙여 보였다.

"만나서 반갑습니다, 리쿰 공작 미망인."

콘스탄체의 얼굴을 찡그리게 하고 싶었지만, 그렇게 쉽지 않았다. 그녀는 생글생글 웃으며 격의 없이 에스텔라를 포옹했다.

"오늘 정말 아름다워요."

그녀의 얼굴만 보면, 정말이지 순수하게 기뻐하며 축하하는 것처럼 보였다.

이시도르는 클레오르와 악수를 했다.

"매번 이런저런 사고가 있어서 걱정을 했는데, 다행입니다. 이번에야말로 잘되었으면 좋겠군요, 형님."

"고맙군."

클레오르가 그의 팔을 가볍게 두드렸다. 이시도르가 이번에는 에스텔라를 향했다.

"뵙게 되어 기쁩니다, 아르투르 영애. 듣던 대로 아름다운 분이시군요."

솜사탕처럼 달콤한 외모에 깃털처럼 보드라운 미소였다. 천사 같은 콘스탄체에 솜털 같은 이시도르. 이제 알비나의 얼굴이 궁금하다고 생각하면서 에스텔라는 손을 내밀었다. 이시도르가 천천히 그 손을 잡고 고개를 숙였다. 모든 동작이 느릿하고 기품이 넘쳐흘러서, 손등에 입술을 누르는 시간이 제법 길었는데도 그렇게 이상하게 느껴지지 않았다.

"이쪽은 제 아내 미리엄입니다."

그녀는 루체 백작가의 장녀로, 이시도르와는 3년 전에 결혼했다. 딸이 하나 있었다.

에스텔라는 그녀도 적진의 명장 중 하나일 것이라고 생각했다.

사교계를 주름잡은 알비나가 아들을 위해 고르고 고른 며느리일 텐데, 가문이 그렇게 명성 있는 곳이 아닌 것을 보면 아마도 본인이 대단할 것 같다고 말이다. 콘스탄체처럼 미모라든가 사교 활동으로 유명하지 않은 것을 보면 지략가 타입일 거라고 막연하게 생각했다.

그러나 실제로 본 미리엄은 생각하던 것과 이미지가 달랐다. 창백하고 병약해 보이는 여자는 무기력함을 그림으로 그려 놓은 듯했다.

"만나서 반가워요."

상대적으로 황가에 혈통이 가까운 몇몇 가문부터 먼저 인사를 하러 왔다. 오필드 공작 부부를 비롯하여 고위 귀족들 중 클레오르 파벌이라고 할 수 있는 사람들이 가장 먼저 다가와 에스텔라에게 인사를 건네고 클레오르에게 축하의 말을 했다.

그리고 카이덴 후작 부부가 인사를 하러 왔다.

"고드프리드 카이덴입니다. 이쪽은 아내 트레시아입니다."

"약혼을 축하해요, 아르투르 영애."

여전히 옆구리부터 전율이 퍼지는 목소리였다. 남장하고 있을 때에는 조금 나았는데, 이번에는 완전히 직격타를 맞고 에스텔라는 얼굴을 빨갛게 붉히고 말았다. 키가 작고 요정처럼 날씬한 카이덴 후작부인은 승리자의 미소를 짓고 있었다. 솔직히 진짜 부러웠다.

후작 부부의 뒤를 이어 장남 카이덴 자작 부부와 차남 요하난 남작 부부가 인사를 했다. 티소엔은 참석하지 않았다. 삼남인 그는 이런 의무들로부터 상대적으로 자유로웠다. 어쩌면 오늘은 근무를 서는 날인지도 모른다.

대강 인사를 마치고 나자 왈츠곡이 시작되었다. 약혼 피로연의 첫 춤은 그날의 주인공들이 스타트를 끊어야 했다. 클레오르가 정중하게 절을 했다. 에스텔라는 맞절하고 그의 오른손에 왼손을 얹었다.

그동안 한스나 예르켈을 상대로 연습해 왔으나 클레오르와 춤을 추는 것은 처음이었다. 수많은 사람들이 지켜보는 앞에서 단둘이 플로어로 나간다. 음악에 몸을 싣는 것이 쉽지 않을 것 같다고 생각했으나 첫 스텝이 마치 구름을 타듯이 가볍게 미끄러졌다.

"춤 잘 추시네요."

"이런 걸로 남의 비웃음을 사고 싶지는 않으니까 발에서 피가 나도록 연습했었지. 그대도 잘 추는군."

"체력과 민첩성으로는 남한테 안 지거든요."

워낙에 리드가 훌륭해서 자연스럽게 발이 움직이는 것도 편안하지만, 공기가 어쩐지 서늘하고 맑았다. 부담스러운 인사들에서 해방되어서 그런 것이 아니라 신경을 찌르는 그 기이한 공기가 클레오르의 팔 안에서는 정화라도 된 듯이 사라진다. 그의 몸에서 청량한 냄새가 났다. 성스러운 샘의 그 향기였다.

에스텔라는 그 느낌을 새삼스럽게 깨달았다. 그러는 사이에도 클레오르의 리드는 그녀의 드레스 자락을 꽃처럼 펼쳐지게 했다.

두 사람이 플로어를 세 바퀴 돌고 나자 그다음 단계로 올해 데뷔한 영애들과 영윤들이 쏟아져 들어왔다. 온갖 색의 드레스들이 사방을 환하게 만들었다.

클레오르가 자꾸 그녀의 얼굴을 바라보았다. 켕길 것이 없는데, 어쩐지 조금 불편해져서 에스텔라는 시선을 플로어로 내려뜨렸다.

"왈츠를 추는 동안에 레이디의 얼굴을 그렇게 빤히 바라보는 것은 무례한 일입니다, 전하."

"실례했군. 꼴 보기 싫은 얼굴이 군데군데 보이니까 그대의 얼굴을 보고 있는 쪽이 훨씬 기분이 좋아서."

"꽃다운 미인들 얼굴이나 보세요."

"그대는 나 말고는 볼만한 사람도 없을 텐데?"

"제가 거짓말을 못 하는 성격이라서 말씀드리는 건데, 전하보다 리쿰 공작부인이 더 미인이고, 남자로서는 카이덴 후작님이 훨씬 매력 넘쳐요."

"……크렐리디안 경이 아니고?"

"티소엔은 20년 후의 가능성을 높게 쳐 주고 싶네요."

클레오르가 즐거워진 듯이 소리를 내서 웃었다. 왈츠곡이 마무리되었다. 그는 나는 듯한 스텝으로 에스텔라를 리드해서 제자리에 되돌려 놓았다. 그다음 것은 카드리유였다.

마음 같아서는 연회장 한쪽에 산처럼 쌓여 있는 먹을거리들과 솟구치는 초콜릿 분수를 향해 달려가고 싶었다. 하나 불행하게도 그것은 젊은 여성에게 허락된 사치가 아니었다. 어제저녁부터 먹은 것이라고는 샐러드 한 접시가 다였다.

클레오르가 그녀의 시선이 닿는 곳을 보고는 웃어서, 에스텔라는 기분이 울적해졌다.

그때였다. 마침내 호명관이 외쳤다.

"제국의 호수, 알비나 오르페이 알펜슈타인 황후 폐하께서 드십니다!"

연회장의 모든 사람이 그 자리에 멈춰 서서, 열리는 중앙문을 향해 절했다.

비록 클레오르가 황태자로서 권좌에 앉아 있다고 하지만, 즉위하지 않는 한은 알비나보다 서열이 아래였다. 폐하라고 경칭되는 것도 알비나 한 사람이다. 어젯밤에 클레오르는 에스텔라를 향해서

"내일부터 제국에서 가장 고귀한 숙녀."라고 말했지만, 그것은 틀린 말이다. 그가 대관식을 치를 때까지 이 제국에서 가장 높은 자리에 앉아 있는 것은 바로 저 여인이었다.

드레스 자락을 펼치고 고개를 숙이다가 에스텔라는 어금니를 물었다. 속이 뒤집히는 듯이 불편해졌다. 어제저녁부터 먹은 것이 샐러드 한 접시뿐이라서인지, 긴장해서인지 분간할 수 없었다. 척추를 따라 바늘로 콕콕 찌르는 듯한 느낌도 가시질 않았다.

사락사락 비단 자락 스치는 소리가 났다. 알비나가 다가오는 것에 따라 절을 마친 사람들이 일어섰다. 영애들의 드레스가 움직이는 것도 제법 소리가 날 텐데, 알비나의 옷자락 소리만이 그 속에서도 인상적으로 귀에 들어왔다.

"일어나세요."

단순히 음성이 좋고 나쁨을 떠나서 마력적이라고 해도 좋을 정도로 귓속을 파고드는 목소리였다.

에스텔라는 천천히 일어섰다. 클레오르가 그녀에게 다가와 나란히 섰다.

"어서 오십시오, 황후 폐하. 참석하지 않으실 줄 알았는데요."

"그럴 리가. 소중한 맏아들의 약혼인걸요. 참석하지 않으면, 선황께서 얼마나 서운해하시겠습니까?"

알비나가 방긋 웃었다. 아름다운 얼굴이었다. 마흔다섯이 넘어가는 나이이건만, 콘스탄체와 나이 차이가 좀 있는 언니로밖에 보이지 않았다. 미모로는 막상막하였으나 청초하고 가녀린 콘스탄체보다도 그녀 쪽이 좀 더 풍염했다. 만개한 꽃, 가득 차오른 보름달과 같았다.

에스텔라는 홀린 듯이 그녀를 바라보고, 조금 억울한 기분이 되었다. 네크라인이 사각형으로 깊게 파인 색백 가운이 어째서 30년 동안 유행의 최첨단에서 권좌를 차지하고 있었는지 알겠다. 이 옷은 그녀가 입어서야 비로소 값어치가 생기는 옷이었다.

희고 긴 목덜미에 길게 늘어뜨린 루비 펜던트를 따라 자연스럽게 시선을 흘려보내자, 깊은 골짜기에 붙은 작은 진주들을 볼 수 있었다.

"뵙게 되어 영광입니다, 황후 폐하."

"만나서 반가워요, 아르투르 영애. 리스칸 경은 나도 잘 기억하고 있답니다. 명예롭고 훌륭한 기사였고, 클레오르와도 작은 인연이 있었던 것으로 알아요."

"네. 기억해 주셔서 감사합니다."

에스텔라는 속이 울렁거리는 것을 참으며 대답을 쥐어짜 냈다. 그 뒤로 몇 마디 별 볼 일 없는 덕담들이 이리저리 오갔다. 클레오르가 알비나에게 웃는 낯으로 대답하고, 콘스탄체가 끼어들었다. 에스텔라는 마치 환영에 사로잡히기라도 한 듯이 그것을 멀거니 바라보았다.

"힘들면 휴게실에 가서 좀 쉬어. 다음번에는 조금 더 익숙해질 거야."

클레오르가 귀엣말로 속삭였다. 에스텔라는 어느 틈에 그가 곁에 다가와 등을 감싸듯이 안아 자신을 부축하고 있는 것을 깨달았다.

"괜찮아. 긴장해서 힘든 걸로 해 둬. 예르켈과 바르톨로뮤 백작부인이 뒤따라갈 거야. 간식거리를 좀 싸서 보낼 테니까 먹고."

"그럼 잠시만, 쉬고 올게요."

알비나가 붉은 입술로 그리는 미소가 시야에 틀어박혔다. 그녀가 에스텔라에게 말을 걸기 전에 클레오르가 반걸음을 앞으로 나섰다.

272

"생각해 보니 황후 폐하와 춤을 춘 게 벌써 1년 가까이 되었군요. 한 곡 추어 주시겠습니까?"

고작해야 춤 두 곡을 추고 연회장에서 나가는 것은 결코 좋은 선택이 아니었다. 그러나 그녀는 벌써 지쳐 있었다. 클레오르가 가려 주는 사이에 나가는 것이 나을 것 같았다. 그의 말처럼 이것에도 익숙해지면 나아질 것이다.

사람들은 벌써 클레오르와 알비나가 추는 미뉴에트에 정신이 팔려 있었다. 에스텔라는 천천히 몸을 돌렸다. 연회장 구석에서 대기하고 있던 한스가 다가와 그녀의 손을 잡았다.

"휴게실로 갈 거예요."

"모시겠습니다."

그가 짧게 말했다. 에스텔라는 한스의 손을 잡고 연회장 밖으로 나갔다.

스쳐 지나가는 사람들 사이로 콘스탄체와 눈이 마주쳤다. 귀부인들 틈에 섞여 있던 그녀가 초승달처럼 눈매를 휘었다.

한스의 뒤를 따라 기사 세 명이 그녀를 호위하고, 뒤따라 나온 예르켈이 앞을 인도했다.

"전하께서 아가씨의 휴게실을 따로 준비시키셨습니다. 테라스가 딸려 있으니 바깥 공기를 쐬시기에도 괜찮을 겁니다."

"그래."

회랑을 지나가며 무심결에 시선을 정원 쪽으로 돌렸을 때였다.

회색 옷을 입은 백발의 남자 하나가 시체 같은 얼굴로 에스텔라 쪽을 바라보고 있었다. 그녀는 고개를 갸웃했다. 그 남자의 태도가 예사롭지 않은데, 단순히 아픈 사람이라기에는 이쪽을 너무 열심히 바라보고 있었다.

예르켈이 살짝 속삭였다.

"메이나드 자작입니다."

"……."

"말씀 나누시기를 원치 않으시면 그러셔도 됩니다. 아마 아가씨를 원망하고 있을 겁니다. 전하를 원망할 수는 없으니까요."

그렇게만 말하고 그녀의 지시를 기다렸다.

에스텔라는 자작을 조금 외면했다. 괜스레 미안한 마음이 들었다.

그날 우다르드 숲에서 죽은 여자가 마녀였다면, 아마 클레오르의 추측처럼 어느 시점에서 진짜 자작 영애와 바꿔치기되었을 것이다. 어느 쪽이든 부모에게는 하늘이 무너질 일이다.

자작의 원망이 갈 곳을 잃은 것도 당연한 일이었다. 그에게는 에스텔라의 약혼이 마치 딸의 죽음과 연관된 일처럼 느껴지리라.

이야기를 나누지 않는 게 낫겠다. 자작의 마음은 이해하지만, 그 원망의 화살을 에스텔라가 받아야 할 이유는 없었다. 이야기를 들어 준다고 해서 자작에게 실질적인 도움이 되는 것도 아닐 것이다.

그렇게 생각하고 돌아서려는데, 메이나드 자작이 성큼성큼 그녀에게 큰 걸음으로 다가왔다.

"아르투르 영애?"

확인하는 듯이 묻는 목소리가 심하게 쉬어 있었다.

예의 그 불쾌감이 에스텔라를 엄습했다. 자작의 걸음이 빨라졌다. 에스텔라는 한스가 그녀를 감싸듯이 나서는 것을 손짓으로 그만두게 하고, 몸에 적절한 긴장을 주며 자작을 맞이할 준비를 했다.

자작이 에스텔라에게서 열 걸음 정도 거리까지 다가왔을 때였다.

"메이나드 자작님."

274

낮은 목소리가 먼저 자작을 불러 세우고, 그다음 회랑 저편의 정원에서 나타난 티소엔이 그의 앞을 자연스럽게 가로막았다. 자작은 움찔하여 발을 멈추고 경련하듯이 몸을 떨었다.

"오랜만입니다."

"카이덴, 경."

"제가 알기로 황태자 전하께서 자작님의 건강을 우려하셔서 당분간은 황궁에서 열리는 연회에 참석하지 말고 자택에서 쉬시도록 허락하셨을 텐데, 여기까지 어쩐 일이십니까?"

말이 허락이지, 절반은 가택 연금이었다. 클레오르도 그렇게까지 하고 싶지는 않았으나, 자작의 상태가 영 좋지 않아서 강제적으로라도 쉬게 만들려고 사람을 붙였던 것이다.

자작의 입가가 일그러졌다.

"그, 랬지. 하, 지만…… 전, 하께서 좋은 가, 문의 숙녀를 만나약, 혼을 하시는 중, 요한 자리이니, 축하를 해야겠다고, 생각, 해서."

자작의 말은 가닥가닥 끊어졌고, 눈동자는 불안한 듯이 쉬지 않고 굴러갔다. 이마에서는 식은땀이 줄줄 흘러내렸다.

티소엔이 말했다.

"몸이 좋지 않으신 것 같은데, 돌아가시는 편이 좋겠습니다. 제 하인이 배웅해 드릴 겁니다."

"아직, 아, 르투르 영애를……."

"황태자 전하께서 걱정하십니다."

황태자를 두 번째 언급하자 자작의 경련이 조금 가라앉았다. 그는 눈을 두어 번 더 굴리고는 고개를 끄덕였다.

티소엔이 뒤따르고 있던 하인을 불러서 그를 배웅하라고 명했다.

하인이 정중하게 고개를 숙여 보이고 메이나드 자작을 부축해서 반대편으로 사라졌다.

티소엔은 잠시 그 뒷모습을 바라보고 있다가 에스텔라에게 시선을 돌렸다. 에스텔라는 어색해졌다. 아까 카이덴 후작가가 인사할 때 보이지 않기에 아예 참석하지 않았으려니 하고 생각했는데, 입은 것이 기사단 제복이나 갑옷이 아니라 짙은 남색의 단순한 예복인 것으로 보아 연회에 참석했던 듯했다.

몇 주 만에 보는 얼굴인데 벌써 낯설었다. 처음 보는 예복 차림새이기 때문만은 아니었다. 티소엔은 아팠던 사람처럼 핼쑥해진 데다가 살이 좀 빠진 것 같았다. 그늘진 뺨이 우수에 차 있었다.

"도와주신 거지요? 감사합니다."

에스텔라에게 여자로서 있는 것 자체가 어색할 리 없었다. 그러나 오로지 남자로서 교류했던 몇 사람의 앞에서는 그것이 어려웠는데, 티소엔을 상대로는 특히나 더 그랬다. 상냥한 미소를 띠며 감사 인사를 하자니 손발이 오그라드는 기분이 들었다.

"아뇨."

티소엔이 짧게 대답했다. 다른 말을 더 하고 싶었지만, 생각이 턱 막힌 것처럼 말이 나오지 않았기 때문이었다.

그가 묵묵부답인 채 서 있기만 하자 에스텔라가 별수 없이 말을 걸었다. 길게 이야기하다가 들통이 날까 봐 염려스러웠으나 인사하고 가 버리자니 온 얼굴로 할 말이 있다고 말하고 있어서 어쩔 수 없었다.

"연회에 참석하셨나 봐요. 카이덴 후작님과 인사할 때에는 안 계시더니."

별로 할 말이 없어서 에스텔라는 그렇게 말했다. 티소엔은 "예."

하고 이번에도 짧게 대답했다가 뒤늦게 자기 말이 너무 짧았다는 것을 자각했다. 그는 초조해져서 입술을 안쪽에서 물었다. 자연스럽게 대화를 이어 가고 싶은데 잘할 수가 없어서 답답했다.

"연회장의 공기를 그다지 좋아하지 않습니다. 사람이 많아서 그런지, 금방 피곤해져서요."

"아아, 네에⋯⋯."

형언할 수 없이 어색했다.

"메이나드 자작님은 따님을 잃은 후에 마음에 병이 드셨다고 합니다. 너무 놀라지 않으셨으면 좋겠습니다. 휴게실로 가시는 길입니까?"

"네."

"늦었지만, 약혼을 축하드립니다."

티소엔이 허리를 구부리고 에스텔라의 손등에 키스했다.

티소엔의 움직임에는 정중함 이상의 것이 없었지만, 에스텔라는 어색한 나머지 조금 빠르게 그의 손에서 손을 빼냈다. 손등이 간지러운 듯한 기분이 들었다. 그녀는 치맛자락 앞에서 다른 손으로 손등을 감싸 쥐듯 하고 섰다. 그가 에스텔라가 빼내는 손에서 시선을 떼지 못하고 있다가 고개를 들었다.

"제가 인사도 드리지 않았군요. 티소엔 크렐리디안입니다. 에스틴의 친구입니다."

"네. 지난번에 잠깐 뵈었었죠."

이미 에스텔라가 카이덴 후작가를 언급했던 것도 제대로 알아듣지 못했던 듯 티소엔이 머뭇거리다가 아주 조금 눈가를 붉혔다.

"기억해 주셔서 감사합니다."

"에스틴이 이야기했었으니까요. 믿을 만한 분이라고."

"그렇게 생각해 주시면 기쁘겠습니다."

티소엔이 또다시 침묵했다가, 어렵게 입을 열었다.

"황태자 전하께서 레이디를 부족함 없이 아껴 주시겠지만, 단둘이 의지하고 살던 동생분이 멀리 가셨으니 마음이 허전하신 부분이 있으실 테지요."

"네."

"에스틴의 대신은 되지 못해도, 어려운 일이 있거나 힘든 일이 있으시면 기꺼이 도와 드리겠습니다. 언제든 말씀해 주십시오."

"네……."

에스텔라는 멋쩍게 대답했다. 티소엔이 늘 진지하긴 했어도, 이런 식으로 진중한 느낌을 받은 것은 처음이라서 몹시 낯설었다.

"황궁은 흉험한 곳입니다. 모쪼록 조심하시길."

"친절하시군요. 감사합니다."

그녀는 치맛자락을 들며 정중하게 인사했다. 티소엔의 얼굴이 조금 붉어졌다.

그가 에스텔라의 호위 기사들과 살짝 눈을 맞추며 묵례를 했다. 클레오르가 에스텔라의 호위를 모두 황궁 기사단이 아니라 제국 기사단에서 차출했기 때문에, 티소엔과 서로 면식 정도는 있어도 잘 아는 사이는 없었다.

에스텔라가 먼저 자리를 떴다. 티소엔은 회랑에 선 채로 그녀의 치맛자락이 바람을 맞은 종처럼 흔들리며 사라지는 것을 바라보고 있었다.

오지 않을 생각이었다. 그게 옳다고 여겼다. 만나면 괴로워질 것 같았으니까.

다른 가족들이 나서기 직전까지도 가지 않겠다고 방에 처박혀 있었다. 그러나, 그래도, 얼굴 한 번 보지 않고 끝낼 수가 없었다. 행여 다시 보면 마음이 바뀔까 싶어 뒤늦게라도 왔다. 그러나 먼발치에서 춤추는 것을 보는 것만으로도 심장이 아렸다.

황태자의 약혼녀. 반년이 지나가면 황후가 되실 분이다.

아니, 설령 그것이 아니라 하더라도, 남의 아내 될 사람을 마음에 품는 것은 옳지 않다.

애당초 에스텔라는 그에 대해 잘 알지도 못했다. 그도 마찬가지다. 그가 아는 것이라고는 에스텔라가 에스틴의 쌍둥이 누나라는 것뿐이며, 만난 것도 겨우 한 번 잠깐 집 앞에서 마주쳐 인사 같지도 않은 인사를 나눴을 따름이었다. 어떤 감정이 싹틀 만한 시간이나 계기라고 하기도 어려웠다.

그렇다고 실재하는 마음을 없는 것이라고 무시하지도 못했다.

티소엔은 긴 한숨을 내쉬었다. 그는 타인을 이렇게 오래도록 마음에 담아 본 적이 없었다. 에스텔라에게는 물론이고 에스틴을 생각해서라도 이러면 안 된다고 생각했지만, 마음이라는 게 제 뜻대로 되지 않는다는 사실을 배웠을 뿐이었다.

"약혼녀를 내게서 숨기기라도 할 셈인가 봅니다. 어차피 결혼을 하면 가족으로 살아야 할 텐데요."

알비나가 느릿하게 말했다. 제아무리 아름답다고 하더라도 이 여자의 몸에 손을 대고 춤을 추는 것은 클레오르에게 기분 좋은 일이 아니었다. 생리적인 불쾌감이 들었다. 이게 그가 추측하는 대로 정말로 알펜슈타인의 신성이 마녀를 거부하는 것이라면, 선황은 어떻게 이 여자와 결혼하여 자식까지 낳고 살 수 있었는지 알 수가 없었다. 만일에 그것을 숨기는 법을 알고 있었다면, 지금은 왜 숨기지 않는가.

아니. 그 자식들이 진짜 선황의 자식이긴 할까. 마녀는 오로지 자성(雌性)만으로 이루어진 종족이다. 만일에 알비나가 정말로 마녀라면, 이시도르는 태어날 수 없다. 그렇기 때문에 베르나디오는 클레오르가 느끼는 것에 대해 전부 설명을 듣고서도 단순히 마녀의 저주법을 일부 배웠을 뿐인 인간 여자일 거라고 판정했다.

또한 그에게 직접적으로 불쾌감을 주는 것은 알비나와 콘스탄체만이다. 만일에 알비나가 진짜 마녀이고 이시도르가 알펜슈타인의 혈통이 아니라 가짜라면, 마그리아와 아르데나 황녀 역시 마녀일 것이다. 그러나 그 두 사람에게서는 클레오르는 특별한 느낌을 받지 못했다. 그것 역시 알비나가 인간일 수 있단 증거 중 하나였다.

신전이 그녀를 마녀라고 인증하지 않는 한 클레오르가 강제로 증거를 찾기 위해 끌고 가는 것은 불가능했다. 그러나 최대한 클레오르를 믿어 주고자 하는 베르나디오조차도 절반도 채 인정하지 않는데, 그를 싫어하는 신전에서 단순히 '느낌'이라는 것을 증거로 받아들일 리는 없었다.

결국은 대관식을 치르고 성검과 성창을 얻지 않으면 안 되었다.

"글쎄요. 황실 가족이 보통 평민의 가족들처럼 단란하게 살 필요는 없지 않겠습니까?"

"단란하지 않기에, 서로 해야 할 역할을 잘 지켜야 하지요. 그대의 약혼녀는 지금까지 평민이나 다름없는 몸으로 살아왔으니, 갑작스럽게 어려운 책무를 맡겨도 잘해 내지 못할 거예요. 이끌어 줄 사람이 필요할 텐데……."

"제가 이끌어 줄 생각입니다."

"그대도 다르지 않은 입장일 텐데요?"

알비나 황후가 눈웃음을 치며 말했다.

"제대로 이끌어 주는 사람이 있었더라면, 일곱 명이나 되는 약혼녀가 파멸에 이르지 않았겠지요? 물론 황후가 될 여인에게 자신의 몸가짐을 가지런히 하고 스스로 주변을 다스리는 것은 기초적인 소양이겠지만, 그래도 남편 될 사람이 생기면 자연스럽게 의지하고 싶어 하는 것이 보통의 여인들이랍니다. 나이가 어리고, 약혼자가 높은 지위에 있는 사람일수록 더욱 그렇지요."

"그렇다면, 에스텔라는 어느 쪽이든 해당되지 않는군요."

그녀가 의지해 준다면 기쁠 것 같다.

클레오르는 그런 생각을 하면서 떠오르는 진짜 웃음을 감추기 위해 가면 같은 미소를 썼다.

그건 정말 이상한 일이었다. 그는 이제까지 대체로 혼자 살아남을 수 있는 사람과 지켜 줘야 하는 사람으로 구분해 왔다. 또한 이용할 수 있는 사람과 남을 이용하는 데 쓸 수 있는 사람도 따로 분류했다. 지켜 줘야 하는 사람이 쓸모조차 없다면, 우선순위는 뒤로 한없이 밀렸다.

순수한 애정과 무조건적인 호의를 믿기에는 지나온 세월이 험했다. 수십 년째 내전이 계속되고 있는 일타에서의 삶은 야생의 것에 가까웠다.

그는 언제나 강자였으므로 거기에서 사는 것이 힘들다거나 고통스럽다고 생각하지는 않았지만, 자신이 얻을 것과 잃을 것을 언제나 계산해야만 했다.

선황 베르텐은 다르긴 했다. 그는 클레오르에게 무상의 사랑을 주려고 했다. 하지만 상봉했을 때에 이미 너무 병약한 상태라 클레오르는 오히려 그에게 믿고 의지할 수 있는 사람이 되어 주어야 했고, 시간과 더불어 애정에 두께가 생기기 전에 가고 말았다. 결국 그는 한 번도 선황을 아버지라고 불러 보지 못했다.

사람과 사람 사이에 셈으로 따질 수 없는 가치 있는 관계가 생길 수 있다는 것을 모르지는 않았다. 그러나 클레오르 자신은 한 번도 그것을 느껴 본 적이 없었다. 그렇기에 에스텔라는 혼자 살아남을 수 있는 사람이며, 이용할 수 있는 사람이라고 분류했다. 그리고 그에 따라 가치가 있다고도.

설령 알비나나 콘스탄체가 벌이는 일들이 괴롭다 하더라도, 그녀는 아마도 클레오르가 그녀를 돕는 것보다, 자기 혼자서 해내는 것을 원할 것이다. 그러니까 믿고 맡길 수 있다.

또한 그는 리스칸 아르투르가 대체 에스텔라에게서 무엇을 기대하고 있었는지 궁금하게 여겼으며, 그 녹록지 않은 남자에게 느꼈던 존경심과 은혜만큼 에스텔라에게 되돌려 주고 싶다는 마음도 가지고 있었다.

그럼에도 불구하고, 클레오르는 에스텔라와 같이 있는 동안에 그런 셈속들을 잠깐씩 잊어버리곤 했다. 완강하게 강인한 얼굴에 신뢰를 느꼈으나 솔직하게 행복해하는 얼굴을 보는 쪽이 즐거웠다. 화내는 얼굴을 보면 마음속 어딘가에서 뭔가가 움직거리는 것을 느꼈다.

에스텔라가 과연 그를 의지하려고 하는 날이 올까? 좀처럼 그럴 것 같지 않았다.

★

피로연은 자정이 되어 파했다.

모든 사람이 번갈아 가며 족히 수십 번의 춤을 춘 것 같은데 질리지도 않는지 계속 추고 싶어 하는 사람들이 있었다.

이제야 음료와 가벼운 식사를 하며 조금 진지한 이야기를 하려는 귀부인들과 춤추기를 좋아하는 젊은 남자들이 연회장에 남고, 지위와 연배가 있는 남자들은 술과 여송연을 들고 삼삼오오 작은 당구실이나 휴게실로 흩어졌다.

에스텔라는 바로 연회장을 떠나는 쪽이었다. 이 시간까지 남아 있는 것은 혼전의 어린 숙녀들에게 권장되는 일이 아니었다.

"내일 보자."

"특별한 용건 없으시면 오지 마세요. 배불리 먹고 아침까지 잘 거 거든요."

배웅을 나온 클레오르에게 그렇게 말하자, 그게 뭐가 웃긴지 그는 키들거리면서 마차에 오르는 것을 돕고는, 그녀에게 작은 종이 봉투를 쥐여 주었다.

"뜯어 보고 내 생각 해."

에스텔라는 마차에 올라 문이 닫히자마자 구두를 벗어 던졌다. 클레오르하고만도 열 곡 넘게 춤을 추고, 그 이외에도 예의 차려야 하는 사람들과 번갈아 가며 내내 췄더니 죽을 지경이었다. 역시나 힐에는 익숙해질 것 같지 않았다.

드레스로 어차피 거의 가려지니까, 굽을 좀 낮추는 건 어떻겠느냐고 리디아에게 부탁해 볼 생각을 하면서 그녀는 클레오르가 준 종이봉투를 열었다. 안에 스테이크가 끼워진 두툼한 샌드위치가 두 조각 들어 있었다.

"지금부터 전력을 다해 전하를 사랑할까 고민을 시작해 보겠어."

"그럼요. 노력하셔야지요. 전하는 멋진 남자니까 금방 마음이 가실 겁니다."

한스가 껄껄 웃고 예르켈은 애매한 얼굴을 했다.

단순한 정략결혼이라고만 생각하는 한스와 달리 예르켈은 이게 계약 결혼임을 알고 있었다. 반드시 이혼을 해야만 할 이유는 없지만, 클레오르의 입장에서는 일단 칼받이로 에스텔라를 내세워 즉위를 하고 상황을 안정시킨 후에 이혼하고 더 나은 가문의 영애를 받아들이는 것이 이익이었다.

클레오르가 계약의 목적이 그것이라고 말한 적은 없지만, 사실을 알고 있는 심복은 대부분 예르켈처럼 생각했다. 에스텔라가 사랑에 빠져서 일이 복잡해지는 것은 반갑지 않았다.

"농담이야. 진짜로 그럴 예정 없으니까 안심해."

에스텔라가 그의 얼굴을 보고 툴툴거렸다. 예르켈은 송구스럽게 고개를 숙였다.

"그리고 억지로 나한테 충성하는 척하려고 꾸미지도 말고. 무례하게 대놓고 네가 내 윗사람이 아니라는 식으로 구는 것도 불쾌하지만, 억지로 꾸미는 것도 티 나서 기분이 별로 안 좋으니까. 전하와 나의 이해관계가 일치하는 이상 전하의 충복은 내게도 신뢰할 수 있는 동업자야. 그거면 충분해."

사정을 모르는 하녀들과는 친분 관계가 생기거나 개인적으로 정이 들어서 이렇게 딱 잘라 말하기 어렵지만, 예르켈처럼 저간의 사정을 모두 알고 있는 중책들에게는 분리해서 대하기 쉬웠다.

한스가 "와." 하고 입을 벌렸다.

"아가씨는 냉정하시군요."

"뭐가?"

"여자들은 감정적이라서 보통 그렇게 딱 잘라서 생각하지 못하니까 말입니다. 공사 구분도 잘 못 하고."

그게 칭찬이라는 사실은 알았다. 에스텔라는 잠깐 고민했다. 몇 년 동안 여자가 얽힌 사건을 처리할 때마다 수없이 들어 온 소리였으나 들을 때마다 닥치라고 말하고 싶어지곤 했다.

지금이라면 자기가 직접 들었으니 해도 좋지 않을까.

그러나 닥치라고 말했다가는 역시 여자는 쉽게 감정적이 되어서 안 된다고 할 게 뻔했다. 그래서 대신에 에스텔라는 깍지를 끼고 손목을 풀며 마치 그것과 전혀 상관없는 이야기라는 듯이 말했다.

"내일 오후에 대련하자, 한스 경."

"잠깐, 아가씨?"

"사흘 내내 피부 관리만 했더니 뻐근하네. 수련, 도와줄 거지?"

한스의 얼굴이 납빛이 되었다.

그나저나 진짜로 뻐근했다. 코르셋을 풀고 싶었다. 고작해야 샌드위치 하나를 먹었을 뿐인데 복부의 압박감이 두 배로 늘어난 기분이 들었다. 여기 있는 것이 예르켈과 한스가 아니라 아일린과 루신다였다면 아마 마차에서 내릴 때 망토를 뒤집어쓰는 한이 있더라도 부탁하고야 말았을 것이다.

이 짓을 적어도 결혼식 때에 한 번은 더 해야 할 것이다. 쓰러질 것 같은 기분으로 에스텔라는 남은 샌드위치를 쳐다보고 한숨을 쉬었다. 저것까지 먹으면 진짜 토할지도 모르겠다. 오늘 기분이 나쁜 것이, 자꾸 신경에 거슬리는 그 좋지 않은 느낌 때문만이 아니라는 것은 확실했다.

언젠가 남청해의 인어섬이라도 찾아가서 가슴이 커진다는 비약이라도 구해 봐야 하나 에스텔라는 진지하게 생각했다. 바르톨로뮤 백작부인이 이렇게까지 조이게 하는 것은 체형을 커버하기 위해서라고 하니 말이다. 아무리 통나무 같은 허리라도 가슴이 좀 있으면 굴곡이 있어 보이지 않겠는가.

마차가 덜컥 선 것은 그때였다. 몸이 휘청거릴 정도의 급정거였다. 똑똑 밖에서 창을 두드리는 소리가 났다.

"맥시밀리언 경, 포위를 당한 것 같습니다."

휘장을 젖히고 창문을 열자 호위 기사 하나가 말했다.

에스텔라는 밖을 내다보려 했으나 그전에 한스가 그녀의 시야를 가리듯이 가드하며 혼자 내렸다.

"마차 안에 계십시오."

그리고 바깥에서 덧문을 탁 닫았다. 예르켈이 함께 있었지만, 작은 등잔 하나로 밝혀진 마차 안은 마치 감옥처럼 느껴졌다.

에스텔라는 말없이 앉은 채 기감을 마차 너머로 퍼뜨렸다. 달리고 있던 길은 제법 넓지만, 한밤중이라 사람도, 마차도 없었다. 포위망이 완성되지 않았으니 그대로 뚫고 나가는 게 나을 것 같은데 호위 기사단은 뿌리치지 못할 것이라고 판단한 듯했다. 달려오는 말의 숫자는 서른, 마흔, 그것도 넘어 쉰에 가까웠다.

"말을 멈추고 소속을 밝혀라!"

한스가 외치는 소리가 들렸다. 대답은 없을 것이다. 에스텔라는 바깥의 상황을 손으로 그리듯이 머릿속에 재구성시켰다. 검을 뽑은 자의 수가 쉰다섯, 그 외의 사람이 하나. 엘첸 안에서 말을 타고 검으로 무장한 남자라면 모두 기사일 것이다.

그리고 그 모두가 메이나드 자작과 같았다. 모두 생기가 없어 역겨운 기분이 들었으며, 의지라고는 느껴지지 않았다.

말발굽 소리가 마차 주위를 휩쓸었다.

"누구의 마차를 가로막고 있는 줄 아는가!"

한스가 다시 외쳤다. 역시 대답은 없었다. 대신에 까앙, 하고 철

검 부딪치는 소리가 나더니 이내 사방이 싸움 소리로 휩쓸렸다.

에스텔라는 예르켈을 바라보았다. 그는 짤막한 칼을 꺼내 두 손으로 쥔 채 창백한 얼굴을 하고 있었다. 하품이 날 정도로 시시한 얼굴이었다.

"예르켈."

"예, 아가씨."

"네 뒤에 있는, 그 검을 꺼내."

"예?"

"두 번 말하게 하지 마. 그거 꺼내."

예르켈이 망설였다. 뒤에 있는 상자 속에 들어 있는 것은 클레오르가 에스텔라에게 주는 약혼 예물 중 하나였다. 검집에 금과 검은 보석으로 아로새긴 장식이 붙어 있는 그 아름다운 아밍 소드는 에스텔라의 조부 미하엘로 아르투르가 잘나가던 시절에 만든 검이다.

에스텔라는 그 검을 잘 알고 있었다. 부친은 조부가 돌아가신 후에 그 검을 두고 오래 고민했었다. 상속받은 것 중에 재산이라고 할 만한 것은 그것밖에 없었던 것이다.

「아버지는 아르투르 검술을 자기류(自己流)로 변형시켜 사용하셨으니 이렇게 날이 넓은 검을 쓰셨지만, 나한테는 잘 맞지 않고 아마 네게도 맞지 않겠지. 역시 그냥 처분하자꾸나.」

아마 이 검은 빚을 줄이는 데에 조금이나마 기여했을 것이다. 그날 뭘 사 주셨던 것 같은데, 잘 기억나지 않았다. 아마도 그 후에 이 검은 부유한 기사와 귀족들 사이를 돌아다녔을 것이다. 에스텔라는 완전히 잊어버리고 있었지만, 칼집을 보자마자 기억이 났다.

여성에게 예물로 검을 준다는 것은 흔치 않은 이야기이지만, 그것이 조부의 검이었다는 사실을 듣고 바르톨로뮤 백작부인도, 휴게실을 방문했던 영애들도 고개를 끄덕였다.

「아르투르 가문은 워낙 유서 깊은 무가이니까요. 영애의 선친과 선조부께서도 명성 있는 기사이셨고, 영애도 가전 검술을 사사하셨으니 의미 깊은 물건을 찾다가 이걸 선택하신 것 같아요.」

그래도 알리시아 영애나 네아사 영애는 못내 아쉬운 듯했다. 가문의 오래된 물건이라면 보석이나 가구를 찾아서 선물해 줄 수도 있었을 것이고, 전통을 생각하여 굳이 검을 선물로 준다면 아예 2-3백 년 된 명검을 주는 편이 좋았을 거라고 말이다.

그러나 에스텔라는 그렇게 생각하지 않았다. 조부의 검이 그녀에게 특별히 의미가 깊다든가 하는 것은 아니지만, 그래도 나름대로 아버지와의 기억이 있는 검이었다. 게다가 보통의 철검과는 격을 달리하는 좋은 검으로 지금도 짱짱한 현역이었다. 반면, 2-3백 년 전의 명검은 제아무리 유명해도 골동품일 뿐이지, 지금은 쓸 수 없는 물건이었다.

애초부터 클레오르가 이것을 준 것이 가문 재건 축하 선물이라고 에스텔라는 조금도 생각하지 않았다. 이것은 무기다. 순수하게 선물이라면 날을 새파랗게 세워서 주었을 리 있겠는가.

그녀가 다시 손을 내밀자, 예르켈이 결국 상자를 열어 조심스럽게 검을 건네주었다. 최종적으로 그녀의 몸을 지키는 것은 그녀 자신이다. 마차가 공격당하면, 무력한 예르켈로서는 한 번 몸으로 막는 정도밖에 해내지 못할 것이었다.

288

그녀는 비단 장갑을 벗고 늘 가지고 다니는 양가죽 장갑을 꺼냈다. 단화도 한 켤레 마차 안에 준비되어 있다. 그녀가 처음에 항상 마차 안에 장갑과 단화를 준비하도록 했을 때에 아일린은 의아해하는 것 같았지만, 에스텔라에게는 양산이나 보석 벨트와는 비교도 되지 않는 필수품이었다.

"으악!"

비명 소리와 함께 마차가 크게 출렁였다. 예르켈이 목을 울렸다. 휘장 때문에 바깥은 보이지 않았지만, 상황이 좋지 않을 것이다. 애당초 55대 21이다. 그 전원이 이 마차를 보호하고 있다. 아일린과 루신다가 탔을 마차는 어찌 되었을지도 알 수가 없었다.

그녀가 티아라와 가발을 내려놓고 검을 쥐고 마차 문을 열려 하자 예르켈이 그녀의 손목을 잡으려 들었다. 에스텔라는 가볍게 칼자루로 예르켈의 손을 후려쳤다.

"안 됩니다."

그래도 지지 않고 예르켈이 몸을 내밀어 마차 문을 막았다.

"저들이 다 죽는다 해도 아가씨만 산다면 우리가 이기는 겁니다."

"그런 식으로 생각하니까 지금까지 진 거야."

"아가씨."

"날 설득할 생각 하지 말고 닥쳐. 이대로 있으면 어차피 죽어. 마차에 앉아서 보호받다 죽으라고 전하가 날 채용한 게 아니니까."

예르켈이 입을 다물고 얌전히 물러났다. 에스텔라는 마차 문을 걷어차 열었다. 문을 무겁게 만든 시신은 아는 얼굴이었다.

"아가씨!"

한스가 크게 당황하며 외쳤다. 열아홉 명의 남은 호위 기사들이 검을 들고 마차 밖으로 나온 에스텔라를 보며 경악하고 당혹하여 어찌할 바를 몰랐다.

에스텔라는 검을 한 차례 휘둘러 무게감을 익히며 쓱 주위를 훑어보았다. 역시 메이나드 자작이 있었다. 쉰다섯 명의 상대측 기사는 이미 아홉 명 가까이 쓰러져 있었고, 아군은 두 명이 죽었다. 이만하면 분전했다고 칭찬해 주어야 하리라. 뒤를 따르는 작은 마차를 습격한 자가 없다는 것이 그나마 위안이었다.

불투명하던 목표가 확실해졌다. 코르셋은 여전히 조이고 있지만, 마차 안에서보다 오히려 숨쉬기가 편했다.

이것을 위해 여기에 불려 온 것이다. 예쁘게 꾸미고 왈츠를 추기 위해서가 아니라.

적이라면, 쓰러뜨릴 뿐이다. 사람을 죽일 각오가 되어 있느냐고 묻는다면 그녀는 아직 확실히 대답할 수 없었다. 그러나 죽이러 오는 자를 사람이니 해치지 못한다고 말할 만큼 선인도, 무서워서 해치지 못할 만큼 겁쟁이도 아니었다.

"아가씨!"

또 누군가가 외쳤다.

에스텔라는 그 외침을 듣지 않았다. 마흔여섯 명에게 둘러싸인 열아홉 명 중 그 누가 그녀를 구하러 올 수 있겠는가.

네 명의 기사가 그녀를 향해 칼을 휘둘렀다.

그녀는 사람을 상대로 싸운 경험이 많지 않았다. 실전이라고 할 만한 것은 치안대에 있는 동안에 범죄자를 체포할 때에 손을 보탠 것이 거의 전부였다. 칼 좀 쓴다는 강도나 폭력범도 기사 앞에서는 어린애 장난에 불과했다. 실력 최하위라고 비웃음을 사는 치안대 기사조차도 일반인에 비하면 전투 병기다.

지금 상대는 기사였다. 그중에서도 스물다섯 명은 황궁 기사단의 제복을 입고 있었다.

그러나 질 것 같다는 생각이 들지 않았다.

확신이 그녀의 안에 차올랐다. 첫 번째 검격의 궤적이 마치 예지라도 되는 듯이 눈에 보였다.

그녀는 몸을 웅크리고 앞으로 튀어 나갔다. 구둣발로 땅을 박찬다. 첫 번째 기사의 허벅지를 베며 어깨로 밀쳐 내고, 돌아서며 등을 찔러 오는 두 번째 공격을 튕긴다. 일검에 한 명의 다리 힘줄을 끊는다. 보이지 않는 곳에서 다가오는 예기까지도 전부 읽어 낼 수 있다.

예전부터 알고 있었다. 그녀에게 재능이 있다면, 그 재능은 난전에서야말로 진짜 의미를 갖는 것이다.

클레오르를 상대로 싸웠을 때, 우다르드 숲에서 몬스터에게 둘러싸였을 때, 또 언젠가는 티소엔을 상대로도. 그리고 그 이전에, 아버지와 수없이 많은 대련을 하면서, 반응할 수 있든 없든 그녀는 언제나 사방 일정 거리 내의 모든 공격과 방어 행위를 정확하게 파악할 수 있었다. 다만 대개의 경우에는 그렇게까지 예민하게 감각을 세울 필요가 없었을 뿐이다.

왜 클레오르가 매번 웃는 버릇이 생겼는지 알 것 같았다. 투기가 흥분이 되어 등골을 타고 오르며 입꼬리에서는 웃음으로 변했다.

자신의 존재 가치를 증명한다.

그녀는 검을 움켜쥔 채로 메이나드 자작이 있는 방향으로 달려들었다.

그 시간에 클레오르는 게임실에 있었다.

"전 솔직히 스물세 살이 되도록 시집을 못 간 아가씨라고 해서 대체 얼마나 추녀일까 걱정을 했는데 말입니다. 생각보다 예쁘던데요."

으하하하 하고 로브라 백작이 호탕하게 웃음을 터뜨렸다. 막 파이프를 물고 불을 붙이려던 제럴드 로버츠 경도 한마디 하고 싶었던 듯 불붙이기를 그만두고 파이프를 내려놓으며 말했다.

"용모에 문제가 없어도 아르투르 가문이라면 참 혼처 찾기가 애매했겠죠. 아무 집안하고나 인연을 맺을 수는 없고, 그렇다고 그 역사와 혈통에 걸맞은 가문이라면 지금의 아르투르 가문과 굳이 혼맥을 맺을 이유가 없고. 리스칸 경이 약혼조차 시키지 않고 갑자기 죽은 데다가 혼사를 보살펴 줄 만한 친척이 있는 것도 아니고, 제대로 자리 잡은 오라비가 있었던 것도 아니었으니 그 나이까지 어떻게도 하지 못했던 게 이상한 일은 아니죠."

"제가 알기로는 유버 상단에 졌던 빚을 다 갚은 것도 바로 그 전해였고, 그 남동생도 그다지 선친을 닮은 사내다운 인재는 못 되었던 것 같습니다."

"호오. 젊은 아르투르 백작도 잘 아시는가 봅니다? 역시 채권자로서?"

"아니. 솔직히 리스칸 경과는 자주 봤지만, 에스틴 경―뭐어, 젊으니 이렇게 불러도 되겠지요.―을 안다고 하기는 어려워요. 그냥 얼굴이나 아는 정도입니다. 예전에 아내가 진주 목걸이를 잃어버린 일로 히스테리를 부려서 치안대에서 중재를 하러 온 일이 있었는데, 그때 에스틴 경이 왔습니다. 아르투르 가문의 자손이라고 하니까, 기억에 남았습니다. 호리호리하니 잘생긴 소년이라고 아내도, 딸도 좋아서는, 그렇게 난장 치던 일도 그냥 없던 것으로 하자더군요. 결국 목걸이는 딸년 방에서 찾았고."

"아하, 4년 내내 치안대 기사였다고 했지요. 리스칸 경도, 미하엘로 경도 검술로는 제국 제일이라는 평판이 있었는데, 그 아들이 고작해야 그 정도밖에 안 되다니 리스칸 경에게 한이 많이 남았겠습니다."

"제아무리 아르투르 가문이 무가로 유명하고, 아르투르 검술이 또 일류라고는 해도 모든 자손이 재능을 타고날 수는 없는 것 아니겠습니까? 후대를 기대해 봐야겠지요."

"젊은 백작이 그렇다면 아르투르 영애가 그 나이까지 혼인하지 못한 것도 이해가 갑니다. 알아보니 선친이 돌아가신 뒤에야 기사단 입단 시험을 쳤던데, 제 나름대로는 노력한다고 한 모양이지만 거기까지가 한계였던 거겠지요. 손위 누이를 시집보내는 게 어디 쉬웠겠습니까? 제 힘으로 지참금을 마련할 능력도 없었을 테고."

"오히려 누나가 보살펴 준 셈이 되는군요. 그야말로 귀부인의 귀감이 되실 겁니다."

하하 웃음이 터졌다.

클레오르는 니엘베타 백작을 상대로 체스를 두고 있다가 뒤에서 들리는 그런 이야기들에 쓴웃음을 지었다.

역사가 긴 명문이지만 무능한 자손, 게다가 권세도 없이 막 새로 작위를 받았을 뿐이라 어떤 의미에서는 신흥귀족이니 얼마나 씹고 즐기기 좋겠는가.

여기에서 자기가 끼어들어 무례함을 지적해도 나중에 비웃음만 가중될 뿐이고, 에스텔라가 그런 말들에 화를 낼까를 생각해 봐도 역시 그럴 것 같지 않았다. 틀린 말도 아닌데요, 라고 대충 들어 넘기는 얼굴이 눈에 선했다.

"스물세 살이면 나이가 조금 많긴 하지만, 둘째나 셋째쯤이라고 생각하면 자식을 갖는 데에는 전혀 문제가 없는 나이이죠. 혈색이 조금 없어 보이긴 했지만……."

"약혼식 날에 혈색 도는 영애도 있답니까? 이때까지 큰 무도회에 한 번도 참석해 본 적이 없을 텐데, 처음으로 황궁에서 열리는 연회에 참석하는 게 자기 약혼식이라니, 긴장해서 쓰러지시지 않은 것만도 다행인데요."

"우아한 자태는 조금 모자라지만, 침착한 태도가 나쁘지 않더군요. 가문을 위해 스스로 몸을 내던지는 결단력도 있고."

누군가가 말한 것에 잠시 대화가 주춤 끊어졌다. 눈치 없는 척을 하는 페도시 백작이 대놓고 말했다.

"결단력이라고 할 만하지요. 전하의 약혼녀들이 이제까지 어떻게 되었는가를 생각한다면. 레이디 에디르네가 어디 부족한 점이 있어서 그렇게 되었더랍니까?"

그것은 클레오르와 죽은 레이디 에디르네의 부친인 퀘시 후작을 동시에 모욕하는 말이었다.

사람들이 아닌 척 흘긋 퀘시 후작에게 시선을 집중했다. 그때까지도 말없이 여송연만 피우고 있던 퀘시 후작은 천천히 고개를 저었다. 연기가 흘러가는 것을 바라보듯이 시선이 허공을 잠시 훑었다.

아말리네 공작이 잔을 내려놓고 일어섰다.

"페도시 백작."

싸늘한 목소리가 실내를 갈랐다.

"그 말은 마치, 전하께 부족한 점이 있다는 것처럼 들리지 않소."

"제가, 어찌 감히."

백작이 벌떡 일어나 클레오르를 향해 허리를 깊이 구부렸다. 클레오르는 룩을 든 채로 하하 웃으며 백작에게 말했다.

"틀린 말이 아닌데, 왜?"

"황공합니다."

"내가 이렇게 부족하니까 아르투르 영애에게 딱 어울리는 사람이지."

"황공, 합니다."

페도시 백작은 식은땀을 흘렸다. 클레오르가 부드럽게 말했지만, 사실상 에스텔라의 명예를 자신과 엮어 더 모욕하면 좌시하지 않겠다는 의미로 말한 셈이었다.

"우리 두 사람이 부족하니 경들이 보좌해 줄 부분도 많고, 공적을 세울 부분도 많을 거야. 모자란 주군이야말로 신하의 홍복이지. 안 그런가, 로네스 공?"

그가 오필드 공작에게 화제를 돌렸다. 오필드 공작은 쓰게 웃었다.

"무서운 농담은 이제 즐기지 않으실 때도 됐는데 말입니다. 저희들이 보좌해 드릴 부분이라고는 사소한 사무와 복잡한 의식에서 뒷자리를 채워 드리는 것뿐입니다."

"무슨 소리. 로네스 공이 없으면 나는 당장 내일의 정무회의도 진행할 수 없을걸."

클레오르가 가볍게 말하며 손을 움직였다. 니엘베타 백작의 안색이 납빛이 되었다. 룩에 이어 나이트까지 체스판 아래로 내려졌다. 폰은 다 죽은 지 오래였다.

그때 콘스탄체가 하시프 후작의 에스코트를 받으며 긴 드레스 자락을 끌고 게임실로 들어섰다. 이 자리에 있는 남자 귀족들은 모두 클레오르에게 충성을 바치는 사람들이었으나 콘스탄체의 아름다움에는 감탄의 시선이 이끌리지 않을 수 없었다.

"안 돼요, 백작. 오라버니는 움츠러드는 상대를 깨뜨리는 것에 더 신나 하니까, 적극적으로 나서지 않으면."

희고 긴 손가락이 니엘베타 백작의 하나 남은 나이트를 집어 들었다. 클레오르의 얼굴이 살짝 구겨졌다.

"무슨 일이냐?"

"아무 일도 없어요. 아니, 정확히는 '아무 일도 없는가?'가 궁금해서 왔어요."

연홍색으로 칠해진 콘스탄체의 입술이 살짝 오므라들었다. 클레오르는 어깨를 으쓱했다.

"있든 없든, 네 앞에서 있다고 말하진 않겠지?"

"그것도 그렇네요. 사실 오라버니의 체스를 방해하러 왔어요."

그녀는 그렇게 말하며 나이트를 체스판에 내려놓았다.

"아르투르 영애는 겉과 속이 다르지 않은 사람인 것 같더군요. 소중하게 대하세요. 전 그녀가 마음에 들거든요."

하루 만에 죽지 않았으면 좋겠어요, 하고 콘스탄체가 고개를 숙여 나직하게 속삭였다. 그러고는 꽃바람처럼 사락거리는 옷자락을 끌며 게임실 밖으로 나갔다.

그녀의 속삭임을 들은 니엘베타 백작이 창백해져서 클레오르를 바라보았다. 클레오르는 여유 있는 태도로 체스판을 내려다보며 말했다.

"걱정할 것 없어. 그녀는 내 퀸이니까."

"전하께서 그렇게 말씀하신다면야……."

어련히 알아서 호위를 붙였을까 싶어서 니엘베타 백작은 더 묻지 않고 체스판만 들여다보았다. 로버츠 경이 체스를 구경하러 온 것처럼 잔을 들고 옮겨 와서는 클레오르에게 부드럽게 권했다.

"체스는 내일 마저 두시는 게 어떻습니까? 충분한 대비를 해 두셨다는 것은 알겠습니다만, 첫 단추를 잘못 꿰면 여자들은 금세 시

296

끄러워지니까요."

클레오르가 퀸의 머리를 만지작거렸다.

"아니, 분명한 예감이 있는데, 서운하다고 잔소리하는 건 내 쪽이 될 거야."

"전하."

그때 근위대 기사 한 명이 서두르는 걸음으로 게임실로 들어왔다. 클레오르는 "응?" 하고 고개를 들었다. 로버츠 경과 니엘베타 백작이 예의상 일어서서 한 걸음을 물러났다. 기사가 클레오르에게 귓속말로 말했다.

"메이나드 저택이 텅 비었습니다."

"텅 비어……?"

"자작가의 기사들은 물론이고 전하께서 배치하셨던 호위들까지 모습을 감췄습니다. 근위대 기사 중에 자작을 황궁에서 봤다는 사람이 있습니다."

클레오르는 천천히 체스 말을 판 위에 내려놓았다. 그리고 느릿하게 일어섰다.

"고용인들은?"

"아무도 없다고 합니다. 벌써 집을 비운 지 일주일은 된 것 같습니다."

메이나드 기사단은 총원 서른 명이었다. 자작가의 기사단으로는 과분했으나 메이나드 자작가는 아주 오래된 가문이고, 그의 영지가 있는 시모니데스 지역은 약혼 이후에 클레오르가 집중적으로 투자하여 크게 발전했다. 자작은 늘어난 수입을 대부분 딸의 호위를 위해 사용했다. 열 명도 넘는 기사를 이끌고 다니는 자작 영애를 분수 모른다며 욕하는 이들도 많았다.

그리고 최근 자작의 상태가 이상해졌기 때문에 혹시나 싶어 배치한 기사가 스물다섯이었다. 이 정도라면 자작을 강제로 연금시키고 있는 것처럼 보이지 않으면서도 비상사태에 대처하는 데에 문제가 없을 거라고 생각했기 때문이다.

제국 기사의 무장은 가문 기사단에 비할 바가 아니었다. 게다가 30대 25라면 아무리 큰 사건이 생겨도 적어도 몇 명은 보고를 하러 올 수 있으리라고 여겼다.

소식도 없이 텅 빈다는 건 있을 수 없는 일이었다. 그러나 알비나를 상대하면서 논리적으로 말이 안 되는 일이 어디 한두 번이던가.

"그래서?"

"급한 대로 서른 명을 추려 수색하러 보냈습니다. 곧 2차 수색대가 꾸려질 겁니다."

클레오르는 주위에 별일 아니라는 듯이 웃음을 건네며 여유로운 걸음으로 게임실을 나왔다.

콘스탄체가 이것을 경고하러 왔는가. 마음이 초조해졌다.

별일이 생기리라고는 생각지 않았다. 에스텔라는 비록 경험이 일천하지만, 순수하게 실력만으로 따지자면 클레오르 자신보다 못하지 않았다. 단기전에서라면 더욱 그렇다. 그녀의 천부적인 재능과 실력이라면 설령 상대가 쉰다섯 명의 기사가 된다 할지라도 혼자 몸 살아서 빠져나오기 어렵지 않을 것이다. 그리고 그녀는 우선순위를 잊고 마부나 메이드를 위해서 목숨을 버릴 사람도 아니었다.

그렇지만, 그렇게 두고 싶지 않았다. 아직 그녀는 자기 손으로 사람의 목숨을 좌우해 본 일이 없다. 이런 식으로 피치 못할 상황에서 모처럼 정들이기 시작한 사람을 죽게 함으로써 그 원망과 좌절이 클레오르 자신에게 돌아오는 것을 원치 않았다.

하물며 상대가 메이나드 자작이라면, 남의 손을 빌릴 일이 아니다.

게임실 밖으로 나와서 그는 걸음을 빨리하여 밖으로 향했다. 복도에서 그와 마주친 사람들이 분분히 인사를 올렸다. 호기심 어린 시선이 뒤에 따라붙었으나 클레오르는 일일이 신경 쓰지 못했다.

신호를 받은 종자가 이미 황태자궁 앞에 말을 대기시켜 놓았다. 클레오르는 훌쩍 말에 뛰어올랐다. 검은 항상 패용하고 있고 건틀렛, 부츠도 언제나 싸울 수 있는 상태의 것을 장착한다. 그는 예복을 벗어 던지고 종자가 건네주는 재킷을 입었다. 그것도 약식 방어구라고 할 수 있을 만큼 안에 제대로 가죽 보호대를 달고 있다.

기사가 그의 말고삐를 잡았다.

"조금만 기다려 주십시오. 아직 근위대가 준비되지 않았습니다."

"되는대로 따라와."

클레오르는 말고삐를 그에게서 빼앗고 곧바로 박차를 가했다.

근위대 기사들이 준비되는 순서대로 허겁지겁 말을 타고 그의 뒤를 따랐다. 따라오든가 말든가 신경 쓰지 않고 그는 말을 달렸다. 황태자가 질풍처럼 황궁을 빠져나가고, 그 뒤로 한 무리의 근위대 기사들이 우르르 따라가자 황궁에 남아 있는 사람들이 크게 술렁거렸다.

황궁 기사단에서 먼저 보낸 수색대는 열 명씩 셋으로 나뉘어 윈첸가로 접근했고, 그중 하나가 먼저 에스텔라와 메이나드 자작이 있는 곳에 당도했다.

상황은 파악하기 어려울 정도로 이상했다. 아르투르 가문의 마차를 중심으로 난전이 벌어지고 있는데, 양쪽 모두 제국 기사단의 제복을 입고 있었고 죽어 넘어진 자들 중에도 제국 기사단 소속의 기사가 적지 않았다. 뒤엉켜 싸우는 가운데에 한 명의 여자만이 돌출

되어 길목 저편으로 돌진하고 있다.

족히 스무 명은 되는 기사가 그녀를 죽일 기세로 공격하지만, 마치 육체가 없는 사람인 것처럼 그녀는 그 모든 것을 매끄럽게 스쳐 피했다. 붉게 얼룩진 청록색 드레스가 펼쳐지고 짧은 금발이 달빛에 희게 비쳤다.

수색대의 선임 기사 테오발드 알프는 어두운 달빛에도 불구하고 그녀를 알아보았다. 아르투르 영애였다. 안력을 돋우자 그녀가 다가가고 있는 쪽에 메이나드 자작이 서 있는 것도 확인할 수 있었다.

한 명을 원군 요청으로 보내고 아홉 명의 기사는 결의를 단단히 다졌다. 얼핏 눈으로 보기에도 상대의 숫자는 서른을 넘겼다. 에스텔라의 호위 기사들은 모두 마차 주변에서 벗어나지 못하고 각자 한두 명씩의 기사와 엉켜 싸움을 벌이고 있었다.

적아를 구별하기 어려웠으나 기껏해야 열다섯 전후이리라고 테오발드는 파악했다. 그렇다면 아홉 명이 끼어들면 시간을 더 벌 수 있을 것이다. 에스텔라가 왜 저기까지 혼자 검을 들고 나가 있는지는 모르겠으나, 테오발드에게는 그녀가 무척 위태로워 보였다.

"아르투르 영애를 지킨다!"

그가 소리를 지른 것은 메이나드 기사단의 시선을 끌기 위해서였다. 그러나 그쪽을 바라본 것은 한스를 비롯하여 호위 기사들뿐이었다. 한스는 안도의 한숨과 쓴웃음을 함께 머금었다. 그야 믿기지 않을 것이다. 황태자의 약혼녀가 저 한복판에서 이기는 싸움을 하고 있다는 게.

호위 기사들은 처음 그녀가 달려 나갔을 때에 기겁을 했다. 이건 안 되는 일이었다. 에스텔라가 아르투르 검술을 이었다는 이야기를 전해 들었으나, 그래 봐야 여자라서 큰 기대는 하지 않았다. 진짜

300

다급한 상황에서 약간의 저항 정도는 할 수 있을 것이다, 또는 달아날 필요가 있을 때에 빠르게 움직일 수 있고 너무 빨리 지치지 않을 것이다 정도로 받아들이고 있었다.

한스는 에스텔라의 실력을 알고 있긴 했다. 그녀의 나이보다도 더 많은 시간을 고려해 온 그를 좌절시킬 정도로 에스텔라는 빼어난 재능을 가지고 있었다. 여자가 정말 대단하다, 그리고 그녀의 재능을 알고 데려온 클레오르도 놀랍다고 생각했다.

그러나 그것과 별개로, 실전에서는 제대로 움직이지 못할 줄 알았다. 아니, 에스텔라라면 일대일 정도는 가능할지도 모른다고 생각하긴 했다. 그러나 경험이 절대적으로 적다. 싸움은 대련과 다르다. 두려움을 이겨 내야 움직일 수 있고, 단호함이 있어야 상대를 공격할 수 있다.

그것을 여자가 해내는 것을 넘어서서 이런 압도적으로 불리한 난전 속에서 아무렇지도 않게 수십 개의 칼날을 쳐 내고 피하고 또 공격하고 임기응변과 응용력을 발휘할 수 있을 줄은 몰랐다. 역전의 용사조차도 쉽게 할 수 있는 일이 아니다.

까앙! 까앙!

에스텔라의 검이 연달아 세 명의 검을 후려갈겨 밀쳐 내고, 능숙하게 품으로 파고들어 가슴 언저리를 폼멜로 두들긴다. 얻어맞은 기사가 신음하는 사이에 검을 그대로 뒤로 밀쳐 뒤에서부터 달려들던 자의 어깨를 찌르고 비틀어 뽑는다.

역시 단화는 불리했다. 발길질을 해도 단단한 군화를 신은 기사들은 좀처럼 흐트러지지 않았다. 역시 아작을 내 버리려면 금속 징이 박힌 부츠가 최고다.

둥실거리는 드레스 자락이 방해가 되었다. 끼고 있는 장갑도 공

301

격력이라고는 찾아볼 수가 없다. 얇게 무두질된 장갑이 피에 물들어 미끌거렸다. 손이 컸던 조부에게 맞추어 만들어진 칼자루도 쥐기 편하진 않았다.

메이나드 자작은 무기를 들지도 않고, 계속해서 에스텔라를 노려보고 있을 뿐이었다. 기사들은 침묵한다. 피부는 회색으로 변했고, 눈자위도 그랬다. 명백히 정상이 아니었으며 이지도 잃은 상태였다.

그들에게 인지된 명령은 세 가지인 듯했다. 에스텔라를 죽일 것, 메이나드 자작을 지킬 것, 가까이에 있는 적을 쓰러뜨릴 것.

에스텔라가 페이스가 다소 느려지는 것을 느끼고 체력과 코르셋과 드레스를 함께 원망할 때였다.

"영애!"

잡스러운 기척이 끼어들었다. 현재 상황에서는 아군도 방해가 되기는 마찬가지였으므로 에스텔라는 마음속으로 불평을 늘어놓았다.

테오발드가 그녀의 앞을 가로막았다.

"지금부터 저희가 지켜 드리겠습니다!"

검의 간격 안에 들어와서 어쩌자는 건지 모르겠다.

앞, 뒤, 옆으로 빈틈없이 호위 기사들이 가로막아 방어해 주었으나 초반뿐이고, 애당초 사방에 스물에 가까운 메이나드 기사가 있었으므로 금세 서로 뒤섞이면서 오히려 방해만 되었다.

테오발드를 힘껏 밀쳐 내고 에스텔라는 다시 메이나드 기사를 상대로 검을 휘둘렀다. 테오발드가 걸리적거려서 생각대로 움직일 수가 없었다. 그녀를 보호해 주려고 하는 것은 알겠는데, 오히려 장애물 하나를 붙인 꼴이었다.

그녀는 클레오르나 티소엔이 드문 실력자라는 것을 뼛속까지 절감했다. 티소엔과는 아예 서로 보조할 필요 없이 각자 움직이는 게 편하다는 것을 잘 알고 있었고, 클레오르는 그녀를 견제하면서도 오히려 빈 부분을 보조했으면 보조했지, 한 번도 그녀의 감각에 방해가 되지 않았다.

"영애, 물러서십시오!"

"아, 진짜!"

결국 에스텔라는 짜증 가득한 목소리를 내뱉고야 말았다. 그리고 몰려드는 세 명의 검을 한꺼번에 쳐 내어 테오발드 쪽으로 떠넘긴 다음에 혹 빠져나갔다.

메이나드 기사 하나가 쓰러진 채로 그녀의 발목을 붙잡았다. 에스텔라는 도로 기어 일어나려는 기사의 허벅지를 찔러 힘줄을 끊었다. 퍽 하고 튄 피가 스커트를 적셨다.

곧바로 어깨를 내려치는 공격이 들어왔다. 그녀는 두 손으로 그것을 받아 냈다. 정면으로 힘겨루기를 하면 감당할 수가 없기에 미끄러지듯이 뒤로 물러났다. 끼그기긱 하고 소름 끼치는 진동이 에스텔라의 팔에 전해진다.

메이나드 기사가 밀쳐 내는 반동을 이용하여 그녀는 뒤로 훌쩍 물러나며 옆에서 공격해 오는 자의 가슴으로 파고들었다. 옆구리를 치고, 이번에는 그자가 무너지기 전에 몸을 반 바퀴 빙 돌리며 빠져나와 앞에 있는 기사의 오른 가슴을 벤다.

일시적으로 그녀가 있는 자리에 공백이 생겼다. 에스텔라는 바닥에 무너진 자들을 민첩하게 뛰어넘어 돌진했다. 마지막 한 명이 메이나드 자작의 앞을 가로막았으나 그녀는 일합에 복부를 베어 쓰러뜨렸다.

이제 그녀와 메이나드 자작 사이를 막고 있는 사람은 0명이 되었다.

자작이 잿빛 입술을 열었다.

"내 딸, 내⋯⋯."

"원한 때문이에요?"

사실 에스텔라가 상관할 바는 아니었다.

그러나 궁금했다. 딸을 잃은 것이 그렇게 원통했을까. 황태자와 정략결혼을 시킬 정도라면 야망도, 그 야망을 뒷받침할 기반도 있었을 것이다. 충성심은 모르겠지만 연대감도 있었을 것이다. 미쳐서 모든 것을 포기하고 이렇게까지 대놓고 죽이겠다고 습격할 정도로 인생의 전부였을까.

에스텔라는 발목이 시큰거리는 것을 느꼈다. 다음부터는 단화 말고 부츠를 준비해야겠다. 발목 뒤쪽도 까진 것 같았다. 두꺼운 양말이 아니라 스타킹을 신고 있었기 때문이다. 양말에 부츠까지 준비해야 되면, 짐 보따리가 늘어나겠다.

피 냄새가 나고, 사방에 사람이 쓰러져 있다. 그것이 갑자기 실감 났다. 흥분이 가시자 피곤해서 머리가 좀 어지러웠다. 부서진 파니에가 무겁게 허리를 끌어안고 땅으로 끌어 내리려 했다. 아름다웠던 드레스 자락은 피에 젖어 엉망이었고, 얇은 양가죽 장갑도 찢어져 있었다.

"내, 딸이, 이나스, 내 딸, 너희가!"

자작이 고함을 지르며 달려들었다.

에스텔라는 가볍게 옆으로 몸을 틀어 그것을 피해 냈다. 자빠지는 자작을 칼등으로 후려쳐 기절시키려는데, 물에 젖은 것처럼 축 늘어져 있던 감각에 갑자기 이물감이 끼어들었다.

"아."

자작의 앞에서 긴 칼이 나타나 에스텔라의 검을 걷어 냈다. 그녀는 반사적으로 한 바퀴 돌며 상대를 향해 힘껏 내지르려고 하다가 억지로 멈춰 섰다.

"그러지 마."

클레오르가 곧바로 검을 거두고 가슴 언저리까지 다가와 있던 칼끝을 손가락으로 가볍게 밀어냈다. 에스텔라는 손에서 힘을 풀었다.

"아직, 사람 죽인 적 없잖아."

쓰러져 있는 기사들도 숨 쉬고 있는 자가 태반이었다.

"용기가 없어서 그런 건 아니에요."

자작을 죽이려던 것도 아니고 말이다. 에스텔라는 항변하듯이 말했다.

"알고 있어. 죽이지 않아도 충분히 제압할 수 있으니까 그랬겠지. 그대가 용감하지 않다고 생각하는 게 아니야. 다만 자작이 내 책임이기도 하고……."

그가 검을 허리에 꽂고 주위를 둘러보았다. 이미 회색 기사들은 모두 제압당해 바닥에 누워 있었다.

"그는 죄 없는 사람이니까. 손을 피로 적셔야 한다면, 처음은 구제불능의 악당인 쪽이 좋아. 그대가 메이나드 자작에게 화가 난 게 아니라면, 나에게 양보해 주겠어?"

"……네."

에스텔라는 물론 화가 나지 않았다. 자작의 태도는 어떻게 보아도 정상이 아니다. 그런 사람에게 고작해야 한 번 공격을 당했다고 해서 반드시 죽여야겠다 결심할 리 없었다. 클레오르가 마저 정리하고 싶다면 그것으로 좋았다.

클레오르가 자작에게 다가갔다. 자작은 흔들리는 눈으로 클레오르를 바라보았다.

"내가 누구인지 알겠는가?"

자작의 입에서 끄르르, 하고 인간의 것이 아닌 소리가 흘러나왔다. 할퀴려는 듯이 두 손을 내뻗지만 클레오르의 반응이 한발 빨랐다. 그는 자작의 팔을 억지로 틀어쥐고 강제로 시선을 맞췄다.

"스타인 경."

"이나스, 이나스……!"

그가 다시 고함을 지르며 몸부림쳤다. 한스가 다가와 말없이 클레오르의 손에서 자작을 넘겨받아 제압했다. 클레오르는 그의 옷을 뜯어냈다. 온몸의 혈관을 따라 검은색의 잔뿌리 같은 것이 퍼져 있었다.

그가 품에서 레나디움 나이프를 꺼내서 자작의 팔을 그었다.

"끄아아악!"

피가 아니라 검은 수액이 나오며 나이프에 닿아 하얗게 기화했다. 그는 자작의 가슴에 뭉친 얼룩의 크기를 다시 보고 고개를 저었다.

"틀렸군. 내 정화력으로는 안 되겠어."

"신전에 데려가도 안 되겠습니까?"

한스가 물었다. 클레오르는 씁쓸하게 말했다.

"이대로는 안 돼. 작위를 계승할 후계자도 없는데 신전에서 과연 가만히 있겠나. 마주력에 침습되었으니 화형시키고 재물을 거둬들이겠지. 메이나드에는 주춧돌 하나 남지 않을 거야. 차라리 목숨을 걸고 모험을 하는 쪽이 낫지."

자작은 그동안에도 크르릉거리고 몸부림치고 있었다. 레나디움 나이프에 닿은 이후로 오히려 침습된 부위는 급속도로 덩치를 키우기 시작했다.

"마차가 달릴 수 있도록 준비시켜. 정화하면 곧바로 신전으로 이송한다."

"예."

"가슴을 찌를 거야. 운이 좋으면 살겠지. 에스텔라, 어려운 부탁을 하나 해도 될까?"

"맨입으로는 안 됩니다."

"신전에서 이 일에 대해서 조사를 하려고 할 수도 있어. 그때에 말을 맞춰 줬으면 좋겠어."

메이나드 자작이 에스텔라를 습격했다는 부분은 신전에 알려져도 상관없었다. 그러나 침습 그 자체를 숨기려면 레나디움 나이프를 썼다는 것을 숨겨야 한다. 그러나 가슴에 찔러 넣은 나이프를 빼내면 과다출혈로 죽을 것이다. 왜 레나디움 나이프를 썼는지에 대한 설명이 필요했다.

"제가 찌른 것으로 하겠습니다."

예르켈이 나섰다.

"메이나드 자작님은 기사가 아니니까 엎치락뒤치락하다가 제가 저질렀다고 해도 의심하는 사람은 없을 겁니다. 나이프라면 싸움이 벌어진 동안에 아가씨를 지키기 위해서 제가 들고 있었다고 해도 되고요."

"고맙네."

클레오르가 고개를 끄덕였다. 그리고 도로 옷을 입히고 레나디움 나이프를 가슴 한중간에 힘으로 찔러 넣었다. 검은 얼룩이 보라색으로 변하며 불뚝거리고 올라왔다가 마침내 하얀빛을 내며 사라졌다. 동시에 바닥에 쓰러진 기사들도 바닥에서 펄떡거리다가 축 늘어졌다. 자작의 입가에서 붉은 피가 흘러내렸다.

클레오르가 그를 마차에 태우며 빠르게 명령했다.

"당장 신전으로 가. 근위대 제1대, 호위해."

마부가 결의에 가득 찬 얼굴로 마차를 출발시켰다. 서른 명의 근위대 기사가 사방을 둘러싸고 함께 달렸다. 쓰러진 회색 기사들 중에도 살아 있는 자가 있는지 서둘러 수습해 갔다.

서른 명이 빠져나갔으나 계속해서 기사들이 달려와 사람의 수는 줄지 않았다. 처음에는 열 명, 스무 명이었으나 마지막에는 3백 명도 넘는 숫자가 길목을 가득 채웠다. 에스텔라는 몹시 지친 기분으로 "이래도 괜찮아요?"라고 물었다.

"마음이 급해서 준비되는 대로 오라고 했더니 이렇게 되어 버렸군."

"생각 외로 계획성이 없으시군요."

"그러게. 그런 줄 몰랐는데."

클레오르가 남 일처럼 말했다.

"세상에, 아가씨! 세상에!"

그때가 되어서야 안심하고 마차에서 내린 루신다와 아일린이 달려오려다가 클레오르를 보고 황급히 무릎을 꿇었다. 에스텔라가 그녀들에게 가까이 오라고 손짓했으나 두 사람 다 고개만 조아린 채 미동도 하지 않았다.

클레오르는 쓰게 웃었다.

"돌아갈까?"

그가 에스텔라에게 손을 내밀었다. 에스텔라가 고개를 갸웃했다.

"같이요?"

"바래다줄게."

하긴, 이 많은 눈의 앞에서 약혼녀보고 집에 가라고 말하고 혼자 황궁으로 돌아가면 천하의 개새끼였다.

마침 발도 아프고 잘되었다. 클레오르가 내민 손에 손을 얹자마자 그가 에스텔라의 몸을 부드럽게 돌려서 허리를 팔로 감았다. 그녀는 반사적으로 힘껏 팔꿈치를 내질렀다.

"어윽!"

갈비뼈를 정통으로 얻어맞은 클레오르가 꺽꺽거리고 신음하며 바닥에 주저앉았다.

"아. 죄송합니다. 놀라서요."

하나도 미안하지 않은 목소리로 에스텔라가 말했다. 그러게 누가 함부로 여자 몸에 손을 대라고 했나. 여자인 줄은 모르겠지만. 아니, 남자한테 이런다면 그것도 그것대로 문제였다.

클레오르가 한참을 끙끙거리다가 겨우 파르스름해진 얼굴로 고개를 들었다. 기사들은 모두 둘을 외면하고 있었다.

"그대는, 팔꿈치가 뾰족하군."

"재킷을 새로 맞추시는 게 좋겠네요. 충분히 급소라고 할 만한 곳인데 안에 보호구라도 몇 개 대셔야 하는 거 아니에요? 팔꿈치가 뾰족해 봤자 칼도 아니고."

"그대가 힘이 세다고는 생각 안 하나?"

"전하가 내구력이 너무 약하신 것 같습니다."

무심결에 에스텔라는 웃으면서 대꾸했다. 클레오르가 고개를 절레절레 저었다. 입가가 일그러진 것이, 아직도 고통에서 다 벗어나지 못한 듯했다.

"내가 다른 것도 아니고 내구력이 약하다는 소리를 다 듣게 되다니. 그대 기준에 허약하지 않은 남자려면, 강철 골렘이라도 되어야 하나?"

"강철일 필요까진 없을 것 같아요. 그냥 저희 아버지 정도만?"

"나 참."

클레오르가 허공을 바라보고 한탄을 내뿜었다. 그리고 자기 말을 가까이 끌어오게 했다.

"그대가 발이 불편한 것처럼 보여서 옮겨 주려고 했을 뿐이야."

"안아서요?"

뭐 잘못했느냐며 클레오르가 그녀를 쳐다보았다. 그리고 이번에도 손을 뻗어서 그녀를 안아서 말 위에 올리고 자기도 올라탔다. 두 번이나 약혼자를 파랗게 질리도록 때리는 폭력 레이디가 될 수 없었던 에스텔라는 순순히 그의 안장 앞에 앉은 채로 목소리를 낮춰서 물었다.

"저 옷이 반은 피에 젖어 있는데 제정신이세요?"

"그럼 나보고 약혼녀를 고용인용의 마차에 태워 보내는 사람이 되란 말인가? 여기 서서 새 마차를 기다리고 있는 것보단 낫잖아?"

그건 그랬다.

클레오르는 천천히 말을 걷게 했다. 그의 말은 덩치 큰 흑마였는데, 다그닥다그닥 걷는 리듬이 딱 기분 좋을 만큼 몸을 흔들리게 했다. 클레오르가 마치 껴안듯이 해서 그녀의 등을 받쳐 주었다. 지쳐 있었기 때문에 무심결에 거기에 기대게 될 것 같아, 에스텔라는 의지하지 않으려고 등을 쭉 폈다. 그래도 그 물 냄새를 닮은 신성력의 향기가 섞인 체취에서 완전히 벗어날 수는 없었다.

에스텔라는 애써 클레오르의 몸을 의식하지 않으려고 애쓰며 물었다.

"그런데 전하, 궁금한 게 하나 있는데요."

"뭐든 물어봐."

메이나드 자작에 대해서든, 자작 영애에 대해서든, 혹은 리스칸에 대해서든, 거짓말은 하지 않되 전부 적절한 포장을 씌워 말할 마음의 준비를 갖추고 클레오르는 대답했다. 에스텔라가 목소리를 낮추더니 매우 심각하게 물었다.

"제가 남자인 건 알고 계시죠?"

"……."

클레오르는 떨떠름하게 그녀를 바라보았다. 뭔가, 좀 더 중요한 질문이 있지 않나? 아니면 다른 방향의 질문이 있을 수도 있을 텐데 말이다. 예를 들면, 저를 구하러 급히 오셨어요? 라든가, 걱정하셨어요? 라든가, 혹은 저를 좋아하세요? 라든가, 저한테 관심 있으세요? 라든가.

"……알아."

별수 없이 그는 그렇게 대꾸했다. 지금으로서는 다른 대답의 여지가 없었다.

에스텔라는 "그럼 됐어요." 하고 매우 안심했다.

역시 남자를 사랑하는 남자인 게 틀림없다.

친절을 넘어서서 아무렇지도 않게 안아 들려고 한다든가 허리를 감아 안으려고 한다든가 하는 건 역시 보통이 아니다. 그렇다고 해서 에스텔라는 그가 자신이 여자라는 것을 알아챘을 거라고 생각하지도 않았다.

그녀는 남상(男相)이다. 집의 작은 거울만이 아니라 아르투르 저택의 커다랗고 선명한 거울로 봐도 그랬다. 스스로 보기에도 여자 옷보다 남자 옷 쪽이 월등히 어울린다. 의혹을 가질 만큼의 굴곡도 없다. 전신에 잔근육이 잡혀서 팔뚝마저도 소년의 그것에 가까웠다. 게다가 사람의 편견이라는 것도 있지 않은가. 그녀가 케이크에 껴아거린다고 해서 성별을 의심하는 사람은 여태까지 단 한 명도 없었다.

혹시라도 클레오르가 그녀를 오해해서 좋은 감정이라도 느낀다면 미안한 일이긴 했다. 그러나 문제가 생긴다면 사실을 고백하면 그뿐이라고 생각했다. 면책권은 이미 받았으니 기만죄도 문제없고, 클레오르가 필요로 하는 건 남자 황후가 아니라 자기 몸을 지킬 수 있는 단기 계약 황후다. 전제만 지켜진다면 여자인 쪽이 나은 게 당연했다.

의문이 해결되고, 거기에 더하여 낯선 남자와 신체적으로 가깝게 지내는 것에 대해 느끼는 원초적인 불안감과 두려움까지 사르륵 사라졌다. 이제 친하게 지낼 수 있을 것 같았다. 그녀는 무관심한, 다시 말해 남 일에 한없이 너그러운 여자였다.

"전하의 취향은 존중합니다. 염려 마세요."

갑자기 에스텔라의 목소리가 밝아지자 클레오르가 웃는 얼굴인 채로 한쪽 눈썹만 치켜들었다.

"뭐야? 왜 날 이상한 사람인 것처럼 쳐다봐?"

"제가요? 아니에요. 취향이 독특하시다고는 생각하지만."

"……."

클레오르가 침묵하더니 얼굴을 조금씩 찌그러뜨렸다. 그러고는 결국 말없이 한숨만 쉬었다.

에스텔라는 그의 팔 안에서 편안하게 흔들리고 있다가 이내 쿨쿨 잠이 들었다. 경계심을 푼 건 좋지만 말이다. 좋긴 한데.

클레오르는 다시 한 번 땅이 꺼져라 한숨을 내쉬었다.

5.
티소엔, 참전

　에스텔라가 귀가하는 길에 습격을 당했다는 소식은 해가 뜨기 전에 벌써 엘첸 전역에 퍼져 있었다.

　딸을 잃은 메이나드 자작이 미쳐서 클레오르의 새로운 약혼녀를 죽이려고 덤벼들었다는 것은 에스텔라의 존재를 마음에 들어 하는 사람도, 그렇지 않은 사람도 간만에 심플하게 물어뜯을 만한 이야깃거리였다. 덕분에 갑자기 점심 모임이며 차 모임을 만드느라 하인들이 이리저리 바삐 다녔다.

　황후궁의 반응은 그것보다는 조용했다. 알비나도, 전날 밤에 황후궁에 묵은 콘스탄체도 아침을 다 보내고 점심쯤에야 잠에서 깨어나 평소처럼 긴 목욕을 했다. 투왈렛 룸에 두 모녀가 나란히 들어갔을 때에는 그녀들을 만나러 온 사람이 석 줄로 서도 황후궁의 정원을 한 바퀴 두를 만큼 있었다.

　그러나 오늘 알비나의 투왈렛 룸에 있는 것은 콘스탄체와 나그랑 백작부인뿐이었다.

"저는 오늘은 화장을 안 하려고요. 어제 치장을 잔뜩 했으니 오늘은 쉬어 주는 것도 좋을 것 같아요."

콘스탄체는 그렇게 말했다. 화장품을 바르나 안 바르나 그녀는 미인이었다. 굳이 화장품을 사용하는 것은 그날 원하는 분위기를 내기 위한 것에 가까웠다. 알비나는 눈을 감은 채로 시녀의 손에 얼굴을 맡겼다.

"그렇다고 해서 옷차림새를 방만하게 해서는 안 된다."

"이제 집에 갈 일밖에 없는걸요. 황궁에 계시는 어머니와는 달라요. 오늘 공식적인 일정이 있으신가요?"

"황녀님도 참. 황후 폐하의 일정은 모두가 공식적인 것이잖아요."

나그랑 백작부인이 호호 웃었다. 시녀들이 세 벌의 로브를 가져와 보여 주었다. 콘스탄체가 제일 왼쪽의 녹색 드레스를 가리켰다.

"봄이니까요."

"좀 더 연한 색을 입으셔도 괜찮을 텐데요. 황후 폐하께서는 아직도 스무 살 처녀들보다 아름다우세요."

"어머, 곤란해요. 어머니가 밝은색을 입으시면 제가 언니 같다는 말을 들어 버릴 거예요."

"황녀님도 그에 못지않으신걸요. 지금은 짙은 색밖에 없으니, 그럼 저 녹색에 하얀 망토는 어떨까요?"

"어머니 브로치 중에 에메랄드 카메오가 있어요. 그걸 달고 귀걸이도 에메랄드로 하면 정말 화사하겠어요."

두 여자가 까르르거리며 보석 상자를 들여다보는 동안에 알비나는 아무 말 없이 시녀의 손에 몸을 맡긴 채 서 있었다. 늘씬하고 긴 팔에 시녀들이 로브를 걸치고, 앞에서 스토마커를 꿰매어 옷을 몸

314

에 딱 맞게 입힌다. 콘스탄체가 고른 카메오를 다른 시녀가 들고 대기하고, 몇 명이 옷장에서 하얀 망토를 가지고 나와 펼쳐 보였다.

알비나는 아무 말 없이 비단실로 덩굴식물이 수놓인 망토를 가리켰다. 시녀가 그것을 그녀의 어깨에 대어 보였다. 거울로 자기 모습을 확인하고 그녀는 일단 망토를 가지고 물러나게 했다. 그리고 이번에는 머리를 만지게 하고서, 그제야 비로소 물었다.

"클레오르는?"

"알현실에 있어요."

콘스탄체가 대답했다.

"어젯밤에 사건이 있었으니까요."

알비나의 시선이 곁눈으로 콘스탄체를 훑었다.

"그러니? 난 몰랐구나."

정말로 메이나드 자작의 사건 자체를 몰라서 그렇게 말하는 것은 아니었다. 나그랑 백작부인이 황공한 듯이 고개를 숙이며 변명하듯이 말했다.

"황녀님께서는 황후 폐하께서 반드시 아셔야 할 만큼 중요한 일이 아니라고 생각하셨나 봅니다. 고작해야 일개 자작이 황태자 전하께 공연한 원망을 품고 그런 것이니까요."

"일개 자작이 아니라 설령 다섯 살짜리 평민 사내아이가 한 짓이라도 예비 황후를 해치려 했다면 반역이라고 봐야 하지 않겠는가."

알비나가 느릿한 어조로 말했다. 나그랑 백작부인이 미소를 지었다.

"저희 남편도 그렇게 생각한다더라고요."

"아르투르 영애가 많이 놀랐겠구나. 콘스탄체."

"네, 어머니."

"오늘 바쁜 일이 없다면 이것과 내 위로의 말을 영애에게 전달해
주렴."

그녀가 자기 보석 상자에서 눈물처럼 부드러운 빛깔의 월장석 목
걸이를 손수 꺼내서 시녀에게 건네주었다. 시녀가 상자에 그것을
담아 콘스탄체의 시녀에게 인도했다.

"네, 어머니."

콘스탄체가 고분고분하게 대답했다.

★

메이나드 자작은 목숨을 건졌다. 밤새도록 신성마법을 퍼부은 결
과다.

가뜩이나 기가 약해진 몸에 가슴 한중간에 나이프가 박힌 상태였
다. 마차로 이송하는 동안에도 출혈이 계속되었다. 나이프가 워낙
에 짧았고, 레나디움이 신성력 그 자체라고라도 할 수 있었던 덕분
에 간신히 살았다. 그러나 의식불명 상태로서, 언제 죽어도 이상하
지 않았다. 깨어날 확률도 희박했다.

메이나드 기사단과, 메이나드 저택을 지키도록 명령받았던 제국
기사단의 일원들도 마찬가지였다. 호위 기사들과 맞싸워 패배한 기
사들은 목숨을 잃었지만, 에스텔라가 무력화시킨 기사는 죽을 만큼
의 상처를 입은 사람이 없었다. 그럼에도 불구하고 전원 의식불명
이었으며, 역시 깨어날 수 있을지 없을지 불투명하다. 심지어 양쪽
의 발꿈치 힘줄을 잘린 상처뿐인데도 의식불명인 경우가 있었다.

그것이 메이나드 자작을 통해 전염되었던 어떤 종류의 저주 때문
이라는 것은 분명했다. 저주에 당하는 단계에서 이미 의식의 망실

이 이루어졌는지, 아니면 거칠게 정화되는 단계에서 자아가 파괴된 것인지는 알 수 없었다. 어느 쪽이든 회생할 확률은 희박했다.

"십중팔구 메이나드 자작을 반역으로 걸고넘어지는 사람이 나올 겁니다. 오늘 아침까지 하시프 후작이 나그랑 백작의 집에 있었고, 나그랑 백작부인은 지금 알비나 황후의 투왈렛 룸에 있습니다. 로건 백작과 리산더 자작이 알현을 신청했습니다. 아히발트 클럽에는 오늘 아침까지 불이 켜져 있었고요. 아말리네 공작, 퀘시 후작, 발레리오 백작, 테런스 백작, 밀란 백작은 아직까지 남아 있습니다. 칼렘 저택에도 사람이 계속 들어가고 있습니다."

보좌관 위르겐 경이 심각한 얼굴로 말했다. 집무실은 정적에 잠겨 있다. 책상에 앉아 있는 클레오르는 엄지와 검지로 이마를 주물렀다. 이렇게 이야기될 줄 알았다.

이번 사건은 아슬아슬하게 균형을 이루고 있던 그의 휘하 세력을 흔들 것이다.

황태자 즉위 당초에 그를 뒷받침했던 것은 아히발트 클럽의 명문 귀족들이었다. 그러나 오필드 공작 영애를 위시하여 약혼녀들이 줄줄이 죽어 나가면서 클레오르와의 사이가 흔들리고 혼인 적령기의 딸이 있는 가문들이 발을 빼면서 자연히 세력이 수그러들었다.

신흥 부가들이 그 사이를 치고 올라오려고 했지만, 그래도 황후는 전통 있는 가문 출신이 아니면 안 된다는 주장이 많아서 좀처럼 딸을 내세우지 못했다. 페도시 백작가이나 로버츠 가문은 제아무리 부유하고 강하더라도 귀족의 작위를 받은 지 이제 겨우 2대나 3대에 이르므로 건국 이래 수백 년간 가문을 유지해 온 메이나드 자작가는 물론 작위를 잃은 아르투르 가문보다도 뒤로 밀렸다.

애초부터 클레오르는 중소 귀족들을 결집시켜 이 양대 세력의 견제마로 삼고자 했었다. 막 돌아왔을 무렵의 그에게는 기반이 없었으므로 오필드 공작을 비롯하여 공후작들에게 의지할 수밖에 없었지만, 그대로 즉위한다면 알비나를 쫓아내고 제2의 알비나를 들여앉히는 상황밖에 되지 않는다. 그래서 중소 귀족의 구심점으로 메이나드 자작을 선택하고 이나스와 약혼하면서 자작가에 힘을 실어주었다.

이제 겨우 하나의 세력이라는 것을 형성해 가고 있던 참이었는데, 메이나드 자작이 이렇게 됨으로써 중소 귀족들은 핵심 인사를 잃었다. 자작을 처형하는 것은 중소 귀족 세력 자체를 버리는 셈이 되고, 살려 두면 명분이 서지 않는다.

빠르게 다음 사람을 찾지 않으면 적지 않은 수가 클레오르와의 연결 고리가 사라졌다고 생각해서 발을 빼려 들 테고, 세력이 흩어지기 시작하면 파편이 되기까지는 순식간일 것이다. 일부는 알비나 파벌로 들어가겠지만, 그렇지 않고 오필드 공작이나 아말리네 공작, 밀란 백작의 산하로 간다 하더라도 클레오르에게는 하등의 도움이 되지 않았다.

진퇴양난이다.

클레오르는 이때까지 메이나드 자작과 그 주위의 중소 귀족들에게 적지 않은 이권을 펴 주었다. 다른 파벌의 귀족들과 맞설 힘을 주기 위해 그런 것인데, 이들이 그것을 들고 아히발트나 칼렙으로 들어가 버리면 곤란했다. 양측 모두 이 기회에 자작을 공격하여 클레오르의 지지 기반 일부를 흔들어 자기들의 영향력을 넓히는 동시에 이권을 차지하려 할 것이었다.

알비나 측에 서 있는 귀족들이야 말할 것도 없다. 자기가 직접 클레오르의 잔에 독을 탄 적이 있는 리산더 자작조차도 반역이라고 입에 거품을 물고 떠들 것이 틀림없었다.

"잘라 내셔야 합니다."

예르켈이 그렇게 말했다. 밤새도록 조사에 시달린 그의 얼굴은 창백하다 못해 검었다.

클레오르는 눈을 뜨고 고개를 한 번 내저었다.

"우선은 스타인 경이 눈을 뜰 때까지 기다릴 거야. 최소한 진술은 들어 봐야 할 게 아닌가. 아르투르 백작가와 협의도 필요해."

"알비나 황후의 사주를 받았다는 증언과 더불어 피해 갈 수 있는 증거라도 내놓지 않는다면, 결국 아르투르 영애를 습격했다는 사실을 인정하지 않을 수는 없습니다. 설령 목숨을 구한다 하더라도 자작님은 정계로 다시 돌아오실 수 없을 테니, 자작님의 역할을 대신할 사람도 찾아야 합니다. 그런데, 아르투르 백작을 불러올릴 생각이십니까?"

"그것도 사실 시간 끌기용밖에 안 될 거야. 어쨌든 백작 본인과 의논을 해야 해."

"만일에 백작이 죗값을 치르게 하겠다고 주장하면 어떻게 하시겠습니까?"

"……그 뜻을 들어줘야지."

클레오르는 작은 한숨을 내쉬었다.

"우선 수습할 수 있는 것부터 하자고. 메이나드 저택과 자작가의 재산을 봉인하고 기존에 일하던 고용인들을 모조리 찾아내. 시모니데스에 있는 자작의 성과 사업들도 전부. 앞으로 닷새가 지나도 깨어나지 못한다면 그때 새로운 방침을 결정하겠어."

"시간이 지날수록 전하에게 불리해집니다. 살리지 않으셨어야 합니다."

근위대 제2기사대장 발데마르가 그렇게 말했다.

"자작이 깨어나서 증언한다면, 판세를 한꺼번에 뒤집을 수 있지 않을까요?"

"예르켈의 말처럼 증거 없이 증언하는 것만으로는 안 돼. 알비나만이 아니라 아히발트와 칼렙에서도 신이 나서 물어뜯을 테니까."

"증거를 찾아보면……."

"남아 있을 리가 없어."

클레오르는 머뭇거림도 없이 그렇게 대답했다. 이 정도로 일을 크게 벌인 적은 별로 없지만, 알비나나 콘스탄체가 그런 식으로 꼬리를 남길 리가 없었다. 증인이 될 여지가 조금이라도 있다면 정화되는 순간 발화라도 하도록 조작해 뒀을 것이다.

그러나 그녀들이 마녀라는 의혹을 말할 수 없는 사람들을 상대로는 그렇게 자세히 말하기 어려웠다.

"안팎이 모두 적이라고 생각하고 대응하도록 해. 정 안 되면 예르켈 말대로 잘라 내는 수밖에. 위르겐, 시모니데스의 도로 정비와 광산 개발은 늦출 수 없는 일이니 그걸 임시로라도 맡을 수 있는 사람을 찾아서 정리해 와. 그 지역에서 멀지 않은 곳 출신의 관료라면 좋겠군. 에버니저, 스타인 경이 목숨을 건지지 못하는 경우와 건진 경우, 어느 쪽이든 자작가를 유지할 경우의 손익에 대해서 계산해 가지고 와. 예르켈, 스타인 경이 죽는 경우 메이나드 자작가를 이어받게 되는 사람이 누구지?"

"제럴드 레녹스 경입니다. 라우렌툼 시에서 문관을 하고 있는 준남작입니다. 각별히 유의할 만한 특장점이나 문제점은 없고, 본인은 메이나드 자작님의 후계자가 될 거라는 사실을 모르고 있을 거라고 여겨집니다."

"그렇다는군. 아드리안, 제럴드 레녹스에 대해서 상세하게 조사해. 조용하게."

"예."

"그리고 일을 시작하기 전에 모두들, 차라도 한 잔 마시고 잠깐 쉬도록 해. 나는 1시간 뒤부터 회의야. 예르켈, 넌 가서 30분이라도 자고 와."

"예."

"말씀 받들겠습니다."

좌중이 모두 일어서서 클레오르에게 공손하게 인사를 했다. 이제 나가서 자기들끼리도 메이나드 자작의 처리에 대해서 의논할 것이다. 몇 명은 물밑으로 연결되어 있는 귀족에게 클레오르의 발언들을 기록해서 보내리라. 협력할 마음이 있는 자라면 접촉해 올 것이다.

사소하게 주변의 시중을 드는 자들과 베르나디오 사제만이 자리에 남았다. 클레오르는 등받이에 목을 젖혀 기대고 잠깐 눈을 감았다가 베르나디오에게 물었다.

"스타인 경이 깨어날 가능성은 있을까?"

"자작님은 깨어나기를 원치 않으실 겁니다."

클레오르는 헛웃음을 머금으며 베르나디오를 바라보았다.

"그게 사제가 할 말인가?"

"하지만 그게 자작님의 뜻이었으니까요. 아침마다 오늘은 잠든 채로 부디 눈 뜨지 않기를 바랐노라고, 벌써 여러 번이나 제게 그렇게 고해하셨었습니다."

"스타인 경에게는 미안하게 생각하고 있어. 내 이기심이라고 생각해도 좋아."

"전하의 이기심이라고 생각해도 좋은 게 아니라 전하의 이기심 때문이죠. 한 번 충성을 맹세한 사람을 반드시 지켜 준다는 증명을 다른 귀족들에게 하고 싶으신 게 아니라면 벌써 잘라 내서 버리셨 겠죠."

"음……."

클레오르는 신음했다. 완전히 부정할 수는 없었다.

"책임감을 느끼고 있는 것은 사실이야. 스타인 경에게 무슨 일이 있어도 이나스만은 지켜 준다고 약속했었는데, 이 손으로 죽였으니 원망을 받는 것도 당연하지. 그가 마녀의 저주에 침식될 만큼 마음 이 약해진 것도 나 때문일 테고."

원래 스타인 메이나드는 욕심 없고 올곧은 사람이었다. 클레오르 가 존경할 만하다고 생각하는 몇 안 되는 사람 중 하나였다. 그가 수도로 올라와 이 망할 짓거리에 끼어든 것은 눈에 넣어도 아프지 않을 만큼 사랑하는 외동딸이 클레오르를 사랑했기 때문이다.

지금 생각해 보면, 어쩌면 이나스 메이나드는 그 시점에서 이미 마녀였고, 클레오르의 옆으로 들어와 무슨 수작을 부리기 위해서 그랬을지도 모르는 일이다. 그러나 메이나드 자작은 그것을 몰랐 고, 클레오르도 몰랐다. 순진한 소녀가 철없는 소리를 한다고 생각 하면서도 메이나드 자작의 두터운 인망을 욕심내서 약혼을 했었다.

자작은 중소 귀족들의 구심점이 될 수 있는 사람이었으며, 미래 의 황후라는 자리가 얼마나 위험한지, 클레오르를 위해서 자기가 무엇을 바쳐야 할지 모두 알면서도 오로지 하나만 요구했다.

「메이나드 자작가는 전하를 위하여 모든 것을 바치고, 이 한 몸 부서질 때까지 전하의 즉위와 황권을 위하여 일할 겁니다. 오로지 하나만 약속해 주십시오. 그 애를 사랑해 주시라는 무리한 청은 드리지 않습니다. 전하께서 하실 수 있는 한도 안에서도 좋습니다. 그 애가 하루라도 더 꿈을 꿀 수 있도록 해 주십시오. 그 꿈이 모조리 깨어지는 날에도 약혼자로서, 남편으로서 책무를 다하고, 무슨 일이 있어도 지켜 주십시오.」

그는 그러겠다고 약속했다.

어려운 일은 아니었다. 그는 약속을 지킬 자신이 있었다. 적어도 즉위할 때까지는 이나스의 꿈을 깨뜨리지 않을 자신도 있었다. 미소를 보이고 친절하게 대하고, 꽃과 선물을 보내고, 가끔씩 같이 외출했다. 뺨과 이마에 입 맞추는 것만으로도 그녀는 행복해했다.

아쉬운 건 이쪽이었다. 그리고 그는 고객의 요구를 능숙하게 잘 맞추는 용병이었다.

몇 달이나 제 얼굴만 봐도 행복해하던 여자가 울면서 자기는 아니라고 애원하는데 강제로 질질 끌고 우다르드로 가서 목을 베는 것도 즐거운 일은 아니었다. 딸이 마녀였다는 사실을 알리자 "알겠습니다."라고 한 마디만 하고 고개를 숙인 채 아무 말도 하지 않는 부친을 보는 것도 쉬운 일은 아니었다.

이제까지 계약을 어긴 적이 없었다. 혼인 서약도 계약의 일종이니 의무를 다하는 것은 당연한 일이다. 그러나 그는 계약을 지키지 못했다. 이나스가 마녀였으니 애당초 약속 자체가 무효였지만, 딸을 잃고서도 자신을 위해 최선을 다하려고 애쓰는 자작을 보면 마음 한쪽이 아픈 것은 어쩔 수 없었다.

"하지만 전하께서 이나스 영애를 죽인 것은 진짜 이나스 영애의 명예를 지켜 준 일이었으니까요. 자작님도 그것을 아니까 전하와의 약속을 계속 지키고자 애쓰셨던 거고요."

"그다지 위안이 안 되는군. 어쨌든 일단 목숨을 건져 줬으면 좋겠어."

"살아난다고 해도 자작님은 다시 정계로 돌아오시지 못할 겁니다. 사적인 원한 때문에 전하의 약혼녀를 죽이려 했다는 오명은 벗지 못할 테고요. 중죄입니다. 가문을 보존할 수 있다고는 해도, 어차피 자작님에게는 관심 밖의 일일 겁니다."

"그래도 일단 목숨만 건지면 어떻게든 구할 수 있어. 죽는 것보다는, 살아 있는 게 언제나 낫지."

"그건 전하의 가치관입니다."

클레오르는 쓰게 웃었다.

시종이 문을 두드렸다. 클레오르가 들어오라고 말하자 제복을 입은 전령이 들어서선 발뒤꿈치를 부딪치며 경례를 올리고 말했다.

"아르투르 영애는 아직 주무신다고 합니다."

"그렇군."

클레오르는 고개를 끄덕였다. 전령은 잠시 기다렸다가 클레오르가 다른 명령이 없다는 것을 확인한 후에 물러나려 했다. 그 직전에 클레오르가 다시 그를 잡았다.

"다시 갔다 와. 깜박한 게 있군."

"예."

"피엘라궁에서 붉은 장미를 1백 송이 꺾어서 가지고 가. 장식용 말고 다발로 만들어서. 메시지 카드를 쓰는 게 낫겠군."

"예. 또 명하실 건 없으십니까?"

전령이 이렇게 물은 것은 오늘 이미 열한 번을 왔다 갔다 했기 때문이다. 잠에서 깨어났으면 연락을 달라는 첫 번째 메시지나 하얀

324

장미로 방을 채우게 하라는 명령은 아무것도 아니었다.

그러나 연락이 오지 않았는데도 계속해서 묻고, 또 묻고, 하얀 장미만은 썰렁하지 않겠느냐며 분홍 장미를 더하라고 하고, 식사를 푸짐하게 준비하라고 하고, 쿠키를 보냈다가 그걸로는 모자랄 것 같다며 케이크를 준비하라는 전언을 보냈다.

이 모든 전언은 각각 시간 차를 두고 보내진 것이라, 이제는 아르투르 저택의 문을 두드리는 것조차 민망했다.

"깜박할 뻔했군. 피엘라궁에 복숭아 타르트를 구워 두라고 했어. 찾아서 가지고 가게."

"그러지 마시고 직접 가시지요, 전하."

베르나디오가 끼어들었다. 클레오르가 후, 하고 한숨을 내쉬었다.

"그럴 만한 여유 없어."

당장 1시간 후부터 회의이고, 그 뒤에도 줄줄이 알현이 잡혀 있었다.

"전하께서 꼭 참석하실 필요가 있는 회의는 아니지 않습니까? 간밤에 무슨 일이 있었는지 확인하는 회의일 뿐이니까 제가 메이나드 자작의 신병 확보자로서, 예르켈이 증인으로 참석하는 것만으로 충분합니다. 어차피 단시간에 대처를 끝낼 수 있는 일도 아니고요. 전하께서 충격받아 쓰러진 약혼녀의 곁에 있어 주기로 결정했다고 해서 욕할 사람은 없습니다. 오히려 좋은 이야기이지요."

"에스텔라는 괜찮아. 그녀는 강하니까. 내가 지켜 준다 어쩐다 할 수 있는 상대가 아니고."

"아니요. 제가 보기에는, 전하께서 괜찮지 않으십니다."

"내가 뭐가?"

클레오르는 진심으로 의구심을 품으며 베르나디오를 바라보았다. 그가 평담하게 말했다.

"제가 여기 온 시점부터 지금까지, 약 2시간 사이에 저 전령이 벌써 네 번째 다녀갔습니다만."

"일어났으면 잠깐 상황 좀 전해 줄까 싶어서……."

"제가 본 것만 보낼 꽃에 대한 지시가 두 번, 과자에 대한 지시가 두 번이었습니다. 영애가 일어났느냐 하는 질문은 덤이었고요."

"……그랬나."

클레오르의 눈이 닿지 않는 위치에서 전령이 격렬하게 고개를 끄덕였다.

"그만큼 영애가 신경 쓰인다면 당연히 가셔야 하고, 전할 말을 자꾸 잊어버려서 여러 차례에 걸쳐 나눠 보내셔야만 할 정도로 피곤하셔도 역시 회의에 참석하실 상황이 아닙니다."

"……간다고 해 봤자 좋아할 것 같지도 않은데."

클레오르는 투덜거리듯이 중얼거렸다. 불편해한다면 차라리 좋겠는데 그 정도로 의식할 것 같지도 않았다.

"전하께서 언제 상대방이 좋아하는 일만 하셨습니까? 그리고 설령 영애가 강인한 성품을 가지고 혼자 견뎌 낼 수 있는 일이라 해도 전하는 마땅히 그것을 함께 나누셔야 합니다. 영애를 신하가 아니라 반려로 받아들일 것이라면요."

"아."

그는 짧게 신음했다. 손바닥으로 이마를 덮고 눈을 감는다. 피곤하긴 한 모양이다. 자신에게는 너무 일상적인 일이라 기본적인 것조차 잊고 있었다.

사람을 베고 찌른 것 자체가 처음은 아니지만, 그런 난전은 처음

겪었을 터이다. 체포가 목적이 아니라 서로 죽일 목적으로 싸운 것도. 며칠은 앓을 거라고 클레오르는 생각했다. 자신도 처음으로 사람을 죽였을 때에는 하루 정도 열병에 시달렸었다.

에스텔라는 의식하지 않는 것처럼 편하고 가볍게 행동했지만, 어젯밤의 일로 어느 때보다도 자기 처지를 강하게 깨달았을 것이다. 이것이 계약에 의한 관계라는 것도.

그녀가 습격당한 것을 이겨 낼 수 있는 사람이라고 해서 이대로 놔두면, 계약 목적 그대로의 관계밖에 안 된다.

"내가 요새 피곤하긴 한가 보군. 기본적인 것도 잊고 있고. 생각해 보니까 꽃과 과자를 보내는 것보다 그냥 직접 들고 가는 게 나을 것 같아."

그리고 그것보다는 정보를 들고 가는 걸 더 좋아할 것이다.

에스텔라는 지켜 주고 달래 줄 상대였던 이나스와 다르다. 꽃과 과자, 보석을 퍼붓는다고 해서 마음을 흔들 수 있는 사람도 아니다. 이대로 맡은 역할에만 충실하라고 말한다면 그야말로 3천만 골드로 고용한 것과 다르지 않다. 아무리 최선을 다하더라도 그것은 상호 소통이 아니라 서로가 일방통행일 뿐이다.

그녀는 그 정도의 대우를 받을 사람이 아니었다. 클레오르는 그녀를 제대로 된 파트너로 원했다. 그리고 그러려면 마땅히 그에 맞는 진지한 태도를 취하고 모든 걸 나눠야 했다.

그녀는 클레오르의 약혼녀인 동시에 아르투르 경이다. 입장상 회의장에 부를 수 없다면, 자신이 가는 것이 옳았다.

그리고 솔직한 마음으로 얼굴이 보고 싶었다. 눈에 보이는 외상은 없었지만, 후유증이 전혀 없으리라는 법도 없고, 걱정도 되었다. 칭찬해 주고 싶었다. 잘 살아남았다고. 어젯밤의 전투는 정말로 훌륭했다고.

손안에 보드라운 감촉이 남은 듯한 기분이 든다. 기골 차게 검을 뽑았을 때에는 서릿발 같은데, 잠들었을 때에는 사랑스러웠다.

그녀가 뭐라고 말할지도 궁금했다. 조금은 의기소침하거나 마음이 약해져 있을까. 경계심도 풀었으니 이제 조금쯤은…… 하고 생각하다가 클레오르는 한숨을 내쉬었다. 어째 구애하는 것보다 의형제가 되자고 청하는 쪽이 관계 개선이 빠를 듯한 느낌이 들었다.

★

푹 자고 일어나니 오후였다.

침대에 누워서 커튼에 투과된 햇빛이 연하게 물들이는 천장을 바라보고 있다가 에스텔라는 온몸으로 포근한 이불을 껴안으며 반 바퀴를 굴렀다.

삭신이 쑤셨다. 일어나서 스트레칭을 해 주는 쪽이 백번 낫다는 것을 알고 있지만, 역시 뒹구는 게 최고였다. 조금만 더…… 하고 눈곱조차 마른 눈을 베개에 비비다가 에스텔라는 문득 굳었다.

클레오르의 말에 태워진 것까지밖에 기억이 없었다. 아마 잠이 들었던 것 같은데, 그러면 침대로 옮긴 건 그렇다 치고, 옷은 누가 벗겼을까. 에스텔라는 입고 있는 옷차림을 점검했다. 코르셋은 당연히 풀려 있었고, 잠옷 안에 슈미즈가 없었다. 속바지는 다행히, 무사했다.

그녀는 벌떡 일어나 앉았다.

"아으어아윽……!"

어제 싸우던 중에 생겼을 타박상들이 한꺼번에 아우성을 쳤다.

에스텔라는 소리를 더 지르지는 못하고 몸부림만 치다가 침대에서 기어 내려왔다.

대체 누가 옷을 벗겼을까. 물론 그녀는 상체 탈의 정도로 정체를 들키지 않을 자신이 있었다. 솔직히 잭보다 가슴이 작았다. 델핀보다도. 우디보다도. 싸맬 필요조차 없었다.

'……아니. 아니. 그게 아니고.'

셔츠 한 벌 정도로는 티도 나지 않아서 그 정도 차림새로 하녀 앞에 나서는 일도 있었지만, 그렇다고 해서 남자들처럼 웃통을 까고 맨살을 보이는 게 아무렇지도 않다는 것은 아니었다. 게다가 옷을 벗겨도 모를 정도로 숙면했다니. 혹시 바지까지 벗겨졌으면 어쩔 뻔했는가.

에스텔라는 거울을 보러 갔다. 누가 얼굴도 닦아 줬는지 깨끗했다. 식은땀이 바짝 났다.

그간 방심한 채로 편하게 다녔는데 갑자기 긴장감이 치솟았다.

에스텔라는 초조해져서 침실을 빙글빙글 돌았으나 이 저택의 침실에 그녀가 애용하던 두꺼운 카디건이며 스웨터가 있을 리 없었다. 그러다가 문득 그녀는 테이블에 놓인 꽃병이 평소보다 두 배로 크고, 창가와 침대 주변까지 온통 하얀 장미로 장식된 것을 알았다.

'맙소사. 이렇게 들락거리는데 눈치도 못 채고 잤단 말이야?'

아무리 피곤했다지만 있을 수 없는 일이었다.

에스텔라는 바짝 긴장한 채로 괜히 주위를 둘러보았다. 들키진 않았겠지, 설마? 아닐 것이다. 들켰다면 이렇게 조용할 리가 없다.

그때였다. 문이 조용히 열렸다.

"헉!"

"어머, 아가씨, 기침하셨군요."

팔에 분홍색 장미를 한 아름 안은 하녀장 카릴린이 들어왔다.

"카릴린."

에스텔라는 머뭇거리면서 그녀의 이름을 불렀다. 카릴린은 분홍색 장미를 군데군데 섞어 흰 장미 화병들 사이에 끼워 넣었다.

"몸은 좀 어떠세요? 깨어나시면 바로 목욕을 하실 수 있도록 계속해서 물을 데우고 있답니다."

"그, 저기."

"아, 이 꽃이요? 전하께서 명령하셨답니다. 아가씨께서 깨어나셨을 때에 조금이라도 기분 전환이 되셨으면 좋겠다고요. 그분이 친절하시긴 해도 다정한 면모가 있는 줄은 몰랐었는데, 아가씨께는 어쩌면 이렇게 다정하신지."

꽃의 색깔과 몇 송이씩 꽂을 것인지까지 직접 결정해서 말씀하셨다면서 카릴린이 호호거렸다. 에스텔라는 그런 중요하지 않은 정보는 흘려듣고 물었다.

"어제 누가 내 옷을 갈아입혔어?"

"아아. 네. 바르톨로뮤 백작부인이 직접 하셨답니다. 아유, 아가씨는 어제 잠드셔서 모르시겠지만, 전하께서 침실까지 아가씨를 안고 오셨답니다. 얼굴도 직접 닦아 주셨구요. 드레스에 피가 묻어 있어서 백작부인께서 놀라신 나머지 전하께서 아직 계시는 줄도 모르고 아가씨 드레스랑 코르셋을 가위로 자르셨는데 말이죠. 전하께서 어찌나 당황해서 나가시던지. 제가 복도에서 슬쩍 훔쳐봤는데, 얼굴이 붉어지셨더라구요."

어차피 아무도 없는데 마치 대단한 비밀이라도 알려 주는 것처럼 카릴린이 소곤소곤 말했다. 그것도 에스텔라에게 당장 중요한 정보는 아니었다. 아, 역시, 하고 어젯밤의 의혹을 확신으로 만들기는 했다.

"옷은 백작부인이 갈아입혔단 말이지."

그렇다면 괜찮을 것이다. 그녀는 에스텔라를 남자로 알고 있으므로 속바지에 손을 대지는 않았을 것이다. 아마 상의만 갈아입혔을 가능성이 크다. 그녀의 앞에서는 이미 얇은 셔츠와 슈미즈 차림으로 나선 적이 여러 차례 있지만 한 번도 의심을 사지 않았다.

그건 그것대로 참담한 일이었다. 에스텔라는 자기 가슴을 내려다보았다. 그다지, 없다고 해서 불만인 건 아니지만 말이다. 싸매고 다닐 만큼의 크기였다면 남장을 해 보겠다는 생각을 안 했을 거고.

어쨌든 안심했다. 에스텔라는 휴, 하고 한숨을 내쉬고 카릴린에게 목욕물을 부탁했다. 이미 준비되어 있다면서 그녀가 가운을 들고 욕실로 앞장섰다.

"루신다하고 아일린은 어떻게 되었어?"

"일단 저택에서 오늘 저녁까지 쉬라고 했어요. 많이 놀란 것 같더라고요. 푹 쉴 수 있게끔 해 주었으니 염려 마세요. 아가씨께서 만나 보실 거라면 그렇게 하셔도 괜찮다고 백작부인이 그러시더군요. 오늘 아가씨 시중은 저하고 라라가 들 거예요. 아 참, 집사장님은 황궁에서 아직 돌아오지 않으셨어요."

욕조에 김이 펄펄 오르는 물이 준비되어 있었다. 타박상 때문에 처음에는 조금 따가웠으나 뻐근한 게 더 심했기에 에스텔라는 "크으으아아아." 하고 위스키를 들이켠 아저씨처럼 시원한 소리를 냈다.

물속에 코밑까지 담그고 그녀는 한숨을 내쉬었다. 잘해 낸 거겠지? 그녀는 속으로 확인했다. 살아남았고, 죽이면 안 될 사람을 죽인 것도 아니다. 클레오르가 요구한 조건은 클리어했다. 간밤에 몇 명의 기사 생명을 끊어 놨는지는 정확히 기억나지 않았다. 죽이지는 않았으나 그것도 결코 작은 일은 아니었다.

하긴, 멀쩡한 몸으로 목숨을 건지더라도 그들이 앞으로 기사로서 살아갈 날은 오지 않을 것이다. 에스텔라도 제국 기사였으므로 그쯤은 알았다. 정화된다고 해서 원래 상태로 되돌아올 수 있을지 어떨지도 모르고.

그렇지만 그들도 피해자이다. 그걸 생각하면 마음이 무거워져서 에스텔라는 "잊자, 잊어." 하고 소리 내서 말하면서 커다란 욕조 속에서 몸을 굴렸다. 어차피 그리될 일이었다. 반대로 생각하면 메이나드 기사단은 그렇다 치고, 제국 기사단원 쪽은 마녀의 저주에 침식된 본인의 약함부터가 문제라고 할 수도 있다. 징계 대상이었다.

따끈하게 몸이 풀리자 졸음이 몰려왔다. 빨리 씻고 나가서 밥을 먹고 이번에야말로 진짜 휴식을 취해야겠다고 생각하고 에스텔라가 몸을 일으켰는데, 밖에서 라라가 문을 두드렸다.

"저어, 아가씨, 죄송합니다. 방문객이 있으신데요?"

"오늘? 누군데?"

비상식적이다. 메이나드 자작의 일은 그렇다 치고, 어제 약혼식을 치른 여자다. 가까운 친구라고 해도 오늘쯤은 쉬게 내버려 두는 게 정상이었다.

"그게, 티소엔 크렐리디안 경이 찾아오셨습니다."

티소엔이 왜 찾아온단 말인가.

"자고 있다고 해."

"주무신다고 했더니 깨어나실 때까지 기다리겠다며……. 편찮으시다고 전할까요?"

에스텔라는 잠시 고민했다.

"엘린데아는 뭐라고 해?"

"지금 저택에 계시지 않습니다. 전갈을 보낼까요?"

에스텔라는 바르톨로뮤 백작부인에게 조언을 구할 것인가 잠깐 고민했다. 그러나 곧 고개를 저었다. 백작부인은 그녀의 시녀이지, 상사가 아니다. 누굴 좀 만나는데 일일이 허락을 구할 필요는 없었다.

그리고 그녀가 아는 티소엔은 무의미한 일을 하는 사람이 아니었다. 검술에 관해서라면 종종 바보짓을 하지만, 기본적으로 여자를 찾아가는 것은 쓸데없는 일이라고 생각하고 있을 것이다. 그러니 이른 시간부터 일부러 찾아왔다는 것은 중요한 용건이 있어서임에 틀림없었다. 게다가 티소엔은 황궁 기사단 소속이었다.

정보를 가지고 있을 것이다. 그렇게 생각하자 목이 말랐다. 에스텔라는 자신의 능동성에 놀랐다. 그녀는 어젯밤의 일에 대해서 그렇게 크게 상관할 필요가 없었다. '살아남기만 한다', 이 명제를 지키기 위해서 뭔가가 필요하다면 클레오르에게 요구하면 된다. 받아들여지면 좋고, 아니면 한계 안에서 최선을 다할 뿐이다. 그 이상을 요구받은 일도 없고, 할 마음도 없었다.

그럼에도 불구하고 뭔가가 마음속에서 조금 움직거렸다. 온 힘을 다해 싸웠기 때문인지도 모른다.

이제까지 에스텔라는 좀처럼 자기의 전부를 걸고 행동해 본 일이 없었다. 힘을 아껴 두었다는 것은 아니다. 그러나 아버지와의 대련은 대련일 뿐이지 진짜가 아니었다. 집안일은 자질구레하게 손도, 시간도 많이 가고 힘도 들었지만, 생활하는 일일 뿐이지 에스텔라에게 성취감을 느끼게 한 적이 없었다.

강해지고 싶다. 싸우고 싶다. 이기고 싶다.

그녀는 성공할 수 있었다. 진짜 기사가 될 수 있었다. 여자가 아니었더라면, 그 누구보다도 높이 올라갈 수 있었다.

입단 시험 때에 조그맣게 느끼고 묻어 버렸던 씨앗이 크게 부풀어 눈앞을 흐리게 했다.

한가한 삶, 월급 도둑, 치안대 기사로서의 태평한 인생, 연금 생활, 모두 좋다. 그건 에스텔라가 선택할 수 있는 가장 좋고 편안한 삶이었다.

그러나 거기에는 꿈이 없다. 앞에 기다리고 있는 것도, 뒤에 남는 것도 아무것도 없다. 불명확한 에스텔라 자신의 욕망만이 아니라 가족을 이루고 자식을 훌륭하게 키워 다복하게 산다는 세간의 일반적인 바람조차 존재하지 않았다.

그게 나쁠 것은 없다고 생각했었다. 그저 태어났으니 살다 죽으면 그만이었다. 맛있는 것을 먹고 마음껏 자고, 주변 사람들과 농담을 하고 웃고, 가끔 돈을 모아 갖고 싶은 것을 사고, 그걸로도 에스텔라는 행복해질 수 있었다.

그러나 '뭔가를 하고 싶다.' 그런 욕망이 자기 안에 있다는 것을 깨닫고 만다. 또 한 번 온 힘을 다해서 싸워 보고 싶다.

아버지가 자식을 위해서 끝까지 작위를 받지 않았다던 클레오르의 이야기가 떠올랐다. 에스텔라가 귀족 영애로서의 삶을 살기를 원치 않았다면, 그렇다면 그는 그녀가 끝까지 검을 쥐기를 원했을까?

"아가씨?"

에스텔라가 대답이 없자 라라가 다시 불렀다.

"크렐리디안 경에게 기다리시라고 해. 곧 나갈게."

"네, 아가씨."

라라의 발이 탁탁 소리를 내며 멀어졌다.

에스텔라는 한숨을 내쉬고 수건으로 몸을 닦았다. 옷을 입고 파우더 룸으로 옮겨 가자 카릴린이 기다리고 있었다.

"오늘은 이걸 입으시지요."

그녀가 꺼내 온 것은 어두운 갈색에 장식이라고는 하나도 없는 드레스였다. 스커트도 넉넉하지만 모양을 잡지 않은 것으로, 길이가 길고 원단이 좋기는 했지만 사실 입고 누굴 만나라고 만들어진 것이 아니었다. 수련할 때에 드레스를 망가뜨린다며 리디아 의상실의 견습생들이 만든 것을 입으라고 준 것이다. 그럴 바에는 그냥 남자 옷을 입고 하면 안 될까 생각했지만, 그녀를 진짜 남자라고 생각하고 있는 바르톨로뮤 백작부인은 조금의 방심도 있어서는 안 된다며 이런 옷을 여러 벌 마련했다.

손님이 왔다는데 굳이 이것을 가져온 이유는 명백했다. 황태자 말고 다른 남자에게 좋게 보이지 말라는 것이다. 바르톨로뮤 백작부인은 계약의 내용을 정확히 알고 있었으므로 에스텔라가 평판 좋은, 특히나 그럴듯한 미녀로 보이기를 바라고 빈틈없이 꾸미려 했으나 그 외의 고용인들은 조금이라도 클레오르와 그녀 사이를 다정하게 만들고 싶어 했으며, 특히나 클레오르의 편이었다. 월급 주는 사람이 그이니 당연한 일이었다.

티소엔에게 굳이 예뻐 보일 필요는 없었다. 에스텔라는 카릴린에게 최대한 애교 가득한 얼굴로 말했다.

"코르셋은, 반만 조이죠?"

카릴린은 물론 찬성이었다.

아르투르 저택의 응접실에서 티소엔은 거의 2시간을 기다렸다.

사전에 약속 없이 귀족 영애를 방문한 것이니 이쯤 기다리는 것은 당연한 일이었다. 하다못해 오기 직전에라도 연락을 했어야 옳았다.

하지만 그렇게 기다릴 수가 없었다. 출궁하자마자 간밤에 아르투르 영애가 습격을 당했다는 소식을 듣고 얼마나 놀랐는지 모른다. 등골이 서늘했다. 다치지 않았다는 이야기는 들었다. 그래도 그녀가 싸움터의 한복판에 내던져졌다는 사실에 눈앞이 뻘겋게 물들었다.

근무지를 이탈하여 거리로 뛰어나와서 티소엔은 1시간 가까이 뱅뱅 돌며 헤맸다. 괜찮다. 이미 끝난 일이었고, 에스텔라는 지금쯤 자기 저택에서 안심하고 쉬고 있을 것이다. 게다가 그녀의 안전도, 마음도 지켜야 할 사람은 따로 있다. 그가 상관할 일이 아니었다.

그래도 후회가 가시질 않았다. 어제 상태가 이상한 메이나드 자작이 황궁에 와 있었던 것을 티소엔은 알고 있었다. 하인을 시켜 마차를 탈 때까지 지켜보게 하기도 했다.

이왕 하는 것, 아예 자기가 집까지 배웅했으면 좋았을 것이다. 의심하고 보고를 올리기만 했어도 지난밤의 습격은 없었을 수도 있다. 연회에 끝까지 참석하기만 했어도 가장 먼저 구하러 갈 수 있었다.

그런 일이 벌어지는 동안에 아무것도 모르고 밤이 새도록 혼자서 술이나 까고 있었다니, 스스로를 용서하기 힘들었다.

티소엔은 스스로 이상하다고 생각했다. 남의 여자를 사랑하게 되었다는 자각은 그를 힘들게 했지만, 곧 잊을 수 있을 줄 알았다.

그는 단순히 저를 좋아한다고 말한 여자들의 감정을 이제껏 무시하며, 거절당해도 잊지 못하는 것을 어리석고 바보 같다고 생각해 왔다. 하물며 이것은 부당한 마음이다. 가지고 있어도 누구에게도 좋지 않은 일이다. 저에게만이 아니라, 에스텔라에게도.

그런데도 생각하는 것을 멈출 수 없었다. 조금이라도 그녀를 알고 싶다고 생각한다. 에스텔라에게 좋지 않을 수 있다는 것을 알면서도 찾아오지 않을 수 없었다. 이 눈으로 무사한 모습을 보지 않으면 안 될 것 같았다.

이건 에스틴을 위해서이기도 하다. 그는 애써 그렇게 변명거리를 마련했다. 하나뿐인 누나를 도와준다면 그도 안심하지 않겠는가.

그를 맞이하는 고용인들의 태도는 그리 밝지 않았지만 티소엔은 그다지 신경 쓰지 않았다. 무사한 것을 눈으로 확인하고, 그리고…….

그리고 뭘 어쩔 셈인가.

티소엔은 응접실에 멀거니 앉아서 기다렸다. 2시간이 지났을 때에야 비로소 문이 열렸다. 집사가 공손하게 문을 열고, 갈색의 수수한 드레스를 입은 에스텔라가 짧은 머리 그대로 들어왔다. 그녀를 귀족 영애답게 보이게 만들 의무가 있는 바르톨로뮤 백작부인이 안다면 기겁할 일이었지만, 마침 습격을 당한 지금이 머리칼이 잘렸다는 말을 하기에 딱 좋았다.

어차피 가발은 써야 하지만, 짧은 머리라는 사실을 누구나 알고 있다면 나중에 문제가 되지 않을 것이다. 거친 손과 마찬가지였다. 공개적인 사실이 되면 소곤소곤 뒷이야기는 할 수 있을지라도 대놓고 공격하거나 약점으로 삼을 수 없었다. 게다가 사건이 사건인 만큼 동정도 모일 것이다.

알펜슈타인의 다른 모든 소녀들과 마찬가지로 그녀도 19년 동안 한 번도 머리를 자르지 않고 소중하게 길렀었다. 하지만 4년 전에 머리칼을 자기 손으로 자를 때에 이미 그것에 대한 감정도 정리했다. 처음에는 허전하기도 하고 마음도 아팠지만, 시간이 지나자 오히려 왜 보통 여자는 머리를 짧게 하고 살 수 없는가에 대한 한탄이 생겼다. 이렇게 편한데.

물론 예쁘지 않긴 했다. 풍성한 드레스에도 안 어울리고 꾸미기도 어려웠다. 게다가 드러누우면 금세 뻗쳐서 수습할 수가 없었다. 인두로 머리를 매끄럽게 만드는 것에는 기술이 필요하다. 적어도 에스텔라는 자기 손으로는 한 번도 성공한 적 없었다.

어쨌든 에스텔라가 가발을 쓰지 않고 나온 것은 티소엔에게 동정을 사자는 수작은 아니었다. 이런 문제에 대한 동정은 귀부인과 영애들에게 받아야 하는 것이다. 티소엔은 하등 보탬이 안 되는 인물이었다. 그저 머리가 젖어 있었고, 꾸미기가 귀찮았을 뿐이다.

그러나 티소엔은 충격을 받은 나머지 에스텔라의 모습을 보고 벌떡 일어섰다. 그는 주먹을 움켜쥐고 부르르 떨었다.

"영애."

"네?"

"그 머리칼은, 어떻게 된 겁니까?"

에스텔라는 놀라서 저도 모르게 자기 머리에 손을 가져다 대었다. 티소엔의 얼굴이 흉험하게 일그러졌다.

"아, 어쩌다 보니 그렇게 됐어요."

"안색도 잿빛이십니다."

그건 루신다에게 쉬라고 했기 때문이었다. 아예 민낯을 드러내자니 티소엔이 알아볼까 봐 염려스러워 조금 뭘 바르긴 했지만, 가뜩이나 수면 부족에 컨디션도 별로라서 화장이 먹질 않았다. 어차피 망한 화장, 귀찮아서 볼터치도 하지 않았다.

물론 티소엔은 화장한 얼굴과 민낯을 구별하지 못했으며, 그 좋은 시력과 예민한 관찰력으로 얼굴에 엉킨 분가루를 알아보지 못하는 종류의 남자였다.

순전히 에스텔라가 어젯밤의 일 때문에 받은 쇼크로 안색이 그렇게 되었다고 생각한 티소엔은 주먹을 부르르 떨었다. 에스텔라는 에스텔라대로 놀라서 흠칫했다. 혹시 머리가 짧아지자 알아본 걸까 싶었던 것이다.

"피곤해서 그런 것뿐이에요."

"아르투르 영애."

티소엔이 한 발 앞으로 나섰다. 잔뜩 찌푸려진 얼굴은 사납고, 짙은 회색 눈동자에는 노기가 담겨 있었다.

주먹질이라도 할 듯한 기세에 에스텔라는 당황해서 반걸음을 물러섰다.

그녀는 사랑에 빠진 남자의 섬세한 마음을 이해할 주제가 못 되었다. 설마 클레오르가 정보 통제에 실패해서 연약한 영애가 30대 1로 무쌍을 벌였다는 소문이라도 난 걸까. 그래서 대련이라도 신청하러 왔나. 얘 나한테 반한 거 아니었어? 라고 혼란에 빠졌다.

티소엔이 그녀가 뒤로 물러나는 걸 참지 못하고 손목을 낚아챘다. 에스텔라는 반사적으로 그 손을 피하고 반격할 뻔했지만 애써 참았다. 숙녀답게 굴자고 애쓰며 몸에서 힘을 뺐더니 도가 지나쳤는지 휘청거렸다.

"영애!"

자기가 잡아당겨서 그렇게 되었다는 건 생각지도 않는 듯 티소엔이 파랗게 질려서 그녀를 부축했다. 에스텔라는 어이가 없어서 그를 빤히 올려다보았다. 티소엔이 그녀의 손목을 부서질 듯 틀어쥐고 있었다.

"크렐리디안 경. 이것 좀."

티소엔은 그녀가 아파서 그러는 줄 눈치채지 못했다. 손목이 부러지도록 쥐고 허리를 감아 부축한 채로 낮은 목소리로 그가 묵직하게 말했다.

"전하께서는 영애가 이런 모습이 되도록 팽개쳐 두셨단 말입니까? 그리고 오늘도 영애를 혼자 두신 겁니까?"

"바쁘신 분이니까요. 그보다 이것 좀 놓아주시겠어요?"

"영애가, 에스틴을 위하여 많은 것을 감수하시려고 하는 건 알고 있습니다. 그러나 이렇게 힘겨운 얼굴을 하시고도 계속 해야만 하는 것입니까? 에스틴은 누이를 희생해서까지 출세를 바랄 친구가 아닙니다."

가문을 위해서다. 동생을 위해서다. 그 가련하고도 가상한 뜻을 티소엔도 이해했다. 몰락귀족의 딸이 해낼 수 있는 가장 큰일이라는 것을 잘 알고 있었다. 그러나 이런 얼굴을 하고 견뎌야 할 정도라면, 하지 않는 쪽이 낫지 않은가.

황태자가 그녀를 충분히 지키고 있다고는 도저히 생각할 수 없었다. 어젯밤에도 에스텔라는 시종 미소 띤 얼굴을 하고 있긴 했지만, 그다지 즐거워 보이지 않았다.

그 점에 있어서라면 티소엔은 역시 그녀를 잘 아는 사람이었다. 에스텔라의 진흙 같은 얼굴이 화장 탓이라는 것은 알아보지 못했으나 먼발치에서도 그녀가 피곤하고 지겨워한다는 사실만은 알 수 있었던 것이다.

"영애."

티소엔이 애타게 그녀를 불렀다. 그녀가 행복해졌으면 좋겠다.

클레오르라면 그렇게 해 줄 수 있을 줄로 알았다. 여러 가지 불행한 사고들에도 불구하고 그가 매력적인 남자이며 알펜슈타인 제일의 귀인이라는 사실은 변하지 않는다. 힘든 자리라도 충분히 보호받고 사랑받으며 지낸다면, 그래서 행복해졌으면 좋겠다고 생각했다. 황후의 관을 쓰고 가장 높은 곳에 앉은 그녀의 손등에 제국 기사로서 서약하며 키스하는 날이 올 수 있을 거라고 생각했다.

그러나 감정이 들끓었다. 이성적으로는 그녀가 무사하고, 클레오르가 의무를 다했고, 또 이 위험이 이미 예고된 일이었다는 사실을 알았지만, 그래도 참을 수 없었다. 그녀의 위험에서 자기가 배제되어 있다는 걸 견딜 수 없다. 이 손으로 지켜 주고 싶고, 이 손으로 웃게 만들고 싶었다.

가슴속에서부터 솟구치는 그 마음의 이름을 그는 이미 알고 있었다. 그리고 멈출 수 없게 되고 말았다.

"무례합니다, 크렐리디안 경. 이 손을 놓으세요."

에스텔라가 힘껏 손을 뿌리쳤다. 티소엔은 그 손을 놓지 않았다.

"꼭 황태자 전하여야만 할 필요는 없지 않습니까?"

그가 절절하게 호소했다.

"파혼이 영애의 명예에 크게 해가 되는 일이라는 것은 잘 압니다. 그러나 영애의 안전이 달린 일입니다. 부디, 다시 생각해 주실 수 없겠습니까? 제가 부족한 사람입니다만, 허락하신다면 영애의 손을 평생 잡고 싶다고 생각합니다. 제가 모자라다면, 영애를 행복하게 해 줄 수 있는 사람이 나타날 때까지 잠시 지키는 역할만이라도 좋습니다. 에스틴은 제가 설득하겠습니다. 제가 감히 고귀하고 권세 높은 황태자 전하에 비할 바는 되지 않지만, 다행히 가산이 넉넉하고 부모님에게 약간의 명성이 있으니, 에스틴이 허락만 한다면 아르투르 가문의 일도 돌봐 드릴 수 있을 겁니다."

미쳤나 보다.

가뜩이나 허기져서 배고픈데 머리가 핑핑 돌았다. 에스텔라는 멍하게 그를 쳐다보았다. 맥락은 이해했다. 이해했지만, 이게 말이 되나? 말이 왼쪽 귀로 들어가서 스윽 오른쪽 귀로 나왔다. 작정하면 달변일 수 있구나 하는 깨달음을 얻으며 티소엔을 쳐다보는데, 그는 혼자서 일사천리로 말을 마무리하고는, 그녀의 손등에 입술을 눌렀다. 만 마디 말보다 확실한 감정을 담아서.

"에스텔라 님."

대답한 것은 에스텔라가 아니었다.

"그 손 치워."

팔에 한 아름 가득한 붉은 장미 꽃다발을 든 클레오르가 한 발로 문짝을 차서 열었다.

그의 얼굴은 싸움이라도 하다 온 것처럼 난폭했다. 티소엔은 에스텔라의 손을 놓았지만, 클레오르의 명령을 들었다기보다는 형식적인 인사를 하기 위해서였다. 그는 일단 일어서서 클레오르에게 왼쪽 가슴에 오른 주먹을 대며 정중하게 고개를 숙였다. 그래도 곧이라도 이를 드러낼 맹수처럼 사나운 기세는 감추지 못했다.

에스텔라는 어떻게도 하지 못하고 어정쩡하게 서 있었다. 차라리 둘 중 하나가 싸움을 걸어왔다거나 2대 1로 칼싸움을 하자고 하면 좀 귀찮아도 기꺼이 참전하겠는데, 지금은 본인이 무슨 치정 싸움 한중간에 낀 것 같아서 민망했다.

"이리 와."

클레오르가 손을 내밀었다. 화난 연기가 제법이라고 생각하면서 에스텔라는 속으로만 한숨을 내쉬었다. 티소엔이 목쉰 소리로 말했다.

"에스텔라 님. 무리하지 마십시오."

"크렐리디안 경이 무례를 저지르고 있는 거예요."

에스텔라는 이번에는 드러날 정도로 작은 한숨을 내쉬고 클레오르에게 다가가 손에 살짝 자기 손을 얹었다. 그가 에스텔라의 팔에 장미 다발을 떠넘기고는 휙 허리를 끌어당겨 안았다. 꽃다발은 들고만 있어도 얼굴이 파묻힐 만큼 컸다. 짙은 장미향이 확 올라왔다.

티소엔의 눈에 순간적으로 불길이 어렸다.

"지금 내 약혼녀에게 청혼을 한 건가, 경은?"

클레오르가 얼음 같은 목소리로 물었다.

"그렇습니다."

"제정신이 아니로군."

"사모하는 분이 목숨의 위협을 당하고 머리채를 잘리셨는데 침착한 남자가 있다면 그쪽이 제정신이 아닐 겁니다."

티소엔이 비난조로 말했다. 클레오르가 슬쩍 에스텔라의 머리를 쓰다듬었다. 에스텔라는 떨떠름하게 시선을 외면했다. 진실로 황태자와 전도유망한 청년 기사 사이에 끼어 있는 상황이라면 기쁨으로 현기증을 일으켰을 수도 있겠지만, 실상은 한쪽은 남색자이고 한쪽은 남장하고 있던 때의 친구였다. 기가 막혀서 현기증이 날 지경이었다.

"경은 에스텔라에 대해서 아무것도 모르는군."

"그러면 전하께서는 영애에 대해 모든 것을 다 알고 계시기 때문에 어젯밤에 지키지 못했고, 오늘도 자리를 비우고 홀로 두셨단 말씀입니까?"

티소엔은 노기를 숨기려 들지 않았다.

"설령 영애께서 이 일을 헤쳐 나갈 만큼 강인한 마음과 굳건한 의지를 가지고 계신다 하더라도, 그런 대우를 받으실 이유는 없습니다."

"그러면 약혼 중인 여자를 파혼하도록 유혹하여 결혼하는 것이 경이 생각하는 온당한 대우란 말인가? 터무니없군! 그것이 숙녀의 명예를 땅에 떨어뜨리는 일이라는 사실을 모르는 바도 아닐 텐데."

"적어도 저는 전하처럼 영애를 그렇게 잿빛 얼굴로 놔두진 않을 겁니다!"

티소엔이 에스텔라를 곧바로 바라보았다. 그녀는 한탄하고 싶었다. 에스틴인 채였다면 뒤통수를 후려갈겼을 것이다. 그녀보고 향상심이 없다고 하더니, 본인의 출셋길을 고속으로 자를 작정인가 보다. 하긴, 잘린다고 해서 먹고살 걱정이 있는 몸도 아니다. 이게 바로 금수저의 위엄인가.

"영애만 허락하신다면, 기꺼이 어디로라도 모시겠습니다."

"닥쳐. 감히."

클레오르가 거의 으르렁거렸다. 연기력이 좋을 거라고는 생각했지만, 이렇게까지 과장된 태도를 취할 필요가 있는가 하고 에스텔라는 남 일처럼 생각하다가 클레오르의 손이 움직이는 것을 알고 깜짝 놀랐다. 그녀는 아슬아슬한 타이밍으로 던져진 장갑을 허공에서 잡아챘다.

"전하."

그녀는 한숨을 내쉬었다. 황태자가 되어서 일개 기사와 진짜 결투라도 할 작정인가.

"도를 지나치셨습니다."

"도를 지나친 건 크렐리디안 경 쪽이지. 물러가라. 이 책임은 카이덴 후작가에 묻겠다.”

클레오르가 냉랭하게 대꾸했다. 티소엔도 티소엔대로 무거우면서도 딱딱하게 대답했다.

“마음이 이끄는 옳음을 따라 행동했을 뿐입니다. 결투를 요구하신다면 결투를, 사직을 요구하신다면 사직을 하겠습니다. 무엇보다도 저는 이미 성년이며, 아버지와는 관계없는 일입니다.”

“이제 그만하세요, 진짜.”

“에스텔라.”

“아르투르 영애.”

꽃다발을 안은 채로 에스텔라는 클레오르의 팔에서 벗어났다. 클레오르는 그녀를 놓고 싶지 않았지만, 단호한 옆얼굴에서 진지한 거절의 뜻을 읽고 별수 없이 물러났다.

“크렐리디안 경, 경이 진심으로 기사다운 고결한 의지와 저를 염려하는 마음에서 제안하신 것은 압니다. 그러나 경의 경솔함 탓에 그 순수함에 대한 의문마저 품게 되는군요.”

티소엔이 아랫입술을 깨물었다.

“스스로 결혼을 결정한 것부터 이미 저는 구설수에 오를 여지를 충분히 가지고 있습니다. 황태자 전하의 복잡한 상황이 아니라면 이미 감당할 수 없을 정도로 많이 부정적인 말을 들었을 겁니다.”

“아르투르 영애.”

“경께서는 고귀한 가문에서 태어나 살아오셨으니 저보다 더 잘 알고 계시겠지요. 이 상황에서 또다시 제 의지로 파혼을 한다면, 황태자 전하께서 여덟 번째로 결혼에 실패한 것까지 더하여 죽어도 멈추지 않을 만큼 많은 비난을 받게 될 거예요.”

“결혼은 파혼으로 인한 구설수를 묻는 데에 가장 유효한 방법입니다. 게다가 반드시 엘첸에 머물러야 할 필요는 없지 않습니까?"

"제가 에스틴에게, 경이 우리 남매 때문에 후일 기사로서 얻을 수 있는 모든 광영을 포기했다고 설명하기를 원하시나요? 경이야말로 기사로서의 명예를 구하지 않는 것을 향상심 없이 무가치하게 시간을 죽이는 일이라고 말했다고 들었는데."

"제 기사로서의 명예는 저 자신에게 있습니다. 출세와 광영에 있는 것이 아니라!"

"경의 호의는 감사하게 생각합니다. 에스틴에 대한 우정의 깊이에도 감사합니다. 그러나 동정도, 우정도 경의 인생을 묻어 버리기 충분한 감정이 아닙니다."

에스텔라는 웃음을 숨기고 딱딱한 얼굴을 하기 위해 애썼다.

"경이 저에 대해 어떤 환상을 품고 계신지는 모르겠지만, 제게도 목적이 있어서 전하와 손을 잡은 거랍니다. 그 목적은 크렐리디안 경으로서는 이루어 주실 수 없는 부분입니다."

"아르투르 영애……."

"이제 돌아가세요."

티소엔은 충격받은 얼굴을 하지는 않았다. 그저 무거운 얼굴인 채로 깊이 고개를 숙였다.

"영애를 불편하게 하고 싶었던 것은 아니었습니다. 부디 용서해 주시길."

"아니에요."

"제가 드린 말씀에는 한 가지도 꾸민 것이 없습니다. 영애의 안녕과 행복을 기원하는 마음 역시 진심입니다. 부디 잘 생각해 보시고, 제가 필요하면 언제든지 연락 주십시오. 한달음에 달려오겠습니다."

"그런 일은 없을 겁니다. 세베르이나의 축복이 경의 검 끝에서 빛나길."

"영애께도."

티소엔이 부드럽게 그렇게 말했다.

"꺼져."

클레오르가 다시 사납게 내뱉었다. 티소엔은 그에게 형식적인 인사를 남기고 자리를 떴다.

문이 닫히자마자 에스텔라는 크게 한숨을 내쉬었다. 티소엔의 앞에서 에스텔라 노릇을 하는 것은 정말로 어려운 일이었다.

기분이 이상했다. 티소엔이 외골수에 폭주하는 성미가 있다는 것이야 이미 알고 있었다. 엘첸으로 돌아온 첫날부터 행정관을 닦달하여 그녀의 소속을 알아내고, 다짜고짜 찾아와 대련을 말하다 장갑을 던졌을 때부터 알 만큼 알았다고 생각했다.

생각한 것은 실천해야만 하고, 한 가지에 몰두하면 주위가 보이지 않는다. 이제까지 티소엔에게 그 대상은 검이었다. 그러니 아무런 문제도 없었다. 그는 다소 지나치게 강해지는 것에 대한 열망이 강한 기사였을 뿐이다.

그 열망이 자기에게 옮겨 오기라도 한 것일까. 에스텔라는 목덜미가 간지러워지는 듯한 기분을 느꼈다.

티소엔은 에스틴을 안다. 그리고 에스텔라를 좋아한다. 그가 좋아하는 것은 잘 알지 못하는 사람이다. 그러나 결국에는 에스텔라가 에스틴이니 그는 아는 사람을 좋아하는 것이라고 할 수 있을까?

그가 좋아하는 건 그녀 자신인가? 에스틴도, 에스텔라도 같은 사람이지만, 잘 알 수 없었다.

"에스텔라."

다시 뒤에서부터 클레오르의 팔이 감겨 와 에스텔라의 생각을 끊어 놓았다. 그녀는 이 사람이 왜 이러나 싶었다.

"티소엔 경은 나갔는데요."

"그래."

"이제 이러실 필요 없다고요."

"꼭 필요가 있어야 안을 수 있어?"

"그럼 희롱하려고 그러시는 중이에요?"

"그냥 애정 표시."

웃음기도 없는 목소리로 클레오르가 대꾸했다. 에스텔라는 냉정하게 말해 주었다.

"……놓아주시지 않으면 이 꽃다발 바닥에 내던집니다."

"꽃송이가 망가지면 꽃잎을 떼어서 침대에 장식해 줄게."

그는 자기를 남자로 알고 있을 텐데, 이 연달은 망발이라니. 에스텔라는 고개를 절레절레 저으며 고민했다. 남색자니까 허그 정도는 상관없으려나. 하지만 그녀를 남자인 걸로 알고 있으니 오히려 성희롱인 거 아닐까. 그러는 사이에 클레오르가 그녀의 왼 손목을 가볍게 쥐고 소매를 쓸어 올렸다.

"아프진 않아?"

"약간 아파요."

"멍은 안 들었네. 크렐리디안 경과는 무슨 관계야?"

"친구였습니다. 뒷조사를 하셨으니 아실 텐데요?"

"진짜 그것뿐이야?"

"여장한 저한테 한눈에 반했다고 하더라고요."

"그래서?"

"그래서, 라뇨?"

"크렐리디안 경 같은 남자가 그대에게 반해서 자기 인생을 내던 지겠다고 하는데 아무 느낌 안 들어?"

에스텔라는 곤란한 기분이 되어서 그를 올려다보았다. 세상 사람이 아무리 다 본인을 기준으로 남을 판단한다고 하지만, 이건 좀 그렇지 않나?

"티소엔 경은 전하와 다릅니다."

"뭐?"

"남자한테 관심 없다고요. 지금도 여자라고 생각하니까 반한 거잖아요."

"하아."

순간적으로 날카로워졌던 클레오르의 목소리에서 기운이 주르륵 빠져나갔다. 대신 그녀를 껴안은 팔에 힘을 주며 정수리에 턱을 얹었다.

"전하, 이제 놔주세요."

"싫어."

허리에 감긴 팔에 힘이 꾹 들어갔다. 에스텔라는 위기감을 느꼈다.

"이거 성희롱이에요."

"남자끼리라며, 뭐 어때?"

"더 징그럽거든요. 안 놔주시면 자력구제하겠습니다."

말한 것을 실행하려고 팔을 들었는데, 클레오르가 재빨리 그녀의 팔꿈치를 잡았다. 어제 맞은 자리가 아직도 욱신거렸다.

"발 밟을 거예요. 지금 경고했습니다."

"협상할 때에는 협박을 할 게 아니라 상대가 원하는 걸 내줘야 하는 거라고."

레오라고 불러 봐, 하고 클레오르가 귓가에 대고 속삭였다. 벨벳 같은 목소리에 목덜미부터 오싹해서 에스텔라는 부르르 몸을 떨었다.

"어서."

"전하."

"크렐리디안 경은 티소엔이라고 불렀잖아."

"티소엔은 친구잖아요. 설마 이름 때문에 이러시는 거 아니죠?"

"맞는데. 나 유치한 남자야. 빨리 불러 봐."

근력으로는 감히 맞설 수 없기 때문에 거리가 0인 상태에서는 간단히 떨쳐 낼 수가 없었다. 남자에게 꽉 안겨 있다는 상황이 점점 에스텔라를 당혹스럽게 만들었다. 클레오르는 대수롭지 않은 장난으로 그러는 것 같았지만 말이다.

"레오 님."

그녀는 빨리 벗어날 생각으로 대충 내뱉었다. 고작해야 이름을 부른 것뿐인데 민망해서 똑바로 쳐다볼 수가 없었다.

클레오르가 비로소 그녀를 놓아주었다. 얼굴이 상냥하게 풀어져 있었다. 에스텔라는 제 팔을 괜히 쓰다듬었다. 얼굴이 화끈거렸다.

"이름으로 부른다고 뭐가 어떻게 되기라도 합니까?"

"크렐리디안 경보다 뒤처지는 건 싫으니까."

에스텔라는 의구심 가득한 얼굴로 그를 쳐다보았다. 그리고 손에 들린 커다란 장미 꽃다발을 내려다보고, 다시 그를 올려다보았다. 그러고 보니 꽃은 뭐하러 들고 왔을까. 남에게 과시하는 용도라면 방에 장식하게 한 하얀 장미만으로도 충분할 것이다.

"그러고 보니 뭐 하러 오셨어요?"

"밥 먹으러."

클레오르가 짐짓 투덜거리듯이 말했다. 그리고 에스텔라의 **뺨**을 손바닥으로 감싸듯이 하고 엄지로 볼 한쪽을 쓱 문질렀다.

"화장은 차라리 지우는 게 좋겠어."

에스텔라는 이번에야말로 수치심으로 얼굴을 빨갛게 물들였다.

클레오르를 거실에 앉혀 놓고 에스텔라는 화장을 전부 지우고 셔츠와 바지, 조끼 차림이라는 간편한 남장으로 돌아왔다. 생각해 보니까 상대는 이미 자기가 에스틴이라는 것을 아는 사람이니 굳이 불편한 옷을 감수할 필요가 없었다. 드레스 업은 일주일에 한 번 정도면 만족스러울 것 같았다. 외출도.

코르셋을 입고는 밥을 우적우적 먹기도 힘들고 말이다. 배가 고파서 다른 무엇보다도 밥부터 먹자는 클레오르의 말이 고마웠다.

물론 뭔가 착각하고 있는 카릴린이나 다른 하녀들은 전하께서 찾아오셨는데 그런 옷차림이 말이 되느냐며 빛이 비치는 각도에 따라서 오색으로 빛나는 화려한 원단으로 만들어진 드레스를 가지고 왔지만, 에스텔라는 오늘만큼은 좀 편하게 있을 작정이었다.

"변신한 모습도 괜찮지만, 역시 그대는 자연스럽게 있는 쪽이 더 어울려."

클레오르는 여전히 부루퉁한 얼굴로 그렇게 말했다. 칭찬인지 아닌지 애매했다. 에스텔라는 자기 **뺨**을 한 번 쓰다듬었다. 그야 방금까지 화장이 엉망진창이라 자연스러운 상태보다 더 못했을 수도 있었다. 꼭 기술이 모자란 게 아니라 화장품이 안 먹은 거라고 그녀는 내심으로 투덜거렸다. 요즘에 매일 화장하고 살다가 민얼굴로 있자니 편하긴 했다.

식탁은 분수대 옆에 차려졌다. 쏴아아 소리가 시원했다. 식사는 번잡스러운 정찬이 아니라 고기를 위주로 포만감 넘치게 구성된 것이었다. 형식적인 전채 다음에 바로 비프스테이크가 나와 줘서 에스텔라는 진심으로 감사하게 생각했다. 큼직한 고깃덩어리에 뿌려진 향긋한 과일향 소스가 끝내줬다.

"감사합니다."

"숙녀의 식사라는 건 영 보기만 해도 배가 고프잖아."

"평소에는 괜찮은데, 중요한 날 전에는 거의 굶어야 한다나 봐요. 창백한 안색을 유지해야 하기도 하고. 어제 일만 아니었어도 집에 와서 밥부터 먹고 잤을 텐데."

일어난 지 얼마 되지도 않아서 조금 전의 일을 겪고 났더니 하도 배가 고파서 꿈이라도 꾼 것 같은 기분이었다. 칼질 세 번에 스테이크 하나를 해치우고 에스텔라는 잠깐 머뭇거렸다. 배고파서 호쾌하게 먹어 치우긴 했지만, 이래도 되나 싶었다. 그러나 다시 생각해 보면 남자라면 이쯤 먹어 줘도 문제없었다.

향긋한 차로 입가심하는 사이에 두 번째 접시가 나왔다. 이번에는 가시가 다 발라진 도미였다. 이것도 칼질 세 번에 해치웠다. 세 번째는 양갈비구이였다. 고기와 생선과 고기로 이루어진 코스가 아주 바람직했다.

"안 궁금해?"

"뭐가요?"

"메이나드 자작이 어떻게 되었는지, 그 사후 처리에 대해서라든가."

"여쭤 보면 알려 주실 겁니까?"

"사실 밥이 아니라 그게 목적이었어. 들을 준비는 되었나?"

에스텔라는 잠깐 머뭇거렸다. 어제 이전이었다면 맡은 일만 제대로 하면 되니까 알려 주는 정보만 듣고 그 안에서 자기 나름대로 최선을 다했을 테지만, 오늘은 마음이 조금 바뀌어 있었다.

클레오르는 그녀가 준비되었다고 말하자 간략하게 상황을 설명했다. 자작이 목숨을 건졌다는 것과 기사들까지 포함해서 오염되었던 사람 전부가 의식불명 상태라는 것, 사망자는 양측을 합쳐서 약 서른 명이고, 부상자 역시 그 정도 된다는 것을 알려 주었다. 그리고 메이나드 자작이 반역죄로 몰리고 있다는 것과 그것이 지금까지 권력지형의 균형을 흔들고 있다는 것도.

"어려운 상황이군요. 좀 우습긴 하네요."

에스텔라는 듣고 나서 그렇게 말했다.

"알비나 파벌이고, 누구보다도 저를 죽이고 싶어 하면서 이 일을 반역죄로 논한다는 게요."

"나를 황태자로 인정하든 말든 일단 메이나드 자작을 쳐 내서 세력을 깎아 내겠다는 거겠지."

그렇게 말하는 클레오르의 얼굴이 어두웠다. 사실 에스텔라가 아니라 그의 얼굴이 더 재색에 가까웠다.

그가 거의 의식하지 못한 채 짧게 한숨을 내쉬는 것을 보고 에스텔라는 미소를 지었다. 훌륭한 오찬의 보답도 할 겸, 어차피 고려하고 있던 일이기도 해서 그녀는 한 방에 클레오르의 고뇌를 쓸어 주기로 했다.

"아르투르 백작가가 화해를 하겠다고 나서면 어떨까요?"

"그대가?"

"실제로 해를 입은 것도 아니니까 적절한 보상만 하면 기꺼이 용서할 용의가 있다고 하세요. 이 일을 메이나드 자작이 전하에게 반역했다는 것으로 만들지 말고 가문 대 가문의 싸움으로 끌어가 버려요. 메이나드 자작이 아르투르 백작가의 역사를 인정하지 않고 제가 감히 자기 딸과 같은 반열에 올라간 것에 화를 내서 공격했다는 식으로요. 실제로 오필드 공작과 퀘시 후작이 그렇게 생각하고 있잖아요. 그러면, 이것을 아르투르 백작가와 메이나드 자작가의 싸움으로 만들 수 있지 않겠어요?"

"잠깐, 그대가 싸움에 휘말리게 될 거야."

그러나 에스텔라의 말에는 일리가 있다. 아르투르 백작가를 신흥 귀족으로 여기느냐, 전통 있는 가문으로 쳐 주느냐 하는 문제는 가문의 전통과 혈통, 실질적으로 가진 힘과 부유함 중 어느 쪽이 진짜 고귀함을 담보하느냐 하는 아히발트와 칼렙의 싸움을 그대로 압축하고 있다. 하기에 따라서는 아히발트 클럽 안에서 분열을 일으킬 수도 있을 것이다.

귀족끼리의 싸움이 되면 클레오르는 거기에서 비켜날 수 있다. 메이나드 자작이 반역을 했다는 주장은 그 무게를 잃을 것이다.

"괜찮아요. 실제로 나서서 싸울 '아르투르 백작'은 실체가 없으니까. 구설수는 조금 일어나겠지만, 평판이 떨어진다고 해서 계약 위반이라고 판공비를 깎으실 건 아니죠?"

"화가 나지는 않아?"

"공격당해서요? 어차피 자작님도 피해자잖아요. 기사들도 정상은 아니었고요. 화가 나서 심하게 처벌하라고 할 정도라면 어젯밤에 제 손으로 죽였겠죠."

"각오가 덜 되었던 거라고 생각했는데."

"그런 면도 없진 않고요."

에스텔라는 쓸쓸하게 웃었다. 생살을 가르고 뼈를 때리는 느낌이 의지를 세우고 높은 곳을 바라보게 만들었다니 과연 괜찮은 건가,

하는 생각이 들었다.

"어차피 전 명의만 빌려 드리고 실제로는 전하께서 커버하셔야죠. 예르켈이 하거나. 메이나드 자작을 살리고 싶으신 거잖아요."

클레오르는 표정을 무너뜨렸다. 잠시 얼굴을 손바닥으로 가렸다가 내렸기에 에스텔라는 그가 눈가를 붉혔던 것을 보지 못했다.

"고마워."

"공짜 아니에요."

"물론 메이나드 자작가는 아르투르 백작 영애를 습격한 대가를 치러야겠지. 아마 시모니데스의 광산 채굴권을 몇 개 주는 것 정도로는 타협이 안 될 거야."

그렇게 말하고 클레오르는 가볍게 헛기침을 했다.

"물론 아르투르 백작은 게으름뱅이라서 도로 운영권이라든가 광산 채굴권 같은 건 받아도 귀찮을 뿐이겠지만. 넉넉하게 현찰로 쳐 주겠네."

"금화 말고 금괴랑 보석도 받아요. 점심 식사가 마음에 들었으니까 싸게 해 드리는 거예요."

에스텔라는 생글거리면서 말했다. 클레오르가 또다시 이마를 손바닥으로 감싸고 유쾌하게 웃었다.

"정말로 그대가 원한다면 채굴권 정도는 가져가도 괜찮을 것 같은데. 일은 직접 하지 않아도 괜찮아. 숫자에 관한 일은 능력 있는 사람을 뽑아서 맡기면 그만이니까."

"메이나드 자작님 대신은 못 해요. 듣자 하니 그분, 인망도 있고 행정적으로도 아주 유능한 분이셨다면서요. 전 한 재산 싸서 모나한으로 은퇴할 몸이니까 그런 쪽으로 이 이상 뭘 시킬 생각은 하지도 마세요."

클레오르가 입을 다물고 머뭇거렸다. 그러는 사이에 구운 연어를 얹은 리조또가 나왔다. 이제 슬슬 배가 차기는 했지만, 아직도 약간 아쉬운 부분이 있었으므로 에스텔라는 기꺼이 포크를 들었다.

그녀는 몇 입이나 먹은 후에야 클레오르가 포크도 들지 않고 바라보고 있다는 사실을 깨달았다. 혼자 먹기는 민망하지 않았으나, 그가 에스텔라보다 많이 먹었으면 많이 먹었지 적게 먹는 사람이 아니라서 의문을 느꼈다.

클레오르는 왜 그러느냐는 시선을 받고 나서야 자기가 가만히 그녀를 바라보고만 있었다는 것을 깨달은 듯이 의식적으로 포크를 집어 들었다. 그리고 눈을 내리깔아 접시를 바라보며 부드럽게 말했다.

"그대는 일이 끝나면 달아날 생각만 하는 것 같아."

"그런 계약이잖아요?"

"5년 동안 그대가 내 황후로서 있어 주겠다는 계약인 거지. 이혼을 한다고 해서 반드시 은거하러 갈 필요는 없잖아."

에스텔라는 몹시 곤란한 기분이 되었다. 맛있었던 밥이 갑자기 까끌까끌해졌다.

"저한테 반하시면 안 됩니다."

애써 농담으로 말했는데 클레오르가 쓴웃음을 지었다.

"반할 것 같은데."

"제가 아무리 매력적이라도 안 반하는 게 전하를 위하는 일이에요."

이번에도 농담처럼 대답했지만 진심이었다. 그녀는 여자였다. 클레오르의 호의는 받아들일 수도 없지만, 받아들이려는 마음이 든다 해도 문제였다.

"애당초 전하는 누구에게 반하고 어쩌고 할 분이 아니시잖아요."

"왜 다들 나를 그런 식으로 생각하는지 모르겠어? 나 이래 봬도 순정남이야."

그가 어깨를 으쓱하는 것으로 분위기가 가벼워졌다. 에스텔라는 포크로 리조또를 휘저으며 화제를 돌렸다.

"전하께서 미묘하게 로맨티시스트인 건 사실이죠."

"수식어가 부적절한데."

"메이나드 자작님에 대한 거라든가."

"……실질적인 이야기를 하는 게 좋겠군. 일단 임시로 근위대 기사들을 배치시켰어. 그리고 아르투르 기사단이라는 이름으로 한스 밑으로 서른 명쯤 보내 볼까 하는데 어떻게 생각해?"

에스텔라는 조금 고민했다.

"근위대는 임시라면 괜찮겠지요. 그런데 아르투르 기사단을 만드는 건 반발이 있지 않을까요? 미혼 여자가 기사단을 가지고 있다는 게 아무래도……."

"형식상으로는 에스틴 아르투르 밑으로 해 놓으면 돼. 황후가 되면 기사단 전체의 소속을 황후궁으로 이전하면 되니까. 한스도 그럴 작정으로 제국 기사단에서 퇴직시켜서 데려온 거고."

"청이 하나 있습니다."

"말해 봐."

"솔직히 말씀드려서 엄청 걸리적거리더라고요."

"호위 기사들이?"

"네. 호위이니까 절 보호하겠다는 생각으로 움직이는 건 이해하겠는데, 갑갑해서……."

"그 마음 알아. 그래서 봐, 나도 혼자 다니잖아."

"전하께서 혼자 다니신다고 이상하다고 말씀드렸더니 그럴 일이 아니었군요."

에스텔라는 고개를 절레절레 저었다.

"그래도 호위를 빼는 건 안 돼. 이번에도 혼자였다면 1대 55잖아. 꽤 위험했을걸."

"네. 아예 호위 없이 다닌다는 건 말도 안 된다는 거 알고요. 지휘권을 제게 주셨으면 좋겠습니다. 비상시에만이라도요."

클레오르가 곰곰이 생각에 잠겼다. 에스텔라는 조금 두근두근하면서 기다렸다. 그녀가 기사였다고는 하지만 최하위인 치안대 4년 차였다. 검술로는 인정받은 셈이지만, 지휘권은 또 다른 문제라서 긴장하지 않을 수 없었다.

"주의 사항이 있어."

"말씀하십시오."

에스텔라는 포크를 내려놓고 각 잡힌 자세로 허벅지에 두 주먹을 올렸다. 클레오르가 부드럽게 말했다.

"진짜 비상시가 되면, 지휘관이라고 해서 책임지려고 생각하지 말고 수단 방법을 가리지 말고 그대 자신의 안전만 돌볼 것."

"네."

"이것만 철저하게 지킨다면 나머지는 알아서 해. 필요한 게 있으면 예르켈에게 이야기하면 될 거야."

"네."

바라던 일을 허락받았고, 배가 부르니 기분이 좋아졌다. 디저트는 클레오르가 직접 들고 온 복숭아 타르트였는데, 향기도, 맛도 최고였다.

"예르켈이 쓸데없는 짓을 해서 겁주지 않았다면, 피엘라궁의 파티시에를 달라고 했을 거예요."

"보내 주지."

"무서워하지 않을까요?"

"싫다면 거부하겠지. 하지만 그대에게 꽤 호감이 있는 것 같던데. 그 타르트도 그대에게 줄 거라고 하니까 엄청 빨리 준비하더라고. 나중에 황후궁까지 데려가면 되잖아?"

"고마운 마음에 타르트를 빨리 만들어 준다고 해서 목숨까지 바치라고 할 수는 없잖아요. 황후궁의 요리장이라면 명예도 있긴 하겠지만, 명예와 목숨을 바꾸라고 할 수도 없고."

"기사도 목숨을 안 주는데 말이지."

클레오르가 의미심장하게 말했다.

에스텔라는 괜히 찔렸다. 개인적으로 서약을 세운 것도 아니고, 하고 딴청을 피워 보지만, 그녀가 제국 기사이면서 제국 기사의 주인인 황태자에게 목숨은커녕 충성심 조각조차 없는 것은 사실이었다.

아니다. 그래도 조각 정도는 있었다. 만일에 이 자리에서 목숨을 건 싸움이 벌어진다면, 그녀는 클레오르를 먼저 도피시키고 뒤에 남아 시간을 벌어 줄 정도로는 충성심을 가지고 있었다. 자기가 도망칠 수 있는 범위 안에서.

대신 죽으라고 말한다면 어떨지 모르겠지만 말이다. 그래도 검을 쥐고 제국 기사라는 명예를 어깨에 달았으면 그 정도는 해야 했다. 여태 받은 녹봉도 있고.

클레오르가 미소하며 말했다.

"대관식 끝나고 나면 조금은 안전해질 테니까 그때 황후궁 요리장으로 스카우트해."

"그러면 지금 있는 요리장은 어쩌라고요?"

"어차피 황후궁의 사람은 전부 교체해야 할 텐데. 잘 생각해 둬. 다른 요리사들의 디저트도 맛봐 두고."

"궁극의 선택을 요구받는군요."

에스텔라는 디저트까지 평정하고 나른하게 의자에 몸을 기대면서 말했다. 황후궁 사람을 전부 교체한다라. 어쩔 수 없는 일이긴 하지만, 정년 보장을 받아야 할 황궁의 고용인들이 정쟁에 휘말려 잘리는 것이라고 생각하면 마음이 좋지 않았다.

뭐, 잘려도 연금 정도는 챙겨 주겠지? 아무리 그래도 황후궁의 고용인이었는데 말이다. 재취업도 쉬울 것이다.

분수 소리는 적당히 기분 좋게 울렸고, 해는 쨍쨍한데 일산은 짙은 녹색이라서 얼굴에 내리쬐지 않았다. 나른함이 밀려와서 침묵한 채로 분수대만 쳐다보고 있다가 그녀는 문득 불안해져서 물었다.

"하나 더 여쭤 봐도 될까요?"

"응?"

"진짜로 티소엔의 문제를 카이덴 후작가에 항의하실 생각이십니까?"

클레오르가 이맛살을 찌푸렸다.

"걱정해?"

"조금요."

"사실관계를 전달하기만 해도 후작이 놀라서 개입할걸."

"제가 확실하게 거절했으니까, 굳이 그러실 필요까지는 없을 것 같습니다."

"걱정 많이 하네."

"하죠. 친구니까요."

클레오르가 고개를 기울였다. 에스텔라는 작게 한숨을 내쉬었다.

"티소엔은 제가 출세하려는 생각이 없는 것이 늘 불만이었거든요. 향상심이 없다고. 그런데 정작 본인이야말로 제국 기사가 되어서 감히 전하에게 맞서고 그런 식으로 굴었으니 희망이 없게 되지 않았습니까?"

"그 이상으로 그대의 안전이 가치가 있는가 보지."

"잘 이해가 안 되네요."

에스텔라는 멍하게 분수대로 시선을 던졌다. 클레오르는 쓴웃음을 지었다. 설마 자기한테 연애 상담을 하려는 걸까.

"이제 겨우 세 번째 만난 건데 그럴 수 있는 걸까요?"

"시간과 만난 횟수가 반드시 중요한 건 아니더라고. 오래 본다고 해서 반드시 사람이 좋아지는 것도 아닌데. 그 사람이 내게 의미 있는 것을 갖고 있느냐 아니냐가 중요한 거 아닌가?"

"그것도 그렇군요."

에스텔라는 전자는 이해했으나 후자는 아직 경험한 적이 없으므로 고개만 끄덕였다. 클레오르는 여러 가지로 할 말이 떠올랐으나 티소엔만 좋을 일이 될 것 같아 하지 않았다.

화제가 사라져 잠시간 서로 말이 없었으나 클레오르는 그것을 불편하게 느끼지 않았다. 햇살과 함께 고요가 내려앉았다. 어깨에서 힘이 빠지고 졸음이 몰려왔다. 이제 어떻게든 잘될 거라는 생각도 들고, 메이나드 자작이 눈을 뜬 것도 아니지만 안심도 되었다.

에스텔라는 괜찮을 것이다. 그리고 모든 걸 괜찮게 할 것이다.

"전하?"

그가 졸고 있는 것을 보고 에스텔라는 살짝 불러 보았으나 대답이 없었다. 무심결에 그녀는 미소를 지었다. 햇살이 따뜻하고 바람도 살랑거렸다. 낮잠 자기 절호의 날씨였다. 클레오르는 밤을 새웠을 터이니 잠시 그대로 놔두는 것도 나쁘지 않을 것이다.

그 얼굴 참 잘생기기도 했지.

표정이 없어지니 조각이 따로 없었다. 눈 뜨고 있을 때보다 지금이 더 잘생겼다. 입을 열면 꼭 얄미운 소리를 해 대거나 얼굴의 값어치를 생각지도 않고 표정을 괴상하게 구기거나, 이상한 가발을 쓰거나 이상한 가발을 쓰거나 이상한 가발을 써서 그렇지.

젊은 여자랑 인사만 해도 염문이 생길 법했다. 진심으로 궁금해졌다. 진짜로 애인이 없는 걸까? 어딘가에 잘 숨겨 놓은 게 아니고?

듣자니 첫 번째 약혼녀였던 오필드 공작 영애가 그렇게 성격이 대단했던 데다가 진심으로 클레오르에게 반해 있었다던데, 은밀하게 애인이 있었다면 분명히 발각되어서 스캔들이 터졌을 것이다. 공작 영애가 황태자의 애인 머리채를 잡아 흔들었으면 소문나지 않을 수가 없을 테니까.

'역시……? 취향이 그래서 아무도 의심조차 안 하는 거 아닐까?'

잠시간 이런저런 망상과 망중한을 즐기며 혼자 노닥거리고 있는데 저택 쪽에서 바르톨로뮤 백작부인이 나왔다. 에스텔라는 그녀에게 조용히 하라고 입술 앞에 검지를 세워 보였다.

백작부인이 그 자리에 멈춰 섰다. 얼굴에 놀란 기색이 감돌았다. 클레오르가 한낮에 이런 불안전한 장소에서 잠들 거라고는 생각지 못했기 때문이다.

에스텔라는 의자 끄는 소리를 내지 않도록 조심하며 살짝 자리에서 일어섰다. 그리고 발소리를 죽여서 백작부인에게 다가갔다.

두 사람은 소리 없이 걸어서 테이블에서 멀어졌다. 에스텔라는 도중에 한 번 힐끗 클레오르를 돌아보았다. 고개가 움직이지 않은 것을 보니 깨지 않은 것 같았다.

"엘린데아, 무슨 일이야? 방해하지 말라고 했는데."

"리쿰 공작부인이 방문했습니다."

에스텔라는 발걸음을 멈췄다. 어이가 없었다.

"리쿰 공작부인이 왜?"

"일단 방문 이유는 아가씨께서 당한 일을 위로하고자 한다는 겁니다."

에스텔라는 눈살을 찌푸렸다.

"죽었는지 안 죽었는지 확인이 아니라?"

"아가씨께서 손끝 하나 다치지 않았단 이야기는 이미 퍼뜨렸습니다. 그런 건 아니겠지요."

클레오르가 안아 들고 집까지 갔다는 소문도 벌써 퍼졌다. 이 부분에 대해서는 퍼뜨릴 것인가 말 것인가 논란이 있었으나 소문을 내지 않으려 해도 나지 않을 수가 없었다. 오늘 아침에 클레오르가 보낸 꽃에 대해서도 벌써 소문이 퍼지고 있었다. 그는 다른 부분에 대해서는 꽤 소문과 평판을 잘 관리하는 편이었으나 오로지 하나, 여자 문제에 관해서만은 그러지 못했다.

에스텔라는 그것을 알면서도 좀처럼 본인을 당사자라고 느끼지 못했다. 현실감이 좀 없어야지 말이다. 로맨틱한 소문 속의 황태자는 남의 방 창문에 단검을 날리지도, 새파란 색의 쪽팔리는 가발을 쓰지도 않았다. 한 입에 스테이크 반을 해치우지도 않았고, 남자한테 들러붙지도 않았다. 헛소리도 안 했고.

"그래도 드레스에 피가 묻어 있었으니까. 엘린데아도 내가 다친 줄 알았다면서."

"기절한 것처럼 안겨 오셨으니까요."

'안겨'라는 단어에 힘을 주며 바르톨로뮤 백작부인이 말했다. 에스텔라는 그것을 흘려들었다.

"리쿰 공작부인이 어젯밤 사정을 파악하고 있지 못하다는 쪽이 이상하겠지. 한번 만나서 떠보는 게 좋을까?"

"권하고 싶지 않습니다. 아가씨께서는 오늘 정말 피곤한 상태이시니까요. 청초하면서도 병약하고 지친, 가련한 모습을 연출하실 수 있으시겠습니까?"

에스텔라는 입을 다물었다가 어렵게 열었다.

"그건, 내가 완벽하게 건강한 상태에서도 무리가 아닐까……?"

그렇게 말하자 바르톨로뮤 백작부인이 아주 희미하게 미소를 지었다.

"화장으로 어떻게든 해 드릴 수 있다고 말씀드리고 싶지만, 루신다의 거취가 결정되지 않은 이상에는 그렇게 할 수가 없습니다. 리쿰 공작부인은 크렐리디안 경과는 달라서 어설픈 화장으로는 눈가림할 수 없을 테니까요."

에스텔라는 민망해져서 얼굴을 붉혔다. 화장 망했던 건 인정한다. 하지만 카릴린은 그대로 나가도 괜찮다고 말했단 말이다.

바르톨로뮤 백작부인이 차분하게 말했다.

"아가씨께서 만나겠다고 하시면 지금부터라도 최대한 준비해 드릴 수는 있습니다만……."

"아니야. 역시 안 만날래. 갈아입기도 피곤하고."

실내용 드레스라도 입고 있었다면 위에 간단하게 뭐라도 걸치고 머리를 만지는 정도로 손님을 맞을 수도 있었겠지만, 지금으로서는 전체를 다 갈아입지 않으면 안 된다.

"만나 봐야 할 이야기도 뻔하고."

"알겠습니다. 그러면 제가 인사를 하고 돌려보내도록 하겠습니다."

바르톨로뮤 백작부인이 정중하게 절하고 물러갔다.

에스텔라는 다시 일산 밑으로 돌아갔다. 클레오르가 잠에서 깨어 있었다.

"일어났어요?"

꽤 조심해서 움직였는데, 역시 기척을 다 없앨 수는 없었던 모양이었다. 클레오르는 좀 멍하게 졸음에서 덜 깬 얼굴로 그녀를 바라보다가 놀란 듯이 흠칫 굳었다.

그는 잠이 얕은 편이었다. 일타에서는 전쟁터를 오가는 용병이었으니 어쩔 수 없이 몸에 붙인 습관이었고, 알펜슈타인으로 온 뒤에는 암살의 위협에 시달리는 연속이었다. 맡은 역할에 따라, 능력에 따라, 이해관계의 일치에 따라 신뢰하는 사람은 많았으나 잠자리까지 맡길 수 있는 사람은 없었다. 있었어도 죽었다.

그는 침실에 어떤 호위도 들이지 않았다. 심지어 황태자궁의 시종조차도 그가 잠자리에 든 모습을 본 적이 없었다. 피곤하여 낮잠으로 잠시 눈을 붙이는 적이 있긴 하지만, 그럴 때에도 언제든 일어나 무기를 잡을 수 있도록 준비하고 있었다.

사람이 앞에 있는데 잠든 것도, 그 사람이 움직이는 기척을 느끼지 못한 것도 오랜만의 일이었다.

"어디 갔다 왔어?"

"엘린데아가 잠깐 불러서요. 리쿰 공작부인이 방문했다는군요."

"비상식적이군."

에스텔라가 어깨를 으쓱했다.

"원래 잠에서 깨면 날카로워지는 편이에요?"

"아니. 아아, 아니야. 미안해. 내가 짜증을 부렸나?"

클레오르는 당황하며 물었다. 에스텔라는 고개를 저었다.

"이해해요. 자다 깨면 짜증나죠."

그런 문제는 아니다. 클레오르는 단순히 조금 당혹했을 뿐이었다.

에스텔라를 믿고 있긴 했지만, 이렇게까지 긴장을 풀어 버릴 상대는 아니었을 텐데. 그녀가 자기에게 적대 행위를 할지도 모른다거나 그녀의 실력이 모자라다고 생각해서가 아니라 아직 거기까지 서로 마음을 열지 못했다 여겼다.

이쪽의 호의가 더 크다는 것은 원래부터 알고 있었지만…… 괜찮은 건가, 이 상태는. 벌써 그 정도까지 믿고 있는 건가. 아니면 그 정도까지 마음을 주었나.

그것은 너무 이르다. 아직은, 충분히 그녀의 마음을 사로잡지 못했다. 우정이든 신의이든 군신 관계이든 자기 쪽에서 먼저 정도 이상의 호의를 갖는 건 위험한 일이다. 그러나 먼저 신뢰를 보이는 것도…….

클레오르는 잠시 습관적으로 그런 계산을 하려다가 그것을 내던졌다. 에스텔라의 사람됨은 알고 있다. 리스칸이나 메이나드 자작이 그러하듯이 오래 알지 않아도 믿어도 될 사람이 있다.

걱정과 염려가 싹 걷혔다. 예민해진 것은 '그래야 하는 상황'이라고 머리로 생각했기 때문이다. 생각을 그만두자 오히려 푹 잔 덕분에 눈앞도 맑았고, 몸도 개운했으며 기분도 좋았다.

"리쿰 공작부인이 방문했다고?"

"아직 잠이 덜 깨셨어요?"

클레오르가 꽃봉오리가 벌어지듯 표정을 펴며 환하게 웃자 에스텔라가 핀잔을 주었다.

"안 만나기로 했어?"

"어제 그런 일이 있었는데 오늘 방문하는 비상식적인 예비 시누이를 굳이 만나려고 애쓸 필요는 없죠."

"할 말이 없군. 옷 갈아입기도 귀찮고?"

"귀찮죠. 아, 귀찮아. 귀찮아서 죽고 싶다."

에스텔라는 등받이에 목을 걸치며 늘어졌다. 클레오르가 소리 내서 웃었다.

그로부터 15분쯤 후에 바르톨로뮤 백작부인이 다시 나타났다. 손에 자개함 하나를 들고 있었다.

"리쿰 공작부인은 돌아가셨습니다."

"수고했어."

에스텔라는 그녀가 테이블에 내려놓은 자개함을 의아하게 쳐다보았다.

"리쿰 공작부인이 주고 간 물건입니다. 제가 미리 열어 보았습니다. 안전합니다."

클레오르가 쳐다보는 것을 알고 백작부인이 뒷말을 덧붙였다. 에스텔라는 상자 뚜껑을 열었다. 안에는 검은 벨벳 위에 월장석 목걸이 하나가 소담스럽게 앉아 있었다. 백금으로 된 가느다란 체인에 엄지손톱만 한 월장석 펜던트를 단 목걸이는 화려하지도, 그렇게 값나가 보이지도 않았다.

"알비나 황후께서 아가씨에게 하사하시는 목걸이라고 합니다."

"별일이네."

"관습이나 절차로 정해진 것은 아니지만, 시어머니가 장차 며느리가 될 숙녀에게 보석을 선물하는 것은 일반적인 일입니다."

에스텔라도 어머니가 없었지만 그 정도는 알았다. 그러나 그녀를 에스틴이라고 알고 있는 바르톨로뮤 백작부인은 구태여 설명했다. 남자들이란 누나나 여동생의 결혼식을 바로 옆에서 보고도 좀처럼 깨닫지 못하는 법이니까.

"그건 알아. 그런데 조금 우습게 보였다는 느낌도 들고. 준 시점도 좀 이상하고."

에스텔라는 그렇게 중얼거렸다. 아니, 목걸이 자체는 예뻤다. 그녀가 좋아하는 취향이었다. 그러나 이렇게 세공도, 보조석도 없이 체인에 달랑 주보석 하나만 매달려 있는 목걸이는 귀부인의 물건이 아니다.

바르톨로뮤 백작부인이 말했다.

"그 목걸이는 알비나 황후가 애용하던 물건입니다. 걸고 나가시면 아주 젊은 부인들이나 소녀를 제외하고는 모두가 알아볼 겁니다. 흔치 않은 디자인이라 형태 자체가 널리 퍼지지는 않았지만, 한때 월장석이 대유행했었죠. 지금도 알비나 황후는 월장석을 애용하고요. 제가 알기로는 마그델리아 백작 영애와 테런스 백작 영애, 메이나드 자작 영애도 월장석 패물을 선물 받았었습니다."

"그렇군. 일단 '넌 아무것도 아니다.'라는 의미로 보낸 건 아니란 말이지? 왜 다이아몬드나 사파이어가 아닐까?"

보통 결혼 예물은 다이아몬드이고, 황실에서는 짙은 물색 문양 때문에 사파이어를 많이 쓰지 않았던가. 에스텔라는 체인을 손가락에 감아 들어 올리며 중얼거렸다.

"안 걸어 봐?"

"싫어요. 뭐하러 지금요. 보여 줄 사람이 있는 것도 아닌데."

368

클레오르의 입가가 조금 찌그러졌다.

사실 이런 셔츠에 착용하면 참 좋을 것 같긴 했지만, 남장이니 곤란하다. 에스텔라는 아쉽게 생각했다. 하지만 어차피 거울도 없고.

선물을 받으면 착용하는 모습을 보여 주는 게 예의이지만, 쓸 일은 없을 것 같다. 안 하고 욕먹지, 뭐.

그녀는 알비나 황후와는 처지가 하늘과 땅 차이였다. 알비나 황후는 아무것이나 걸쳐도 아름답다고 칭송받고 동경의 대상이 되겠지만, 그녀가 이렇게 가냘픈 목걸이를 어울리지도 않게 하고 나가면 조롱당하기 딱 좋았다.

과연 알비나 황후가 이것을 예의상 보낸 것일까? 한번 조롱당해 보라고 보낸 건 아니고?

둥글게 깎은 월장석은 달빛을 품은 듯 신비로운 우유색이었다. 에스텔라는 어쩐지 그 빛깔에 마음이 일렁이는 것을 느꼈다.

6.

숙련된 기사는 버터나이프로
모기 다리를 벤다고 한다

에스텔라는 공식적으로 일주일 정도 아무것도 하지 않고 쉬었다. 약혼식을 마치고 돌아오는 길에 습격을 당한 귀족 영애가 충격을 받아 쓰러져 앓는 것은 당연한 일이라고 할 수 있겠다.

그러나 정말로 아무것도 하지 않은 것은 아니었다. 아르투르 백작으로서 메이나드 자작가와 황궁에 보내는 격렬한 항의 서한을 작성했다. 물론 실제로 문면을 작성한 것은 예르켈이었다. 그녀는 그것을 베껴서 클레오르에게 주었고, 클레오르는 전령 두 명을 무의미하게 뺑뺑이 치게 하면서 적당히 시간을 보낸 후에 그것이 데즈 남작령의 아르투르 백작에게서 올라온 서한이라고 회의실에서 내놓았다.

칼렙 저택의 페도시 백작에게 보내는 편지가 비슷한 시기에 당도했다. 에스텔라는 글씨 연습을 해야 했다. 악필이라서가 아니라, 에스틴과 에스텔라의 글씨를 서로 분리할 필요가 있었기 때문이다.

일주일 사이에 초대장이 산처럼 쌓였다. 일평생 에스텔라가 받아온 청구서만큼이나 많은 양이었다. 바르톨로뮤 백작부인과 예르켈은 적지 않게 놀랐다. 그들이 예상한 것보다 거의 세 배는 되는 초대장이었던 것이다. 엘첸의 모든 귀부인들이 에스텔라를 보고 싶어한다고 해도 과언이 아니었다.

"수작을 부리기 위해 아가씨를 만나고 싶어 하는 사람도 많지만, 단순히 호기심 때문에 초대하는 사람도 적지 않을 겁니다. 전하께서 도중에 피로연을 팽개치고 근위대를 모두 이끌고 아가씨를 구하러 가기까지 했으니까요."

바르톨로뮤 백작부인은 그렇게 말하면서 초대장의 2/3가량을 덜어 내어 봉인도 뜯지 않고 묶어서 앤에게 주었다. 명단과 내용만 적어 두라고 지시한 후에 나머지의 절반은 봉투를 열어 함께 읽었다.

"저 명단은 신분과 가문을 생각해 보건대 굳이 아가씨께서 직접 답장하지 않으셔도 되는 사람들의 목록입니다. 시녀에게 시키십시오. 물론 장차 제가 아가씨의 시녀장으로서 처리하겠지만, 아가씨께서 알면서 제게 맡기시는 것과 알지 못해서 제게 책임을 미루시는 것은 다른 일이니까요."

"그래. 게다가 이런 초대장들 때문에 엘린데아가 시간을 쓸 필요도 없지."

원래대로라면 직속하녀인 아일린에게 시켜야겠지만, 그녀는 며칠 전에 일을 그만두었다.

이 저택에서 일하게 된 사람은 모두가 처음부터 대강의 사정을 알고 있었다. 아일린과 루신다도 미리 암살의 위협에 대한 경고를 충분히 듣고, 일정 수준의 각오를 하고 왔다. 그만큼 급료가 높고 경력이 되는 일이기 때문이다.

그러나 아무리 각오를 했다고 해도, 직접 한밤중 거리에서 습격을 당해 보고 나자 견딜 수 없었던 모양이었다.

「죄송해요, 아가씨. 저 진짜 너무 무서워서…… 눈만 감으면 비명 소리가 들리고 막 피가 보이고 그래서, 도저히 못 할 것 같아요.」

아일린은 새파랗게 질린 얼굴을 두 손으로 감싸고 엉엉 울면서 하소연하듯이 말했다. 직접 싸움하는 모습을 본 것은 아니지만, 마차 안에서 들은 소리와 전부 끝난 후에 보았던 광경만으로도 견디지 못할 만큼 충격을 받았다. 그녀는 에스텔라가 위험한 지경에 놓여 있다는 이야기는 들었지만, 독살이라든가 추문에 관한 것만 생각했지, 설마하니 수십 명의 기사가 밤길을 습격할 줄은 상상도 하지 못했던 것이다.

에스텔라도 이해하지 못할 바가 아니었으므로 고개를 끄덕였다. 아일린은 일을 그만두게 되었다. 아마 한동안 감시를 받을 것이지만, 그다지 중요한 정보를 알고 있지도 못했으므로 몇 주 정도면 풀릴 것이다.

루신다는 아랫입술을 피가 날 정도로 깨문 채 말했다.

「저는 명성도, 돈도 급해요. 일을 계속할 거예요. 아가씨는 상냥한 분이니까…… 한 가지만 부탁드리면 안 될까요?」

「뭔데?」

「딸을 여기로 데려오고 싶어요.」

루신다의 딸은 그간 바르톨로뮤 백작가에서 맡고 있었다. 예르켈과 바르톨로뮤 백작부인이 어린아이를 드나들게 하기에는 아르투르 저택이 너무 중요한 장소라고 여겼기 때문이다. 그러나 에스텔라는 흔쾌히 고개를 끄덕였다.

「위험성을 직접 몸으로 겪어 보고서도 그렇게 결정했으니까 내가 뭐라고 말하진 않겠어. 직접 데리고 있는 쪽이 오히려 마음 편할 수도 있으니까.」
「감사합니다, 아가씨.」

루신다는 진심으로 감사해했다. 아이가 딸린 홀어미가 할 수 있는 일은 많지 않았다. 그녀의 그 기술로는 어디든 일을 못 구하진 않겠지만, 어디로 가더라도 아이를 두고 오기를 바랄 것이다. 에스텔라는 그녀가 아이와 함께 지낼 수 있도록 저택 안에 서로 연결된 두 개짜리 방을 주었다.

아르투르 저택의 고용인들은 몹시 바빴다. 예르켈이 황궁에 증인으로 불려 가 돌아올 줄을 모르고 한스를 비롯하여 기사들이 부상 등으로 빠져나간 자리에 새로운 사람이 들어와 그것을 조정하는 것도 바쁜 일이었다.

새로 직속하녀를 뽑자는 바르톨로뮤 백작부인의 계획을 에스텔라는 일단 보류시켰다. 그녀가 사람을 잘 골라 데려온다 하더라도 궁극적인 문제가 해결되지는 않았다. 이미 최선이었던 아일린이 빠져나가지 않았는가. 게다가, 그녀가 데려온 하녀가 마음에 들지 않는다거나 문제가 있다는 것은 아니지만, 아무래도 남의 부대에서 빌려 온 대원 같아서 마구 부리기가 쉽지 않았다.

그래서 에스텔라는 퀸에게 편지를 썼다. 바르톨로뮤 백작부인은 당연히 반대였다.

"귀한 가문의 영애가 저택의 하인이 아니라 자기 직속으로 하인을 둔다는 것은 흔치 않은 일입니다. 남들에게 수상한 일을 한다는 시선을 살 겁니다. 그 사람이 비밀을 지킨다는 보장도 없지 않습니까?"

"염려 마. 누가 보더라도 정부를 끼고 있다는 말은 안 할 테니."

백작부인은 클레오르가 그녀에게 아르투르 저택 호위 기사들의 지휘권을 주었다는 사실을 알고 더 이상 간섭하지 않았다.

한편 리디아는 분노하고 있었다.

"그건 정말 제 역작이었는데요!"

"하지만 어떻게 봐도 나보다는 알비나 황후 폐하가 백배는 미인이었어. 리쿰 공작부인은 말할 것도 없고."

모처럼 예쁜 드레스를 피범벅으로 만들어 버렸으니 에스텔라도 미안하긴 했다.

"내 생각에는 리디아, 나를 이용해서 유행을 바꾸는 건 불가능할 거 같은데. 패션의 완성은 얼굴이잖아."

"알비나 폐하 같은 미인은 뭘 입어도 멋있어요. 새삼스럽게 패션을 운운할 필요조차 없다고요. 색백 가운은 유행이 너무 오래됐어요. 제가 처음 만든 드레스가 색백 가운이었는데 20년이 지난 지금까지도 다들 그것만 만들고 아무도 새로운 시도를 하지 않는다고요!"

"예쁘잖아."

"지겨워요! 게다가 그건 체형을 제대로 커버하지 못해요!"

후자는 사실이었다.

"이번까지만."

"아가씨."

"내 생각에는 아무도 이 새로운 스커트 라인을 시도하지 않을 것 같지만, 이번까지만 입고 나가 볼게. 솔직히 리디아의 드레스가 정말 정말 예쁘긴 한데, 불편한 부분도 없지 않고 나도 좀 유행 아닌 걸 혼자 계속 시도하기는 민망하니까. 일단 이번 봄꽃 파티까지만 리디아가 원하는 대로 입고 나가고, 그다음부터는 좀 흔한 스타일로 입었으면 좋겠어."

"자신을 가지셔도 괜찮아요. 아가씨가 알비나 폐하나 콘스탄체 황녀님보다 예쁘다는 아부는 안 하겠지만, 충분히 스타일 좋고 멋지시다고요! 단지 유행이 스타일에 안 맞으실 뿐이죠!"

"솔직히 리디아가 만들어 주는 것도 나한테 맞는 것 같진 않아."

관습과 호오를 모두 떠나 순전히 얼굴을 돋보이게 해 주는 옷을 이미 만난 바 있는 에스텔라는 쓴웃음을 지으며 말했다. 그녀에게 딱 맞는 옷은 기사단 제복과 단순한 라인의 프록코트였다.

"당분간 평범하게 하자. 그렇지 않아도 여러 가지로 예민한 시기인데, 일부러 눈에 띌 필요는 없어."

그렇게 말했어도, 투왈렛 룸에 들어가면 하녀들은 드레스를 열 벌씩 꺼내 들고 왔다. 같은 드레스를 두 번 입는 건 클레오르의 얼굴에 먹칠을 하는 것이라고 주장했다. 입는 것보다 만들어지는 속도가 월등히 빨랐다. 리디아도 힘을 냈지만, 클레오르도 전력을 다하는 것 같았다. 거의 사흘에 한 번 보석과 꽃이 배달되었다.

세금은 내지 않았지만 치안대 기사 시절에도 월급 도둑이라고 스스로 생각하고 있었던 에스텔라로서는 나라 걱정이 되지 않을 수가 없었다. 제국의 1년 예산은 대체 얼마인 걸까. 아무리 제국 국고와 황실 내탕고와 클레오르의 쌈짓돈 사이에 대형 터널이 뚫려 있다지만, 이래도 되는 걸까? 진짜로? 좀 더 검소하게 살아야 하는 게 아닐까?

대부분의 값비싼 옷을 걸치는 귀족 영애들은 아버지의 돈을 쓰다가 남편의 돈을 쓰게 된다. 사실 아버지가 주는 지참금이 남편의 재산을 상당 부분 구성하므로 결국 아버지 돈이었다. 아버지 돈이라면 참 기쁘고 마음 편하게 주시는 만큼 쓰겠지만, 과연 약혼자 돈을 이렇게 펑펑 써도 되나.

"국고 기준으로 수입이라면 연간 2천억 골드가 좀 넘어."

"……동그라미 몇 개예요?"

"하하."

클레오르는 웃었다.

"그대에게 주는 월 20만 골드쯤은 평범한 품위 유지비이지."

"전하도 그 정도 쓰세요?"

"난 사실 내 돈이라고 생각하고 쓰는 건 얼마 안 돼. 아마 옷값 같은 게 많이 들긴 할 거야. 그렇지만 거의 다 황실 의전비로 지출하는 거라서. 가끔 혼자 외출해서 간식 사 먹는 정도밖에 없어. 요새는 그대에게 선물 사느라 많이 쓰긴 하는데, 어차피 그동안 쌓인 돈이 많이 남았고, 베르톨트 공작가의 재산도 그대로 있어."

베르톨트 공작가는 죽은 엘라리사 황후의 친정으로, 외동딸이었던 그녀가 데릴사위를 얻지 못하고 황후가 됨으로 인해 대가 끊겼다. 그 자산은 모두 엘라리사 황후의 앞으로 되어 있다가 클레오르 앞으로 남겨졌다. 선황은 그것을 황실에 흡수하지 않고 고스란히 행방불명된 아들의 앞으로 해 놓는 데에 꽤 애를 썼다.

에스텔라는 조금 머뭇거렸다. 좋지 못한 화제였는가 하는 생각이 들었기 때문이다. 그러나 클레오르는 크게 신경 쓰지 않는 투로 말했다.

"어때? 좀 능력 있는 남자처럼 보여?"

"전하의 마르지 않는 재력이 어디에서 나왔는지 알고 나니 이제 부담 없이 받을게요. 어째 국고에서 꺼내시는 것치고는 간섭도 안 받고 펑펑 쓰신다 했더니."

"국고에서 꺼낼 수도 있어."

클레오르가 정색했다. 에스텔라는 그 말을 농으로 넘겼다.

"무기나 말 같은 데에는 안 쓰시고요?"

"별로 안 가려. 용병질하던 놈이 뭘 가려서 쓰겠어? 쓰기 좋은 건 어차피 기사단 무기고에도 다 있고, 수집하는 취미는 없으니까."

"가발 값도 들고요?"

그러자 클레오르는 웃기만 했다.

★

귄은 편지를 보낸 바로 다음 날 빠릿하게 찾아왔다.

"실례합니다, 마님. 아가씨를 찾아온 사람이 있습니다. 아르투르 백작님의 소개장을 가지고 있다고 합니다만……."

카릴린이 문을 살짝 열고 말했다. 에스텔라는 손뼉을 딱 치고 초대장을 팽개치며 빙글 돌아앉았다.

"데려와."

"응접실에서 만나지 않으시고요?"

"여기가 좋겠어. 엘린데아, 자리를 비켜 줘."

"저도 함께 보겠습니다."

"'아르투르 백작'이 소개한 사람이야."

현명한 백작부인은 그녀의 말뜻을 바로 알아들었다. 미심쩍어하는 기색을 완전히 없애지는 못했지만, 정중하게 인사하고 물러갔다.

에스텔라는 새침한 표정을 의식적으로 만들고 치맛자락을 다듬어 펼쳤다. 귄이 알아볼지 어떨지 궁금했던 것이다.

풋맨에게 인도되어 들어온 귄은 얼마나 긴장을 하고 있는지 오른손과 오른발이 같이 나갈 지경이었다. 에스텔라는 낡아 빠진 그의 정장이 결혼식 때에 맞춘 것이라는 것에 3골드쯤 걸 용의가 있었다.

"처음 뵙겠습니다, 아르투르…… 경……?"

귄의 얼굴에 의문부호가 가득 떠올랐다. 그 의문이 단순히 너무 닮았다는 의미가 아닌 것은 분명했다. 한 박자 쉰 후에 귄의 입이 동굴만큼 크게 벌어졌다.

"으어어억?!"

"쉿."

에스텔라는 자기 입에 손가락을 가져다 대며 조용히 하라는 제스처를 취했지만 통하지 않자 책상 위에 있던 쿠키를 집어 날렸다. 귄이 반사적으로 쿠키를 받아 물고 손으로 입을 막았다. 깜짝 놀란 호위 기사들이 문을 벌컥 열며 뛰어 들어왔다.

"영애!"

"무사하십니까?"

두 명은 귄을 바닥에 자빠뜨릴 태세를 취하고 둘은 에스텔라를 감싸려 했으나 거실에는 적절한 간격을 두고 차분히 앉은 에스텔라와 문가에 서 있는 귄뿐이라 어정쩡한 자세가 되었다. 기사들에게 밀쳐지면서 사레가 들린 귄은 부스러진 땅콩 쿠키 가루를 손가락 사이에서 흘리며 괴로워하고 있었다.

379

"물러가."

에스텔라는 변명 대신 명령하는 쪽을 선택했다.

"영애."

"위험합니다."

"물러가라니까."

"저희가 지켜 드리겠습니다."

그녀는 방긋 웃었다. 요 일주일 정도 문서 처리다, 편지 답장이다, 책상머리에서 해야 할 일이 많아 몸을 움직일 틈이 없었는데, 조만간 한번 거하게 몸을 풀어야 할 모양이었다.

"레프 경, 물러가라고 말했어."

"하지만, 영애."

에스텔라의 울화가 오랫동안 적립된 것이며, 이제 곧 찾을 시기란 걸 알아챈 권이 움찔했다.

"전하의 약속도 믿을 게 못 되는군."

"영애."

레프 경이 얼굴을 굳혔다. 에스텔라가 편지칼을 손으로 만지작거렸다. 권이 재빨리 나섰다.

"아이고, 기사님. 왜 이러십니까? 아가씨랑 제가 워낙 옛날에 알던 사이인데, 하도 예뻐지셔서 제가 잠깐 오버해서 법석을 떤 것뿐인데요. 이러시면 아가씨 낯이 상하시잖습니까?"

"옛날부터 알던 사이라고?"

"그럼요! 에스틴 경, 아니, 이제 백작님이지. 저희 마누라가 백작님 바지 길이도 늘려 준 적 있다니까요."

레프 경의 얼굴에서 경계심이 사라졌다. 그가 권의 어깨를 두드리며 말했다.

"그렇군. 오랜만에 뵈어서 반가운 마음 드는 거야 이해하지만, 이제 귀한 분이시니 신중하게 생각하고 조심스럽게 행동하게."

"예, 예. 여부가 있겠습니까."

권이 굽실거렸다. 에스텔라는 떨떠름하게 그가 기사들을 달래서 내보내고 문을 닫는 것을 지켜보았다.

문을 딱 닫고 나서 권이 획 뒤를 돌아보았다. 비굴하던 얼굴이 딱딱하게 굳었다.

"그거, 던지시면 안 됩니다."

"안 던져."

"화가 여기까지 치솟은 게 보이는데요. 에스틴 경이 그렇게 화내는 것이 1년에 한 번도 있을까 말까 한데 왜 그러세요?"

"공식적으로 명령 체계가 내 밑으로 소속됐는데 여자라고 말 안 듣고 저 지랄하니까 그렇지."

"아니, 참. 이거, 대체 뭐가 어떻게 된 겁니까? 인생 역전을 하러 가신다더니 성별 역전을 하러 가셨어요? 아르투르 영애라면서요?"

그렇게 말하면서도 권은 대충 돌아가는 상황을 이해했다. 에스텔라가 시니컬하게 대꾸했다.

"뭐가 어찌 된 거긴. 전하께서 일곱 번이나 약혼에 실패하시고 나니까 여덟 번째에는 안 죽을 것 같고, 죽어도 큰 타격 없는 사람이 필요했던 거지."

"칼받이네요?"

"말했잖아. 위험한데 인생 역전이라고."

사직서를 쓸 종이를 꺼내 줬던 권이지만, 역시 조금 찔리긴 했다.

"이렇게 위험하신 줄 몰랐죠. 밤길에 습격당하셨다는 말씀은 들었습니다."

"할 만하더라고. 차라리 그런 습격만 해 줬으면 좋겠어. 독살은 영 찝찝해서."

"하긴, 에스틴 경이 어지간한 실력이셨어야지."

에스텔라는 의아하게 그를 쳐다보았다. 권이 싱글벙글 웃었다.

"제가 치안대 37년 차이고 복무 경험도 있습니다. 상사로 모신 기사님만 서른 명이 넘고, 지원 오신 기사님이나 불법 결투 막으러 간 건 셀 수도 없이 많은데요. 에스틴 경이 게으름 부리고 싶어서 치안대에서 뭉개고 있다는 것쯤이야 첫날부터 알았죠."

"사실 게으름을 부리고 싶어서 그랬던 건 아니야."

"예, 예. 시간 여유 있게 사는 게 좋아서 그러셨죠."

"여자라서 그래."

"예?"

권은 귀먹은 사람처럼 되물었다. 에스텔라는 드레스 자락을 가만히 손으로 쓸면서 힐끔 눈치 보듯이 그를 곁눈질했다.

"나 사실 여자라고."

권이 몇 번 눈을 깜박거리더니 "허." 하고 입을 벌렸다. 그의 시선이 슬쩍 아닌 척 에스텔라의 가슴을 훑었다. 에스텔라는 투덜거렸다.

"남이사."

"아뇨, 아닙니다."

권이 헛기침을 했다. 에스텔라는 괜스레 드레스를 한두 번 더 쓰다듬었다.

"나는 나야. 어떤 옷을 입고 살든 관계없어."

"예. 그러시죠. 에스틴 경이 드레스를 입었다고 해서 야심만만해진답니까?"

그는 에스텔라의 말을 선뜻 긍정했다. 그럴 거라고 생각은 했지만, 이렇게 쉽게 말해 주자 에스텔라는 미소를 짓지 않을 수 없었다. 마음이 편안해졌다.

"야심만만해지긴 했지. 3천만 골드+α를 받아서 인생 역전을 하겠다고 여기 와 있으니까. 그래서 말인데, 믿을 만한 사람이 필요해."

"이런 엄청난 이야기를 먼저 하시고 고용 제안을 하시는 법이 어디 있습니까? 살인멸구라도 당할까 봐 겁나서 안 한다고 어디 말하겠어요?"

"어차피 '아르투르 영애'에게 소개받아 왔을 시점부터 위험성은 전부 알고 있었잖아."

"그거야 그렇습니다만……."

"지금 문제는 두 가지야. 첫째는 내가 에스틴임을 들켜서는 안 된다는 거."

"그렇죠."

"알고 있는 건 클레오르 전하와 지금 시녀장 자리 예약된 바르톨로뮤 백작부인, 프리스든 각하뿐이야."

"그리고 에스틴 경이 사실은 여자라는 걸 모르고요? 그거 황족기만죄 아닙니까?"

"남자가 황후가 된다는 것보다 더하겠어?"

"하긴, 그건 아예 여신모독죄일 것 같은데요."

권은 왜 사실을 밝히지 않느냐는 질문은 아예 하지도 않았다. 혼자 사는 여자가 직면하는 문제에 대해서 치안대원들만큼 잘 아는 사람은 없었다.

게다가 그는 에스텔라의 실력을 알고 있었다. 제국 기사단으로 들어가면 명예로운 기사의 전당에 방패를 걸 수도 있을 텐데, 이런 곳에서 썩기에는 아깝다고 늘 생각했었다. 만일에 그녀가 처음부터 끝까지 아르투르 영애로 살았다면, 그 실력이 클레오르의 눈에 띄는 일도 없었으리라.

"일할 사람이 필요하시겠군요."

"맞아. 직속하녀가 며칠 전 일에 겁을 먹고 그만둔 지금이 딱 좋을 때인 것 같아. 내가 여자인 것을 알면서 입을 다물고 시중을 들어 줄 사람이 필요해. 자네 부인이 젊었을 때에 하녀 일을 했다고 하지 않았어? 입 무겁고 점잖은 것이야 내내 자랑했었고."

"집사람이 입이 무겁긴 하지만 귀부인의 직속하녀가 될 등급은 아닙니다. 잡무 하녀였거든요. 제일 큰 저택에서 일해 본 것이 고용인 스무 명 전후인 집이었다고 했고."

"시녀 같은 개념으로 필요로 하는 건 아니야. 말 그대로 몸 주변의 시중을 들어 줄 사람이 필요해. 욕실 앞을 지키거나 침실 청소를 하거나. 이런 걸 클레오르 전하의 사람에게 맡기기가 애매해."

"예. 아무리 믿을 만하다고 해도, 에스틴 경의 사람은 아니니까요."

"직속하녀로서 일반적인 업무를 할 사람도 뽑을 거야. 그것과 별도로 자네에게도 직속하인으로서의 일을 맡기려고 해. 보수도 생각해 놨어."

돈만 가지고 사람의 충성을 완전히 사는 것은 불가능하다. 그러나 그녀는 망했어도 아르투르 가문의 딸이었고, 가진 게 하나도 없는 평민에게는 제시할 수 있는 게 있었다.

"자네 손자에게 아르투르 검술을 가르쳐 주겠네."

귄은 흡 하고 숨을 들이켰다.

"나쁜 조건은 아니잖아?"

"나쁜 조건이 아니긴요. 정말 감사합니다."

권은 곧바로 허리를 90도 각도로 꺾었다. 흥정을 하거나 그래도 괜찮겠느냐는 사양의 한마디를 하기에는 너무 큰 조건이었다.

그는 인정받는 치안대원이었다. 엘첸 방위대나 치안대의 상층부에 있는 기사들도 제법 그를 알아주었다. 동네에서는 나름 알부자 소리를 들으며 대접받았다.

그러나 평민이었다. 그의 아들도 제법 잘 벌고 살았지만, 채소가게 주인에 불과했다. 귀족이 소리를 지르면 바닥에 무릎을 꿇고 땅에 머리를 대야 했다.

지금 에스텔라는 그의 손자에게 기사가 될 기회를 주겠다고 말한 것이었다.

기사단 입단 시험이 평민에게도 열린 시험이라고 하지만 실제로 합격은 거의 불가능한 일이었다.

검술은 귀하다. 용병 중에도 기사 한둘쯤은 우습게 해치울 수 있는 실력을 가진 자가 가끔 있지만, 그들이 배운 것은 검술이 아니라 칼질이라고 한다. 검술이란 처음부터 끝까지 일관된 철학을 가지고 완성된 검사를 길러 낼 수 있는 체계를 갖춘 것을 말하기 때문이다. 궁극에 있는 목표는 사람을 죽이는 것이 아니라 검으로 세상을 가르는 것이다.

칼질을 제아무리 잘한다 해도 품격이 떨어지므로 기사로 서임되지 못한다. 오로지 검술을 배운 검사만이 기사가 될 수 있다.

정격(正格) 검술은 그것을 가진 무가의 자식으로 태어나거나 정식으로 기사단에 소속되지 않는다면 돈이 있어도 배울 수 없다. 부유한 가문에서 작위를 얻고 가문 기사단을 만들고자 해도 막대한 대가를 치르고 다른 가문에서 변격(變格) 검술을 얻는 것이 고작이다.

385

하물며 아르투르 검술은 돈으로 그 값을 따질 수 있는 것이 아니다.

집안이 망하고 빚더미에 올라앉으면서도 아르투르 가문은 검술을 지켰다. 제자를 들이겠다고 했으면 사람이 구름처럼 몰렸을 테고, 팔겠다고 하면 천금을 받을 수 있었을 것이다. 그래도 팔지 않은 것은 무가의 가장 중요한 정체성이었기 때문이다. 명검도, 인장 반지도 팔아 치웠지만 검술은 팔지 못했다.

그러나 에스텔라는 그렇게 엄숙하게 생각하지 않았다. 가문의 이름과 정신을 이어 가기를 원했더라면, 아버지는 그녀에게 검술을 가르칠 것이 아니라 제자를 들여 데릴사위로 삼았어야 했다.

"음. 미리부터 그렇게 감사해하면 곤란해. 날 알잖아. 적당히 할 거야. 재능이 있는 만큼밖에 못 배워."

"그 기회를 주신다는 것만으로도 평생 따르겠습니다."

귄이 한쪽 무릎을 꿇었다. 에스텔라는 고개를 절레절레 저었다.

"평생은 됐고, 일단 우리도 5년 계약을 하자고. 연간 8천 골드 어때? 부인까지 합쳐서야. 물가상승률 반영."

지금도 벌써 월 20만 골드의 품위 유지비를 받는 입장에서 조금 노랑이 같은 소리인가 싶었지만, 흥정은 이렇게 시작하는 것이다. 검술은 비싸니까 위험수당은 안 줘도 되겠지, 하고 에스텔라가 생각하고 있는데 귄이 고개를 저었다.

"활동비만 지급해 주시면 됩니다. 제가 감히 경에게 수업료를 드린다는 말씀은 할 수 없지만, 어떻게 은혜를 입으면서 돈을 받겠습니까?"

이렇게 나올 줄 몰랐기 때문에 에스텔라는 어색하게 뺨을 붉적였다. 귄이 씩 웃었다.

"퇴직하면 연금도 나올 거고, 그리고 아시잖습니까? 저 활동비에서 적당히 잘 해 먹는 거."

"할 말이 없네."

그녀는 쓴웃음을 지었다.

"그럼 우리 계약은 완료된 거야? 부인의 동의는 없어도 돼?"

"집사람이 반대할 일은 절대 없을 겁니다. 늘 저보고 그렇게 기사를 많이 알면서 어디에 아들놈 종자로 꽂아 줄 능력도 없느냐고 한탄했으니까요."

"그래도 월급을 안 줄 수는 없지. 그럼 아까 말한 액수로 하고, 이 일 위험한 거 알 테니까 다른 가족들 다치지 않게 계획 잘해. 필요하다면 자식 내외까지 한꺼번에 고용할 수 있으니까 그렇게 알고."

"옙."

"손자가 지금 열 살이지?"

"올해 열한 살입니다."

"가족 간에 잘 의논해서 상황이 조금이라도 안정된 뒤에 데려오든가, 아니면 지금 데려오든가 결정해. 검을 시작하기에 빠른 편은 아니라는 걸 염두에 두고. 만약 지금 데려온다면 내 사환으로 두고 미리부터 예법 같은 걸 가르쳐도 좋고, 군사학과 기마술도 기초 정도는 가르쳐 줄 수 있어. 안전이 확실해진 후에 온다면 적당한 기사의 종자로 붙여 줄 수도 있고."

"일단 의논은 하겠지만, 아마 집사람과 함께 올 겁니다. 하루라도 빨리 시작하는 게 좋다는 건 저희도 아니까요. 그런데 저는 그렇다 치고, 직속하려면 신원 확인이라든가 이런 게 꽤 복잡하지 않습니까? 집사람과 에스틴 경은 일면식도 없는데."

"아까 자네가 말한 것처럼 어릴 때부터 우리 집안일을 많이 해 줬다고 그래. 진짜로도 어릴 때에는 자주 이웃에 맡겨지고 그랬어. 그 상대가 자네 부인이었다고 하자고. 어차피 나는 로프칸 거리 출신이니까."

권은 고개를 끄덕였다. 그런 서민들의 생활은 추적이 거의 불가능했다. 굳이 알아내려고 한다면 치안대를 동원하여 발품을 팔아서 증언을 조합해야 할 것이다. 그리고 권이 있는 이상 치안대는 그들의 우군으로, 하기에 따라서는 프리스든보다도 실질적인 영향력을 발휘할 수 있었다.

"그렇게 하면 집사람도 어느 정도 당당한 입장에서 하녀들을 대할 수 있겠군요. 감사합니다."

"감사하긴. 내가 어려운 일을 맡기는 건데. 그리고 이거."

에스텔라는 일어서서 책상 서랍 제일 아래 칸을 열었다. 그리고 5백 골드짜리 얇은 금판이 두 개 들어 있는 주머니를 꺼내서 권에게 던졌다.

"오, 활동비입니까?"

"일단 옷부터 제대로 준비해. 그거 말고도 필요한 게 여러 가지 있을 테니까 쓰고. 이건 자네 몫으로 우선 1천 골드인데, 가져가기 어려울 것 같아서 이렇게 준비했어. 부인하고 의논해서 알아서 잘 준비해."

그리고 두 번째로는 나무 상자를 꺼내 주었다.

"그리고 이건 자네가 알아서 바꿔서 아끼지 말고 치안대에 위아래로 싹 기름칠 좀 해."

1만 골드어치의 금괴였다. 그걸 꺼내 주면서 에스텔라는 자기 배포가 이렇게 커졌나 하고 놀랐다. 이런 것은 소비하자고 쓰는 것이 아니라서 그런지, 자기 돈이라는 실감도 잘 나지 않고 액수도 숫자로밖에 느껴지지 않았다.

"배포가 커지셨네요. 이걸 진짜 저한테 다 맡기시게요? 이런 돈 다뤄 본 적 없습니다."

"빨리 배워. 자네한테 일 다 미루고 놀려고 그래. 누구한테 어느 정도 쓰면 될지 자네가 더 잘 알겠지. 모자라면 이야기하고."

귄이야말로 배포가 큰 편이었으나 금괴가 들어 있는 상자를 들자니 손이 후들후들 떨렸다.

"저희 집이 털리면 어떻게 하죠?"

"치안대잖아."

"속 편하게 그러지 마십쇼."

"그럼 두고 가. 와서 한 번씩 짜잘하게 금화로 가져가든가."

당연히 귄은 그러지 않았다. 그는 금괴님을 모셔 들고, 자기 몫의 1천 골드도 소중하게 품에 껴안고 에스텔라에게 인사했다.

"최대한 빨리 기름칠하고, 사직도 하고, 옷도 준비하고, 손자 놈이랑 집사람 데리고 인사하러 오겠습니다, 아가씨."

빠른 태세 변환에 에스텔라는 웃었다. 역시 익숙한 사람이 최고였다. 내내 답답함을 느끼던 마음이 조금 편안해졌다.

앤이 날아와 문을 두드리며 외친 것은 그때였다.

"아가씨! 왔어요!"

"뭐가?"

예의범절을 따지는 주인이라면 크게 꾸중할 만한 일이었지만 에스텔라는 그러지 않았다. 앤은 들어오라는 말을 확실하게 듣지 않고 무작정 문을 열어젖혔다가 귄을 보고 잠깐 당황했지만, 에스텔라가 신경 쓰지 말고 용건을 이야기하라고 손짓하자 진짜로 바로 신경을 끊었다. 그녀가 격렬하게 푸른 편지봉투를 흔들어 보였다.

"크렐리디안 경으로부터 편지요!"

에스텔라는 한숨을 내쉬고 손을 내밀었다. 앤이 기대감 가득한 얼굴로 그녀의 손에 편지봉투를 올려놓았다.

"이제 나가 봐."

"아가씨이."

"졸라도 안 보여 줄 거야. 나가 봐. 나는 아직 손님과 이야기가 덜 끝났어."

앤이 나가기 싫다고 투정 부리는 것은 정말로 투정인지라 에스텔라는 미소만 지었다. 앤은 조금 더 고시랑거렸지만 얌전히 문밖으로 나갔다.

편지를 책상에 내려놓고 돌아보자 귄의 눈이 매우 부담스럽게 반짝거리고 있었다.

"티소엔 경에게서 편지요?"

"어, 으응."

"티소엔 경도 압니까?"

"몰라."

"그럼 왜요?"

에스텔라는 한숨을 내쉬었다.

"나한테 반했대."

에스텔라는 놀려라 놀려, 하고 체념하는 기분으로 대꾸했다. 귄은 놀리는 게 아니라 묘한 얼굴을 했다.

"왜?"

"아니, 역시나 싶어서요. 아는 사람은 다 알아보는 것 같다고 해야 하나……."

"무슨 소리야, 그게? 티소엔이 날 알아봤을 리는 없어. 완전히 숙녀 대접을 하려고 해서 어색해서 죽을 것 같은데."

"에스틴 경을 알아봤을 거라고 생각해서 말한 건 아닙니다. 전 티소엔 경이 남색자라고 믿어 의심치 않았었거든요."

어느 쪽이든 에스텔라를 좋아하는 걸로 봤다는 말이라 그녀로서는 민망한 이야기였다. 그녀는 조금 얼굴을 붉히며 손을 내저었다.

"터무니없는 소리 하지 말고 이제 가 봐."

"예. 뭐, 티소엔 경도 나쁘진 않죠. 얼굴도 잘생겼지, 실력 있지, 집안도 좋지. 그러나 그 무엇보다도 남자는 순정이 최고죠. 아 참, 혼잣말입니다, 이건."

그는 에스텔라가 핀잔을 주기도 전에 흥얼거리듯이 중얼거리며 다시 인사를 하고 밖으로 나갔다.

갈 길을 잃은 에스텔라의 민망함이 허공을 빙글빙글 돌아 티소엔의 편지 위에 안착했다. 그녀는 전투적으로 봉투를 뜯었다.

그는 이 저택을 방문했던 그날 저녁에 첫 번째 편지를 보냈다. 다급한 마음에 에스텔라의 상황을 생각지 않고 앞뒤 없이 달려들어 불편하게 했음을 정중하게 사죄하고, 그러나 자기 뜻은 변하지 않았고 염려하는 마음은 진심이므로 혹시라도 도움이 필요하거나 에스텔라의 마음이 바뀐다면 연락을 달라는 내용이 적혀 있었다.

에스텔라는 예의에 어긋나지 않을 정도로만 형식적으로 답장하려다가 참지 못하고 주의를 주고 말았다. 다짜고짜 방문하는 것이나 상대의 눈치를 전혀 살피지 않고 생각나는 대로 행동해서는 안 된다는 점, 특히나 남의 손목을 그렇게 세차게 잡아당기고 놓지 않는 것은 옳지 않다는 것에 대해서 말이다. 남매지간이거나 어릴 때부터 같이 자란 사촌 사이에서나 쓸 말들이었다. 익숙하지 않게 둥

글둥글 예쁜 필체로 쓰느라 손가락이 아플 지경이었다.

그리고 하루 만에 답장의 답장이 왔다. 영애의 연약함을 미처 생각지 못했다, 앞으로 조심하겠다고 종이가 찢어질 정도로 꾹꾹 눌러 가며 절절하게 사죄해 와서 에스텔라는 헛웃음을 머금지 않을 수 없었다. 에스틴일 때에는 그렇게 말해도 들어 먹질 않더니.

그 뒤로 에스텔라가 형식적인 답장만 하더라도 티소엔은 매일 열렬하게 편지를 보내왔다. 허식도 없지만, 실속도 없었다. 그래도 연심을 품은 여자에게 보내는 거라면 좋은 편지지라도 좀 구해서 보내든가 하지 말이다. 카이덴 후작가의 문장 일부가 새겨진 밋밋한 하얀 종이는 후작가에서 일상적으로 사용하는 종이인 게 틀림없었다. 화제도 별 볼 일 없었다. 날씨 이야기가 몇 줄, 그 뒤에 공통되는 화제라고는 에스틴에 대한 것뿐이었다.

에스텔라는 처음에는 그 편지를 받는 사람이 본인이 아니기라도 한 것처럼 티소엔이 무뚝뚝한 얼굴을 한 채로 책상 앞에서 꼼지락거리는 것을 생각하고서 미소를 지었다. 첫 번째를 제외하고는 답장을 쓸 때에는 예의를 갖추되 최소한도로 짧게 하여 구설수에 오르지 않도록 숙녀답게 하고 있지만, 읽을 때에는 어쩔 수 없이 에스틴의 마음이 되고 말았다.

그러나 갈수록 차마 눈 뜨고 편지를 볼 수 없게 되었다. 그가 에스틴을 좋아한다는 것은 잘 알고 있었지만, 당사자에게 말하는 것과 타인에게 말하는 것은 아무래도 많이 달랐다.

왜 향상심을 갖지 않느냐는 비난과 잘 상대해 주지 않는다는 툴툴거림을 빼고 나자 남은 것은 온전한 찬사와 금란 같은 우정이었다. 좋다. 칭찬 싫어하는 사람은 없고, 그가 자기를 높게 평가하는 것을 알고 가슴 설레었던 적도 있다.

하지만 그걸 대놓고 남에게 보내는 편지에 쓰다니. 썼는데 그 편지가 나한테 오다니.

그게 문제가 있다는 건 티소엔 본인도 아는 모양이었다. 그는 나름대로 이것저것 새 화제를 연구해서 적어 보냈다.

그제는 누나에게 얻어 마신 살구꽃 차에 대해 적혀 있었고, 오늘은 루슬란산 양산에 대해 꾹꾹 누른 글씨로 망설임 가득하게 쓰여 있었다. 여자 형제나 친한 귀부인에게 요즘 사교계 여성들 사이에서 어떤 것이 인기 있는 이야깃거리인지 알아본 것 같다. 어떻게든 편지를 계속 주고받고 싶어서 뭐라도 열심히 쓰고 있다는 티가 풀풀 났다.

볼수록 괴로워서 견딜 수가 없었다.

'사람 얼굴에 금칠을 하지 말든가, 되지도 않는 작업 멘트를 쓰지 말든가, 편지를 포기하든가. 아. 진짜, 이게 친구라고.'

왜 부끄러움은 나의 몫인가. 에스텔라가 편지를 내려놓고는 쿠션에 고개를 파묻고 몸부림쳤다. 이 자식은 글렀다. 제아무리 훈훈한 외모와 장래성이 기대되는 목소리를 가지고 있어도 이건 아니었다.

★

클레오르는 편지보다는 짧은 카드와 꽃을 자주 보내는 편이었다. 보통 과자 상자가 함께 전달되었지만, 보석 상자가 올 때도 있었다.

소문이 날 정도로 행동하지는 않았고, 카드에도 대개 하잘것없는 말이 쓰여 있었다. 카모마일 티를 마시고 있다든가, 황궁의 고양이가 지금 무릎에 앉아 있다든가. 뭐 하러 보내는지 알 수 없었다. 아니다. 사랑스러운 흰 털의 고양이를 생각하면 질투가 솟구쳤다. 역시 시비를 걸려고 보내는 건지도 모르겠다고 에스텔라는 생각했다.

남의 눈에 띄지 않을수록 에스텔라의 수명은 길어질 것이다. 암살의 위협은 그럭저럭 견딜 만하지만, 사교계에서 영애들의 공격까지 받으면 스트레스로 오래 살지 못할 게 틀림없었다.

지금까지는 그럭저럭 잘 지켜지고 있었다. 약혼식 전까지 에스텔라에 대해서 궁금해하는 사람도 거의 없었다. 스물세 살이 되도록 결혼을 하지 못한, 망해 버린 아르투르 가문의 딸. 이 약혼을 계기로 남동생이 백작의 작위를 받았다. 이 두 개의 문장만으로도 구태의연한 정략결혼 이야기가 완성되었다.

거의 아무도 에스텔라 자체에는 신경 쓰지 않았다. 바르톨로뮤 백작부인의 충고에 따라 작은 규모의 티파티에 다니기는 했지만, 그녀 스스로도 아직 자기가 큰 무대에 나설 그릇이 아니라는 것을 알고 있었다.

그런데 약혼식에서 그 상황이 무너졌다. 황태자는 항상 소문들에 휩싸여 있었고, 그 소문 중 상당수가 로맨틱한 색채를 띠었다. 그런 그가 직접 기사들을 이끌고 약혼녀를 구하러 갔다.

소문이 되지 않을 리가 없다. 클레오르가 처한 상황이 상황인 만큼 그것을 애정관계로 해석하는 어른들은 거의 없었다. 그러나 어린 영애들은 볼을 붉히고 낭만적인 이야기라도 되는 것처럼 소곤대었다.

그 에스텔라가, 약혼식 이후에 처음으로 참석하는 큰 파티가 봄꽃 파티였다.

이것은 황궁의 공식적인 일정은 아니다. 그러나 거의 매해 열리는 파티로서, 미혼 여성 중 가장 지위가 높은 이가 주최가 된다. 이름이 봄꽃 파티인 것은 완상하는 것이 봄꽃이라는 의미이기도 하지만, 모이는 사람이 봄꽃에 비견되는 혼인 적령기의 영애들이라는 의미도 있었다.

파티가 크고 주최자가 고귀한 신분이기 때문에 초대객은 미혼 여성으로만 한정되지는 않았다. 어머니나 언니가 동반하기도 하고, 종종 약혼자나 오빠, 혹은 마음에 둔 남성의 에스코트를 받는 일도 있었다.

올해 봄꽃 파티의 여주인은 아르데나 황녀였다. 그녀가 바깥출입을 싫어하고 남과 친교를 나누려 하지 않는다는 것은 유명한 이야기였다. 혼담에도 문제가 될 만한 커다란 결격 사항이었으나 알비나는 그녀의 혼사에 관심이 없는 듯하고, 클레오르에게도 특별히 미움을 사지 않아 거의 잊히다시피 한 상태였다. 그러므로 그녀가 파티를 주최하는 것에 놀란 사람이 많았다.

작년에는 마그델리아 백작 영애 아스트리트가 주최했다. 황녀가 참석하지 않는 이상 황태자가 직접 에스코트하는 약혼녀보다 고귀한 여인은 있을 수 없다는 주장 때문이었다. 마그델리아 영애는 그 파티로부터 얼마 되지 않아 화재에 휩쓸려 죽었는데, 내심으로 고소해하는 사람이 적지 않았다.

올해 아르데나 황녀가 나선 것은 그 때문일 것이라고들 했다. 확실하지 않지만, 클레오르가 직접 부탁했다는 이야기도 있었다. 여하간에 그가 여자와 관계된 일로 무엇을 하더라도 항상 시끄러워졌고, 시끄러운 것을 좋아하는 호사가는 얼마든지 있었다. 아르데나 황녀의 리델궁은 오래간만에 북적북적해졌다.

제스틴 백작 영애 데어린은 그것이 불만스러웠다. 그것만이 아니라 이것저것 불만스러운 것투성이였다. 아르투르 백작 영애라는 그 여자는 고작해야 칼받이밖에 안 되는 보잘것없는 계집이다. 죽으면 곤란하니까 구하러 간 게 아닌가.

클레오르는 대관식을 치른 후에 황권이 안정되면 적당히 시간을 두고 이혼한 다음에 진짜 황후를 맞이할 것이다. 연배 있는 귀족들은 오히려 중요한 것은 그사이에 그녀가 황자를 낳느냐 아니냐 하는 문제라고들 말하고 있었다.

'전하께서 그런 여자를 좋아하실 리 없잖아. 얼굴도 그저 그렇고 몸도 무슨 통나무 같던데.'

그런 데다가 이런 소문도 있었다.

"카이덴 후작가의 크렐리디안 경이 아르투르 영애와 편지 교류를 하고 있다고 그래요. 정말일까요?"

"딱히 숨기는 일도 아닌 것 같던걸요. 크렐리디안 경이 아르투르 백작과 친분이 있다고 하더군요. 백작이 멀리 떠났으니 기사도 투철한 크렐리디안 경이 어떻게 모르는 척할 수 있겠어요? 게다가 영애는 험한 일을 겪었고요."

"황태자 전하께서 그 사실을 알고 화를 내셨다는 이야기도 있던데……."

작은 소곤거림이 영애들 사이로 퍼졌다. 이제까지 여자와 춤다운 춤조차 춘 적이 없는 엄격한 크렐리디안 경이 습격에 관한 이야기를 듣자마자 안색이 파랗게 질려 퇴궁하더니 곧바로 아르투르 저택을 방문했다는 것은 최근 며칠 사이에 가장 뜨거운 화제였다. 약혼식 날 밤에 있었던 습격 사건에 티소엔이 불을 끼얹은 것이나 다름없었다.

오간 이야기에 대해서는 알려지지 않았으나 그날 저녁에 편지가 에스텔라에게 보내졌고, 다음 날 오후에 답장이 갔다는 사실은 확실했다. 티소엔은 바로 그날 저녁에 또다시 답장을 보냈고, 얼렁뚱

땅 계속해서 편지 교류가 이어졌다.

그 내용이 궁금해서 사람들은 몸부림을 칠 지경이었다. 정말로 단순히 남동생에 관한 안부 교류인지, 아니면 다른 내용인지 말이다.

"크렐리디안 경이 무심해 보이지만, 실은 속정 깊은 사람이라서요. 의지할 곳 없는 친구의 누나라면 마음 써 주고 싶은 게 당연하겠지요."

카이덴 후작가와 교제가 깊은 헤르만 백작가의 로사나 영애가 눈초리를 휘었다. 로버츠 경의 딸 마리나는 방실방실 웃었다.

"전 지난번 약혼식 때에 잠깐 뵌 것뿐이라서 어떤 분이신지 잘 모르겠더라고요. 가까이에서 직접 이야기를 나누면 분명히 제가 한눈에 알아보지 못했던 놀랄 만한 매력이 있는 분이시리라고 믿어요."

"봄꽃 파티에서도 뵙지 못할 줄 알았는데 말이죠. 겪으신 일이 워낙에 그런 일이라……."

"글쎄요, 괜찮으시지 않겠어요? 황태자 전하께서 '이런 상황'에서 약혼녀로 결정하신 분인데요. 게다가 세상 경험이 많으셔서, 다소는 험한 꼴을 보셨어도 그렇게 큰 충격을 받거나 하지는 않으셨을 거예요."

데어린은 살짝 손등을 어루만지며 말했다. 그 동작이 손등을 만진다기보다는 레이스 장갑을 어루만지는 것이라는 사실은 모두가 알았다. 파루크 백작가의 알라나 영애가 은근하게 말했다.

"로랑드 꽃과 분명히 아주 잘 어울리시겠지요."

로랑드 꽃에는 벌이 잘 꾄다. 한 송이 정도는 괜찮지만 세 송이 이상이 되면 반드시라고 해도 좋을 정도로 벌이 달려들었다. 그리고 봄꽃 파티에서는 영애들끼리 서로에 대한 칭찬과 호의를 담아 갓 핀 꽃을 한 송이씩 선물하는 관습이 있었다.

선물하는 꽃을 거절할 수는 없고, 게다가 로랑드 꽃은 봄꽃의 여왕이라고 해도 좋을 정도로 화려하고 아름다운 꽃이다. 한 송이를 선물하는 것은 트집 잡을 구석이 없는 칭찬이었다.

악독한 마음까지 가지고 그러는 영애는 흔치 않았다. 벌이 꾄다고는 해도 놀라서 찻잔을 뒤집어엎거나 소리를 질렀다가 창피를 당하는 정도가 대부분이었다. 설령 쏘인다고 해도 며칠 집에 있으면 그만이었다.

엘첸의 영애들 사이에서 이것은 일종의 신고식으로 취급받았다. 이름이 알려지지 않은 지방 출신의 영애가 처음으로 데뷔하거나 하는 경우가 주로 타깃이 되었다. 또, 놀랄 만큼 축하할 일이 생겼을 때에도 시샘을 담아 간혹 그러는 일이 있었다.

"안녕하세요."

그런 이야기들을 하고 있는데, 콘스탄체가 고운 목소리로 인사를 던지며 정원에 나타났다. 그녀는 오늘은 치장하고 있는 모습이 아니다. 머리는 반만 올려 묶어 나머지를 길게 늘어뜨리고, 장식 없이 흰 시폰을 몇 겹 겹쳐 만든 드레스는 부풀리지 않은 채였다. 그것만으로도 한 떨기 목란 같아 온갖 치장을 하고 모여든 좌중의 그 어느 누구보다도 아름다웠다.

"어머나, 리쿰 공작부인."

"콘스탄체 황녀님."

"가장 맑은 수원과 태양의 축복이 함께하시길."

"제국의 가장 아름다운 샘을 뵙게 되어 영광입니다."

분분히 고운 목소리들이 인사를 올린다. 콘스탄체는 상냥한 얼굴로 가벼운 목례를 이곳저곳 건넸다.

"요 며칠 황궁에 머무르게 되었는데, 마침 아르데나가 봄꽃 파티를 준비 중이라고 하기에 영애들에게 선물을 하는 게 좋겠구나 싶어서 들렀어요."

그녀가 마치 작은 집에서 여동생이 여는 파티에 들르기라도 했다는 듯이 예사롭게 말하며 해사하게 웃었다. 그리고 팔에 끼고 있는 커다란 바구니에서 일일이 꽃을 한 송이씩 꺼내어 영애들에게 건네주었다. 장미꽃, 백합, 목련, 꽃의 모양은 모두 제각각이지만, 은으로 도금된 모습은 섬세하고 제각기 꽃에 걸맞은 향기까지 났다.

"이거 진짜 꽃인가요?"

누군가가 눈을 휘둥그레 뜨고 물었다.

"물론이죠. 봄꽃 파티는 꽃을 주는 날이잖아요. 하지만 저는 영애들과 달리 기혼이니까 그냥 생화를 주기는 좀 그렇죠?"

콘스탄체는 그렇게 말했지만, 그녀가 나눠 주는 은꽃이 생화보다도 생생하고 아름다웠다.

"아주 오래가진 않겠지만, 이렇게도 사용할 수 있어요."

그녀가 머리에 목련을 꽂았다. 검고 풍성한 머리칼에 반짝이는 은빛 목련이 꽂히자 더없이 고왔다. 영애들은 찬탄을 던지고 앞다투어 자기 머리에도 꽃을 꽂았다. 개중에는 올렸던 머리를 풀어 내리는 경우도 있었다.

콘스탄체는 아직 도착하지 않은 영애들의 자리에 일일이 꽃을 한 송이씩 내려놓았다. 그리고 영애들의 보호자로 따라온 사람들과 간단히 인사를 나누고 자리를 떠났다.

아르데나 황녀가 나타난 것은 거의 모든 영애들이 자리를 채운 다음의 일이었다. 그녀는 콘스탄체를 제외하고는 자기 동복 남매들과도 특별히 친하게 있는 모습을 보이지 않았기 때문에, 그녀가 혼자가 아니라 이시도르의 손을 잡고 나타나자 많은 사람들이 의아하게 여겼다.

"황녀님."

"제국의 두 번째 수원께 인사 올립니다."

"가장 맑은 수원과 태양의 축복이 함께하시길."

"오늘의 주인공들은 영애들인데 내가 인사를 받으니 민망하군요. 봄 날씨가 하도 좋아 아르데나의 동반으로 꽃구경을 하러 나왔을 뿐이니 마음껏 즐기고 편히들 있어요."

이시도르가 인사를 하고, 아르데나는 고개만 끄덕였다. 곱게 꾸미기는 했으나 오늘도 표정도 의욕도 없는 얼굴이었다. 이시도르는 그녀를 돌아보며 다정하게 말했다.

"영애들에게 꽃을 나눠 주어야지."

"네, 오라버니."

그녀가 조그만 목소리로 대답했다. 황녀의 커다란 꽃바구니에는 모두 비슷한 크기의 수련이 들어 있었다. 온실에서 키워 계절보다 앞서 피워 낸 꽃송이는 커다랗고 아름다웠지만, 콘스탄체가 주고 간 은꽃에 비하면 아무래도 손색이 있었다.

에스텔라는 지각했다. 아르데나 황녀의 꽃바구니에 꽃이 한 송이밖에 남지 않았을 때에야 리델궁에 도착한 것이다.

몸이 좋지 않았다. 루신다가 오색찬란한 팔레트를 꺼내 들고, 하녀들이 움직일 때마다 화사하게 반짝이는 하얀 드레스를 꺼내서 대기하고 있어도 별로 움직이고 싶지 않았다. 길거리에서 대놓고 수십 명의 기사가 습격하도록 만들기도 하는데 평판 따위가 아무렴 어떠냐 하는 생각이 들 정도로 기분이 더러웠다.

오늘은 그날이었다.

이런 날엔 따뜻한 물주머니를 끌어안고 뒹굴거리면서 초콜릿 쿠키나 씹는 게 최고인데, 불행히도 티를 낼 수가 없었다. 바르톨로뮤 백작부인은 그녀를 남자로 알고 있으니까. 매월의 행사를 위장하기 위해 백작부인은 정해진 주기마다 양의 내장으로 만든 조그만 주머니를 주었다.

「월경혈을 대신할 비둘기 피입니다. 오늘부터 정해진 날짜에 네댓새 동안 시트와 생리대를 이것으로 더럽혀서 내놓으시면 됩니다.」

남자에게 이야기한다고 생각하고 있는 그녀는 사무적인 표정으로 그렇게 말했다. 에스텔라도 곤란해지기는 마찬가지였다. 치우는 하녀들이야 진짜 월경인지 비둘기 피인지 알 도리가 없을 테니 관계없을지도 모르지만, 비둘기 피를 묻혀 내놓으라는 말을 듣고서 진짜 월경혈을 내놓자니 민망하지 않을 도리가 없다. 그게 무엇인지를 몰랐던 초경 때를 제외하면 뒤처리를 늘 자기 손으로 해 왔으므로 하녀에게 피 묻은 천을 맡기는 것에 거부감이 있었다.

그러나 그렇게 자세한 이야기를 백작부인과 의논할 수 없었으므로 에스텔라가 조절할 수 있었던 것은 거사 일자를 자기 주기에 맞추어 조정하는 것 정도였다. 비둘기 피는 남몰래 정원에 쏟아 버렸다.

그러나 생리통은 어쩔 수 없었다. 배가 아프니 침대에 처박혀 있겠다는 에스텔라의 말을 바르톨로뮤 백작부인은 메소드 연기로 받아들였다. 그러나 진지하게 받아들여 주지는 않았다.

별수 없이 외출했지만 그 스트레스는 눈앞에 클레오르가 있다면 머리를 쥐어뜯었을지도 모를 만큼 심했다. 낙낙한 남장을 하고 다

닐 때에는 지금보다 월등히 편했고, 그전에는 날짜가 되면 집에 처
박혀서 편한 옷을 입고 나가지를 않았다. 그러나 지금은 배를 코르
셋으로 조이고 무거운 파니에를 두르고 있다. 아픈 것도 아픈 것이
지만 숨 쉴 때마다 아랫배가 압박되어 꿀렁거렸다.

조금 늦게 마차에서 내려 바르톨로뮤 백작부인이 준비해 준 꽃바
구니를 들고 리델궁의 연회장으로 들어섰을 때에야 그녀는 약간의
위화감을 느꼈다. 시선을 맞춰 오는 사람이 아무도 없었다.

"……."

정직한 당혹감이 테이블마다 퍼졌다. 에스텔라의 머리가 목덜미
까지 겨우 내려오는 숏컷이 되어 있었기 때문이다. 외출 전에 실랑
이가 길어진 이유에는 이것도 있었다. 바르톨로뮤 백작부인이나 리
디아, 루신다까지도, 이런 머리로 외출해서는 안 된다고 야단이었
다. 지금 상태로는 풍성한 피슈로 목을 감싼다고 해도 드러나는 것
을 다 감출 수는 없다, 가발을 쓰는 게 당연하다고 주장했다.

그녀들의 말이 맞다. 귀한 아가씨가 짧은 머리로 목덜미를 드러
내서는 안 된다. 여자의 머리는 길다. 어리든 나이 들었든 예외는
없다. 부인들은 틀어 올리는 것이 기본이고, 아이들은 늘어뜨린다.
적령기의 처녀들은 틀어 올리기도 하고, 땋거나 묶어서 늘어뜨려
장식하기도 한다. 어떻게 하든 간에 기본은 길어야 한다.

그러나 가발을 가져온 하녀에게 에스텔라는 고개를 저었다. 이미
지난번의 습격에서 머리가 잘렸다는 소문을 냈다. 가발을 써 봐야
어차피 모두가 알고 있다. 동정할 사람은 동정하고 조롱할 사람은
조롱할 것이다. 거친 손과 마찬가지이다. 숨기려고 할수록 약점이
된다.

그녀는 다른 황후 후보들과는 경우가 달랐다. 남자와 한방에서

밤을 보냈더라는 것쯤 되는 결정적인 추문이 아니라면 그녀는 끌어 내려지지 않을 것이다. 가문이 없으므로 적대 세력도 없고, 자기 딸을 황후로 밀고 싶은 가문이라도 지금 당장의 칼받이는 필요하니까. 단순히 습격을 당해 머리가 잘리고 그것을 드러냈다는 정도로는 공격당하지 않는다. 게다가 클레오르가 돈을 때려 붓는 것으로써 지지해 주고 있다.

그녀는 모든 상황을 편안하게 상대하기로 했다. 긴 머리를 아름답게 틀어 올리고 싶을 때에만 가발을 쓰면 된다. 예뻐지고 싶을 때에는 쓰러지도록 무거운 드레스를 입고 깃털 부채를 살랑거려 볼 수도 있다. 그러나 그러고 싶지 않은 날에는 예의에 어긋나지 않을 정도로만 차림새를 갖추고 검을 들면 된다. 그녀는 기사였다. 그리고 살아남고, 클레오르의 적을 함께 무찌르기 위해서 여기에 와 있었다.

수런거림 속에서 그녀는 꽃바구니를 팔에 낀 채로 천천히 아르데나 황녀에게 다가갔다. 황녀와는 초대면이었다.

「아르데나는 나도, 알비나도 두려워해. 딱히 어느 쪽에 적극적으로 붙으려는 기색도 없으니 아마 경계할 상대가 아니라고 생각하지만, 혹시 모르는 일이니 신경 써서 봐 줬으면 좋겠어.」

클레오르가 그렇게 말한 적이 있었다. 에스텔라는 공손히 아르데나 황녀에게 절했다.

"가장 맑은 수원과 태양의 축복이 함께하시길. 아르투르의 에스텔라가 인사를 올립니다."

"만나서 반가워요, 아르투르 영애. 약혼식에 참석하지 못해서 미안해요. 근래에 계속해서 몸이 좋지 않아서, 큰 자리에는 나가기 어려워서요."

"아닙니다. 당연히 황녀님의 건강이 더 중요하지요."

형식적인 아르데나의 인사에 에스텔라는 부드럽게 그렇게 대답했다. 그 곁에 앉아 있던 이시도르가 그녀에게 미소를 보냈다.

"만남을 고대하고 있었습니다. 험한 일을 겪으셨다고 들었는데, 무사하셔서 다행입니다. 오늘도 환하게 웃으셨으면 좋겠습니다."

"뵙게 되어 영광입니다."

그녀는 짧게 그렇게만 말했다. 이시도르는 적이니, 굳이 말을 섞을 필요를 느끼지 못했다. 오히려 그녀가 신경 쓰이는 것은 아르데나가 이시도르의 에스코트를 받았다는 부분이었다. 그녀 자신의 능력과 별개로, 미혼의 황녀란 동맹의 핵심적인 열쇠 중의 하나가 될 수 있다.

"영애가 올해의 가장 아름다운 꽃이 되시길."

그렇게 말하며 아르데나가 바구니에 마지막으로 남은 수련을 에스텔라에게 건네주었다. 에스텔라는 그것을 공손히 받아 두 손으로 감쌌다. 꽃잎 사이로 손끝에 종잇조각이 느껴졌다.

"……올해의 가장 아름다운 꽃은 황녀님이실 겁니다."

에스텔라는 수련을 한 손으로 감싸 쥐고 다른 손으로 바구니에서 흰 작약꽃을 꺼내 그녀에게 바쳤다. 아르데나가 파리한 입술로 미소를 지었다.

"고마워요."

자리로 돌아오는 동안에 여러 시선이 등에 닿아 왔다. 조그만 소곤거림도 들렸다. "세상에, 머리 좀 봐요."라든가 "목이 다 드러나서."라든가 하는 소리가 들렸지만 그녀는 신경을 끊었다. 이미 예민해진 신경이 한계 초과였다.

에스텔라는 자리에 앉아 아르데나에게 받은 수련을 조심스럽게 바구니에 넣었다. 그리고 테이블에 놓인 은꽃을 집어 들었다. 은이니까 독은 없으려니, 생각하고 이리저리 살펴본다. 살짝 좋은 향기가 감돌았다.

"이게 뭐지요?"

에스텔라의 의문에 로사나가 생글생글 웃었다.

"콘스탄체 황녀님께서 다녀가셨어요."

그녀가 자랑하듯이 고개를 돌려 뒤에 꽂은 은빛 아네모네 세 송이를 보여 주었다. 다른 사람들은 한 송이인데 자기는 세 송이라는 게 자랑인 듯했다. 데어린은 땋아 내린 머리끝에 히아신스를 섞었고, 마리나는 틀어 올린 머리에 수국을 장식했다. 에스텔라는 고개를 갸웃했다.

"다들 머리에 꽂으셨군요."

다른 테이블의 사람들도 모두 은빛 꽃을 머리에 꽂고 있다. 새로운 유행이 된 모양이었다.

그녀는 머리가 짧아서 다른 영애들처럼 머리칼에 직접 꽂을 수 없었다. 대신 작은 모자 위에 얹었다. 어떠냐고 묻기도 전에 알라나가 말했다.

"아쉽네요. 아르투르 영애의 머리칼은 무척 아름다운 금발이었는데."

"모자가 참 귀엽네요."

"제아무리 아름답게 꾸며도, 아무래도 영애의 '진짜' 머리에는 비교할 수 없겠지요."

데어린이 폭탄을 날렸다. 그건 과하다고 생각했는지 로사나가 조금 당혹해하며 고개를 숙여 소곤거리듯이 작게 변명했다.

"데어린 영애는 영애의 금발을 무척 부러워했었거든요."

에스텔라는 흥미진진해하는 시선들이 자기를 정시하는 것을 알았다. 웃음이 나왔다.

"목숨을 건졌으니 운이 좋았다고 생각하고 있답니다. 레오 님의 진심도 확인할 수 있어서 무척 기뻤고요"

일부러 데어린을 쳐다보며 말하자 그녀의 얼굴이 미세하게 경직되었다. 에스텔라는 빙그레 웃었다. 제법 가시를 세우지만, 그래 봐야 열여덟, 열아홉 살 소녀들이다. 치안대 시절에 감당해야 했던 진상 귀족에 비하면 고마울 정도로 순진했다. 반격해도 되고.

그리고 조금 안쓰러운 생각도 들었다. 너희가 동경하는 그 황태자님은 남색자야. 여자는 대상 외라고. 말해 줄 수 없어서 안타까울 따름이었다.

"아르투르 영애."

소피아 영애가 꽃바구니를 들고 가까이 다가왔다. 그녀가 건넨 것은 작게 묶은 라일락 한 다발이었다.

"영애와 나란히 앉았으면 좋았을 텐데……. 죄송해요."

조그만 소리로 사과를 건넨다. 그럴 만한 일이 벌어질 모양이었다.

그녀의 뒤를 이어 이미 면식이 있는 몇몇의 영애들이 향기 좋은 꽃과 함께 미안한 얼굴을 해 보이고 갔다.

그 뒤에는 낯선 얼굴들이다. 대다수를 소개받았었지만, 약혼식 때에는 영애들까지 기억할 만한 여유가 없었기 때문이다.

"만나서 반가워요, 아르투르 영애."

"큰일 겪으셨어요. 다치지 않으셔서 정말 다행이에요."

"로랑드 꽃이에요. 영애의 약혼식 드레스를 보는 순간 이보다 어울리는 꽃은 없다고 생각했답니다."

마리나가 상냥하게 웃으며 꽃을 건네주었다.

로사나가 조금 염려스러운 얼굴을 했다. 영애들은 삼삼오오 모여서 정원의 꽃구경을 하러 가기도 하고, 아르데나 황녀의 주위에 모여서 이시도르와 한 마디라도 더 이야기를 나누기 위해 애쓰고 있었다.

에스텔라는 그 어느 쪽에도 관심이 없었다. 소피아와 알리시아가 있는 무리에 끼어서 꽃구경을 하자니 그쪽 영애들에게 폐가 될 터이고, 이시도르 쪽은 가까이 가고 싶지 않다. 아르데나가 건넨 수련은 집에 가서나 만져 볼 수 있을 것이다.

그녀가 선택한 것은 티푸드였다.

피엘라궁과 황태자궁의 요리사도 훌륭했지만 리델궁의 요리사도 만만치 않았다. 테이블마다 놓인 삼단 트레이에 올려진 티푸드들은 모두 꽃을 조각한 것처럼 아름다웠다.

티파티라고 차려지긴 했지만, 시작부터 먹는 것에 관심이 있는 사람은 거의 없었다. 영애들은 대부분 코르셋을 너무 조여 뭔가를 먹을 수 있는 상태가 아니었다. 에스텔라만 두근두근한 기분으로 혼자서 테이블을 차지했다.

우선 차. 레나디움 티스푼을 넣어 이상이 없는 것을 확인하고 에스텔라는 즐겁게 그것을 한 모금 마셨다. 투박한 다육식물의 꽃을 연상하게 하는 것은 오렌지 스콘이었다. 그 곁에 블루베리 잼과 버터가 각각 푸른색과 분홍색 연꽃 모양 유리그릇에 담겨 있었다. 붉은색의 투명하고 섬세한 장미꽃처럼 보인 것은 딸기 마카롱이었다. 입에 넣자마자 부서지는 감촉에 에스텔라는 남몰래 스커트 밑에서 발로만 몸부림쳤다. 울적했던 기분이 한꺼번에 상승했다.

왱왱거리고 벌이 달려든 것은 그때였다. 봄이면 꽃이 피고 꽃피는 계절엔 벌과 나비가 날게 마련이다. 이렇게 꽃이 가득 담긴 바구니를 가지고, 게다가 설탕 가득한 과자들을 앞에 놓고 있으니 별거 아니라고 생각하고 에스텔라는 무시했다.

그러나 세 마리째가 되자 아무래도 방해가 되었다. 더불어 시선도 느껴졌다. 에스텔라는 평온한 간식 타임을 포기하고 등을 쭉 펴면서 주위를 슬쩍 살펴보았다. 주위에서 흥미진진한 얼굴로 곁눈질하는 것이 느껴졌다. 아마도 비명을 지르며 벌떡 일어나거나(더하여 찻잔이라도 엎질러 주면 금상첨화일 것이다.) 이러지도 저러지도 못하다가 쏘여서 울기라도 할 것을 바라고 있으리라.

그녀는 벌을 무서워하지 않았지만, 어떻게 해야 좋을지 쉽게 판단이 서지 않았다. 조용히 일어서서 다른 자리로 가야 할까, 아니면 사람을 불러 벌을 쫓게 하는 게 위엄 있어 보일까.

벌이 다섯 마리에서 일곱 마리로 증식했다. 에스텔라는 의구심을 느꼈다. 모든 테이블에 같은 음식이 놓여 있을 텐데, 여기서만 달콤한 냄새가 나서 벌이 꼬인다는 것은 말이 안 된다.

콘스탄체가 두고 간 은꽃에 꿀이라도 들어 있는 건가 의심을 품었는데, 문득 바구니가 눈에 띄었다. 바구니는 벌집이 되어 있었다. 그녀가 받은 꽃 중 스무 송이 가까이가 로랑드 꽃으로, 붉은색, 분홍색, 노란색, 푸른색에 가까워 보이는 연보라색까지 온갖 다채로운 아름다움을 뽐냈다.

'아하.'

에스텔라는 제일 먼저 로랑드 꽃을 건네주었던 마리나를 바라보았다. 이렇게까지 될 줄 몰랐던지 그녀는 불안한 얼굴이었다. 다른 영애들도 발을 동동 굴렀다.

"에스텔라 영애."

가까이 다가오지는 못하고 초조한 듯이 오리아나 영애가 그녀를 불렀다. 그녀는 에스텔라에게 로랑드 꽃을 주지는 않았지만, 조용히 침묵하여 동조했다. 그러나 이 정도까지 큰일이 될 거라고는 생각지 못했기에 이제는 마치 처음부터 반대했던 사람처럼 데어린과 마리나를 원망하게 되었다.

에스텔라는 조용히 앉아 있었다. 괜히 허겁지겁 일어서는 게 벌을 더 자극하기도 하겠지만, 신경질이 났기 때문이다.

그녀는 자기가 하하호호 사교를 나누는 것에 성미가 맞지 않는다는 사실을 새삼스럽게 깨달았다. 꿀 빨던 치안대 기사 시절과는 비교할 것까지도 없고, 외롭고 답답하다고 생각했던 소녀 시절, 배 아프면 집에서 마음껏 뒹굴 수 있었던 그때가 그리웠다.

호르몬이 날뛰며 좋아지려던 기분이 바닥을 치는데, 벌 한 마리가 그녀가 방금까지 사랑스럽게 바라보고 있던 블루베리 잼에 앉는 것이 보였다.

「문명은 야만을 두려워하게 마련이거든.」

모든 게 다 귀찮아졌다가 울화로 바뀐 순간 클레오르의 목소리가 떠올랐다.

어차피 비정규직이다. 때가 되면 물러날 칼받이 황후에 후계자를 낳을 것도 아닌데 평판 따위를 관리해서 뭘 할 건가. 잘하려고 애써봐야 굴러온 돌인 데다가 클레오르가 총애와 지지를 보인답시고 돈을 쏟아부을수록 미움을 산다.

그럴 거라면 건드리는 놈 없이 편한 게 나았다. 세상사 목소리 큰 놈이 이기고 목소리 큰 놈보다 체구가 위협적이고 힘센 놈이 낫다. 예쁘지 못할 거라면 무섭게 보이는 쪽이 살기 좋다.

에스텔라는 분연히 레나디움 나이프를 움켜쥐었다. 그리고 여기에 애꿎은 이시도르가 휘말려 들었다.

애꿎다고 말하기에는 조금 문제가 있긴 했다. 아장아장 걷던 시절부터 사교계에 있던 사람이라면 오늘의 파티에서 에스텔라를 모욕하려는 시도가 있으리라는 것을 모를 수가 없다. 이시도르는 그 때문에 나왔다. 문제가 생기면 그녀를 도와주고 호감을 살 생각이었다.

이런 문제는 남자가 수습해야 한다. 그는 에스텔라를 조용히 테이블에서 빼내서 로랑드 꽃에 대해 알려 주고 안심시킨 후에 벌을 처리하도록 사람을 부를 생각으로 그녀의 테이블에 가까이 다가가 있었다.

"억!"

에스텔라의 나이프가 빈틈없는 그물처럼 허공에 흰빛을 가득 채웠다. 후두둑 벌의 시체가 테이블과 바닥에 떨어졌다. 그녀를 향해 손을 내밀려던 이시도르의 손가락에 피가 맺혔다.

"아."

에스텔라는 자리에서 천천히 일어섰다. 얼핏 이시도르의 희고 긴 손가락에 붉은 실선이 그어졌다가 스르륵 사라지는 것이 보였다.

"실례했습니다. 다치진 않으셨습니까?"

뒤에서부터 소리 없이 다가오는 쪽이 문제라고 에스텔라는 생각했다. 벌을 흥분시키지 않기 위해서 그랬겠지만, 그녀로서는 알 바 아니었다.

"아니. 안 다쳤습니다. 영애의 실력이 놀랍군요."

이시도르는 놀람을 감추지 못했다. 연회장 전체가 정적에 휩싸였다. 특히나 기사들은 말을 이루지 못했다.

"별거 아닙니다. 어려서 아버지께 배운 잡기에 불과합니다."

에스텔라는 담담한 척 말했다. 벌의 날개며 조각들이 잼과 스콘, 찻잔 속에 이르기까지 온통 떨어져서 대판 후회했다. 저 예쁘고 맛있는 것들을 자기 손으로 엉망으로 만들었다고 생각하자 울적했다.

"남자가 나설 기회를 안 주는군요, 영애는."

"나설 기회가 필요하시다면 한 가지 부탁을 드려도 될까요?"

"무엇이라도."

"이거 좀 치워 주시겠어요? 영애들에게 받은 귀한 선물이고, 황녀님께서 주신 꽃도 있는데 차마 이대로는 들고 갈 수 없어서요."

이시도르가 웃는 낯으로 손을 까닥였다.

곧 시종이 달려와 그를 대신하여 꽃바구니 속에서 죽은 벌과 로랑드 꽃들을 건져 냈다. 그녀는 꽃바구니를 옆구리에 끼고 창백한 낯빛으로 아무 말 없이 앉아 있는 아르데나 황녀에게 공손히 절했다. 이 이상 남아 있어 봐야 얻을 게 없다고 생각되었다.

"몸이 좋지 않아서 이만 물러가겠습니다, 황녀님. 세베르이나의 축복이 함께하시길."

"클레오르 전하께 안부 전해 주세요. 세베르이나의 축복이 함께하시길."

에스텔라는 미련 없이 등을 돌렸다.

연회장을 벗어나자 예르켈이 뒤따라 붙었다.

"로랑드 꽃을 아가씨께 건넨 영애들은 모두 기억해 두었습니다. 명단을 만들까요?"

"굳이 그럴 필요 없어."

그보다는 미안해하던 영애들을 기억하는 쪽이 나을 것이다.

"그보다, 넌 황궁에 익숙하지?"

"예."

"전하께 가자."

예르켈이 조금 놀란 얼굴을 했다. 에스텔라는 인상을 찌푸렸다.

"뭐야, 내가 찾아가면 안 돼?"

"안 되는 건 아닙니다만, 지금 시간이면 집무실에 계실 겁니다. 전갈을 넣고 답이 오길 기다려야 하는데, 그렇게 하시겠습니까?"

"기다릴 만한 장소가 있으면 그렇게 할게."

"본궁의 휴게실을 쓰시면 될 것 같습니다. 전하께서 아가씨를 오래 기다리시게 하지는 않을 겁니다."

"그래."

그렇게 말하면서 에스텔라는 꽃바구니를 예르켈에게 내밀었다.

"소식 넣고, 넌 이 바구니에 맞는 뚜껑을 찾아와."

"예?"

"저 꽃 스무 송이 넣는 거 잊지 말고."

예르켈은 그녀가 요구하는 것이 무엇인지 깨달았다.

"불충입니다."

"전하께서 뭐라고 말씀하셨지?"

이유 불문하고 에스텔라의 명령을 들으라고 했었다. 예르켈은 얼굴을 구긴 채로 꽃바구니를 받아 들었다.

본궁의 요리사들은 날벼락을 맞았다. 본궁에 머무르고 있는 주요 인사들에게 모두 점심을 보내고 나서 아, 이제 잠깐 한숨 돌릴까,

하는 와중에 황태자로부터 디저트를 만들라는 요구가 왔다. 그것도 많이, 제대로, 예쁘게, 테마까지 꽃으로 지정되었다. 평소에 디저트는커녕 입가심은 냉수면 된다는 황태자의 새삼스러운 요구이다 보니 주방은 순식간에 전쟁터가 되었다.

클레오르의 집무실은 언제나 전쟁터였으나 잠깐의 휴전 상태가 되었다. 쌓인 서류가 나가고 들어오려던 서류는 스톱되었다. 하지만 논쟁 중이던 관료와 귀족들은 스톱하지 않았다.

클레오르는 왼손으로 서류를 치워 비서관에게 밀어내고 오른손으로는 검토를 마친 문서에 서명하면서 말했다.

"휴전."

"예?"

"경들의 이야기는 들을 만큼 들었으니 숙고하겠네. 물러가도록."

"전하."

"전하!"

양쪽에서 외침 소리가 났다. 클레오르는 들고 있는 펜으로 귀를 후비는 흉내를 냈다. 관료에게는 능력이 있었고 귀족에게는 권한이 있었으며 양쪽 모두 타당한 이유를 가지고 열나흘째 싸우고 있었다.

문관 관료와 군인 기사와 귀족 계급이 각각 서로 다른 집단으로 갈라진 것은 알펜슈타인 제국이 수백 년 세월을 보내면서 자연스럽게 그렇게 된 것이지만, 다스리는 사람 입장에서는 머리가 아팠다. 어차피 또 개개인을 따져 보면 결국에는 귀족이다 보니 또 관료 집단 안과 군인 집단 안에서도 각각 정부파와 귀족파로 갈라져 싸우고 있었다.

"약혼한 지 아직 보름도 되지 않은 내가 약혼녀 손을 잡고 자네들의 말다툼 구경을 하고 있으란 말인가?"

"전하."

"시일을 다투는 일입니다!"

"올해 북부 산맥의 몬스터 러시가 예년보다 격화된 것은 사실이야. 이 보고를 의심할 이유는 없네. 엔비델 지역의 화재 뒤처리도 시급하다고 말하기에는 아직 이르고, 팔머의 해적 토벌은 군부가 알아서 할 일이 아닌가. 3시간 있다가 다시 시작하지. 그사이에 상대를 거꾸러뜨릴 전략이라도 세워 오도록 해."

클레오르가 펜을 책상에 소리 나도록 내려놓고는 자리에서 일어섰다. 시종들이 문을 열었다. 레이스로 장식된 꽃바구니를 든 예르켈이 납빛이 된 얼굴로 당황하며 뒤로 물러섰다.

"황공합니다, 전하."

그가 고개를 숙였다. 클레오르는 후우 하고 웃었다. 미소를 짓고는 있었지만 내내 사람들을 긴장시키고 있던 예기가 이제야 봄처럼 풀어지는 게 느껴졌다.

"그건, 에스텔라가 보낸 건가?"

"예…… . 아가씨는 지금 휴게실에 계십니다. 이걸 먼저 전해 드리라고 하셔서…… ."

예르켈이 머뭇거렸다. 그가 그러는 게 흔한 일이 아니라서 클레오르는 의아하게 생각했다. 그냥 선물이 아닌 모양이었다.

하긴, 에스텔라가 보낸 것이 진짜로 보통 영애들이 그런 것처럼 연서가 붙은 선물일 리가 없었다. 게다가 꽃바구니라는 건 일반적으로 남자가 여자에게 보내는 것이지, 여자가 남자에게 보내는 것은 아니다.

그는 바구니를 받았다. 예르켈이 굳은 결심과 함께 창백한 얼굴로 말했다.

414

"열어 보십시오, 전하."

그리고 클레오르의 눈앞에서 벌 수십 마리가 한꺼번에 날아올랐다. 여기까지 오는 동안 갇혀 있던 벌들은 불안과 신경질에 차 있었고, 집무실에는 아직 관료 몇 명이 남아 있었다.

아수라장이었다.

에스텔라는 휴게실에서 병든 닭처럼 졸고 있었다. 피가 모자라서 그런지 이때만 되면 졸렸다. 체력으로 따지자면 보통의 또래 여성들보다 훨씬 강건할 텐데도 이렇게 졸린데, 다들 어떻게 버티고 사는지 모르겠다고 그녀는 생각했다. 남한테 이야기하지도 못할 테니 하하호호 웃는 낯으로 이 망할 코르셋을 조이고 무도회에도 나갈 것이다.

단기 계약이고 뭐고 간에 황후라면 나라의 으뜸 되는 여인이니 제일 첫 번째 일로 이 망할 놈의 코르셋을 공개 화형하리라고 에스텔라는 결심했다.

"아가씨."

마음은 코르셋에 대한 복수심에 불타고 몸은 늪에 빠진 것처럼 소파에 파묻혀 쿠션을 안고 늘어져 있는데 얼굴이 잿빛이 된 예르켈이 들어왔다.

"어."

화장 망한 것도 아닌데 얼굴이 왜 그러느냐고 에스텔라는 농담처럼 생각했다.

"전하께서, 꽃은 잘 받으셨다고 합니다."

"어."

에스텔라는 무심하게 대답했다가 되물었다.

"잘 받으셨다고?"

"전하께서 싫어하시는, 매우 말이 긴 그레이디 아단이라고 하는 재무부 관료가 있습니다만…… 벌에 입술을 쏘여서…… 말 그대로 물에 빠져도 입술만 동동 뜰 것처럼 되고 말았습니다."

웃으면 안 되는데 웃음이 나올 것 같아서 에스텔라는 아랫입술을 물었다.

"아가씨."

"안 웃었어."

"아가씨."

"안 웃었대도."

"어쨌든 가시죠."

"집무실로?"

"모시라는 분부입니다. 그쪽이 제일 보안도, 방음도 잘 되니까요."

에스텔라는 짐짓 눈을 내리깔며 도도한 표정을 가장하고 클레오르의 집무실로 향했다.

클레오르는 그녀가 들어갈 때까지도 낄낄거리고 혼자 웃고 있었다. 문밖까지 새어 나오지는 않았지만, 양쪽 문 옆을 지키고 선 황궁 기사들의 관리 못 한 표정을 보아하니 완전히 웃음을 숨기지 못한 모양이었다.

에스텔라는 애써 새침한 표정을 유지한 채로 집무실로 들어갔다. 문이 닫히자마자 클레오르가 웃음을 숨기지도 않고 말했다.

"어서 와, 끝내주는 공격이었어. 이걸로 아단 경은 며칠 동안 떠들지 못할 것 같은데. 고마워."

"곤란하네요. 제가 전하를 봉독으로 살해하려고 했다는 소문이라도 날 것 같은데요. 다른 사람 있을 때 여시라고 보낸 건 아니었어요."

클레오르는 즐거운 듯이 웃었다.

"예르켈이 열어 보라고 하던데? 게다가 그대에게서 선물이 왔는데 내가 기뻐하며 열지 않을 리 없잖아. 아단 경이 단순히 시끄러웠다는 정도의 문제가 아니라 이걸로 내일 회의에서 정리하기 쉽게 됐어. 진심으로 감사의 인사를 하고 싶어."

그가 손을 뻗어 에스텔라의 손을 가볍게 잡고 손등에 입술을 눌렀다.

"벌에 입술을 쏘였다고 질 정도의 정견이라면 아예 펴지 않는 게 좋겠네요. 그런데 문제가 되지 않겠어요? 제가 전하와 전하의 중신들을 벌로 공격한 셈인데."

"예르켈 말을 듣자 하니, 그대에게 꽃을 준 영애 중에 아단 경의 막내딸이 있었다는군."

"아. 그래요?"

그녀는 예르켈을 돌아보았다. 예르켈은 아직도 혈색이 다 돌아오지 않은 채였다. 에스텔라는 소소하게 울분을 클레오르에게 풀 작정으로 전달시킨 거지만, 바구니가 열려 벌이 쏟아져 나오는 순간의 참상은 이루 말로 다할 수 없었다. 조용히 그 속에 앉아 있다가 한꺼번에 벌이라도 쏘아 떨어뜨릴 기세로 나이프를 휘두른 에스텔라와 달리 관료들은 소리를 지르며 허둥거리고 황궁 기사들은 어찌할 바를 몰랐고, 벌 떼도 흥분하여 날뛰었으므로 피해 규모가 작지 않았다. 클레오르는 속 시원하게 잘 웃었다며 지금도 킬킬대고 있지만 말이다.

"예. 아가씨께서 비록 별일 아니라는 듯이 일어서시긴 했지만, 이렇게 집단적으로 로랑드 꽃으로 한 사람을 괴롭힌 일이 표면화된 것은 처음입니다. 문제 삼으려고 한다면 충분히 그러실 수 있습니다. 아단 경에게 딸의 행실에 대해 인지시킨 것과 다를 바 없습니다. 당분간 근신하겠죠."

"전 그냥 전하에게 이 불쾌감을 나눠 드리고 싶었을 뿐인데, 고생은 제가 하고 전하는 이득을 봤네요."

"고생은 예르켈이 했지. 그대는 나이프로 다 떨어뜨렸다면서."

"생각해 보니, 굳이 이런 유치한 공격을 숙녀답게 받아 줄 필요가 없겠더라고요."

"그래. 그대가 편한 대로 해. 목숨이 왔다 갔다 하는 것도 힘든데 조그만 일에 일일이 신경 쓰며 완벽한 숙녀의 모습으로 있기를 바라는 게 아니니까. 그걸 바랐으면 애초에 그대와 약혼하지 않았겠지. 그대는 지금도 충분히 완벽해."

에스텔라는 대답을 못 하고 치맛자락만 살살 털었다. 그야 아무리 남자 같은 얼굴이라도 진짜로는 여자이니 완벽한 여자처럼 보이긴 할 것이다.

클레오르가 그녀에게 자리를 권했다. 차가 들어왔다. 더불어 첫 번째 카트도. 시종들이 줄줄이 접시를 날랐다.

"전하의 시간을 빼앗으러 온 건 아닙니다. 오히려 얼굴 뵙고 직접 전해야 하는 용건이 있으니 잠깐 찾아오는 쪽이 시간이 덜 낭비될 거라고 생각했을 뿐이에요."

"내가 잠깐 쉴 겸 차 들이라고 한 거니까 신경 쓰지 마."

클레오르는 그렇게 말하면서 그녀의 옆자리에 앉았다.

"왜 옆에 앉으세요?"

"그냥."

달리 할 말이 없는 대답이었다.

작은 접시들이 잔뜩 테이블에 놓였다. 에스텔라가 머뭇거리자 클레오르가 분홍색 꽃이 두 송이 놓인 접시 하나를 집어 그녀에게 내밀고, 자기 것도 하나를 포크로 찍었다.

"파티에서 이렇게 일찍 일어났으니 먹은 것도 없을 거잖아. 이거 머랭 쿠키인 것 같은데. 달아."

살짝 이맛살을 찌푸린다. 에스텔라는 유혹을 이기지 못하고 다른 하나를 집어 들어 입에 넣었다. 바삭 부서지며 단맛이 입안에서 터지는 순간 그녀는 집무실에 늘어져서 이걸 전부 평정할 각오를 굳혔다.

"맛있네요."

클레오르가 그녀에게 다른 접시를 하나 집어서 건네고, 찻잔에 차도 따라 주었다. 그건 그냥 바삭한 크래커 위에 크림을 교묘하게 아름다운 형태로 짜내고 과즙을 뿌렸을 뿐인데도 어찌나 맛있는지 몰랐다.

찻잔에 담근 티스푼이 한 번 보라색으로 변했다가 본래대로 돌아왔다.

에스텔라는 인상을 찌푸렸다. 클레오르는 아무 말 없이 시종에게 티포트를 가리켜 보였다. 시종이 조용히 티세트를 수거해서 나갔다.

"정화가 된다고 해도 꺼림칙하니까."

"그렇죠. ……자주 있는 일이에요?"

"요샌 거의 없다고 할 만큼 줄었지. 알비나는 훨씬 센스 있는 방식을 많이 썼는데, 이렇게 빤히 보이는 수작을 부리는 걸 보니 이시도르로군. 신경 쓰지 마. 디저트 쪽에는 문제없는 것 같으니까."

"전하."

에스텔라가 기가 막힌다는 듯 소리를 내자 클레오르가 어깨를 으쓱했다.

"익숙한걸."

"제가 뭐라 간섭할 일은 아니지만요. 그런 것에 익숙해지시면 안 되잖아요."

"하지만 익숙해질 만큼 겪었지."

씁쓸한 이야기였다.

"이시도르 저하를 죽여서 해결해 볼 생각은 한 적 없으세요? 어차피 남자가 없어지면 알비나 황후가 아무리 권력을 가졌더라도 전하와 경쟁할 상대 자체가 없어지잖아요."

에스텔라 쪽을 향해 앉아 접시를 집어 주던 클레오르가 손을 가만히 내려놓았다. 그리고 어깨를 으쓱했다.

"생각은 해 봤었어."

"시도한 적은 없으시고요?"

클레오르는 한숨을 내쉬었다.

"없진 않아. 하지만 뭐어, 내가 엘첸에 왔던 6년 전에 이시도르는 고작해야 열다섯 살이었는걸. 그렇다고 해서 내버려 둔다는 건 결국 내 지지자들을 대신 희생시킬 만큼 여유가 있다는 뜻이지만."

"……웃는 것만큼이나 나쁜 버릇이 있으시군요."

에스텔라는 무심결에 손을 뻗어 클레오르의 옆머리를 건드렸다. 클레오르가 웃으면서 그녀의 손바닥에 관자놀이를 비볐다.

"있잖아요, 이시도르 저하는 과연 진짜로 전하의 동생일까요?"

"음? 아닐 거라고 생각해?"

"알비나 황후가 마녀일지도 모른다는 전하의 추측에 따른다면, 아닐 가능성이 더 높지 않겠어요? 마녀에 남자는 있을 수 없어요. 하물며 알펜슈타인의 혈통에는 신성력이 흐르는데요."

"음. 하지만 이시도르는 알펜슈타인의 적통이 맞아. 용모야 어떻게 같은 껍데기를 만들 수 있다손 치더라도 신성력은 베껴 낼 수 있는 게 아니니까. 내 생각에는, 아마 지금의 알비나가 이시도르를 낳은 진짜 알비나가 아닐 거라고 생각해."

"그때에는 인간이었다는 건가요?"

"그렇다기보다는 아예 별개의 존재가 아닐까? 알비나와 가장 가깝게 지내던 마그리아가 거의 미치다시피 이상해진 일도 있고, 콘스탄체도 사람이 바뀐 것처럼 변했으니까. 도저히 같은 사람이라고는 생각할 수 없을 정도로."

"동일한 껍질을 쓰고 사람을 바꿔치기했다고 생각하시는군요."

"가능성 없는 일은 아니잖아. 나는 이나스 때에도 그랬을 거라고 생각했어. 이시도르가 알고서도 손을 잡고 있는 건지, 아니면 스타인 경처럼 완전히 홀려 있는 건지는 불분명하지만……."

"전하는 무르시군요. 어차피 즉위하시면 죽이시는 쪽이 나으실 텐데."

"나는 아직 진짜 이시도르를 모르고 있을 가능성도 있어."

"그 진짜 이시도르가 제위에 욕심이 없는 순하고 선하며 우애 넘치는 동생일 가능성은 극히 낮을 텐데 말이죠. 쓸데없는 부분에서 낭만을 찾으신다니까요."

"헛된 기대라는 자각은 있어."

클레오르가 약간 뺨을 장밋빛으로 붉히며 고개를 돌렸다. 에스텔라는 고개를 절레절레 저었다. 이렇게 잘생겼는데 남색자라니 아깝다. 아니다. 어차피 후계자 때문에 자식은 낳아야 할 테니, 저 얼굴을 만들어 낸 핏줄이 사라지는 일은 없을 것이다.

에스텔라는 화제를 돌렸다.

"그러면 이 이야기는 전하에게는 그렇게 기분 좋은 이야기가 못 될 수도 있겠군요. 이시도르 저하의 상처가 아무는 걸 본 적이 있으십니까?"

"상처?"

"마녀와 연관이 있다면 분명히 뭔가 변화가 있을 거라고 생각해서 제가 아까 레나디움으로 살짝 베어 봤는데요."

"베어 봤어?"

"그렇게 놀라지 마세요. 죽으라고 힘껏 검으로 벤 게 아니라 나이프로 살짝 생채기만 낸 것뿐이라고요."

에스텔라는 그가 뒤로 다가오는 것을 알고 있었다. 메이나드 자작이 레나디움으로 상처를 입었을 때의 현상이 생각나서, 일부러 상처를 내어 반응을 보려고 했던 것이다.

황족의 몸에 상처를 낸 죄는 어머, 실수, 정도로 응대할 작정이었다. 뭘 어쩌겠는가. 벌에 놀란 숙녀가 휘두른 나이프로 입은 작은 상처 때문에 그녀를 처형할 정도로 알비나가 제국을 장악했다면, 클레오르는 이미 살아 있지 않을 것이다.

"상처가 2초도 걸리지 않고 아물더군요. 전하는 그런 능력 없으시죠?"

용병으로 살았다기에는 지나치게 깨끗하고 아름다운 클레오르의 손과 얼굴을 쳐다보며 에스텔라는 물었다.

"난 단순히 실력이 좋은 거야. 신성력으로 목욕하다시피 한 적이 있어서 작은 흉터가 지워지기도 했고. 하지만 상처가 아문다…….

그런 이야기는 들어 본 적이 없는데. 다른 반응은?"

"전혀 없었어요. 피가 마치 빨려 들어가듯이 상처 안으로 흡수되어서 장갑에 흔적조차 남기지 않더군요. 레나디움에 반응이 없었던 것을 보면 마주력에 영향을 받은 건 아니겠죠?"

"다른 방식의 마법이 있을지도 모르지. 알아보고 알려 줄게."

"네. 그리고 한 가지 용건이 더 있어요."

클레오르가 또다시 에스텔라에게 접시를 내밀었다. 그녀는 반사적으로 접시에 놓인 컵케이크를 집어 들면서 얌전히 구석에 놓인 꽃바구니를 가리켜 보였다.

"아르데나 황녀님이 몰래 쪽지를 주시더군요. 괜한 오해를 살 수는 없으니까 먼저 보세요. 거기 들어 있는 수련이에요."

그는 몸소 일어서서 바구니를 가지러 갔다. 로랑드 꽃을 벌과 함께 전부 치워 버려, 남은 꽃은 몇 송이 없었다. 클레오르는 꽃들 사이에서 수련을 꺼내, 그 안에서 작은 종이 쪼가리를 집었다.

『언니는 당신을 개화시킬 생각이에요. 제발, 제발, 늦기 전에 엘첸을 떠나 주세요.』

"개화라니, 무슨 뜻일까요?"

에스텔라는 의아하게 클레오르를 바라보았다. 클레오르가 심각한 얼굴로 턱을 쓰다듬었다.

"확실한 건 아르데나가 그대를 진짜로 걱정한다는 것이로군."

"절 끌어내서 뭔가 수작을 부리려는 건 아니고요?"

"그렇다면 좀 더 확실하게 그대의 행동을 유도하려고 하겠지. 이걸로는 아무것도 안 돼. 누가 이걸 보고 겁을 먹고 떠날 거라고 생각하겠나?"

"아르데나 황녀님과의 접촉을 유도한다든지."

"그렇다면 좀 더 이해하기 쉽고 유혹적인 말을 쓰지 않았을까?"

클레오르가 종이쪽을 반으로 접으며 책상 쪽으로 다가갔다. 그리고 환한데도 불이 켜져 있는 등불에 넣고 뚜껑을 도로 씌웠다. 작은 종이는 금세 타서 재가 되었다.

"어떻게 할까? 그대가 접촉해 보겠어? 아니면 내가?"

"기회가 된다면 제가 만나 보도록 할게요. 저를 염려해서 해 준 이야기이니까, 전하에게는 입을 열지 않을 가능성이 크잖아요."

"그 말이 맞군. 알았어, 잘 부탁해. 그런데, 벌써 가려고?"

일어서려는 에스텔라를 돌아보며 클레오르가 물었다. 에스텔라는 고개를 끄덕였다.

"가야죠. 여기에서 뭐 할 일도 없는걸요. 전하는 바쁘실 텐데 일하세요."

"그대는 내 파트너잖아. 좀만 쉬게 도와줘."

"싫어요. 저 드레스 이거 엄청나게 답답하거든요. 집에 가서 잠옷 입고 쉴 거예요. 부러워하세요."

"다 안 먹고 갈 거야?"

때마침 새로운 디저트가 들어왔다. 분홍색 색유리로 만들어진 튤립 모양의 그릇을 보고 에스텔라는 재빨리 착석했다. 설탕에 절인 복숭아를 얼음과 함께 갈고 거기에 오렌지 과즙을 탄 후에 말랑말랑한 코코넛을 작게 잘라 섞은 것이었다.

맛있었다. 항상 최고의 디저트는 한입거리밖에 안 되는 게 에스텔라의 불만이었다. 한 번만 더 달라고 부탁했다가 또 한 번, 또 한 번. 그녀는 결국 클레오르의 집무실 소파에 늘어져서 2시간 가까이 보내고 말았다.

★

물소리와 바람 소리가 건물 안을 휘돈다. 깊은 궁궐의 지하라고는 믿을 수 없을 만큼 향긋하고 청량한 냄새가 젖은 흙냄새와 함께 움직였다.

하시프 후작은 몸가짐을 반듯하게 했다. 벽을 타고 올라와 가득 메운 부겐베리아의 이파리와 꽃들 사이에 놓인 의자에서 시녀들이 소리 없이 움직여 그를 안내했다. 벌써 몇 번이나 드나들었지만, 올 때마다 그는 아직도 이 세상이 아닌 어딘가로 초대된 듯 떨리는 심정을 숨길 수 없었다.

황후궁 지하 한가운데에는 수백 년은 이곳에서 자란 것처럼 뿌리를 내리고 궁 전체를 떠받치는 나무가 있다. 그것을 아는 사람은 하시프 후작을 비롯하여 채 다섯 명도 못 되는 극소수에 불과했다.

물론 그 나무가 정말로 궁을 지탱하고 있는 것은 아니다. 오히려 무너뜨리고 있다. 굵은 뿌리는 사방으로 꿈틀거리며 퍼져 나가 황궁 전체를 잠식하려고 한다. 성공하지는 못했다. 엘첸의 황궁은 세상 그 어디보다도 신성력이 강하게 자리하고 있는 곳이니까.

대신전의 성소도 황궁에 비하면 평범한 공간에 불과하다. 황후궁 하나를 잠식하는 데에만도 꼬박 25년이 걸렸다. 황제가 자리 잡은 본궁이나 대대로 신성력을 가진 직계들이 머물렀던 황태자궁 같은 곳은 이제 겨우 뿌리로 벽을 두드리는 수준밖에 되지 못했다.

알비나 황후는 그 나무를 바라보며 가만히 서 있었다. 나뭇잎들은 별빛처럼 빛나며 바람이 부는 듯 흔들렸고, 황후의 검은 머리와 흰 팔은 거기에 녹아들어 있는 것 같았다. 시녀들도 그랬다. 그저 서 있을 뿐인데 기척이 조금도 없다. 솜털처럼 선한 인상의 이시도르만이 거기에서 사람처럼 이질적으로 보였다.

"앉게, 후작."

이시도르가 권했다. 시녀 하나가 하시프 후작에게 다가왔다. 그는 그제야 거기에 테이블과 의자가 있다는 사실을 알고 조심스럽게 앉았다. 테이블에는 찻잔이 놓여 있다. 나뭇가지 하나가 스르륵 기울어지듯이 그에게까지 내려와 은빛의 이슬을 따라 주었다.

"황공합니다, 폐하."

그는 이시도르가 아니라 알비나에게 공손하게 말했다. 알비나가 천천히 고개를 돌렸다.

"새로운 소식이라도 있는가?"

"황태자 전하께서 북부에서 기사단을 빼내지 않기로 결정하셨습니다."

"그런가."

"아르투르 백작이 칼렙 저택에 서면으로 도움을 요청했습니다. 자기가 어리고 힘이 없어 누이가 험한 일을 당했는데도 그에 마땅한 대가조차 받아 낼 수 없으니 부디 도와 달라고 말이지요. 지금의 백작은 이제 막 작위를 받았을 뿐이지만, 아르투르 가문은 오래된 가문이니 신흥귀족인 페도시 백작으로서는 아주 크게 체면을 세울 수 있게 된 셈입니다."

"재미있군. 고작해야 아무것도 하지 못하는 남매 둘뿐인 아르투르 가문의 문제가 아히발트 클럽과 칼렙 저택의 자존심 싸움이 되다니."

이시도르가 입꼬리를 끌어 올렸다. 하시프 후작이 고개를 끄덕였다.

"그러나 정작 아르투르 영애는 바르톨로뮤 백작부인의 수중에 있지 않습니까? 황태자 전하께서 아히발트와 칼렙을 싸우게 하시려는 게 아닐까 싶습니다. 오필드 공작은 딸이 죽고 나서 한풀 꺾였지만, 아말리네 공작과 밀란 백작의 권세욕은 요즘 도를 지나치고 있으니까요. 칼렙 저택의 무리들도 상법 문제로 전하의 심기를 심하게 상하게 했고요."

"상계의 흐름이나 규칙은 다 이유가 있어서 생긴 법이거늘."

"그러니까요. 황태자 전하께서도 노력은 하고 계시지만, 기껏해야 5-6년의 경험으로 채우지 못하는 부분이 있는 것도 어쩔 수 없는 일이지 않겠습니까. 지금이야 오필드 공작이 떠받치고 있지만, 그가 손을 떼면 어찌 될지."

하시프 후작이 혀를 찼다. 이런 말은 모두 이시도르에게 아첨하기 위한 것이다. 실제로 클레오르가 6년 동안 제국을 다스리며 이제는 군부만이 아니라 재무부와 행정부까지 장악하였고, 국고도 채워지고 있는 상황에서는 의미 없는 말이었다.

알비나는 변함없이 침묵한 채였다. 20년 전의 그녀는 화려한 것을 좋아하고 사교적인 성품이었으나 최근에는 표정도, 말도 없고 마치 의식이 이곳이 아닌 다른 어딘가에 있는 것처럼 침묵하고 먼 곳을 바라볼 때가 많았다.

그러나 그녀의 지지자들, 특히나 이곳에 초대되는 자들은 그것을 좀처럼 인지하지 못했다. 혹은 과거만을 보고 있는 듯했다.

이시도르가 고개를 끄덕이며 긍정하는데, 문이 소리 없이 열리고 콘스탄체가 긴 치맛자락을 끌며 들어왔다. 그 뒤에서는 아르데나가 겁에 질린 얼굴로 종종걸음으로 따라왔다.

"후작께서는 변함없이 의미 없는 이야기들을 좋아하시는군요."

"콘스탄체 황녀님."

"아히발트 클럽이 지지를 철회하면, 아말리네 공작과 퀘시 후작이 반대파로 돌아서면, 칼렙 저택에서 작정하고 재정을 틀어막으면, 재무부가 반대하면, 행정부가 따르지 않으면, 오필드 공작이 손을 떼면, 그야 클레오르는 모래성처럼 무너지겠지요. 반대로 말하자면 6년 동안 그중 하나도 이루어 내지 못했다는 뜻이고."

하시프 후작이 송구스러운 얼굴로 고개를 숙였다. 이시도르가 난폭한 얼굴이 되었다.

"누님은 내가 황제가 되는 것에 불만이라도 있어? 늘 불평이군."

"네가 황제가 되든 말든 난 관심 없어. 하지만 오늘의 독살 시도는 너무 유치해서 화가 나려고 하더구나. 너와 같은 편이라고 보이는 게 부끄럽잖니."

이시도르가 벌떡 일어서고 아르데나가 지레 겁을 먹고 움츠러들었다. 콘스탄체의 걸음에서는 소리가 전혀 나지 않았기에 비단이 바닥에 쓸리는 소리만이 사르르 귀를 스쳤다.

"아히발트와 칼렙의 싸움은 당연히 시작될 일. 새삼스럽게 유도할 필요조차 없지. 오히려 클레오르가 그것을 수단으로 삼아 아히발트가 메이나드 자작을 지지하게 만듦으로써 그를 반역자가 아니라 파벌 싸움의 축으로 만들고 목숨을 부지하게 만든, 그 부분에 대해 이야기해야 할 텐데."

"무용하고 어리석은 짓이지."

"그래서 그가 사랑받는 인간인 거란다. 넌 아니고."

이시도르가 벌떡 일어섰다.

"누님의 인간론 같은 것에는 관심 없어요. 클레오르가 뭘 어쩌든 그것도 관심 없고. 결론부터 말해 봐. 날 방해할 작정이야? 메이나드 자작의 일만 해도 그래. 경각심만 불러일으키고 죽이지는 못했잖아. 어머니의 명령도 없이 그렇게 돌출 행동을 한 이유가 뭐야?"

"레나디움에 드러날 걸 알면서 독 따위를 타서 모처럼 본궁에 심어 놓은 세작을 소모해 버린 바보에게는 듣고 싶지 않은 말이구나. 내가 한 일은 적어도 아르투르 영애가 어떤 사람인지를 확인하기 위한 것이었잖니?"

"어머니!"

결국 이시도르가 알비나를 향해 외쳤다.

알비나는 느릿하게 눈을 깜박였다. 콘스탄체는 방긋 미소를 지으며 그녀에게 말했다.

"제가 가져도 된다고 하셨잖아요. 개화시킬 수 있어요, 이제 굳이 클레오르의 대관식을 막을 필요가 없어요. 시간도 충분하지만, 그쪽이 더 확실하잖아요, 어머니."

"어머니, 어머니는 황제로 만들기 위해 절 만들고 기르시지 않았습니까?"

"그건 아무 문제도 안 생기고 네가 유일한 황자이자 계승권자였을 때의 이야기겠지."

"……시간을 좀 더 얻는다고 해서 나쁠 것은 없겠지. 이미 월장석도 주긴 했지만, 우선은 이시도르의 뜻대로 해 보자꾸나."

알비나가 느릿하게 말했다.

"그냥 두어도 싹은 트고 꽃은 필 테니. 죽으면 그뿐, 살아도 그뿐."

"싹이 트고 꽃이 피리라."

시녀들이 입을 모아 받아 이었다. 목소리는 노래처럼 바람과 함께 향기가 되어 거대한 나무를 휘감고 돌았다.

빛나는 이파리들이 일제히 흔들리며 지하를 환히 밝힌다. 알비나는 이제 완전히 다른 이들에게 흥미를 잃은 듯이 나무 쪽으로 더 다가섰다. 그 얼굴은 이미 이 세상에 존재하지 않는 자의 것 같았다.

이시도르는 자기 뜻이 받아들여진 것에 환희했고, 콘스탄체는 그 광경을 무표정한 얼굴로 바라보았다. 아르데나는 떨면서 치맛자락을 움켜쥐고 고개를 숙였다.

그녀는 다 피지 않은 꽃봉오리였지만, 알비나의 딸이자 직계로서 특별한 대접을 받았다. 그러나, 그렇기에 견딜 수가 없었다. 두려워서 참을 수가 없었다.

제대로 피어나지 못하면 마그리아처럼 미쳐 버리고 말 것이다. 그러나 피어나면 그때의 아르데나가 아르데나 자신일 것인가. 결국 미래에 기다리고 있는 것은 암흑뿐이었다.

7.
황후궁(1)

60년 전 선대 페도시 백작이 당대에 대가 끊긴 칼렙 후작의 저택을 사들이고 상계의 거물들을 모아 거기에서 친목 모임을 시작한 이래, 칼렙 저택이라는 이름은 부유한 신흥귀족의 집단을 대표하는 이름이 되었다.

역사가 긴 전통 있는 가문들이 영지의 산업에서 시작된 농업과 광산업, 수공업에 의존하는 동안에 칼렙 저택의 귀족들은 상단을 만들어 넓은 제국의 곳곳으로 물품을 유통시켰고 타국과의 무역을 크게 증대시켰다. 그 시작에는 분명히 대귀족들을 억제하고 제국의 구석구석까지 물류를 통하게 하여 산업을 부흥시키고 국고를 채우려는 황실의 뜻이 있었다.

그러나 고기 맛을 본 늑대는 개로 남지 않았다. 칼렙 저택이라는 중심이 생긴 이후로 보다 적극적으로 이권을 위하여 그들은 집단행동을 하기 시작했다. 아히발트 클럽의 오래된 귀족들이 느슨한 친분 관계를 유지하고, 그 안에서도 현안에 따라 파벌을 가르며 가문의 이익에 따라 움직이는 것에 반해 이들은 하나의 연합체로서 움직였다. 이들의 대적은 황권이 아니라 아히발트 클럽이었으며, 동시에 전통이었다.

클레오르가 귀환한 당초에 이들은 이시도르를 지지했다. 혈통을 중시하는 철저한 장자상속법은 혈통보다 능력을 중시해야 한다고 주장해 온 이들에게 역린에 가까운 것이었다. 그런 그들이 2년 만에 태도를 바꾸어 클레오르에게 붙은 것은, 일타에서 용병으로 살아온 클레오르 쪽이 15년 동안 유일한 황자로서 애지중지 키워진 이시도르보다 돈의 중요성을 더 잘 알고 있었기 때문이었다.

클레오르는 가장 먼저 북부 국경선의 몬스터 러시에 몸을 던짐으로써 군부의 신뢰를 손에 넣었고 그것을 기반으로 세력을 형성했다. 그는 군에서 가장 중요한 것이 기사도도, 애국심도, 훈련도 아니라 양초를 비롯한 군수품의 보급과 병사들의 봉급이라는 것을 알고 있었다. 그리고 그것을 확보하기 위해서 칼렙 저택에 끊임없이 접근했다. 칼렙 저택도 현재의 군수 보급권이라는 이득만이 아니라 미래의 산업 확대를 위해서도 클레오르를 지지하는 편이 낫다는 것을 알고 있었기에 양쪽의 계산은 맞물려 들어갔다.

지지 기반이라고는 기사단 일부와 죽은 엘라리사 황후에 대한 애정, 그녀를 마지막으로 대가 끊긴 베르톨트 공작 가문와의 오래된 친분을 생각하여 손을 들어 준 일부 대귀족밖에 없었던 클레오르의 세력이 급격히 확장되기 시작한 것도 이때부터이다.

물론 클레오르는 처음부터 완전히 칼렙 저택에게 의지할 생각이 없었다. 돈이 필요했으나 돈의 망자가 될 생각은 아니었다. 그는 칼렙 저택의 지지를 빚으로 달지 않았다. 정확히 계산하여 그만큼 힘을 실어 줌으로써 대가를 치렀다. 적어도 클레오르가 상석에 앉아 있는 동안 칼렙 저택의 멤버들은 아히발트 클럽의 귀족들과 대등하게 의견을 말할 수 있었고, 재무부와 외무부의 관료들이 친칼렙파로 채워졌다.

그러나 그것도 정략 중의 하나임은 명백했다. 그는 엘라리사 황후가 낳은 장자이며 선황이 결정하고, 신전에서 인정한 황태자였다. 즉위가 가능하리라는 추측이 생긴 시점에서 아히발트 클럽에 소속된 귀족들은 심정적으로 조금씩 그에게 기울어지고 있었다. 이러다가 칼렙 저택이 공신이 되고 자기들은 소외당할지도 모른다는 불안감이 생기자 그들은 급격히 클레오르파로 돌아섰다.

중소 귀족들을 결집시켜 세 번째 세력을 만들기 시작한 것은 이즈음이다. 반대로 칼렙 저택에는 더 이상 필요 이상의 발언권을 주지 않았다. 상호 이득을 위해 이용하는 관계였으므로 배신감을 느낄 처지는 아니었으나 대세를 점하기 위해서는 새로운 뭔가가 필요할 때가 왔다.

그들은 클레오르가 이시도르나 낡은 공후작가의 주인들처럼 자긍심으로 사는 사람이 아니라는 것을 안다. 손을 잡는 게 이익이라고 생각하면 반드시 다시 이쪽에 힘을 싣는다. 동시에, 그를 견제할 힘도 필요하다.

"아르투르 백작이 먼저 손을 내밀었다면, 볼 것도 없지."

페도시 백작은 그렇게 중얼거렸다. 에스틴에게서 이틀 전에 두 번째 편지가 도착했다. 메이나드 자작가가 고작해야 돈으로 누이를 습격한 죄를 해결하려고 하니, 부디 가문의 명예를 지킬 수 있도록 도와 달라고 간곡히 부탁하는 그 편지는 그의 자존심을 크게 만족시켰다.

비록 몰락귀족이라지만, 아르투르 가문은 개국공신 중의 하나다. 단순히 가문의 전통만으로 따진다면 오필드 공작, 체스터 공작 같은 제국 유수의 가문들과 어깨를 나란히 한다. 모르긴 몰라도 아마 아히발트 클럽의 명부에도 아직 이름이 올라 있을 가능성이 있었다.

그런 가문을 회유하여 휘하에 둘 수 있다면 그야말로 칼렙 저택의 위상이 아히발트 클럽과 어깨를 나란히 할 수 있을 만큼 쑥 올라갈 것이다. 겸사겸사 아르투르의 역성을 들어 메이나드 자작가를 완전히 짓밟아 버린다면 가진 것이라고는 낡아 빠진 저택과 혈통뿐인 중소 귀족들은 다시는 그들과 맞서려 하지 않을 것이다.

그러나 프리모 남작은 그 편지를 보고서도 반대했다.

"정말로 이게 황태자 전하가 개입하지 않았다고 믿는 겁니까, 백작님? 그럴 리가 없잖아요. 아르투르 백작은 이제 겨우 스물셋인데다가 정치에는 전혀 경험이 없고 치안대에서 하급 기사 노릇을 하던 청년입니다. 일이 터진 지 이제 겨우 3주가 지났습니다. 데즈 남작령까지 내려가 있다고 들었는데, 여기에 사람을 심어 두었다고 생각해도 믿을 정도로 정보를 기민하게 확보해서 이 일에 끼어든다? 그럴 리가 없지요. 영애가 우는 편지를 보냈더라도 그렇게 빠르게 대처했을 리가 없습니다."

"나도 틀림없이 전하께서 개입하셨으리라 생각하네만, 그렇다고 해서 이 기회를 놓칠 수도 없지 않은가?"

제럴드 로버츠가 되물었다. 의문을 제기했던 프리모 남작이 으음, 신음했다. 안톤 자작이 프리모 남작의 역성을 들었다.

"아르투르 백작은 이렇게 도움을 청했지만, 영애 쪽에서는 아무런 반응도 없습니다. 게다가 여전히 바르톨로뮤 백작부인의 수중에서 벗어날 생각도 하지 않고 있지요."

"바르톨로뮤 백작가는 어차피 황태자 전하의 명령을 따를 뿐입니다. 지금 시점에서 영애가 전하의 뜻을 따르는 것은 이상할 것이 아무것도 없습니다. 아무것도 가진 게 없으니까. 솔직하게 탁 터놓고 말해 봅시다. 아르투르 백작가를 손에 넣으면 이득이지만, 손에 넣지 못한다면 손해뿐이지요."

아단 경의 말에 아무도 대답하지 않았다.

"이대로 순조롭게 이혼이 성사되면 차기 황후는 밀란 백작 영애나 케이드 후작 영애가 될 겁니다. 행여 그렇지 않다 하더라도 최소한 제2의 메이나드 자작가가 나오겠지요."

역사와 전통이 없는 그들 중의 누군가가 황후의 친정이 될 수 있는 확률은 조금도 없다. 제아무리 클레오르가 파격적인 행보를 보인다고 해도 황후 문제까지 그럴 수는 없다. 황실의 권위와 차기 황제의 정통성을 담보하는 일이니까.

설령 가난하여 양말을 꿰매 신는 형편이라 하더라도 제국과 역사를 함께해 온 귀족 가문의 딸이 아니라면 황후가 될 수 없었다. 조부가, 혹은 증조부가, 심지어는 고조부가 평민이었다는 이유 때문에 그들은 금괴가 산더미처럼 쌓인 창고를 황실에 바친다 하더라도 고작해야 기사이며 준남작에 불과했던 리스칸 아르투르보다도 못한 것이다.

"그것보다는 아르투르 백작가가 낫긴 하지. 가문의 역사는 어찌 되었든 작위는 금대에 새로 받은 게 아닌가? 다른 귀족가와 아무런 연맥이 없으니, 우리가 황후의 뒤에 설 수 있어."

황후의 뒷배가 되어 주고, 이번에야말로 후계자가 될 황장자와 처음부터 밀착된 관계를 쌓을 수 있다. 황후를 배출하는 것은 불가능해도 이혼을 막는 것은 충분히 가능했다.

"마리나 양의 책임이 막중해."

"글쎄요. 일전의 봄꽃 파티에서의 일이 있어서 말입니다. 제 딸자식은 겁을 먹었답니다. 쯧쯧. 아르투르 영애가 가문의 검술을 배웠다는 이야기는 비밀도 아닌데 놀라서는."

에스텔라가 벌을 베어 버린 이야기는 저지른 일에 비해 그렇게 큰 소문이 되지는 않았다. 그 자리에 있던 영애들은 모두 충격을 받았고, 로랑드 꽃을 그녀에게 건넨 영애들 중에는 겁을 먹어 병석에 누운 경우까지 있었다. 그렇지만 대부분 영애들이 엄살을 부리거나 지나치게 심약해서 그렇다고 생각했다.

그 자리에 있었던 남자 귀족들도 하나같이 입을 다물었다. 자기가 젊은 여자에게 위압당했다는 말을 하고 싶지 않았기 때문이다. 그녀가 한 일의 놀라움을 가장 잘 아는 것은 기사들이었으나 그들조차도 그 일을 잊거나 축소시키려고 애썼다.

에스텔라의 검기가 훌륭한 것은 사실이라고 하면서도 그것은 아르투르 검술의 위력으로 포장되었고, 벌 떼의 숫자는 대여섯 마리로 줄어들었다. 설령 벌을 벨 수 있다 해도 여인의 손목으로 할 수 있는 일은 그 정도뿐이라고 말하는 자도 있었다.

그렇게 말하는 자들 중에는 자기 실력이 그에 아득히 미치지 못하는 것을 숨기기 위해 그러는 자도 있었지만, 말하다 보니 종내에는 그것을 진실로 믿어 버리게 된 자도 있었다.

"그 일 때문에 다들 아르투르 영애를 피하게 된 것 같습니다."

"어쩔 수가 없군. 어설프게 친분을 쌓느니 차라리 하지 않느니만 못하고."

페도시 백작은 고개를 절레절레 내저었다. 그렇다고 대뜸 부인에게 에스텔라를 초대해서 친분을 쌓으라고 하자니 연령 차가 있어 가까워지기 쉽지 않다.

"데니스 경이 영애의 선친과 인연이 있었지?"

"글쎄요. 채무 관계도 인연이라고 하면 인연이지만, 악심이나 품지 않았으면 다행이지요."

"일단 접근해 보게. 아르투르 백작이 치안대에 있을 때에도 이미 본 적이 있다고 하지 않았는가? 리스칸 경이 어린 자식들에게 빚에 대한 이야기를 시시콜콜 했을 법하지도 않고, 영애도 지금은 의지할 곳이 없으니 선친에 대한 이야기가 그립겠지."

"만나 보자고 하는 정도야 뭐가 어렵겠습니까? 영애가 초대에 응하지 않으면 아내가 수치스러워할 테니 그게 염려될 뿐입니다."

"아르투르 영애의 옆에는 바르톨로뮤 백작부인이 있고, 또 영애 자신도 황태자 전하와 직접 거래를 할 정도로 담대하고 차분한 성격이니 설령 거절한다 하더라도 모욕적인 방식으로 할 리가 있겠는가."

데니스가 고개를 끄덕였다.

그러나 역시 중심은 에스틴을 구슬리는 것이다. 에스텔라는 동생과 가문의 재건을 위해서 클레오르와 계약한 것이다. 그러니 결국 가장인 동생의 의사를 거스를 수 없을 것이라는 게 페도시 백작의 생각이었다.

'그러고 보니 백작도 아직 미혼이지.'

결혼보다 손쉽고 믿을 만한 동맹은 없다. 명문의 직계이니 설령 작위가 없더라도 피를 섞으면 페도시 백작가를 영예롭게 하는 데에 보탬이 될 것이다. 그러나 애석하게도 그에게는 딸이 없었다. 그는 아내가 어린 조카딸의 데뷔에 대해 이야기하던 것을 떠올리고 편지를 적었다.

"칼렙 저택에서 아르투르 백작에게 보내는 편지입니다."

에버니저가 세 통의 두툼한 편지를 펼쳐 놓았다.

"그리고 이것은 로버츠 경과 데니스 경을 비롯하여 몇몇 가문에서 칼렙 저택의 모임과는 별개로 몰래 보내는 편지들입니다."

그게 열여섯 통이다. 클레오르는 편지를 촛불 아래로 가져가 이름을 확인했다.

"또?"

"이것은 아히발트 클럽에 속한 귀족들이 아르투르 백작에게 보내는 편지입니다."

그게 또 10여 통 되었다.

"메이나드 자작을 따르던 가문들 중 일부가 아말리네 공작과 밀란 백작에게 밀서를 보낸 것이 확인되었습니다. 오필드 공작에게도 전해진 밀서들이 있지만, 공작은 겉봉도 보지 않고 모두 그대로 되돌려 보냈습니다. 이것은 확인만 했습니다. 오필드 공작께서 아시면 좋아하지 않으실 테니까요."

"로네스 공의 성품상 한 번 배신한 사람을 다시 돌아보려고 하지는 않겠지. 사람이 궁한 것도 아니고. 목록화해 둬. 쓸모가 있을 것 같으니."

"준비했습니다."

그렇게 말하면서 에버니저는 얇은 서류 봉투를 하나 내밀었다. 클레오르는 그것을 받아서 쓱 훑어보고 봉투를 열었다. 모든 봉투는 밀랍으로 봉인이 되어 있었지만, 그의 보좌관 중에는 어떤 봉투라도 감쪽같이 열 줄 아는 기술자가 세 명이나 있었다.

그를 거쳐 에스틴에게 도착하는 편지가 미리 확인되었으리라는 것을 에스텔라는 어차피 알고 있지만, 그래도 기분 문제다. 제대로 다시 봉인해서 주면, 그녀가 칼로 찢어 읽고 다시 클레오르에게 보내기도 했다. 그것도 역시 기분 문제이며, 서로 간의 신뢰를 확인하는 의식 비슷한 것이었다.

"청혼만 일곱 건이로군."

클레오르는 너털웃음을 웃었다. 아드리안 경이 진중한 얼굴로 말했다.

"전하의 아르투르 영애에 대한 총애는 확고한 것으로 보이니까요. 봄꽃 파티에서의 일로 아르투르 영애의 대범함이 남자 못지않고 그 검기가 빼어나다는 것이 알려졌으니, 전하께서 영애를 단순히 대관식을 위해 일시적으로 맞이하는 황후가 아니라 총신으로 여기시고 있으리라는 짐작도 널리 퍼졌습니다."

"내 취향이 그렇게 뻔한가?"

보좌관들 사이에서 웃음이 아니라 조심스러운 시선만 오갔다. 그러는 것을 보아 진짜인 모양이었다. 클레오르는 쓴웃음을 지었다. 여기에 예르켈이 있었다면 대거리하듯이 뾰족한 소리를 했을 터이다.

에버니저가 조심스럽게 말했다.

"귀족들의 반대를 뚫고 황후를 세우는 것은 어렵지만, 반대로 세워진 황후를 끌어내리는 것도 쉽지 않은 일이잖습니까? 전하께서 원하는 반려라면 더욱 그렇습니다. 이들도 그렇기에 아르투르 백작과 혼맥을 맺어 미래를 대비하려고 하는 것이겠지요."

"글쎄, 내 뜻이 문제가 아니라 영애의 뜻이 문제가 아니겠나. 아르투르 백작의 뜻도 문제가 되고."

그가 메이나드 자작가의 자리에 아르투르 백작가를 대치시키려고 한다고 미루어 짐작하는 자들도 있지만, 보좌관들은 그렇게 생각하지 않았다. 명성이나 신분이 문제가 아니라 그런 역할을 하기에는 아르투르 백작이 너무 젊었다. 오히려 다른 방향으로 그를 쓰려 한다고 생각하고 있었다. 그 방향은 정계의 한복판이 아니라 심복으로 삼아 젊은 귀족들을 규합하게 하는 것이리라고 추측하는 자가 더 많았다.

황후의 친정이라는 무거운 짐을 지웠다가 오히려 백작가가 성하지 못하고 짓눌릴 가능성이 있다. 클레오르가 아르투르 백작가를 제대로 키우려면 이혼은 필수적인 과정이다. 결국 그는 남매 중 한쪽을 선택해야 할 것이었다.

과정은 틀렸지만 결론은 맞은 셈이다. 그러나 클레오르가 직면한 현실은 과연 에스텔라가 5년 후에도 그의 곁에 남아 있는가 아닌가하는 그 부분부터였다. 놓아 보내고 싶지는 않지만, 억지로 붙들어둘 방법이 딱히 있는 것도 아니었다.

★

과연 아르투르 백작가가 어떤 선택을 할 것인가에 대해서, 영애와 백작 중 어느 쪽에 선을 대야 하는가에 대한 온갖 고민과 의견들이 있었으나, 실은 둘은 같은 사람이었으므로 에스텔라는 에스틴이 받은 편지들과 에스텔라가 받은 초대장들을 같은 책상에 늘어놓고 있었다.

바르톨로뮤 백작부인은 그녀에게 네 개의 쟁반을 주었다. 하나는 오전 일찍 클레오르의 보좌관으로부터 보내진 것으로 에스틴에게 당도해야 할 편지들이다.

나머지 중 둘은 각각 칼렙 저택과 아히발트 클럽에 소속된 귀족 가문의 귀부인들에게서 온 카드들이다.

그리고 마지막 하나에만 네 장의 봉투가 놓여 있었다. 바르톨로뮤 백작부인이 엄선한 중요한 자리의 초대장으로 각각 아말리네 공작가, 퀘시 후작가, 밀란 백작가, 마그델리아 백작가라는 네 가문의 부인들에게서 온 것이다.

"이 중 어느 것을 선택하느냐가 앞으로 내 뒷배를 결정한다는 거지?"

에스텔라는 한숨을 내쉬며 초대장들을 하나씩 들여다보았다. 어느 정도까지는 예상되던 일이지만, 아르투르 백작가가 생각지도 못하게 수면 위로 나온 덕에 양상은 조금 더 복잡하고 커졌다.

귀찮게 되었다. 그녀에게는 실제로 뒷배가 필요하지 않으니까. 5년 후에 빠르게 이혼·은퇴하는 게 목표인 에스텔라에게는 오히려 있어 봐야 골치 아픈 것이다.

그러나 이것도 일 중의 하나다. 황후가 되면 이보다 더 복잡한 일도 조율해야 할 테고…….

'귀찮지만…….'

그나마 어느 쪽이 제일 귀찮지 않을까. 우선 마리나 로버츠와 데니스 부인의 초대장은 단호하게 겹쳐서 한쪽 상자에 던져 넣었다.

"칼렙 저택 쪽은 모두 거절하실 겁니까?"

바르톨로뮤 백작부인이 물었다.

"실제로 칼렙 저택과 관계를 맺을 필요는 없으니까. 실제로 그쪽 파벌로 들어가면 일이 너무 커지잖아."

칼렙 저택을 끌어들이는 것은 가시화된 적을 메이나드 자작에서 칼렙 저택으로 변경시킴으로써 아히발트 클럽이 자작을 편들도록 유도하기 위함이다. 메이나드 자작가의 역사와 전통을 생각한다면, 아히발트 클럽은 아무리 그가 독립적으로 행동하면서 중소 귀족들을 규합시키고 있더라도 칼렙 저택에게서 메이나드 자작을 지켜야 했다.

"아무리 아르투르가 몰락했다고 해도 영애라면 재산이나 작위 같은 것과 관계없이 비슷한 지위를 가진 가문의 영애들과 어울려야 하기는 합니다만…….."

"꼭 그것만이 아니라도 모호한 입장을 취하도록 전하와 이야기가 되어 있어. 에스틴의 이름으로 칼렙 저택에 편지를 보낸 것은 그들이 이 싸움에 나설 수 있도록 명분을 쥐여 준 것에 불과해. 하지만 이 일에 나로서는 가문 전체를 걸어 버릴 이유가 없으니까."

"그러면 이 혼사도 거절하실 겁니까?"

"혼사?"

"페도시 백작가 말입니다. 굳이 열여섯 살 된 조카딸을 양녀로 삼을 건데, 아내와 함께 데즈 남작령으로 요양을 보내고 싶으니 한번 만나 보라고 전한 것을 보면 혼사를 염두에 둔 게 틀림없습니다."

"으음."

에스텔라는 괴상한 얼굴이 되어 바르톨로뮤 백작부인을 바라보았다. 그녀는 차분한 얼굴로 친척 아주머니처럼 충고했다.

"아가씨가 5년 후면 스물여덟입니다. 전하의 후사만 염려하실 게 아니라 아가씨의 후사도 염려하셔야지요. 페도시 백작가가 아르투르 가문의 격에 맞는 가문이라고 할 수는 없지만, 그 조카딸인 이리스 영애는 어린 나이이지만 현명하고 용모도 곱다고 평판이 자자합니다. 지참금도 많을 테고요."

"……."

에스텔라는 선뜻 대답을 하지 못하고 머뭇거렸다. 가문을 재건할 생각 같은 것은 없지만, 그녀를 에스틴 아르투르로만 알고 있는 바르톨로뮤 백작부인에게 뭐라고 말해야 좋을지 바로 생각나지 않았기 때문이다.

"페도시 백작이 정혼을 염두에 두고 있는 게 사실이라고 해도, 그건 아르투르 가문 출신의 황후가 있다는 걸 전제로 한 게 아니겠어?"

"그것도 그렇습니다만."

돌려서 말하자니 답답한 기분이 들었다. 입장상 함부로 발휘하지는 않지만, 사적인 부분에서는 그 또래의 다른 중년 부인들만큼 오지랖을 가지고 있는 바르톨로뮤 백작부인이 점잖게 말했다.

"아가씨의 입장에 불안정한 부분이 있으니 염려하는 마음이 있으신 건 백번 이해합니다만, 그렇게 조건이 나쁘지 않으십니다."

"……."

"아르투르 백작가는 전통 있는 명문이니까요. 설령 방계의 먼 친족으로 혈계가 이어졌어도 아르투르의 이름을 탐내는 사람이 많이 있을 텐데, 아가씨는 의심의 여지없는 직계 후손으로 가문을 물려받지 않으셨습니까? 돌아가신 리스칸 경의 명성도 확고하고요. 작위를 되찾음으로써 이미 가문을 재건했고, 거기에 5년 후에는 황태자 전하의 충복으로 이름을 알리실 터이니 페도시 백작가가 아니라도 아가씨를 탐내는 가문은 얼마든지 있을 겁니다."

남자를 대상으로 말하면서 호칭만 아가씨라고 하니 그 울림이 좀 괴상하게 들렸다. 에스텔라는 얼굴을 애써 화평하게 유지했다.

"5년 후의 일이야."

"5년 후에는 스물여덟이십니다. 후사를 생각하면 미리 생각해 두는 것도 나쁘지 않죠."

"그때 가 봐서."

"지금 당장 생각하기 귀찮으셔서가 아니고요?"

바르톨로뮤 백작부인은 그녀에 대해 이제 너무 많은 것을 알고 있었다.

귀찮아서가 아니라 실질적으로도 안 될 일이지만 말이다. 굳이 하자면 혼외자를 입적하는 방식으로 가문의 이름을 잇는 것도 불가능하지는 않겠지만, 에스텔라는 자기 인생을 희생해서까지 가문을 재건하고 싶다고 생각하지 않았다.

설령 그녀가 가문의 주인이 된다 하더라도, 딱히 원하지도 않는 남자를 상대로 억지로 임신해서 남몰래 애를 낳는 게 왜 희생이 아니겠는가. 여자로서 사랑하지 않는 사람을 상대로 일신을 의탁하기 위해서 결혼하는 것만큼이나 처참하게 느껴졌다.

'목적이 확고하지 않아서 그런지도 모르지.'

그게 바로 티소엔이 말하는 향상심이 없다는 부분인지도 모른다.

아르투르 백작으로서 제국의 역사에 이름을 남기겠다거나 군의 높은 곳에 올라가 기사단장이 되고 싶다거나 하는 생각은 여전히 들지 않았다.

그러나 여자로서의 삶을 완성할 필요가 없는 것과 마찬가지로 굳이 꼭 남자로서의 삶을 완성해야 하는 것도 아니지 않는가.

다만 최선을 다하고 싶다. 온 힘을 다해 싸우고 싶다. 자신을 증명하고 싶다. 드러내고 이해받고 싶다.

그 모든 바람들은 현재의 것이지만, 추상적이기도 했다. 꿈이 이상향을 찾아가는 과정이라고 한다면, 에스텔라에게는 꿈이 없었다.

그녀는 높은 곳을 바라본 적이 없기 때문이다.

이런 이야기는 바르톨로뮤 백작부인과 할 만한 것은 아니다. 그녀는 농담처럼 말을 받았다.

"어차피 내 몸이 여기 있는 이상 페도시 백작의 조카랑 만날 방법도 없는걸. 그런데, 그런 이야기 해도 돼? 내가 이 생활에 염증을 느끼고 어디 가서 남장하고 여자를 꼬셔서 사고라도 치면 어쩌려고?"

"아가씨가 그러실 분이 아니라는 건 이미 알고 있습니다."

바르톨로뮤 백작부인은 살짝 웃었다. 에스텔라는 이번에도 농으로 받았다.

"귀찮아서?"

"그것도 그렇지만, 아가씨는 충실한 분이니까요. 전하를 실망시키는 일도, 저희를 위험에 처하게 하시는 일도 없으리라고 믿습니다."

실수는 하실지 몰라도, 라고 그녀가 다시 엄해진 얼굴로 말했다. 에스텔라는 조심하겠다며 툴툴거렸다. 사실 실수를 하더라도 결정적인 위험이 되지는 않을 것이다. 여차하면 옷이라도 벗어 증명하면 그만이고.

에스텔라는 비단 실내화를 신은 발끝을 까닥거리면서 화제를 돌렸다.

"이거는 이따 예르켈한테 갖다 줘."

페도시 백작과 시모니데스에서 뜯어낼 이권의 배분에 대한 메모였다. 에스텔라는 그것을 페도시 백작의 초대장과 함께 봉투에 넣었다. 예르켈이 읽고 초고를 적어 주면 그것을 베껴서 답장을 보낼 생각이었다.

에스텔라는 그것으로 '에스틴'이 받은 편지들을 치우고, 이번에는 바르톨로뮤 백작부인이 건넨 네 장의 초대장을 끌어당겼다.

아말리네 공작은 딸을 이미 한 번 클레오르와 약혼시켰다가 잃었으면서도 아직 포기하지 못하고 있었다. 다만 양녀까지 들여 다시 황후 자리를 요구하기에는 체면이 서지 않아서 그러지 못하는 것이다. 이것은 마그델리아 백작가나 테런스 백작가도 마찬가지였다. 그런 상황에 마침 에스텔라처럼 부모가 없고 힘없는 남동생뿐인 여자가 황후가 되게 되었으니 잘 구슬려 수양딸로 삼으면 아르투르 백작가와 더불어 친정 노릇을 할 수 있으리라고 생각하는 것이었다.

밀란 백작가는 아마 정탐을 위해서 초대장을 보냈을 것이다. 밀란 백작가에는 딸이 셋 있는데, 첫째가 지금 혼인 적령기의 영애였고, 5년 후에는 둘째가 적령기가 된다. 5년 동안은 칼받이를 최선을 다해 지키려고 애쓰겠지만, 헤어질 때에 안전하게 이별하지 못할 공산이 컸다. 그녀를 진짜 황후로 만들 생각은 없을 테니 제일 덜 귀찮게 할 거라는 생각에 잠시간 유혹을 느꼈으나, 역시 자기를 칼받이로 만들려는 사람과는 친하게 지낼 수 없었다.

소거법에 의해서 남는 것은 퀘시 후작가였다. 에스텔라는 그 초대장을 집어 들었다.

퀘시 후작부인은 후처로, 두 아들은 모두 전처 소생이고 클레오르의 약혼녀가 되었다가 죽은 레이디 에디르네만이 후작부인의 친딸이었다. 한때에는 알비나 황후 다음가는 사교계의 명사였다. 그러나 딸을 잃은 후에 상심한 나머지 화려한 자리에는 일절 나타나지 않고 꽃을 키우는 것을 소일거리로 삼았다고 들었다. 연에 한두 번 피크닉 자리를 마련하는 정도가 그녀가 하는 사교 활동이었다.

"이건 거절할 이유가 없지? 굳이 중요한 결정으로 칠 이유가 있어? 퀘시 후작부인은 세위 싸움에 관심이 없다고 했잖아."

"반대로 말하자면 끌어들일 수만 있으면 네 번째 세력을 형성할 수 있다는 이야기이기도 합니다. 아가씨가 그러실 것 같지는 않지만……."

에스텔라는 그 말을 들으며 슬쩍 퀘시 후작부인의 초대장을 밀어 놓으려 했다. 파벌 같은 건 만들기도 어렵지만 그래 봐야 유효기간이 짧지 않은가. 그러나 그녀가 미처 초대장에서 손을 떼기도 전에 바르톨로뮤 백작부인이 따끔하게 말했다.

"귀찮다고 해서 적이 아닌 사람을 적으로 만들 필요까지는 없지요. 퀘시 후작부인이 비록 사교계 활동을 접다시피 했다지만, 인맥과 평판은 여전히 건재합니다. 이 피크닉에 초대된 사람은 거의 모두 참석할 거고요. 아무런 문제도 없는 모임인데 아가씨가 초대에 응하지 않는다면 사람들이 아가씨를 오만하다고 비난할 겁니다."

"……내가 가면 문제가 안 생길 리 없잖아……. 그런 모임이라면 이 사람들도 다 오는 거 아니야?"

그녀는 나머지 세 장의 초대장을 흔들어 보였다. 바르톨로뮤 백작부인이 "그렇습니다."라고 대답했다.

"그러니 더더욱 가셔야 합니다."

"어차피 평판 깎인다고 황후가 못 될 것도 아닌데."

"황후궁에 들어가신 다음에 고립되실 작정이십니까?"

빨리 이혼하면 다들 더 좋아하는 게 아니었나, 하고 에스텔라는 어렴풋이 생각하다가 결국 한숨을 내쉬었다. 맡은 일은 제대로 하지 않으면 안 되겠지. 그녀의 평판이나 권위가 문제가 아니라 황후가 무도회를 열었는데 텅텅 비는 사태가 되면 클레오르의 권위까지

447

덩달아 떨어지는 효과를 가져올 것이다. 그건 신하로서든 동업자로 든 감수해서는 안 될 일이었다.

"알고 있어. 그냥 귀찮아서 말해 봤어."

"나머지는 순수한 사교 활동이니 가볍게 두어 곳만 선택해서 다녀오시면 될 듯합니다."

에스텔라는 나머지 초대장들을 훑었다. 그리고 대강 두어 장을 결정해서 바르톨로뮤 백작부인에게 건네주었다. 백작부인이 그것을 받아서 따로 챙기면서 말했다.

"저녁에는 황후궁에 가셔야 합니다. 2시간 후에 준비를 시작할까 합니다."

"가볍게 하자고. 호위 기사도 제한적으로 데려가야 하는데 몸이 무거우면 곤란하니까."

황후궁에는 남자가 출입할 수 없다.

근위대나 황궁 기사를 모조리 물리친 것은 클레오르가 기사단을 장악했기 때문에 그랬다고 하더라도, 적어도 집사나 시종, 힘쓸 일을 할 하인 정도는 있어야 할 텐데 알비나는 그조차도 모두 내보냈다.

남자가 대접해야 대접받은 것처럼 느끼는 자가 많기 때문에 황궁은 물론이고 조금은 부유한 사람이라면 남을 접대하는 곳에는 체구가 좋고 잘생긴 풋맨을 두고 있었다. 그에 반해 그곳은 단어 그대로 남자가 없었다.

표면상으로는 정숙한 미망인의 몸으로 남자의 손을 빌리기를 원치 않는다는 것이지만, 알비나 황후가 마녀라고 의심하고 있는 입장에서 들으면 수상한 부분이라고 하지 않을 수 없었다.

남자만이 아니라 드나드는 하녀의 숫자도 적었다. 알비나 황후는 귀족만이 아니라 평민들 사이에서 시녀를 뽑아 거의 모든 일을 시녀에게 맡겼다. 황후궁의 시녀들은 모두가 하나같이 아름답고 몸가짐이 좋은 것으로 정평이 났으며, 시녀의 몸이면서도 바닥을 닦는 일도 마다하지 않을 만큼 성실하고 공손했다.

그러므로 황후궁에서 생긴 모임에 가는 숙녀들도 남자를 동반하지 않았다. 바르톨로뮤 백작부인의 말로는 예전에는 이렇지 않았다고 한다. 선황이 살아 있던 시절에는 당연히 남자의 출입이 가능했고, 선황 사후에도 2-3년은 이 정도로 남자의 방문이 특별히 허락받아야 하는 일은 아니었다고 한다.

"황후 폐하께서 건강을 핑계로 사교 활동과 바깥출입을 줄인 것은 근 2년 정도 된 일입니다. 황태자 전하를 기준으로 삼는다면, 테런스 백작 영애와 약혼했던 즈음부터였죠."

"……."

"과거만큼 성세는 아니지만, 전하에 충성하는 가문의 여인들도 황후궁의 초대는 황감하게 받아들입니다. 모든 유행은 황후궁에서 시작되고 황후궁에서 끝나니까요. 비록 황후가 지금은 사교계에 모습을 좀처럼 보이지 않는다 하더라도 마찬가지입니다."

남방에서 수입되는 장신구와 자수실, 설탕, 올리브유와 차에 이르기까지 모두가 황후궁에서 첫 선을 보였다. 알비나가 바깥활동을 극도로 줄이고, 클레오르가 재무부와 외무부를 관장하며 관세와 무역을 다스리고 칼렙 저택의 부상(富商)들을 휘하에 거느리게 되었어도 이 상황은 변하지 않았다. 알비나를 좋아하든 싫어하든 그녀의 안목과, 물건을 단지 물건으로 두지 않고 사람의 삶에 아름답게 꿰어 내는 재능에 대해서는 누구라도 인정했다.

"불과 20여 년 전만 해도 아가씨께서 좋아하시는 초콜릿 같은 건 있지도 않았으니까요. 알비나 황후—그때에는 아직 자클린데 후작 영애였습니다만—가 남청해 인근에서 각성제로 쓰이던 쓴 음료에서 거품을 거르고 설탕을 넣어서 내놓았을 때에는 정말 대단한 반향이 있었습니다. 여자들은 마시지 못하게 해야 한다고 법을 제정해야 한다는 이야기까지 있었던 때가 있었지요."

바르톨로뮤 백작부인은 딱딱한 얼굴로 그렇게 말했다. 에스텔라는 고개를 갸웃했다.

"그래요?"

"나그랑 백작가는 황후 폐하의 권유로 초콜릿의 원료를 수입하면서 단숨에 제국 제일의 부가 중 하나가 되었습니다. 황후궁에서 은식기 대신에 도자기 식기를 쓰기 시작했기 때문에 지금은 조금이라도 살 만한 집에서는 잘 깨지는 사기그릇을 사용하지 않습니까? 황후 폐하가 싫어했기 때문에 지금은 담배를 피우는 남자를 별로 볼 수 없게 되었습니다. 지금 걸치고 계시는 이 레이스부터 구두 굽을 만드는 방식에 이르기까지 알비나 황후가 손대지 않은 부분이 없습니다. 요즘 유행하는 루슬란 왕국산의 쪽빛 양산도 알비나 황후가 선물하면서 시작된 겁니다."

에스텔라는 투왈렛 룸에 장식되어 있는 그 아름다운 양산에 한번 시선을 던졌다. 단순히 유행이 문제가 아니라 리산더 자작가가 그 양산을 만드는 직물을 수입하는 과정에서 엄청난 이익을 얻어 새로운 세력을 형성하고 있었다.

"이런 이야기를 말씀드리는 것은 행여 현혹되지 마시라는 뜻입니다. 아가씨의…… 입장이, 입장이니만큼, 황후궁의 아름다움에 쉽게 눈이 머실 거라고 생각하지는 않습니다만, 황후 폐하가 세상을 얼마나 사치스럽게 만들든 간에 그 풍요와 번영은 제국 황실이 뒷받침하여 생긴 것입니다."

백작부인의 충성스러운 말을 에스텔라는 한 귀로 듣고 한 귀로 흘렸다. 어차피 그녀는 클레오르의 체스 말이다. 귄이 희망하는 것처럼 가문을 재건할 거라면 그 번영을 위하여 생각이 바뀌거나 할 수도 있겠지만, 그녀는 혼자 몸이었고 클레오르는 그녀의 바람을 전부 들어줄 능력이 있으니 굳이 줄을 갈아타는 위험과 번거로움을 감수할 필요가 없었다.

사실 바르톨로뮤 백작부인은 황후궁에서도 황태자의 약혼녀가 꿀리지 않기를 바랐지만, 에스텔라는 빠르게 그것을 포기했다. 게다가 오늘 다른 계획이 있었으므로 가능한 한 남의 눈에 띄지 않기를 바랐다. 백작부인이 리디아까지 동원했는데도 결국 고집을 꺾지 못했다.

"가끔은 수수하게 하고 가는 쪽이 좋아. 엘린데아가 추천해 주는 옷이 하나같이 멋지다는 건 알지만, 내 주제에 쉬지 않고 남의 눈에 띄려고 하면 적만 늘리는 꼴이 될 거야. 화려하게 입는 것은 약혼식처럼 중요한 행사 때로 충분해."

봄꽃 파티에서의 일도 있었으므로 바르톨로뮤 백작부인은 더 이상 강요하지 못했다. 그녀는 영애들의 견제나 미움이 남자인 에스틴에게 큰 영향을 미치리라고는 생각하지 않았지만, 괜히 일부러 입지를 좁힐 필요까지도 없는 일이다.

★

"그런데 있잖아요. 솔직히 아가씨가 수수하게 입는다고 하더라도 눈에 띄기는 엄청 띄신단 말이에요."

파니에와 코르셋 위로 평범한 연갈색의 로브를 둘러 입히면서 라라가 종알거렸다.

"키가 일단 크시니까요. 저도 리디아 말에 동의해요. 아가씨는 어울리게 꾸미기만 하면 충분히 최고로 매력적인 숙녀가 되실 수 있다구요."

"엄청나게 튀는 드레스를 입고 말이지?"

"전 아가씨 드레스 중에 그게 좋아요. 그, 기사님들 평소에 입는 라이딩코트처럼 생긴 그 군청색 승마용 드레스요. 그거 입으면 진짜 너무 멋지시더라고요."

"어깨가 벌어져서 그런 게 아니면 커버가 안 돼."

"기사가 아닌 남자분들 중에는 그게 안 어울려서 어깨에 넣는 사람 있어요."

리디아의 말에 라라가 "뭘 넣어요?"라고 되물었다.

"뽕이요."

"남자가요?"

"남자도 넣어요. 여기가 말이죠, 아가씨는 이렇게 각이 살았는데 이렇게 모양 좋은 사람이 그렇게 흔치 않거든요. 기사님들이야 다들 근육이 있고, 살이 좀 쪄져도 복부까지 라인이 딱 잡혀서 괜찮은데, 보통 남자분들은 나이 서른만 넘으셔도 여기보다 여기가 굵은 사람이 많고, 여기에 살이 붙고……."

에스텔라의 몸을 예시로 들며 리디아가 어깨와 옆구리와 어깨 뒤쪽을 가리켜 보였다. 그리고 빗장뼈와 어깨뼈 언저리를 쓸며 황홀하게 말했다.

"아가씨의 이 부분 라인은 정말 예술이죠. 보기만 해도 영감이 퐁퐁 샘솟아요."

에스텔라는 그녀가 여자라서 정말 다행이라고 생각했다. 남자라면 변태라는 말을 피할 수 없었을 것이다.

"여자인데 어깨 각이 살았다니⋯⋯. 그거 정말 싫다고."

에스텔라는 울적하게 중얼거렸다. 살이 붙었으면 뺄 텐데(특정 부위 다이어트가 가능하든 하지 않든 희망은 있지 않은가?), 통뼈를 부숴서 둥글게 할 수도 없고 말이다.

그녀를 위로하듯이 루신다가 부드럽게 머리를 매만졌다.

"머리가 짧으셔서 좀 그렇게 보일 뿐이에요. 이렇게 아름다운 금발이니, 길게 길러 틀어 올리면 보기 좋을 거예요. 아가씨는 목선이 예쁘니까요."

"왜 자르셨어요?"

라라의 질문에 에스텔라는 잠깐 머뭇거렸다. 오랫동안 물어보는 사람이 없어서 만들어 놨던 변명을 까먹었기 때문이다. 공개적으로 짧은 머리를 드러낸 것은 약혼식 날의 습격 이후의 일이지만, 그녀를 시중드는 하녀들은 예전부터 짧았다는 것을 알고 있었다. 그리고 그녀들에게는,

"실수해서 불에 그슬렸었어."

그렇게 말했었다.

에스텔라가 머뭇거린 것을 루신다와 라라는 찔려서라고 해석했다.

"분명히 찻주전자를 올려놓고 불 앞에서 조신 게 틀림없어."

"사람이 좀, 졸 수도 있지."

그래서 불에 그슬린 것은 아니지만, 바로 며칠 전에 졸다가 티포트를 놓쳐서 귀하신 레나디움님을 땅바닥에 집어 던지다시피 한 에스텔라는 변명하듯이 말했다.

갈색의 가발을 쓰고 마지막 단계로 무명 피슈를 둘렀다. 그러자 예의에 어긋나지는 않으나 정말로 어긋나지 않을 뿐인, 수수한 시골 귀족 영애다운 패션이 완성되었다.

마음 같아서는 검을 차고 싶었지만, 그것까지는 너무 눈에 띌 것 같아 어쩔 수 없이 그녀는 평소처럼 레나디움 나이프 하나를 담은 조그만 주머니를 드는 것으로 참았다. 싸움을 하러 가는 것이 아니니까. 황후궁도 황궁의 일부인데, 설마 그 이상 제대로 된 무기가 필요한 싸움이 일어나지는 않을 것이다.

"잘 다녀오세요."라는 하녀들의 명랑한 인사를 받으며 그녀는 바르톨로뮤 백작부인과 함께 투왈렛 룸을 나섰다. 백작부인은 미묘한 얼굴을 하고 있었다.

"그냥 작은 모임만 다니면 좋겠어. 그쪽이 훨씬 이야기하기에도 즐겁고 재밌는데. 이런 건 영 아직 적응이 안 되어서."

에스텔라는 한숨을 내쉬었다. 황궁의 모임에 자꾸 빠져서는 장래 황후로서의 역할을 다할 수 없는데 말이다. 주도하는 입장이 된다면 즐거워지는 걸까.

또래의 영애와 젊은 부인들이 대여섯 명 모이는 작은 차 모임 같은 것이 좋았다. 그런 것은 의무감으로 참석하는 게 아니라 그냥도 매우 즐거웠다.

그러나 그녀는 별로 재미있는 손님이 못 되는 모양이었다. 봄꽃 파티 이전에는 교제 관계 자체가 적었지만, 이후에도 초대가 많지 않았다. 사실 영애들의 화제에 좀처럼 끼어들지 못하는 것도 사실이었다. 다이어트는 한 적이 없고, 미용이나 패션에 대해서도 관심은 많았지만 아는 것이 없었고, 연극이나 음악에 관한 이야기를 해도 역시 아직 경험이 적었다. 가십은 물론이고, 평범한 안부에 이르기까지 남에 대한 화제는 더더욱 아는 바가 없었다.

"그렇습니까?"

바르톨로뮤 백작부인의 말투가 약간 애매하게 들렸다. 에스텔라는 뒤늦게야 자기가 무슨 말을 했는지 자각했다. 백작부인이 보기에는 지금 스물셋이나 된 남자가 열아홉 전후의 어여쁜 소녀 몇 명과 더불어 노닥이는 게 좋다고 말한 셈이었다.

"불순한 생각은 조금도 없어. 그냥 작은 모임 쪽이 끼어들기도 어렵지 않고 그렇다는 것뿐이야."

"압니다."

바르톨로뮤 백작부인은 대수롭지 않게 대답했다. 여장을 시켰든 어쨌든 혼인 적령기의 영애들 사이에 섞어 놓을 때에 어차피 걱정할 만큼 걱정했던 부분이다. 책임을 확실하게 아는 사람이라는 것을 이제 알고 있기 때문에 그녀는 더 이상 걱정하지 않았다.

그러나 백작부인의 목소리가 건조했기 때문에 에스텔라는 찌그러졌다.

에스텔라가 황후궁으로 출발한 것은 해가 지고 난 다음이었다. 여름에 접어들면서 해가 길어졌기 때문에 서민들이라면 이미 저녁 식사를 끝냈을 무렵이었다.

황후궁으로 마차의 행렬이 길게 늘어졌다. 에스텔라가 탄 마차는 마차들 사이를 헤치고 앞으로 나아가 황후궁 안까지 들어갔다. 이미 적지 않은 수의 숙녀들이 도착해 있었고, 정원 앞에서 거기까지 에스코트해 준 남편이나 아버지, 오빠와 뺨에 키스하면서 잠깐의 작별 인사를 했다.

에스텔라는 한스의 손을 잡고 마차에서 내렸다. 클레오르가 마중을 나오겠노라고 전갈을 보냈지만 거절했다. 집에서부터 여기까지 배웅을 받는 것도 아니고, 그가 황태자궁에서 황후궁까지 나와 그녀를 맞이하고 도로 황태자궁으로 돌아가는 것은 시간 낭비 외의 아무것도 아니라고 생각했기 때문이다. 게다가 오늘 그녀는 남의 눈에 띄고 싶지 않았다.

「혼자 가기 뭐하다면 내가 같이 갈게. 알비나가 여자만 초대하고 있는 것은 사실이지만, 법으로 출입이 금지된 것도 아니고 가겠다고 우기면 얼마든지 갈 수 있어.」
「괜찮아요. 설마 사병을 동원해서 절 포위하기라도 하겠어요? 그러면 그것대로 일이 쉽게 끝나서 좋을 테고요.」

메이나드 자작 때와 달리 이번에야말로 진짜 반역죄로 걸어 넣으면 그만이라고 그녀는 말했었다. 클레오르는 잠깐 웃음기 없는 얼굴로 그녀를 바라보다가 나직하게 한숨을 내쉬었다.

「위험을 기꺼이 감수해 주는 그대의 용기에 대해 감사를 해야 마땅하겠지만, 그렇게 쉽게 본인을 미끼처럼 말하지 마.」
「미끼처럼 말하는 거 아니에요. 함정에 알아서 걸어 들어갈 생각도 없고요. 그냥 그렇게 될 거라는 이야기예요.」

그러나 말하면서도 에스텔라는 조금 혹했다. 빨리 끝나면 빨리 퇴직금을 챙겨서 은퇴할 수 있을까.

「어쨌든 걱정 마세요. 어떤 경우에라도 제 목숨은 챙길 수 있으

456

니까.」

그녀가 그렇게 말하자 클레오르는 쓴웃음만 지었다.

「그대가 혼자 가서 주눅이라도 들까 봐 걱정했는데, 그 태도를 보니 염려할 게 전혀 없군. 혹시라도 안 좋은 일 있으면 바로 와. 전갈만 보내도 바로 갈 테니까. 물론 그대가 남에게 쉽게 기세가 꺾이거나 마음 상하거나 하지 않는다는 건 알지만, 혹시나 싶어서 하는 말이니까.」

에스텔라는 그의 걱정과 배려가 심약했던 메이나드 자작 영애 때문에 생긴 것이라는 사실을 나중에 바르톨로뮤 백작부인과 이야기해 보고 알게 되었다.

그녀는 왜인지 조금 화가 나는 듯도 싶고, 속이 쓰린 듯도 한 이상한 기분을 느꼈다. 처음에는 자기가 무시당했다고 느껴서 그런 걸까, 하고 생각했지만, 어떻게 생각해 봐도 무시당한 느낌과는 달랐다. 에스텔라는 이유 모르게 뾰족뾰족해지는 감정을 꾹꾹 눌러 넣었다.

한스에게 황후궁 가까이에서 대기하라고 명령하고 에스텔라는 혼자서 발을 들였다. 해가 진 후라 정원의 그림자가 짙었다.

황궁의 다른 궁들이 사람의 키보다 작은 나무와 화초로만 정원을 꾸민 것과 달리 황후궁은 햇살이 드는 곳이 많지 않을 정도로 제법 큰 나무로 녹음을 조성하고 곳곳에 자연석을 놓았다.

숲은 인간에게 근원적인 공포를 불러일으키는 부분이 있다. 색색깔의 종이로 감싼 등을 나무에 여기저기 매달아 아름답게 장식하기는 했지만, 그래도 불길한 느낌을 다 가리지 못했다고 에스텔라는 생각했다.

그것은 어쩌면 에스텔라가 여기를 마녀의 소굴이라고 생각하고 있기 때문인지도 모른다.

마녀의 숲이다.

"에스텔라 영애?"

"아."

에스텔라는 부르는 소리에 놀라며 뒤를 돌아보았다. 홀린 듯이 숲을 바라보고 있었던 것 같다.

알리시아 영애가 그녀의 얼굴을 보더니 환하게 웃었다.

"에스텔라 영애가 맞군요. 머리색이 달라져서 제가 잘못 봤나 했어요."

"아아. 네. 가발이니까요."

그녀는 가발을 만지작거렸다. 가발 자체를 틀어 올려 그물을 씌웠다. 이미 날이 어두우니 크게 티가 안 날 줄 알았는데 그렇지 않은 듯했다.

알리시아는 봄꽃 파티에서 에스텔라의 머리가 잘린 것을 보기는 했지만 제대로 이야기를 나누지 못했다. 그 뒤로도 이래저래 마주칠 일이 없다 보니 그녀는 나름대로 계속해서 에스텔라를 걱정하고 있었다. 염려 가득한 편지도 몇 번 보냈다. 에스텔라도 그녀에게 감사하고 있었으나 외인을 자주 들이면 저택의 보안이 무너질 우려가 있다고 하여 초대는 하지 못했다.

"그러셨군요. 너무 아까워요. 영애의 머리는 정말 아름다운 색이니까, 그 머리와 비슷한 색은 찾기 어려우셨는가 봐요."

그녀가 봤던 머리칼이 처음부터 가발이었다는 걸 생각하면 조금

458

웃음이 나오는 일이었지만, 에스텔라는 웃지 않고 참았다.

"네에, 뭐……. 색도 색이지만, 짧은 채이면 너무 눈에 띄는 걸까 싶어서 신경이 쓰이더라고요. 어색한가요?"

"아뇨! 차분해 보여서 잘 어울리세요. 그리고 머리색이 달라졌어도 알아보기 어렵지는 않았답니다. 에스텔라 영애는 훤칠하니까요."

보통 훤칠하다는 것은 숙녀에게 적당한 칭찬은 아니었다. 그러나 에스텔라는 미소만 지었다. 데어린 영애나 로사나 영애가 이렇게 말했다면 비꼬는 말이겠지만, 알리시아는 그렇게 깊이 생각하고 돌려 말하는 성품이 아니다. 그러니 그녀의 말은 말 그대로 에스텔라가 키가 커서 눈에 띈다는 의미일 것이다.

"저는 소피아 언니랑 플뢰르 언니를 만나서 같이 들어가기로 했어요. 에스텔라 영애도 함께 가실래요?"

"그래도 괜찮겠어요?"

에스텔라는 조심스럽게 물었다. 봄꽃 파티에서 그녀가 단순히 초대해도 재미없는 상대인 것 정도가 아니라 제대로 왕따 대상이라는 것은 확실해졌다. 별반 힘도 없는 소피아 영애나 플뢰르 영애로서는 상당한 부담을 떠안기로 결정한 셈이다.

알리시아 영애는 그렁그렁해진 눈으로 에스텔라를 바라보며 그녀의 손을 꼬옥 잡았다.

"저랑 소피아 언니가 그날 얼마나 후회했는지 몰라요. 에스텔라 영애가 용감하고, 또 놀라운 실력을 가지고 있어서 아무 일 없던 것처럼 의연하게 대처하셨지만, 저 같으면 아마 온갖 추태를 보이면서 울어 버렸을 거예요. 두 번 다시 사교계에 나서지도 못했을걸요."

"그럴 리가요."

"저 정말로 너무 부끄러웠어요. 영애께서 어떤 처지에 놓이실지 몰랐던 것도 아닌데 모르는 척하고 도망을 쳤으니까요. 죄송해요. 꼭 사과를 드리고 싶었어요. 이런 곳에서 이렇게 말씀드릴 건 아니었지만…… 영애가 제 편지에 답장은 주셨지만, 방문은 허락하지 않으셔서 실은 제게 두 번 다시 말을 걸어 주지 않으셔도 어쩔 수 없다고 각오하고 있었어요."

"아니에요. 알리시아 영애가 왜 사과를 해요?"

"저 두 번 다시 그렇게 부끄러운 짓을 하지 않을 거예요. 영애처럼 의연해지려면 엄청 어렵겠지만, 그래도 마음 강한 사람이 되고 싶어요."

"알리시아 영애……."

에스텔라는 조금 난처하고 부끄러운 기분이 되었다. 뺨에 뜨거운 기운이 올라왔다. 그저 그녀는 운이 좋아서 좋은 아버지가 딸에게도 검술을 가르쳐 주기로 결정했을 뿐이고, 또 운이 조금 더 좋아서 검술에 숙련되어 벌을 벨 수 있었을 뿐이다. 그렇기에 겁먹지 않을 수 있었고, 또 어차피 계약결혼이라서 평생을 사교계에서 살아갈 것이 아니었기에 다른 영애들처럼 그렇게 조심스러울 필요가 없었을 뿐이다.

"알리시아 영애가 절 걱정해 준 건 이미 알고 있었는걸요. 괜찮아요. 염려해 줘서 고마워요. 하지만 정말 괜찮아요. 제가 안 괜찮았으면 이렇게 잘 지낼 리가 없잖아요."

달래듯이 말하자 그녀의 눈가에 눈물방울이 더 크게 맺혔다. 그러다가 화장이 망가지겠다며 에스텔라는 손수건을 꺼내서 살짝 눈물을 닦아 주었다.

둘이 길 옆에서 그렇게 서 있자 귀부인들이 부채로 입가를 가린 채 쳐다보며 지나갔다. 에스텔라는 달래듯이 알리시아의 손을 살짝 잡아 흔들었다.

"이제 진정해요. 응? 우리 자리를 좀 옮길까요? 여기 서 있으면 사람들이 쳐다보니까요."

알리시아는 그제야 정신을 차린 듯이 주위를 한 번 돌아보고는 얼굴을 붉혔다.

"제가 또 영애를 곤란하게 했네요. 죄송해요. 소피아 언니가 저한테 항상 세 번 말을 삼키고 그래도 해야겠다 싶을 때 하라고 했는데, 꼭 그것도 잊어버려서……."

"소피아 영애는 신중한 성품이니까요."

"네. 그리고 영애를 무척 걱정했어요. 플뢰르 언니와 제가 무례를 무릅쓰고라도 아르투르 저택으로 찾아갈까 했을 때 소피아 언니가 말렸답니다. 워낙 큰일을 겪은 다음이니 저희를 맞이하거나 대접하는 일에 또 마음을 쓰시게 될지도 모른다고요. 아르투르 저택에는 영애의 다른 가족이나 친척이 없으시니까요."

"소피아 영애의 배려에 감사를 드려야겠군요. 그동안 내내 침대에 누워서 푹 쉰 덕에 지금 또 이렇게 웃는 얼굴로 알리시아 영애의 얼굴을 볼 수 있는 거지요. 사실은 전 너무 게을러서, 아무 일도 하지 않고 침실에 누워서 잠옷을 입고 뒹굴거리기만 했더니 너무 좋았답니다."

알리시아가 함박웃음을 머금었다.

"무슨 말씀이신지 알 것 같아요. 저도 가끔 여름 별장에 가거나 하면, 옷매무새도 제대로 하지 않고 침실과 거실만 오가거든요. 저랑 유모만 있으니까 코르셋도 안 해도 되고요."

그녀가 큰 비밀 이야기를 하는 것처럼 소곤거렸다. 에스텔라는 손수건으로 다시 그녀의 눈가를 닦아 주고 말했다.

"울다가 웃으면 어떻게 된다는 이야기 들은 적 없어요?"

"아, 절 너무 부끄럽게 만들지 마세요."

알리시아가 조막만 한 손으로 에스텔라의 팔을 가볍게 치면서 얼굴을 붉혔다. 그리고 조심스럽게 물었다.

"제가 에스텔라 영애를 언니라고 불러도 될까요?"

에스텔라는 놀란 얼굴로 그녀를 바라보았다. 이때까지 스콘느 남작부인이나 소피아 영애가 그녀에게 친절하게 대해 주고, 또 몇몇 숙녀들이 가문을 생각해서 그녀를 모임에 불러 주거나 했지만, 아직 개인적으로 '친하다'라고 말할 만한 사람은 없었다.

그 말이 그녀에게 얼마나 기쁜지 알리시아는 짐작도 하지 못하고 커다란 눈동자에 약간의 불안을 담고 올려다보고 있었다.

"물론이죠. 안 될 리가 있나요. 그러면 그…… 저도?"

"그냥 리샤라고 부르세요!"

두근두근하고 묻는 말에 알리시아가 대뜸 대답했다. 에스텔라는 그녀의 손을 꽉 잡았다.

"리샤!"

소피아 영애와 플뢰르 영애가 함께 다가온 것은 그때였다. 알리시아가 환하게 웃으며 그녀들에게 손을 들어 보였다.

"소피아 언니, 플뢰르 언니!"

"안녕하세요, 아르투르 영애, 리샤."

"건강해 보이셔서 다행이에요, 아르투르 영애."

알리시아보다 소극적이고 섬세한 두 사람은 부드럽고 조심스러운 목소리로 에스텔라에게 말을 건넸다. 에스텔라도 그녀들과 마주

인사를 나누었다. 알리시아가 생글거리며 말했다.

"어떻게 같이 와요?"

"이 앞에서 만났어."

"그랬군요. 전 일찍 와서 다행이었네요."

"왜?"

"에스텔라 언니와 이야기할 수 있었으니까요."

소피아와 플뢰르가 '에스텔라 언니'라는 단어에 눈을 둥그렇게 뜨고 에스텔라를 바라보았다. 에스텔라는 수줍음을 느끼고 어색하게 웃었다. 그러자 플뢰르가 덥석 그녀의 손을 잡았다.

"저도 그래도 될까요?"

"아."

"영애께서 허락하신다면, 저도 자매처럼 여겨 주셨으면 좋겠어요."

소피아도 말을 보탰다. 에스텔라는 기뻐서 펄쩍 뛰고 싶었다.

"제가 싫다고 할 리 있나요!"

두 소녀가 방긋 웃었다. 알리시아가 내 덕분인 줄 알라며 중간에서 허리에 손을 올리고 당당하게 말했다.

"왠지 에스텔라 언니는 어려운 사람처럼 느껴진다고 다들 그랬잖아요. 내가 뭐랬어요? 친절하고 상냥한 언니라고 했잖아요."

"누가 아니라고 했니? 너처럼 쉽게 생각하기는 어렵다고 그랬지."

플뢰르가 쏘아붙이듯이 말했다.

"이만 들어가요. 너무 오래 밖에 서 있었어요."

지나가는 사람들의 시선을 신경 쓰고 있던 소피아가 그렇게 말했다. 네 사람은 한 다발의 꽃처럼 서로 손을 잡고 팔짱을 끼고 드레스 자락을 끌며 안으로 향했다.

"그러고 보면, 전 황후궁에는 처음이에요."

알리시아가 조금 긴장한 태도로 그렇게 말했다. 올해 열일곱인 그녀는 알비나가 활발하게 활동하던 2년 전에는 아직 사교계에 데 뷔 전이었다. 플뢰르가 말했다.

"저도 꽤 예전에 와 봤었어요. 그때에도 비슷하게 만찬과 공연이 함께 있었어요. 오페레타는 늘 하는 것 같아요. 어머니 말씀을 들어 보면 옛날부터도 가수와 악사는 항상 다 여자였다고 해요."

"어머, 그렇구나. 그러고 보니 어머님은 오늘은 안 오시고?"

"오셨어요. 저보고는 제 친구들과 가라고, 어머니는 어머니 친구 분들과 놀 거니까 오지 말라고 그러시더라고요."

소피아가 입가를 손으로 가리고 웃었다.

큰 홀은 심해처럼 깊은 군청색 직물과 남방 스타일의 긴사로 치 장되어 모든 것이 아름답고 몽환적이었다. 직물에 무엇을 뿌려 두 었는지 은빛으로 반짝여 천장이 별천지처럼 환했다. 반면 아래쪽에 는 테이블마다 켜진 촛불과 바닥에 군데군데 놓인 유리 등잔을 제 외하면 어둑어둑했다.

검은 드레스를 곱게 차려입은 시녀들이 둥그런 등불을 들고 다가 와 손님을 테이블까지 안내했다. 길고 위엄 있는 장방형의 식탁이 끝없이 늘어선 본궁이나 황태자궁의 만찬장과 달리 황후궁의 홀에 는 대여섯 명이 앉을 수 있는 작고 둥근 테이블이 여러 개 놓여 있 었다.

자리에 이름은 따로 붙어 있지 않았다. 홀 안쪽에는 오페레타를 공연할 무대가 마련되어 있는데, 중앙으로도 길게 무대가 뻗어 있었다.

"아, 이거 좋은 거 같아요. 친한 사람끼리 앉을 수 있고."

"박스석을 여럿 마련해 놓은 것 같네요."

알리시아가 그렇게 말했다. 에스텔라도 동감했다. 이런 만찬이라면 즐겁게 있을 수 있을 것 같았다. 황후궁의 것이 아니라면 말이다.

"우리 좀 구석에 가서 앉아요."

소피아가 소곤대었다. 에스텔라는 열심히 고개를 끄덕였다. 척 보기에도 중앙에 가까운 자리에 앉아 있는 것은 연령도, 지위도 있는 귀부인들이다. 에스텔라의 신분을 생각하면 가지 못할 것은 없지만, 굳이 가서 남의 시선을 끌 필요가 없었다. 이따가 빠져나갈 것을 생각해도 그랬다.

시녀는 두말없이 그녀들을 구석 자리로 안내해 주었다. 그러나 불행히도 남의 눈에 띄고 싶지 않다는 바람 따위는 신경도 쓰지 않는 사람이 있는 법이다.

"어머, 에스텔라 영애. 왜 그렇게 구석에 앉아 있어요?"

콘스탄체가 여왕처럼 체스터 공작부인과 나그랑 백작부인을 거느리고 나타났다. 자리에 앉으려던 에스텔라 일행은 도로 일어서서 그녀에게 인사를 건넸다.

"가장 맑은 수원과 태양의 축복이 함께하시길. 제국의 가장 아름다운 샘을 뵙습니다, 리쿰 공작부인."

"영광입니다, 황녀님."

"만나서 반가워요. 세베르이나의 축복이 함께하시길."

양측이 분분히 인사를 주고받는 동안 에스텔라는 마음속으로 바짝 긴장의 촉각을 세웠다. 콘스탄체와 지금 당장 아웅다웅할 생각이 없다. 이렇게 해서 주목을 끌면 곤란하다.

"에스텔라 영애와는 이런 자리가 아니면 참 만나기 어려워요. 매번 방문도 거절하시니."

콘스탄체가 생글거리면서 말했다.

"죄송합니다. 제가 그때에는 여러 가지로 상태가 좋지 않아서 친한 사람들의 방문도 거절할 수밖에 없었거든요."

왜 자꾸 친한 척 이름을 부르나 싶어 에스텔라는 약간 미간을 모았다. 콘스탄체는 개의치 않고 다정하게 말했다.

"봄꽃 파티에서도 영애를 만나기를 정말 기대했었는데요. 모든 영애들을 위해서 은꽃을 만들기는 했지만, 사실 당신에게 주고 싶은 마음이 가장 컸답니다."

"제 머리가 잘렸다는 걸 웃음거리로 만들고 싶어서요?"

지금은 가발을 쓰고 있지만, 에스텔라는 반사적으로 머리에 손을 가져갔다. 나중에 이야기를 들어 보니 그날 꽃을 머리에 꽂아 보인 게 콘스탄체였다지 않은가. 거기에 아무 의도도 없을 거라고 에스텔라는 생각하지 않았다. 신경 쓰지 않겠다고 생각은 했지만, 그건 그거고 이건 이거다. 대놓고 그렇게 사람을 웃음거리로 만들려고 했던 게 아무렇지도 않다는 건 아니었다.

에스텔라가 날 선 반응을 보였지만, 콘스탄체는 후후 웃었을 뿐이고 거기에 과하다든가 당혹하는 반응을 보이는 사람은 없었다. 체스터 공작부인과 나그랑 백작부인도 살랑살랑 부채만 부칠 뿐이다. 소피아와 플뢰르, 알리시아가 어찌할 바를 모르며 에스텔라의 옷자락을 잡았다.

"영애가 어디까지 당당하게 계실 수 있을지 궁금해서요."

"공작부인께서 무슨 권리로 저를 평가하려고 하시는지 모르겠군

466

요. 황공하지만, 저는 이미 황태자 전하의 약혼녀이고, 몇 달 안에 황후가 될 몸입니다."

"제국의 신하로서 황후의 그릇일까 아닐까 알고 싶은 부분도 있었다는 것을 부정할 수 없네요. 하지만 제 무례는 그저 저의 타고난 성품이 자유로운 탓이랍니다. 영애가 저를 너무 미워하지 않았으면 좋겠는데요."

"자기 성품이 나쁘다는 것을 변명으로 삼는 사람은 정말로 성품이 나쁜 법이죠. 자랑으로 말씀하실 일이 아닙니다."

"어머."

"영애가 대담한 성품이라는 이야기는 이미 들었지만."

나그랑 백작부인과 체스터 공작부인이 탄성을 내면서 웃었다. 뒤에 한 무리의 꽃들을 거느린 하시프 후작부인도 끼어들어 와 에스텔라는 순식간에 둘러싸인 형국이 되었다. 별다른 말도 없는데 호호호 하는 웃음만으로도 사람에게 이렇게 모멸감을 줄 수 있다는 사실을 에스텔라는 처음으로 알았다.

이 정도면 벌점을 −200까지 먹여도 되는 게 아닐까? 그녀는 잠깐이나마 진지하게 콘스탄체의 머리채를 잡아 흔들면 클레오르가 어디까지 커버해 줄 수 있을지까지 생각했다.

참은 것은 뒤에서 그녀의 소맷자락을 잡은 소피아가 계속해서 참아 달라고 신호를 보냈기 때문이다. 그녀들은 힘없는 자 · 남작가의 영애들로서 이런 것을 견디기 어려울 텐데도 아까 말한 결심을 지켜 꼬옥 에스텔라의 곁에 붙어 있었다.

여기에서 에스텔라가 생각한 일을 실행한다면, 그녀들의 혼삿길은 내리막이 될 것이다. 모처럼 생기려는 친구를 그런 식으로 잃을 수는 없었다.

병 주고 약 준다고, 콘스탄체가 상냥하게 웃으며 끼어들었다.

"모두들 그러지 말아요. 어린 영애들이 얼마나 수줍겠어요. 아리아나, 부인들을 중앙 쪽 자리로 안내해 주겠어요?"

체스터 공작부인이 알았다고 공손히 대답하고 하시프 후작부인을 이끌었다. 귀부인들이 그녀들의 뒤를 우르르 따라가, 드레스 자락이 사각거리는 소리가 홀 안에 울릴 정도였다.

에스텔라는 콘스탄체를 노려보았다.

"그렇게 무서운 얼굴 하지 말아요. 영애와 제대로 이야기하고 싶은 마음은 가득하지만, 오늘은 유감스럽게도 제가 어머니 대신 손님을 맞이해야 해서 시간이 없군요. 부디, 풍성하게 즐겨 주세요. 영애가 좋아하는 달콤한 간식들도 잔뜩 준비해 두었거든요."

그녀는 굳이 에스텔라의 대답을 요구하지 않고 그대로 돌아섰다.

에스텔라의 곁에서 플뢰르와 소피아가 휴우 한숨 소리를 냈다. 알리시아는 창백한 채였다.

"저, 우리, 괜찮은 거죠?"

"아무 일도 없었는걸. 걱정할 거 없어, 리샤."

소피아가 달래듯이 그렇게 말했다. 에스텔라는 씁쓸하게 세 사람을 돌아보았다.

"나 때문에 미안해요. 영애들에게 피해가 가는 일은 없도록 애써 볼게요."

"그러지 마세요, 언니. 언니 잘못도 아니지만, 저도 옳은 일을 하고 싶으니까요."

"그리고, 과연 황후 폐하의 천하가 몇 달이나 남았겠어요?"

플뢰르가 독기 품은 목소리로 조그맣게 말했다. 에스텔라는 조금 곤란하게 그녀를 내려다보았다.

알비나 황후가 나타난 것은 손님들이 모두 각자 테이블을 차지하고 앉은 다음이었다. 약한 알코올을 섞은 과일 주스들이 테이블마다 돌아가고, 상큼한 크림이 얹어진 샐러드로 애피타이저가 시작되었을 때였다.

시녀들이 무대로 통하는 문을 소리 없이 열었다. 알비나가 발소리도 없이 사부작거리며 들어섰다.

한 단 높은 무대 위라서가 아니라 그녀의 존재감 자체가 자연스럽게 시선을 끌어당겼다. 공기마저 달라졌다. 청량하고 맑은 냄새가 폐부까지 가득 찼다. 에스텔라는 잠깐 멍해졌으나, 이내 다른 사람들과 함께 자리에서 일어서서 예법에 따라 허리를 구부리면서 인사를 했다.

"가장 맑은 수원과 태양의 축복이 함께하시길. 황후 폐하."

그 말은 황실에 대한 관용적인 인사였다. 신성력에서는 물 향기가 난다고 한다. 그 때문에 클레오르에게서도 아주 약간이지만 갓 씻었을 때처럼 맑은 물 냄새가 났다.

그러나 실은 이 냄새야말로 가장 맑은 수원의 냄새가 아닐까. 성소의 물 냄새도 싱그러웠으나 알비나 황후의 몸에서 퍼지는 이 깨끗한 향기는 피부에 스미는 듯 몸에서 불순물을 모조리 몰아낼 것 같은 착각을 느끼게 한다.

에스텔라는 위화감을 느꼈다. 약혼식 때에는 반대로 그녀가 나타나자마자 불쾌감을 느끼지 않았던가?

그녀는 고개를 숙여 물 잔에 입을 대다가 문득 자기가 일종의 각성 상태에 빠져 있다는 사실을 깨달았다. 이상하게 들뜬 기분이 되어 그녀는 입을 함부로 열지 않기 위해 애썼다.

음료에 뭔가 들어 있었을까. 이상하다. 그러나 레나디움 나이프는 음료에 반응하지 않았다. 주스에 섞인 알코올이 생각보다 독한 것이라 취하기라도 한 걸까.

"세베르이나의 축복을 그대들에게. 몸이 좋지 않아 바깥출입을 자제하고 있는 터라 오랫동안 제대로 된 자리를 마련하지 못했군요. 황태자가 아직 혼인하지 못한 상황에서 황실의 어른으로서 마땅히 해야 할 일을 챙기지 못했으니 선황 폐하께 죄스러울 뿐입니다."

알비나가 느릿하게 말했다.

"아닙니다. 황후 폐하께서 이처럼 아름다운 자태를 보여 주시는 것만으로도 저희들에게는 무한한 영광이랍니다."

누군가가 나서서 대답했다.

"앉으세요."

알비나 황후는 나른한 목소리로 말하며 홀 중앙으로 향하는 긴 무대까지 나왔다. 그저 흰색의 드레스에 바닥까지 끌리는 풍성한 연보라색의 가운을 걸치고 있을 뿐인데 폭포수처럼 쏟아지는 등나무 꽃 속에 서 있는 것처럼 보였다.

아무도 시선을 떼지 못하고, 아무도 감히 앉지 못했다. 에스텔라는 패션 같은 것에 대해서는 잘 몰랐지만, 지금 이 순간 리디아가 아무리 기를 써도 황후가 입는 옷의 실루엣과 색상에서 벗어날 수 없으리라는 사실은 확실하게 깨달았다.

"오늘의 오페레타는 간단한 이야기라고 들었어요. 전통 있는 남작가의 외동딸이 아버지가 돌아가신 후에 가문을 잇기 위해 남장을 하고 남작이 되는 이야기라고 하더군요. 로르타 왕국에서 이런 이야기가 유행하고 있다지요? 콘스탄체가 본인을 대신해서 준비한 극이니 모쪼록 편안히 즐겨 주길 바랍니다."

알비나는 그렇게만 말하고 무대 아래로 내려가 가장 가까운 테이블에 앉았다.

에스텔라는 숨을 들이켰다. 이건 그녀와는 관계가 없는 이야기인가? 정말로?

그녀가 얼어붙어 있는 것을 깨닫지 못하고 소피아와 플뢰르, 알리시아는 소곤소곤 이야기를 나누었다.

"오페레타의 내용도 내용이지만, 배우들이 입고 나오는 옷이며 장신구 같은 게 항상 그렇게 대단하다고 하더라고. 다음 시즌을 좌우한다고."

"여배우들만 나온다면서요?"

"근데 내용도 재밌을 거 같아. 로르타에서는 여자들이 그렇게 글을 많이 쓴다던데."

소곤소곤 조그만 소리로 이야기하지만, 여러 테이블의 소리라 제법 홀 안이 소란해졌다.

콘스탄체의 신호에 맞추어 악단이 연주를 시작했다. 시녀들이 물살에 몸을 맡긴 물고기처럼 부드럽게 움직이며 테이블마다 전채 요리를 내놓기 시작했다. 황금 그릇에 담긴 연어와 수란이 탐스러웠지만, 이상하게 식욕이 조금도 생기지 않아 에스텔라는 거의 손을 대지 못했다.

그녀는 마음을 다잡았다. 어차피 밥을 먹으러 온 것은 아니었다. 시야를 온통 현혹하는 아름다운 등불 빛에도, 화려한 무대에도 시선을 주지 않고 테이블을 살폈다. 목적은 만찬을 즐기는 것도, 공연을 감상하는 것도 아니니까. 그녀의 오늘 가장 중요한 목적은 아르데나 황녀였다.

아르데나 황녀는 어머니나 언니와 같이 있지 않았다. 구석 자리

에 눈에 띄지 않게 앉아 죽을 듯한 얼굴로 레몬주스를 마시고 있다
가 오페레타가 시작되고 사람들이 그쪽에 집중하자 같이 앉아 있던
사람들에게 간단한 인사만 건네고 자리를 떴다.

에스텔라는 그녀가 나가는 것을 보고 나서 몇 분의 간격을 두고
슬그머니 일어섰다. 플뢰르가 놀라며 물었다.

"어디 가세요?"

"잠깐 정원에 가서 바람을 쐬고 올게요. 이 음료가 좀 취기가 도
는 것 같아요."

"아, 언니. 제가 같이."

알리시아가 그녀를 따라 일어서려고 했다.

"요 앞에서 바람만 쐬고 올 건데. 괜찮아."

에스텔라는 미소를 짓고 알리시아의 어깨를 눌렀다. 그녀는 오페
레타에 빠져 있었기 때문에 금세 시선을 돌렸다.

그녀가 슬그머니 밖으로 빠져나가도 관심을 기울이는 사람은 없
었다. 시녀 하나가 따라붙으려 했지만, 에스텔라는 억지로 거절하
고 혼자서 황후궁의 정문 쪽으로 나섰다.

아르데나는 이미 정원 저편에 있었다. 에스텔라는 느릿한 걸음으
로 그녀를 뒤따랐다. 황후궁은 알비나의 본거지이다. 이왕이면 벗
어나서 이야기하는 쪽이 좋을 것이다. 아르데나의 뒤를 따르는 시
녀를 배제하는 것에도 그쪽이 낫다.

아르데나는 혼자서 오솔길을 밟으며 정원 안으로 깊이 들어갔다.
시녀들이 드나드는 쪽문 방향이다. 그쪽으로 황후궁을 아예 나설
작정인 모양이다.

쪽문이 보일 듯 말 듯 하는 위치에서 에스텔라는 결심을 세웠다.
쪽문 앞에는 경비병들이 보초를 설 테고, 정기적으로 기사들이 순

472

시도 돈다. 황후궁 안에서 이야기를 나누는 것에 위험부담이 없지는 않다. 어디에 알비나의 귀가 있을지 모른다.

반면 황후궁과 리델궁 사이에서 이야기를 나누면 대화 내용은 새어 나가지 않을 수 있을지 몰라도 그녀가 아르데나를 쫓아가서까지 단둘이 이야기했다는 사실 자체를 숨길 수는 없었다.

전자는 불확실한 리스크이고, 후자는 확실한 리스크이기 때문에 에스텔라는 전자를 감수하기로 했다.

"황녀님."

그녀가 빠른 걸음으로 다가가며 말을 걸었다.

"아!"

아르데나는 깜짝 놀라서 뒤를 돌아보았다. 그러더니 대뜸 도망치기 시작했다.

"잠깐 이야기만 하려는 것뿐이에요. 황녀님!"

에스텔라는 당황하여 그녀를 쫓기 시작했다. 수련 안에 쪽지를 넣어 경고까지 해 주었으니 이쪽에 호의를 가지고 있다고 생각했는데, 그녀를 보자마자 도망칠 거라고 생각지 못했다. 그러나 오늘이 아니면 또 언제 만나 이야기를 할 수 있을지 알 수 없었다.

에스텔라의 발은 기사단에 데려다 놓아도 순위권에 들 수 있을 만큼 빨랐다. 민첩성은 물리적인 부분에서 그녀가 남자를 상대로도 충분한 경쟁력을 가질 수 있는 거의 유일한 부분이었다. 설령 잔뜩 부풀린 드레스를 입고 있다고 해도 똑같이 드레스를 입고 힐을 신은 여자를 붙잡는 데에 수고가 필요하지는 않았다.

티소엔은 그날 황후궁의 경비병들을 순시하고 있었다. 물론 황후궁 안으로 들어갈 수는 없다. 황궁 기사단은 언제나 황후궁을 빈틈

없이 점검하고 있지만, 그것은 경비를 하고 있다기보다는 도리어 감시를 하고 있는 것에 가까웠다. 경비병들도 담장을 빙 둘러 적당한 거리를 두고 배치되어 있었다.

밤이 되자 더위가 가시며 걷기 좋을 정도로 선선해졌다. 달이 유난히도 밝은 것 같아, 그는 감상에 사로잡힌 채 천천히 걸으며 하늘을 올려다보았다. 황후궁에서 켜 놓은 불빛들이 밝지만, 하늘까지 닿지는 않아서 보름달도, 별도 쏟아질 듯이 환하다.

사실 그는 오늘 야간 경비 담당이 아니었다. 그가 황후궁의 담장을 따라 돌고 있는 것은 본래 담당인 올렌 경의 직무를 대신해 주기로 했기 때문이다. 별다른 이유는 없다. 올렌 경은 자식을 얻은 지 아직 채 3개월도 되지 않았고, 그는 황후궁 가까이에 있고 싶었기 때문이다.

담이 있고, 그 안에는 정원이 있고, 정원 너머로도 또다시 벽이 있고 그 안에야 에스텔라가 있을 것이다. 물리적인 거리는 계산하는 게 무의미할 정도로 멀지만, 그래도 같은 이름으로 구획되는 공간에 있다는 것만으로도 그는 행복해질 수 있었다.

티소엔은 그러는 자신이 이상하다고까지 느꼈다. 에스텔라를 사모하는 마음은 있지만, 더 이상 아무것도 하지 않기로 했다. 그녀는 목적이 있어 클레오르와 약혼을 했다고 했다. 티소엔은 그녀가 바라는 일을 모두 성취하기를 바랐고, 감히 그녀에게 흠될 행동을 할 마음이 없었다.

편지를 쓰는 것은 그것과는 또 조금 다른 문제였다. 에스텔라가 의지할 가문이 없으니 지속적으로 신경을 쓰는 사람이 있다는 것을 드러내는 편이 나았으니까. 그는 자기 위치를 제법 잘 알고 있었다. 사교계에서 그는 제법 관심의 대상이었고, 고맙게도 힘 있는 부모로부터 사랑을 받기에 쉽게 공격받지 않았다. 가족의 안부를 묻는 정중한 편지 몇 통 정도야 문제 될 것 없었다. 사감이 조금도 없다면 거짓이지만, 충분히 생각을 거치고 한 행동이었다.

그녀를 오롯하게 위하겠다고 결정했다. 그러니 이런 마음은 들지 않아야 옳았다. 의식적으로 소문도 듣지 않으려 애쓰고 있다. 그런데도 자꾸만 우연을 가장해서라도 마주치고 싶어진다.

마음은 조금도 이성이 시키는 대로 움직이지 못했다. 지나치게 환상을 가진 것은 아닌가, 다시 보면 조금 열이 식을까 싶다가도, 반대로 잠깐이라도 보고 싶어서 그런 변명을 붙이는 건 아닌가 하는 생각이 들었다. 요새는 검을 잡아도 잡념뿐이었다.

그는 차라리 다시 북부로 전출 요청을 할까 그런 생각도 하고 있었다. 거리가 멀어지면 마음도 멀어지련만, 수도에 있는 것을 기꺼워했던 적도 없으면서 선뜻 결심이 되지 않았다.

이럴 때에 에스틴이라도 좀 가까이에 있었다면 위안이 될 거 같았다. 티소엔은 한숨을 내쉬었다.

무슨 말을 하더라도, 무슨 고민이 있더라도 그라면 명쾌하게 방향을 일러 주고 바보를 쳐다보듯 자기를 쳐다볼 것이다. 한바탕 검이라도 부딪치고 나면 마음도 훌훌 털릴 것 같기도 하다. 얕은 교제는 많았지만, 그는 가문 간의 교제로 이루어지는 친구들이나 기사단의 동료들과는 좀처럼 본심이 마주 닿지 않았다.

하긴, 그가 엘첸을 떠나지 않았더라도 의지할 수는 없었다. 널 위해 인생을 바치기로 한 네 누이에게 온당치 못한 마음을 품었노라고 어떻게 말하겠는가.

쪽문 앞에 서 있는 경비병 둘이 그에게 군례를 올렸다. 티소엔도 마주 군례로 인사하고 말했다.

"수고하는군."

"아닙니다."

"별일 없지?"

"2시간 전에 델러노 경이 순시하신 것을 제외하고는 아무도 지나간 사람이 없습니다."

티소엔은 그 보고를 들으면서 청동으로 만들어진 부절을 꺼내어 선임 병사가 가지고 있는 것과 맞추어 보았다. 의례적인 절차로서, 이렇게 얼굴을 서로 아는 사이에서는 생략하는 일도 많았지만, 그는 한 번도 이것을 빼먹은 일이 없었다.

"보통 때에도 별로 쓰이지 않는 문이니까. 교대하려면 아직 멀었는데, 너무 체력을 빼지 말고 편안하게 있도록 해."

병사들이 다소 풀어진 얼굴이 된다. 티소엔은 부절 반쪽을 선임 병사에게 돌려주고 그 자리를 뜨려고 했다.

넓게 퍼뜨려 놓은 기감에 사람의 기척이 걸린 것은 그때였다.

정원 안쪽에서 서둘러 후문으로 향하는 발걸음 소리가 들리고, 그 뒤를 누군가가 따라온다. 앞서 오는 사람은 여자다. 걸음은 흐트러졌고 판석으로 만든 오솔길을 밟는 또각거리는 힐 소리가 밤바람을 타고 티소엔에게까지 들렸다.

뒤를 쫓는 사람은 불분명했지만, 남자 같았다. 그렇게 판단한 것은 걸음걸이의 리듬이 매우 균일하고 독특한 규칙을 따르고 있어서, 보법을 배운 것 같았기 때문이다.

그러나 확신하기 어려운 점도 있다. 보통의 남자 구두에서 나는 묵직한 감각이 없었다.

어찌 되었든 여자가 쫓기고 있다는 건 확실했다. 그는 쪽문을 지나 황후궁 안으로 발을 들였다.

"크렐리디안 경!"

그가 쪽문 안으로 들어서자 경비병이 당황하며 불렀다. 황궁 기사가 허락 없이 황후궁을 밟은 것이 알려졌다간 정치적인 문제로 비화할 수도 있기 때문이다. 남자의 출입 자체가 금지된 터라 더 그랬다.

티소엔은 소란 떨지 말라고 손짓했다. 황궁 안에서 쉽게 나쁜 일이 벌어지리라고는 생각하지 않지만, 수풀이 많은 정원은 사각지대였다. 그늘진 건물 귀퉁이, 어두운 정원, 경비병이나 기사의 시선이 닿지 않는 빈방은 여인에게 결코 안전한 곳이 아니다.

그는 일부러 발소리를 냈다. 사건이 벌어진 후에 범인을 잡는 것보다 예방하는 게 백배 낫다. 또 설령 잡지 못하더라도 쫓던 자가 달아나 버리는 쪽이 더 낫다. 피해자가 아니라 피해자가 될 가능성만 있었더라도 숙녀의 명예는 땅에 떨어지기 때문이다.

그러나 달아나던 여인은 그가 다가오는 것을 깨닫지 못하고 달려오다가 정면으로 부딪쳤다.

"앗!"

그는 상대가 넘어지기 전에 그녀의 팔을 잡아 넘어지지 않도록 부축했다.

"황녀님?"

아르데나 황녀였다. 그녀가 당황하면서 티소엔의 가슴을 밀어냈다. 그러나 그는 황녀를 놓는 것을 잊어버렸다. 황녀의 뒤를 쫓아오던 사람의 모습이 달빛 아래 드러났기 때문이다.

"……에스텔라 영애."

"이런."

에스텔라는 신음했다. 어떻게 이렇게 재수가 없을 수가.

477

누가 오는 건 알고 있었다. 그러나 누가 오든 간에 적당히 둘러댈 자신이 있었는데, 그게 하필 티소엔일 줄은 몰랐다.

티소엔도 당황하기는 마찬가지였다. 그는 쫓아오는 것이 그런대로 무술을 배운 남자일 거라고 생각했는데, 꽃같이 차려입은(주관적인 기준이다) 에스텔라였기 때문이다.

아르데나는 티소엔이 팔을 놓아주자마자 뒤로 돌아서 달아나려고 했다. 그러나 쫓는 사람이 에스텔라라는 사실을 알자 티소엔은 도리어 그녀의 도주로를 차단했다.

"두 분, 무슨 일이십니까?"

"별것 아니에요. 황녀님과 몇 마디 이야기를 나누고 싶었을 뿐인데, 뭔가 오해를 하신 것 같아요."

오늘은 글렀다. 티소엔이 어떻게 생각하든 그건 상관없었지만, 일이 이렇게 되었으니 언제 또 기회를 잡을 수 있을지 모르겠다. 에스텔라는 작게 한숨을 내쉬었다.

"전, 저는, 아르투르 영애와 할 이야기가 아무것도 없어요."

아르데나가 가냘프게 말했다. 그녀가 불안한 듯 눈을 굴려 황후궁과 정원을 살폈다. 에스텔라는 쪽문 쪽과 티소엔을 바라보았다. 티소엔이 그녀가 염려하는 바를 알아챘다.

"사람의 눈을 피하셔야 합니까?"

티소엔이 에스텔라에게 물었다. 에스텔라는 곤란하게 그를 바라보았다.

설명을 요구받으면 곤란하다고 생각했는데 티소엔은 묻지 않았다. 대신 무슨 일이냐고 후문을 기웃거리는 경비병에게 돌아가라고 신호했다. 그리고 작게 말하는 목소리가 들리지 않을 만큼 충분한 거리를 두고 반대 방향으로 멀어졌다.

에스텔라는 그의 기감이 넓게 퍼지는 것을 알았다. 대화가 끝날 때까지 경계를 서 줄 모양이었다.

안심하고 그녀는 아르데나에게 말했다.

"황후궁 안에서 말씀하기 어려우시면 나가요. 리델궁까지 제가 바래다 드릴게요."

"어디로 가든 무슨 소용이 있겠어요? 어머니와 언니의 시선은 황후궁만이 아니라 엘첸 전체에 퍼져 있는데요."

"진정하세요. 황녀님을 괴롭히려는 건 아니에요."

"하지만 이미 절 괴롭히고 계세요. 전 더 이상 영애와 할 이야기가 없어요. 엘첸을 떠나라고 했잖아요!"

아르데나는 무엇이 그렇게 무서운지 식은땀을 흘리고 있었다. 가볍게 화장한 얼굴 위로 송골송골 땀이 솟을 정도였다. 그리고 보면 콘스탄체는 땀 같은 건 전혀 흘리지 않을 것 같은 얼굴인데, 그에 비하면 아르데나는 퍽 인간적으로 보였다.

에스텔라는 이상하게 생각했다. 물론 이시도르와 알비나가 비정한 성품이리라는 것은 추측하기 어렵지 않다. 그렇다고 해서 저렇게까지 겁먹을 필요가 있는 걸까. 기껏해야 몇 마디 이야기를 나누자는 것이 아닌가. 설령 꾸중을 듣는다 하더라도 친모녀지간이다. 에스텔라에게는 그렇게 큰일로 느껴지지 않았다.

그러나 아르데나의 얼굴은 지독한 절망감에 물들어 있었다.

"황녀님."

"길게 이야기하고 싶지 않아요. 제발, 영애, 내 말 들어요. 엘첸을 떠나서 될 수 있으면 멀리 가요. 제가 할 이야기는 그것뿐이에요."

그녀가 쏟아 내듯이 말했다.

"저는 잘 모르겠어요. 도망을 치라 하실 거면 왜 그래야 하는지도 말씀을 해 주셔야지요. 암살이 걱정이라면 황녀님이 이런 식으로 말씀하실 일이 아니고, 쪽지에 쓰셨던 개화라는……!"

아르데나가 황급히 그녀에게 다가와 입을 손으로 틀어막았다. 에스텔라는 눈을 크게 떴다. 피하려면 피할 수는 있었지만, 태어났을 때부터 황궁에서 살아온 데다가 소극적인 성품으로 보이는 그녀가 이렇게까지 행동하는 게 놀라워 그냥 있었다.

"그 단어는, 말해서는 안 돼요."

"……."

"언령이라든가 주법 같은 건 나는 잘 몰라요. 하지만 보지도, 말하지도, 듣지도, 냄새 맡지도 않는 게 좋아요. 그것만은 확실해요."

"……황녀님."

"공기를 들이마시는 대신에 음식을 먹어요. 그것만은 확실하게 영애를 보호해 줄 테니까. 영애를 아스트리트나 이나스처럼 만들고 싶지 않아서 그래요. 오늘은 와 버렸으니 어쩔 수 없지만, 두 번 다시 황후궁에 오지 마세요. 되도록 빨리 떠나세요. 가능한 한 멀리 가세요."

그렇게 말하더니, 그녀가 무언가 삼키듯이 서너 번을 목을 울리더니, 다시 달아나려는 듯이 몸을 돌렸다. 에스텔라는 서둘러 그녀를 불러 세웠다.

"황녀님, 보호가 필요하지 않으세요?"

"아아."

"황녀님이 무얼 그렇게까지 두려워하시는 건지 저는 솔직히 잘 모르겠어요. 그러나 황녀님을 두렵게 만드는 게 알비나 폐하와 리쿰 공작부인이라면, 클레오르 전하께 보호를 요청해 보면 어떠신가요?"

아르데나는 머뭇거렸다. 그러나 그녀의 얼굴에 분명히 망설임의 기색이 스친 것을 에스텔라는 알아챘다.

"전하도 믿기 어려우시다면 절 믿어 주세요. 제가 책임지고 전하가 황녀님께 해를 입히지 못하도록 해 드릴게요. 전하는 저를 신뢰해서 많은 권한을 주셨고, 아마 스스로도 알고 계시겠지만 황녀님이 알비나 폐하의 슬하에서 떠나는 것만으로도 전하에게는 여러 가지로 유리해요. 안전한 곳으로 요양을 가시는 건 어떠신가요? 엘첸에서 떠나는 게 그렇게 중요한 일이라면 더더욱이요."

에스텔라의 말에 아르데나는 조금 더 흔들린 듯한 얼굴이었다. 그러나 이내 고개를 저었다.

"영애가 절 위해서 그렇게 말씀해 주셨으니, 저도 솔직하게 말씀드릴게요. 저는 클레오르 오라버니가 이기실 수 있을 거라고 생각하지 않아요."

그리고 아랫입술을 깨물고 고개를 숙였다.

"저는 도망칠 자격이 없어요. 괜히 어머니의 영향력을 확대시키는 결과가 될지도 모르니까요. 영애라도 달아나세요. 어머니나 언니는 필요 없다고 생각하지만, 이시도르 오라버니가 다스릴 수 있는 땅은 남을 거예요."

에스텔라는 생각이 복잡해졌다. 이시도르의 비정상적인 회복력에 대해서 생각났지만, 물어봐도 답이 돌아올 것 같지가 않았다.

그때 티소엔이 움직였다. 에스텔라도 깨달았다. 사람이 오고 있었다.

"영애, 황녀님. 남의 눈에 띄지 않으려면 이만 피하셔야 합니다."

"아."

아르데나가 몸을 떨었다. 에스텔라는 아주 잠깐 망설였다. 그러나 결정하는 데에 긴 시간을 필요로 하지는 않았다.

"크렐리디안 경, 경이 황녀님을 리델궁까지 모셔다 드릴 수 있을
까요?"

"영애께서는 어찌하실 요량이십니까?"

"나는 연회장으로 돌아가야겠어요. 황녀님과 함께 자리를 떴다는
게 드러나서 좋을 일은 없으니까요."

에스텔라는 그렇게 말했다.

티소엔은 다른 말을 붙이지 않았다. 그가 아르데나를 수행하는
자리에 섰다. 아르데나는 당황하는 듯했으나 티소엔이 워낙 대답할
생각도 없는 듯한 무뚝뚝한 얼굴이라 말 한 마디 제대로 붙여 보지
못하고 그 자리를 떴다.

티소엔은 한 번 에스텔라를 돌아보았지만, 말은 하지 않고 아르
데나를 따라 황후궁 밖으로 사라졌다. 에스텔라는 길게 숨을 내쉬
었다. 긴장으로 뒷목이 찌르르 당겼다.

혼자 돌아서서 황후궁으로 돌아가려 하는데 등불을 든 시녀 네
사람이 그녀를 둘러쌌다. 에스텔라는 레나디움 나이프가 들어 있는
주머니를 꽉 쥐었다.

"아르투르 영애가 돌아오시지 않는다고 콘스탄체 황녀님께서 걱
정이 크십니다."

"정원의 등불이 아름다워서 그냥 여기저기 좀 보고 있었어요."

"돌아가시지요. 밤늦은 시간이라 위험합니다."

시녀들은 그림 같은 미소를 입가에 담은 채로 말했다. 에스텔라
는 고개를 끄덕이고 그녀들을 따라서 연회장으로 돌아갔다.

외전 1.
미소년 기사

　베이커리 레오폴드의 주인 레오폴드는 자기 일에 대한 단단한 신념을 가진 사람이었다. 그는 아홉 살에 지주의 아들이 남긴 레몬 타르트 한 조각을 훔쳐 먹고 인생을 결정했다. 평생 이 훌륭한 음식을 만드는 사람이 되기로 말이다.
　열세 살에 아버지의 머리맡 벽에 숨겨진 돈주머니를 훔쳐 상경한 이래로 그는 굳건히 자기 인생의 지표를 지켜 왔다. 황궁의 주방장 중 하나라는 권위를 미련 없이 버릴 수 있었던 것도 그 때문이다.
　그는 맛있는 디저트를 만들고 싶었고, 그다음에는 최고의 디저트를 만들고 싶었고, 이제는 그 맛을 많은 사람들에게 알려 주고 싶었다.
　그가 원가도 겨우 나오는 베이커리를 운영하는 것은 그 마음에서 비롯되는 것이다.
　엘첸에 레오폴드가 생길 때까지 평민이 크림과 초콜릿을 넣은 폭신폭신하고 달콤한 디저트를 먹는 것은 매우 어려운 일이었다. 돈이 있다고 해도 먹을 수 있는 건 기껏해야 설탕을 쏟아부어 알갱이가 씹히는 버터크림 케이크 정도였다.

그는 자기 신념에 자부심이 있었다. 제일 싸게 파는 땅콩 쿠키 같은 걸 먹고 얼굴이 화악 변하는 어린아이 얼굴을 보거나, 하나씩 모은 동전을 주머니 가득 채워서 초콜릿 봉봉을 사러 오는 하녀 차림의 소녀들을 볼 때에 그는 인생에서 가장 큰 보람을 느꼈다.

그러므로 자신의 작품이 아닌 다른 것을 이유로 가게에 오는 사람이 있으면 매우 짜증이 났다.

"안녕하세요. 음. 커피 주세요."

"마들렌 두 개만 부탁드릴게요. 우유 한 잔하고요."

"치즈 타르트요."

그가 가게에 테이블을 다섯 개 놓고 우유와 커피를 파는 것은 카페를 운영하려고 그러는 것이 아니다. 빙고에서 바로 꺼낸다든가 따끈따끈한 채로 먹는 것이 좋은 디저트를 바로바로 서비스하기 위해서였다.

쿠키나 파이, 케이크처럼 미리 만들어 진열해 놓는 상품들이 어느 정도 궤도에 오르자 선다나 스노 에그, 따뜻한 채로 먹어야 하는 갓 구운 마시멜로 같은 것을 선보이기로 했고, 그것을 위해 테이블을 놓은 것이다. 어차피 손이 모자라서 많이 만들지는 못하고, 한정이라는 이름으로 열 개만 판매한다. 딱 그 정도가 좋았다.

커피와 우유를 내게 된 것은 아내 레나가 어차피 있는 테이블을 놀리지 말고 먹고 갈 수 있도록 하자고 했기 때문이었다. 하는 김에 점심에는 그녀가 간단히 샌드위치도 만들게 되었다. 레오폴드에게도 배고팠던 시절이 있었으므로 반대하지는 않았다.

다시 말해, 먹는 목적으로 앉으라고 만든 거란 말이다. 불순한 목적을 위해서가 아니라. 더군다나 지금은 한정 디저트의 시간이다.

그러나 테이블을 점령한 네 사람 중에 세 사람은 디저트가 목적이 아니었다.

레오폴드가 폭발하기 전이었다. 치안대 제복을 허술하게 걸쳐 입은 청년 기사가 헐레벌떡 뛰어 들어왔다.

"한정 디저트 끝났어요?"

"이제 시작이에요, 에스틴 경."

레나가 상냥하게 웃으며 말했다. 에스틴은 "다행이다."라고 한숨을 내쉬며 털썩 빈 테이블에 앉았다. 네 개의 테이블에서 흘깃거리는 시선이 그에게 꽂혔다.

본인은 모르는 것 같지만, 그는 레오폴드의 단골손님들 사이에 꽤 유명 인사였다. 우선은 그 또래의 남자가 일주일에 적어도 두 번은 들러 진열대 앞에서 30분씩 고민해 가며 디저트를 산다는 게 특이한 일이었고, 한정 디저트를 시작한 이후로는 하루도 그걸 놓치지 않기 위해서 기를 썼다는 게 유별났다.

게다가 잘생겼다.

고 한다. 레나가.

또 종종 들려오는 소리 중에는 "귀여워!"라든가 "쌔끈하다!" 같은 단어도 있었다.

레오폴드는 동의하지 않았다. 그래. 많이 봐줘서 귀엽다까지는 이해한다. 그러나 잘생겼다니, 저 비리비리하게 생긴 놈의 어디가. 기사라면서 팔다리는 가늘고 몸도 비실비실했다. 조막만 한 얼굴은 수염도 안 날 것처럼 멀쩡다.

치안대 제복을 입고 여기 드나든 지가 몇 년 되었으니 적어도 스물한둘은 됐다는 말인데, 아직도 덜 자랐는지 키도 작았다.

귀족 가문의 귀한 도련님이나 문관들 중에는 저보다도 못한 남자가 많았지만, 몸매는 둘째 치고 묘하게 계집애 같지도 않으면서도 소년티가 물씬 나는 외모라서 솔직히 기사라기에는 좀 꼴사나웠다. 진짜 남자 구실을 하려면 팔근육도, 어깨 넓이도, 대흉근도 세 배 정도는 부풀려야 할 것이다.

"어머. 당연히 에스틴 경이 당신보다 백배 잘생겼죠. 우리 세리나도 올해 봄 축제에서 에스틴 경에게 초콜릿을 주고 싶다고 연습했는데. 당신이 가르쳐 줬잖아요. 초콜릿 트러플 만드는 법."

"뭣?! 그 비실이한테 준다고 연습했어?! 나한테 주려는 게 아니라?!"

"비실이라니. 그 말, 에스틴 경 귀에 잘못 들어가면 장갑이 날아올지도 몰라요."

"흥. 내가 황궁 기사단이랑 근위대랑 제국 기사단에 인맥이 얼마나 많은데 치안대 기사가 감히. 대리 결투 부탁하려면 할 수 있는 사람이 쫙 깔렸어."

양심이 있었으므로 레오폴드도 기사를 상대로 한주먹감이라는 소리는 하지 않고, 대신 배를 내밀고 힘을 주며 인맥을 과시했다. 레나는 방글거리고 웃기만 했다.

"도대체가, 사내새끼들은 맛을 몰라! 좀, 엉? 씩씩하고 건실한 기사 놈들도 오고 그래야 우리 세리나도 제대로 남자 보는 눈을 키울 것 아니야."

"어머. 당신, 세리나 남자 친구가 산도적처럼 생겼다고 반대했던 건 잊었어요?"

"그놈은 순 물근육이었고! 내가 말이야, 에스틴 경, 그 친구가 조금 얼굴이라도 이렇게, 빠릿하고 근엄한 맛이 있으면 안 이래!"

에스틴의 얼굴에는 두 가지밖에 없었다. 헤벌쭉과 크아아 하는 것의 두 종류이다. 전자는 진열대 앞에 서 있을 때의 얼굴이고, 후자는 디저트를 입에 넣었을 때의 얼굴이다.

후자는 좋다. 레몬 타르트 한 조각을 먹고 인생을 바꾼 사람으로서, 또 만든 사람으로서, 레오폴드도 먹어 주는 사람이 행복해하면 그보다 기쁜 일은 없다. 그러나 전자는 문제가 있지 않은가. 기사로서도, 남자로서도.

늘 가게 안에 있는 레오폴드로서야 에스틴의 얼굴이 대략 50미터 전후의 거리에서부터 풀어지기 시작해서 갓 구운 빵의 냄새가 나는 지점에 이르면 벌써 행복의 절정에 달해 안면 근육이 이성을 잃는다는 사실을 알 수는 없는 일이다.

어쨌든 손님이었다. 매주 쿠키를 박스로 사 가고 모든 종류의 디저트를 섭렵하고 있는. 솔직히 손님으로서는 완벽했다. 이렇게 여자 많은 가게에서 표정 하나 조절하지 않고 누구를 꾀어 볼 생각조차 하지 않고 올곧게 디저트만 탐하는 남자는 에스틴 외에 존재하지 않았다.

"헤이즐넛 아이스크림에 호밀로 만든 크래커를 씌우고 초콜릿 시럽과 말린 베리 조각을 뿌린 거요."

그는 흰 접시를 덜컹 에스틴의 앞에 내려놓았다. 황궁의 요리장 중 하나였다고는 하지만 지금은 평민. 평민이 기사에게 하기에는 매우 무례한 태도였으나 에스틴의 얼굴은 그저 환했다.

"그냥 잘라서 먹으면 돼요?"

"시럽이나 크래커를 따로 긁어 먹지만 말고."

"안 그래요."

그가 행복한 얼굴로 포크와 나이프를 들었다.

옆 사람한테까지 행복의 기운이 퍼져 나가는 듯했다. 여자 손님들이 소곤거리면서 작은 웃음소리를 퍼뜨렸다.

레오폴드는 불만 가득한 기분으로 인상을 썼다. 그의 디저트를 먹으러 오는 게 아니라 남자 얼굴 보자고 오는 손님은 하나도 반갑지 않았다. 가게 분위기를 망친다.

"저어!"

커피만 시켰던 손님이 옆 테이블로 고개를 돌려 그에게 말을 걸었다. 한가득 입에 문 아이스크림을 삼키지 못한 채 볼을 볼록하게 하고 에스틴이 그녀를 바라보았다.

"맛있어요?"

에스틴이 마저 삼키고 환한 얼굴로 대답했다.

"네."

"너무 맛있게 드셔서요. 얼마나 맛있는 건가 궁금했어요."

"한 입 먹어 보실래요?"

아무렇지도 않게 에스틴이 포크에 꽂힌 아이스크림 조각을 내밀었다. 여자의 얼굴이 빨개졌다. 에스틴이 '아…….' 하고 자기가 무슨 짓을 했는지 깨달은 것 같았다.

"실례했습니다."

망했다는 얼굴로 고개를 돌리며 접시를 내려다본다. 여자가 "아뇨!"라고 외쳤다.

"저랑 나눠 드세요! 제가 그렇지 않아도 블루베리 타르트를 먹을까 말까 했는데, 혼자서 한 개를 다 못 먹어서 고민하고 있었거든요!"

"아. 그래요? 조금밖에 못 드시는구나. 그럼 반반 나눠서 사요.

저도 가끔 여러 가지를 먹고 싶은데, 한 개씩 사자니 부담스러울 때가 많이 있더라고요."

에스틴이 싱글거리면서 그렇게 말했다. 여자가 얼굴을 조금 붉히면서 "네……."라고 기어들어 가는 목소리로 대답했다.

'저 눈치 지지리도 없는 새끼가 지금 여자가 그린라이트를 켜다 못해 휘두르고 있다는 사실을 알 리가 없지.'

레오폴드는 그렇게 말하지 못해서 가슴을 쳤다. 나머지 두 테이블에 각자 혼자 앉아 있던 여자들이 한숨을 내쉬고, 다른 한 테이블을 점령하고 있던 3인 일행이 작은 소리로 소곤거리면서 꺄악거렸다.

"여기에서 자주 뵈었던 것 같은데, 케이크 많이 좋아하시나 봐요."

"네, 엄청나게 좋아합니다."

"단것 찾아다니는 남자분 흔치 않던데……."

"사람 나름이겠죠. 전 어릴 때 검술 수련한다고 식단 제한을 꽤 많이 받아서 그런지, 먹고 싶은 거 참기가 힘들어요. 고기를 많이 먹었다고 하면 다들 부러워하지만, 소금도 별로 못 치고 양념 같은 양념도 못 하고 뻣뻣한 채로 먹었어요. 향신료도 별로 못 쓰고, 설탕 같은 건 꿈도 못 꾸고."

"설탕은 비싸니까요. 저희 집에서도 생일에나 설탕 넣은 케이크를 선물로 먹고 그랬거든요. 검술 수련은 그러면 몇 살 때부터 하셨던 거예요?"

"음. 기억이 잘 안 나는데, 아마 세 살 때부터는 했던 것 같아요."

에스틴이 곰곰 생각에 잠긴 얼굴로 말했다. 진지했던 얼굴은 3분도 안 되어 박살 났다. 레나가 반으로 나눈 블루베리 타르트를 가져다주었기 때문이다.

에스틴의 얼굴이 헤벌쭉 풀어졌다. 여자가 그 얼굴을 진지하고 밝은 얼굴로 바라보고 있다가 물었다.

"저는 코제트 카밀이에요."

"에스틴 아르투르입니다."

"다음에도 뵙게 되면 인사해요."

"좋습니다."

그러는 사이에 아이스크림은 바닥까지 사라졌다. 에스틴은 시럽과 크래커의 마지막 한 조각까지 서글프게 닥닥 긁었다. 블루베리 타르트는 게 눈 감추듯 사라졌다.

"이것도 더 드세요."

코제트가 상냥한 얼굴로 자기 타르트를 절반 나눠서 그에게 권했다. 사실 그녀는 디저트를 먹기 위해서 여기 오는 게 아니었다. 에스틴을 보기 위해서였다.

에스틴은 그녀를 기억하지 못하겠지만, 실은 이미 구면이었다. 이 근처에서 소매치기를 당한 그녀의 지갑을 에스틴이 찾아 준 적이 있었다. 그 지갑에는 코제트의 한 달 치 급료에 가까운 금액이 들어 있었다. 막 아기를 낳은 언니에게 선물을 해 주고 싶어서 큰마음을 먹고 가지고 나왔던 돈이었다.

감사의 표시로 사례를 하려고 했지만 에스틴은 받지 않고 치안대의 일이라며 미소만 남기고 떠났다. 그 친절과 미소가 너무 마음에 박혀서 코제트는 자꾸 이 근처를 오가다가, 그가 레오폴드에 들어가는 것을 보고야 이 가게에 처음으로 와 봤었던 것이다.

감히 들이댈 마음이 있었던 건 아니다. 아무리 치안대 사람이라고는 하나 엄연히 기사. 고작해야 안 팔리는 의상실의 수습 딱지를 막 뗀 재봉사가 넘볼 상대가 아니었다. 레오폴드도 그녀가 자주 다니기에는 부담스러운 가게였다.

그래도 그녀는 용의 날마다 왔다. 그냥 얼굴이나 훔쳐볼 생각이었다. 이렇게 말까지 나누게 되다니 오늘은 세베르이나의 축복이 머무르는 날이 틀림없었다.

"아닙니다. 카밀 씨는 정말로 한 입밖에 안 먹었잖아요."

"에스틴 경이 너무 맛있게 드셔서 보는 제가 다 배부른데요."

에스틴이 부끄러운 듯이 조금 얼굴을 붉혔다. 이건 좋은 징조일까. 좋은 징조인 것 같다. 코제트만이 아니라 그걸 훔쳐보고 있던 옆 테이블에서도 소곤소곤 흥분한 분위기가 오갔다.

여자가 가질 수 있는 직업이 하나둘씩 생기고, 혼자 살아가는 것이 불가능해지지 않은 시대가 되었다고는 해도 아직까지 혼처를 결정하는 것은 부모이다. 연애결혼이라는 신조어는 소녀들을 설레게 만들곤 했다.

오히려 상류층에서는 무도회나 아카데미에서 만나 서로 호감을 쌓은 후에 가문을 통하여 혼담을 넣거나 하는 일이 있지만, 바깥에서 남녀가 서로 사귀어 가는 모습을 볼 기회란 흔치 않다. 더군다나 일터에서 만나거나 이웃에서 자란 사이도 아니고 가게나 길거리에서 만난 남녀가 가까워지는 것은 흔한 일이 아니다. 게다가 한쪽은 기사이고, 여자 쪽에서 먼저 말을 건 데다가, 장소가 레오폴드였다. 흥분하지 말라는 게 무리였다.

에스틴은 조금 난감한 얼굴로 "아뇨."라고 정중히 사양했다. 그러나 블루베리 타르트가 아쉬운 것은 역력해 보였다. 코제트는 망설였다. 한 번 더 과감하게 밀어붙여 보는 것이 좋을까. 아니면 이 정도로 만족하고 적당히 수줍고 좋은 인상을 남기는 것이 좋을까.

고민을 길게 할 시간은 없었다. 덩치 큰 치안대원 세 명이 벌컥 문을 열고 들어왔다.

"대장님!"

"어."

에스틴이 온 얼굴에 귀찮다는 기색을 드러내며 그를 향해 손을 들어 보였다. 남자가 어깨를 들썩였다.

"또 여기 계셨어. 그러실 줄 알았다니까."

"거 편하지, 왜? 이리저리 다 뒤지고 다닐 필요 없이 우리 대장님은 집 아니면 여기라니까. 집돌이야, 집돌이."

"남이야 집에 있든 말든. 무슨 일인지부터 이야기해. 내 천국 같은 시간을 방해하지 말고."

에스틴이 대꾸했다.

"지원 요청입니다. 살인범 새끼가 쫓기다가 애꿎은 가게에 뛰어들어가서 버티고 있습니다."

"이 근방이야? 인질은 없고?"

그가 자리에서 일어서며 물었다.

"예, 없습니다. 포위만 하고 있는데, 놈 실력이 예사롭지 않더라고요. 셋이나 다쳤어요. 레오폴드 근처길래 아, 대장님이 여기 계시겠구나 하고 얼른 뛰어왔죠."

"가자. 오늘 고마웠습니다, 카밀 씨."

"아, 아뇨."

코제트는 얼른 일어서서 에스틴에게 인사를 했다. 그리고 굳은 마음으로 물었다. 손안에 긴장으로 땀이 찼다.

"전 파비아 거리에 있는 오데트 의상실에서 일하고 있어요! 혹시, 연락 주실 마음이 있으시다면 전보나 편지 보내 주세요. 그, 저어…… 또 케이크 나눠 먹어요."

에스틴이 빙그레 웃었다.

"낯선 남자한테 그렇게 직장이나 집 주소 같은 걸 함부로 알려 주시면 안 돼요, 카밀 씨. 세상에는 멀쩡해 보여도 이상한 놈이 정말 많으니까. 부담스러우면 자주 같이 먹을 수 있는 동료나 여자 친구를 찾아보세요."

아니, 절대로 순수하게 많아서 나눠 준 게 아니었다. 레오폴드가 알고 옆 테이블의 사람들이 알고 방금 들어온 치안대원들도 알았다. 에스틴만 전혀 모르는 듯했다.

"그럼 이만 실례하겠습니다. 세베르이나의 축복이 그대의 두 손에 머무르길. 아, 사모님. 여기 마카롱 여섯 개짜리 한 상자, 저 여자분한테 드리세요. 아, 제가 카밀 씨의 친절에 감사하는 뜻으로 드리는 거니까 오해하지 마세요. 여기 계산."

그가 금화를 다섯 개 내려놓고 일어섰다. 자기가 먹은 디저트와 마카롱, 그리고 블루베리 타르트까지 합쳐진 금액이었다.

그리고 서두르자고 치안대원들의 엉덩이를 걷어차며 밖으로 나갔다.

코제트는 허탈하게 웃었다. 레나 부인이 특별히 두 개를 더 얹어 주었지만 조금도 기쁘지 않았다. 레오폴드는 가슴을 쳤다. 저놈은 역시 남자가 아니었다.

"대장님."

레오폴드에서 에스텔라가 여자와 마주 앉아 있는 것을 봤을 때부터 잭은 온몸으로 놀릴 만반의 준비를 갖춘 채였다. 설마 그런 식으로 깔끔하게 끝낼 거라고는 생각지도 못했다.

"아니, 대장님."

"왜?"

"그 아가씨 이쁘기만 하던데 왜 그래요?"

"내가 뭘?"

에스텔라가 고개를 갸웃했다.

"아니 거, 전보나 편지 달라고 하면 알았다고 하고 나중에 생각해 보든가 해도 되잖아요."

"아가씨가 얼마나 실망했겠어요?"

"그래서 어디 여자 만나겠냐구요?"

"괜한 소리 하지 마. 잠깐 타르트 반쪽 나눠 먹은 거야. 양이 많다고 해서."

잭과 델핀, 로위가 끅끅거리고 가슴을 쳤다. 에스텔라는 고개를 절레절레 저었다. 이 아저씨들은 여자가 인사만 해도 자기를 좋아하는 줄 알아서 문제다. 그녀는 그렇게 양심이 없지 않았다.

"아니, 대장님은 바봅니까? 그 쪼끄만 과자가 많기는 뭐가 많아요? 네 살 난 우리 딸도 두 입에 홀랑 다 주워 먹겠구만."

"나도 알아."

아마 부담스러운 건 양이 아니라 가격이었을 거라고 에스텔라는 생각했다. 코제트가 입고 있는 옷을 보니 원단이 값싼 것이고 그나마도 조각을 이렇게 저렇게 이어서 만든 것 같던데, 아마 의상실에서 남은 천을 이용해서 직접 만든 것이리라. 그 정도 원단을 다루는 의상실에서 일한다면 한 개에 1골드 가까이 하는 레오폴드의 타르트를 쉽게 사 먹을 수 있는 형편이 아닐 것이다.

에스텔라는 아쉽게 생각했다. 모처럼 마음 맞는 여자 친구가 생길 기회였는데. 디저트를 나눠 먹고 같이 수다도 떨면 얼마나 재미 있을까.

그러나 에스틴으로서는 코제트에게 또 만나자고 말할 수가 없었다. 멀쩡한 처녀 혼삿길을 망칠 수는 없으니 말이다.

"에휴."

그녀도 그녀 나름대로, 고충 가득한 한숨을 내쉬었다.

〈2권에서 계속〉